GOLDMANN

Buch

Risse in der Welt. Lieutenant Jack Gold ist Polizist in Los Angeles, eine frustrierte, aggressive, verhärtete Existenz, verschrien als gewaltbesessen und schießwütig, gleichermaßen verfolgt von den Dämonen seiner Vergangenheit wie denen der Gegenwart. Seine Ex-Frau sieht es so: »Du mordest gern, nicht wahr, Jack? Du hast schon immer gern getötet. Ehen. Karrieren. Männer. Junge Mädchen.«

Nachdem Gold bei der Vereitelung eines Banküberfalls seiner Neigung zu Gewaltexzessen wieder einmal über Gebühr nachgegeben hat, beauftragen ihn seine Vorgesetzten mit einem scheinbar drittrangigen Fall von Vandalismus und antisemitischer Graffiti. Aber alles kommt ganz anders, und sowieso schon bis über beide Ohren in privaten Querelen und deprimierenden Erinnerungen, taumelt Gold in einen Alptraum, der an Inferno und blutigem Regen kaum zu überbieten ist. Sein Gegner: ein psychopathischer Rechtsradikaler, der seine rassistischen Rechnungen ein für allemal begleichen will. Dann verwischen die Grenzen. Amoklauf kennt keine Regeln.

Autor

Marcel Montecino, Jazz-Pianist, geboren 1945 in New Orleans, lebt heute in Los Angeles. Sein Debut *Kalt wie Gold*, mit dem er sich auf Anhieb als Meister des harten Großstadtthrillers etablierte, wurde von der internationalen Presse enthusiastisch gefeiert. »Wäre der American Way of Life ein Wald, *Kalt wie Gold* wäre seine Brandrodung«, schrieb Helmut Ziegler in *Szene Hamburg*, und die *Neue Westfälische* befand: »So rabiat und rasant, so verstörend und filmisch hat lange kein Spannungsautor mehr geschrieben. In seiner literarischen Klasse ist Marcel Montecino der amtierende Weltmeister.« *Kalt wie Gold* wurde von Pulitzer-Preisträger David Mamet mit Joe Mantegna in der Hauptrolle verfilmt

Marcel Montecino

KALT WIE GOLD

Roman

Aus dem Amerikanischen
von Wulf Bergner

GOLDMANN VERLAG

Die Originalausgabe erschien unter dem Titel *»The Crosskiller«*
bei Arbor House/Morrow, New York, USA

Umwelthinweis:
Alle bedruckten Materialien dieses Taschenbuches
sind chlorfrei und umweltschonend.
Das Papier enthält bereits Recycling-Anteile.

Der Goldmann Verlag
ist ein Unternehmen der Verlagsgruppe Bertelsmann

Genehmigte Taschenbuchausgabe

Umschlaggestaltung: Design Team München
Umschlagfoto: Columbia/TriStar, München
Satz: Uhl und Massopust, Aalen
Druck: Presse-Druck Augsburg
Verlagsnummer 41224
Lektorat: SN
Herstellung: Heidrun Nawrot/sc
Made in Germany
ISBN 3-442-41224-2

5 7 9 10 8 6 4

Freitag, 3. August

3.57 Uhr

»Kurz vor vier Uhr morgens«, sagte die weiche, fast sinnliche Frauenstimme, »ist wieder Janna Holmes am Mikro des All Night Reality Radio. Wir kommen mit fünfzigtausend Watt Sendeleistung aus Tijuana, Mexiko, zu Ihnen. In den Südwesten der Vereinigten Staaten senden wir alle Nachrichten, die uns die Vereinigten Staaten nicht senden lassen. Mein Gast heute nacht ist Allan X. Wattley, ein pensionierter Heeresgeneral – in drei Kriegen ausgezeichnet, früher Kommandeur der Green Berets in Vietnam und jetzt Gründer und treibende Kraft der Bewegung ›Americans in Action‹. Bevor wir über die ›Americans in Action‹ sprechen, General, möchte ich Sie jedoch fragen: Sind die Zustände ähnlich schlimm gewesen, als Sie in Vietnam gekämpft haben? Ist das einer der Gründe dafür, daß wir diesen schmutzigen kleinen Krieg so schmählich verloren haben?«

Die Antwort kam im näselnden Tonfall eines Westtexaners.

»Ha! Schmählich ist das einzig richtige Wort dafür, Janna. Richtig, das ist der Grund dafür, daß wir diesen Krieg verloren haben. Warum wir Prügel gekriegt haben und heulend heimgeschickt worden sind. Weil dieses Land seine ...«

»Vergessen Sie nicht, General Wattley, daß wir von jenseits der Grenze senden. Mit ›diesem Land‹ meinen Sie die Vereinigten Staaten.«

»Richtig, Janna. Die Vereinigten Staaten haben ihre christliche Entschlossenheit eingebüßt. Sie haben ihren Kampfeswillen, ihren Erfolgshunger und ihren Siegesdrang verloren.«

»Und worauf führen Sie das zurück, General?«

»Auf die Durchrassung, Negrifizierung und Verjudung unserer arisch-christlichen Kultur. Auf nichts anderes.«

»Hegen Sie große Hoffnungen, daß sich das Steuer in unserem Land noch einmal herumwerfen läßt, General Wattley?«

»Nur, wenn wir einige drastische Maßnahmen ergreifen. Sehr drastische Maßnahmen.«

Der junge Mann stand allein auf der menschenleeren nächtlichen Straße und sah zu dem würfelförmigen, einstöckigen Gebäude auf. Er atmete in gleichmäßig keuchenden Zügen, und sein Gesicht war ausdruckslos, während sein Blick langsam über die graue Granitfassade glitt. Von dem hohen, feierlich wirkenden Portal über den ersten Stock mit seiner Reihe schmaler, strenger Fenster bis zu der riesigen, von Scheinwerfern angestrahlten Menora auf dem Dach und wieder zum Portal zurück.

Aus einer Seitenstraße bog ein Wagen auf den La Cienega Boulevard ab. Er spuckte auf den Gehsteig, überquerte die Straße hinter dem vorbeifahrenden Wagen und beobachtete das Gebäude von dort aus erneut.

Er war nicht groß, aber Brust und Schultern unter seinem durchgeschwitzten T-Shirt waren so breit und athletisch, daß er größer wirkte, als er tatsächlich war. Seine muskulösen Beine ragten weiß und behaart aus abgeschnittenen Jeans.

Er blickte noch mehrere Minuten lang zu dem Gebäude auf, bis ein weiterer Wagen vorbeifuhr. Dann band er sich wieder das zusammengerollte Taschentuch um, das er als Schweißband benützte, und trabte locker den Boulevard hinunter. Er joggte mehrere Blocks weit, bog auf dem Pico nach Osten ab und überquerte den um diese Zeit menschenleeren Boulevard. Seine tiefen Atemzüge und das gleichmäßige Klatschen seiner Laufschuhe waren die einzigen Geräusche in der heißen Stille dieses Morgens.

Im Hof von Fischer's Foreign Car Service hörte die Dobermannhündin diese Laute wie jede Nacht, wenn der Mann noch einen Block weit entfernt war. Sie stand geräuschlos von ihrer Decke hinter dem ausgeschlachteten Mercedes auf und lief nervös an der Ostecke des Maschendrahtzauns auf und ab. Als der Mann sich auf gleicher Höhe befand, begann sie mitzulaufen: mit gesenktem Kopf, den Blick ihrer Reptilaugen auf seine Hände gerichtet.

Nach halber Zaunlänge griff der Mann in eine von Druckerschwärze verfärbte Zimmermannsschürze, die er um die Taille trug und zog eine zusammengerollte Zeitung heraus. Beim Anblick der Zeitung begann die Hündin zu knurren. Es war ein tiefes, bedrohliches Knurren voller Haß und Bösartigkeit.

Der Mann lächelte.

Ohne aus dem Tritt zu geraten, schlug er dann die Zeitung in raschem Bogen rückwärtsschwingend flach gegen den Zaun. Die

Hündin befand sich bereits in Lauerstellung. Sie warf sich knurrend und zähnefletschend gegen den Maschendraht und versuchte, an die Zeitung und den Mann heranzukommen.

Bis zum Ende des Blocks klatschte er mit der Zeitung immer wieder gegen den Zaun und trieb den Hund dadurch zur Raserei. An der Ecke blieb er stehen, lachte auf das vor Wut schäumende Tier herab und schob die Zeitung durch den Maschendraht. Die Dobermannhündin riß dem Mann die Zeitung aus der Hand und schüttelte sie mit wütenden Kopfbewegungen hin und her. Danach machte sie sich daran, sie zu zerfetzen.

Lautlos lachend beobachtete der Mann den Hund. Dann trat er an den Zaun und versetzte ihm einen Tritt.

»Du schwarzer Bastard!«

Die Hündin ließ sofort die Zeitung liegen, warf sich gegen den Zaun und biß und schnappte wenige Handbreit von der Kehle des Mannes entfernt ins Leere. Er lachte laut. Dies war eine Scharade, die er und die Hündin allnächtlich aufführten, und er genoß sie sehr. Der Anblick dieses blanken, ungezähmten Hasses – und das Bewußtsein, daß das Vieh ihn bestimmt zerfleischt hätte, wenn es ihn hätte erreichen können – erfüllte den Mann mit sexueller Erregung und verlieh ihm ein eigenartiges Gefühl von Stärke und Dazugehören.

»Du schwarzer Bastard!«

»In den Sechzigern haben wir's mit linken Revolutionären zu tun gehabt, und die Siebziger sind bloß Nachwehen der Sechziger gewesen. Jetzt stehen wir am Ende der Achtziger, und man *spürt* förmlich, wie der Druck wieder wächst. Ich sage Ihnen, Janna, das kommende Jahrzehnt wird verdammt viele Veränderungen erleben.«

»Zum Schlimmeren?«

»Vielleicht. Vielleicht. Wenn wir wie bisher weitermachen. Aber wenn *ich* irgendwas zu bestimmen habe... wenn ich und meine ›Americans in Action‹ uns durchsetzen, gehört das einundzwanzigste Jahrhundert dem arischen Christen, dem es rechtmäßig zusteht – für den es schon immer bestimmt gewesen ist. Wie alle Geschichte seit der Geburt unseres Heilands dem weißen Christen gehört hat.«

»General, betrachten Sie sich selbst – wie Sie bezeichnet worden sind – als einen Reakionär?«

»Nun, ich muß sagen, Janna, daß der Ausdruck *Reaktionär* mir immer Rätsel aufgibt. Laut Definition ist ein Reaktionär jemand, der *reagiert* – aber worauf? Wenn ein Reaktionär jemand ist, der gegen die Verseuchung unseres amerikanischen Rassenerbes ist – ja, dann bin ich ein Reaktionär. Wenn ein Reaktionär jemand ist, der darauf *reagiert*, daß dieses Land von der jüdisch manipulierten Wall-Street-Börse ausgeblutet wird ... der darauf *reagiert*, daß dieses Land den schlitzäugigen, gottlosen Japanern kampflos seine Krone als größte Industriemacht der Welt überläßt – ja, dann bin ich ein Reaktionär, Janna. Und verdammt stolz darauf!«

Er ließ den gegen Beton und Maschendraht anwütenden Hund hinter sich zurück und joggte siebzehn Blocks nach Osten und weitere sechs nach Süden. Bis zu seinem Kleinbus, einem 1976er Ford Econoline, der auf einer von Palmen gesäumten Straße mit gepflegten Rasenflächen und kleinen südkalifornischen Bungalows geparkt war.

Er lehnte sich dagegen und atmete mehrere Minuten tief durch, bis er fühlte, daß sein Puls auf den normalen Wert zurückgegangen war. Dann sperrte er die Schiebetür auf und öffnete sie ganz. Auf der Ladefläche des Kleinbusses waren zusammengerollte Zeitungen gestapelt, die bis halb zur Decke reichten. Er beugte sich nach vorn zum Armaturenbrett, schaltete die Innenbeleuchtung ein und trocknete sich dann das Gesicht mit einem über der Sitzlehne hängenden Handtuch. Unter dem Fahrersitz lag eine Thermosflasche. Der Mann goß sich einen Becher dampfenden Kaffee ein. Damit setzte er sich ans Steuer, schaltete die Lichter aus und beobachtete die Straße. Als nur noch ein Schluck Kaffee übrig war, tastete er unter seinem Sitz herum, wo die Thermosflasche gelegen hatte, und brachte ein braunes Medizinfläschchen zum Vorschein. Es enthielt nur noch zwei Kapseln. Er nahm eine und spülte sie mit dem Rest des Kaffees hinunter.

Danach hockte er zusammengesunken in seinem Schalensitz, streckte die Beine aus und beobachtete eine Katze, die unter einer Veranda spielte. Einige Straßen weiter schwebte ein Hubschrauber über einem Wohnblock, dessen Hinterhof er mit seinem Scheinwerfer absuchte. Der Mann schloß die Augen und schien zu schlafen.

Nach zehn Minuten öffnete er sie wieder. Er lächelte vor sich hin. Mit kurzem, energischem Grunzen startete er den Motor, schaltete das Parklicht, dann die Innenbeleuchtung ein und das Radio.

»General«, sagte die weiche Frauenstimme, »schildern Sie uns, was die Bewegung ›Americans in Action‹ ist. Wir alle wissen, als was linksgerichtete Medien und Mitläuferbürokraten sie bezeichnen: als paramilitärische Organisation, als Privatarmee, als rechtsextreme Reaktionäre. Lauter rot angehauchte Schlagworte. Sagen *Sie* uns, was ›Americans in Action‹ wirklich ist.«

»Janna, ›Americans in Action‹ ist eine Organisation loyaler, patriotischer Amerikaner, die vom Kurs dieses Landes angewidert sind. Im Schweinsgalopp der Hölle zu, wie meine Frau sagt. Und ›Americans in Action‹ schrecken nicht davor zurück, alle notwendigen Mittel einzusetzen, um diese Nation wieder an ihren gottgewollten Platz an der Spitze aller Nationen zurückzuführen.«

»Verstehen Sie unter ›allen notwendigen Mittel‹ auch bewaffneten Widerstand, General?«

»Wir ziehen es vor, ihn als bewaffnete *Verteidigung* zu bezeichnen, Janna.«

Der Mann füllte die um seine Taille gebundene Schürze mit Zeitungen, nahm mehrere unter den Arm und stieg aus dem Fahrzeug. Er ließ die Scheinwerfer brennen, den Motor laufen und die Schiebetür offen, während er die Straße entlangtrabte und vor fast jede Haustür eine Zeitung warf. Am Ende des Blocks überquerte er die Straße und stellte weiter Zeitungen zu, bis er wieder seinen Kleinbus erreichte.

»Und wen akzeptieren Sie als Mitglied in ›Americans in Action‹?«

»Das mag abgedroschen und altmodisch klingen, Janna, aber wir nehmen jeden auf, der ein reinrassiger, vitaler, weißer, christlicher Amerikaner ist. Jeden, der nicht davor zurückschreckt, das Kind beim richtigen Namen zu nennen. Und einen Juden als Juden zu bezeichnen.«

Der Mann fuhr einen Block weiter und parkte dort erneut. Mit der nächsten Ladung Zeitungen wiederholte er den Liefervorgang – weiter und weiter in die Nacht hinein.

»Ja, Janna, wir haben Ausbildungslager in Texas, South Carolina und Idaho.«

»Und was wird in diesen Einrichtungen gelehrt, General?«

»Auf dem Lehrplan stehen Nahkampf, Scharfschießen, Guerillakampf in Städten, Überleben nach einem Atomkrieg, Karate, Judo und die Worte Christi.«

Gelegentlich klatschte eine Zeitung laut gegen eine Veranda- oder Haustür und löste einige Sekunden lang wütendes Hundegebell aus. Ansonsten waren die einzigen Geräusche das regelmäßige Arbeiten der Lungen des Joggers und seiner Laufschuhe. Und das Autoradio, wenn er zum Kleinbus zurückkam.

»... noch was, das ich allen, die mich dort draußen hören, sagen möchte. Janna hat nicht nur 'ne süße *Stimme* und sagt die süßesten Dinge, Leute, *sondern sieht wirklich süß aus*!«

»Danke, General Wattley. Was bedeutet übrigens das *X* in Ihrem Namen, General?«

»Nun, Janna, das *X* bezeichnet den rechten Fleck. Ha, ha, ha!«

Als der Mann seinen Kleinbus eineinhalb Stunden später in einer Durchfahrt hinter dem Pico Boulevard abstellte, war der Himmel über den Bergen im Osten rauchig blaßgrau. Kleine Büros, Druckereien, Bäckereien und gelegentlich ein koscherer Fleischer säumten hier die Straße. Um diese Zeit brannte das einzige Licht entlang des Boulevards hinter einem schmutzigen Schaufenster. Ein kleiner Aufkleber in einer Ecke forderte auf: LASSEN SIE SICH DIE TIMES NACH HAUSE ZUSTELLEN. Auf der anderen Seite der schmutzigen Scheibe stieg Michael Jacksons federleichte Stimme mühelos in die Höhe. Der Mann wischte sich an seinem T-Shirt die Druckerschwärze von den Händen und ging hinein.

Der schmale, langgestreckte Raum war mit abgetretenem Linoleum ausgelegt und hatte lange nicht mehr gestrichene, verputzte Wände. Entlang einer Wand waren mit Metallband verschnürte Zeitungsbündel aufgestapelt. Zwei nackte 150-Watt-Glühbirnen hingen von der Decke herab und tauchten den Raum in grelles Licht mit dunklen Schatten. Es roch nach Druckerschwärze, Rauch und Schweiß.

»Schau, schau, Massa Walker!«

Unter einer der nackten Glühbirnen saß ein unförmig dicker Neger an einem verkratzten Schreibtisch und las eine Morgenzeitung. Er sprach mit zusammengebissenen Zähnen, zwischen denen eine kurze, verfärbte Zigarrenspitze steckte.

»Hey, Chicos! Die große weiße Hoffnung ist wieder da.«

Auf einer Bank an der Rückwand des Raums saßen zwei mexikanische Jugendliche und aßen Doughnuts. Zwischen sich hatten sie einen großen Kassettenrecorder stehen. Einer der Kids blätterte in einem *Penthouse*-Heft. Sie lachten beide über den Spruch des Dicken und starrten Walker mürrisch an.

»Komm rein, Dandy. Setz dich, nimm Platz! Schon fertig mit

deiner Tour? Setz dich und trink 'ne Tasse Kaffee mit. Oder trinkst du keinen Kaffee mit uns Spicks und Spades?«

Einer der jungen Mexikaner kicherte mit dem Mund voll Jelly Doughnut. Der andere las wieder in seinem *Penthouse*. Walker schenkte sich aus der Glaskanne auf der Warmhalteplatte eine Tasse ein und ließ sich auf den Metallklappstuhl vor dem Schreibtisch des Dicken fallen.

»Hast du's Fazio gesagt? Daß ich ihn sprechen will?«

»Klar, Dandy. Ich hab's Fazio gesagt. Er kommt bald zurück. Reg dich bloß nicht auf.«

Die Wand hinter dem Dicken war mit Dutzenden von Pin-ups tapeziert. Sie reichten vom Boden bis zur Decke. Unglaublich vollbusige Blondinen; großäugige Latinas mit bereits stärker werdender Taille; schlanke, sommersprossige, rothaarige Mädchen über phallische Harley-Davidsons drapiert. Einige der Schönheiten aus Hochglanzmagazinen standen schüchtern unter der Dusche oder auf Balkonen und berührten sich gedankenverloren. Andere, deren Fotos offenbar aus Pornomagazinen gerissen worden waren, lagen mit gespreizten Beinen auf verknitterten Bettlaken und ließen in gespielter Leidenschaftlichkeit die Zunge um den Mund spielen. Walkers Blick glitt langsam über die Frauen hinweg, bis er wie immer auf dem Negermädchen mit den schwarzen Brustwarzen zu ruhen kam. Ihr Bild war eines der größten: hochglänzend, professionell fotografiert und an zentraler Stelle angebracht. Ein Playmate des Monats. Sie trug ihr Haar in einem sehr kurzen Afroschnitt – die Aufnahme war einige Jahre alt –, der weich und streng zugleich schien. Die Haut ihres, dem Betrachter halb zugekehrten Hinterns war straff und glänzend. Ihre großen Brüste hingen schwer herab, mit untertassengroßen Warzenhöfen, dunkel wie gute Schokolade. Die schwarzen Brustwarzen in der Mitte waren überraschend klein und hatten je ein Grübchen.

»Hey, Walker, die gefällt dir, was?« Der Dicke beobachtete ihn über den Rand seiner Zeitung hinweg. Walker sah rasch weg.

»Ihr weißen Blödmänner seid doch alle gleich! Nigger könnt ihr nicht ausstehen, aber 'ne schwarze Pussy *fasziniert* euch. Die alte Soulmasche. Okay, warum ziehst du nicht los und besorgst dir 'n schwarzes Stück, Dandy? Schließlich gibt's die reichlich. Du brauchst bloß in jeder beschissenen Nacht der Woche den Sunset Strip runterfahren. Lieber Gott, sogar an jedem beschissenen *Tag*!«

Walker nahm einen kleinen Schluck Kaffee, spülte sich damit den Mund aus und spuckte ihn dort auf den Fußboden, wo das Linoleum so zerschlissen war, daß man den Beton darunter sehen konnte. Der Dicke nahm die Zigarrenspitze aus seinen wulstigen Lippen, faltete die Zeitung zusammen und legte sie vor sich auf den Schreibtisch.

»Weißt du, Walker, du bist 'n komischer Typ.« Er machte eine Pause, bevor er fortfuhr: »Du kommst jede Scheißnacht hierher. Läßt keinen Mäusefurz über die Lippen. Kein Scheißwort zu irgendeinem von uns. Holst deine Zeitungen ab. Rennst die ganze Nacht rum, als wärst du bei 'nem Scheißmarathon oder so was. Und dann kreuzt du hier auf und fragst: ›Wann kommt Fazio? Wann kommt der andere Weiße zurück?‹«

Die jungen Mexikaner waren plötzlich sehr still. Sie beobachteten Walker.

»Das meinst du doch, stimmt's? Wann kommt der andere *Weiße* zurück? Mit uns hast du nichts zu reden, hab' ich recht, Massa Walker?«

Walker sagte kein Wort.

Der Dicke stemmte sich von seinem Stuhl hoch. Sein Wanst schwabbelte wie eine Ehrengarde vor ihm her.

»Yeah, das ist verdammt richtig, Dandy. Du hast 'nen Scheißhaß auf uns, stimmt's, du Scheißtyp?«

Der Dicke kam näher. Er überragte Walker bedrohlich.

»Du weißt genau, daß du der einzige Weiße zwischen West L. A. und West Covina bist, der Zeitungen schmeißt. Der einzige! Warum tust du das?«

Walker bohrte in der Nase. Er betrachtete die Ausbeute.

»Es hält mich in Form, Henry«, sagte er mit falschem Lächeln.

Der Dicke warf angewidert die Hände hoch, machte kehrt, um wegzugehen, und äffte Walker nach: »Es hält mich in Form. Es hält mich in Form.«

Walkers schwaches Lächeln verschwand. »Leck mich am Arsch, Henry.«

Der Dicke blieb stehen und drehte sich um. In dem Raum war es ganz still geworden. Einer der mexikanischen Kids stellte den Kassettenrecorder ab.

»Leg dich nicht mit mir an, Boy«, sagte Henry leise. Auf der schmalen Straße hinter dem Gebäude fuhr ein Lastwagen vor. Seine Scheinwerfer strahlten grell durchs staubige Fenster. Walker und

Henry starrten sich an. Dann stand Walker betont langsam auf und ging zur Tür.

»Seht euch das an, Chicos! Walker rennt zu seinem weißen Kumpel. Zu seiner Connection.«

Einer der Kids lachte nervös, aber hörte sofort wieder auf.

Walker verschwand nach draußen, ohne sich noch einmal umzusehen.

Draußen war es inzwischen fast hell geworden. Fazio kletterte aus dem Fahrerhaus des Lastwagens. Er war ein hagerer Junge mit strähnigen, schulterlangen braunen Haaren und einem von Akne feuerroten Gesicht.

»Hey, Sonny«, sagte Fazio.

»Irgendwann bring' ich diesen schwarzen Hundesohn um.«

»Wen?«

Walker nickte über die Schulter hinweg nach hinten.

»Henry?« fragte Fazio. »Henry ist in Ordnung, Mann.«

»Irgendwann leg' ich ihn um.«

»Hey, Sonny. Vergiß es.« Fazio zog einen Joint aus seiner Hemdtasche. Er leckte und zündete ihn an.

»Du wolltest mich sprechen, Sonny? Darum bin ich zurückgekommen. Extra aus der Druckerei zurückgekommen.« Er bot Walker den brennenden Joint an. Walker schob seine Hand beiseite.

»Ich brauch 'n paar Ups. Hast du Beauties da?«

»Nuuun«, antwortete Fazio gedehnt, »ich hab' keine Beautys. Aber ich hab' die hier.« Er zog ein vierkantiges Medizinfläschchen aus einer Tasche seiner schmutzigen Jeans.

»Was ist das für 'n Zeug?«

»Dexedrinkapseln. Garantiert hier in den alten U.S. of A. hergestellt. Guter Stoff. Clean. Wirkt genau wie Blacks, ohne dich so nervös zu machen.«

»Beautys sind mir lieber.«

»Yeah, aber ich hab' keine Beautys. Und die hier sind billiger.«

»Wieviel?«

»Eineinhalb Dollar pro Stück.«

»Jesus!«

»Hey.« Fazio grinste. »Inflation.«

»Okay. Wie viele sind drin?«

»Fünfzig.«

»Her damit! Ich zahle nächste Woche.«

»Hey, Sonny. Ich kann nicht auf Kredit...«

»Gib mir die Scheißpillen!« forderte Walker scharf. »Die Kohle kriegst du am Montag.«

»Okay, Sonny. Okay. Immer mit der Ruhe. Ich bin schließlich nicht Henry. Hier, nimm.«

Walker stieg in seinen Kleinbus und ließ den Motor an. Fazio kam ans Fahrerfenster.

»Noch was, Sonny. Wie viele von diesen Dingern nimmst du eigentlich?«

Walker grinste. »Pro Tag?«

»Pro Tag.«

»Sechs. Sechs Beautys. Von denen wahrscheinlich mehr.«

»Jesus, Sonny. Du bist 'n guter Kunde, aber du mußt leisertreten. So bringst du dich um. Eines Tages explodiert dein Scheißherz einfach.«

»Rührend, wie du dich um mich kümmerst«, meinte Walker. Er grinste noch, während er rückwärts aus dem Hof auf die Straße hinausfuhr.

6.05 Uhr Mehrere Meilen entfernt im Crenshaw District parkte Esther Phibbs ihren Kombi in der schmalen Einfahrt ihres Duplex-Apartments. Sie stellte den Motor und die Scheinwerfer ab und stieg aus. Sie ging an der Türbeschriftung ESTHER'S CUSTODIAL SERVICE vorbei zur Heckklappe des Wagens und holte zwei große Papiertüten mit Lebensmitteln heraus. Nachdem sie ihre Einkäufe auf die Motorhaube gestellt hatte, sperrte sie das Fahrzeug ab.

Die Straße war grau und menschenleer. Und obwohl die Sonne noch unterhalb der Hausdächer stand, war es bereits heiß, und Esther wußte, daß der Tag glühend heiß werden würde.

Nachdem sie die Tür des Hauses mit der abblätternden braunen Fassadenfarbe geschlossen hatte, blieb sie einen Augenblick am Fuß der Treppe stehen und horchte nach oben. Aber sie hörte nur das Ticken der Kaminuhr, deshalb ging sie leise durch den langen Flur in die nach hinten hinausführende Küche. Sie stellte die Einkaufstüten auf den Tisch, füllte den Teekessel mit Wasser und setzte ihn auf den Gasherd. Nachdem sie die Lebensmittel weggeräumt hatte, löffelte sie Pulverkaffee in eine abgeschlagene Tasse, zündete sich eine Zigarette an und ließ sich seufzend schwer auf einen Küchenstuhl sinken.

Sie war eine große, müde Frau Mitte Dreißig, deren abgewetzte Jeans und ausgefranste karierte Bluse ihre Magerkeit, ihre Erschöpfung nur zu unterstreichen schienen. Sie hatte lange, schlanke Arme und Hände, und selbst ihre auf einem Stuhl hochgelegten Füße wirkten zart und schlank. Ihre Hautfarbe war ein poliertes Walnußbraun – eine Farbe, die Weiße für dunkel halten, während sie Schwarzen hell vorkommt.

»Esther . . . Honey?«

Esther fuhr zusammen. »Mama, du hast mich erschreckt. Ich muß eingeschlafen sein.«

»Das Wasser kocht.« Der Teekessel pfiff.

»Ich komme schon.« Sie wollte aufstehen.

»Nein, Honey. Ich kümmere mich schon darum. Ruh dich ein bißchen aus.«

Die andere Frau war älter und sehr schwarz. Ihre Augen waren vom Schlaf geschwollen, und sie trug ein Haarnetz. Ihr blauer Frotteebademantel war fleckenlos sauber und papierdünn. Sie goß Wasser in die Tasse, rührte den Kaffee um und stellte ihn neben Esther auf den Tisch. Dann holte sie sich selbst eine weitere Tasse.

»Soll ich dir nicht 'ne richtige Kanne kochen, Es?«

»Nein, Mama. Der genügt mir. Selbst das hier schaffe ich nicht mal.« Sie drückte ihre Zigarette aus. »Wenn du willst, fahr' ich dich jetzt heim, bevor's zu heiß wird.«

»Ich kann warten, bis du Little Bobby zur Schule fährst.«

»Heute wird's bestimmt glühend heiß.«

»Ich kann warten, schätze ich.«

Esther rieb sich Augen und Nasenrücken mit den Fingerspitzen. Die ältere Frau beobachtete sie.

»Du siehst wirklich müde aus, Honey.«

»Das bin ich auch, Mama.«

Sie tranken beide schweigend ihren Kaffee, bis die ältere Frau fragte: »Besuchst du heute wieder Bobby?«

»Heute nachmittag.«

»Kannst du danach noch schlafen?«

»Ein paar Stunden, Mama.«

Esther stand auf. Sie kippte den restlichen Kaffee in den Ausguß und spülte ihre Tasse aus. Dann drehte sie sich um, lehnte sich an den Küchenschrank und lächelte. »Am Dienstag kommt er nach Hause, Mama.«

»Ich weiß, Honey. Wenn das keine gute Nachricht ist!« Die ältere Frau lächelte, aber ihr Blick war grimmig.

»Mama, diesmal geht alles in Ordnung. Das weiß ich.«

»Hoffentlich, Honey.«

»Oh, bestimmt, Mama. Ganz bestimmt!« Esther setzte sich und nahm die Hände der älteren Frau in ihre. »Diesmal meint er's ernst. Das weiß ich. Ich hab' mit ihm gesprochen. Wenn er dort clean bleiben kann, sagt er, kann er's überall bleiben. In dem verdammten Knast gibt's mehr Stoff, sagt er, als er jemals hier draußen in der freien Welt gesehen hat. Aber das stört ihn nicht, sagt er. Sogar wenn Junkies sich in seiner Zelle ihren Stoff spritzen, stört's ihn nicht.«

»Und das glaubst du ihm?«

»Ja, Mama, das glaub' ich ihm. Du etwa nicht?«

Der Blick der älteren Frau war kalt und gelassen.

»Willst du ihm nicht glauben, Mama?«

Die ältere Frau seufzte.

»Natürlich will ich das, Esther.« Sie machte eine kurze Pause. »Aber dieser Junge hat mir schon zu oft das Herz gebrochen. Er ist mein einziger Sohn. Er ist mein Fleisch und Blut, aber ich habe ihn zu lange Jahre als Lügner und Betrüger erlebt. Ich habe diesem Jungen zu oft vertraut, ihn aufgenommen und ihm zugeredet, sich zu bessern, und er ist hingegangen und hat mich bestohlen – seine eigene Mutter bestohlen. Nur um Geld zu kriegen, damit er sich wieder *Shit* kaufen kann!« Sie spuckte das verhaßte Wort förmlich aus.

Sie saßen schweigend da, ohne sich anzusehen.

»Dieser Junge ist schuld daran, daß sein Vater aus Kummer vorzeitig ins Grab gesunken ist.«

»Mama!« sagte Esther.

»Ich weiß nicht, wie alles gekommen ist. Er ist so ein guter Junge gewesen. Sein Leben lang so ein braver Junge. Mit ihm hat's nie Schwierigkeiten gegeben. Auch als Baby nicht, weißt du. Das liebste Baby, das du dir vorstellen kannst. Hat nicht viel geschrien. Praktisch keine Wutanfälle. Auch 'n guter kleiner Junge. Jungpfadfinder. Hast du das gewußt?«

Esther schüttelte den Kopf.

»Nun, er ist's gewesen. Ein guter, *guter* Junge. Wir wollten ihn aufs College schicken, aber er wollte lieber arbeiten. Um uns zu unterstützen, hat er gesagt. Wir haben gesagt: ›Dafür haben wir geknausert und gespart.‹ Aber nein, er wollte unbedingt arbeiten. Er wollte uns unterstützen, weil Charles doch krank war. Darum hat er angefangen in dem verdammten Krankenhaus zu arbeiten.«

Die ältere Frau trank einen kleinen Schluck Kaffee und zog ihren Bademantel enger um sich.

»Esther, ich schwör' dir, wir haben nichts gewußt! Wir haben nichts geahnt, bis die Polizei bei uns aufgekreuzt ist. Drei, fast vier Jahre lang hat er das Zeug im Krankenhaus geklaut, und wir haben nie den geringsten Verdacht gehabt!«

Esther zündete sich eine weitere Salem Light an. Vor dem Küchenfenster erstrahlte die Welt im Licht des neuen Tages.

»Schon damals hat er versprochen, in Zukunft anständig zu sein. Und dann hat er dich geheiratet. Ich hab' gewußt, daß du 'n anständiges Mädchen bist. Ein bißchen älter als Bobby, gesetzt, ernsthaft. Ich hab' geglaubt, du könntest ihn vielleicht bessern. Aber er ist trotzdem nicht clean geworden. Und am Tag der Geburt eures Kleinen ist er auf die Knie gesunken – *auf die Knie, Girl!* – und hat beim Leben dieses Babys geschworen, keinen Stoff mehr anzurühren. Und zwei Wochen später ist er dann verhaftet worden, weil er einen Schnapsladen überfallen hatte. Von den Polizeibeamten weiß ich, daß er so zu gewesen ist, daß er nicht wegfahren konnte. So haben sie ihn erwischt. Er hat den Rückwärtsgang nicht mehr gefunden.«

Esther kam um den Tisch herum und nahm Mama Phibbs in die Arme. Die ältere Frau weinte.

»Mama, du darfst ihn nicht aufgeben. Bobby hat nur uns!«

Sie wischte eine Träne ab, die über Mama Phibbs' Wange rollte.

»Bobby ist mein Mann, Mama, und ich liebe ihn. Er ist der Vater meines Kindes, und er ist dein Sohn – dein einziger Sohn –, und du liebst ihn auch. Wir dürfen ihn nicht einfach aufgeben.«

Die ältere Frau starrte Esther lange schweigend an.

»Du darfst dich auch nicht selbst aufgeben, Esther. Oder den Kleinen dort oben. Dem bist du auch was schuldig.«

»Wie meinst du das, Mama?«

»Ich meine genau, was ich sage.« Ihr Gesichtsausdruck verhärtete sich. »Bobby ist vielleicht mein einziger Sohn. Aber Little Bobby ist mein *Enkel*. Mein *einzigster* Enkel, wie du sagst. Und du bist praktisch die Tochter, die ich nie gehabt habe. Ich sehe nicht untätig zu, wie du dein Leben – oder die Zukunftsaussichten des Kleinen – opferst, nur weil Bobby kein Mann sein kann. Ich sehe nicht zu, wie er euch mit ins Verderben reißt!«

»Mama, er hat geschworen, sich diesmal zu bessern!«

Die ältere Frau richtete sich auf. Ihr Blick schien Esther zu durchbohren. »Und wenn er's nicht tut?«

Esther ließ sich mit ihrer Antwort Zeit. Sie setzte sich, nahm einen tiefen Zug von ihrer Zigarette und drückte sie dann halbgeraucht aus. Mit ihren langen Fingern berührte sie den Aschenbecher, als versuche sie aus seiner Oberflächenbeschaffenheit auf seine Zusammensetzung zu schließen. Dann hob sie den Kopf und erwiderte den Blick der älteren Frau.

»Dies ist das letzte Mal.«

»Für dich steht zuviel auf dem Spiel, Esther. Du arbeitest jede Nacht zu schwer und putzt anderer Leute Toiletten. Und dein Kleiner ist hochbegabt, wie die Lehrer sagen. Er hat 'ne Chance, mal was zu werden. *Jemand* zu sein. Das alles darfst du nicht...«

»Dies ist das letzte Mal, Mama.«

Esther stand auf. Sie merkte plötzlich, wie übermüdet sie war.

»Das letzte Mal.«

»Der Junge hat seinen Vater vorzeitig ins Grab gebracht.«

Die Augen der älteren Frau schienen jetzt ganz woanders zu sein.

Esther machte auf dem Absatz kehrt, verließ ihre Küche und ging in den Flur. Als sie die Treppe hinaufstieg, rief Mama Phibbs ihr nach:

»Das hat er damals auch versprochen! Bei der Beerdigung seines Vaters.«

Im vorderen Schlafzimmer war es heiß, und der Junge hatte die Bettdecke weggestrampelt. Esther nahm sich wieder einmal vor, ein kleines Klimagerät für diesen Raum zu kaufen. In ihrem Schlafzimmer hatte sie eines, weil sie während des langen Sommers in Los Angeles nur so Schlaf fand – aber sie hatte ein schlechtes Gewissen dabei.

Sie beobachtete ihn im Schlaf: ein heimliches Vergnügen, das ihr Freude machte. Dann setzte sie sich auf die Bettkante und küßte ihn auf die Stirn. Seine Lider bewegten sich kurz, und im nächsten Augenblick war er hellwach. Das erstaunte sie immer wieder.

»Hey, Mama.« Er setzte sich auf und kratzte sich unter der Achsel. »Wer fährt mich in die Schule? Du oder Grandma?«

»Ich. Ich muß bleiben und Daddy besuchen.«

»Gut.«

»Was ist gut?«

»Ha?« fragte er mit weit aufgerissenen Augen, und sie verliebte sich wieder einmal in ihren Sohn.

»Gut, daß ich dich in die Schule fahre? Oder gut, daß ich Daddy besuche?«

Der kleine Junge schlüpfte aus dem Bett und rannte aus dem Zimmer. Sekunden später war von der Toilette im Flur her zu hören, wie ein zukünftiger Mann in die WC-Schüssel pinkelte. Dann kam seine Stimme: »Miss Abrams will...«

»Sieh zu, daß du fertig wirst, bevor du mit deiner Mutter redest.« Sie stand auf und begann, das Bett zu machen. »Außerdem kannst du die Tür zumachen. Du bist langsam zu alt, um...«

Er war wieder im Schlafzimmer und zog bereits seine Hose über die Unterhose.

»Hey, Boy, du mußt duschen!«

»Ich hab' gestern abend geduscht.«

»Dann duschst du eben noch mal. Das macht dich munter.«

»Ich bin aber schon wach.«

Esther lachte. »Das kann man wohl sagen!« Sie stopfte den Rand des Bettlakens unter die Matratze. »Mach schon, Boy! Wasser und Seife haben noch keinem geschadet.«

»Okay.« Er stürmte zur Tür.

»Little Bobby.«

Er blieb stehen. »Ja, Ma'am?«

»Was will Miss Abrams?«

»Ach, richtig!« Seine Miene hellte sich auf. »Mama, wir machen eine Exkursion. Nach Catalina. Mit Übernachtung.«

Sie drehte sich nach ihm um.

»Nächsten Monat, Mama«, fuhr er aufgeregt fort. »Nur für den Leistungskurs. Mama, wir fahren mit einem *Schiff* rüber und...«

Esther verschränkte die Arme. »Und wer begleitet euch Kids?«

»Äh, Miss Abrams und Miss Gutierrez...«

»Aha.«

»... und Miss Silva und Miss Coleman. Mama, dort gibt's Büffel und Seehunde und ... und ...«

»Und wieviel kostet mich dieser kleine Ausflug?«

Das Lächeln des Jungen verschwand. »Fünfzig Dollar. Aber Miss Abrams will mit dir darüber reden, ob die Schule vielleicht für mich zahlen könnte.«

Esther spürte, daß sie vor Scham und reichlich Zorn rot anlief.

»Hör zu, du kannst Miss Abrams ausrichten, daß wir für so 'nen blöden kleinen Ausflug mit Übernachtung selbst aufkommen können.«

Zuerst begriff der Junge nicht; dann stieß er einen Freudenschrei aus.

»Ich darf mit, Mama? Ich darf mit?«

»Natürlich darfst du mit. Wir können dich doch nicht hierlassen, wenn der ganze Kurs fährt, stimmt's?«

»Das ist 'ne Insel...«

»Na, *das* weiß ich auch.«

»... mit einer Stadt und einem Nationalpark...«

»Ich hab' *ja* gesagt, nicht wahr? Du brauchst mich nicht mehr zu überzeugen. Geh jetzt unter die Dusche, sonst kommst du zu spät in die Schule und darfst nirgends mitfahren.«

Der Kleine rannte hinaus, und Esther hörte die Dusche rauschen. Als sie mit dem Bett fertig war, sank sie erschöpft auf die Bettkante. Sie sah sich nach ihren Zigaretten um, aber die lagen unten.

»Mama.«

Little Bobby stand an der Tür, hatte einen Fuß auf den anderen gestellt und machte ein fragendes Gesicht.

»Was ist los, Baby? Ich dachte, du wärst unter der Dusche.«

»Mama«, begann der Junge, »Darnell und Lloyd und *alle* auf dem Spielplatz sagen, daß die einzigen, von denen sie wissen, daß sie Leistungskurse besuchen, Kids sind, mit denen irgendwas nicht in Ordnung ist. «

Sie schwieg.

»Und?« fragte sie schließlich.

Jetzt schwieg er.

»Bist du blind?«

»Nein, Ma'am.«

»Bist du taub?«

»Nein, Ma'am.«

»Bist du körperbehindert?«

»Nein, Ma'am.«

»Dann fehlt dir also nichts – außer daß du blitzgescheit bist. Außer wo's um Darnell und Lloyd und *alle* geht. Los, unter die Dusche! Du vergeudest Wasser.«

»Ja, Ma'am«, sagte er grinsend und verschwand.

Esther schüttelte den Kopf und lachte leise vor sich hin. Sie tastete ihre Bluse ab, bis ihr einfiel, daß sie ihre Zigaretten unten in der Küche gelassen hatte. Sie seufzte tief, schwang ihre langen Beine aufs Bett und streckte sich aus. Sekunden später war sie eingeschlafen.

7.05 Uhr Walker kam aus der Dusche und sah auf die Uhr. Noch fast zwei Stunden, bis er seinen Tagesjob antreten mußte. Er streckte sich naß auf dem Einzelbett aus und legte sich ein Handtuch über die Augen. Die Amphetamine kreisten durch seinen Körper und ließen sein Herz hämmernd schlagen. Er fühlte sich wundervoll.

Sein Apartment war klein – es bestand eigentlich nur aus einem Zimmer – und L-förmig. Eine Querwand verschwand hinter einer winzigen Einbauküche mit zweiflammigem Gasherd, uraltem Kühlschrank und fleckigem Ausguß mit anschließender Arbeitsplatte. Vor der anderen Querwand war ein komplettes Bodybuildingstudio mit Kurz- und Langhanteln, Hantelbank und Sprossenwand aufgebaut. Schuhe, Kleidungsstücke und ganze Stapel vergilbender Zeitungen bildeten ein wildes Durcheinander auf dem Fußboden.

Walker stand auf, noch immer tropfnaß, und trat an die Gewichte. Er griff nach zwei Kurzhanteln zu je zwanzig Kilogramm und begann, vor der Spiegeltür des Einbaukleiderschranks mit Bizepscurls. Während er laut schnaubend wie eine Dampfmaschine ein- und ausatmete, beobachtete er fasziniert, wie seine Arme und Schultern sich mit Blut füllten und anschwollen, während die Muskeln unter seiner tätowierten Haut sich schlangengleich bewegten.

Er war stark tätowiert: ein Panther und ein Totenschädel auf dem linken Arm, ein Kreuz und ein von einem Dolch durchbohrtes Herz auf dem rechten, fliegende Vögel auf Brust und Rücken. Und er liebte es, sich beim Krafttraining zu beobachten, wenn die Muskeln und Sehnen unter den Bildern hin und her glitten.

Nach zwanzig beidarmigen Übungen ließ er die Hanteln achtlos zu Boden fallen. Da er über einer Garage wohnte, gab es niemanden, den er hierdurch stören konnte. Danach lehnte er an einer Kommode und wartete, bis das durch die Anstrengung und das Aufputschmittel hervorgerufene Schwindelgefühl abklang. Er blickte wieder in den Spiegel, beobachtete sich sekundenlang und begann zu onanieren. Auch nach einigen Minuten war er erst halbsteif. Das kam von den Amphetaminen, wie er wußte. Er beobachtete sein Spiegelbild mit zusammengekniffenen Augen, während er sich weiter bearbeitete. Ein Schaudern durchlief seinen ganzen Körper. Dann schloß er die Augen ganz und ließ seinen Gedanken freien Lauf. Wenig später begann sein Penis zu schwellen. Bald war er rot und hart. Walkers Beine zuckten. Tief in seiner Kehle begann ein leises Stöhnen, fast ein Seufzen.

Er dachte an das Mädchen mit den schwarzen Brustwarzen.

Er stellte sich vor, wie er sie abschnitt.

9.43 Uhr Der verbeulte graue Lincoln glitt erneut vorbei.

»Der Überfall steigt«, sagte Gold.

»Ich glaub's nicht«, widersprach Honeywell.

»Doch, er steigt. Ich kann's fühlen.«

Der Lincoln wurde schneller und verschwand um die Ecke.

»Das ist das dritte Mal gewesen. Dem Kennzeichen nach ist er aus Pasadena«, stellte Honeywell fest. Sein schwarzes Gesicht glänzte unter einem Schweißfilm. Bei geschlossenen Fenstern war die Hitze in ihrem Wagen betäubend.

»Für so was hab' ich 'nen Riecher. Die Sache steigt. Das fühle ich«, bekräftigte Gold.

»So, das *fühlst* du. Was bist du eigentlich – 'n jüdischer Voodoo-Mann?«

»Dann hör eben weg«, sagte Gold mit übertrieben jiddischem Akzent. »Aber halt wenigstens die Augen offen.«

Ihr Auto stand rückwärts eingeparkt auf dem Parkplatz vor einem 7-Eleven am Santa Monica Boulevard gegenüber der Zweigstelle West Hollywood der Golden State Bank and Trust. Ihr Wagen war ein roter Trans-Am, vor zwei Wochen bei einem venezuelanischen Kokaindealer beschlagnahmt. Dieser war gegen Kaution freigekommen und wahrscheinlich längst wieder in Caracas. Das Fahrzeug sah keineswegs wie ein Dienstwagen aus.

Das Funkgerät knackte, und eine Stimme meldete: »Sie sind eben wieder auf den Santa Monica abgebogen, Lieutenant.«

»Der Überfall steigt«, wiederholte Gold. Honeywell grinste, aber sein Blick blieb kalt und starr auf den Boulevard gerichtet. Auf der anderen Straßenseite, auf dem Parkplatz der Bank, hatte sich eine kleine Menschenmenge versammelt, die darauf wartete, daß die Türen geöffnet wurden.

Honeywell war groß, schlank und Ende Dreißig. Er trug einen leuchtend blauen Jogginganzug mit roten Streifen.

Gold auf dem Beifahrersitz war älter und dicker. Er trug ein grellbuntes Hawaiihemd, ausgebleichte Jeans und Turnschuhe. Eine tief ins Gesicht gezogene Golfmütze vervollständigte seine Aufmachung.

Der Lincoln fuhr erneut vorbei. Gold und Honeywell saßen unbeweglich da und versuchten, durch reine Willensanstrengung unsichtbar zu sein. Als der Wagen verschwunden war, erkundigte sich Gold: »Kennst du diese Brüder?«

»Ich kenne den kleinen, Weathers, Spitzname Dog. Ich hab' ihn mal geschnappt, als er 'nen Geldtransport überfallen hatte. Dafür hat er drei Jahre gekriegt. Der Große heißt Jojo. Er ist 'n Waschlappen. Ich weiß gar nicht, was er bei diesem Unternehmen soll. Aber vor Dog nimmst du dich lieber in acht. Der kann dich umlegen.«

»Das können sie alle.«

»Ehrlich?« Honeywell grinste wieder. Dann fügte er hinzu: »Aber den Fahrer kenn' ich nicht.«

»Dafür ich«, stellte Gold fest.

Honeywell warf ihm einen fragenden Blick zu.

»Das ist der Informant«, sagte Gold.

»Er muß dir verdammt viel schuldig sein, wenn er Dog verpfeift.«

»Deshalb müssen wir dafür sorgen, daß alles echt wirkt.«

In diesem Augenblick marschierte ein gestiefeltes Schwulenpaar lachend und engumschlungen vorbei. Gold und Honeywell schauten ihnen nach. Und dann drängten sich die Kunden vom Bankparkplatz durch die geöffneten Türen.

»Jetzt dauert's nicht mehr lange«, meinte Gold.

Sekunden später hielt der graue Lincoln einen halben Block von der Bank entfernt im Parkverbot.

»Sie halten, Leutnant«, meldete die Stimme aus dem Funkgerät.

»Das sehe ich, Mancuso«, sagte Gold ins Mikrofon seines Handfunkgeräts. Honeywell kicherte nervös.

Ein großer Neger in einem schwarzen Ledermantel stieg aus dem Lincoln ins Licht der dunstig verschleierten Vormittagssonne. Ihm folgte ein kleinerer Mann mit Wildlederjacke und Schirmmütze.

»Draußen hat's fünfunddreißig Grad im Schatten«, stellte Honeywell fest. »Was die wohl unter ihren Scheißklamotten haben?«

Die beiden Männer blieben vor dem Haupteingang der Bank stehen. Der kleinere lehnte an der Mauer, steckte eine Zigarette an und beobachtete den Boulevard fast gelangweilt durch seine verspiegelte Brille. Der andere Mann stand dicht vor ihm und redete schnell und aufgeregt auf ihn ein. Dabei gestikulierte er heftig mit dem rechten Arm.

»Dein Mann Jojo scheint die Hosen voll zu haben«, meinte Gold.

»Yeah, Jojo hat Einwände... Anscheinend hat er sich die Sache anders überlegt. Der verzichtet lieber darauf, es zu was zu bringen.«

Dog nahm einen letzten Zug von seiner Zigarette und schnippte sie auf die Straße. Jojo trat noch dichter an ihn heran und legte Dog eine Hand auf den Arm. Er sprach ihm jetzt direkt ins Ohr.

»Er hat hier nichts verloren«, sagte Honeywell. »Er ist 'n Waschlappen. Bestenfalls als Dealer für den Ameisenhandel hinter der Compton High geeignet. Wenn der 'ne Pistole zieht, schießt er sich wahrscheinlich noch den Schwanz ab. Aber auf Dog mußt du aufpassen. Der Dog kann dich...«

»... umlegen«, ergänzte Gold grinsend.

Honeywell sah zu ihm hinüber. »Paß bloß auf deinen Itzigarsch auf, Jack.«

»Weißt du, was wir tun, Honey? Ich passe auf meinen Itzigarsch auf. Du paßt auf deinen Niggerarsch auf. Und wir passen beide auf die Ärsche dieser beiden auf.«

Dog knurrte Jojo an, der sofort die Hand von seinem Arm nahm und fast den Kopf hängenließ. Dann verschwanden die beiden in der Bank.

»Mancuso«, sagte Gold ins Mikrofon, »Spicer und Sie schnappen sich den Fahrer. »Aber nicht erschießen – er ist unser Mann. Christiansen und Flores, ihr geht hinter der Stützmauer in Deckung. Aber laßt euch nicht blicken! Wir nehmen sie fest, wenn sie rauskommen. Verstanden?«

»Verstanden, Lieutenant«, bestätigte eine andere Stimme.

»Michaels, Sie und Ihr Partner fahren vor und blockieren die Einfahrt. Okay?«

»Okay, Lieutenant.«

»Gut, kann's losgehen?«

Das Funkgerät schwieg. Honeywell angelte sich die automatische Schrotflinte vom Rücksitz.

»Los!« rief Gold ins Mikrofon und stieß bereits seine Tür auf.

Mitten auf dem Santa Monica Boulevard zog Gold seinen Police

Special Kaliber 38, während Honeywell wie auf ein Stichwort hin die Schrotflinte durchlud. Der Verkehr kurvte ruckend um sie herum: blauhaarige Matronen und bärtige Bauarbeiter mit offenen Mündern und weit aufgerissenen Augen. Ein Fernsehkrimi live hier draußen in der Vormittagssonne! Dann hielt Michaels Wagen mit quietschenden Reifen in der Bankeinfahrt.

»Verdammter Cowboy!« fauchte Gold.

Sie drückten sich rechts und links des Haupteingangs gegen die Mauer. Der rauhe Außenputz bohrte sich in ihren Rücken. Gold spürte seinen Puls in den Schläfen hämmern. Er war kurzatmig und hatte eine ausgedörrte Kehle. Und er wußte, daß das nicht nur von dem Spurt über die Straße kam.

Sie warteten.

Ein kleiner Junge auf der Ladefläche eines vorbeifahrenden Pickups winkte ihnen zu. Eine Frau in einem grünen Cadillac Seville hielt am Randstein, sah sie und fuhr rasch weiter.

Honeywell schob sich bis zur Glastür vor, um einen Blick in die Schalterhalle werfen zu können.

»Ich seh' sie nicht, Jack.«

Gold grunzte.

»Sollen wir reingehen?«

»Nein. Die kommen selbst raus«, antwortete Gold. »Immer mit der Ruhe.«

Honeywell lehnte an der Mauer des Bankgebäudes und wischte sich mit dem Handrücken den Schweiß von der Stirn. Ein Sechziger in grünen Laufshorts, der einen Dackel an der Leine hatte, joggte langsam vorbei. Er lächelte ihnen zu.

»Jesus!« sagte Honeywell.

Diesmal riskierte Gold einen raschen Blick durch die Glastür.

»Sie nehmen den Seitenausgang.«

Honeywell trug die Schrotflinte seitlich an sein Bein gedrückt, während er auf einen Pinto-Kombi in der vordersten Reihe zuschlenderte. Er tat so, als wolle er die Tür aufsperren, hob dann die Schrotflinte aufs Autodach und ging in Feuerstellung. Dog und Jojo hatten den Parkplatz bereits halb überquert, als sie sahen, daß Michaels neutraler Wagen die Einfahrt blockierte. Sie erstarrten. Ihre Blicke huschten zu dem Lincoln hinüber, an dessen Steuer jedoch keiner mehr saß. Jojo begann, zurückzuweichen. Dog griff sich langsam in die Brusttasche seiner Jacke.

»Okay, ihr Scheißtypen!« kreischte Honeywell. »Hände hoch und weg vom Körper!«

Jojo wich weiter zurück. Dog schien kleiner zu werden, als schrumpfte sein Körper zusammen. Seine Hand steckte jetzt in seiner Tasche. Sein Blick glitt von Honeywell zu dem neutralen Wagen, dann zu dem Lincoln und wieder zu Honeywell zurück.

»Gebt auf, sonst knallen wir euch sofort ab!« brüllte Honeywell.

Jojo, der nicht weiter zurückweichen konnte, weil er das Bankgebäude im Rücken hatte, hob langsam die Hände. Eine Bankkundin mittleren Alters, die eine Chaneljacke trug, kam aus dem Nebenausgang. Sie schrieb etwas in ihr Scheckbuch und sah nicht auf, während sie zielbewußt auf ihren Mercedes zusteuerte.

»Vorsicht, Lady!« rief Honeywell noch, aber Dog hatte ihr bereits den linken Arm von hinten um den Hals geschlungen und die Mündung seiner Pistole Kaliber 45 an ihre Schläfe gedrückt. Sie war größer als Dog, aber er riß sie rückwärts, bis sie den Halt verlor und nur noch durch seinen Griff am Hinfallen gehindert wurde.

»Ich blas' ihr das Hirn raus!« kreischte Dog. Die Frau hatte ihre Schuhe verloren und versuchte jetzt, mit bestrumpften Füßen einen Halt auf dem betonierten Parkplatz zu finden.

»Ich blas' ihr Scheißgehirn über den ganzen Platz!«

Gold stürmte durch den Haupteingang der Bank, rannte durch die Schalterhalle und rief dabei laut: »Niemand verläßt das Gebäude! Hier findet ein Bankraub statt! Alles auf den Boden legen!«

Seine Ankündigung löste ein überraschtes Murmeln aus, und die Bankkunden starrten Gold neugierig an. Offensichtlich wußte nur einer der Kassierer, daß die Bank beraubt worden war.

»Hinlegen!« brüllte Gold und stieß eine junge Asiatin zu Boden. Er hielt seine goldene Polizeiplakette mit der ausgestreckten linken Hand hoch und drehte sie um, damit jeder sie sehen konnte.

»Polizei! Alles auf den gottverdammten Boden! *Sofort!*«

Die Bankkunden begriffen plötzlich, was hier vorging, und warfen sich hastig auf die gebohnerten Fliesen. Gold öffnete langsam die Tür des Nebenausgangs.

Die Frau kniete jetzt. Dog kauerte dicht an sie gedrängt hinter ihr. Seine linke Hand war in ihr Haar verkrallt, und seine Rechte drückte weiter die Pistole gegen ihren Kopf. Jojo stand noch immer mit erhobenen Händen an der Mauer. Gold war ihm so nahe, daß er ihn zittern hörte.

»Jetzt gehen wir zum Wagen dieser Schlampe!« brüllte Dog gerade.

»Zwecklos, Dog«, sagte Honeywell. »Das funktioniert doch nicht.«

»*Hör mir jetzt gut zu, Bulle!* Wir gehen zur Kiste dieser Schlampe. Sieh zu, daß dieser beschissene Polizeiwagen aus der Einfahrt wegkommt – und das ein bißchen plötzlich!«

Sekundenlang bewegte sich keiner, sprach niemand. Auf dem Santa Monica Boulevard rauschte der Verkehr vorbei.

»*Sonst erschieß' ich sie!*«

»Okay! Okay!« antwortete Honeywell. »Wir fahren ihn weg!« Auf sein Zeichen hin glitt Mancuso tief hinters Lenkrad und fuhr den Wagen langsam rückwärts aus der Einfahrt. Dog riß die Frau an den Haaren in die Höhe und achtete darauf, dicht hinter ihr zu bleiben. Die Geisel wimmerte. Gold stützte sich am Türrahmen ab und zielte sorgfältig.

»Jetzt steigen wir in den Wagen dieser Schlampe und fahren weg!«

»Das dürfen wir nicht zulassen, Dog!« rief Honeywell zurück. »Du weißt, daß wir das nicht können!«

»Laß mich durch, Nigger, sonst erledige ich diese Schlampe, das schwör' ich dir! Ich schieß' ihr die Birne weg! Ich schieß' ihr die dämliche Birne glatt *runter*! Bleibt bloß von uns weg, ihr Scheißkerle!

Dog begann, die Frau vor sich her über den Parkplatz zu schieben. Ohne Honeywell aus den Augen zu lassen, nickte er Jojo zu.

»Komm schon, Mann!«

Gold hörte ein leises Geräusch aus Jojos Richtung und erkannte, daß der Mann weinte.

»Komm schon, Jojo!« drängte Dog wieder.

»Bitte, Dog«, schluchzte Jojo plötzlich. »O bitte!«

»Komm endlich, Jo!« knurrte Dog.

»O Jesus«, sagte Jojo, zwischen dessen Beinen sich plötzlich ein dunkler Fleck ausbreitete. »O bitte, bitte, bitte.«

»Komm her, du mieser Scheißer, sonst knall' ich dich selbst ab«, schrie Dog, nahm seine Pistole vom Kopf der Geisel und zielte damit auf Jojo. Dann sah er Gold an der Tür stehen, sah seine Waffe und sah ihre Mündung auf sich gerichtet. Er hatte sich eben entschieden, Gold zu erschießen, als Gold abdrückte. An der Mauer neben ihm schrie Jojo laut auf und fiel auf die Knie. Unter seinem Ledermantel knallte etwas ohrenbetäubend laut, und Jojo schrie erneut. Dog taumelte mit einer stark blutenden Brustwunde. Als er seine Pistole erneut heben wollte, schoß Gold zweimal rasch nacheinander. Dog fiel nach vorn auf die Geisel und wand sich wie in Krämpfen. Die Frau kreischte und versuchte, unter ihm hervorzukriechen. Ihre Fingernägel brachen ab, ihr Mund und ihre Augen waren vor Entsetzen weit aufgerissen. Gold trat langsam vor, hielt den Police Special mit ausgestreckten Armen vor sich, bereit, nochmals abzudrücken, als Dogs Bewegungen plötzlich erstarben. Als die Geisel das Gewicht eines Toten auf sich spürte, kreischte sie noch lauter. Gold packte sie am Arm und zerrte sie unter Dog hervor. Er versuchte, ihr aufzuhelfen, aber sie hatte weiche Knie und sackte wieder schwer zusammen. Sie rang jetzt schluchzend nach Atem. Die anderen Cops umringten sie, und Mancuso, der sich auf solche Fälle verstand, kniete neben ihr nieder und versuchte, sie zu beruhigen. Honeywell und Christiansen banden den blutigen Stumpf, der Jojos Bein gewesen war, mit einem Hosengürtel ab.

»Ich hab' dir gesagt, daß sich dieses Arschloch den Pimmel abschießt – bloß hat's seinen Scheißfuß erwischt«, sagte Honeywell. »Er hat 'ne abgesägte Zwölferschrotflinte unter dem Mantel gehabt. Mit 'nem Vibrator wär' er ebenso gut bedient gewesen.«

Jojo stöhnte.

»Halts Maul, du Pisser«, knurrte Honeywell, während er sich bemühte, die Blutung zu stillen. »Du blutest meinen besten Jogginganzug voll.« Er sah zu Gold auf. »Ist Dog tot?«

»Wenn ich jemals 'nen Toten gesehen habe – und ich habe schon viele gesehen –, beißt Dog nie wieder.«

Gold stützte sich von der Mauer des Bankgebäudes ab.

»Alles okay, Jack?«

»Ich glaub', ich muß kotzen, Honey.«

Honeywell starrte ihn prüfend an.

»Willst du dich nicht ins Auto setzen, Jack?«

»Geht schon wieder«, wehrte Gold ab. »Hast du für dieses Arschloch 'nen Krankenwagen angefordert?«

Honeywell nickte grunzend. Er war wieder mit Jojos Bein beschäftigt. Flores kam mit einem Jugendlichen in Handschellen heran.

»Was sollen wir mit dem Fahrer machen, Lieutenant?«

Der Junge starrte den Erschossenen an. »Jesus«, flüsterte er heiser.

»Was ist dir lieber, Nolan?« fragte ihn Gold. »Ich kann dich sofort laufenlassen. Oder vom Revier aus. Oder wir sperren dich ein paar Tage ein und lassen dich dann frei.«

Der Junge starrte Dog wie gebannt an. »Großer Gott. Das ist meiner Schwester ihr Alter.«

»Setzt ihn in den Wagen«, wies Gold Flores an. »Wir nehmen ihn in Haft. Ich rede morgen mit dem Staatsanwalt und übermorgen lassen wir ihn wegen Mangels an Beweisen laufen. Sieht besser aus. Ich bezweifle, daß ein Stück Dreck wie Dog Freunde gehabt hat, aber man kann nie wissen. Das sieht besser aus.«

Er wandte sich wieder an den Jungen.

»Und wenn ich mit dem Staatsanwalt rede, Nolan, sage ich ihm, was du heute morgen hier für mich getan hast. Ich bitte ihn, sich um diese andere Sache unten in Downey zu kümmern. Damit ist das erledigt. Ich rede mit ihm, und er ruft gleich an.«

»Jesus!« sagte der Junge. »Sie haben ihn umgelegt!«

»Morgen ist Samstag«, warf Flores ein.

»Dann bleibt er bis Montag drin. Dienstag. Das sieht besser aus.«

»Jesus«, flüsterte der Junge. »Großer Gott.«

Irgendwo in der Ferne war eine Krankenwagensirene wie Gitarrenfeedback zu hören: ein dünnes, trockenes Heulen. Spicer stand auf dem Boulevard und winkte einem hoch über ihnen schwebenden Polizeihubschrauber zu, er solle weiterfliegen. Ein Streifenwagen hatte angehalten, und die uniformierten Cops versuchten, die gaffenden Autofahrer zum Weiterfahren zu bewegen. Zu Golds Füßen bemühten Honeywell und Christiansen sich noch immer um Jojo. Gold sah ihnen kurz zu, wandte sich dann ab, überquerte die Straße und betrat eine kleine Bar. Sie hieß The Locker Room, und der Barkeeper, der mit einer Gruppe junger Männer auf dem Gehsteig gestanden und die Show beobachtet hatte, folgte Gold hinein und trat hinter die kurze Kunstledertheke.

»Johnnie Walker Black«, bestellte Gold und zeigte mit Daumen und Zeigefinger mindestens fünf Zentimeter an.

Der schlanke, sonnengebräunte Körper des Barkeepers war hauteng in ein schwarzes Unterhemd und Khakishorts verpackt. Sein Haar war militärisch kurz geschoren. Er trug einen goldenen Ohrring, ein vorn verknotetes rotes Halstuch und einen riesigen Schlüsselbund an der linken Hüfte. Er schenkte den Drink ein, trat zurück und beobachtete, wie Gold die Hälfte mit einem Zug kippte.

»Sind diese Leute tot?«

Gold nahm einen zweiten Schluck und beobachtete den Barkeeper über den Rand seines Glases hinweg. Dann stellte er das Glas auf die Theke und deutete darauf. Der Barkeeper schenkte nach.

»Einer ist tot. Einer nicht«, antwortete Gold.

Mehrere junge Männer kamen von draußen herein, versammelten sich am anderen Ende der Theke und beobachteten Gold mißtrauisch. Irgend jemand steckte einen Quarter in die Musikbox und spielte Queens alten Hit »Another One Bites the Dust«. Irgend jemand kicherte.

»Ich hab' schon mal 'nen Mann umgebracht«, sagte der Barkeeper.

Gold sah ihn an.

»Ja«, sagte der Barkeeper, »das hat Tage und Tage und *Tage* gedauert.«

Die jungen Männer lachten. Einer kam nach vorn getanzt. Er war ziemlich klein und trug nur eine sackartige Leinenhose und eine Baseballmütze mit dem Emblem der L. A. Dodgers.

»Haben Sie den bösen Mann erschießen *müssen* – oder ist das bloß Ihre Art, zu kommen?«

Gold lächelte ihn grimmig an. »Verschwinde, Kleiner, bevor du was in den Arsch gesteckt kriegst, das dir bestimmt nicht gefällt.«

»Ooooh, hört euch bloß Mary an!« rief der kleine Mann und zog sich unter dem schallenden Gelächter seiner Freunde hüftwiegend in ihre Mitte zurück.

Gold deutete wieder auf sein Glas. Der Barkeeper schenkte ihm noch einen Doppelten ein und ging dann ans andere Ende der Theke, um seinen Freunden Gesellschaft zu leisten. Gold zog eine lange, dicke Zigarre aus der Hemdtasche und zündete sie an. Nachdem er das Streichholz ausgeschüttelt hatte, hielt er sich die Hand vors Gesicht. Sie zitterte nicht. Honeywell erschien am Eingang. Auf seinem Gesicht standen Schweißperlen. Er starrte mit zusammengekniffenen Augen ins kühle Halbdunkel, erkannte Gold und kam hastig auf ihn zu.

»Scheiße, was tust du hier, Jack?« fragte er halblaut.

»Trink einen mit, Honey.« Gold schnalzte mit den Fingern. Der Barkeeper wollte herankommen, aber Honeywell winkte ab.

»Das kannst du nicht machen, Jack. Diese OIS-Arschlöcher sind bereits da. Sie wollen wissen, wo du steckst, und das ist sogar verständlich. Dies ist dein Unternehmen, deine Festnahme – und du läßt dich hier vollaufen. Mann, das kannst du nicht bringen!«

Gold paffte an seiner Zigarre, bis er in graue Rauchschwaden gehüllt war. Dann trank er einen Schluck Scotch und sah Honeywell von unten an.

»Die OIS-Leute sind schon da?«

»Yeah.«

»Hat nicht lange gedauert.«

»Dein Ruf eilt dir eben voraus.«

»Wer ist gekommen?«

»Kush. Und ein paar seiner Leute.«

»Sergeant Kush«, sagte Gold langsam und nahm einen weiteren Schluck. »Wenn Kush da ist, kommen die Kameras bestimmt auch bald.«

»Eine unabhängige Station baut bereits auf. Sie ist nur drei Blocks von hier entfernt. Drüben am Sunset.«

Gold hüllte sich in eine Qualmwolke und schien die Zigarre in seiner Hand zu studieren.

»Jack, um Himmels willen . . .«

Gold drückte langsam seine Zigarre in dem vor ihm stehenden Aschenbecher aus.

»Jack, bitte Mann!«

»Schon gut, Honey«, wehrte Gold ab, während er aufstand. »Du bist verdammt lästig!« Er zog einen Zehner aus der Hosentasche und hielt den Schein hoch, damit der Barkeeper ihn sehen konnte. Als der nickte, leerte Gold sein Glas und stellte es auf den Zehner. Einer der Schwulen sagte etwas, und die anderen lachten wieder.

Draußen war es heißer und heller und dunstiger. Die Hollywood Hills waren ein brauner Klecks unter einem noch brauneren Himmel. Der Bankparkplatz war mit gelbem Polizeiband abgesperrt worden, und die Leute des Coroners transportierten eben Dogs Leiche ab. Gold und Honeywell drängten sich durch die Menge, die vor dem Haupteingang der Bank zusammengeströmt war. Ein junger Mann, der einen Anzug mit Weste trug und viel Make-up im Gesicht hatte, stand vor der Polizeiabsperrung und sprach in eine Minikamera auf der Schulter eines langhaarigen Orientalen.

»Heute morgen hat sich auf den im Smog liegenden Straßen West Hollywoods eine gewalttätige Tragödie ereignet«, begann der Reporter.

»Noch mal, Jeff«, sagte der Kameramann.

Aus der Menge tauchte ein Mädchen auf, das dem Reporter mit

einem Make-up-Pinsel übers Gesicht fuhr. Er rückte seine Krawatte zurecht und starrte angestrengt in die Kamera.

»Läuft sie?« fragte er.

»Kamera läuft. Ton ab, Jeff.«

»Hier spricht Jeff Bellamy vom Sender KZTV in West Hollywood. Heute morgen hat sich auf diesen im Smog liegenden Straßen eine gewalttätige Tragödie ereignet. Eine Tragödie, die nach Ansicht mancher Leute vermeidbar gewesen wäre.«

»Noch mal, Jeff.«

Gold stieß Honeywell an. »Scheiße, wovon redet der Kerl überhaupt?«

»Keine Ahnung, Jack. Er...«

»Ich kann euch sagen, wovon er redet«, blaffte ein stämmiger Mann mit Bürstenhaarschnitt, karierter Sportjacke und Schnurkrawatte. »Er sagt, daß Mrs. Eskaderian davon spricht, sich über euch Jungs zu beschweren. Vielleicht verklagt sie sogar die Stadt.«

»Hey, Joe Kush. Hab' schon gehört, daß Sie hier sind. Verdammt noch mal, wer ist Mrs. Eskaderian? Augenblick! Sagen Sie's mir lieber doch nicht.«

»Richtig! Sie ist die Kuh aus Beverly Hills, die blöd genug gewesen ist, sich heute morgen fast den Arsch wegschießen zu lassen. Die mit diesem – wie heißt er gleich? –, diesem Weathers getanzt hat. Ihr Mann ist ein großer, berühmter Filmproduzent, der gerade einen Film über argentinische Todesschwadronen gemacht hat.«

Kush tupfte sich sein rotes Gesicht mit einem zusammengefalteten Taschentuch ab.

»Und?«

»Und deshalb behauptet sie, daß ihr Clowns auch so was seid.«

»'ne argentinische Todesschwadron?« fragte Gold. Honeywell kicherte.

»Nein, Witzbold, 'ne Todesschwadron aus Los Angeles. Sie behauptet, Sie hätten diesen armen, unterprivilegierten Bürger heute morgen *hingerichtet*. Sie sollen ihm aufgelauert haben... Sie ›haben auf der Lauer gelegen‹, wie sie's auszudrücken beliebt. Und als Sie Mr. Weathers in einer Situation angetroffen haben, in der er legal liquidiert werden konnte, haben Sie ihn abgeknallt. Ohne auch nur einen Gedanken an die vielen Unbeteiligten zu verschwenden, deren Leben Sie verbrecherisch in Gefahr gebracht haben. Eine davon ist natürlich Mrs. Eskaderian gewesen.«

»Alles Scheiß!« widersprach Honeywell. »Jack hat ihr das Leben gerettet. Dog hätte sie todsicher umgelegt.«

»Ich wiederhole bloß, was die Lady gesagt hat.«

»Wo ist sie?« erkundigte Gold sich. »Ich möchte mit ihr reden.«

»Zu spät. Sie ist mit dem Verdächtigen, der sich den Fuß abgeschossen hat, im Krankenwagen weggefahren. Wie heißt er doch gleich?«

»Jojo.«

»Yeah. Sie ist verständlicherweise leicht hysterisch gewesen. Schließlich erlebst du nicht jeden Tag, daß jemand umgeblasen wird und auf dir abkratzt. Deshalb haben sie ihr 'ne Spritze gegeben und sie zur Untersuchung mitgenommen. Trotz aller Aufregung hat sie mir allerdings noch erklärt, daß Sie das Ihre Plakette kosten wird, Lieutenant. Und bis die beiden im Krankenhaus ankommen, haben Jojo und sie wahrscheinlich ausgeknobelt, wie sie Ihnen 'nen Mord anhängen können.«

Sergeant Kush lachte kurz und zeigte dabei kleine, spitze Nagezähne, die nicht so recht zu seinem fleischigen Gesicht paßten.

»Verdammt, wo haben Sie übrigens gesteckt, Lieutenant? Ich hab' Sie überall gesucht.« Kush starrte Gold an und schnüffelte fast sichtbar. »Sie wissen doch, daß Sie den Tatort nicht verlassen sollen, bevor Sie vom OIS überprüft worden sind.«

Gold lehnte sich an einen hinter ihm stehenden Wagen und verschränkte die Arme. »Ich hab' Pipi machen müssen, Joe. Ich hab' nicht gewußt, daß man dafür 'nen Passierschein braucht.«

»Versuchen Sie nicht, mir Schwierigkeiten zu machen, Lieutenant. Über euch alte, hartgesottene Cops kann man sich bloß ärgern. Und Sie sind der Schlimmste von allen. Dabei wissen Sie, daß ich meine Arbeit tun muß. Wie Sie Ihre tun. Also lassen Sie mich sie tun!« Kushs Gesicht war vor Hitze und Zorn knallrot angelaufen.

»Entschuldigen Sie, Officers«, unterbrach sie eine vertraute Stimme. Jeff Bellamy, der jugendliche blonde Fernsehreporter, stand jetzt neben Kush. Nervosität und das Gefühl, wichtig zu sein, ließen seinen Gesichtsausdruck verkniffen wirken. »Sergeant Kush, haben Sie jetzt Zeit für das Interview? Die anderen Kanäle bauen schon auf.«

»Natürlich, Jeff. Ich stehe Ihnen sofort zur Verfügung«, sagte Kush mit öliger Stimme. An Gold gewandt fügte er scharf hinzu: »Mit Ihnen befasse ich mich später, Lieutenant.«

»Tun Sie das, Joe.« Gold lachte. »Tun Sie das.«

Kush warf Gold einen aufgebrachten Blick zu, bevor er hastig Bellamy folgte, wobei er unterwegs seinen Kragen zuknöpfte und die Schnurkrawatte zurechtrückte.

»Sieh dir das fette Schwein an!« Honeywell setzte sich neben Gold auf den Kotflügel. »Angeblich watschelt er so, weil er für Chief Huntz *alles* tun würde.«

Gold lachte wieder. Er fischte eine weitere Zigarre aus seiner Hemdtasche. Während er sie anzündete, beobachtete Honeywell ihn aus dem Augenwinkel heraus.

»Was hältst du von dieser Scheiße mit Mrs. Eskaderian, Jack? Ob die sich tatsächlich beschwert? Glaubst du, daß es Ärger geben wird?«

Gold paffte in aller Ruhe seine Zigarre.

»Sergeant Honeywell, ich bin seit über fünfundzwanzig Jahren bei der Polizei und habe dabei eines gelernt: Mach dir erst morgen Sorgen wegen morgen, denn morgen kommt früh genug.«

Honeywell zuckte mit den Schultern und machte eine gleichgültige Handbewegung. »Wie du meinst, Jack.«

»Ich meine, daß wir uns das Interview ansehen sollten.«

Jeff Bellamy sprach wieder ernst in die Kamera.

»Ich bin hier mit Sergeant Kush vom Officer Involved Shooting Unit, der für Schußwaffengebrauch von Polizeibeamten zuständigen LAPD-Einheit. Sergeant, können Sie uns schildern, was hier passiert ist?« Bellamy hielt das Mikrofon vor Kushs rotes Gesicht.

»Nun, Jeff, es handelt sich um einen versuchten Bankraub bei dieser Zweigstelle – der Zweigstelle West Hollywood – der Golden State Bank and Trust. Der Versuch ist vereitelt worden, die Täter haben für kurze Zeit eine Geisel genommen, die aber sofort wieder befreit wurde, wobei ein Verdächtiger umgekommen ist und ein weiterer Verdächtiger verletzt ins L. A. Memorial Hospital gebracht werden mußte. Nach ärztlicher Versorgung kommen er und ein dritter Verdächtiger – ein Jugendlicher – bis zur Anklageerhebung in Haft.«

»Treffen die ... äh ... Gerüchte zu, Sergeant, daß dieses Blutvergießen sich hätte vermeiden lassen?«

»Durchaus nicht, Jeff«, sagte Kush mit Blick in die Kamera. »Erste Ermittlungen haben ergeben, daß die beteiligten Polizeibeamten in einer sehr gefährlichen Situation rasch und besonnen gehandelt haben. Ich finde, daß sie für ihre gute Arbeit Lob verdient haben.«

»Sag's ihnen, Sarge!« flüsterte Honeywell.

»Wie steht's mit den Berichten, daß die befreite Geisel daran denkt, sich über die Polizei zu beschweren?« fragte Jeff Bellamy. »Die Beschwerde würde sich gegen die Art und Weise richten, wie dieser ganze Fall abgewickelt worden ist.«

»Nun, Jeff, die befreite Geisel ist natürlich sehr durcheinander gewesen. Sie mußte wegen ihres erregten Zustands sogar ins Krankenhaus eingewiesen werden. Ich bin davon überzeugt, daß sie, sobald sie ihre Fassung zurückgewonnen und in Ruhe über die Ereignisse dieses Vormittags nachgedacht hat und sobald die laufenden Ermittlungen abgeschlossen und alle Fakten berücksichtig worden sind, zu der Einsicht kommen dürfte, daß die beteiligten Polizeibeamten sehr, *sehr* mutig und durchaus verantwortungsbewußt gehandelt haben.«

»*Schei-ße!*« Honeywell stieß einen anerkennenden Pfiff aus. »Dieser Kush versteht's, die Leute einzuseifen!«

»Das ist schließlich sein Job«, grunzte Gold.

Zwei große Männer in dunklen Anzügen und mit Sonnenbrillen kamen über den verkehrsreichen Boulevard. Sie bauten sich vor Gold auf.

»Lieutenant Jack Gold, LAPD?«

»Der bin ich.«

Einer der beiden hielt ihm seinen Dienstausweis in einem Lederetui hin.

»Ich bin Agent Fitzhugh, und das ist Agent Bremer vom Federal Bureau of Investigation. Wir hätten Sie gern gesprochen.«

Gold betrachtete den Ausweis kurz, bevor er aus dem Mundwinkel heraus zu Honeywell sagte: »An manchen Tagen wär's besser, gar nicht erst zum Dienst zu kommen. Weißt du, was ich meine?«

Mittag

Das Gebäude war langgestreckt und niedrig, kubistisch und modern. Seine Fassade bestand aus glattem, schwarzem, von außen undurchsichtigem Plexiglas, das von Zwergpalmen und Paradiesvogelpflanzen gesäumt wurde. Hinter dem Gebäude lag der für leitende Angestellte der Firma reservierte kleine Parkplatz vor einem Lagerhaus mit Laderampe. Hinter diesem Lagerhaus befand sich ein größerer Parkplatz für alle übrigen Arbeiter und Angestellten der Firma.

Um Punkt zwölf ergoß sich ein Strom lachender, schwatzender Arbeiter aus den Toren des Lagerhauses und dem Hinterausgang des Gebäudes, um sich in kleinen Gruppen auf dem Parkplatz für Führungskräfte zu versammeln. Dort lehnten die Männer essend und rauchend und scherzend an Autos oder der schwarzen Fassade.

Walker tauchte aus dem Halbdunkel des Lagerhauses auf und blinzelte ins helle Sonnenlicht. Er setzte sich auf die Laderampe, ließ die Beine baumeln und holte aus einer verknitterten, fettigen Papiertüte ein Käse-Schinken-Sandwich, eine Orange und seine silberfarbene Thermosflasche. Er faltete die Tüte wieder sorgfältig zusammen und steckte sie in die hintere Tasche seiner Jeans. Nachdem er dampfend heißen Kaffee in den Schraubbecher gegossen hatte, schluckte er zwei Pillen und spülte mit Kaffee nach. Dann nahm er einen großen Bissen von seinem Sandwich, kaute langsam und blickte mit zusammengekniffenen Augen in die smogverhangene Sonne.

Die meisten Lagerarbeiter und viele Angestellte aßen bei einem Imbißwagen, der Chico's Choo-Choo hieß und nur wenige Meter von der Parkplatzeinfahrt entfernt stand, aber Walker stellte sich nicht gern im Gedränge an, nur um ein Sandwich oder Burrito zu bekommen. Er mochte es nicht, wenn er versehentlich mit den Schwarzen oder Mexikanern aus dem Lagerhaus zusammenstieß. Und die Betreiber des Imbißwagens waren trotz seines Namens Vietnamesen, und Walker hatte gehört, daß Vietnamesen Hundefleisch aßen. Außerdem reichte allein der Anblick eines Asiaten aus, um Walker aufbrausen zu lassen, und er fand es in letzter Zeit immer schwieriger, sich zu beherrschen. Er wußte nicht einmal bestimmt, ob er seinen Zorn beherrschen *wollte*.

Der Hauptgrund dafür, daß er sich das Mittagessen selbst mitbrachte, war jedoch die Tatsache, daß ihm einmal ein Taxifahrer in einem die ganze Nacht geöffneten Doughnut Shop erzählt hatte, er habe in dieser Nacht zwei als Dienstmädchen arbeitenden alten Negermammys zugehört. Sie waren von ihren Arbeitgebern mit seinem Taxi heimgeschickt worden und hatten sich lachend erzählt, wie sie ihren jeweiligen Bossen oft spät abends noch ein Sandwich zubereiteten und dabei einen Schleimbrocken unter das Salatblatt spuckten, bevor sie die zweite Weißbrotscheibe auflegten – und dann voll Schadenfreude zusahen, wie die weißen Hundesöhne gierig fraßen, mit den Lippen schmatzten und sich die Finger ableckten. Walker hatte diese Geschichte sofort geglaubt, und da er ohnehin vermutete, alle Nichtweißen hätten sich insgeheim gegen die Weißen verschworesdn, aß er in Los Angeles nur selten außer Haus.

Nachdem Walker das Sandwich gegessen hatte, schälte und aß er die Orange und wischte sich die Händen an den Hosenbeinen sauber. Er streifte sein T-Shirt ab, so daß sein muskulöser, tätowierter Oberkörper sichtbar wurde, lehnte sich an die Wand des Lagerhauses und zog eine zusammengerollte Zeitung aus der anderen Hüfttasche seiner Jeans. Er schlug sie sorgfältig auf und begann zu lesen, während er sich mit einer Hand die Schulter rieb.

THE KALIFORNIA KLARION
VOICE OF THE KALIFORNIA KLAN

Sogenannter Holocaust ein Schwindel

Desert Vista, Kalifornien – Dr. Arthur Vogel, ein angesehener Pädagoge und Vorsitzender der Society for Historical Accuracy, hat heute mitgeteilt, daß seine sehr gründlichen Forschungen ergeben haben, daß die »Storys« über Millionen von Juden, die im Zweiten Weltkrieg ermordet worden sein sollen, weit übertrieben und in Wirklichkeit Entstellungen und ausgesprochene Lügen sind.

In seinem Vortrag vor der Society for Historical Accuracy hier in Desert Vista sagte Dr. Vogel, dessen Rücktritt als Professor im staatlichen Universitätssystem vergangenes Jahr von radikalen jüdischen Elementen erzwungen worden ist, der Schwindel des sogenannten »Holocausts« sei der Welt nach dem Zweiten Weltkrieg von antichristlichen zionistischen Kräften aufgezwungen worden, um internationale Zustimmung für die Gründung eines eigenen Judenstaats zu erreichen.

»Wir sind vereinzelt auf Fälle gestoßen, in denen Juden bei den Flächenbombardements, die während des Krieges ganz Europa erfaßt haben, den Tod gefunden haben«, führte Dr. Vogel aus, »aber dabei ist zu berücksichtigen, daß in diesem Feuersturm, der über Europa hinweggefegt ist, viele Angehörige vieler Nationalitäten umgekommen sind. Die Behauptung, die Juden seien von den Deutschen ausgesondert und systematisch verfolgt worden, ist einfach nicht wahr. Diese Unwahrheit wird heute wie damals von einer mächtigen, weltweiten Organisation zionistischer Terroristen verbreitet, die in allen Großstädten und Staaten der Welt, die der Jude besiedelt und infiziert hat, Kontakte und Einfluß besitzt.

Besonders einflußreich in den USA

Dr. Vogel führte aus, das Internationale Netzwerk der Juden sei vor allem hier in den Vereinigten Staaten besonders mächtig. »Die Juden«, so Dr. Vogel in einer kämpferischen Rede vor Zuhörern, zu denen auch State-Assembly-Kandidat Jesse Utter gehörte, »haben in ihrer üblichen heimtückischen Art das einzigartige Bürgerrechtsbewußtsein amerikanischer Gerichte, die liberale Laschheit des amerikanischen Bildungssystems und die zu linkem Mitläufertum neigende amerikanische Presse ausgenützt, um die Wahrheit zu verdrehen und bei dem uninformierten WEISSEN AMERIKA *Mitgefühl für die zionistische Sache zu wecken. Indem das internationale jüdische Netzwerk unsere Verlage, unsere Schulen, unsere Universitäten, unsere Filme und unser Fernsehen unter seine Kontrolle gebracht hat, hat es die Lüge vom hebräischen Holocaust verbreitet, den Mythos des Konzentrationslagers glaubwürdig gemacht und ganz allgemein amerikanische Bürger und Einrichtungen jüdischen Zwecken dienstbar gemacht.«*

Walker trank einen großen Schluck Kaffee und las weiter. Während seine Augen über den schlechten Zeitungsdruck hinwegglitten, bewegte er leicht die Lippen.

AMERIKA SPIELT VOR AMERIKAS GERICHTEN
MIT DEM FEUER

Desert Vista. Kalifornien – Amerikas Anwälte und Richter zerstören die Grundlagen der amerikanischen Gesellschaft, wie wir sie kennen, indem sie Verbrecher und Mörder auf unsere Straßen entlassen, von denen diese Anwälte und Richter genau wissen, daß sie eingesperrt bleiben oder hingerichtet werden sollten, hat State-Assembly-Kandidat Jesse Utter gestern hier in Desert Vista festgestellt.

Und es sei kein Zufall, daß die überwiegende Mehrheit dieser Anwälte und Richter Juden seien.

Und es sei weiterhin kein Zufall, daß die überwiegende Mehrheit dieser Verbrecher und Mörder aus Schwarzen bestehe.

Bei der Eröffnung seines Wahlfeldzugs hier in seiner Heimatstadt Desert Vista führte der unabhängige amerikanische Kandidat Jesse Utter aus, jüdische Anwälte und jüdische Richter legten es in ihrem bisher sehr erfolgreichen Bestreben, in der Mitte Amerikas Chaos und

Verwirrung zu stiften, bewußt darauf an, möglichst viele schwarze Räuber, Vergewaltiger und Mörder auf das WEISSE CHRISTLICHE AMERIKA *loszulassen.*

Auf einer Wahlversammlung hier im KALIFORNIA KLAN WORLD HEADQUARTERS *versprach* KLAN-KANDIDAT *Jesse Utter, die internationale jüdische Verschwörung bei ihrem Versuch, Amerika durch seine Gerichte zu zerstören, unermüdlich zu bekämpfen.*

»Die Juden wissen genau, was sie tun«, warf KLAN-KANDIDAT *Jesse Utter ihnen vor. »Der amerikanische Nigger ist stets der tölpelhafte Erfüllungsgehilfe des gerissenen, verschlagenen Juden gewesen, und das ist noch heute so. Von ihren privatbewachten, millionenschweren jüdischen Bastionen wie Beverly Hills und Palm Springs aus, in denen sie sicher und ungefährdet sitzen, arbeiten jüdische Anwälte und Richter in unheiliger Allianz zusammen, um auf das* WEISSE CHRISTLICHE AMERIKA *alle* DROGENSÜCHTIGEN, TIERISCHEN NIGGERVERGEWALTIGER UND -MASSENMÖRDER *zu hetzen, die sie unsere Gefängnistoiletten hinunterspülen können.*

Durch Verabschiedung unpraktikabler Gesetze, durch Nichtzulassung der Anklage gegen Schwarze selbst bei eindeutiger Beweislage in möglichst vielen Fällen, durch milde Urteile aufgrund angeblicher Geständnisbereitschaft der Angeklagten ...«

»Hey Walker! Da kommt deine Alte, Mann!«

Als Walker aufsah, hatte er ein breites, braunes Gesicht mit Schweißperlen unter einem verknoteten blauen Stirntuch vor sich. Eine Gruppe von Chicanos aus dem Lagerhaus hatte sich wenige Meter von ihm entfernt versammelt, und Gonzales, der ihn angesprochen hatte, schnitt sich jetzt lachend mit einem Jagdmesser mit fünfzehn Zentimeter langer Klinge Scheiben von einer Birne.

»Heut' sieht sie gut aus, Walker. Sie hat sich für Mr. Morrison hergerichtet. Was du denken?« köderte Gonzales ihn.

Eine große, vollbusige Blondine Ende Zwanzig stöckelte rasch über den Parkplatz. Mehrere Männer pfiffen hinter ihr her, und einer sagte: »*Mira, mira,* Terri!« und schmatzte mit den Lippen. Bei Ngu Ming, dem Schnellkoch in Chico's Choo-Choo, bestellte die Blondine zwei Rühreisandwiches. Sie sah wie eine der üppigen Frauen aus, die ständig kämpfen, um ihr Gewicht zu halten. Ihr Körper unter dem leichten blauen Sommerkostüm mußte die Aufmerksamkeit jedes Mannes in ihrer Nähe erregen.

»Hey, Terri!« rief Gonzales, aber sie ignorierte ihn und gab vor, mit der Auswahl in Zellophan verpackter Doughnuts beschäftigt zu sein.

»Hey, Terri! *Mira, mira!* Hierher! Ich will dir was zeigen!« Die Männer auf dem Parkplatz starrten Terri an und grinsten. Einige von ihnen sahen rasch zu Walker hinüber.

»Hey, Walker, was du denken?« Gonzales saugte ein Stück Birne von der Spitze seines Messers. »Ich glaube, Mr. Morrison, er hat ihr schon gezeigt. Was du denken?« Gonzales kaute das Birnenstück mit halboffenem Mund.

»Fick dich!« sagte Walker ruhig.

Gonzales grinste ihn kurz an, bevor er sich wieder nach dem Parkplatz umdrehte.

»Hey, Terri! Du holen Lunch für Mr. Morrison, *Corazon?*«

Sie drehte sich um, legte eine Hand über die Augen und versuchte zu erkennen, wer ihren Namen gerufen hatte. Gonzales winkte ihr zu, und sie winkte zögernd zurück. Um ihre Mundwinkel spielte ein nervöses Lächeln, bis sie Walker erkannte, der sie aufgebracht anstarrte. Ihr Lächeln verschwand schlagartig. Sie zahlte die Sandwiches, hastete über den Parkplatz zurück und verschwand in dem schwarzen Bürogebäude.

»Hey, Terri! Ooooh, Terri! Verlaß mich nicht!« rief Gonzales, und selbst Ngu Minh in seinem heißen Wagen lachte und beobachtete, wie ihre Hinterbacken sich bewegten.

»Ay, ay, ay«, murmelte Gonzales hinter ihr her und schüttelte bedauernd den Kopf. Dann ging er davon, und die anderen schlenderten hinter ihm her. Walker sah ihnen nach, goß sich einen weiteren Becher Kaffee ein, blätterte die Zeitung um und begann mit dem Artikel unter der Schlagzeile

ERMORDEN JÜDISCHE ÄRZTE UNSERE KINDER?

13.22 Uhr Deputy Sheriff Washington blickte gelangweilt auf, als die große, schlanke Frau an seinen Schreibtisch trat. Er tat seit über fünf Jahren Dienst im Sheriff's Office, war seit nunmehr sieben Monaten ins L. A. County Jail abkommandiert und hielt sich viel darauf zugute, daß ihn nichts mehr überraschen konnte. Aber er . . . nun, er fand es ständig *amüsant*, was für Klasseweiber die Arschlöcher besuchten, für die er verantwortlich war. Der beste Hintern, den er je bei einer Weißen gesehen hatte, hatte einer Neunzehnjährigen gehört, deren Mann eine sechsundachtzigjährige Urgroßmutter vergewaltigt und erwürgt hatte. Und sie hatte ihn zweimal pro Woche besucht – mehr Besuche waren nicht gestattet –, bis er nach Folsom verlegt worden war. Das ... *amüsierte* Deputy Sheriff Washington.

»Esther Phibbs. Besuch für Robert Phibbs. Zweiter Stock, Gang B, Zelle sechs.«

»Ich weiß inzwischen, wie Sie heißen, Esther. Ich meine, wie könnte ich *Ihren* Namen vergessen, Ma'am?« Deputy Sheriff Washington grinste und ließ seinen Blick über ihren schlanken, muskulösen Körper gleiten. Dann griff er nach einem Telefonhörer und sagte: »Phibbs, Robert. Zwei B, sechs.«

Er schob Esther ein Schreibbrett mit einer Liste hin, in die sie sich rasch eintrug.

»Danke«, sagte Esther, ohne ihn anzusehen. Sie nahm zwei Meter von seinem Schreibtisch entfernt auf einer harten Bank Platz, zündete sich eine Zigarette an und schlug nervös die Beine übereinander. Neben ihr auf der Holzbank stillte eine junge Mexikanerin mit silbernem Lidschatten ihr Baby, dessen Kopf in ihrer Bluse steckte. Aus den Tiefen des Gebäudes vibrierte unaufhörlich eine gedämpfte Kakophonie aus lauten Männerstimmen, zuknallenden Eisentüren und dem Rauschen von Wasserspülungen – eine Gefängnissymphonie. Deputy Sheriff Washington warf Esther durch halbgeschlossenen Augen freche Blicke zu.

»Haben Sie nichts Besseres anzustarren, Mann?«

Deputy Sheriff Washington grinste breit und zeigte kräftige weiße Zähne. »Nichts, Esther, garantiert nichts!«

Esther paffte ihre Zigarette und betrachtete ihre Fingernägel.

Zwei junge weiße Punkerinnen mit purpurroten Hahnenkämmen tänzelten den Korridor entlang. Sie sangen einen Techno-Punk-Hit mit, der in Affenlautstärke aus dem riesigen Kassettenrecorder kam, den eine von ihnen auf der Schulter trug. Die andere trug schwere Knöchelketten, die bei jedem Schritt rasselten. Deputy Sheriff Washingtons Lächeln machte einer strengen schwarzen Amtsmiene Platz.

»Tut mir leid, meine Damen, aber die Musik müssen Sie hier abstellen.«

»Wir wollen Johnny Shockwave besuchen«, sagte das Mädchen mit den Knöchelketten.

»Shockwave«, murmelte Deputy Sheriff Washington, während er in der abgegriffenen Kartei auf seinem Schreibtisch blätterte. »Shockwave. Ich hab' hier keinen Shockwave.« Er sah auf. »Heißt er bestimmt so?«

»Er ist Musiker«, antwortete Ketten. »Schlagzeuger.«

»Können wir ihn gemeinsam besuchen?« fragte die andere.

»Tut mir leid, Ma'am...« Deputy Sheriff Washington verstummte, als Esther das »Ma'am« mit häßlichem Auflachen quittierte.

»Gibt's hier so 'ne Art eheliche Besuche?« fragte Ketten.

»Hören Sie, Sie müssen...«

»Wir wollen ihn gemeinsam besuchen. Ein ehelicher Besuch eben. Zusammen. Gleichzeitig.«

Ein weiterer Deputy Sheriff stieß die zu den Besucherzellen führende massive Gittertür auf.

»Phibbs?« fragte er und sah sich in dem Raum um.

Deputy Sheriff Washington sah Esther nach, als sie durch die Gittertür verschwand.

»Stell jetzt *sofort* diesen gottverdammten Krach ab!« fauchte er Ketten an.

Als Esther Bobby hinter der dicken Glaswand der Besucherzelle sah, lächelte er ihr zu, und sie spürte ihren Magen in die Kniekehlen sinken, während flüssiges Feuer durch ihre Adern kreiste. Er legte seine Hand an die Scheibe und nahm den Telefonhörer ab. Sie berührte das kühle Glas an der Stelle, wo seine Hand lag, und hielt den anderen Hörer an ihr Ohr.

»Hi, Baby«, sagte er, und der Klang seiner Stimme ließ sie innerlich erschauern.

Bobby Phibbs war ein sehr gut aussehender Mann mit schmaler Nase und großen, mandelförmigen Augen. Wäre seine Haut nicht dunkelbraun gewesen, hätte er aus dem Nahen Osten oder sogar von der Levante stammen können. Er besaß den Körperbau und die kraftvolle Grazie eines natürlichen Athleten – wahrscheinlich ein guter Rückraum-Footballspieler. Er trug sein Haar oben kurz und im Nacken ziemlich lang, und ein dünner Fu-Manchu-Schnurrbart wölbte sich um seinen Mund mit den sinnlichen Lippen.

»Jetzt dauert's nicht mehr lange, Bobby«, sagte Esther, während sie sich setzte. »Noch vier Tage. Bloß noch vier Tage!«

»Na, wenn das mal wahr ist!« strahlte Bobby.

»Neulich hab' ich in einer Zeitschrift gelesen, daß die letzten Wochen im Gefängnis die schwersten sind. In den letzten paar Wochen werden mehr Ausbruchsversuche unternommen als irgendwann vorher.«

»Das ist im Gefängnis, Honey. Das sind Männer mit zwanzig, fünfundzwanzig Jahren. Hier im County Jail kommt so was nicht vor.«

Esther musterte ihn besorgt.

»Ich hoffe bloß, daß du unter keinen, du weißt schon, *Ängsten* leidest. Ich will nicht, daß du dir Sorgen machst...«

»Das tu' ich nicht, Es.«

»... weil du keinen Grund hast, dich über irgendwas Negatives aufzuregen, Bobby. In vier Tagen haben wir alles hinter uns. In vier Tagen...«

»Es, mit mir ist alles in Ordnung. Ehrlich! Ich hab' keine Sorgen, kein gar nichts. Ich bin bloß scheißfroh, daß ich hier rauskomme.«

Esther holte tief Luft und spürte, wie ihre Verkrampfung sich löste. Sie legte ihre Hand wieder an das Glas.

»Bobby«, flüsterte sie, »ich liebe dich so sehr.«

»Es...«

»Du fehlst mir sehr. Du fehlst uns allen sehr.«

»Es, jetzt kommt alles wieder in Ordnung. Mach dir keine Sorgen mehr, Baby. Ich komm' hier raus, und damit ist alles wieder gut. Daddy kommt heim, um zu bleiben.«

Esther gestattete sich ein Lächeln. Ihr Blick glitt hungrig über seinen Körper. »Bobby, du bist der einzige Mann, den ich kenne, der noch in Häftlingskluft *klasse* aussieht.«

»Schei-ße, Esther? Wie viele Kerle besuchst du hier?«

Sie lächelten sich lange zu und genossen den Anblick des anderen.

»Du siehst auch klasse aus, Baby. *Superklasse.*« Er beugte sich nach vorn, während er in den Hörer flüsterte. »Und wenn ich hier rauskomme, reiß' ich dir deinen süßen Arsch *auf*!«

»Pst, Bobby!« Esther sah sich errötend um.

»Ganz weit auf!« sagte Bobby, und sie lachten beide. Ein Wachposten erschien an der Glastür hinter Bobby und starrte ihn streng an, bevor er weitermarschierte. Bobby und Esther hatten Mühe, ihr

Kichern zu unterdrücken. Dann zündete Bobby sich eine Zigarette an, und Esther folgte seinem Beispiel.

»Brauchst du noch Zigaretten, Bobby?«

»Nein, Baby. Alle Packungen, die ich noch hab', wenn ich hier abschwirre, muß ich den Typen im Zellenblock schenken.«

Sie rauchten eine Zeitlang schweigend. Esther beobachtete, wie der Rauch aus seinen elegant geschwungenen Nüstern quoll und sein Gesicht verschleierte. Sie hatte ihm stets gern zugesehen, wenn er irgendwas tat. Rauchte. Sich rasierte. Aß. Sie fickte. *Irgendwas*. Er war der schönste Mann, den sie jemals gesehen hatte, und er war ihr ein Jahr lang vorenthalten worden, und sie sehnte sich nach ihm.

»Bobby, ich habe mit Mr. De Castro im Krankenhaus gesprochen. Er hat gesagt, daß du auf keinen Fall wieder dort arbeiten kannst. Vielleicht später mal, aber nicht jetzt. Auch in den nächsten Jahren nicht, Aber er sagt, daß er mit der Frau geredet hat, die dort die Cafeteria führt... ihr Name fällt mir nicht ein...«

»Mrs. MacArthur.«

»Richtig, Mrs. MacArthur. Nun, Mr. De Castro hat mit Mrs. MacArthur gesprochen, und *sie* hat mit einem Freund geredet, der Manager einer Piccadilly Cafeteria ist – du kennst doch die in der Innenstadt am Grand? *Genau die!* Und Mrs. MacArthur hat Mr. De Castro gesagt, daß er dir bestellen soll, daß ein *Job* auf dich wartet, wenn du hier rauskommst.«

»Das ist Dynamit, Es.«

»Nicht wahr, Bobby? Mrs. MacArthur hat ihrem Freund genau erzählt, wie fleißig du im Krankenhaus gearbeitet hast, wie die Patienten dich immer gelobt haben, weil du's ihnen so bequem gemacht hast und alles. Und sie hat ihm gesagt, weißt du, daß du ein paar schlimme Fehler gemacht, ein paar falsche Entscheidungen getroffen hast – und daß du jetzt für deine Fehler gebüßt und alles hinter dir gelassen hat.«

»Das stimmt auch, Baby.«

»Mr. De Castro hat gesagt, daß Mrs. MacArthur gesagt hat, daß der Job anfangs nicht gerade großartig sein wird. Eben für den Anfang, weißt du. Bloß Tische abräumen, Gemüse putzen, Tabletts aufstapeln und so ähnlich. Nichts Großartiges, hat Mrs. MacArthur gesagt, aber wenigstens ein Anfang.«

»Baby, das ist mehr als bloß ein Anfang. Sugar, das ist wundervoll! Ich würd' Gräben buddeln. Ich würd' Scheiße schaufeln. Nach einem

Jahr in diesem Höllenloch kommt mir das bestimmt wie *Urlaub* vor, Esther.«

Seine Begeisterung bewirkte, daß Esther sich warm und sicher fühlte.

»Oh, Bobby, jetzt wird's wirklich gut, stimmt's?«

Bobby machte ein ernstes Gesicht, und seine Stimme klang leise und gepreßt.

»Esther, hierher komm' ich nie mehr zurück. Niemals! Ich hab' ein Jahr Zeit gehabt, darüber nachzudenken, was für 'n Scheiß ich gebaut hab'. Wie ich beinahe alles verloren hab', was mir auf dieser Welt was bedeutet. Wie ich beinahe dich und Little Bobby verloren hab'. Was ich Mama alles angetan hab'. Und ich sag' dir, Baby, daß mich nichts auf der Welt noch mal hier reinkriegt. Nichts, *gar nichts!*« Bobby schüttelte den Kopf. »Baby, ich bin nicht viel wert, aber ich gehöre ganz dir.«

»Bobby ...«

»Wart nur, in Zukunft bin ich der beste Ehemann, der beste Vater, der beste gottverdammte Cafeteriahelfer, den du dir je hättest *träumen* lassen!«

»Bobby, ich liebe dich so sehr.«

»Ich lieb' dich auch, Baby.«

17.37 Uhr

Am Spätnachmittag umhüllte Smog das weite Becken von Los Angeles wie ein Stück schmutzige Gaze. Walker parkte in einer ruhigen Seitenstraße mit staubigen Autos und kleinen heruntergekommenen Holzhäusern, die wie Pilze aus dem Hang zu sprießen schienen. Er saß in seinem Kleinbus und beobachtete zwei etwa zwölfjährige Jungen, die vom Spielplatz um die Ecke kamen. Einer der Jungen hatte einen Baseballschläger und trug eine Dodgers-Mütze. Der andere trug einen Fanghandschuh und spielte mit einem Baseball, während sie den Gehsteig entlangkamen. Der eine war weiß, der andere schwarz.

Als die Jungen den Kleinbus erreichten, stieß Walker die Tür auf.

»Kevin!«

Der weiße Junge zuckte bei Walkers Stimme zusammen. Aber er rang sich ein schwaches Lächeln ab.

»Hi, Dad.«

»Wir haben uns einen Monat lang nicht mehr gesehen, und deine ganze Begrüßung besteht aus einem ›Hi, Dad‹? Komm gefälligst her und nimm deinen Alten in den Arm!«

Kevin trat vor und umarmte seinen Vater zögernd. Walker drückte ihn fest an sich. Über seine Schulter hinweg verdrehte Kevin die Augen, um dem schwarzen Jungen zu zeigen, wie unangenehm ihm das war. Walker richtete sich auf und starrte zuerst Kevin und dann den schwarzen Jungen an.

»Na, was machst du gerade, Kevin?«

»Ach, eigentlich nichts, Dad. Wir haben bloß ein bißchen trainiert. Für 'n richtiges Spiel sind nicht genug Jungs dagewesen.« Kevin senkte den Kopf und zupfte an einer Naht seines Handschuhs herum. Der schwarze Junge starrte Walker sekundenlang neugierig an und ging dann weiter.

»Bis später, Kevin!« rief er dabei über die Schulter hinweg. Walkers Blick folgte ihm die Straße entlang.

»Wer ist das, Kevin?«

»Wer? Oh, André? Das ist André. Wir gehen in die gleiche Schule.«

»André?« Walker schüttelte lachend den Kopf. »Sieht nicht gerade wie 'n Franzose aus. Ist er Franzose?«

»Ha?« Kevin versuchte, seinem Vater in die Augen zu blicken, was ihm kläglich mißlang, und zupfte weiter an seinem Fanghandschuh herum.

»Ob er Franzose ist, hab' ich gefragt.«

Kevin gab keine Antwort. Er schien zusammenzuschrumpfen.

»Kevin?«

Auf der Straße war es so still, daß der Verkehr vom eine halbe Meile entfernten Hollywood Freeway deutlich zu hören war. Walker kniete hin und sah seinem Sohn in die niedergeschlagenen Augen.

»Gibt's hier keine weißen Jungen, daß du mit 'nem Nigger spielen mußt?«

Kevin hörte auf, an dem Handschuh herumzuzupfen und wirkte plötzlich wie erstarrt. Nur seine Lider blinzelten heftig.

»Antworte, Kevin!«

»Dad, er ist bloß einer der Jungs.« Kevin zwang sich, den aufgebrachten Blick seines Vaters zu verwidern. »Er ist bloß einer der Jungs, mit denen ich Baseball spiele. Er ist mein Freund.«

»Kevin, ich hab' dir schon mal gesagt, daß es keinen Niggerfreund gibt. Sobald andere Nigger in der Nähe sind, tut er so, als kennt er dich überhaupt nicht. Oder noch schlimmer.«

»André ist nicht so, Dad.«

»So sind sie alle, Kevin. Und du hast nichts davon, wenn du dich mit ihnen rumtreibst. Die Leute beurteilen dich nach der Gesellschaft, mit der du dich umgibst, Junge, und Nigger sind *keine* gute Gesellschaft. Kapiert?«

»Dad, ich...«

»Verstanden?«

»Ja, Sir«, sagte der Junge lahm.

»Ich will dich nicht wieder mit diesem kleinen schwarzen Schimpansen rumlaufen sehen. Oder irgend 'nem anderen kleinen Niggerbengel, okay? Ich möchte, daß du dich mit ein paar netten weißen Jungen anfreundest. Mit Jungen, die zu dir passen. Okay?«

»Okay, Dad.« Kevin zupfte wieder an seinem Handschuh herum.

Walker stand auf. »Bist du nach Hause unterwegs?«

»Äh, nein, Sir«, antwortete Kevin rasch. »Ich muß, äh, ich muß zum Safeway rüber und Ringbuchpapier kaufen.«

»Im August? Wofür denn? Ihr habt doch gar keine Schule!«

»Für... für Inhaltsangaben von Büchern, die wir in den Ferien gelesen haben.«

»Brauchst du Geld?« Walker griff in die Hosentasche, aber Kevin hatte sich bereits in Bewegung gesetzt.

»Nein, danke, Dad.« Der Junge begann zu traben. »Bis später.«

»Denk daran, was ich dir gesagt hab'!« brüllte Walker ihm nach.

»Okay, Dad.«

Walker beobachtete Kevin, bis der Junge um die nächste Ecke verschwunden war. Dann wandte er sich ab und folgte dem von Rissen durchzogenen, betonierten Weg zu einem kleinen, weißen Holzhaus, dessen Veranda mit Fliegengittern versehen war. Die Verandatür war nicht abgesperrt. Er überquerte die Veranda und klopfte an die Haustür. Dahinter waren hastige Bewegungen zu hören, bevor eine Frauenstimme rief: »Herein!... Augenblick!... Wer ist da?«

»Ich bin's.«

Eisiges Schweigen, dann: »Sonny? Bist du's, Sonny? Moment, ich muß rasch was anziehen.«

Erneut hastige Bewegungen. Danach wurde die Tür geöffnet, und Terri stand barfuß und mit Lockenwicklern im Haar in abgeschnittenen Jeans und einem knappen Top da.

»Ich hab' geglaubt, es wär' Abe«, sagte sie leicht außer Atem.
»Oh? Machst du dem die Haustür immer nackt auf?«
Sie runzelte die Stirn. »Sehr witzig!«
»Außerdem hab' ich das alles schon mal gesehen.«
Sie tastete ungeduldig nach ihren Lockenwicklern.
»Was willst du, Sonny? Eigentlich darfst du dich gar nicht hier blicken lassen. Das gehört zu den Scheidungsauflagen. Oder hast du die vergessen?«
»Ich muß mit dir reden.«
Sie riß irritiert die Augen auf. »Scheiße, Sonny! Bist du wieder rausgeschmissen worden?«
»Nein, ich wollte bloß mit dir reden.«
Sie stemmte eine Hand in die Hüfte. »Ich hab' keine Zeit, Sonny. Abe hat Karten für 'ne Vorpremiere aufgetrieben, und danach gehen wir essen. Ich bin gerade von der Arbeit heimgekommen und muß mich zurechtmachen. *Und* Kevins Abendessen kochen.«
»Das dauert bloß eine Minute.«
Sie betastete erneut vorsichtig ihre Lockenwickler. »Eigentlich dürftest du nicht mal herkommen.«
»Hör zu, Terri, ich muß mit dir reden.«
Sie machte auf der Schwelle kehrt und verschwand rasch im Haus.
»Gut, meinetwegen, aber ich bin gerade bei Kevins Abendessen. Und ich muß weitermachen.«
Walker folgte ihr. Das Wohnzimmer mit Eßnische war klein und billig möbliert. Nichts paßte zusammen. Kleidungsstücke hingen über Stühlen, waren über die Tür geworfen und bedeckten ein schmuddeliges hellblaues Samtsofa. Terri ging in die winzige Küche.
»Ich dachte, du wärst wieder geflogen. Aber das hätte Abe mir wahrscheinlich schon erzählt – nachdem er dir doch den Job verschafft hat.« Terri begann, in einer blauen Schüssel Hackfleisch zu kneten. Ihre Brüste hüpften bei jeder Bewegung.
»Was gibt's also, Sonny?«
Walker lehnte am Türrahmen zwischen Küche und Wohnzimmer und sah zu, wie sie kleingehackte Zwiebeln und Semmelbrösel mit dem Hackfleisch vermengte.
»Läßt du Kevin ständig mit Niggern rumlaufen?«
»Du meinst André?« fragte Terri, ohne aufzusehen. »Das ist sein Kumpel. Die beiden sind unzertrennlich. Kevin schläft öfter bei ihm als hier.«

»Stört dich das nicht?«

»Nein«, sagte Terri, während sie sich die Hände an einem Geschirrtuch abwischte. »Warum auch?«

Walker grinste verächtlich. »Yeah, 'ner Schlampe, die mit 'nem Juden schläft, macht's wahrscheinlich nichts aus, wenn ihr Sohn mit 'nem Nigger rumrennt.«

Terri richtete sich auf und starrte ihn an. »Sonny, fang nicht wieder mit deinem abgefuckten Scheiß an! Ich will diesen Scheiß *nie* wieder hören, und vor sieben Jahren hat der Richter gesagt, daß ich ihn mir nicht mehr anhören *muß*. Bist du also deswegen hergekommen, verschwindest du am besten einfach und erzählst deine abgefuckte Story jemandem, den sie interessiert, okay?«

Sie riß eine Kasserolle aus dem Fach unter dem Ausguß und klatschte das Fleisch wütend hinein.

»Ich will nicht, daß du ihn heiratest, Terri.«

Die Blondine schüttelte lächelnd den Kopf.

»Du bist komisch, Sonny. Wirklich komisch!«

»Ich will nicht, daß mein Sohn als Jude aufwächst, das ist alles. Ich glaube nicht, daß das zuviel verlangt ist.«

Terri schwieg, während sie die Hackfleischmischung zu einem Laib formte, die Kasserolle ins Rohr schob und den Backofen einschaltete. Sie wusch sich im Ausguß die Hände, füllte aus der Kaffeemaschine zwei Becher und setzte sich an den plastikbeschichteten Tisch in der Eßnische. Sie schob einen Becher über die kratzfeste Oberfläche und nickte zu einem zweiten Stuhl hinüber.

»Setz dich, Sonny.«

Walker setzte sich und probierte den Kaffee. Er war bitter und abgestanden.

»Sonny«, sagte sie und begutachtete ihre Fingernägel. »Sonny, Abe Morrison ist ein Mann, von dem Kevin und ich nur Gutes zu erwarten haben. Er ist ein guter Vater. Das weiß ich, weil ich ihn mit seinen Kids aus erster Ehe gesehen habe – und das braucht Kevin seit langem dringend. Und er ist ein solider, erfolgreicher Mann – ein guter Versorger, wie's so schön heißt –, und das ist etwas, das hier auch lange abgegangen ist.«

Sie trank einen Schluck Kaffee und verzog das Gesicht.

»Sonny, Männer mögen mich. Es macht ihnen Spaß, mich nur vorbeigehen zu sehen. Sie ...«

»Yeah, das war 'ne tolle Show, die du heute auf dem Parkplatz ...«

Terri hob abwehrend eine Hand. »Sie beobachten mich gern, Sonny. Sie haben ihren Spaß daran. Damit ist ihr Tag gerettet. Okay, großartig. Aber ich weiß nicht, wie lange das noch anhält. Jesus, Riesentitten wie meine hängen mir eines Tages doch bis auf die Knie runter. Und mein Arsch wird auch immer breiter! Ich hab' verdammt Mühe, mein Gewicht auf fünfundsechzig zu halten. Neulich hab' ich mal übers Wochenende mit dem Essen nicht aufgepaßt und bin am Montagmorgen gleich auf siebenundsechzig, achtundsechzig gewesen. Nach *einem* einzigen Wochenende!

Dies Jahr werd' ich neunundzwanzig, Sonny. Sechzehn, als du mir 'n Kind gemacht hast; siebzehn, als wir geheiratet haben und Kevin auf die Welt gekommen ist. Das ist zwölf Jahre her, Sonny. Meine Dreißiger stehen vor der Tür, und ich hab' keinen blassen Schimmer, wo die letzten zehn Jahre geblieben sind. Ich will nicht mit vierzig in irgend 'nem Scheißkaff rumhocken, Dolly Parton aus der gottverdammten Musikbox plärren hören und wegen all der verpaßten Chancen in mein Bier flennen, während irgend 'n Arschloch versucht, mir an die Wäsche zu gehen. Ich verpasse keine Chance mehr, kapiert?

Hör zu, Sonny, ich hab' hier Gelegenheit, was für mich – und auch für Kevin – zu tun, und ich werd's tun, und davon kann mich niemand abhalten. Vor allem *du* nicht, okay? Bleib mir also in Zukunft mit deinem Scheiß vom Hals, okay?«

Walker beobachtete Terri, während sie sprach. Hinter dem Haus dribbelte irgend jemand mit einem Basketball. Bei jedem Wurf prallte er mit dumpfem Krachen von dem Brett hinter dem Korb ab.

»Ich will nicht, daß Kevin ein Jude wird«, stellte Walker fest.

»Um Himmels willen, Sonny! Hör doch endlich *damit* auf! Du klingst wie 'ne Schallplatte, die 'nen Sprung hat. Abe Morrison *fickt* mich gern, Mann, und ist bereit, mich zu heiraten, um mich ganz für sich zu haben. Er versucht nicht, mich zu bekehren, verstehst du?«

»Hast du trotzdem vor, Kevin christlich zu erziehen?«

Terri warf ihren Kopf in den Nacken und lachte.

»Sonny, was weißt du schon von Christentum, verdammt noch mal? Ich erinnere mich an einen Heiligen Abend, an dem du mir den Arm gebrochen hast. Wie christlich ist *das* gewesen? Hat dein Alter dich vielleicht christlich erzogen? Scheiße hat er! Der Scheißkerl hat bloß in Barstow bei der Eisenbahn gearbeitet, damit er jeden Abend besoffen heimkommen und dich und deine Mutter windelweich prügeln konnte. Das einzig Christliche, was er in seinem miserablen Leben getan hat, ist doch gewesen, daß er besoffen auf 'nem Gleis eingeschlafen und unter 'nen Güterzug der Southern Pacific gekommen ist! Danach bist du aufgekreuzt und hast Kevin und mich windelweich geprügelt – aus Zorn über die Welt, schätze ich. Und ich warte noch immer auf die *erste* christliche Tat deines Lebens. Erspar mir also diesen Scheiß, Sonny.«

Sie beobachtete, wie er sich mit hinter dem Kopf gefalteten Händen und seitlich abstehenden Ellenbogen mit seinem Stuhl zurücklehnte.

»Sonny, du mußt wirklich mit diesem ganzen Scheiß aufhören. Ich versuche, nicht wie deine Exfrau, sondern wie 'ne Freundin mit dir zu reden. Sonny, du *mußt* lernen, mit Leuten auszukommen. Das mußt du wirklich. So kannst du nicht weitermachen: Du kannst nicht alle hassen. Darum wirst du – außer bei deinem blöden Job als Zeitungsträger – auch überall wieder gefeuert. Als du vorhin an der Tür gewesen bist, hab' ich einfach *gewußt*, daß du wieder rausgeflogen warst! Dein jetziger Job bei Techno-Cal ist der erste, den du länger als bloß 'n paar Wochen gehabt hast. Und Abe hat ihn dir besorgt – warum willst du ihn jetzt dafür schlechtmachen? Er hat dir damit 'nen großen Gefallen getan!«

Walker ließ seinen Stuhl nach vorn kippen. Er stützte die Ellbogen auf den Tisch.

»Hey, er hat mir keinen Gefallen tun wollen. Das hat er für dich getan.« Er legte beide Hände vor dem Gesicht zusammen, benützte die Daumen als Revolvervisier und zielte auf ein an der Wand hängendes Foto von Terris Mutter.

»Außerdem brauch' ich keinen Job. Ich hab' ihn bloß angenommen, damit wir wieder zusammensein können.«

Terri starrte in ihren Kaffee, um Walkers Blick nicht erwidern zu müssen.

»Sonny«, sagte sie schließlich, »das ist alles lange her.«

»Klar, aber ...«

»Ich bin sechzehn gewesen, Sonny. Du hast Muskeln gehabt und Tätowierungen. Du hast 'n Motorrad gehabt. Du bist mir wie 'n irre heißer Typ vorgekommen.« Sie betrachtete ihn gelassen. »Wie 'n irre heißer Typ aber kommst du mir schon längst nicht mehr vor.«

»Terri ...«, begann Walker und griff über den Tisch nach ihr.

»Hör auf!« fauchte sie und entriß ihm ihre Hand. »Laß das, Sonny!«

»Hey, Terri, du brauchst doch nicht gleich über mich herzufallen.« Er lächelte. »Warum so verkrampft? Warum . . .«

»Hör zu, Sonny«, unterbrach Terri ihn. Sie stand auf und schob ihren Stuhl unter den Tisch. »Ich hab's wirklich eilig. Ich muß mich frisieren und mich zurechtmachen. Ich hab' dir gesagt, daß ich nur ein paar Minuten . . .«

»Wir haben's schön miteinander gehabt, weißt du.«

»Hey, das ist vorbei, Mann!« wehrte sie mit erhobenen Händen ab. »Das ist tot und vorbei!«

Terri beobachtete, wie Walkers Lächeln verschwand und sein Gesichtsausdruck grimmig wurde. Sie spürte die altvertraute Angst, die ihr Rückgrat entlang nach oben kroch, ihren Nacken erfaßte und sich dicht unter der Schädeldecke einnistete. Sie hatte stets Angst vor Sonny gehabt. Anfangs war das aufregend gewesen: Es hatte die Spannung und das Vergnügen erhöht. Aber jetzt, nach all den Jahren, nach den blauen Flecken und den Schmerzen, war nur die Angst übriggeblieben.

»Du solltest jetzt besser gehen, Sonny.«

Sein Gesicht glich einer mürrischen Maske. »Zwischen uns ist's nie aus, Terri.«

»Du solltest jetzt besser gehen«, wiederholte sie.

»Bevor ich zusehe, wie du diesen Scheißjuden heiratest, bring' ich ihn um!«

Terri schwieg fast eine halbe Minute lang, bevor sie mit gleichmäßiger, fast monotoner Stimme sagte:

»Sonny, gegen dich liegt ein gerichtlicher Unterlassungsbefehl vor. Wenn du mich anfaßt, wenn du auch nur die Stimme gegen mich erhebst, sorge ich dafür, das schwöre ich, daß du für lange, lange Zeit hinter Gitter kommst. Verstanden?«

Walkers Augen glitzerten kalt.

»Ich möchte, daß du jetzt gehst«, sagte sie, trat langsam an die Tür und bewegte sich dabei wie jemand in Gegenwart eines zähnefletschenden, nicht angeleinten Hundes. Als sie die Tür öffnete, fiel Sonnenlicht herein.

»Bitte, Sonny.«

Walker grinste, zögerte noch und stand dann auf. Er reckte sich und kratzte sich am Arm. Terri wartete schweigend.

Walker lachte kurz auf und ging dann zur Tür. Als er näherkam, spannte sie unwillkürlich alle Muskeln an. Sie kannte ihn. Falls er zuschlagen wollte, würde er's jetzt tun. Aber er ging an ihr vorbei und drehte sich erst auf der mit Fliegengittern geschützten Veranda um.

»Viel Spaß heute abend!« sagte er lächelnd. Er machte sekundenlang ein nachdenkliches Gesicht und grinste dann breit. »Heute ist Freitag. Weißt du bestimmt, daß er nicht mit dir in die Synagoge will?«

Sie seufzte und schüttelte leicht den Kopf. »Laß uns in Ruhe, Sonny. Bitte.« Sie schloß die Tür, und Walker hörte das Sicherheitsschloß klickend einrasten.

»Danke für den Kaffee!« brüllte er in Richtung Haustür. Er wartete, aber hinter der Tür herrschte Schweigen.

Auf halbem Wege zum Gehsteig blieb er stehen und horchte. Hinter dem Haus hörte er den Basketball gegen den Korbring prallen. Dann eine Stimme. Danach eine weitere. Zuletzt jungenhaftes Lachen.

Walker trabte über den sommerbraunen Rasen, ums Haus herum, die kurze Garagenzufahrt entlang und auf den betonierten Hinterhof hinaus. Kevin, der eben einen Freiwurf übte, kehrte ihm den Rücken zu. Walker fiel mit raubtierhafter Geschmeidigkeit über ihn her. Seine Faust traf den Hinterkopf des Jungen; dann riß er ihn herum und schlug ihm ins Gesicht. Kevins Kopf flog in den Nacken, und er hielt sich mit einem Aufschrei die Backe.

»Ich hab' dir doch gesagt, daß ich dich nicht wieder mit diesem kleinen schwarzen Bastard sehen will!« Walker deutete auf André, der mit großen Augen zurückwich.

Die Hintertür des Hauses wurde aufgestoßen, und Terri kam mit wutverzerrtem Gesicht kreischend ins Freie gestürzt.

»*Rühr ihn nicht an! Laß deine gottverdammten Finger von ihm!*«

Sie hielt einen Plastiklockenwickler in der Hand und warf damit nach ihm. Vor ihren Augen hing eine einzelne Haarsträhne herab.

»Laß ihn in Ruhe, du Scheißkerl, sonst sorge ich bei Gott dafür, daß du eingesperrt wirst!«

Kevin kämpfte mit zitternden Lippen gegen die Tränen an.

»Hau ab, Sonny! *Du sollst abhauen, verdammt noch mal!*«

Walker blickte von Kevin, der jetzt laut weinte, zu Terri, die sich nach etwas umsah, das sie als Waffe benützen konnte, zu André und zuletzt wieder zu Kevin hinüber.

»Los, zieh Leine! Wir wollen dich hier nicht haben!« Terri hob den

Basketball auf und wollte ihn Walker ins Gesicht werfen. Er prallte von seiner Brust ab.

»Kevin...«, sagte Walker und streckte eine Hand nach dem Jungen aus, der vor ihm zurückwich.

»Laß ihn in Ruhe!« kreischte Terri und umarmte ihren Sohn schützend.

Walker schien etwas sagen zu wollen, wandte sich dann jedoch ab und marschierte die Einfahrt in Richtung Straße entlang. Terri folgte ihm und überschüttete ihn mit Beschimpfungen.

»Laß uns in Ruhe, du gemeiner Kerl! Hau ab, du Schweinehund, und komm bloß nicht wieder her!«

Walker ließ den Motor seines Kleinbusses an und fuhr mit quietschenden Reifen aus der Parklücke. Terri stand noch immer auf der Straße und kreischte hinter ihm her. Nachbarn beobachteten sie hinter ihren Vorhängen. Kevin und André verfolgten die Szene von der Einfahrt aus. Walker raste mit aufheulendem Motor davon. In seinem Rückspiegel sah er Terri kleiner und kleiner werden.

21.27 Uhr Das Motelzimmer war kühl und dunkel. Gold ertastete den Lichtschalter gleich rechts neben dem Türrahmen. Er stellte eine Flasche Scotch und eine weiße Papiertüte auf den kleinen, runden Tisch. Aus dem Bad holte er zwei keimfrei verpackte Zahnputzgläser. Gold streifte die Schuhe ab und löste den Schnappverschluß des Revolverhalfters an seinem Gürtel. Die Dienstwaffe polterte auf die Tischplatte. Er zog einen der kantigen, unbequem aussehenden Plastikstühle an den Tisch und ließ sich hineinfallen.

Nachdem er sich einen Drink eingeschenkt und sein Sandwich mit Geflügelsalat ausgepackt hatte, streckte er eine Hand aus und schaltete den Fernseher ein. Während er abbiß, erschien nach einem kurzen Flackern J. R. Ewings bösartiges Lächeln auf der Mattscheibe. Der Ton war abgestellt, und Gold verzichtete darauf, ihn aufzudrehen. Er drehte den Thermostat auf AUS, aber das eisige Summen war weiter zu hören. Gold setzte sich wieder, um sein Sandwich aufzuessen.

Während er kaute, starrte er geistesabwesend den Fernsehschirm an. Als er fertig gegessen hatte, fühlte er sich gut genug, um vorsichtig einen kleinen Schluck Scotch zu nehmen. Wie so oft, wenn er richtig soff, hatte er auch an diesem Nachmittag das Essen einfach vergessen und war reichlich zittrig gewesen, als er ins Motel am Ostende des Hollywood Boulevards eingelaufen war. Der Tag war verdammt anstrengend gewesen – die Beobachtung der Bank, die Schießerei, die FBI-Arschlöcher, der ganze beschissene Papierkram –, und Gold hatte zwischendurch immer wieder getrunken.

»Du wirst allmählich alt«, sagte er laut, während er die Brotkrümel sorgfältig vom Tisch in seine hohle Hand fegte. Nachdem er sie in den Papierkorb gekippt hatte, trug er seinen Drink und den Revolver zum Nachttisch hinüber, streckte sich auf dem Bett aus und schlug die Beine übereinander. Das Bett fühlte sich weich und sauber und wunderbar an, und Gold merkte, wie müde er war. Während er beobachtete, wie Linda Gray und Larry Hagman sich stumm stritten, übermannte ihn der Schlaf.

Etwa eine halbe Stunde lang schlief er fest und traumlos, bis er hörte, daß die Zimmertür geöffnet wurde. Seine Hand griff ruhig, reflexartig nach seinem Revolver.

»Jack Gold. Wie geht's denn so?«

Er entspannte sich, faltete die Hände hinter dem Kopf und gähnte.

»Cookie.«

Sie war eine Filipina: zierlich, dunkel und lebhaft. Langes glattes Haar fiel ihr bis über die Taille. Ihre hautenge weiße Hose und der weiße Top mit Spaghettiträgern standen in auffälligem Gegensatz zu ihrer glänzenden Haut.

»Jack Gold«, sagte Cookie, während sie sich auf die Bettkante setzte und sich eine dünne braune Zigarette anzündete. »Kennst du 'nen gottverdammten Scheißcop, der Knudsen heißt? Knudsen wie die Milch – du weißt, was ich meine!« Sie stand rasch auf und schenkte sich einen Drink ein. »Der Bullenarsch hat mich letzte Woche in der Bar im Sunset Hyatt hochgenommen! Hat mich voll erwischt, du weißt, was ich meine. Kommt wie 'n Gast rein und ich mach' ihn gleich richtig an. Ich sag' also: Hey, vielleicht können wir drüber reden, du weißt, was ich meine.«

»Ich weiß, was du meinst«, sagte Gold.

»Yeah, richtig, okay.« Cookie setzte sich wieder auf die Bettkante. Sie schlug die Beine übereinander und lehnte sich zurück. Selbst in Ruhehaltung strahlte sie nervöse Energie aus. »Okay, dieser Knudsen-Scheißcop sagt also, daß er mit rauskommt und in meinem Wagen mit mir reden will.« Sie wippte zornig mit dem Fuß und hielt ihre Zigarette zwischen ihren roten Fingernägeln, die blutigen Krallen glichen. »Draußen im Wagen will er wissen, wieviel Geld ich habe. Drei-, vierhundert, sag' ich. Her damit! sagt er. Ich denk' mir: Scheiße, aber billiger als 'n Anwalt, du weißt, was ich meine. Ich geb' ihm das Geld und will aussteigen. Wart noch 'n Augenblick, sagt dieses Knudsen-Arschloch. *Worauf* warten? frag' ich. Und er zieht seinen Pimmel raus. Ich sage: Das ist aber 'ne komische Plakette, falls du mich wegen Bestechung festnehmen willst. Und er sagt: Haha, wirklich witzig, der Comedy Store ist gleich nebenan – du solltest mal rübergehen. Gleich nachdem du mir einen geblasen hast. Und er zwingt mich dazu, es ihm auf dem Parkplatz vom Sunset Hyatt zu machen!«

Ihre Zigarette war ausgegangen, und sie zündete sie sich wieder an.

»Also, kennst du dieses Knudsen-Arschloch?«

»Cookie, im LAPD gibt's siebentausend Cops.«

»Yeah, aber du kennst dich doch aus. Du kennst jeden, jeder kennt dich.«

»Nicht das junge Gemüse, Cookie. Und das sind die von der Sitte – lauter Babygesichter.«

»Was soll ich also tun?«

»Tun? Wegen was?«

Ihre Augen blitzten. »Scheiße, Jack Gold, wegen dem Knudsen-Arschloch! So 'ne geldgierige Sackratte, du weißt, was ich meine! Er soll sich einen blasen lassen *oder* das Geld nehmen. Aber nicht *beides*, diese geldgierige Wildsau! Du weißt, was ich meine?«

»Hey, Cookie, du hast selbst gesagt, daß er dich erwischt hat. Und du hast den Handel vorgeschlagen. Folglich hat er die Bedingungen diktiert.«

»Ooch, Jack Gold, das sagst du nur, weil er 'n Cop ist. Ihr steckt alle ... *Hey, Jack Gold! Scheiße, du bist im Fernsehen!*« Cookie war bereits aufgesprungen und drehte den Ton auf. Jeff Bellamys tiefe, akzentfreie Stimme hallte von den Wänden wider.

»... und Mrs. Eskaderian hat durch ihren Rechtsanwalt Milton Schindler erklären lassen, daß sie in sehr naher Zukunft bei der Staatsanwaltschaft Anzeige gegen das LAPD erstatten wird. Wahrscheinlich schon am Montagmorgen. Nach Mr. Schindlers Angaben sollen Detective Lieutenant Jack Gold und Detective Sergeant Alvin Honeywell in dieser Strafanzeige namentlich benannt werden.«

»Oh, Jack Gold! Was hast du getan?«

»Pssst!« sagte Gold und setzte sich auf.

Joe Kushs rotes Gesicht füllte den Bildschirm.

»Das Department bedauert sehr, daß die Geisel, die durch das rasche Eingreifen der beteiligten Beamten befreit wurde, dieser Auffassung ist, aber es begrüßt jegliche Art von Untersuchung und ist davon überzeugt, daß jede Untersuchung beweisen wird, daß die beteiligten Beamten der Sachlage entsprechend klug und besonnen gehandelt haben.«

»Scheiße, was sagt er?«

»Er hat gesagt, daß Cops zusammenhalten.«

Die Kamera schwenkte über die Blutflecken am Bankgebäude, wo Jojo sich den Fuß abgeschossen hatte. In Bellamys bester Mike-Wallace-Imitation klang seine Hintergrundstimme nüchtern und ironisch.

»Was zukünftige Untersuchungen auch ergeben mögen – die Folgen der fünf mörderisch gewalttätigen Minuten dieses Vormittags stehen unabänderlich fest: ein Verdächtiger tot, ein Verdächtiger im Krankenhaus und für immer behindert, eine Geisel im Krankenhaus und im Trauma – möglicherweise für immer. Dies ist Jeff Bellamy mit einem Bericht aus West Hollywood.«

»Jesus!« Gold schwang die Beine vom Bett und schaltete den Fernseher mit einem Schlag der flachen Hand aus. »Jetzt braucht der Scheißkerl bloß noch 'ne John-Williams-Tonspur!«

»Wie meinst du das, Jack Gold?«

»Aaaah ...« Golds verächtliche Handbewegung galt dem Fernseher. Er packte eine lange, schlanke Zigarre aus.

»Schwierigkeiten, Jack Gold?«

Gold zündete sich die Zigarre an und kniff im bläulichen Qualm die Augen zusammen. »Nichts, womit ich nicht fertig werde, Cookie.«

»Hey, Jack Gold, du bist 'n richtig böser, schlimmer Dreckskerl, echt!« Cookie lachte, und ihre schwarzen Augen glitzerten. Sie warf den Kopf zurück, daß ihre langen Haare flogen, und streifte mit einer raschen Bewegung das weiße Top ab. Sie hatte kleine Brüste, deren in der Kühle des klimatisierten Motelzimmers aufgerichtete Spitzen etwas dunkler als ihre Haut waren. Gold setzte sich an den Tisch und beobachtete Cookie.

»Dieser Jeff Bellamy – ein Arsch von 'nem Reporter, wenn du weißt, was ich meine. Die gelbe Nutte, die Japanerin auf Kanal zwei, gefällt mir viel besser. Die könnte 'ne Menge Geld machen, wenn sie bei uns einsteigen wollte.« Cookie zog ihre Hose aus und hängte sie sorgfältig auf einen Kleiderbügel. Bis auf einen weißen Tangaslip, weiße Spitzensocken und hochhackige weiße »Fick-mich«-Sandalen stand sie jetzt nackt da. Sie schlüpfte aus dem Slip und stopfte ihn in ihre Handtasche. Gold schenkte sich einen kleinen Scotch ein. Cookie baute sich lächelnd vor ihm auf.

»Wie seh' ich aus, Jack Gold?«

Er trank einen halben Schluck Scotch.

»Du bist 'n Fickstar, Cookie.«

»Komm', jetzt wird gevögelt, Jack Gold.«

Gold paffte seine Zigarre. »Hey, Cook, du weißt genau, daß die Sache anders läuft. Setz dich hin und red mit mir. Laß dich ansehen.«

Cookie lächelte schüchtern. »Klar, Jack Gold. Klar.«

Sie drehte einen der harten Plastikstühle um und setzte sich rittlings darauf, so daß ihre gespreizten Beine in dem freien Rechteck unter der Lehne ihre Schamlippen sehen ließen. Dann machte sie ein Hohlkreuz und ließ die Arme locker über die Stuhllehne hängen. Gold schenkte ihr einen Drink ein. Sie ließ ihn sich geben, trank einen kleinen Schluck, lächelte und starrte in die bernsteingelbe Flüssigkeit.

»Weißt du, Jack Gold, letzte Woche bin ich verabredet gewesen – mit 'nem siebzigjährigen Juwelier aus New York. Dieser alte Knabe, der kriegt ihn seit Jahren nicht mehr hoch. Aber ich hab' den Alten bedient, du weißt, was ich meine. Glaub' mir, als er aus dem Hotel gekommen ist, hat er sich wie 'n verdammter Teenager gefühlt! Stell dir vor, der hat mir *zweihundert Dollar Trinkgeld* gegeben!«

Das Licht der Tischlampe beleuchtete Cookies bronzefarbene Schultern und ließ ihre Haut leuchten. Ihr Schamhaar war kurz geschnitten, und ihre Schamlippen waren dicke, dunkle Wülste.

»Du siehst *klasse* aus, Cookie.«

Sie lächelte. »Findest du?«

»Du bist 'n klasse Pferdchen, Cookie.«

»Jack Gold«, sagte sie mit zu einem Flüstern herabgesunkener Stimme, »laß dich von mir verwöhnen.« Sie streichelte ihren Körper mit einer Hand, ließ sie über ihren Unterleib und zwischen die Beine gleiten. Sie führte zwei Fingerspitzen ein und begann zu masturbieren. »Jack Gold, ich kann dich *sooooo* verwöhnen, Baby.« Gold wandte sich ab. Als er wieder zu Cookie hinübersah, beobachtete sie ihn mit zusammengekniffenen Augen. Sie streckte ihm einen feuchtglänzenden Finger hin.

»Willst mal riechen?«

Gold stand so abrupt auf, daß sie zusammenzuckte. Aus einem Packen Geldscheine aus einer Hosentasche fingerte er zwei Hunderter hervor. Dann ging er auf Strumpfsocken zum Bett und steckte die Scheine unter den Slip in ihrer weißen Lacklederhandtasche. Er brachte ihre Zigaretten mit. Lange braune Shermans in einer flachen roten Schachtel.

»Rauch eine, Cook«, sagte er mit leiser, seltsam rauher Stimme.

Cookie warf ihm einen prüfenden Blick zu, zuckte mit den Schultern und griff nach den Zigaretten. Er gab ihr Feuer, bevor er seine Zigarre erneut anzündete. Dann setzte er sich ihr gegenüber an den kleinen Tisch und füllte beide Gläser mit Scotch auf. Sie tranken schweigend, ohne einander anzusehen. Die Klimaanlage summte.

»Jack«, sagte sie schließlich ruhig, »Männer zu befriedigen, ist mein Job. Wie du 'n Cop bist. Das ist dein Job. Wie . . . wie Präsident sein Reagans Job ist. Du weißt, was ich meine.« Sie lächelte. »Du kennst doch den Spruch: ›Sag' mir einfach, was du willst.‹«

Gold machte eine kleine, fast südländische Handbewegung.

»Ich mag dich gern ansehen, Cookie. Einfach nur ansehen. Das macht mir Vergnügen.«

Sie starrte ihn mißtrauisch an.

»Mich einfach bloß anschauen – das macht dir Vergnügen?«

»Sogar sehr, Baby. Jeder Mann könnte sich daran gewöhnen, Spaß daran zu haben, dich anzusehen.« Gold wischte sich etwas Zigarrenasche von der Hose. »Außerdem erinnerst du mich an jemanden.«

Cookie starrte ihn noch immer an.

»Und du willst bestimmt nicht mehr?«

»Bestimmt nicht, Cookie.«

»Mich bloß anschauen?«

»Das ist alles.«

»Und ich kann sonst nichts für dich tun?«

»Garantiert nicht.«

»Hey, was soll der Scheiß?« Sie stand auf und warf mit gespielter Verzweiflung die Hände hoch. »Dein Geld ist leicht verdient, Jack Gold. Warum soll ich's mir selbst schwer machen?«

Cookie ging mit raschen, zielbewußten Schritten zu ihrer Handtasche. Ihr Hintern war rund und stramm. Aus der Tasche holte sie Nagellack, eine Nagelfeile und eine kleine Tube Superkleber. Sie drehte ihren Stuhl wieder um, nahm Gold gegenüber Platz, schlug die Beine übereinander und begann, an einem Fingernagel herumzufeilen.

»Fünfunddreißig Bucks hat diese Juliette mich heut' morgen in Beverly Hills gekostet.« Sie hielt Gold ihren Finger hin und zog ihn wieder weg, bevor er Zeit gehabt hatte, sich ihn anzuschauen. »Ich komm' aus dem Nagelstudio, sperr' die Autotür auf, und – *pow!* – sind fünfunddreißig Dollar beim Teufel.«

»Das Leben ist schwer, Cookie«, stimmte Gold zu. »Vor allem das einer Nutte.«

»Sei kein Arschloch!« Sie legte ihre Hand mit gespreizten Fingern auf den kleinen Tisch und begann, den Nagel mit Superkleber zu reparieren.

»Wer ist sie also gewesen?« fragte Cookie, ohne aufzublicken.

»Wer soll wer gewesen sein?«

»Die Frau, an die ich dich erinnere.«

Gold beobachtete, wie sie den Riß im Nagel sorgfältig mit einem dünnen Streifen Superkleber abdeckte. Sie sah kurz zu ihm auf.

»Ist sie 'ne Filipina gewesen?« Cookie konzentrierte sich wieder auf ihren Fingernagel. »Wenn ich dich an sie erinnere, muß sie dunkel gewesen sein. Südamerikanisch? Ist sie Mexikanerin gewesen? Oder Italienerin? Hey, vielleicht 'ne Jüdin?« Sie blickte erneut zu Gold auf und sah dann etwas genauer hin.

»Hey, Jack Gold, wenn du nicht willst, brauchen wir nicht von ihr reden. Wir brauchen über gar nichts zu reden. Ich hab' bloß versucht...«

»Sie ist schwarz gewesen«, sagte Gold.

»Sie ist schwarz gewesen?« Cookies Augen blitzten. »Scheiße noch mal, wie kommst du dazu, mich mit 'ner Schwarzen zu vergleichen? Seh' ich etwa aus wie 'n Niggerweib! Was willst du damit sagen?« In ihrer Erregung schlug sie die Beine übereinander und nahm im nächsten Augenblick bereits wieder die vorige Haltung ein. Ihre bronzefarbene junge Haut schimmerte vor Gesundheit.

»Sie ist sehr hellhäutig gewesen, Cookie – bloß zu einem Achtel schwarz. In New Orleans heißt das ›Octoroon‹. Von dort stammte sie.«

»Octo-was?«

»Octoroon. Wie 'ne Oktave, die acht Töne hat. Ein Achtel schwarz.«

Cookie bearbeitete ihren reparierten Fingernagel mit der Feile und glättete den bereits ausgehärteten Kleber mit energischen Strichen.

»Sie ist also schön gewesen, diese Octo-Makrone?«

»Sehr schön.«

»Und darum erinnere ich dich an sie?«

Gold blies einen Rauchring und lächelte.

»Genau, Cook.«

»Und darum rufst du mich alle drei, vier Monate an? Damit ich herkomme und ohne Klamotten vor dir rumlaufe. Weil's dich an sie erinnert?«

»Jetzt kennst du endlich mein größtes, dunkelstes Geheimnis.«

»Hey, Jack Gold«, meinte Cookie schulterzuckend, »ich hab' schon verrücktere Sachen gemacht. Wenn du wüßtest, was manche Kerle... Aber du hättest sie behalten sollen. Das wär' auf die Dauer billiger gekommen.«

Gold lachte: ein kurzes, humorloses Bellen. Sein Gesicht verlor jeglichen Ausdruck und wirkte im Halbdunkel des Motelzimmers plötzlich älter.

»Sie ist gestorben«, sagte er.

Cookie hielt die Hand hoch und begutachtete zufrieden das Ergebnis ihrer Instandsetzungsarbeiten.

»Hey, irgendwann sind wir alle fällig«, sagte sie geistesabwesend. »Stimmt's, Jack Gold?«

Gold legte die bestrumpften Füße auf den Tisch und kippte seinen Stuhl zurück.

»Das dürfte stimmen, soviel ich weiß.«

»Also – Scheiße, amüsieren wir uns solange, du weißt, was ich meine.«

Gold kippte den Stuhl noch weiter zurück und stellte das Whiskyglas auf seine Brust.

»Tun wir das, Cook? Hab' ich gar nicht gemerkt.«

23.52 Uhr Die Nacht war schwülheiß. Esther löste sich mühsam aus dem fließenden Verkehr des Sunset Boulevards und parkte dann in der engen Einfahrt eines Apartmentgebäudes, von dessen Fassade die rosa Farbe abblätterte. Auf den Stufen vor dem Hauseingang lungerten mexikanische Jugendliche herum, die sich einen Joint und eine Flasche Spiñada teilten. Als Esther zwischen ihnen hindurchging, machte einer ein schlabberndes Geräusch mit der Zunge, und die anderen lachten. Esther sah geradeaus und eilte den Korridor entlang bis zu einer verkratzten Wohnungstür, hinter der ein spanisches Fernsehprogramm in voller Lautstärke lief. Sie klopfte laut, wartete und klopfte noch lauter.

»Lupe. Lupe! Ich bin's – Esther.«

Die Tür wurde einen Spalt weit geöffnet, und eine hübsche Latina mit Pferdeschwanz und einem T-Shirt, das für die Universal Studios Tour warb, streckte den Kopf heraus.

»Esther, ich bring' gerade die Kleine ins Bett. Sie hat 'ne Sommergrippe und wacht immer wieder auf.«

»Wie soll sie bei dem Krach aus dem Fernseher schlafen können?«

Lupe lächelte. »Ach, der gefällt ihr. Der leistet ihr Gesellschaft. Bloß die Erkältung stört sie.«

»Komm, Girl, wir müssen los! Die Arbeit wartet.«

»Wir kommen gleich raus.«

Fünf Minuten später ließ Esther den Motor ihres Kombis an, als Lupe auf der Sitzbank neben ihr Platz nahm. Eine große, stämmige Mexikanerin folgte ihr.

»Hey. Wer ist das? Wo ist Maria?« fragte Esther.

»*La Migra*«, antwortete Lupe trübselig. »Sie hat bei 'ner Firma in der Stadt gearbeitet. Taschen eingenäht, weißt du. Nachts hat sie für dich gearbeitet, nachmittags dort, abends manchmal als Babysitter. Sie hat Geld verdient, wo sie nur konnte. Heute sind sie gekommen und haben dreiundzwanzig Mädchen ausgehoben.«

»Wie schrecklich! Die arme Maria.«

»Ach, die ist bald wieder da. Sie liebt L. A., weißt du. Arbeit in Massen, wenn man arbeiten *will*, sagt sie immer.«

»Sie ist verdammt fleißig, das stimmt.« Esther blickte an Lupe vorbei zu der Neuen hinüber. »Na, hoffentlich ist deine Freundin wenigstens halb so fleißig.«

»Das ist meine Cousine Florencia. Sie kommt frisch aus Sonora. Mit ihr bist du bestimmt zufrieden.«

»Nun«, meinte Esther, während sie bei hektischem Verkehr nach links abzog, »sag ihr einfach, daß wir bestens miteinander auskommen, wenn sie fleißig ist und nichts klaut. Sag ihr das.«

Lupe sprach in rasend schnellem Tempo Spanisch mit ihrer Cousine. Florencia nickte lächelnd und antwortete mit sanfter Stimme.

»*Sí. Voy a trabajar muy fuerte.*«

»Sie sagt, daß sie sehr fleißig für dich arbeiten will, Esther. Ich hab' ihr gesagt, daß du ein sehr guter Boß bist. Sie ist dir dankbar, daß du ihr diese Chance gibst.«

»Sag ihr, daß unser Geschäft wächst. Daß ständig neue Kunden dazukommen. Sag ihr, daß sie bei mir gut verdienen kann, wenn sie sich ranhält.«

Lupe sagte es ihr.

»Sie sagt, daß sie verstanden hat, Esther. Sie wird dich nicht enttäuschen.«

»Gut. *Bueno.*« Esther lächelte zu Florencia hinüber. Dann nickte sie Lupe zu. »Was hältst du davon, noch 'n paar Doughnuts mitzunehmen?«

Vier Stunden später saßen sie in Culver City auf dem Fußboden eines Architekturbüros, aßen die Doughnuts und tranken dazu lauwarme Cokes. Sie hatten schon zwei Zahnarztpraxen im Wilshire District, das winzige Büro eines Schriftstellers in Brentwood sowie eine Anwaltskanzlei und das Atelier eines Gebrauchsgrafikers in Santa Monica geputzt.

Esther stopfte sich ein großes Stück Doughnut in den Mund und schüttete einen Schluck Coke hinterher. Nachdem sie kurz gekaut hatte, sprach sie mit vollem Mund.

»Ich bohnere nachher diesen Fußboden und den im Flur. Wir sind zwei Wochen nicht mehr dazugekommen – und danach sehen sie aus. Ihr nehmt euch das Klo vor und staubt den Zeichentisch ab, okay?«

»Okay«, sagte Lupe.

Esther beobachtete, wie Florencia ihre Doughnut aß. Sie aß mit übertriebener Geziertheit, die nicht zu einem so stämmigen Mädchen paßte. Sie biß mit großen, blockartigen Zähnen sehr kleine Bissen ab. Ihr massiver Unterkiefer schien sich kaum zu bewegen, während sie kaute. Ihr Gesicht gehörte auf eines der aztekischen Wandgemälde, mit denen Chicano-Künstler Eastside-Unterführungen schmückten.

Als Florencia merkte, daß Esther sie ansah, lächelte sie verlegen und bedeckte ihren Mund mit dem Handrücken. Esther erwiderte ihr Lächeln. Wenn du fleißiger wärst, dachte sie dabei, würd' ich viel öfter lächeln. Esthers Bluse klebte schweißnaß am Körper. Auch Lupes T-Shirt war durchgeschwitzt. Nur Florencias Sachen waren frisch und trocken. Maria würde Esther sehr fehlen.

Sie aß auf, wischte sich die Finger an ihren verblichenen Jeans ab und trank das lauwarme Coke aus. Dann bot sie den beiden Mexikanerinnen ihre Packung Salem Lights an. Lupe nahm eine, Florencia dankte mit geziertem Lächeln. Esther zündete sich ihre Zigarette an, gab Lupe Feuer und ließ das abgebrannte Streichholz in die leere Coladose fallen. Sie lehnte sich an die Wand, streckte die Beine aus und blies müde seufzend eine graue Rauchfahne gegen die Decke.

»Weißt du, Lupe«, sagte sie und starrte weiter die Decke an, »ich krieg' *tatsächlich* immer mehr neue Kunden. Nächste Woche muß ich mit 'nem Mann reden. Wegen 'nem ganzen Firmengebäude. Zwei Geschosse. Fünfzig Büros. Jede Nacht.« Sie sah zu Lupe hinüber. »Glaubst du, daß wir das schaffen, Lupe?«

»*No problema*«, sagte Lupe. »Das schaffen wir leicht.«

»Aber das ist 'ne Menge Arbeit.«

»*No problema,* Esther.«

Esther schwieg, aber ihr Blick streifte Florencia.

»Mach dir keine Sorgen«, fuhr Lupe rasch fort. »Sie muß sich bloß eingewöhnen. Auf sie kannst du dich verlassen.«

»Hoffentlich, Lupe. Das ist nämlich verdammt viel Arbeit.«

Als Florencia merkte, daß die beiden anderen Frauen sie ansahen, senkte sie den Kopf und spielte mit ihren Schuhbändern.

Esther nahm einen weiteren tiefen Zug aus ihrer Zigarette.

»Weißt du, Lupe, ich seh's schon kommen, daß ich bald zwei Kolonnen brauche. Für eine wird die Arbeit einfach zuviel. Ich rechne damit, daß du Boß dieser zweiten Kolonne wirst.«

Lupe nickte lächelnd.

»Aber damit ist's längst nicht getan. Als erstes brauch' ich 'nen zweiten Kombi. Oder vielleicht 'nen Kleinbus. Vielleicht nehm' ich den Bus, und du kriegst den Kombi. Ich hab' mir schon immer so 'n Luxusbus gewünscht. Kannst du fahren, Lupe?«

»*Sí.*«

»Okay, aber hast du 'nen Führerschein?«

»Nein, aber ich kann einen kriegen, Esther.«

»Okay, okay. Damit wär' erst das Transportproblem gelöst. Ich besorg' den Wagen, und du besorgst dir 'nen Führerschein. Aber ich bräuchte auch 'ne zweite Bohnermaschine, 'nen zweiten Staubsauger.« Esther überlegte kurz und lächelte dann. »'n Dutzend Staubtücher wären noch am billigsten. Aber wie steht's mit Mädchen? Ich brauche auch neue Mädchen?«

»Die kann ich besorgen, Esther.«

»Gute Mädchen«, fuhr Esther fort. »Mädchen, denen wir vertrauen können. Mädchen, die nicht klauen. Weißt du, sobald die Leute in solchen Büros erfahren, daß 'ne Niggerin und 'ne Horde Mexikanerinnen die Schlüssel haben, damit sie nach Mitternacht reinkönnen, fangen sie an, die Büroklammern zu zählen. *Ein* fehlender Bleistift, und wir fliegen raus! *Finito.* Und so was macht dann schnell die Runde. Solche Leute hängen sich echt rein, um dich zu verpfeifen, wenn sie dich beim Klauen erwischen.«

»Ich besorg' dir nur gute Mädchen. Ehrliche Mädchen.«

»Und fleißige Arbeiterinnen, Lupe«, sagte Esther mit einem erneuten Blick zu Florencia hinüber, die an einem Schreibtisch sitzend den Kopf auf die Arme gelegt hatte und eingeschlafen war. »Du mußt sie antreiben, damit sie soviel bringen wie du selbst. Das gehört dazu, wenn man Boß ist. Traust du dir das zu?«

»Auf mich kannst du dich verlassen, Esther!«

»Ich sag' nicht, daß das alles schon morgen passiert, verstehst du?«

»Ja, ich verstehe.«

»Aber irgendwann in nächster Zeit brauch' ich 'ne zweite Kolonne. Du bist das einzige Mädchen, zu dem ich in dieser Beziehung Vertrauen hätte.«

»Ich enttäusche dich nicht, Esther.«

»Das weiß ich, Lupe.«

Die beiden Frauen starrten sich einen Augenblick an, bevor sie gleichzeitig zu grinsen begannen.

»Hey, Lupe«, fragte Esther, »glaubst du, daß Rockefeller auch mal so angefangen hat?«

Die Mexikanerin lachte. »Oder wenigstens Howard Hughes.«

Esther warf den Kopf zurück und stimmte in ihr Lachen ein. »Yeah, ich bin dann Präsidentin der Esther Phibbs Enterprises, Incorporated. Und du kannst meine Vizepräsidentin sein. Verantwortlich für... Personalfragen. Dann *sahnen wir ab!*«

»Yeah«, kicherte Lupe, »bald schwimmen wir in Geld! Dann sind wir richtige dicke amerikanische Kapitalisten!«

»Yeah, wir fahren mit 'nem hübschen kleinen Mercedes in Beverly Hills spazieren, kaufen Kleider bei Giorgio's und Schuhe von Gucci und lassen uns von Josey frisieren.«

Die beiden lachten schallend. Florencia, die leicht geschnarcht hatte, schrak auf und starrte ängstlich zu den beiden hinüber.

»Und wenn wir das Geldausgeben satthaben«, stieß Lupe mit Tränen in den Augen hervor, »*speisen* wir im Ma Maison *zu Mittag.*«

Esther hielt sich den Bauch und rutschte die Wand entlang nach unten. Sie blieb nach Atem ringend auf dem Rücken liegen. Zwischen keuchenden Atemzügen brachte sie noch hervor: »*Yo' Mama* Maison!« Damit löste sie einen weiteren Lachanfall aus.

Lupe hielt mit abgespreiztem kleinen Finger geziert ein imaginäres Glas hoch.

»Hey, Ober! *Oye, pendejo*! Mehr Champagner, *por favor!*«

Esther rollte sich zusammen und wiegte den Kopf. Lupe hämmerte mit einer Faust gegen die Wand. Florencia, die sie verwirrt und verständnislos beobachtete, rang sich ein Lächeln ab.

»*Ich mach' mich noch naß!*« kreischte Lupe, sprang auf und rannte aufs Klo. Esther mußte noch lauter lachen. Sie lag am Boden und überließ sich fast krampfartigen Lachanfällen. Als Lupe vom Klo zurückkam und sie so sah, begann auch sie erneut loszuprusten. Dann verging endlich eine halbe Minute, ohne daß eine von ihnen gelacht hätte. Esther setzte sich ächzend auf und wischte sich mit einem Blusenzipfel die Lachtränen aus den Augen.

»Wir müssen weitermachen, schätz' ich.«

»Das schätz' ich auch.«

Als Esther aufstand, folgte Florencia hastig ihrem Beispiel.

»Okay«, sagte Esther, »ich hole die Bohnermaschine aus dem Wagen. Ihr zwei nehmt euch das Klo vor.«

»Okay«, bestätigte Lupe. Sie nickte Florencia zu. »*Vamonos!*«

Esther öffnete den auf den Parkplatz hinausführenden Hinterausgang. Sie schüttelte den Kopf, murmelte »*Yo' Mama* Maison« vor sich hin und kicherte erneut.

Samstag, 4. August

3.47 Uhr Die Dobermannhündin warf sich gegen den Maschendrahtzaun. Im Licht der Straßenbeleuchtung glänzten ihre gefletschten Zähne, und ihre Augen waren trüb vor Haß und Zorn.

Walker klatschte mit der zusammengerollten Zeitung immer wieder gegen den Zaun, und das vor Wut rasende Tier sprang daran hoch und drehte und wand sich bei jedem Sprung: ein tödliches Ballett. Schließlich steckte Walker die Zeitung durch den Maschendraht, und die Hündin riß sie ihm aus der Hand und zerfetzte sie mit heftigen, ruckartigen Kopfbewegungen.

Walker trat lachend vom Zaun zurück. Die Hündin erstarrte inmitten der Zeitungspapierfetzen und knurrte ihn an. Dieses tief aus ihrer Kehle kommende wilde Knurren wirkte bedrohlicher als ihr geiferndes Kläffen.

Walker lachte noch mal – ein kurzes, kindisches Kichern –, dann wurde sein Gesicht ausdruckslos, und er begann, mühelos nach Osten weiterzutraben. Die Dobermannhündin rannte vor ihm her und erwartete ihn an der Ecke, wo der Zaun mit einer Mauer einen rechten Winkel bildete. Als Walker vorbeikam, warf sie sich mit einem letzten vergeblichen Ansturm erneut gegen den Maschendraht. Walker schien es nicht wahrzunehmen.

Er joggte mehrere Blocks weit nach Osten, bog nach Norden ab und folgte einer ruhigen Wohnstraße mit zweigeschossigen Duplex-Apartments. Nach drei weiteren Blocks verließ er die Straße und gelangte über eine kiesbestreute Zufahrt zur Rückseite eines massiven, wenig bemerkenswerten Stahlbetonbaus. Er trat in eine im Schatten liegende Türnische und wartete. Seine Atemzüge gingen leicht und gleichmäßig. Autoscheinwerfer erhellten die Straße, und Walker trat noch weiter in die Türnische. Als der Wagen vorbeigefahren war, drückte er die Klinke der Stahltür herab. Sie war abgesperrt.

Irgendwo in der Ferne heulte eine Sirene. Ein weiteres Auto fuhr vorbei. Walker wartete geduldig. Dann griff er in den Nylonrucksack, den er diesmal trug und wühlte darin herum, bis er gefunden hatte, was er suchte. Er wartete noch einige Minuten und trat dann aus der Türnische auf die in beiden Richtungen leere Straße. Mit seiner Sprühdose beschrieb er ganz ohne Eile die graue Fassade des Gebäudes – in großen, deutlich lesbaren Druckbuchstaben, die sich von selbst zu schreiben schienen. Als er fertig war, trat er zurück und bewunderte sein Werk. Dann fügte er rasch ein primitives Kreuz aus zwei Strichen hinzu. Und noch eines. Ohne sich noch einmal umzusehen, verschwand er wieder durch die kiesbestreute Zufahrt. In gleichmäßigem Tempo laufend war er fünf Minuten später schon fast eine Meile weit entfernt.

7.33 Uhr Beim ersten Klingeln schwang Gold seine Beine über die Bettkante, setzte sich auf und starrte das Telefon an. Das war ein alter Trick, den er nun schon seit über fünfzehn Jahren anwendete. Er hörte das Klingeln und zwang sich dazu, von Mal zu Mal wacher zu werden. Aus bitterer Erfahrung wußte er, daß ein aus dem Schlaf gerissener Cop nicht telefonieren sollte. Ein allgemein unter dem Spitznamen Charlie Brown bekannter Informant hatte ihn einmal um vier Uhr angerufen und aufgeregt im Flüsterton mit ihm gesprochen. Gold hatte etwas gegrunzt und war mit dem Hörer in der Hand wieder eingeschlafen. Eine Stunde später war er so hochgeschreckt, daß Evelyn neben ihm aufgewacht war. Drei Wochen später hatten spielende Mexikanerkinder auf einem unbebauten Grundstück in Boyle Heigths den toten Charlie Brown entdeckt: verwesend, mit durchschnittener Kehle in eine Plane gewickelt und in eine Versitzgrube gestopft.

Meistens fühlte Gold sich nach dem vierten oder fünften Klingeln fit genug, um den Hörer abzunehmen. Diesmal dauerte es bis zum siebten Klingeln. Als er danach griff, sah er seine Hand stärker als sonst zittern. Eine harte Nacht.

»Yeah?« sagte er heiser.

»Jack. Ich bin's – Honeywell.«

»Was gibt's, Honey?«

»Jack, wir sitzen tief in der Scheiße. Tom Forrester aus dem Büro des Chiefs hat mich angerufen.«

»Yeah?«

»Sie wollen uns wegen der Sache von gestern drankriegen, weil du

Dog erschossen hast. Das Weibsbild aus Beverly Hills hat Anzeige gegen uns erstattet – vor allem gegen dich. Der Chief will dich am Montagmorgen Punkt acht Uhr in seinem Büro sprechen. Ich bin um neun Uhr dran.«

Gold seufzte und rieb sich mit den Fingerspitzen die Augen.

»Hat Tom gesagt, was das Arschloch will?«

»Na ja, er weiß natürlich nichts Genaues, Jack, aber er glaubt, daß Chief Huntz deine Plakette verlangen wird. Erst wird er dir nahelegen, freiwillig in den Ruhestand zu treten. Weigerst du dich, kriegst du die Plakette abgenommen. Bei mir geht's mit 'nem Rüffel ab, meint Tom. Vielleicht mit 'nem schriftlichen Verweis. Vielleicht auch nicht. Tom sagt, daß Huntz anfangs vor Wut geschäumt hat. Ich sollte 'nen Monat lang vom Dienst suspendiert werden. Dann hat er sich wieder beruhigt. Jetzt hat er's bloß noch auf dich abgesehen.«

»Was gibt's sonst Neues?« fragte Gold mit jiddischem Akzent.

»Was machen wir jetzt, Jack?«

»Nichts. Wir gehen am Montagmorgen zu Huntz. Mehr können wir nicht tun.«

»So seh' ich's auch.«

»Wir haben bloß unsere Pflicht getan. Wenn sie das nicht einsehen, ist das ihr Problem.«

»Sie können aber dafür sorgen, daß es *unser* Problem wird, Jack.«

»Scheißkerle!« Gold machte eine kurze Pause. »Honey?«

»Yeah, Jack?«

»Tut mir leid, daß ich dich mit in diese Sache 'reingerissen habe. Das liegt bloß an Huntz. Der hat's schon immer auf mich abgesehen.«

»Hey, Partner, du hast recht gehabt: Wir haben bloß unsere Pflicht getan. Wenn sie keinen Spaß verstehen, sollen sie uns am Arsch lecken!«

»Allerdings, Honey.«

»Allerdings, Jack.«

»Okay, dann sehen wir uns also am Montagmorgen.«

»Richtig«, bestätigte Honeywell und lachte nervös.

Nachdem Gold aufgelegt hatte, saß er einen Augenblick da und versuchte, seine Gedanken zu ordnen. Der Wecker auf dem vollgestellten Nachttisch schrillte los und ließ ihn leicht zusammenzucken. Deine Nerven sind erledigt, dachte er, während er den Wecker abstellte. Die Digitaluhr zeigte 7.45 Uhr. Er versuchte, sein Gehirn auf

Touren zu bringen und herauszukriegen, warum er an einem Samstag um 7.45 Uhr aufstehen mußte. Plötzlich fiel es ihm ein. Heute war der Tag der Bar Mizwa seines Sohnes. Oder der Bar Mizwa *ihres* Sohnes. Er ließ die Schultern hängen und fragte sich grimmig lächelnd, ob es für einen Drink noch zu früh war.

Gold stand auf und ging ins Bad. Sein Billigapartment war klein und mit schäbigen Möbeln vollgestopft, die alle wie gemietet aussahen. Das waren sie auch – seit Jahren. Auf einem übervollen Schreibtisch standen mehrere gerahmte Fotos, die eine mollige Blondine in verschiedenen Stadien ihrer Entwicklung zeigten: als Baby, Kind, Teenager, junge Frau. Über dem Schreibtisch klebte ein letzter Schnappschuß der Blondine mit einem lachenden Baby auf dem Arm. Neben ihr stand ein bärtiger, schwarzhaariger Mann Ende Zwanzig.

Während Gold im Bad übers WC gebeugt urinierte, merkte er plötzlich, daß er pochende Kopfschmerzen hatte. Er schüttelte die letzten Tropfen ab und ging nackt in die Küche und zum Kühlschrank. Er riß eine Dose Coors auf, trank das Bier mit langsamen, regelmäßigen Schlucken, öffnete eine weitere Dose und setzte sich damit an den Plastiktisch in der Eßnische. Neben den Salz- und Pfefferstreuern hielt dort eine Großpackung Aspirin Wache. Gold schüttelte vier Tabletten aus der Flasche und spülte sie mit eiskaltem Bier hinunter. Nachdem er laut gerülpst hatte, fühlte er sich besser. Er trank das Bier aus, drückte die Dosen zusammen und warf sie in den Müllsack neben dem Herd.

Wann ist der Tag der Bar Mizwa des eigenen Sohnes ein lausiger Tag? Wenn man old Jack Gold ist, dachte er.

Wann ist der eigene Sohn nicht mehr der eigene Sohn?

»Scheißrätsel«, sagte Gold laut.

Er machte sich Rührei aus zwei Eiern und toastete ein paar fade englische Muffins, die er hinten im Kühlschrank gefunden hatte. Eigentlich wollte er sich einen Pulverkaffee machen, aber dann drehte er die Flamme unter dem Kessel wieder aus und machte ein weiteres Coors auf. Wozu sollte er heute wach sein? Nachdem er sein Frühstück auf den Eßtisch gestellt hatte, öffnete er die Wohnungstür einen Spalt weit. Auf der anderen Seite des Innenhofs waren zwei dicke alte Damen mit breitkrempigen Sonnenhüten bereits dabei, ihre Rosenbüsche zu beschneiden. Gold fand seinen muffig riechenden Bademantel auf dem Boden des Kleiderschranks und schlüpfte hinein. Als er barfuß auf die Schieferplatten des Innenhofs trat, kniff er im

Sonnenschein die Augen zusammen. Ein flauschiger, kleiner Hund, der sich hinter den Beinen seiner Besitzerin versteckt gehalten hatte, schoß sofort kläffend in die Hofmitte und tanzte steifbeinig um Gold herum. Die alten Damen sahen auf und lächelten.

»Ah, Mr. Gold. Guten Morgen, Mr. Gold. Sieh nur, Celia – Mr. Gold. *Still*, Dschingis!«

»*Lieutenant* Gold, Toby. Er ist Polizeibeamter. Ein richtiger *Lieutenant*. Dein Köter soll die Schnauze halten, Toby!«

»Guten Morgen, Mrs. Ackermann, Mrs. Shearer. Wie geht's den Ladies heute?« Gold suchte in stiller Verzweiflung unter der Treppe und unter der Hecke. Der kleine Kläffer verfolgte ihn und schnappte nach seinen Knöcheln.

»Dschingis! Sei ein braver Junge!« mahnte Mrs. Ackermann.

»Haben Sie was verloren, Lieutenant Gold?« erkundigte Mrs. Shearer sich.

Gold suchte unhöflich schweigend weiter, bis er merkte, daß die Damen ihn beobachteten.

»Äh ... ich kann meine Zeitung nicht finden.«

»Oh, das liegt an dem verflixten Zeitungsjungen! Er kommt hier jeden Morgen durchgerast, als sei der Leibhaftige hinter ihm her. Dieser Krach. Erschreckt meinen kleinen Dschingis *zu Tode*. Der arme Kleine kläfft noch eine Stunde später. Ich kann ihn gar nicht mehr beruhigen. Vielleicht können Sie mal mit dem Jungen reden. Als Polizeibeamter ...«

»Ah! Da ist sie ja!« Gold zog seine Zeitung aus der Hecke und trat den Rückzug an. »Wiederseh'n, Ladies.«

Mrs. Ackermann redete noch immer, aber Gold schloß rasch die Wohnungstür. Das Essen auf dem Tisch war kalt, das Bier inzwischen warm. Während er aß, las er die Schlagzeilen der oberen Hälfte der Titelseite. Die Stadt erlebte gegenwärtig eine weitere Haushaltskrise. Der fortdauernde Smog sollte bisher zwei Todesfälle verursacht haben. Im Riverside County hatte ein Buschfeuer ein halbes Dutzend Villen vernichtet, von denen jede über eine Million gekostet hatte. Bei einer Schießerei in Bakersfield war ein Beamter der California Highway Patrol umgekommen. Dem Zeitungsfoto nach kannte Gold ihn nicht.

Gold drehte die Zeitung um. In der rechten unteren Ecke war ein ausgebranntes, noch rauchendes Gebäude abgebildet, über dessen Eingang ein kaum erkennbarer demolierter Davidsstern hing.

Brandanschlag auf Genfer Synagoge. Ausgerechnet in Genf! dachte Gold. Der Text unter dem Foto lautete: Antisemitische Woge überschwemmt Europa. Siehe Bericht auf Seite 3. Gold schlug die Seite drei auf.

Ein weiteres Foto zeigte ein jüdisches Restaurant in Paris, das von Unbekannten mit Maschinenpistolen beschossen worden war. In dem Bericht hieß es, in den vergangenen drei Tagen seien in westeuropäischen Großstädten zahlreiche Anschläge auf jüdische und israelische Einrichtungen verübt worden. In Rom war der israelische Botschafter bei einem Attentat nur mit knapper Not mit dem Leben davongekommen. Seine Limousine war von Kugeln durchsiebt worden. In London waren der Sekretärin eines jüdischen Verlegers, der als Freund Israels bekannt war, durch eine für ihren Chef bestimmte Briefbombe beide Hände abgerissen worden.

Die Verantwortung für die meisten dieser Anschläge hatten radikale PLO-Splittergruppen oder die Roten Brigaden übernommen, aber einige der späteren wurden einer neuen Gruppe europäischer Rechtsradikaler zugeschrieben, die offenbar eigene Gründe für ihren Antisemitismus hatte. Dem Zeitungsbericht nach schien festzustehen, daß die Mehrzahl der Anschläge von einer internationalen Terroristengruppe mit Unterstützung verschiedener arabischer Staaten geplant und ausgeführt woren war. Die Rechtsradikalen waren anscheinend nur Nachahmungstäter gewesen, die auf den fahrenden Zug aufgesprungen waren. Festnahmen waren noch keine gemeldet worden.

Nachdem Gold aufgegessen und sein Bier ausgetrunken hatte, wusch er Besteck und Teller flüchtig ab und stellte sie in das Abtropfgestell. Auf dem Weg ins Bad schaltete er die Stereoanlage in der Bücherwand ein. Im nächsten Augenblick überflutete das klagende Wimmern eines Tenorsaxophons den kleinen Raum. Coleman Hawkins, stellte er unbewußt fest. Dann hörte er etwas genauer hin und versuchte, die Rhythmussektion zu identifizieren. Ray Brant am Klavier, Kenny Clark am Schlagzeug und George Duvivier oder Al McKibbon am Baß. Eine Aufnahme aus dem Jahre 1958 oder 1959. An das Label konnte Gold sich nicht mehr erinnern.

Im Bad drehte er die Dusche auf und wartete, bis das Wasser warm wurde. Seine Leidenschaft für den Jazz hatte sich entwickelt, als er noch bei der Drogenfahndung gewesen war. Vor einer Million Jahren. Damals hatte es in L. A. zahllose Jazzclubs gegeben – weit mehr als jetzt –, von denen einige sich zu Dealerparadiesen entwickelt hatten. Die meisten hatten am Sunset gelegen, mehrere unten am Western und einige wenige am Washington – dicht am Rande des schwarzen Ghettos.

Gold hatte unzählige Nächte in diesen dunklen, rauchigen Clubs zugebracht, um nach Dealern zu fahnden, Drogensüchtige zu beobachten und auf Geschäftsabschlüsse zu warten. Und er hatte Nacht für Nacht gemerkt, daß er die in diesen Clubs gespielte Musik mehr genoß und verstand als jede andere Musik, die er jemals zuvor gehört hatte. Die abstrakt verschnörkelten Soli, die ihm anfangs nur als Gejaule erschienen waren, klangen für seine Ohren lyrisch und logisch zugleich. Den Swing, den Beat dieser Musik – der Gold zuerst nur als etwas Animalisches erschienen war, bei dem ausgefreakte Schlagzeuger mitnicken konnten – hatte er schließlich als den Puls des Lebens erkannt. War er einmal geweckt worden, schien er aus eigenem Antrieb unaufhaltsam fortzuschreiten.

Seit dieser Erleuchtung behandelte Gold Jazzmusiker bei Festnahmen, die oft genug vorkamen, freundlich und respektvoll. Die Musiker verstanden ihn und hatten ihrerseits Achtung vor ihm. Detective Gold wurde in ihren Kreisen zu einer legendären Gestalt, über die alle möglichen Geschichten im Umlauf waren. Angeblich brauchte er einen bloß ein paar Takte improvisieren zu hören, um genau zu wissen, ob man high war, wieviel Shit man geraucht hatte, wann das gewesen war und von wem man das Zeug gekauft hatte.

Gold war überall angesehen. Für die Musiker, die er verhaften mußte, empfand er Achtung und Mitleid. Pusher nahm er mit auf den Parkplatz hinter den Club und schickte sie mit Unterkiefer- oder Rippenbrüchen heim. Die gute alte Zeit. Vor den Beatles, vor LSD, vor der Revolution. Die prähistorische Ära, in der alle Typen, die wirklich *hip* waren, noch Nadelstreifen trugen, sich Heroin spritzten und Jazz hörten. Vor fünfundzwanzig, dreißig Jahren. Damals hatte Gold erst angefangen. Er war ein Senkrechtstarter gewesen. Ein junger Löwe. Er war in Rekordzeit Detective geworden und zur Drogenfahndung gekommen. Dort war er fünfzehn Jahre lang geblieben – bis zu dem Tag, an dem Angelique gestorben war. Er hatte sie in einem dieser Clubs kennengelernt. Die schlanke, geschmeidige Angelique mit den langen glatten Haaren und dem Milchkaffeeteint. Die süße, schöne Angelique, deren ganzes Gehirn über die blaue Tagesdecke gespritzt war.

Gold trat unter die Dusche. Heißes Wasser trommelte gegen Schultern und Rücken und machte ihn endlich ganz wach.

The Day the Music Died. Das war ein Songtitel gewesen. So hatten die Kids den Tag genannt, an dem ein Rockstar gestorben war. So hatte Gold den Tag genannt, an dem Angelique gestorben war. *The Day the Music Died.* Der Tag, an dem alles gestorben war. Er glaubte wieder, in dem kleinen Apartment in der Vermont Street Huntz' glattes, bösartiges Gesicht vor sich zu sehen. Huntz war damals noch nicht Chief gewesen. Er hatte die Innenrevision geleitet. Ich decke Sie, weil Sie ein Cop sind, hatte Huntz gesagt. Aber Sie werden nie mehr befördert. Dafür sorge ich! Sie haben dieses Mädchen umgebracht. Damals war Gold Lieutenant gewesen. Das war er noch immer – einer der ältesten im LAPD. Huntz hatte Wort gehalten.

The Day the Music Died... Der Tag, an dem seine Karriere Schiffbruch erlitten hatte. Der Tag, an dem seine Ehe zerbrochen war. Gold glaubte jetzt, Evelyns gerötetes, verzerrtes, von Tränenspuren gezeichnetes Gesicht zu sehen. Evelyn, die mit den Fäusten gegen die Windschutzscheibe seines Wagens gehämmert und dabei gekreischt hatte: »*Du Schwein! Du Schwein!*« Seine ganze Garderobe war in Fetzen gerissen und über den regennassen Rasen ihres Häuschens in Culver City verstreut gewesen. »*Du Schwein!*« Evelyn hatte an die Autofenster getrommelt. Sie hatte gegen die Fenster *getreten*. Er hätte Evelyn nie soviel Leidenschaft zugetraut.

The Day the Music Died.

Wendy hatte erlebt, wie Evelyn auf das Auto eingeschlagen hatte. Sie war damals – wie alt? – sieben gewesen. Ein pausbäckiges, blondes kleines Mädchen, das sich erschrocken hinter der Haustür versteckt gehalten hatte. Und Gold hatte gedacht: O Gott, weiß Wendy etwa auch von Angelique?

Zwei Monate später, als er eine Wohnung gefunden hatte – dieses Apartment –, hatte mitten in der Nacht das Telefon geklingelt. »Ich bin schwanger, du Dreckskerl«, hatte Evelyn ihm mit haßerfüllter Stimme erklärt. »Und du kriegst es nie zu sehen. Ich bete zu Gott, daß es der Sohn wird, den du dir immer gewünscht hast. Denn du kriegst es nie zu sehen, das schwöre ich dir!«

Und sie hatte ihren Schwur gehalten.

Oh, er hatte Fotos gesehen. Schnappschüsse eines blonden, schlanken Jungen, der seine blauen Augen geerbt hatte. Gold hatte sie bei seiner Mutter gesehen, bevor sie gestorben war. Evelyn und sie waren Freundinnen geblieben. Evelyn war an ihrer Seite gewesen, als sie gestorben war. Nur *ihn* hatte seine Mutter seit jenem Tag nicht mehr ausstehen können.

»Wie konntest du nur, Jack?«

»Du hast alles weggeworfen, Jack.«

»Er weiß nicht mal, wer sein richtiger Vater ist, Jack.«

»Du hast alles gehabt, Jack. Und du hast's weggeworfen.«

»Alles für 'ne *Shvartzeh*, Jack?«

Alles hing irgendwie zusammen. Eng zusammen. Huntz und Angelique und Evelyn und Wendy und alles. Vor seinem inneren Auge schien ein leicht unscharfer Film abzulaufen. Mit Musik von Coleman Hawkins. Aber der Solist war nicht »the Hawk«, sondern Mint Julep Jackson, der das Tenorsaxophon mit dem größten, wärmsten Ton von allen spielte – und mit der größten, wärmsten Ladung im Arm.

»Passen Sie auf sie auf«, hatte Mint Julep mit schweren Lidern und Fixerangstschweiß auf seinem großen schwarzen Gesicht gesagt. »Sie ist zerbrechlich, Mann«, hatte Mint Julep in seinem heiseren Delta-Patois gesagt, »sie ist zerbrechlich. Passen Sie auf sie auf.«

Gold hatte ihn in seiner winzigen Garderobe in der Falconeer Lounge festgenommen. Er hatte das Heroin im Schalltrichter des Saxophons versteckt gefunden – genau dort, wo der Informant es gesehen haben wollte.

»Lordy, Lordy, Lordy. Jetzt ist's aus mit mir!« hatte Mint Julep gejammert. »Der letzte Richter, er hat gesagt, daß ich beim nächsten Mal lebenslänglich krieg'. Jetzt ist's aus mit mir!«

»Die Spielregeln sind nicht von mir, Lip. Wer mitspielen will, muß auch den Einsatz zahlen.«

»Das weiß ich, Mr. Gold. Das weiß ich.«

Mint Julep war ein Riese, ein Zweieinhalbzentnermann. Jetzt weinte er, so daß seine Tränen sich in der kleinen, heißen, schmutzigen Garderobe mit seinem Schweiß vermengten. Seine dicken Arme waren hinter seinem Rücken gefesselt. Er saß auf einem wackligen roten Plastikstuhl.

»Hören Sie, Mr. Gold, Sie sind immer fair zu mir gewesen, deshalb muß ich Sie um 'nen Gefallen bitten.« Er sah zu Gold auf. »Es geht um das Mädchen, das bei mir wohnt: Angelique St. Germain, die kenn' Sie doch? Verdammt hübsches Ding mit sehr heller Haut. Sie könnt' glatt als Weiße durchgehen – Sie wissen, wen ich mein'?

Angelique St. Germain? Hält sich für 'ne Sängerin. Nun, sie wohnt bei mir, wissen Sie, und ich hab' die Kleine wirklich gern. Ich lieb' die Kleine. Darum müssen Sie mir helfen, Mr. Gold. Sie müssen zu mir fahren, das Mädchen abholen und in den nächsten Bus nach Louisiana setzen. Sonst fallen die ganzen Zuhälter über sie her wie Fliegen über 'nen Honigtopf, und für mich wär's echt schlimm, im Knast zu sitzen und *das* zu hören. Ich hab' gesehen, wie sie sie anstarren, wenn ich sie mal mitbring', und sie ist zu süß und unschuldig, um sich wehren zu können. Sie ist nicht stark, verstehen Sie? Sie ist zerbrechlich, Mr. Gold. Bitte, Mr. Gold! Sie müssen sich um sie kümmern.«

Und wie du dich um sie gekümmert hast!

Zerbrechliche Angelique. Süße Angelique. Mit ihren langen schlanken Fingern, die federleicht über deinen Rücken geglitten sind, während du sie gefickt hast. Schöne Angelique, die dich mit ihren Beinen umklammert hat, wenn sie gekommen ist, und die kreischend und schluchzend gekommen ist, bis die Nachbarn an die Wand geklopft haben.

»Hey, was seid ihr Leute dort drüben – Tiere?«

Und sie hatten gebellt und miaut und gekräht und gemuht, um sich dann in die verschwitzten Arme zu sinken und zu lachen, bis die Tränen kamen.

»Oh, Jack, ich brauche dich so sehr. Ich brauche dich mehr als jeden Stoff.«

Mehr als das Zeug?

»Passen Sie auf sie auf, Mann. Sie ist zerbrechlich.«

»Ich liebe dich so sehr, Jack.«

Mehr als jeden Stoff?

Gold trat aus der Dusche und trocknete sich ab. Im Wohnzimmer spielte Miles seine Harmon mit Dämpfer. Red Garland, Klavier. Philly Jo Johnes, Schlagzeug. Paul Chambers, Baß. Neunzehnhundertsiebenundfünfzig? Jedenfalls vor Miles' Niedergang. Bevor er Angst hatte, zart zu sein. Bevor wir alle Angst hatten, zart zu sein.

Er dachte an den gestrigen Abend mit Cookie. Arme Cookie! Eine Nutte, die nicht ficken darf, ist wie ein Künstler, der nicht malen darf. Aber wie hätte er ihr beibringen können, daß er nun schon fast vierzehn Jahre lang mit keiner Frau mehr geschlafen hatte?

Seit dem Tag, an dem die Musik gestorben war.

Wie hätte er Cookie erklären können, daß er sich nur mit ihr traf, weil sie die Illusion erweckte, eine seit vierzehn Jahren tote Frau sei für kurze Zeit wieder lebendig? Wie hätte er ihr erklären können, daß sie in Wirklichkeit ein Gespenst verkörperte?

Gold sah auf die Küchenuhr. Kurz nach neun. Kein schlechterer Zeitpunkt als jeder andere. Er schenkte sich einen doppelten Scotch ein und setzte sich an den Tisch in der Eßnische.

Er brauchte heute nicht hinzugehen. Er konnte einfach sitzenbleiben und trinken, bis nichts mehr weh tat. Wer würde ihn schon vermissen? Klar, Evelyn hatte ihm die Einladung geschickt. Aber sie wollte nur alte Wunden aufreißen. Ihm lediglich den Sohn vorführen, den sie ihm vorenthalten hatte. Oder vielleicht mit ihrem neuen Mann angeben. Neu? Die beiden waren nun schon zwölf Jahre verheiratet – fast so lange, wie Gold und sie zusammen gewesen waren. Evelyn Markowitz. Dr. und Mrs. Stanley Markowitz. Und ihr Sohn Peter. Peter Markowitz. Nun, zumindest hatte Wendy seinen Namen getragen, bis sie geheiratet hatte. Jetzt war sie Mrs. Howie Gettelman. Und ihr Sohn Joshua. Er starrte das Foto über dem Schreibtisch an. Wendy hatte angerufen und ihn gebeten, heute zu kommen. Die mollige, blonde Wendy, die mit einem Koffer auf dem Gehsteig gewartet hatte, als er sich endlich das volle Besuchsrecht erstritten hatte. »Daddy, liebst du mich noch? Läßt du dich auch von *mir* scheiden?«

Ein beschissenes Wochenende! Am Montagmorgen Chief Huntz, und heute diese Bar Mizwa. Zu viele Erinnerungen. Das klingt wie ein Songtitel, dachte Gold. Zu viele Erinnerungen. Und so wenig Hoffnung.

Wendy wußte, daß er kommen würde, wenn sie ihn darum bat. Er hatte ihr nie etwas abschlagen können. Hot Dogs in Disneyland. Sommerferien in Spanien. In all diesen Jahren hatte Wendy als einzige zu ihm gehalten. Sie hatte ihn als einzige geliebt und ihm verziehen. Und Gold wußte, daß Evelyn ihr das nicht leichtgemacht hatte. Über seine Mutter brachte Evelyn heraus, was Gold seiner Tochter an Chanukka oder zum Geburtstag schenken würde – und kaufte dann das gleiche Geschenk in sehr viel teurerer Ausführung. Das Geld für solche Spielchen hatte sie jetzt. Das Geld des guten Doktors. Bei den reichen Damen Ende Vierzig, Anfang Fünfzig in Beverly Hills, Bel-Air und Encino genoß Dr. Markowitz einen fabelhaften Ruf als Schönheitschirurg. Und als lukrative Nebenbeschäftigung flickte er den koksenden Söhnen und Töchtern seiner Patientinnen die perforierten Nasenscheidewände wieder zusammen.

Gold nahm seinen Drink mit ins Bad zurück. Dort begutachtete er sich im Spiegel und stellte fest, daß er immer mehr herunterkam. Wie ein Auto, bei dem erst dies nicht und dann das nicht mehr funktioniert, bis es eines Morgens nicht mehr anspringt. Sein Gesicht hatte keine scharfen Falten, war aber dafür sehr runzlig. Von Mund- und Augenwinkeln ergossen sich ganze Bäche winziger Fältchen über sein Gesicht. Sein Teint war blaß und durchsichtig. Du siehst wie 'ne Leiche aus, dachte er. Bis auf seine Nase. Der Whisky ließ die Haargefäße platzen, so daß seine Nase rosig leuchtete. Kein jüdischer Zinken mehr, sondern die Nase eines alten irischen Säufers.

Gold trank einen kleinen Schluck Scotch und betrachtete sein Spiegelbild. Er war sein Leben lang eher dünn gewesen, aber das hatte sich ganz entschieden geändert. Auf muskulösen Beinen saß ein aufgedunsener, eiförmiger Rumpf. Er war sich seiner Sache nicht ganz sicher, aber die Arme schienen dünner, schwächer, gebrechlich zu werden. Er schrumpfte zusammen wie sein neunzigjähriger Onkel Manny. Aber nur dort, wo er nicht in die Breite ging. Brust und Schultern waren dicht mit grauem Haar bewachsen, das auf Bauch und Unterleib dunkler wurde. Angelique hatte behauptet, er sei ein Affe. *Ein großer Menschenaffe.* Sie hatte gern mit seiner Brustbehaarung gespielt und ihm mit ihren schlanken Fingern kleine Löckchen gedreht.

Gold verzog das Gesicht. Nun war sie vierzehn Jahre tot ... trotzdem mußte er jedesmal an sie denken, wenn er in einen Spiegel sah.

Er rasierte und kämmte sich. Er hatte jetzt silbergraues Haar mit dunklen Strähnen statt andersherum und trug es modisch kurz – wie er's schon früher getragen hatte, bevor dies Mode war. Wenigstens bekam er keine Glatze wie sein Alter in den letzten Jahren seines Lebens.

Gold war dabei, seinen besten Anzug – dunkelblaue Schurwolle – anzuziehen, als ihm einfiel, wie glühendheiß dieser Tag werden würde. Er griff nach seinem leichten hellbraunen Sommeranzug. Die Beine steckten bereits in der Hose, als er sich aufrichtete, die Hose wieder abstreifte und doch hastig den dunkelblauen anzog.

Für einen Mann, der sich nie sonderlich um sein Aussehen gekümmert hat, dachte er, bist du heute morgen ganz schön nervös.

»Du brauchst noch 'nen Drink«, sagte er laut, ohne es zu merken.

Während er sich einschenkte, warf er wieder einen Blick auf die Uhr. Schon fast zehn.

Gold ließ sich in den kleinen, unbequemen Sessel vor dem Fernseher fallen und zündete sich die erste Zigarre dieses Tages an. Er grub die Fernbedienung aus dem Spalt zwischen Sitz- und Rückenpolster und schaltete das Gerät ein. Die Stereoanlage spielte noch immer irgendwelchen Fusionscheiß, den Gold nicht mochte. Er klickte sich durch die Fernsehkanäle, vorbei an Cartoonshows, schwarzen Bürgerrechtskomitees und braunen Bürgerrechtsausschüssen, bis er eine frühe Baseballübertragung von der Ostküste fand. Die Angels in New York. Er sah sich die langweilige zweite Hälfte des vierten Innings an. Kein Ball kam übers Infield hinaus. Wally Joyner verfehlte dreimal und schied aus. Als die Werbung begann, schaltete Gold weiter und machte dann halt, als er »Talk to the Reporter« erkannte. Diese Sendung gefiel ihm. Die Moderatorin war eine schöne, hellhäutige Negerin namens Audra Kingsley. Sie erinnerte ihn an Angelique.

»Bei uns im Studio«, sagte Audra eben mit pfirsichfarben glänzenden Lippen, »können wir heute morgen einen speziellen Gast begrüßen: City Councilman Harvey L. Orenzstein vom West Los Angeles City Council District. Councilman Orenzstein, von dem viele erwarten, daß er bei den bevorstehenden Wahlen darum kämpfen wird, zum ersten jüdischen Bürgermeister von Los Angeles gewählt zu werden, hatten wir ursprünglich ins Studio eingeladen, um mit ihm über die vergangene Woche in Europa aufgeflammten antisemitischen Ausschreitungen zu diskutieren. Soviel wir bisher wissen, scheinen jedoch Ereignisse eingetreten zu sein, die unsere Zuschauer weit unmittelbarer betreffen. Nach der folgenden kurzen Einblendung sprechen wir in unserer Sendung ›Talk to the Reporter‹ mit City Councilman Harvey L. Orenzstein über diese und andere Themen.«

Audra Kingsley war schön, aber nicht wie Angelique schön war... gewesen war. Haar und Hautfarbe stimmten, aber Angeliques Augen waren heller, haselnußbraun, manchmal fast grün gewesen. Angelique hätte Audra Kingsley gehaßt, weil sie das Fernsehen haßte. Sie haßte auch Filme. Sie konnte nicht so lange stillsitzen. Sie haßte Rockmusik, den Motown Sound und Ficken bei Licht. Sie war eine leidenschaftlich empfindende Frau.

Sie ist zerbrechlich, Mann.

Alles, was sie liebte, fange mit einem *J* an, sagte sie oft: Jazz, Junk und Jack Gold.

Und *Jiving*. Das war ihr Ausdruck für Sex – *Jiving*.

»Willkommen, Councilman Orenzstein. Danke, daß Sie zu unserer Sendung ›Talk to the Reporter‹ gekommen sind.«

»Danke, daß Sie mich eingeladen haben, Audra.«

Harvey Orenzstein war ein Wuschelbär von einem Mann, der zu seinem verknitterten Anzug ein nicht mehr ganz frisches weißes Hemd trug. Er war aus der Studentenbewegung der sechziger Jahre in die Politik gekommen, und obwohl er sein Haar nicht mehr schulterlang trug und auf ausgebleichte Jeans verzichtete, gelang es ihm irgendwie, seinen Fünfhundertdollaranzug – englische Maßkonfektion mit Weste – schlechtsitzend und billig aussehen zu lassen. Bei seiner ersten Kandidatur hatten seine Mitarbeiter entdeckt, daß er keine Socken besaß. Kein *einziges* Paar. Er hatte jahrelang nur Sandalen und Turnschuhe ohne Socken getragen. Er war der Alptraum eines Wahlkampfmanagers, aber die liberale jüdische Westside wählte ihn mit sturer Regelmäßigkeit wieder. Sogar Gold stimmte für ihn.

»Councilman Orenzstein, von woher sind Sie heute morgen zu uns ins Studio gekommen?«

»Audra, ich bedaure sehr, sagen zu müssen, daß ich zuvor am Tatort einer empörenden Schändung einer Synagoge gewesen bin.«

»Und wo ist es zu dieser Schändung gekommen, Councilman? In Paris? In Genf? In irgendeiner der europäischen Großstädte, von denen wir in letzter Zeit gelesen haben?«

»Nein, Audra, bedauerlicherweise hat sie sich hier in Los Angeles ereignet.«

»Wollen Sie uns schildern, was vorgefallen ist?«

»Nun, Audra, ich habe heute morgen einen Anruf erhalten. Der Anrufer war mein guter Freund Rabbi Martin Rosen von der Synagoge Beth Achim. Wie Sie sich vorstellen können, war er schrecklich erregt. Er hat mir die schockierende Mitteilung gemacht, seine Synagoge sei beschmiert worden. Irgendwann zwischen Mitternacht und sechs Uhr morgens, als der Synagogendiener mit seinen Helfern gekommen ist, um alles für den Schabbatgottesdienst herzurichten, hat jemand Fassade und Portal dieser Synagoge mit unflätigen, obszönen antisemitischen Parolen besprüht. Ich habe Rabbi Rosen beschwichtigt und ihm versprochen, sofort hinüberzukommen. Sobald ich aufgelegt hatte, hat mein Telefon erneut geklingelt.«

Golds Telefon klingelte.

»... ein Gemeindemitglied aus meinem Wahlkreis, das mir von der Entweihung der Synagoge berichtet und mich gebeten ... nein, von mir *verlangt* hat, daß ich etwas dagegen unternehme. Tatsächlich hat das Telefon in den zehn Minuten, die ich noch zu Hause gewesen bin, ununterbrochen geklingelt. Die Anrufer sind nicht nur Gemeindemitglieder, nicht einmal nur Juden, aber alles Bürger dieser Stadt gewesen, die sich aufgebracht und empört über diese Schmierereien ...«

Gold stand auf, nahm den Telefonhörer ab und meldete sich. Er hörte aufmerksam zu, grunzte zwischendurch und beobachtete weiter den Fernsehschirm.

»Wir haben sofort ein Kamerateam hingeschickt und möchten Ihnen nun den Film zeigen. Councilman Orenzstein, wollen Sie uns erklären, was wir sehen?«

Audra Kingsleys Gesicht löste sich in Schwärze auf; dann füllte eine graue Betonwand den Bildschirm. Auf die Mauer hatte jemand mit großen roten Buchstaben gesprüht:

KILLT DIE JUDEN

JUDA VERRECKE

und daneben die beiden Kreuze:

Ein kleiner grauhaariger Mann in einem perlgrauen Anzug deutete aufgeregt auf die Mauer, während er mit zwei uniformierten Polizeibeamten sprach.

»Das ist Rabbi Rosen. Sie sehen selbst, wie empört er ist.«

Gold blaffte einige kurze Fragen ins Telefon. Seine Miene war grimmig, und er schob den Unterkiefer vor.

»Councilman Orenzstein, betrachtet man diese Aufnahmen im Lichte jüngster Ereignisse, drängt sich eine Frage geradezu auf:

Glauben Sie, daß der heute nacht verübte Anschlag auf die Synagoge Beth Achim zu einer konzertierten internationalen Aktion gehört hat? Ist es wahrscheinlich, daß die Täter hier in Los Angeles Verbindung zur terroristischen Szene in Europa haben?«

»Nun, Audra, ich glaube, daß wir in diesem Stadium noch keine Möglichkeit ausschließen dürfen.«

Gold legte den Hörer auf. Er kippte den restlichen Scotch und klemmte sich die Zigarre fest in den Mundwinkel. Dann stellte er den Fernseher ab, ließ aber die Stereoanlage eingeschaltet. An der Wohnungstür zögerte er, kam zurück und holte Revolver und Halfter aus der Nachttischschublade. Diesmal verließ er die Wohnung tatsächlich – und merkte beim Hinausgehen, daß Mint Julep Jacksons Aufnahme von »Blue Angel« gespielt wurde. Diesen Song hatte Julep für Angelique geschrieben.

Ein beschissener Tag! dachte er.

11.23 Uhr Der Beth Shalom Reform Temple erhob sich über dem San Diego Freeway wie ein Schloß über einem Burggraben; eine im heißen, vom Smog verschleierten Sonnenschein weiß leuchtende Festung. Gold hatte seine Anzugjacke ausgezogen, lehnte stark schwitzend an seinem verbeulten grünen Ford und wünschte sich, er wäre irgendwo anders. Irgend*wer* anders. Er hatte seinen Wagen auf dem hintersten Teil des zur Synagoge gehörenden Parkplatzes abgestellt, auf dem vor allem Cadillacs, Mercedes und einzelne Rolls-Royce standen, und auf einer Zigarre herumkauend beobachtet, wie verspätete Gäste eintrafen und hineinhasteten. Der letzte war vor ungefähr zwanzig Minuten gekommen. Jetzt oder nie!

Gold warf den Zigarrenstummel weg und marschierte rasch über den Parkplatz und die Treppe zum Eingang hinauf. Vor dem Portal blieb er stehen, zog seine Jacke an und holte aus der Innentasche eine blaue Jarmulke mit Goldrand. Er setzte das Samtkäppchen sorgfältig auf, öffnete die schwere Tür und trat ein.

In der Synagoge war es düster und kühl. Blau getönte Fenster dämpften das einfallende Sonnenlicht. Gold beobachtete aus dem Hintergrund, wie ein Junge mit glatten blonden Haaren am Predigtpult aus der Thora vorlas. Der Kantor stand dabei links hinter ihm, während rechts von ihm der Rabbi lächelnd Beifall nickte.

Woher stammte das blonde Haar? Übrigens auch Wendys? Von

irgendeinem längst toten ukrainischen Soldaten mit einem Gewehr und einem Steifen? Von einem in Rußland ansässigen deutschen Kaufmann, der einem hübschen jungen Ding, das sich aus dem Ghetto herausgewagt hatte, als Gegenleistung für einen guten Fick eine gute Mahlzeit oder eine gute Stellung versprochen hatte?

»Heute bin ich ein Mann«, sagte der Junge nervös. »*Hayom ani mekabel et hamizvot.*«

»Ich danke euch allen, daß ihr zu meiner *Simcha* gekommen seid. Mein besonderer Dank gilt meiner Mutter und meinem Vater. Und dem Rabbi und dem Kantor, denn heute ist der wichtigste Tag meines Lebens.«

Gold trat ins Freie und war dabei, sich eine weitere Zigarre anzuzünden, als ein Arm sich verführerisch um seine Taille legte, während die dazugehörige Hand seine Hinterbacke zu massieren begann.

»Hi, Jack«, flüsterte eine Stimme an seinem Ohr. »Freut mich, dich zu sehen.« Schweres, sehr teures Parfüm überflutete Gold wie eine Woge. Neben ihm stand eine elegante, guterhaltene vollbusige Blondine Anfang Fünfzig. Sie trug eines der in diesem Sommer hochmodernen Kleider im absichtlich zerlumpten Zigeunerlook, aber sie war schon ein bißchen zu alt dafür. Ihre schwere Halskette aus Gold und Diamanten schrie nach Aufmerksamkeit. An jedem ihrer Finger schien ein Ring zu blitzen.

»Jack, meinen Mann kennst du noch nicht, glaube ich. Das ist Arim. Arim, das ist Jack Gold, mein *bester* Exschwager.« Carol lachte halblaut.

Gold hatte von Arim gehört. Er war Carols vierter Mann. Oder der fünfte? Obwohl er sich überall als Perser bezeichnete, war er in Wirklichkeit ein iranischer Jude, dem die Flucht gelungen war, bevor die Ayatollahs ihr Schreckensregiment errichtet hatten. Und der sein Geld mitgebracht hatte. Keiner von Carols Ehemännern war arm gewesen, aber Arim galt als ihr bisher reichster. Er war ein kleiner, schmächtiger, unbedeutender Mann mit schwarzem Haar und dunklen Augen, die stets mißtrauisch in Bewegung zu sein schienen. Als Carols Ehemann wäre ich auch mißtrauisch, dachte Gold. Arim war ebenfalls teuer angezogen. Sein hellblaues Hemd mit dem weißen Kragen mußte vom Rodeo Drive stammen. Die dunkelblaue Seidenkrawatte schätzte Gold auf mindestens hundert Dollar. Wieviel sein Anzug gekostet hatte, wollte er sich lieber nicht vorstellen.

Während die beiden Männer sich flüchtig die Hand schüttelten, lachte Carol. »Ich glaube jedenfalls, daß er der beste ist.« Sie grinste lüstern. »Du hast's mich nie ausprobieren lassen, stimmt's, Jack?«

Carol war Evelyns jüngste Schwester, die seit fast drei Jahrzehnten ihr Bein unter Eßtischen an seinem rieb und sich gegen ihn lehnte, wenn sie sich auf Fluren begegneten. Seitdem er damals – eben aus der Navy entlassen und voll überschwenglichen Elans – angefangen hatte, mit Evelyn auszugehen. Kam Gold vorbei, um Evelyn zum Abendessen in Chinatown oder zum Kino am Hollywood Boulevard abzuholen, war Carol unweigerlich zugegen. Sogar wenn sie selbst verabredet war – mit einem Jurastudenten der USC, einem Zahnarzt aus Pasadena –, ließ sie die jungen Männer warten, während sie sich um Gold bemühte. Während sie sich *über ihn beugte*. Stets in etwas Tiefausgeschnittenem. *Über ihn beugte*, um eine Cocktailserviette unter einen Highball zu schieben. *Über ihn beugte*, um ihm eine Schale mit Cashewnüssen anzubieten.

Carol war immer stolz auf ihre Titten gewesen und hatte damit gute Erfolge erzielt. Vier reiche Ehemänner – oder sogar fünf? Aber sie hatte sich stets um Gold bemüht, und er war ihr stets ausgewichen. Selbst nach seiner Hochzeit mit Evelyn hatte das nicht aufgehört. Sobald Evelyn den Raum verlassen hatte, war Carol über ihn hergefallen: flüsternd, grapschend, ihre Lippen mit der Zungenspitze befeuchtend. Gold hatte immer wieder darüber gestaunt, daß Evelyn nicht geahnt hatte, worauf ihre geile kleine Schwester es angelegt hatte. Und als er am Tag nach seiner Scheidung zu seiner Mutter gekommen war, um ein paar Einkäufe vorbeizubringen, war Carol dort gewesen. »Ich bin nur zufällig hier. Nur auf 'ne Tasse Tee vorbeigekommen«, behauptete sie lächelnd. Und als Mama Gold sich entschuldigte, um auf die Toilette zu gehen, war Carol mit einem Sprung bei ihm und rieb ihre Handfläche an seiner Hose.

»Du gehörst nicht mehr Evelyn«, flüsterte sie. »Sie steht nicht mehr zwischen uns.«

Gold wich bis an die Wand zurück.

»Carol, um Himmels willen – meine Mutter!«

Sie ließ ihre Hand hinter dem Gürtel in seine Hose gleiten, umfaßte seinen Schwanz und streichelte ihn ganz leicht mit den Fingerspitzen.

»Ich zeig' dir Sachen, die Evelyn sich nicht mal ausdenken könnte.«

»Carol, meine Mutter kann jeden Augenblick reinkommen.«

Sie massierte ihn und rieb sich zugleich an seiner Hüfte. »Ich mach's dir, wie's dir noch keine gemacht hat. *Keine!* Nicht mal deine schwarze Schlampe!«

Bevor Gold verstand, was geschah, umklammerten die Finger seiner linken Hand Carols Hals. Er drückte sie mit solcher Gewalt gegen die Küchenwand, daß ein Gewürzregal zu Boden krachte. Er merkte, wie seine rechte Faust zitterte, als er mit ihr ausholte.

»Halt dein Lästermaul!« fauchte er Carol mit zusammengebissenen Zähnen an.

Carols Hände griffen nach den Fingern um ihren Hals und versuchten, seinen Griff zu lockern. Ihre Augen blitzten vor Angst und Lust und Erregung. Sie starrte ihn trotzig, triumphierend an.

»Du *hast* sie umgebracht!« flüsterte sie. »Du *hast* sie umgebracht!«

Gold hätte sie am liebsten zu Brei geschlagen. Er wünschte sich nichts mehr, als seine Faust hinten aus ihrem Kopf herauskommen zu sehen. Statt dessen durchschlug seine kurze Gerade eine Spanne rechts neben Carols Wange die Gipswand. Carol quiekte nur noch ängstlich wie eine in die Falle geratene Maus.

»Mein Gott, Jack!« Golds auf der Schwelle stehende Mutter starrte ihn erschrocken an. »Um Himmels willen, was machst du denn?«

Gold hatte sich abgewandt und war aus dem Haus gestelzt. Erst eine Stunde später, als er mit neunzig Meilen pro Stunde auf dem San Bernardino Freeway unterwegs war, hatte er gemerkt, daß er sich einen Fingerknöchel gebrochen hatte.

Jetzt stand Carol mit in der Augusthitze verlaufendem Make-up vor ihm und hielt ihren schmächtigen kleinen Ehemann untergehakt.

»Ein schöner Gottesdienst, nicht wahr, Jack?« flötete sie.

»Ja, das stimmt, Carol.«

»Sehr ... äh ... nett von dir, daß du gekommen bist.« Sie versuchte ihn durchdringend anzustarren, aber die zerfließende Schminke ließ ihre Augen tränen. Ihr winziger Ehemann langweilte sich sichtlich. Seine Aufmerksamkeit galt jetzt einer jungen Rothaarigen, die in einem weißen Sommerkleid die Treppe vor der Synagoge herabwippte.

»Solch ein schöner Junge, Jack«, sagte Carol. Sie angelte ein zusammengeknülltes Kleenex aus ihrer Jackentasche und tupfte sich die Augenwinkel ab. Gold sagte nichts. Aus der Synagoge strömten jetzt weitere Gemeindemitglieder die Treppe herab. Einige von ihnen starrten Gold interessiert an. Arim wurde kurz gegen ihn gedrängt, und Gold nahm dabei starken Schweißgeruch wahr, der unter dem am Rodeo Drive gekauften Anzug hervordrang.

»Eine schöne Geste, daß du heute gekommen bist«, stellte Carol fest.

Gold seufzte. Es würde wirklich ein langer Nachmittag werden. Vielleicht war es ein Fehler gewesen, herzukommen.

»Es ist eine schöne Geste gewesen. Der Gottesdienst ist schön gewesen, und er ist ein schöner Junge. Und der Tag ist schön, obwohl's heute verflucht heiß und der Smog dick wie Scheiße ist. Alles ist schön, Carol. Scheißschön.«

Golds scharfer Tonfall bewirkte, daß Arim sich ruckartig wieder auf ihn konzentrierte. Carol schüttelte nur traurig den Kopf.

»Jack, Jack, Jack. Dieses Ungestüm. Soviel Zorn. Typisch Macho. Sogar in deinem Alter noch. Du änderst dich wohl nie mehr?«

»Wahrscheinlich nicht, Carol.« Gold paffte seine Zigarre. »Ich bin kein Rotwein, der durchs Alter milder wird.«

»Oh, Jack, alles hätte ganz anders sein können«, meinte Carol bedauernd. Der Blick des Ehemanns ging zwischen Carol und Gold hin und her. Er schien seine Ohren fast sichtbar aufzustellen. Carol griff nach Golds Hand und drückte sie.

»Meistens klappt's im Leben nicht so, wie man sich's vorstellt, nicht wahr?« Carol ließ Golds Hand nicht mehr los. Gold konnte Arims zunehmende Erregung *riechen*.

»Was nicht klappen soll, klappt eben nicht, Carol. So ist das Leben.«

»Aber das ist alles so traurig!«

»Um Himmels willen, reiß dich zusammen, Carol!«

Carol, die ihre Fassung wiedergewann, schien sich wie ein Papagei zu schütteln, der sein Gefieder glättet. Sie tupfte sich erneut die Augen ab und stopfte das Kleenex in ihre Handtasche zurück.

»Hast du schon mit Evelyn gesprochen?«

»Nein.«

»Aber du *tust's*, nicht wahr?«

»Weiß ich noch nicht.«

»Gehst du zum Empfang?«

»Das muß ich wohl.«

»Wieso *mußt* du?«

»Ich will Wendy und Howie sehen.«

»Oh, Jack, ich hab' die beiden drinnen gesehen! Sie haben das Baby mit. So ein schönes kleines Baby!« Carol begann plötzlich zu weinen. Von Tränen aufgelöstes Make-up lief ihr übers Gesicht. Sie ließ ihren Mann stehen, schlang Gold die Arme um den Hals und schluchzte hemmungslos. Aus der Synagoge kommende Gemeindemitglieder blieben stehen und gafften.

»Mein Gott, Carol. Bitte!«

»Oh, Jack. Oh, Jack. *Noch ein* schöner kleiner Junge!«

Gold stand hilflos da, weil Carol jetzt seine Arme umklammerte. Als er über ihren Kopf hinweg zu Arim hinüberblickte, funkelte der kleine Mann ihn nur an. Gold konnte kaum fassen, wie schnell dieser Tag in die Hose gegangen war. Sein Kommen war ein großer Fehler gewesen.

Im nächsten Augenblick legte ein weißhaariger Mann in einem rosa Freizeitanzug Carol sanft eine Hand auf die Schulter.

»Carol, im Amtszimmer des Rabbis werden Aufnahmen mit den engsten Angehörigen gemacht. Stan und Evelyn möchten, daß du auch kommst.«

»Oh, Scheiße, ich seh' bestimmt aus wie 'ne Hexe!« sagte Carol und löste sich von Gold. »Komm, Arim, ich muß mein Gesicht in Ordnung bringen.« Sie war bereits halb durchs Portal. »Sehen wir uns beim Empfang, Jack? Los, *beeil* dich, Arim!«

Der kleine Mann hastete hinter ihr her, drehte sich dann um, als wolle er etwas sagen, verzichtete jedoch darauf und verschwand durchs Portal.

»›Freut mich, mit Ihnen gesprochen zu haben‹, wollte ich sagen, aber ich glaub' nicht, daß *er* einen Ton gesagt hat«, sagte Gold zu dem Weißhaarigen.

»Man kommt nicht leicht zu Wort, wenn eine meiner Schwestern in der Nähe ist. Die beiden sind mit der Grammophonnadel geimpft worden! Außerdem kann dieser kleine Kameltreiber bloß zwei englische Sätze, die Carol ihm eingetrichtert hat: ›Das nehme ich‹ und ›Buchen Sie's ab‹.«

Gold lachte und streckte ihm die Hand hin.

»Wie geht's denn so, Charlie?«

»Na ja, ich kann nicht klagen. Gehst du auch zum Empfang? Gut. Der Eingang ist auf der anderen Seite. Komm, wir gehen gemeinsam hin.«

»Mußt du dich nicht fotografieren lassen? Mit den *engsten* Angehörigen?«

»Das hab' ich schon hinter mir. Außerdem kann ich auf Stans Familie verzichten.«

»Auf den guten Dr. Stanley Markowitz? Von den Bel-Air-Markowitzes?«

Sie schlenderten den um die Synagoge herumführenden Weg entlang. Auf dem Parkplatz hatte sich eine Schlange aus abfahrenden Wagen gebildet.

»Also, nun, Stan find' ich in Ordnung. Er ist gut zu meiner Schwester und so weiter, aber ich passe nicht zu all diesen anderen Leuten. Letztes Jahr bin ich mal auf einer Party bei Stan und Evelyn gewesen, weißt du. Im Oktober, glaub' ich. Oben in Bel-Air. Hast du ihre Villa schon mal gesehen? Nein? Was für'n Haus, Jack! Ein Haus? Ha! Ein Landsitz! Ein Haus, wie ich's mit Schnittblumen nie verdienen könnte, das kannst du mir glauben! Vier Geschosse. Ein Haus mit *vier Geschossen!*

Gut, ich bin also auf dieser Party. Ich sitze auf dem Sofa und genehmige mir mit einigen von Stans Freunden ein paar Drinks.

Okay, ich rede also mit diesen Leuten. Nette Leute – hab' ich geglaubt. Sie reden jedenfalls über dieses und jenes, was mit der Welt nicht in Ordnung ist, was mit Amerika nicht in Ordnung ist. Reagan ist Scheiße. Deukmejian ist Scheiße. Alles ist Scheiße. Aber ich hab' auch 'ne Meinung, stimmt's? Wie jeder andere, stimmt's? Also nütze ich eine Gesprächspause, um sie anzubringen. Der Untergang dieses Landes, sag' ich, sind die *Shvartzers* und die Gewerkschaften gewesen.«

Charlie blieb stehen und hielt Gold am Arm fest.

»Das hättest du sehen müssen, Jack! Als wenn ich bei einer koscheren Hochzeit mit einem Schinkensandwich aufgekreuzt wäre. Alle haben so getan, als hätte ich gefurzt oder so was, und sie wären zu vornehm, um es zu bemerken und mich dadurch in Verlegenheit zu bringen.«

Sie gingen weiter.

»Nach ungefähr einer Minute fangen sie wieder zu reden an – als wäre ich überhaupt nicht da oder so. Okay, ich versteh' diesen Wink mit dem Zaunpfahl. Wenn sie nicht mit mir reden wollen, will ich auch nicht mit ihnen reden. Wer braucht sie schon, stimmt's? Aber dann behauptet dieser kleine *Putz*, seinen Namen hab' ich vergessen, jedenfalls behauptet dieses kleine *Faygeleh,* der israelische Einmarsch im Libanon wäre nicht besser als der deutsche Überfall in Polen gewesen. Unglaublich, was? Und dann sagt dieser kleine *Shmuck,* daß Israel seine Araber nicht besser behandelt als Hitler die Juden – und daß Begin schlimmer als Hitler gewesen ist, weil er vorgegeben hat, ein Gerechter zu sein. Überhaupt wäre Israel ein korrupter Witz, den der von Schuldgefühlen geplagte Westen dem palästinensischen Volk nach dem Zweiten Weltkrieg aufgezwungen hätte . . .

Jack, ich sag' dir, ich will meinen Ohren nicht trauen. Und all die anderen *Shmucks* sind seiner Meinung. ›Ja, ganz recht!‹ ›Wie wahr!‹ Jack, ich komme mir wie auf 'ner PLO-Versammlung vor. Wie bei der Arabisch-Amerikanischen Liga. Für diese Leute ist Arafat ein gottverdammter *Held!* Der und *Ghaddafi!* Und ich sehe mich um, Jack, und will meinen Augen nicht trauen. *Das sind alles Juden!* Ich hab's nicht glauben können, sag' ich dir!«

Sie erreichten das Ende der langen Schlange, die sich am Eingang des Bankettsaals gebildet hatte. Hinter ihnen stellten sich weitere Gäste an, die sich den Schweiß vom Gesicht wischten, sich Kühlung zufächelten und über die Hitze jammerten. Die Schlange rückte nur langsam vor.

»Aber du kennst mich ja: Ich muß die Dinge beim Namen nennen und kann die Klappe nicht halten – *vor allem* nicht, wenn irgendein Arschloch solchen Unsinn verbreitet. Deshalb erkläre ich diesem Wichser, daß er nichts von dem versteht, was er da redet. Ich rate ihm, erst mal die Hose runterzuziehen und sich seinen *Putz* anzusehen, damit er weiß, wer er *wirklich* ist, denn falls es jemals dazu kommt, was man schließlich nie wissen kann, tun die Schläger und die Braunhemden *das* nämlich als allererstes – genau wie damals. Und ich sage ihm, daß er und jeder andere Jude auf der Welt Gott jeden Morgen dafür danken sollte, daß es jetzt einen Zufluchtsort für uns gibt, falls die Zustände sich noch mal so verschlechtern sollten. Sogar in diesem Land, was Gott verhüten möge. Hast du heute morgen die Nachrichten gesehen? Oder im Radio gehört?«

»Die Synagoge? Beth Achim? Am Beverly? Ja, ich hab's gesehen.«

»Verstehst du, was ich meine? Das kann überall passieren. Überall! Deshalb sage ich zu diesem kleinen *Gonif* – er ist einer von Howies Freunden, deshalb muß er wohl ein *Gonif* sein –, ich sage zu ihm, daß er besser den Mund halten und Gott im Himmel danken soll, daß es nach zweitausend Jahren ein starkes und stolzes Israel gibt. Und was tut dieser kleine Bastard, Jack? Er lacht mich aus. *Lacht* mich aus und will wissen, wer ich bin, daß ich ihm einen politischen Vortrag halte. Und ich sage: Wer ich bin? Das kann ich dir genau sagen, sag' ich. Ich bin der sechzigjährige alte Furz, der deinen koscheren Arsch jetzt mit Fußtritten den ganzen Benedict Canyon runterbefördert!

Jack, Jack, du lachst – aber du hättest den kleinen Kerl sehen sollen, wie er sich mit einem Satz wie'n Kaninchen in Sicherheit bringt. Und dabei *kreischt* er, so laut er kann. ›Bleiben Sie mir vom Hals! Bleiben Sie mir vom Hals!‹ Dabei ist der Junge keinen Tag älter als dreißig, Jack. Wahrscheinlich *ist* er nicht mal dreißig. *Vielleicht* erst achtundzwanzig. Was für Leute werden eigentlich heutzutage Juristen? Sind das die Segnungen der höheren Bildung?«

Gold lachte noch immer, als die Schlange weiterrückte.

»Charlie, ich hab' nicht recht gewußt, ob ich kommen sollte, aber seit diesem Gespräch mit dir geht's mir viel besser.«

»Augenblick, Jack, laß mich zu Ende erzählen. Evelyn und Stanley führen mich ins Schlafzimmer ab. Evelyn sagt, daß sie ihr Leben lang noch nie so gekränkt worden sei. Dabei heult sie zum Erbarmen. Sie sagt, daß unter den Gästen sehr wichtige Leute seien, und daß ihr eigener Bruder sie gedemütigt habe. *Gedemütigt*, sagt sie. Und Stanley sagt: ›Charlie, vielleicht wär's besser, wenn du jetzt gehen würdest.‹ Und ich antworte: ›Keine Angst, ich gehe schon! Ich hab' keine Lust, hier mit 'ner Bande antisemitischer Juden zusammenzusein!‹

Ich stürme also hinaus, und am nächsten Tag ruft Evelyn an, um sich zu entschuldigen, und am übernächsten ist Stanley am Telefon, und ich sage beiden, daß sie sich zum Teufel scheren sollen. Schließlich lassen sie Wendy bei mir anrufen. Du weißt ja, daß deine Kleine schon immer meine Lieblingsnichte gewesen ist, seitdem sie auf meinen Schultern gesessen, sich an meinen Ohren festgehalten und mich ›Unka Chaddie‹ genannt hat. Wendy redet also mit mir und bringt alles wieder ins Lot, so daß wir jetzt wieder eine große glückliche Familie sind. Aber weißt du, Jack, ich bin seither nie wieder zu Stan und Evelyn eingeladen worden. Und ich glaube, die beiden wissen, daß ich nicht kommen würde, wenn sie mich einladen würden.«

»Das tut mir leid, Charlie. Dabei hast du dich immer so gut mit Evelyn verstanden.«

»Yeah, aber die Zeiten ändern sich. *Sie* hat sich verändert. Sie und Stanley verkehren jetzt in ganz anderen Kreisen. Bel-Air. Palm Springs. Skiurlaub in der Schweiz. In der *Schweiz*. Ich hab' gar nicht gewußt, daß Juden Ski fahren können.« Charlie schüttelte den Kopf. »Nein, Jack, nichts ist mehr wie in der guten alten Zeit. Weißt du noch? Ich und Dot, Gott hab' sie selig. Du und Ev. Carol und irgendwer. Weißt du noch, wie wir jedes Jahr zur Fischerparade nach San Pedro gefahren sind? Und mit meinem alten Olds-Kombi nach Las Vegas? Als Drinks 'nen Quarter gekostet haben und man Sinatra für zehn, zwölf Dollar hören konnte – Abendessen inklusive. Und wenn die Leute gemerkt haben, daß du'n Cop warst, hat's sowieso oft freie Drinks gegeben. Das sind Zeiten gewesen, was, Jack?«

Am Eingang wurden sie von einer wohlproportionierten Brünetten in gestärkter Schwesterntracht mit sanfter, aber fester Hand aufgehalten.

»Darf ich um Ihren Namen bitten, Gentlemen?« Sie lächelte süß.

»Ich bin Gold, und das ist Wiegand.«

Sie warf einen Blick auf ihr Schreibbrett aus rostfreiem Stahl.

»Augenblick. Sie sind Jack – und *Sie* sind Charlie.«

»Bingo!« Sagte Charlie.

Die Krankenschwester nahm zwei unbeschriftete Plastikarmbänder von einem Tischchen hinter sich. Mit einer kleinen Zange, die sie aus der Tasche zog, befestigte sie eines der Bänder um Charlies Handgelenk.

»Was ist das, verdammt noch mal?« fragte Charlie.

»Dies, Gentlemen, ist ein Identifizierungsarmband für Patienten. Und *dies*«, sie trat zur Seite und deutete in den überfüllten Bankettsaal, »ist eine Bar Mizwa unter einem bestimmten Motto. Das Motto lautet natürlich ›Ärzte‹.«

Der Saal war als Krankenhaus dekoriert. Alles war weiß – Tische, Stühle, Papierdekorationen. An den Wänden hingen überdimensionale Krankenblätter. Grelle OP-Leuchten strahlten die Tische an. Als Ärzte, Krankenpfleger und Schwestern kostümierte Bedienungen rollten mit Fruchtpunsch gefüllte Tropfflaschen an Metallgestellen herum. Die Kinder kreischten vor Begeisterung, wenn roter Saft in ihre Gläser spritzte. Andere Tropfflaschen erhielten Erdbeer-Margaritas, rosa Champagner und Rosé für die Erwachsenen. Hors d'oeuvres wurden auf fahrbaren Krankenhaustischen serviert.

Zwei der komischeren Schauspieler aus der NBC-Serie »St. Elsewhere« saßen in einer Fotobude, um sich mit den Kindern fotografieren zu lassen. Thermometer mit dem aufgedruckten Namen Peter Markowitz und dem Datum dienten als Cocktailstäbchen. Die kleineren Kinder gaben alle vor, sich mit den verteilten Plastikstethoskopen gegenseitig die Herztöne abzuhören. Die Teenager kontrollierten ihren Puls mit den verchromten Uhren, die sie in Geschenkpackungen auf ihren Plätzen vorgefunden hatten. In jede Uhr waren der Name des Empfängers und das Datum eingraviert.

»Ärzte, ha?« grunzte Charlie. »Warum Ärzte?«

»Der Vater des Jungen ist Arzt«, sagte die Krankenschwester, während sie Gold das zweite Armband anlegte. »Das müßten Sie doch wissen!«

»Stanley?« schnaubte Charlie. »Stanley ist kein Arzt. Ärzte heilen Kranke. Bewahren sie vor dem Tod. Stanley ist ein Schönheitsdoktor – ein Visagist.«

Die Krankenschwester starrte sie finster an.

»Wenn Sie uns jetzt entschuldigen, könnten wir einen trinken«, sagte Gold und nahm Charlies Arm.

»Augenblick, Gentlemen«, sagte die Krankenschwester und schnalzte energisch mit den Fingern. Zwei junge Männer, die wie USC-Footballer in Krankenhausuniform aussahen, rollten eine fahrbare Krankentrage und einen Rollstuhl heran.

»Diese Pfleger bringen Sie zu Ihren Plätzen.«

Gold und Charlie starrten erst die Fahrzeuge und dann die Krankenschwester an.

»Soll das ein Witz sein«, erkundigte Charlie sich.

Die Krankenschwester beugte sich seufzend nach vorn. »Hört mal zu, Arschlöcher«, flüsterte sie drohend. »Ich hab' einen SAG-Ausweis, einen AFTRA-Ausweis und einen Equity-Ausweis, bin eine weit bessere Schauspielerin als Meryl Streep und hab' dieses Jahr schon drei Wochen Arbeit gehabt. Mit solchen Aufträgen halte ich mich über Wasser – im allgemeinen ziemlich mühelos. Außer wenn ein paar alte Furzer aufkreuzen, die hartnäckig mauern, weil sie sonst nichts mehr zuwege bringen. Tut mir also diesen kleinen Gefallen, seid brave kleine Jungs und laßt mich meine Arbeit tun.«

Gold und Charlie wechselten einen Blick. »Na ja, weil Sie so nett gefragt haben«, meinte Gold dann und streckte sich auf der Krankentrage aus.

»Richtig.« Charlie setzte sich in den Rollstuhl.

Die Krankenschwester lächelte. »Ein glücklicher Zufall! Sie sitzen beide an Tisch siebenundzwanzig, Gentlemen.«

»Hey, wir sind brav gewesen!« beschwerte Gold sich. »Sie sollen uns wenigstens zur Bar bringen.«

»Wird gemacht! Boys«, sagte sie zu den muskelbepackten jungen Sportlern, »bringt diese Patienten zur Bar. Sie brauchen Medizin. Viel Vergnügen, Gentlemen!«

Charlie beugte sich zu Gold hinüber, während sie durch das Getümmel gerollt wurden. »Mann, das war 'ne kalte *Shiksa*, wenn du mich fragst. Nimm sie abends mit nach Hause und gib ihr 'nen *Shtup* – dann wachst du mit Frostbeulen am Pimmel auf. Kannst du mir glauben!«

Während sie den Saal durchquerten, merkte Gold, daß einige Gäste ihn erkannten, ihre Nachbarn anstießen und ihnen hinter vorgehaltener Hand etwas zuflüsterten. Das Große Geheimnis war offenbar doch nicht ganz geheim. Vor der Bar an der Seitenwand des Saals rutschte Gold, der sich lächerlich vorkam, von der Krankentrage und kehrte den Feiernden seinen Rücken zu. Bei dem Barkeeper bestellte er zwei doppelte Scotches.

»Danke«, sagte Charlie.

»*L'chayim.*«

»*L'chayim.*«

Charlie lehnte mit dem Rücken an der Theke und ließ seinen Blick durch den Saal gleiten. Gold stemmte beide Ellbogen auf die Theke und starrte die Wand an.

»So, Charlie. In letzter Zeit mal wieder in Hollywood Park gewesen?«

»Letzte Woche.«

»Und wie hast du abgeschnitten?«

»Nicht schlecht. Ich hab' meine Spesen rausgeholt.«

Die beiden lachten und tranken noch einen Schluck.

»Glaubst du, daß die Dodgers es dieses Jahr schaffen?«

»Jack, ich will dir ganz ehrlich sagen, daß ich nicht mehr zu den Spielen gehe. Ich schalte sie nicht mal im Fernsehen ein. Überall das gleiche! Ein *Shvartzer* wirft, ein *Shvartzer* soll fangen, ein *Shvartzer* schlägt und ein *Shvartzer* im Outfield erwischt schließlich den Ball. Bloß noch *Shvartzers*! Sogar der Schiedsrichter kann ein *Shvartzer* sein. Und die meisten können kaum Englisch. Das soll der Große Amerikanische Zeitvertreib sein? Ah, damit haben sie das Spiel ruiniert!«

In einer Ecke neben der Bar baute eine Band ihre Instrumente auf. Der Keyboarder stapelte Boxen an der Wand übereinander. Der Schlagzeuger stimmte seine Trommeln, schlug sie an und spannte sie mit einem silberglänzenden Schlüssel.

»O je«, sagte Charlie, »das bedeutet Kopfschmerzen. Diese Kids von heute interessiert an Musik nur eines: Ist sie laut? Mehr wollen die gar nicht wissen. Ist sie laut?«

»Weil wir gerade bei Kids sind, Charlie – wie geht's Lester?«

Charlie rührte seinen Drink mit einem Thermometer um und schüttelte langsam den Kopf. Er sah sich um, beugte sich zu Gold hinüber und sprach leiser als zuvor.

»Ich sag' dir, Jack, versteh' mich nicht falsch, aber wenn du mich fragst, bist du manchmal besser dran, wenn du keinen Sohn hast. Du hättest einen Sohn wie Lester haben können.«

»Wie meinst du das, Charlie?«

»Ich meine... Wann hast du Lester zuletzt gesehen?«

Gold überlegte kurz. »Auf Dots Beerdigung. Wann ist das gewesen – vor zwei, drei Jahren?«

»Vor drei Jahren, drei Monaten und achtzehn Tagen. Wenn man den besten Teil seines Lebens begräbt, vergißt man das Datum nie mehr. Bete zu Gott, daß dir das erspart bleibt!«

Gold glaubte, Angeliques Geisterhand an seinem Rückgrat zu spüren, und fuhr zusammen.

»Lester kommt also drei Tage – *drei Tage!* – nach der Beerdigung zu mir, und rate mal, was er mir erzählt?«

Gold kratzte sich die Nase. »Daß er schwul ist?«

»Du hast's gewußt?«

»Ich hab's vermutet.«

»Okay, mit Rambo würde man Lester nie verwechseln, schätze ich. Niemals. Jedenfalls kommt er gleich nach Dots Beerdigung zu mir und erzählt, daß er sich jetzt zu seinem Schwulsein bekennen will. Er sagt, daß er damit bis nach Dots Tod gewartet hat, weil er sie nicht verletzen wollte. ›Warum hast du dann nicht gewartet, bis *ich* tot bin?‹ fragte ich ihn. ›Mich *willst* du wohl verletzen?‹ Er sagt, daß er zweiunddreißig ist und nicht länger mit einer Lüge leben kann. ›Warum nicht?‹ frage ich ihn. Jeder, den ich kenne, lebt mit irgendeiner Lüge. Was ist an ihm so Besonderes dran? Aber er will nicht hören. Sein Entschluß steht fest. Jetzt hat er ein Strandhaus draußen in Venice, in dem er mit einem siebzehnjährigen Mexikaner zusammenlebt. Mit 'nem *Mexikaner*, Jack! Seine Mutter dreht sich bestimmt im Grab um. Hätte er nicht einen netten Judenjungen finden können?«

Einige der Kids, die an den im Vorraum aufgebauten Videospielen saßen, brachen in Jubel aus. Der Barkeeper servierte zwei weitere Doppelte. Charlie und Gold legten beide einen Zwanziger auf den Tisch, aber der Barkeeper hob abwehrend die Hände.

»Alles gratis, Leute. Doktor und Mrs. Markowitz geben sich die Ehre.«

Gold zündete seine Zigarre wieder an. »Weißt du bestimmt, daß es hier keine schwarze Liste gibt? Als ich letztes Mal mit Evelyn gesprochen habe, hat sie sich nicht benommen, als wollte sie mir einen Drink spendieren.«

»Ach, vergiß es, Jack! Meine Schwester ist jetzt reich. Sie hat andere Sorgen. Sie denkt nicht daran, alte Geschichten aufzuwärmen.«

»Du, Charlie, ich weiß nicht mal, warum ich heute hergekommen bin. Ich muß mit Howie reden, aber das hätte bis heute abend Zeit gehabt. Vielleicht hätte ich ihn doch vertrösten sollen.«

Auf der anderen Seite des überfüllten Saals nahm eine mollige Blondine Anfang Zwanzig seinen suchenden Blick wahr und winkte Gold zu. Sie nahm ihr Baby aus dem Kinderwagen und machte sich an den Tischen vorbei auf den Weg zu ihm.

»Hi, Daddy.«

Wendy war klein, hübsch und zehn Kilo zu schwer. Sie trug einen mit zahllosen Schnallen und Reißverschlüssen ausgestatteten khakifarbenen Jumpsuit, dessen weitgeschnittene Beine an den Waden eng anlagen. Bei einem Vogue-Mannequin hätte dieser Anzug toll ausgesehen. Aber Wendys Gesicht machte alles wieder wett. Sie hatte den makellosen glatten und vor Gesundheit leuchtenden Teint einer Porzellanpuppe. Am auffälligsten waren jedoch ihre leuchtend himmelblauen Augen, aus denen Tatkraft, Optimismus und arglose Intelligenz blitzten.

»Hi, Baby«, sagte Gold, während er sie zärtlich umarmte, ohne dabei dem kleinen Joshua weh zu tun.

»Danke, daß du gekommen bist, Daddy«, flüsterte Wendy ihm ins Ohr. »Ich bin so froh, daß du gekommen bist!« Gold hielt sie lange umarmt, bis Charlie schließlich vortrat und ihm auf die Schulter klopfte.

»He, darf ich die Dame auch mal zum Tanz bitten?«

Gold ließ seine Tochter los, aber sie hielt weiter seine Hand umklammert. Aus ihrem Blick leuchteten Liebe und Stolz.

»Wendy«, sagte Charlie, »wie wär's mit 'nem Kuß für deinen alten ›Unka Chaddie‹? Und laß mich den Kleinen bewundern. Ich hab' ihn seit dem *Bris* praktisch nicht mehr gesehen.«

Wendy ließ widerstrebend Golds Hand los, schlang den Arm um Charlies Nacken und drückte ihn an sich. »Onkel Charlie, wie geht's dir? Wie geht's meinem Lieblingsonkel?«

»Das will ich dir sagen, Wen. Mir geht's so gut, wie's einem sechzigjährigen Witwer gehen kann. Ich krieg' ihn nicht mehr oft hoch, aber das ist nur gut so, weil ich nicht wüßte, wo ich ihn hintun sollte.«

»*Onkel Charlie!*« sagte Wendy, und sie lachten alle drei.

»Verdammt noch mal, laß mich jetzt meinen kleinen Neffen sehen! Laß mich den kleinen Joshua sehen.« Charlie nahm Wendy den Kleinen ab und stellte ihn auf die Theke. Das Baby blieb schwankend stehen und umklammerte mit seinen winzigen Händen Charlies Zeigefinger. Als es merkte, daß es nicht zu fallen drohte, verschwand sein zweifelnder Gesichtsausdruck; der Kleine sah sich um und lachte begeistert.

»Seht euch bloß diesen kleinen *Tummler* an!« forderte Charlie die anderen auf. »Er sieht genau wie mein Vater aus. Das gleiche Gesicht!«

»Komisch«, meinte Gold, »das wollte ich eben auch sagen. Er sieht genau wie mein Alter aus.«

»Du spinnst ja«, wehrte Charlie ab. »Deine Leute haben nie lachen können. Ganz mein Vater, Gott hab' ihn selig.«

»Vielleicht auch nicht, Onkel Charlie«, warf Wendy ein. »Howie sagt, daß er das Ebenbild *seines* Großvates ist, der aus Minsk rübergekommen ist.«

»Ach, das ist doch lächerlich! Wie soll ein so niedliches Gesicht aus einem so trübseligen Kaff wie Minsk kommen können?« Charlie senkte den Kopf und gab vor, den Kleinen durch seinen dünnen blauen Strampelanzug hindurch in den Bauch zu beißen. Joshua kicherte, ließ seine Hand los und hätte beinahe das Gleichgewicht verloren. Charlie legte ihn auf die Theke, beugte sich über ihn, gab komische Laute von sich und schnitt lustige Fratzen. Das Baby strampelte lachend und spielte mit Charlies Kinn.

»Seht auch bloß dieses Gesicht an!«

Die Band fing an zu spielen. Anstatt mit voller Lautstärke loszulegen, begann sie mit einem sanften, sinnlichen Bossa Nova. Mit irgendeiner Jobim-Melodie, die Gold aus der Zeit vor eineinhalb Jahrzehnten wiedererkannte. Den Jazzern hatte diese Melodie gefallen, und sie hatten sie bei Jam Sessions im Morgengrauen oft gespielt. Angelique hatte sie geliebt.

»Daddy, tanz mit mir«, forderte Wendy Gold auf und führte ihn bereits zur Tanzfläche. »Onkel Charlie paßt auf Joshua auf, nicht wahr, Onkel Charlie?«

»Ich würd' sogar dafür *bezahlen*, auf ihn aufpassen zu dürfen!«

Sie waren das einzige Paar auf der Tanzfläche. Wendy klammerte sich an ihn und legte ihren Kopf an seine Brust. Gold merkte, daß alle sie anstarrten. Die Watermans, Evelyns Cousins und Cousinen, die Jasons aus La Jolla, Joe Marshall, der beste Freund ihrer Mutter, und seine christliche Frau aus Toronto . . . Gold glaubte sogar, einen von Carols Exehemännern zu sehen, aber er war sich seiner Sache nicht ganz sicher.

»Ich bin sehr froh, daß du gekommen bist, Daddy«, sagte Wendy zu ihm hinauf. »Danke. Ich weiß, daß das für dich nicht leicht ist.«

»Ach . . .«, sagte Gold und tat so, als sei nichts dabei gewesen.

»Daddy«, wies sie ihn sanft zurecht, »ich weiß, wie schwierig es für dich ist, hier zu sein.«

Er drückte sie an sich, während sie tanzten. »Ich bin gekommen, um *dich* zu sehen, Baby.«

Sie tanzten etwa eine halbe Minute lang schweigend weiter. Gold nahm unbewußt war, daß der Bassist recht gut spielte.

»Hast du schon mit Mutter gesprochen?«

»Noch nicht.« Bisher ist mir dieses Vergnügen erspart geblieben, dachte er.

»Hast du Peter gesehen?«

Gold zögerte einen Augenblick, bevor er antwortete: »Nur in der Synagoge.«

»Er ist wirklich ein sehr netter Junge, Dad.« Dann fügte sie hinzu: »Du wärst sehr stolz auf ihn gewesen.«

Gold äußerte sich nicht dazu.

»Er hat wahnsinnig viel Ähnlichkeit mit dir.« Wendy blickte zu ihm auf und flüsterte im Verschwörerton: »Sowie Mutter ihn aus der Klinik nach Hause gebracht hat, hab' ich dich in jeder seiner Bewegungen wiedererkannt. Wie er ißt, was seine Lieblingsgerichte sind. *Alles!* Und je älter er wird, desto stärker wird die Ähnlichkeit. Er ist genau wie du, Daddy!«

»Hör zu, Baby, davon wollen wir nicht wieder anfangen. Es hat überhaupt keinen Zweck, diese Tür zu öffnen.«

»Ich weiß, ich weiß.« Wendy ließ ihre Finger geistesabwesend über seine Schulter gleiten. »Er hat mich nach dir gefragt, weißt du.«

»Oh?«

»Nicht nur einmal. Schon vor Jahren hat er sich als kleiner Junge für das Foto interessiert, das auf meinem Nachttisch gestanden hat. Er hat alles über dich wissen wollen.«

»Tatsächlich? Und was hast du ihm erzählt?«

»Ach, du weißt schon: daß du mein Vater bist, daß du früher mit Mutter verheiratet gewesen bist. All diese Sachen. Aber ich glaube, daß er mehr vermutet.«

Gold hielt sie etwas von sich weg. »Wie kommst du darauf?«

»Mir ist aufgefallen, wie ruhig und konzentriert er zuhört, wenn Mutter und Tante Carol von dir reden. Ich glaube, daß er weiß, daß Stanley nicht sein Vater ist.«

»Hat seine Mutter ihm das gesagt?«

Wendy lachte freudlos. »Weißt du, was Mutter ihm erzählt hat? ›Als du auf die Welt gekommen bist, Peter, sind dein Vater und ich nicht verheiratet gewesen. Bin ich nicht schrecklich gewesen?‹«

Gold lächelte grimmig. Nein, Evelyn, du bist nicht schrecklich. Du bist nur nicht Angelique gewesen.

»Jedenfalls wollte ich dich heute unbedingt dabeihaben, Daddy. Ich mein, Stanley ist sehr nett, und er ist immer gut zu mir gewesen, und er vergöttert Peter – er vergöttert ihn einfach. Aber du bist sein *wirklicher* Vater.«

»Baby, dein wirklicher Vater ist der Mann, der dich großzieht, und wie du sagst, hat Stanley Peter großgezogen – offenbar mit sehr gutem Erfolg.«

»Bist du denn nicht neugierig, Daddy? Interessiert dich gar nicht, was ...«

»Nicht im geringsten, Sweetheart.«

»Warum bist du dann heute hergekommen?«

Gold küßte ihr strohblondes Haar. Es duftete nach Shampoo. »Um *dich* zu sehen, Wendy. *Du* hast mich eingeladen. *Du* hast dreimal angerufen, um mich daran zu erinnern. Ich hab' gewußt, daß *du* dich darüber freuen würdest, Wendy. Ich bin deinetwegen gekommen. Vergiß das nicht.«

Mehrere Paare waren auf die Tanzfläche gekommen. Solly Simon, Evelyns High-School-Schwarm, der jetzt ein erfolgreicher Börsenmakler war, tanzte mit seiner jungen Frau vorbei.

»Hi, Jack, freut mich, dich zu treffen. Hab' dich gestern in den Abendnachrichten gesehen. Gut gemacht! Solche Ganoven gehören alle abgeknallt. Wendy, wie geht's dem Kleinen?«

Die Chartoffs, frühere Nachbarn aus Evelyns und Golds erster Zeit in Culver City, tanzten ebenfalls. Sie nickten ihm wissend lächelnd zu. Gold haßte die beiden. Weitere Paare kamen auf die Tanzfläche. Dort wurde es allmählich zu eng. Die Band leitete nahtlos zum nächsten Bossa Nova über.

»Kommst du morgen zum Abendessen, Daddy? Ich mache das mexikanische Huhn, das du so gern ißt. Du kannst dir ›Sixty Minutes‹ ansehen und mit Joshua spielen.«

»Mal sehen, Baby.«

»Bitte, Daddy? Howie hat gesagt, daß er wahrscheinlich zu einem Klienten muß, und Joshua und ich sind dann allein.«

Golds Kriminalisteninstinkt schaltete sich automatisch ein. Das war sehr beunruhigend. Im Zusammenhang mit Angehörigen hatte er sich noch nie bemerkbar gemacht. Bei Angelique, ja, aber nie bei Familienangehörigen.

»Howie hat am Sonntag eine geschäftliche Besprechung? Das sieht unserem Mr. John McEnroe, unserem Mr. Sechs-Sätze-pro-Sonntag gar nicht ähnlich. Mit wem trifft er sich denn?«

»Ach, das weiß ich nicht. Mit anderen Rechtsanwälten. Er hat gesagt, daß er zu einer Besprechung mit anderen Anwälten muß.«

»Weshalb?«

»Was?« Wendy starrte ihn leicht verwirrt an.

»Worum geht's bei dieser Besprechung, Honey?«

»Tut mir leid, Daddy, ich hab' nicht den blassesten Schimmer.«

»Wo *ist* Howie überhaupt? Ich hab' ihn noch gar nicht gesehen.«

»Nach der *Shul* hat er gesagt, er müsse ein paar Telefongespräche führen. Aber er kommt bestimmt bald. Er hat sich so darauf gefreut, dich zu sehen!«

»Ach?«

»Ja. Heute morgen hat er mich *dreimal* gefragt, ob du auch bestimmt kommst. Er hat dich wirklich gern, Daddy.«

Todsicher, dachte Gold.

»Weißt du, was er mit mir besprechen will?«

»Oh, wahrscheinlich nichts Bestimmtes, Daddy.« Dann fiel ihr etwas ein, und sie mußte lachen. »Vielleicht will er dir vorschlagen, bei ihm Tennisstunden zu nehmen?«

Gold rang sich ein Lächeln ab, aber sein Blick blieb kalt.

»Ich bin froh, daß du heute gekommen bist, Daddy«, sagte Wendy und drängte sich enger an Gold. Mehrere Fotografen streiften durchs Gedränge und machten Schnappschüsse von Müttern und Söhnen, Vätern und Töchtern. An der Querwand des Saals enthüllte das Personal zu lauten »Ohs!« und »Ahs!« ein langes Buffet. Gäste stellten sich an und beluden ihre Teller mit Krabbencocktail, Leberfrikassee, Salzhering, sieben Salatarten, Terijaki-Hühnerbrüstchen auf Holzspießen, Reis, Hummer Newburg und Obst. Ein schwitzender Küchenmeister säbelte dicke blutige Roastbeefscheiben ab und klatschte *Jus* und Merrettich darauf.

Die Band beendete ihr Potpourri mit einem kurzen Solo des Schlagzeugers, in das zuletzt der bravourös spielende Tenorsaxophonist einfiel. Einige der Tanzenden klatschten. Gold hakte Wendy unter und führte sie zur Bar zurück. Charlie Wiegand empfing sie grinsend und verkündete laut: »Ich glaube, hier liegt ein Notfall vor, Wen.«

Wendy nahm den Kleinen und betastete seinen Hosenboden.

»Ganz entschieden, Onkel Charlie.«

»Sollen wir lieber die Feuerwehr rufen?«

Wendy lachte über Charlies uralten Witz, an den sie sich noch aus ihrer Kindheit erinnerte. »Nein, Onkel Charlie, ich komme allein zurecht.«

Während sie sich ihren Sohn über die Schulter legte, sah sie zu ihrem Platz hinüber, wo der Kinderwagen mit frischen Papierwindeln stand. »Daddy, ich möchte noch oft mit dir tanzen, aber im Augenblick ist leider Joshua der wichtigste Mann in meinem Leben.«

»Hey, was ist mit mir?« jammerte Charlie. »Darf ich nicht wenigstens einmal mit dir tanzen.«

»Sobald ich zurückkomme. Sobald ich zurückkomme.« Sie ging um die Tanzfläche herum. »Daddy, sag' Howie, wohin ich verschwunden bin!« rief sie noch.

Charlie und Gold beobachteten, wie sie sich durchs Gewühl drängte.

»Ein großartiges Mädchen«, meinte Charlie anerkennend.

Gold nickte zustimmend. »Yeah, Charlie, wenigstens *eine* Sache im Leben hab' ich richtig gemacht.«

Charlie warf ihm einen prüfenden Blick zu. Dann stellte er sein Glas auf die Theke.

»Joshua hat die richtige Idee gehabt, glaub' ich. Mal sehen, ob ich das Klo finde.« Er zeigte auf seinen Drink. »Du verhaftest jeden, der ihn anrühren will, kapiert?«

Als Charlie verschwunden war, kehrte Gold dem Saal den Rücken zu und stützte beide Ellbogen auf die Theke. Der Barkeeper kam herüber.

»Soll ich nachfüllen, Sir?«

»Klar, warum nicht?«

Der Barkeeper war groß, breitschultrig und dunkelhäutig. Sein Haar bildete eine wilde Lockenpracht. Seine breite Nase schien er sich irgendwann einmal gebrochen zu haben.

»Komisch, Sie sehen gar nicht wie'n Jude aus«, sagte Gold.

Der Barkeeper grinste und ließ dabei glänzend weiße Zähne sehen.

»Hawaiianer?« fragte Gold.

»Samoaner.« Der Barkeeper begann, die kurze Theke abzuwischen.

«Ihr Kerle seid gute Footballspieler.«

Der andere verschränkte die Arme vor seiner breiten Brust. »Und ihr Kerle seid gute Rechtsanwälte.«

Gold trank einen Schluck. »Wasch dir den Mund mit Seife aus, mein Sohn.«

Der Barkeeper lachte halblaut. Dann ging sein Blick knapp über Golds Schulter hinweg. Gold drehte sich um – das bösartige Lächeln seiner Exfrau schlug ihm entgegen.

»Jack! Wie lieb von dir, daß du gekommen bist! Ich freue mich, dich zu sehen!«

Gold fühlte sich wie ein beim Onanieren ertappter kleiner Junge. Er hätte sich am liebsten davon überzeugt, daß sein Hosenschlitz geschlossen war. Plötzlich wurde ihm klar, daß Evelyn der einzige Mensch war, vor dem er Angst hatte.

»Evelyn, du siehst wunderbar aus.«

Das stimmte nicht. Sie sah wie eine Totenkopfmaske aus. Der gute Dr. Markowitz hatte an seiner Ehefrau einmal zu viel geübt. Die Haut um Augen und Mund war maskenartig straff. Unter dem dunklen Palm-Springs-Teint glänzten ihre Wangen wie glasiert. Ihr Gesicht sieht wie eine einzige Brandnarbe aus, dachte Gold erschrokken. Am Tag ihrer Trennung, einen Tag nach Angeliques Tod, hatte Evelyn zwölf Kilo Übergewicht gehabt. Nach Peters Geburt hatte sie mit einer Gewaltdiät fast zwanzig Kilo abgenommen. Danach war ihre Haut faltig gewesen, ihr Fleisch schwabbelig. Sie hatte sich nach einem guten Schönheitschirurgen erkundigt und war dabei an Stanley geraten. Und jetzt hatte er sie umgestaltet. Vermutlich in die Frau *seiner* Träume.

Wollte denn niemand Evelyn, wie sie war! Wie Evelyn früher gewesen war? Gold konnte nicht alles sehen, aber er wußte, er hatte gehört, welche Operationen sie über sich hatte ergehen lassen: Ihr Busen war durch Implantate vergrößert, ihr Bauch gestrafft und ihr Hintern geliftet worden. Evelyn war eine wandelnde Reklame für Schönheitschirurgie à la Dr. Stanley Markowitz. Gold überlegte sich – und das nicht zum erstenmal –, daß Evelyn Wiegand Gold Markowitz von ihren beiden Ehemännern schlecht bedient worden war.

»Danke, Jack.« Evelyns Augen leuchteten stolz. Mein Gott, dachte Gold, dabei würde ich dich nicht mal auf der Straße wiedererkennen! Ich würde dich nicht als *menschliches* Wesen erkennen!

»Wir haben uns lange nicht mehr gesehen, Evelyn.«

»Zu lange, Jack. Wie lange eigentlich nicht mehr? Bei Wendys Hochzeit bist du gleich nach der Trauung aus der Synagoge gestürzt. Ich hab' nicht mal Hallo! sagen können. Und auf Dots Beerdigung haben wir uns irgendwie verfehlt – ein trauriger Anlaß, nicht wahr? Hmmm, dann muß es die Beerdigung von Onkel Max gewesen sein.«

Tode, dachte Gold. Zu viele Tode zwischen uns, Ev. Mit Angeliques hat's angefangen.

»Die liegt schon . . . sechs Jahre zurück«, fuhr sie fort. Wie haben wir's bloß geschafft, uns so lange aus dem Weg zu gehen? *Warum* haben wir's getan?«

Evelyn trug ein raffiniert schlichtes Kleid aus weißer Rohseide, das Gold als Modell erkannte. Er schätzte es auf mindestens einen Tausender. Statt der protzigen Brillanten ihrer Schwester Carol trug Evelyn eine einzelne Kette aus erlesenen Perlen, die viel mehr wert war. Als sie Gold jetzt die Hand reichte, fiel ihm die riesige Perle an ihrem Mittelfinger auf. Sie sah wie ein kleines glänzendes Ei aus.

»Du weißt ja, wie's ist, Evelyn. Die Zeit zerrinnt einem zwischen den Fingern.«

»Manchen von uns, Jack«, stellte Evelyn hochmütig richtig. Während sie rosa Champagner trank, starrten Gold über den Rand ihres Kristallglases hinweg aus dem maskenhaften Gesicht haßerfüllte Augen an. »Ich persönlich habe mich nie jünger gefühlt. Ich kann's kaum erwarten, morgens aufzustehen. Geht's dir etwa nicht so?«

Gold nahm rasch einen Schluck Scotch. Den würde er brauchen. Aber er wich Evelyns Blick keine Sekunde aus.

»Ich will ganz ehrlich sein. Ev. Wenn ich morgens aufstehe, spüre ich jedes Jahr – und noch ein paar dazu.«

Evelyn lächelte. Das war schrecklich. Sie sah wie eine geöffnete Geldbörse auf. Wie ein aufgeschlitztes Sitzpolster. Und dafür *bezahlen* die Leute? dachte Gold.

»Das macht dein schlechtes Gewissen«, behauptete Evelyn. »Du hast zu viele Sünden auf dich geladen. Du schläfst wahrscheinlich auch schlecht. Alpträume?«

Gold lief ein kalter Schauer über den Rücken. Er wußte nicht, ob das daher kam, daß Evelyn ihm die Wahrheit auf den Kopf zugesagt hatte – oder daß sie noch immer so gräßlich lächelte. Wer bist du? dachte Gold. Du bist nicht Evelyn. Du bist kein Mensch mehr. Du bist ein außerirdisches Lebewesen. *Was hast du mit Evelyn gemacht?*

»Ich hab' dich vorhin mit Wendy tanzen sehen. Ein rührender Anblick. Ein Vater mit seinem Kind. Kennst du übrigens meinen Sohn Peter? Wahrscheinlich nicht. Nein, den kennst du bestimmt nicht!« Evelyn stellte das leere Champagnerglas auf die Theke und griff nach dem nächsten. Früher hatte sie nie mehr als einen Margarita beim Essen vertragen. Gold sah sich im Saal um. Er hatte den Eindruck, als seien sämtliche Augenpaare auf sie gerichtet: auf Evelyn und ihn.

»Du kennst Peter nicht? Du hast den Bar-Mizwa-Jungen nicht kennengelernt?« fragte Evelyn wieder.

»Noch nicht.«

»Ein wundervoller Junge, Jack! Auf den könnte jeder Vater stolz sein.«

Gold erwiderte ihr eisiges Lächeln.

»Er ist der Klassenbeste, weißt du«, fuhr sie fort. »Und im California Junior Tennis steht er in seiner Altersgruppe auf Platz sieben. Ich möchte wetten, daß du das nicht gewußt hast.«

»Nein, das hab' ich nicht gewußt, Evelyn.«

»Das habe ich mir gedacht!« Sie trank einen großen Schluck

Champagner. »Gutes Aussehen. Intelligenz. Gute Manieren. Er wird Arzt, verstehst du.« Evelyn starrte Gold an. »Genau wie sein Vater.«

Gold, der sich anzubeißen weigerte, machte eine Handbewegung, die den dekorierten Saal umfaßte. »Das merkt man. Aber ist das nicht ein bißchen voreilig?«

Evelyn lachte über ihr Champagnerglas hinweg.

»Voreilig? O nein, Jack! Eine erfolgreiche Karriere kann man nie früh genug planen. Aber davon hast *du* natürlich keine Ahnung, nicht wahr?«

Ein Punkt für dich, Fotze, dachte Gold.

»Nein, Evelyn, wahrscheinlich nicht.«

»Ich meine, wie viele sechsundfünfzigjährige Lieutenants gibt's im...«

»Jack! Wie geht's denn?« Ein großer, schlanker, weißbärtiger Mann in einer blaugrünen Safarijacke schüttelte Gold kräftig die Hand. »Freut mich wirklich, dich zu sehen!« Dr. Stanley Markowitz gehörte zu den ehrlichen, unentwegt gutgelaunten Männern, die ihre Umgebung unweigerlich zum Wahnsinn treiben. Gold vermutete, daß er so fröhlich war, weil er glaubte, alle Übel der Welt ließen sich mit ein paar Abnähern, ein paar geschickten Verpflanzungen beseitigen. Hätte Reagan sich seinen Truthahnhals straffen lassen, hätte er die Welt viel unbefangener gesehen. Eine gute Nasenoperation hätte Arafat weit friedfertiger gemacht. Und Gorbatschow brauchte man nur das Muttermal an der Stirn wegzuoperieren, und der Mann könnte sich um Alex-Karras-Rollen bewerben.

»Wir haben uns viel zu lange nicht mehr gesehen, Jack. Wir müssen öfter zusammenkommen.« Seine drei schweren goldenen Halsketten glitzerten auf feinem weißen Brusthaar. Er trug eine goldgeränderte Sonnenbrille, und seine hochgekrempelten Jackenärmel ließen eine sehr flache, sehr kostbare goldene Armbanduhr sehen. Jedes Haar in seinem Gesicht und auf seinem Kopf war sorgfältig so gestutzt und gepflegt, daß es *naturbelassen* aussah. Dr. Stanley Markowitz setzte entschieden auf den Hollywood-Look.

Gold war heilfroh, ihn zu sehen. »Stanley. Na, wie geht's, alter Junge?«

»Könnte nicht besser gehen. Hör zu, was hältst du davon, wenn wir mal gemeinsam essen gehen? Wie wär's mit...«

»Ich weiß«, warf Evelyn ein. »Ich hab' erst neulich von einem wundervollen neuen Lokal in Brentwood gehört. Ein äthiopisches Restaurant.«

Sie lächelte zuckersüß. Dann herrschte verlegenes Schweigen.

»Oder ein anderes am La Cienega. Westafrikanisch, soviel ich weiß.«

Die beiden Männer schwiegen.

»Nun, du *hast* doch eine Vorliebe für Eingeborene, nicht wahr, Jack?«

»Ev, *bitte!*« sagte Markowitz.

Sie schüttete noch etwas Champagner hinunter. Ein Rinnsal lief ihr übers Kinn. Ihre Augen blitzten haßerfüllt.

»Im *Psychology Digest* habe ich erst vergangene Woche einen Artikel über die Gründe gelesen, aus denen manche Männer Frauen dunklerer Rassen bevorzugen. Das hat irgendwas mit fehlender Selbstachtung oder so ähnlich zu tun.«

»Laß das, Ev!«

»Was soll ich lassen?« fauchte Evelyn. »Ich rede bloß mit meinem Exmann.« Sie wandte sich wieder an Gold. »Fehlt's dir an Selbstachtung, Jack? Das würde mich nicht wundern. Und was *tust* du heutzutage mit deinen Nächten? Bist du weiter in den verwahrlosten Vierteln unterwegs? Gefällt dir die *dunkle* Seite des Lebens noch immer so gut?«

Ihre Stimme wurde höher, schriller.

»Augenblick! Ich weiß, was du am liebsten tust. Ich hab's gestern abend in den Nachrichten gesehen. Du mordest gern, nicht wahr, Jack?« Sie leerte ihr Glas mit einem einzigen wütenden Zug. »Du hast schon immer gern getötet. Ehen. Karrieren, Männer.« Ihr Blick schien ihn zu durchbohren. »Junge Mädchen.«

Während Evelyn gewissermaßen in unbekümmerter, betrunkener Rechtschaffenheit strahlte, standen die beiden Männer wie vor den Kopf geschlagen schweigend da. Die Gäste an den nächsten Tischen starrten sie ungeniert an. Die Band spielte »Satin Doll«. Ziemlich schlecht. Gold stellte sein Glas auf die Theke.

»Ich gehe wohl lieber«, meinte er.

»Nicht *jetzt*, Jack«, fauchte Evelyn. »Der Spaß fängt erst an.«

»So, das reicht, Evelyn«, sagte Dr. Markowitz streng. »Du machst eine Szene, und das dulde ich nicht. Solch unzivilisiertes Benehmen paßt vielleicht auf einen Fischmarkt an der Fairfax Avenue, aber für die Bar Mizwa meines Sohnes ist es völlig unannehmbar.«

Bei den Worten »die Bar Mizwa meines Sohnes« starrte Evelyn ihren Mann lange an.

»Allerdings! Er ist auch *mein* Sohn. Ich scheine auf dieser Party eine Unperson zu sein. Kennst du mich noch, Evelyn? Ich bin derjenige, der die Schecks unterschreibt, mit denen alles bezahlt wird. Und ich lasse nicht zu, daß dieser Ballsaal in einen Operationssaal verwandelt wird, in dem Jack und du alte Narben aufschlitzen könnt. Versuch also bitte, dich zu beherrschen, Evelyn. Und wenn du dich mir zuliebe nicht dazu überwinden kannst, dann tu's für Peter. Dies ist seine Party – oder hast du das etwa auch vergessen?«

Evelyns Augen weiteten sich vor Zorn und Staunen. Dann begannen sie, sich mit Tränen zu füllen. Sie riß ein weiteres der auf der Theke aufgereihten mehreren Dutzend Champagnergläser an sich und hastete damit in Richtung Damentoilette.

Die beiden Männer blieben verlegen schweigend zurück.

»Ein bedauerlicher Vorfall«, meinte Dr. Markowitz schließlich.

»Ich muß jetzt gehen.«

Der Arzt seufzte. »Unsinn, Jack. Hast du schon was gegessen?«

»Nach diesem Auftritt? Eigentlich hab' ich keinen Hunger, Stanley. Ich gehe lieber, glaub' ich.«

»Das ist doch lächerlich, Jack! Laß dir den Tag nicht von Evelyn verderben. Dies ist Peters Tag. Außerdem mußt du unbedingt diesen neuen Partyservice probieren – auch wenn du nicht hungrig bist. Anton's of Beverly Hills. Eine meiner Patientinnen – ihren Namen will ich wegen meiner ärztlichen Schweigepflicht nicht nennen, aber du würdest ihr Gesicht sofort erkennen – hat mir seine Nummer gegeben, die nicht im Telefonbuch steht. Die einzige Möglichkeit, an ihn ranzukommen. Du *mußt* die Hühnchen in Aspik versuchen.«

Er legte Gold den Arm um die Schultern und führte ihn zu einem der wenigen freien Tische.

»Du setzt dich hierher, Jack, und ich breche in die Schlange am Buffet ein. Das gehört zu den Vorrechten des Gastgebers.«

»Stanley ich sollte gar nicht hier sein. Ich passe nicht hierher.«

»Unsinn, Jack. Wendy wollte, daß du kommst, und ich wollte, daß du kommst.«

»Aber wenn ich Evelyn doch so aufrege!«

»Darüber kommt sie hinweg, Jack. In ihrem Alter müßte sie etwas reifer sein.«

»Stanley, ich ...«

»Laß den *Kvetch!*« Markowitz drückte Gold sanft auf einen gepolsterten Stuhl. »Außerdem müßte *ich* mich eigentlich aufregen.«

»Wie das?« Gold sah zu ihm auf.

»In unseren zwölf Ehejahren habe ich Evelyn noch nie so leidenschaftlich wie vorhin mit dir erlebt.«

Gold betrachtete einen Augenblick lang seine Serviette, bevor er sagte: »Das ist Haß, Stanley. Das ist keine Leidenschaft.«

»Das ist Leidenschaft, Jack, glaub's mir.«

Gold blickte zu dem Arzt auf. »Die hat erst mit dem Haß angefangen. Früher ist's nie so gewesen. Vielleicht ist das mit ein Teil des Problems gewesen.«

»Genug, Jack.« Markowitz hob abwehrend die rechte Hand. »Ich bin Schönheitschirurg, kein Psychiater.« Er lächelte. »Und jetzt spiele ich deinen Kellner.«

Er wandte sich ab, um zum Buffet an der Saalrückwand zu gehen. »Ein bißchen von allem okay, Jack?«

»Wunderbar.«

»Du *mußt* die Hühnchen versuchen!« rief Markowitz ihm über die Schulter hinweg zu. Dann schüttelte ein Mann ihm die Hand, und eine Frau, deren geliftetes Gesicht einen ständig überraschten Ausdruck hatte, flüsterte ihm etwas ins Ohr. Markowitz lachte, strich sich seinen weißen Bart von den Lippen und küßte die Frau leicht auf die Wange. Dann schloß die Menge sich hinter ihm.

Gold streifte die Zellophanhülle von einer neuen Zigarre ab und zündete sie an. Als er sich umsah, ertappte er einige Gäste dabei, daß sie ihn neugierig anstarrten. Er starrte sie seinerseits an, bis sie verlegen wegsahen. Er blickte suchend zum Eingang hinüber, aber Charlies rosa Freizeitanzug blieb verschwunden. Gold überlegte, ob er aufstehen und sich einen Drink holen sollte, aber dann blieb er doch sitzen und trank das Eiswasser am Tisch. Er paffte seine Zigarre und versuchte, sich selbst zum Bleiben zu überreden.

Der Lärmpegel im Ballsaal war dramatisch gestiegen. Kleine Kinder bildeten eine Schlange, die sich wie eine Miniatureisenbahn zwischen den Tischen durchwand. Gold hatte den Eindruck, der Raum schwanke ein bißchen. Die Band spielte jetzt sanften Rock, und der Keyboarder sang etwas, das ihm vage bekannt vorkam. Die Tanzfläche war überfüllt. Die Jungen und Mädchen einer Teenagergruppe am Nebentisch kicherten und flüsterten mit Verschwörermiene miteinander. Dann standen drei von ihnen auf, durchquerten den Saal und verschwanden ins Freie. Wenn ich hinterhergehe und sie ans nächste Auto stelle, dachte Gold, erwische ich sie garantiert mit Drogen in der Tasche. Wenigstens mit Gras.

In einer Saalecke hatte ein als Clown geschminkter Mann mit Arztkittel und Stirnlampe einen angeblichen Röntgenapparat aufgebaut, mit dem er zwei bis drei Dutzend Kinder unterhielt. Er brachte ein kleines Mädchen dazu, sich hinter den Leuchtschirm zu stellen, und betätigte einen seitlich angebrachten übergroßen Schalter. Der Schirm wurde hell und zeigte ein gräßliches Insekt – eine große behaarte Spinne –, die durch den Magen der Kleinen kroch. Das Ganze war irgendein Videotrick. Die Kinder quietschten und kreischten und lachten. Der nächste Junge hatte eine Maus verschluckt. Ein kleines Mädchen mit rabenschwarzem Haar schlug die Hände vor den Mund und lief weg. Der Clown hielt sich den Bauch und gab vor, herzhaft zu lachen. Seine rote Knollennase leuchtete auf.

Gold sah sich erneut nach Charlie oder Markowitz um, aber die beiden blieben verschwunden. Er stand auf und ging zur Bar. Der Barkeeper schenkte unaufgefordert einen Scotch ein und schob ihn Gold über die Theke. Er kippte ihn herunter.

»Scheiße! Wozu der ganze Streß?« sagte er laut. Der Barkeeper starrte ihn routiniert ausdruckslos an. Gold machte auf dem Absatz kehrt, durchquerte den Saal und marschierte in Richtung Ausgang. Unmittelbar rechts davor zweigte ein mit Teppichboden ausgelegter kurzer Korridor ab. Gold folgte ihm, weil er die Toiletten suchte, und fand sie eine halbe Treppe höher.

Die Herrentoilette war leer. Gold sperrte sich in einer Kabine ein, zog die Hose herunter, setzte sich rasch hin und hatte Stuhlgang, während er weiter seine Zigarre paffte. Da die Toilette nicht klimatisiert war, stand ihm sofort der Schweiß auf der Stirn. Sein Magen knurrte vernehmlich. Ihm war plötzlich schlecht.

Nachdem Gold gespült und die Kabine verlassen hatte, stand er vor dem großen Spiegel und betrachtete sich zum zweitenmal an diesem Tag. Etwas grün um die Kiemen, dachte er. Dann ließ er kaltes Wasser ins Becken laufen, wusch sein Gesicht und ließ sich etwas Wasser hinten in den Kragen rinnen. Als er sich das Gesicht mit Papierhandtüchern abtupfte, wurde die Schwingtür zur Toilette aufgestoßen.

»Jack, ich dachte schon, ich hätte dich verpaßt!«

»Howie«, sagte Gold eisig und beobachtete seinen Schwiegersohn im Spiegel.

»Wendy hat gesagt, du müßtest eigentlich hier sein.«

Howie Gettelman war ein kleiner, athletischer Mann mit kurzgeschnittenem Bart und beginnender Glatze. Sein dunkler Nadelstreifenanzug war ein Modell aus der Savile Row, das untadelig saß. Howie sah selbst an seinem freien Tag wie ein Rechtsanwalt aus.

»Jack.« Howie packte Golds Arm und schüttelte ihm kräftig die Hand. »Ich muß was mit dir bereden.«

»Das glaub' ich.«

Howie starrte Gold prüfend an. »Du weißt Bescheid?«

Gold, der noch immer Howies Spiegelbild betrachtete, rückte seine Krawatte zurecht. »Ich weiß Bescheid.«

»Verdammt noch mal, wie...«

»Sammy Pearlman hat mich heute morgen angerufen, kurz bevor ich zur *Shul* gefahren bin.«

»Dieser Scheißkerl, dieser *Gonif!*«

»Hör zu, Howie, du wendest dich an einen professionellen Kautionssteller – an einen Mann, den ich seit dreißig Jahren kenne, an einen Kerl, der mir mehr als nur einen Gefallen schuldig ist –, nennst meinen Namen, bezeichnest dich als meinen Schwiegersohn und erzählst ihm, daß du in Haft sitzt und seine Dienste brauchst, ohne daß ich davon erfahren soll. Und du erwartest tatsächlich, daß er mich nicht anruft, um deine Angaben zu überprüfen?«

»Er hat mir *geschworen*, alles streng vertraulich abzuwickeln!«

Gold setzte sich Howie gegenüber auf die Kante des Waschbeckens. »Leute brechen ihre Eide. Davon leben Rechtsanwälte wie du. Warum hast du mich außerdem nicht direkt angerufen?«

»Ich habe befürchtet, daß du's nicht verstehen würdest.«

Gold zuckte mit den Schultern. »Was gibt's da zu verstehen? Der Mann meiner Tochter ist ein Drogensüchtiger.«

»Jack...«

»Schlimmer! Ein Pusher dazu. Ein Kleindealer.«

»Jack, so ist's nicht!«

«Ach? Wie denn sonst?«

»Das Ganze ist ein Mißverständnis. Ein kleines Problem.«

Gold nahm seine Zigarre aus dem Mund und rollte sie zwischen Mittel- und Zeigefinger. »Ein kleines Problem? Ein halbes Pfund hochwertiges Kokain – ein kleines Problem?«

»Jack...«

»Wieviel ist das Zeug wert gewesen? Im Straßenhandel mindestens zehntausend Dollar. Zwanzigtausend, wenn man's nur *einmal* streckt. Wenn Drogenfahndung und Staatsanwaltschaft den Wert vor der Anklageerhebung wie immer künstlich raufsetzen, werden daraus leicht fünfzig- bis sechzigtausend. Damit reden wir schon von einem Kapitalverbrechen.«

»Werd bloß nicht emotional, Jack! Diese ganze Sache läßt sich eindämmen, wenn ...«

»Eindämmen? *Eindämmen?* Weißt du, nach welchem Paragraphen du dich strafbar gemacht hast? Weißt du, wie er lautet? ›Besitz einer unter Kontrolle stehenden Substanz mit der Absicht, sie zu verkaufen, zu vertreiben oder sonstwie in Umlauf zu bringen.‹ Das ist Drogenbesitz zu Verkaufszwecken, Howie – ein schweres Verbrechen. ›Bei Ersttätern sind bis zu drei Jahre Haft im staatlichen Strafvollzug zu verhängen.‹ Weißt du, was das für dich bedeutet, Schwiegersohn? Ausschluß aus der Anwaltskammer. Ende der Karriere. Schande für meine Tochter. Schande für den Namen meines Enkels.«

»Um Himmels willen, Jack! Hör mir doch mal zu!«

»Nein, Howie, du hörst mir jetzt zu. Scheiße, was tust du mit 'nem halben Pfund Coke? Ich weiß, daß ihr modernen jungen Anwälte ab und zu Gras raucht, ein, zwei Uppers einwerft, bevor ihr morgens in den Gerichtssaal geht, und abends ein Quaalude schluckt, damit euch der Schwanz steht. Aber ein halbes Pfund Coke ist *nicht* ›für den persönlichen Bedarf bestimmt‹, *Bubeleh*. Mit 'nem halben Pfund Schnee in der Tasche bist du kein kleiner Dealer mehr. Du kannst von Glück sagen, daß du nicht in die »Eyewitness News« gekommen bist. Was wolltest du mit soviel Coke, verdammt noch mal?«

Howie ließ den Kopf hängen und starrte zu Boden. Er war ein pedantischer, stets korrekt gekleideter Mann mit polierten Fingernägeln. Gold hatte ihn schon immer für einen Softy gehalten.

Howie sah Gold an. »Ich hab' Freunden einen Gefallen getan.«

Gold grinste hämisch und schüttelte den Kopf. »Okay, dann gibt's kein Problem. Du erscheinst vor Gericht, erzählst allen, wer deine Freunde sind, und wirst freigelassen.«

Howies finstere Miene verfinsterte sich noch mehr. »Ausgeschlossen! So'n Kerl bin ich nicht.«

»Oh? Was für'n Kerl bist du denn?«

»Hör zu, ich bin keiner deiner Spitzel, kapiert? Ich bin kein gottverdammter Denunziant. Das kann ich diesen Leuten nicht antun. Das *tue* ich nicht!«

»Scheiße, für wen hältst du dich eigentlich? Bugsy Siegel? Meyer Lansky?« Gold wies mit dem feuchten Ende seiner Zigarre auf Howie. »Du stehst vor mir und behauptest, ein ehrlicher Bursche, ein aufrechter Kerl, ein Mann zu sein, und ich sage dir, daß du überhaupt nicht weißt, wovon du redest. Aufrechte Kerle *sitzen*, Arschloch. Gute Leute werden *eingelocht*.« Gold klemmte sich die Zigarre zwischen die Zähne. »Und glaub' mir, Schwiegersohn: als Jude hast du's im Knast verdammt schwer. Dort gibt's keine jüdische Gang, keine jüdische Mafia, bei der du Schutz finden könntest. Die Arische Bruderschaft wird dir das Leben zur Hölle machen, und die Black Muslims haben ein paar hundert Gründe, dir den Schädel einzuschlagen oder dich abzustechen. Deshalb ...«

»Hör auf, Jack! Ich will diese Cop-Predigt nicht hören! Hilfst du mir – oder soll ich wieder gehen?«

Die beiden Männer starrten sich an. Ein Dicker in limonengrünem Leinenanzug und burgunderroter Jarmulke betrat die Herrentoilette. Er nickte den beiden lächelnd zu, aber sie ignorierten ihn. Er stand vor dem Pißbecken, zog den Reißverschluß auf, holte sein Glied heraus und sah sich dabei über die Schulter um. Gold kaute auf seiner Zigarre herum. Aus Howies Blick sprach unterdrückter Zorn. Die Spannung war fast mit Händen greifbar. Der Dicke konnte nicht.

»Nette Party, was?« meinte der Dicke verlegen. Stoisches Schweigen antwortete ihm. Während er drückte und angestrengt zu pissen versuchte, grunzte er beinahe. Nach einem weiteren Blick über seine massive Schulter hinweg zog er den Reißverschluß hastig wieder zu und hätte sich dabei fast das Glied eingeklemmt. Er verschwand nach draußen, ohne sich noch einmal umzusehen.

»Warum sollte ich dir helfen?« fragte Gold ruhig. »Wir haben uns nie leiden können.«

»Du weißt, warum.«

»Ich höre, Counselor.«

Howie blickte in den Spiegel. Er musterte sich zufrieden, rückte seine Seidenkrawatte zurecht und schnippte einen imaginären Fussel vom Revers.

»Für Wendy, Jack. Diese Sache würde ihr das Herz brechen. Das kannst du deinem goldenen kleinen Mädchen nicht antun, stimmt's?«

Gold fühlte altvertrauten Zorn in sich aufsteigen: eiskalt und glühendheiß zugleich. Er hatte ihn lange unterdrückt, daß er seine Rückkehr fast begrüßte. Er genoß das Gefühl beinahe.

»Du weißt ja, wieviel ihr unsere Kleinfamilie bedeutet«, fuhr Howie fort. »Vielleicht liegt das daran, was zwischen Evelyn und dir passiert ist, als sie noch so jung und leicht zu beeindrucken gewesen ist. Aber wenn mir etwas zustieße, wenn unsere vollkommene kleine Welt zum Einsturz gebracht würde . . . nun, *ich* würde nicht dafür verantwortlich sein wollen.« Howie beugte sich nach vorn und begutachtete im Spiegel seinen Bart.

Gold stellte sich vor, wie seine Faust Howies Hinterkopf traf, so daß sein Gesicht gegen den Spiegel knallte. Vor seinem inneren Auge sah er aufgeplatzte Haut, zersplitterte Knochen, ausgeschlagene Zähne. Er hatte zu kämpfen, um den aufwallenden Zorn zu bändigen.

»Du hast's weit gebracht, was Howie? Immerhin hast du die Stieftochter des berühmten Dr. Markowitz geheiratet.«

Howie drehte sich um und sah Gold in die Augen.

»Tu bloß nicht so, als hätte ich Wendy nicht lieb, Jack. Ich liebe sie nämlich sehr. Für mich war's Liebe auf den ersten Blick. Sie ist der wundervollste, gutherzigste Mensch, den ich je kennengelernt habe. Und ich lebe für unser Baby. Aber ich gestehe, daß ich nicht enttäuscht gewesen bin, als sich herausgestellt hat, daß Wendys Vater . . . Entschuldigung, ihr *Stiefvater* . . . als Schönheitschirurg Stars operiert – also genau die Leute, die ich kennen muß, um hier Karriere zu machen. Ich habe die Absicht, mich eines Tages als Prominentenanwalt zu etablieren, und in unserer Branche herrscht scharfe Konkurrenz. Man muß die Verbindungen nutzen, die man hat. Man muß tun, was nötig ist, um an Leute heranzukommen, die einem weiterhelfen können. Das ist etwas, von dem du keine Ahnung hast, Jack. Du hast nie nach den Sternen gegriffen. Du hast nie den Ehrgeiz gehabt, jemand zu *sein*. Du hast immer bloß'n beschissener Cop sein wollen, verdammt noch mal!«

»Werd ja nicht frech! Sonst zerquetsch' ich dich wie den betrügerischen, egoistischen kleinen New Yorker Kakerlak, der du bist!«

Howies Blick war kalt und hart. »Hey, wir können nicht alle rein wie frischgefallener Schnee sein. Wie du, Jack.«

Die beiden Männer standen sich haßerfüllt in der engen Toilette gegenüber. Gold stand unbeweglich da, bis das blutrote Aufwallen hinter seinen Augen endlich wieder etwas abgekühlt war. Er starrte Howie an, bildete sich aber ein, Wendy zu sehen. Und dachte an Wendy. Das funktionierte. Nach einiger Zeit lehnte er sich locker an die gekachelte Wand, verschränkte die Arme und steckte seine Hände unter die Achseln. Schließlich sagte er: »Okay – um deine Karriere zu fördern, bist du also in den Kokshandel eingestiegen?«

Howie entspannte sich etwas und lehnte sich gegen den Waschbeckenrand.

»Du hast wirklich keine Ahnung, Jack. Diese Branche *läuft* mit Coke, mit Quaaludes, mit etwas Heroin. Das schadet diesen Leuten nichts. Die wissen, wie man damit umgeht. Die verüben keinen Raubüberfall, um sich Geld für Stoff zu beschaffen. Es sind keine Verbrecher.«

»Sie nehmen Drogen«, warf Gold ein. »Das ist ein Verbrechen. Folglich sind sie Verbrecher.«

Howie lächelte gönnerhaft. »Jack, du bist noch immer nicht im Bilde. Ein Klient von Bockman, Fleischer und Bernhart – ein Filmregisseur – hat letztes Jahr über dreihundert Millionen Dollar verdient. *Dreihundert Millionen.* Einem Mann wie ihm kannst du nicht vorschreiben, was er schnupfen darf oder nicht. Unmöglich! Für solche Leute ist Kokain wie Kaffee. In ihrer Umgebung vergißt man, daß das Zeug eine illegale Droge ist. Es ist überall. Es wird von allen genommen. Diese Leute sind *mächtig,* Jack. Sie tun, was sie wollen.«

Gold lehnte an der Wand und hörte zu, wie sein Schwiegersohn redete.

»Wenn ich mit solchen Leuten umgehen soll, wenn ich zu einem Vertrauensverhältnis mit ihnen gelangen soll, damit sie mir glauben, damit sie mich *brauchen,* muß ich ihre Sprache sprechen, auf ihrem Level mit ihnen verkehren.«

Howie machte eine nachdenkliche Pause.

»Okay, ich will dir ein Beispiel geben. Nehmen wir eine Besprechung, die letzte Woche im Konferenzraum unserer Kanzlei stattgefunden hat. Unser Klient, eine berühmte Rockband, unterschreibt einen Vertrag mit der größten Plattenfirma der Welt. Eine Rockband mit *phantastischen* Umsätzen. Wir sind dabei, die letzten Details zu regeln. Als dritter anwesender Juniorpartner bin ich ein besserer Laufbursche. Ich stehe nur eine Stufe über der Sekretärin, die den Kaffee kocht.

Noch bevor diese Besprechung eine Viertelstunde alt ist, sagt der Sänger der Band plötzlich: ›Ohne coolen Kopf kann ich nicht verhandeln.‹ Dann klappt er seinen Aktenkoffer auf dem Konferenztisch auf – und hat ein Kilo Koks drin. *Ein ganzes Kilogramm!* Ted Bockman, mein Boß, ist anwesend. Er sitzt im Vorstand von sechs großen

Firmen und ist bei zweien sogar Vorstandsvorsitzender. Auch der Präsident der größten Plattenfirma der Welt, der zur Vertragsunterzeichnung eigens aus New York gekommen ist... auch *er* ist anwesend.

Nun, ich bin entsetzt. Ich rechne damit, daß diese Kerle aus dem Raum stürmen werden. Daß sie die Polizei rufen werden. Irgend etwas. Schließlich haben diese Männer ihren lebenslangen guten Ruf zu verlieren, stimmt's? Falsch! Binnen zwei Minuten beugen sie sich über den Tisch und halten ihre Krawatten fest, um sie nicht durch den Schnee zu schleifen. Sie lassen 'nen goldenen Strohhalm rumgehen und stürzen sich darauf wie die Schweine, die ich in Frankreich beim Trüffelsuchen gesehen habe. Und der Sänger fängt meinen Blick auf und zwinkert mir zu. Er lacht über sie, aber auch über mich. Ein Kerl mit purpurrotem Haar und T-Shirt, das seinen Nabel sehen läßt...

Was hätte ich also tun sollen? Hilferufend wegrennen, um meine Ehre zu retten? Das FBI alarmieren? Unsinn, Jack! Das sind einfach *Facts*. Solche Leute kommen nie ins Gefängnis.«

»Nein, sie lassen an ihrer Stelle *Shmucks* wie dich brummen.«

»Hör zu, meine Festnahme ist ein unglücklicher Zufall gewesen. Das hätte nie passieren dürfen.«

»Du redest schon fast wie die Ganoven, die ich all diese Jahre hinter Gitter gebracht habe.«

Howie schüttelte den Kopf. »Soll's wirklich so weitergehen? Versuchen wir bloß, auf Kosten des anderen Punkte zu machen?«

Gold paffte an seiner Zigarre. »Okay, wie ist's also passiert?«

»Nun«, begann Howie und betrachtete seine polierten Fingernägel, »wir sind ungefähr zehn Mann – lauter Anwälte, einer sogar ein Strafverteidiger. Was wir tun, machen wir nur, um ein bißchen Geld zu verdienen und ein bißchen Schnee für uns selbst zu haben. Ich möchte, daß du das verstehst, Jack.«

Gold schwieg.

»Jeder von uns bringt ein paar Tausender auf, und wir kaufen gemeinsam eine anständige Menge Koks. Wir teilen ihn auf, strecken ihn mit einem italienischen Abführmittel für Säuglinge und verkaufen ihn an Freunde weiter. Vor allem an Kollegen in unseren Büros. Manchmal hilft der Schnee uns auch, einen prominenten Klienten dazu zu überreden, sich von unserer Firma vertreten zu lassen. In diesem Fall stellen wie eine fingierte Spesenabrechnung aus, und die Firma ersetzt uns die Aufwendungen.«

»Ohne Nachfragen?«

»Ohne«, bestätigte Howie. »Der Betrag wird als Reisespesen oder Bewirtungskosten abgesetzt. Mit dieser letzten Lieferung wollte ich eine bekannte Fernsehschauspielerin dazu bringen, sich von uns vertreten zu lassen. Der Vertrag ist so gut wie unterschriftsreif gewesen. Weiß der Teufel, was jetzt daraus wird!«

Gold starrte ihn ungläubig an. »Howie, bist du dir eigentlich darüber im klaren, wie viele Straftaten du gleichzeitig begehst? Bildung einer kriminellen Vereinigung? Drogenbesitz? Drogenhandel? Steuerhinterziehung?«

»Komm, gib mir 'ne Chance, Jack! Ich dachte, ich hätte dir alles erklärt. So ist's eben in der Branche.«

»Dann bist du in der gottverdammten falschen Branche!«

»Willst du die Geschichte zu Ende hören – oder weiter den Cop spielen?«

»Okay, ich höre.«

»Diesmal bin ich also an der Reihe gewesen, den Stoff zu kaufen. Ich hab' mich mit der Connection auf dem Parkplatz hinter dem Sunset Theatre getroffen. Den kennst du doch? Auch das kleine Einkaufszentrum hinten links? Wir schließen also den Handel in seinem Wagen ab, und ich gehe zu meinem Auto zurück und will eben den Motor anlassen, als ich plötzlich von Cops umzingelt bin. Von Cops in Zivil mit schußbereiten Waffen. Ein Kerl fordert mich auf, die Hände aufs Lenkrad zu legen, wo er sie sehen kann, sonst *erschießt* er mich. Du hättest ihn *kreischen* hören sollen! Ich hab' meinen Ohren nicht getraut und beinahe zu langsam reagiert. Ich wäre beinahe *erschossen* worden, Jack! Ich kann's noch immer nicht glauben!«

»Glaub's lieber«, sagte Gold ausdruckslos. »Was ist mit dem Dealer passiert?«

»Der war bereits weggefahren.«

»Und? Haben sie ihn nicht verfolgt?«

»Äh . . . nein, eigentlich nicht.«

»Was schließt du daraus, Idiot?«

»Ich weiß nicht recht, was du meinst.«

»Man hat dir eine Falle gestellt.«

»Ausgeschlossen, Jack! Ich hab' dir doch erzählt, daß ich alle Beteiligten kenne. Sie sind meine Kollegen, meine Freunde!«

»Was ist mit dem Dealer?«

»Der kommt ebenfalls nicht in Frage. Er hat einen ausgezeichneten

Ruf. Viele der besten Leute, der wirklich *wichtigen* Leute in L.A., kaufen bei ihm. Er will unter keinen Umständen, daß es heißt, er hätte einen *Kunden* verpfiffen! Außerdem hab' ich dir doch gesagt, daß meine Festnahme ein Zufall, eben Scheißpech gewesen ist. Die Cops haben den Parkplatz überwacht, weil sie dort auf einen Autodieb gelauert haben. Sie haben geglaubt, ich wollte meinen eigenen Wagen stehlen! Und dann haben sie irgendwie vermutet, ich hätte Stoff bei mir...«

»Haben sie dir das erzählt?«

»Ich hab's zufällig mitgekriegt.«

»Und du hast's ihnen geglaubt?«

»Natürlich. Und das gibt mir vielleicht die Chance, aus dieser Sache rauszukommen.«

»Daß sie geglaubt haben, du wolltest dein eigenes Auto klauen, und das Coke nur zufällig entdeckt haben?«

»Genau! Ich beantrage, dieses Beweismaterial nicht zuzulassen. Dann muß der Richter die Eröffnung eines Verfahrens ablehnen.«

»Du bist wirklich ein Arschloch, Howie.«

Howie starrte Gold nervös blinzelnd an.

»Ja, ein Arschloch! Ein richtiger *Shlemiel!* Als Strafverteidiger würdest du verhungern. Oder irgendein unzufriedener Mandant würde dir deinen Scheißkopf runterschießen. Du bist wirklich ein...«

»Schon gut!« brüllte Howie.

»Die Kerle sind Drogenfahnder gewesen!« brüllte Gold zurück. »Gottverdammte Drogenfahnder! Sammy Pearlman kennt die Namen auf der Meldung über deine Festnahme – lauter verdammte Drogenfahnder. Und sie haben *dir* aufgelauert, Howie-Boy. Keinem Autodieb. Keine Überwachung des Parkplatzes. Sie haben dich beobachtet, *Shmuck!* Du bist in eine Falle getappt!«

Howie war aufgesprungen und kreidebleich geworden. Jetzt stützte er sich von der Wand ab und sank schwer auf den Waschbekkenrand.

»Unmöglich! Die Beamten haben mir gesagt, daß...«, stammelte er.

»Das ist ein uralter Trick, Howie. Sie versuchen nur, ihren Informanten zu schützen.«

»Informanten? *Informanten?* Mein Gott, das kann ich nicht glauben! Davon haben nur meine Freunde gewußt.«

»Wer sind Informanten deiner Meinung nach? Wildfremde?«

»Warum ... warum sollte mir jemand das antun?«

»Scheiße, wann wirst du endlich *erwachsen*, Arschloch? Aus dem Grund, den alle Polizeispitzel haben – um eine Schuld zu begleichen, um selbst den Kopf aus der Schlinge zu ziehen. Du bist ein Tauschobjekt gewesen, Howie-Boy.«

»Mein Gott«, wiederholte Howie. »Mein Gott.«

Die Toilettentür flog auf, und drei kleine Jungen stürmten atemlos herein.

»Verschwindet!« knurrte Gold.

»Wir müssen aber mal!« sagte der größte Junge, ein stämmiger Rotschopf von acht oder neun Jahren. Er zog bereits seinen Reißverschluß auf.

»Im Keller gibt's noch 'ne Toilette. Oder geht aufs Damenklo. Das hier funktioniert nicht.«

Die beiden anderen Jungen blieben stehen und starrten Gold mit großen Augen an. Der Rotschopf blieb skeptisch. Er trat vor und drückte auf den Spülknopf des Urinals. Wasser rauschte ins Becken.

»Es ist nicht kaputt«, stellte der Rotschopf fest.

Gold beugte sich zu ihm hinunter. »Ich bin Polizeibeamter, Kid, und wenn du nicht sofort verschwindest, nehm' ich dich wegen Nichtbefolgung einer polizeilichen Anweisung fest, und du bist dann alt und grau, bevor du wieder die Sonne über einem Spielplatz zu sehen kriegst. Hab' ich mich klar genug ausgedrückt?«

Der Rotschopf blieb furchtlos. »Wo haben Sie Ihre Plakette, wenn Sie'n Cop sind?«

Gold zog seine Geldbörse heraus und klappte sie vor dem Jungen auf. Der Rotschopf betrachtete den goldenen Schild genau, bevor er listig grinsend zu Gold aufsah.

»Woher weiß ich, daß der nicht geklaut ist?«

»*Verschwindet!*« brüllte Gold, »*Sofort!* Bevor ich euch in eure kleinen *Tuchis* trete! *Los, Tempo!*«

Die kleinen Jungen hasteten hinaus – aber nicht bevor der Rotschopf Gold einen Vogel gezeigt und dabei mit den Lippen ein lautes Furzgeräusch gemacht hatte.

»Du dreckiger kleiner Bastard!« knurrte Gold und tat so, als wolle er sich auf ihn stürzen. Der Junge war blitzschnell verschwunden.

Gold drehte sich nach seinem Schwiegersohn um. Howie sah noch immer so aus, als müsse er sich demnächst übergeben. Sein feuchter

Blick war ins Leere gerichtet. Seine Hände zitterten. Gold kaute auf seiner Zigarre herum und beobachtete ihn. Nach einiger Zeit sah der junge Mann zu ihm auf.

»Ich ... ich sitze ziemlich in der Scheiße.« Howies Stimme klang kraftlos.

»So könnte man's wohl ausdrücken, glaub' ich.«

»Ich muß ... wahrscheinlich muß ich die Sache bis zu Ende durchstehen. Vor Gericht, meine ich.«

»Yeah – oder eine Vereinbarung mit dem Staatsanwalt treffen. Vielleicht ist er bereit, dich nur wegen Drogenbesitzes anzuklagen.«

»Glaubst du, daß er das tut?«

»Vielleicht. Aber du mußt mit den Leuten reden. Du mußt mit ihnen zusammenarbeiten und ein paar Namen nennen.«

Howie schüttelte langsam den Kopf. »Das kann ich nicht.«

Gold beobachtete ihn. Howie sah wieder auf.

»Du glaubst nicht, daß du das Beweismaterial unterdrücken lassen könntest?«

Gold zuckte mit den Schultern. »Du bist der Jurist, Howie. Aber soviel ich mitgekriegt habe, wie du's mir beschrieben hast, wie die Sache abgelaufen ist, haben sie dich auf frischer Tat ertappt. Folglich bist du jetzt dran – dagegen hilft nichts.«

Howie schüttelte erneut den Kopf. »O Gott ...«

Gold stellte einen Fuß auf den Rand des Abfallbehälters und begann, seinen Schuh mit einem Papierhandtuch zu polieren. Howie sagte etwas Unverständliches. Gold polierte weiter seinen Schuh. Dann richtete er sich auf und starrte den jungen Mann an.

»Was?«

Howie schluckte trocken. »Kannst du mir helfen?«

Gold beugte sich bedächtig nach vorn und begann, seinen anderen Schuh zu polieren.

»Find ich komisch, Howie. Du bittest *mich* um Hilfe. Das ist wirklich komisch.« Gold war mit seinem Schuh beschäftigt. »Allerdings nicht überraschend. Nur komisch. Aber ich möchte wetten, daß du nie geglaubt hättest, daß du eines Tages *mich* um Hilfe bitten würdest. Stimmt's, Howie?«

Howie schwieg.

»Nein, wahrscheinlich nicht. Ich kann mich übrigens daran erinnern, dir meine Hilfe *angeboten* zu haben und dafür fast ausgelacht worden zu sein. Weißt du noch, wann das gewesen ist?«

Howie konnte ihm nicht ins Gesicht sehen.

»Hmmm, am Hochzeitsmorgen nach der Trauung, nicht wahr? Ich bin zu dir gekommen und hab' gesagt – was hab' ich gesagt? Ach ja. ›Falls ich irgendwas für dich tun kann, falls ihr für den Start eures Ehelebens irgendwas brauchen könnt, brauchst du mich nur zu fragen.‹ Weißt du's noch? Und du hast geantwortet, wie hast du's ausgedrückt? Ah, richtig. ›Nun, Jack, Stanley und mein Vater haben gemeinsam für so ziemlich alles gesorgt, aber amüsier dich heute trotzdem gut, okay?‹ Beinahe hättest du mir dabei den Kopf getätschelt, nicht wahr, Howie?«

»Ich bitte dich jetzt um deine Hilfe, Jack«, sagte Howie in tonloser Stimme.

»›Mein Vater hat uns die Hochzeitsreise geschenkt‹, hast du gesagt. Nach Europa, stimmt's? ›Und von Stanley haben wir die Anzahlung für das Stadthaus bekommen, so daß mir wirklich nichts einfällt, was *du* für mich tun könntest.‹ So ähnlich hast du's doch gesagt?«

Gold begutachtete seinen Schuh, spuckte dann auf das Papierhandtuch und polierte weiter.

»Jack ...«, begann Howie.

»Na, warum läßt du dir *jetzt* nicht wieder von ihnen helfen, Schwiegersohn? Warum läufst du jetzt nicht zu ihnen?« Gold richtete sich auf und funkelte Howie an. »Laß mich mal raten! Du willst nicht, daß all die *netten* Verwandten erfahren, was du gemacht hast. Stimmt's, Peddler? Sie sollen nicht wissen, was du in Wirklichkeit bist. Deshalb kommst du zu *mir*, damit ich dir aus der Scheiße helfe.«

»Bitte, Jack. Diese Sache ist nicht leicht.«

»Da hast du verdammt recht: Sie ist wirklich nicht leicht! Sie kostet 'ne Menge Geld ...«

»Das treibe ich irgendwie auf.«

»Und man braucht dazu die richtigen Verbindungen.«

»Dafür bin ich dir dankbar.«

»Selbst dann ist ihr Ausgang unsicher.«

»Ja, ich verstehe.«

»Aber sie läßt sich deichseln, wenn man die richtigen Leute kennt.«

»Deshalb bin ich zu dir gekommen, Jack.«

Gold antwortete nicht gleich. Er wusch sich erneut die Hände, trocknete sie mit einem sauberen Papierhandtuch ab und warf es in den Abfallbehälter. Dann baute er sich vor Howie auf.

»Okay, erledigt. Vergiß die Sache. Ich bring' sie in Ordnung. Geh wieder raus und amüsier dich auf der Party.«

Howie starrte ihn ungläubig an. »Einfach so? Ist das wirklich so einfach?«

»Ja – für mich. Das ist etwas, das nur *ich* kann.«

»Wieviel Geld brauchst du? Wann brauchst du's?«

»Ich habe gesagt, daß ich die Sache in Ordnung bringe.«

»Jack, ich weiß, daß so was 'nen Haufen Geld kostet.«

»Du weißt überhaupt nichts, Schwiegersohn. Dies ist mein Hochzeitsgeschenk für meine Tochter. Das Geschenk, das du vor drei Jahren nicht hast annehmen wollen. Ein Geschenk, das selbst der berühmte Dr. Markowitz und seine Frau euch nicht machen könnten. Verschwinde jetzt, Howie. Ich bringe die Sache in Ordnung.«

»Jack, ich weiß gar nicht, wie ich dir danken soll!« Howie griff nach Golds Arm. Gold schüttelte seine Hand ab.

»Über eines bist du dir hoffentlich im klaren, Counselor: Das tu' ich nur für Wendy. Aus meiner Sicht bist du bloß ein Stück *Dreck*. Ein angeberisches, betrügerisches New Yorker Arschloch. Wären Wendy und das Baby nicht, würd' ich dir nicht mal in den Hals pissen, wenn du am Verdursten wärst. Kapiert?«

Howie stand mit grimmiger Miene da. Seine Lippen bildeten eine schmale weiße Linie oberhalb seines Bartes.

»Und noch was, Howie: Mit diesem Kokainscheiß ist *ab sofort* Schluß. Jetzt und in Zukunft. Du hast dir deinen Fehler geleistet, *Bubeleh*, und das ist mehr, als ich den meisten zubillige.«

»Damit ist Schluß, Jack.«

»Ich will nie wieder ein Wort über dich und irgendwelche Drogen hören. Und in Zukunft halte ich die Ohren offen. Und mir entgeht so leicht nichts.«

»Damit ist's vorbei, Jack. Niemals wieder! *Emmes*.«

»Hoffentlich!«

»Das schwöre ich dir beim Leben meines Sohnes.«

Gold betrachtete ihn aufmerksam. Dann nahm er die Zigarre aus dem Mund und tippte Howie mit dem nicht brennenden Ende leicht gegen die Brust. »Du bist für meine Tochter verantwortlich«, knurrte er. »Und für meinen Enkel.«

»Jack, Jack, Jack...«, sagte Howie lächelnd und schüttelte den Kopf.

Gold hob abwehrend die Hände. »Mehr will ich gar nicht sagen.«

Er wandte sich ab, als wolle er gehen. Howie griff erneut nach seinem Ärmel.

»Danke, Jack.« Er streckte ihm die Hand hin. Gold betrachtete sie schweigend.

»Komm schon, Jack! Willst du mir nicht die Hand geben?«

Gold zögerte noch einen Augenblick; dann schüttelte er Howie kräftig die Hand.

»Komm, wir müssen hier raus«, sagte er. »Sonst haben wir die ganze Party auf dem Klo verbracht.«

»Ich muß auf die Toilette«, sagte Howie. »Ich komme gleich nach.«

Gold musterte ihn prüfend. »Wir sind jetzt 'ne halbe Stunde hier drin – und dann mußt du plötzlich?«

Howie grinste verlegen. »Dazu muß ich allein sein. Ich kann nicht, wenn jemand in der Nähe ist.«

Gold öffnete die Tür. »Na, dann halt dich aus dem Gefängnis raus.«

»Richtig!« bestätigte Howie lachend.

»Okay, dann sehen wir uns unten.« Gold trat in den Korridor hinaus, blieb jedoch in der Nähe der Tür stehen. Der Flur war menschenleer. Unten im Saal spielte die Band jetzt Rock'n'Roll. Eine Mittvierzigerin in knappsitzendem Lederkostüm kam aus der Damentoilette gegenüber. Sie lächelte Gold sehr freundlich zu; als er nicht darauf reagierte, hastete sie die Treppe hinunter.

Gold machte kehrt und ging leise in die Herrentoilette zurück. Howie war nirgends zu sehen. Er war in einer der Kabinen verschwunden. Gold blieb unbeweglich stehen. Im nächsten Augenblick hörte er, wie jemand hinter der Tür der zweiten Kabine laut schniefend einatmete. Dieses Hochziehen wiederholte sich. Gold stützte sich von den Waschbecken ab und trat mit beiden Füßen gegen die Tür. Das dünne Blech verbog sich, aber der Riegel hielt. Gold trat erneut zu. Diesmal gab der Rahmen nach, und die verbogene Tür sprang nach innen auf. Howie kauerte mit komisch entsetztem Gesichtsausdruck im hintersten Winkel der Kabine.

»Mein Gott, Jack, was...«

Gold riß Howie an seiner Krawatte hoch und zerrte ihn aus der Kabine.

»Jack, um Himmels willen!«

»*Wo hast du's?*« brüllte Gold.

Howies linke Hand war zur Faust verkrampft. Gold packte ihn am Handgelenk und bog ihm die Finger auf.

»Her damit!«

»Jack, hör auf!«

Gold schlug Howie ins Gesicht. Die gekachelten Wände warfen das klatschende Geräusch hohl zurück. Als Howie sich loszureißen versuchte, schlug Gold erneut zu. Er drehte Howie den linken Arm nach hinten und drückte ihn hoch. Aus Howies Hand fiel ein Glasfläschchen, an dem an einem Goldkettchen ein winziger Goldlöffel hing.

»*Verdammter Scheißkerl!*« brüllte Gold. Er rammte Howie einen Arm unter die Kehle, drückte ihn gegen die Wand und hob den kleineren Mann so fast vom Boden hoch. »Ich hab' dir gesagt, daß du mich nicht belügen sollst!«

»Jack, du . . . ich krieg keine Luft mehr!«

»Ich bring' dich um, du kleiner Putz! *Ich bring' dich um!«*

Golds Arm drückte von unten gegen Howies Kehle, so daß der andere strampelnd und zappelnd in der Luft hing. Howies Hände umklammerten seinen Arm. Sein Gesicht lief rot an, und er begann, nach Luft zu ringen.

»Pul . . . Pul . . . Pullizei!« keuchte er.

Dann trat Gold einen Schritt zurück und ließ Howie auf die Knie sinken. Er hustete und würgte und riß in verzweifelter Hast seinen Kragen auf.

»Merk dir das!« brüllte Gold den Knienden an. Sein Absatz zerstampfte das Kokainfläschchen, und nachdem es mit einem winzigen *Plop!* geplatzt war, zermalmte er Glas und Kokain zu einer glitzernden Staubspur auf den dunkelblauen Bodenfließen. Auch der zierliche Goldlöffel wurde verbogen und plattgetreten.

»Merk dir das!« wiederholte Gold brüllend. »Davon läßt du die Finger, solange du mit meiner Tochter verheiratet bist, verstanden? Wenn ich dich noch mal erwische, bring' ich dich um! *Ich bring' dich um, Scheißkerl!«*

Howie lag noch immer auf den Knien, hustete, spuckte und rang keuchend nach Atem. Gold machte auf dem Absatz kehrt, um zu gehen, und wäre beinahe mit einem vollbärtigen Dicken zusammengeprallt, der inzwischen hereingekommen war. Der Vollbärtige beobachtete die Szene mit ungläubig erstaunter Miene. Gold blieb nur kurz stehen und machte dann einen Bogen um den Dicken.

»Entschuldigen Sie, Rebbe«, sagte Gold und verschwand nach draußen.

Gold lief rasch die kurze Treppe hinunter und war bereits auf dem Weg zum Parkplatz, als er sich die Sache anders überlegte und in den Ballsaal zurückkehrte.

Dort war es sehr laut. Die meisten Gäste waren betrunken. Die Tanzfläche war voller hopsender, schwitzender Leiber. Vor der unterdessen ohne Jacken spielenden Band kreischte eine übergewichtige Sängerin mit Bo-Derek-Zöpfchen den neuesten Hit der Pointer Sisters ins Mikrofon. Die Schlange aus kichernden Vorschulkindern wand sich noch immer zwischen den Tischen hindurch.

»Ich dachte, Sie wären gegangen«, sagte der Barkeeper und schenkte einen doppelten Scotch mit Eis ein.

»Ich brauche noch einen Ihrer Spezialdrinks. Für die Straße.« Gold prostete dem Barkeeper zu und leerte das Glas. Der Samoaner füllte es sofort wieder.

»Sollten Sie jemals als Präsident kandidieren, ist Ihnen meine Stimme sicher«, versprach Gold ihm und steckte einen Zehner ins Trinkgeldglas des Barkeepers. Der Mann lachte dankend und wandte sich einem anderen Gast zu.

Das Mädchen hörte zu singen auf, und der Gitarrist spielte ein Solo. Jede Menge Verzerrungen und Feedback. Der Lärmpegel im Saal schoß um zehn Dezibel in die Höhe.

»He, wo hast du gesteckt?« brüllte Charlie Wiegand Gold ins Ohr.

»Wendy hat dich gesucht!«

»Was?« Gold beugte sich nach vorn und legte eine Hand hinters Ohr.

»Wendy hat dich gesucht!«

»Wo ist sie?«

»Im Büro des Rabbis!«

»Wo finde ich das?«

»Du kennst die Treppe zur Toilette rauf?«

»Yeah!«

»An der Treppe vorbei weiter! Nicht zu verfehlen!«

»Danke, Charlie! Bis später!«

Gold trank seinen Scotch aus und kämpfte sich dann wieder durch den überfüllten Saal. Die Eingangshalle war ein kühler, stiller Zufluchtsort. Er fand die Tür mit der Aufschrift OFFICE und wollte eben anklopfen, als eine Stimme ihn erstarren ließ.

»Jack, ich wollte dich mit jemand bekannt machen.«

Golds Nackenhaare sträubten sich. Er drehte sich nach Evelyn und Peter Markowitz um.

»Das hier ist der Bar-Mizwa-Junge«, sagte Evelyn und schob Peter vor. Ihre noch immer vom Weinen geröteten Augen blitzten triumphierend. »Ist er nicht ein Gedicht?«

Gold und der blonde Junge betrachteten einander. Gold suchte nach etwas Vertrautem, nach einem Fragment seiner selbst, nach einer Scherbe des zerbrochenen Spiegels. Dann streckte er dem Jungen die Hand hin.

»*Massel tow*, Peter.«

Peter schüttelte ihm breit grinsend die Hand.

»Danke, Sir.«

Sie ließen die Hände sinken und standen verlegen schweigend da, bis Peter sagte: »Ich weiß, wer Sie sind.«

Golds Nackenhaare sträubten sich erneut; zugleich schienen seine Hoden zu schrumpfen. Er warf Evelyn einen raschen Blick zu. Auf ihrem Gesicht zeichneten sich Angst und Verwirrung ab. Unter der lederartigen Sonnenbräune war sie kreidebleich geworden.

Gold wandte sich wieder an den Jungen. »Aha? Wer bin ich, Peter?«

»Sie sind der erste Ehemann meiner Mutter.«

Evelyn holte hörbar tief Luft.

»Das stimmt, Sohn«, bestätigte Gold.

Der Junge grinste noch breiter. »Sie sind Wendys Vater. Sie sind Polizeibeamter. Sie hat mir von Ihnen erzählt. Kann ich Ihre Pistole sehen?«

Evelyn begann wie erlöst leise zu weinen. Gold empfand eine Mischung aus Bedauern und Erleichterung.

»Ich hab' sie nicht mitgebracht«, behauptete Gold. »Außerdem ist's keine gute Idee, zu einer Veranstaltung eine Waffe mitzunehmen, Peter. Das ist zu gefährlich. Es könnte leicht einen Unfall geben.«

»Oh«, sagte der Junge.

»Schußwaffen sind kein Spielzeug«, fügte Gold hinzu und kam sich bei dieser Ermahnung sehr dumm vor.

Dann war plötzlich Dr. Stanley Markowitz da, legte Evelyn und Peter seine Arme um die Schultern und schob sie von Gold weg.

»Was tun wir denn *hier?*« fragte er, indem er Evelyn vorwurfsvoll anstarrte. »Die Fotografen möchten euch zwei aufnehmen, wie ihr Boogie tanzt. Danach wollen sie heimfahren.«

Er führte die beiden rasch fort und wandte sich über seine Schulter hinweg an Gold.

»Schade, daß du schon gehen mußt, Jack. Wir *müssen* uns mal zum Abendessen treffen. Am besten rufst du mich in der Praxis an.«

Nachdem sie verschwunden waren, blieb Gold noch einen Augenblick stehen und seufzte. Er klopfte leise an die Bürotür des Rabbis. Als keine Antwort kam, klopfte er nochmals und öffnete dann die Tür. Wendy saß in dem Ledersessel hinter dem Schreibtisch des Rabbis. Ihr khakifarbener Jumpsuit stand bis zum Nabel offen, damit sie Joshua stillen konnte. Jetzt sah sie auf und lächelte.

»Daddy! Komm doch rein.«

Gold zögerte verlegen.

»Oh, komm schon rein und mach die Tür zu!« Sie lachte und zog ihren Vorderreißverschluß etwas weiter zu.

Gold trat ein, schloß die Tür hinter sich und blieb vor dem Schreibtisch stehen.

»Komm her«, forderte Wendy ihn auf und streckte ihm ihre freie Hand entgegen.

Gold trat hinter den Schreibtisch und ergriff ihre Hand. Ein flüchtiger Blick zeigte ihm den Kleinen, der an Wendys praller Brustwarze saugte. Danach konzentrierte er sich bewußt auf etwas anderes. Dem Schreibtisch gegenüber hing ein fächerartig gefaltetes Gemälde an der Wand. Von rechts zeigte es Golda Meir, von links David Ben Gurion. Gold betrachtete es angelegentlich.

Der Kleine verschluckte sich und hustete. Wendy sah auf ihn hinab. Die Bürotür wurde einen Spalt weit geöffnet, und Howie warf einen Blick herein. Er hatte sich gekämmt und seine Kleidung in Ordnung gebracht, aber er trug den Kragen ohne Krawatte offen und hatte an der Kehle unterhalb der Bartlinie eine rote Stelle. Er war sichtlich verblüfft, als er Gold sah. Golds Blick war ein stummer Befehl zum Verschwinden. Howie starrte erst Gold, dann Wendy – die sich weiter über Joshua beugte – und zuletzt Gold an. Gold drohte ihm mit der Faust. Howie fuhr zusammen, zog sich leise zurück und schloß lautlos die Tür.

Der Kleine trank schmatzend weiter. Wendy sah mit strahlendem Lächeln zu Gold auf. »Wie hat's dir gefallen, Daddy? Bist du nicht froh, daß du gekommen bist? Hast du dich gut amüsiert?«

Gold erwiderte ihr Lächeln.
»Blendend, Kleines, ganz blendend.«

22.17 Uhr Die schwarze Nutte stand an der Ecke Sunset Strip und Sierra Bonita, winkte vorbeifahrenden Autos zu und machte an der Ampel haltende Fahrer an. Alles an ihr war überdimensioniert: ihre Brüste, ihr Hintern, ihre Lippen, ihre Augen. Sie sah wie eine Comicfigur aus – eine wildgewordene Disney-Gestalt, Minnie-Maus im Reklametafelformat. Sie trug grell orangerote Shorts, ein knapp unter ihrem Busen abgeschnittenes T-Shirt und schwarze Legwarmers. Sobald aus einem mit Männern besetzten Wagen gejohlt wurde, imitierte sie mit obszönen Hüftbewegungen eine Stripperin, schob suggestiv ihr Becken vor und leckte sich mit der Zungenspitze über die Lippen.

»Puss-*sayyy!*« rief sie dröhnend laut, klatschte sich auf ihren breiten Hintern und kicherte dabei boshaft. »Gute Puss-*sayyy!*«

Nach einiger Zeit kam eine andere Nutte – eine magere Weiße in einem schmuddeligen weißen Strandkleid – zu ihr herüber. Sie bot der Comic-Nutte eine Zigarette an. Die beiden schwatzten miteinander, bis die Zigaretten aufgeraucht waren; danach ließ die Weiße sich wieder ziellos davontreiben. Wenige Minuten später hielt ein tiefergelegter schwarzer 1967er Porsche am Randstein. Die Comic-Nutte trat an den Wagen, beugte sich durchs Fenster und verhandelte mit dem Mann. Dann öffnete sie die Tür und stieg ein. Beim Anfahren hinterließ der Porsche eine Gummispur auf dem Asphalt.

Auf der anderen Seite des Sunset Strip und ungefähr einen Viertelblock von der Ecke entfernt ließ Walker den Motor seines Kleinbusses an, schaltete die Scheinwerfer ein und fuhr mit quietschenden Reifen in den dichten Verkehr hinaus. Vier Blocks weiter östlich behinderte ihn ein mit Mexikanern vollgepackter alter Chevy. Walker riß das Steuer herum und bog in die nächste Seitenstraße ab. Er blieb auf Nebenstraßen, fuhr weiter nach Osten und bremste ruckartig an jeder Kreuzung, bis er den Hollywood Freeway erreichte. Dort erhöhte er seine Geschwindigkeit auf fünfundsechzig Meilen und fuhr nach Norden – in Richtung Wüste. Er kurbelte die Fenster herunter und ließ die heiße Nachtluft durch den Kleinbus blasen. Nachdem er den Nordrand des San Fernando Valleys passiert hatte, war er in der Wüste.

». . . möchte ich festhalten, Janna, daß wir versuchen, die amerikanische Öffentlichkeit auf die Tatsache aufmerksam zu machen, daß wir von ausländischen Einwanderern überschwemmt, überflutet werden. Vor allem Südkalifornien droht in einer Flut illegal ins Land gekommener Arbeiter zu ertrinken. Vergangene Woche haben Polizei und Einwanderungsbehörde auf dem Freeway vier-null-fünf vierzig Meilen nördlich von San Diego eine Straßensperre – eine Kontrollstelle, wenn Sie so wollen – errichtet und *in jedem fünften Auto* einen illegalen Einwanderer entdeckt. Der Stau ist dann so lang geworden, daß die Kontrolle schließlich abgebrochen werden mußte. Auf solche Massen ist niemand vorbereitet gewesen.«

»Davon habe ich gelesen, Doktor.«

»Das ist nur *ein* Vorfall gewesen, Janna. Die Spitze des Eisbergs. Nacht für Nacht überschreiten Tausende von Mexikanern – man kann sie praktisch von dieser Rundfunkstation aus sehen – die zweitausend Meilen lange Grenze und sickern in die Staaten ein – wie ein Virus, der in die Blutbahn eines gesunden Menschen gelangt.«

»Äh, ich glaube, Dr. Tichner, daß wir daran denken sollten, daß wir diese Sendung jetzt nur ausstrahlen können, weil wir die Gastfreundschaft der mexikanischen Regierung, des mexikanischen Volkes genießen.«

»Oh, ich mache den Mexikanern keinen Vorwurf, Janna. Das ist nicht ihr Problem, sondern unseres. Ich liebe Mexiko – für Mexikaner. Und ich liebe Amerika – für Amerikaner. Und ich spreche hier nicht nur von *mexikanischen* Staatsbürgern. Wir werden von illegalen Einwanderern aus aller Welt überflutet. Aus Nicaragua, Guatemala, Vietnam, Kambodscha, den Philippinen, dem Iran . . . Mein Gott, wir werden von *legalen* Einwanderern überflutet! In Los Angeles kann man viele Blocks weit gehen und sämtliche Sprachen *außer* Englisch hören.«

Etwa eine Stunde außerhalb von L.A. wurde der Freeway-Verkehr schwächer. Der Wüstenwind blies durch den Bus und ließ die Haare auf Walkers Armen kribbeln.

». . . und unser Studiogast im Reality Radio ist heute nacht Dr. Phillip Tichner, dessen Bewegung Close Our Borders natürlich genau das fordert, was ihr Name ausdrückt: die Schließung der Grenzen Amerikas. Schildern Sie uns bitte, worin die Hauptgefahr weiterer unkontrollierter Einwanderung liegt, Dr. Tichner?«

»Das kann ich Ihnen genau sagen, Janna. Sie birgt zahlreiche Gefahren in sich. Aber die drängendste, die mich am meisten bedrückt, ist einfach die negative Auswirkung auf unsere Gesellschaft, unsere Zivilisation.«

»Können Sie uns das erläutern?«

»Nun, Janna, reden wir nicht von den Jobs, die amerikanischen Arbeitern weggenommen werden. Reden wir nicht von den vielen Millionen Dollar, die illegale *Braceros* ins Ausland schmuggeln. Reden wir nicht von den vielen Millionen Dollar, die diese Leute an Steuern hinterziehen. Reden wir nicht von den Belastungen unserer Schulen, unserer Sozialdienste, unserer Wohlfahrtseinrichtungen durch diese Leute. Befassen wir uns lieber mit den Einstellungen und Auffassungen, der Moral, die diese Leute mit ins Land bringen. Wir werden von Leuten erdrückt, die kein Interesse an unserer Lebensweise, unserer christlichen Ethik, unserer demokratischen Regierungsform und unserer Sprache haben. Diese Leute wollen keine *Amerikaner* werden. Dies ist keine tränenreiche Völkerwanderung heimatloser Massen, die sich im Schatten der Freiheitsstatue zusammendrängen. Diese Leute denken einfach kommerziell und sind auf der Suche nach besseren, reicheren Märkten.«

Walker benutzte die nächste Ausfahrt, fuhr unter dem Freeway hindurch und bog nach links auf eine zweispurige State Road ab. Er wollte die Schnellstraße zurück, um wieder nach L.A. zu fahren, aber dann sah er etwa eine halbe Meile vor sich eine Bewegung und im Scheinwerferlicht hell aufleuchtende Augen. Er trat das Gaspedal durch und hielt auf die Umrisse zu. Der jetzt von den Scheinwerfern angestrahlte Kojote trabte locker am Straßenrand entlang. Er sah sich kurz nach dem näherkommenden Fahrzeug um. Überquerte die weiche Bankette und trabte in die Wüste hinaus, weil er wußte, daß ihm dorthin kein Wagen folgen würde.

Aber diesmal hatte er sich geirrt. Walker verließ die Straße mit fünfundsiebzig Stundenmeilen, umklammerte das Lenkrad mit beiden Händen und lachte dabei laut. Der Kojote merkte, daß er gejagt wurde, schlug einen Haken nach rechts und zackte dann nach links. Aber der blaue Kleinbus kam näher und näher. Zuletzt warf der Kojote sich fast in Gegenrichtung herum, und der Bus, der einen Augenblick nur auf den äußeren Rädern balancierte, geriet im lockeren Sand ins Schleudern. Dann trat Walker das Gaspedal durch, so daß der Ford hinter dem Kojoten herschoß.

Das Tier wich erneut aus und hatte gerade die Straße erreicht, als der Bus es einholte. Mit einem Aufschrei verschwand der Kojote unter den Rädern. Walker spürte einen leichten Schlag wie von einem Pelzknäuel. Er bremste scharf, und der Kleinbus kam auf dem rauhen Beton schleudernd und mit quietschenden Reifen zum Stehen. Walker fuhr zu dem Kojoten zurück. Das angefahrene Tier schnappte nach sich selbst, weil es sein eigenes Blut witterte. Es versuchte aufzustehen, aber seine Hinterläufe waren zerquetscht. Die Zunge hing ihm aus dem Maul. Es drehte seinen grauen Kopf zur Seite, und starrte Walker mit glasigen Augen an. Walker lachte.

Der Kojote kroch qualvoll langsam ein Stück weiter, indem er sich mit seinen Vorderläufen einkrallte. Dann gab er auf, warf das blutige Haupt zurück und jaulte den Mond kurz an. Im nächsten Augenblick sackte er auf der Straße zusammen und war tot. Der Wüstenwind zerzauste seinen schmutziggrauen Pelz. Walker gab Gas, daß der Ford eine lange Gummispur hinterließ, und raste über die Wüstenstraße davon.

». . . diese Leute haben keine Ahnung davon, Janna, was unser Land verkörpert, was es bedeutet, ein Amerikaner zu sein. Sie verstehen weder die Grundlagen der Demokratie, die Verantwortung, die uns die Freiheit aufbürdet, noch etwas außer den einfachsten, fundamentalsten Prinzipien unserer Wirtschaftsordnung. Die überwiegende Mehrheit dieser Leute kommt praktisch aus dem siebzehnten oder achtzehnten Jahrhundert zu uns. In ihrer Heimat in Ländern der dritten Welt haben sie den untersten Schichten angehört, sind praktisch Leibeigene gewesen. Diese Leute sind Primitive: ungebildet und unzivilisiert, ungewaschen und mit zahlreichen Krankheiten infiziert. Welchen Einfluß auf unser Land können wir also von ihnen erwarten?

Die Sprache verbindet ein Volk, Janna. Sie hält die Menschen zusammen, eint sie erst zur Nation. Diese Leute haben absolut kein Interesse daran, Englisch zu lernen – und das spaltet unsere Gesellschaft. Zum erstenmal in der Geschichte unseres Landes werden wir zu einer *Nation der Fraktionen*, wie ich es nenne. Einige sehr intelligente, sehr besorgte Menschen, die ich achte, haben mir gegenüber die Befürchtung geäußert, Südkalifornien könnte eines Tages ein eigener *spanischsprechender* Bundesstaat werden. Vielleicht sogar ein *mexikanischer* Staat. Und das kann viel schneller kommen, als wir denken. Unter Umständen schon vor der Jahrhundertwende.« Walker röhrte in die Stadt zurück. »Dr. Tichner, wollen Sie also vorschlagen, unsere Grenzpatrouillen zu verstärken, die Visavorschriften zu verschärfen und so weiter und so weiter, um dadurch die Zahl der ins Land kommenden Illegalen möglichst niedrig zu halten?«

»Ich schlage erheblich mehr vor, Janna. Ich schlage vor ... nein, ich *fordere*, daß wir *jegliche* legale oder illegale Einwanderung in unser Land stoppen, untersagen, verbieten und unmöglich machen. Jetzt und in Zukunft. Diese Nation ist kein Pionierstaat mehr. Wir brauchen keine Siedler mehr wie einst. Wir müssen schützen und erhalten, was wir haben. Genau darauf zielt COB ab: Close Our Borders. Amerika den Amerikanern, wenn Sie so wollen. Die Welt von heute ist völlig anders, als die Schöpfer unserer antiquierten, idiotischen Einwanderungsgesetze sie sich vorgestellt haben.«

Walker kam nach zwei Uhr nach Hollywood zurück und fuhr über den Sunset Strip und Hollywood Boulevard. Die Nutten waren verschwunden; der Verkehr war nur noch schwach. Es war noch zu früh, um die Zeitungen abzuholen. Er dachte ans Essen. Wenn er Speed nahm, dachte er manchmal tagelang nicht daran, etwas zu essen. Aber jetzt war er hungrig. Er kam an Hot-dog-Ständen, Hamburger-Buden, Pizza-Imbissen und Hühnerbratereien vorbei. Alle waren mit Schwarzen, Mexikanern und ärmlichen Weißen von der Straße überfüllt, die sich vordrängten, um ihre Bestellungen aufzugeben oder ihr fettiges Essen in Empfang zu nehmen. Und in allen kochten oder bedienten Schwarze, Mexikaner und Asiaten ...

Schließlich hielt Walker auf dem Parkplatz vor dem 7-Eleven in der Selma Street, gleich am Hollywood Boulevard. Auch hier lungerten mehrere Schwarze herum und tranken, um sich die Zeit zu vertreiben, aber Walker war der Überzeugung, hier werde das Essen von Maschinen in stabile Folienpackungen eingeschweißt. Es war sauber, von nichtweißen Händen unberührt. Walker entschied sich für Thunfisch- und Geflügelsandwiches und eine Packung Milch. Er hatte seine Thermoskanne mitgebracht und füllte sie jetzt aus der Kanne unter der Kaffeemaschine. Der Kassierer war ein Pakistani, deshalb hielt Walker die Sandwiches hoch, damit er die Preise ablesen konnte, ohne sie anzufassen. Er steckte sie selbst in die Tüte.

Draußen auf dem Parkplatz löste sich einer der jungen Schwarzen von den anderen und versperrte Walker den Weg. »Hey, Mann, hast du 'ne Zigarette für mich? Rück mal 'nen Fünfer raus!« Er trug weder Hemd noch Schuhe, und seine Hose war dreckig. Walker versuchte, einen Bogen um ihn zu machen, aber der andere ließ ihn nicht vorbei.

»Hey, Mann. Hast du nicht gehört? Du sollst 'nen Fünfer rausrükken!« Er tippte Walker leicht gegen die Brust. Walker schlug die schwarze Hand weg.

»Faß mich nicht an, Nigger!«

Die anderen Schwarzen waren sofort hellwach und kamen heran.

»Was sagst du, Wichser?« fragte der Mann vor ihm.

Walker wich ihm aus und ging zu seinem Bus weiter.

»Hey, wohin willst du, Wichser?« Der Hemdlose folgte Walker lebhaft gestikulierend. »Wen nennst du Nigger, Punk? Du gottverdammter weißer Punk! Wohin so eilig? Komm her und sag noch mal Nigger zu mir.«

Die anderen umringten jetzt den Mann ohne Hemd und starrten Walker aufgebracht an. Einer von ihnen warf mit einer in einer Tüte steckenden leeren Flasche. Sie zersplitterte an der Bustür, als Walker hastig einstieg. Die Horde schrie wütend auf.

»Du magst keine Neger, Drecksack? Frag deine Mama mal nach Niggern. *Sie* mag Nigger, arschklar! Sie mag die *großen* Nigger!«

Die anderen lachten.

»Speziell *diesen* großen Nigger.«

»Geiler Schweinehund.«

»Weißer Punk! Wohin willst du überhaupt?«

Die Männer drängten sich vor Walkers Bus zusammen. Einige von ihnen trommelten gegen das Dach. Ein Schwarzer zerkratzte mit seinem Hausschlüssel den Lack.

»Komm raus, Schwanzlutscher!«

Walker ließ den Motor an, gab Vollgas und ließ die Kupplung kommen. Der Kleinbus schoß vorwärts, so daß die Schwarzen nach links und rechts davonsprangen. Einer der Männer war nicht schnell genug. Ein Reifen rollte ihm über die Zehen, so daß er vor Wut und Schmerzen aufbrüllte. »Ich bring' dich um! Ich bring' dich um, Bleicharsch!«

Ein anderer warf eine leere Thunderbirdflasche hinter dem Bus her. Sie landete ohne zu zersplittern auf der Straße und rollte in den Rinnstein.

»Wir *kennen* dich, Dreckskerl! Dich erwischen wir noch, verdammter Dreckskerl!«

»Glaub das, Whitey! *Das* kannst du glauben!«

Walker lachte, während er die Yucca Street hinunterraste, auf der kaum Verkehr herrschte. Er überfuhr mehrere rote Ampeln, wurde langsamer, bog ab und lenkte nach Süden – fort von Hollywood. Wenige Minuten später befand er sich in einem Villenviertel, dessen Straßen von Eichen und Weiden gesäumt waren. Die Häuser aus Klinker und Sandstein waren von schmiedeeisernen Zäunen umgeben und mit elektronischen Alarmanlagen gesichert. Die Gehsteige und Rinnsteine waren tadellos sauber gekehrt.

Am Rande eines kleinen, dunklen Parks stellte Walker seinen Bus möglichst weit von der nächsten Straßenlaterne entfernt ab. Er packte die Sandwiches aus und aß sie am Steuer sitzend. Die Straße war leer und still. Er trank etwas Milch. Ein LAPD-Streifenwagen bog auf die Straße ab, rollte langsam vorbei und richtete seinen Suchscheinwerfer auf die Baumkronen des Parks. Walker rutschte tief unters Lenkrad. Der Streifenwagen fuhr an ihm vorbei und verschwand um die nächste Ecke. Walker trank die Milch ganz aus, drückte die Packung flach zusammen, stieg aus dem Bus und sperrte ihn ab.

Mit beiden Händen in den Hosentaschen seiner abgeschnittenen Jeans spazierte er unbekümmert in den Park. Hinter den Bäumen am Parkrand lag ein von einer Aschenbahn umgebenes Baseballfeld. Auf der Bahn verfiel Walker in einen mühelosen Trab. Der aus Schlacke bestehende Bahnbelag knirschte unter den Sohlen seiner Laufschuhe. Nach zweieinhalb Runden verließ er plötzlich rechtwinklig die Bahn und lief über den kurzgeschorenen Rasen auf die zwei Meter hohe Ziegelmauer an der Rückseite des Parks zu. Er verringerte sein Tempo nicht einmal, sondern sprang hoch, schien die Mauer hinaufzulaufen und setzte elegant darüber. Dahinter befand er sich auf einem leeren Parkplatz.

Walker duckte sich – bewegungslos und sprungbereit wie eine Katze. Als nach einigen Minuten noch immer alles still war, richtete er sich auf und ging über den Parkplatz zur Rückseite des Gebäudes. Wie die Parkplatzmauer bestand dieser Bau aus roten Klinkern, und zu seinem Hintereingang führte eine weiße Marmortreppe hinauf. Walker blieb vor der Mauer stehen und betrachtete sie im Mondschein wie ein Künstler eine leere Leinwand. Leise lachte er vor sich hin. Er wischte sich die Hände an der Brust seines T-Shirts ab, griff dann in den Bund seiner abgeschnittenen Jeans und zog die Sprühdose heraus. Wenige Minuten später war er fertig. Er überwand die Mauer wie zuvor im Sprung, und der Parkplatz blieb leer zurück.

Sonntag, 5. August

10.15 Uhr Esther öffnete widerstrebend blinzelnd die Augen. Sie sah um das Kissen herum, das sie umklammert hielt, ächzte, zog sich die Decke wieder fast über den Kopf und vergrub sich noch tiefer in ihrer Matratze.

So blieb sie schlaflos volle fünf Minuten liegen. Dann warf sie die Decke zurück und griff nach einer Zigarette. Sie stand auf, trat ans Fenster und warf einen Blick durch die Jalousie. Hinter Smogschleiern sahen die Hollywood Hills wie graue Gespenster aus. An einem *Sonntag*! dachte Esther. Sie schaltete das Klimagerät aus, und als das Ventilatorgeräusch verstummte, hörte sie, daß unten der Fernseher auf Brüllautstärke angestellt war. Sie ging barfuß die Treppe hinunter – noch immer in dem übergroßen schwarzen Sweatshirt der L.A. Raiders, in dem sie geschlafen hatte, und mit ihren Zigaretten in der Hand.

Little Bobby fläzte sich in der Unterhose auf dem Teppich vor dem Fernseher. Um ihn herum lag ein merkwürdiges Sammelsurium aus Sonntagscomics, Schulbüchern, Romanen und einem Weltatlas, in dem der Bundesstaat Kalifornien aufgeschlagen war.

Hat dieser Junge das Lesen denn *nie* satt? fragte Esther sich.

»Wie kannst du denken, wenn der Krachkasten so laut angestellt ist?« erkundigte sie sich vom Fuß der Treppe aus.

»Hi, Mama.« Little Bobby sprang auf, kam zu ihr gerannt und umarmte sie. Esther nahm sein Gesicht zwischen ihre Hände und küßte ihn.

»Putz dir die Brille, Baby.«

Little Bobby riß sich die Brille herunter und rieb sie an seiner Unterhose blank.

»Hast du schon gefrühstückt, Baby?« Esther ging in die Küche voraus.

»Nein, Ma'am.« Little Bobby folgte ihr. »Ich hab' eine Banane gegessen.«

»Wie kommt's, daß du nicht draußen bist und wie all die anderen Kids den herrlichen Smog genießt?«

»Ich bin erst vorhin aufgestanden. Grandma und ich haben uns die Late Show angesehen.«

Esther war dabei, Kaffee zu kochen. Jetzt machte sie eine Pause und warf ihrem Sohn einen prüfenden Blick zu.

»Ist die nicht ein bißchen spät für dich?«

Little Bobby wirkte gekränkt. »Ich bin schließlich kein Baby mehr, Mama.«

»Baby?« Esther lachte. »Hört euch das an! Der junge Mann kritisiert seine eigene Mama!«

»Mama!«

»Okay, okay. Hör zu, ich schlag' dir 'nen Handel vor. Du stellst den gottverdammten Fernseher ab, und ich mach' uns ein großes, altmodisches Sonntagsfrühstück.«

»Mama, dieses Programm *interessiert* mich.«

»Dann stell's wenigstens leiser, ja?«

»Okay.« Little Bobby rannte aus der Küche. Esther stellte die Kaffeemaschine an. Sie öffnete eine Dose Buttermilchbiskuits, legte sie auf einem Backblech nebeneinander und schob das Blech in den Backofen. Danach machte sie Wasser heiß und brühte einen Topf Fertiggrütze auf. In zwei schweren Gußeisenpfannen briet sie dicke Scheiben kanadischen Schinken mit je zwei Spiegeleiern. Zu den beiden Tellern auf dem Tablett kamen noch das Biskuitkörbchen und Schalen mit Butter, Marmelade und Ahornsirup. Bevor Esther das schwere Tablett ins Wohnzimmer trug, machte sie noch Platz für ein großes Glas Milch und ihre eigene Kaffeetasse. Little Bobby lag wieder vor dem Fernseher auf dem Bauch und streckte seine nackten Füße in die Luft. Esther schob einige Zeitschriften und die Sonntagszeitung beiseite und stellte das Tablett auf den Couchtisch.

»Willst du etwa in der Unterhose frühstücken?«

»Mmh-hmm.«

»Kommt nicht in Frage.«

»Mama, *du* hast dich auch nicht umgezogen.«

»Das bin ich. Das bist nicht du.«

»Ach, Mama.«

»Auf geht's! Die Biskuits werden kalt!«

Little Bobby sprang auf und nahm je drei Treppenstufen auf einmal.

»Hey, vorsichtig!

Sobald Little Bobby verschwunden war, stellte Esther den Fernseher leiser, zog sich den Sessel an den Couchtisch und schlug die *L.A. Times* auf. Sie verrührte ihr Eigelb in ihrer Hafergrütze und fügte einen Klacks Butter und etwas schwarzen Pfeffer hinzu. Little Bobby kam wieder die Treppe heruntergehüpft. Er ließ sich im Schneidersitz vor dem Couchtisch nieder und grapschte nach einem Biskuit.

»Hast du dir heute morgen schon die Hände gewaschen, Boy?«

Little Bobby biß vorerst nicht von dem Biskuit ab. Nachdem er überlegt hatte, antwortete er: »Yeah.«

»Wie bitte?«

Little Bobby warf seiner Mutter einen unsicheren Blick zu.

»Wie heißt das?« fragte Esther.

»Ja.«

»Ja *was?*«

»Ja, Ma'am.«

»Klingt schon besser. Jetzt iß dein Frühstück.«

Little Bobby nahm einen großen Biß von dem noch dampfenden Biskuit.

»Mama, bei uns in der Schule sagt kein Mensch ›ja, Ma'am‹ oder ›nein, Ma'am‹.«

»Paß auf, ›kein Mensch‹ interessiert mich nicht. Mich interessierst nur du.«

Der Junge trank einen Schluck Milch, um das heiße Biskuit abzukühlen. Die Milch hinterließ einen weißen Schnurrbart auf seiner Oberlippe.

»Miss Abrams sagt, daß ›ja, Ma'am‹ und ›nein Ma'am‹ und ›ja, Sir‹ und ›nein, Sir‹ Ausdrücke einer Sprache sind, mit der weiße Sklavenhalter dafür gesorgt haben, daß ihre Schwarzen nicht hochkommen konnten. Sie hat sie ...« Little Bobby kaute nachdenklich. »Sie hat sie als Sprache der Inferiorität bezeichnet.«

Esther schluckte ein Stück kanadischen Schinken hinunter und trank einen Schluck Kaffee. Dann sah sie ihren Sohn an.

»Hör zu, Baby, Miss Abrams hat alle möglichen Collegediplome, deshalb muß sie ziemlich clever sein, aber ich glaub' fast, daß sie zu den Weißen gehört, die'n Problem damit haben, weiß zu sein. Mit Schuldgefühlen und so. Du kannst deiner Miss Abrams sagen, daß deine Großtante, Rosalie Gibbons, mir Manieren beigebracht hat – und die ist todsicher *keine* weiße Sklavenhalterin gewesen. So was von pechschwarz wie Tante Rosalie sieht man nicht oft! Und sie hat sich *niemand* unterlegen gefühlt. Tante Rosalie hat immer gesagt, daß gute Manieren das Billigste auf der Welt sind. Kosten einen kleinen Nickel. Und gleichzeitig sind sie das Kostbarste auf der Welt. Neben Jesus, versteht sich. Auf den hat Tante Rosalie wirklich gestanden.«

Esther führte einen Löffel Grütze mit Ei zum Mund.

»Tante Rosalie hätte der Schlag getroffen, wenn sie mitgekriegt hätte, wie die Kids heutzutage mit Erwachsenen reden. ›Yeah‹ und ›nö‹ und ›mmh-hmm‹. Deshalb kannst du Miss Abrams ausrichten, daß du Erwachsene mit dem nötigen Respekt anreden wirst, solange du mein Sohn bist. Und wenn's nur zu Ehren deiner Großtante Rosalie ist!«

»Aber, Mama, ich *kenne* Tante Rosalie nicht mal.«

»Natürlich nicht, Baby. Sie ist schon vor deiner Geburt gestorben.«

»Aber weshalb ...«

»Hör zu, Baby, ich mach' dir 'nen Vorschlag. Wenn du mal so alt wie ich bist, brauchst du nicht mehr ›Sir‹ und ›Ma'am‹ zu sagen. Abgemacht?«

Little Bobby starrte seine Mutter zweifelnd an. »Du versuchst, mich reinzulegen.«

»Wie das?« fragte Esther lächelnd.

»Wenn ich so alt wie du bin, bist du älter als jetzt.«

»Du bist der Schlauere von uns beiden, Little Bobby. Dir fällt bestimmt was ein. Und jetzt iß dein Frühstück.«

Sie aßen schweigend. Esther las ihre Zeitung, und Little Bobby hockte vor dem Fernseher. Der Junge goß Sirup auf seinen leeren Teller und zerdrückte ein Biskuit darin. Nachdem Esther aufgegessen hatte, zündete sie sich eine Zigarette an. Sie machte es sich im Sessel bequem, zog die langen, schlanken Beine hoch, blätterte in der *Times* und suchte die Autoanzeigen. Sie mußte sich allmählich nach einem gebrauchten Bus umsehen.

»Mama?«

»Mmh-hmm?« antwortete sie geistesabwesend.

»Was ist eine Synagoge?«

»Was ist eine was?«

»Was ist eine Synagoge?«

Esther blickte Little Bobby über den Rand ihrer Zeitung hinweg an.

»Nun, Baby«, begann sie langsam, »das ist 'ne Art Kirche, 'ne Kirche für jüdische Leute.«

»Haben andere Leute was gegen Synagogen?«

Esther zog an ihrer Zigarette. »Wie kommst du darauf, Baby?«

»Weil sie in ›L.A. at Large‹ davon gesprochen haben, daß Leute Synagogen geschändet haben.« Little Bobby deutete mit seinem Sirupfinger auf den Fernsehschirm. Esther warf einen Blick darauf. Zwei Weiße saßen in hypermodernen Ledersesseln an einem Freiformtisch und diskutierten ernsthaft miteinander. Einer von ihnen trug eine Jarmulke.

Esther lächelte stolz, zugleich tat sie verärgert.

»Warum kannst du dir nicht wie anderer Leute Kinder die Cartoons ansehen?«

Little Bobby erwiderte ihr Lächeln. »Mama, jeder weiß, daß die Cartoons am *Samstagmorgen* kommen.«

»Schlaukopf!« sagte Esther lachend. Sie versuchte, weiter ihre Zeitung zu lesen, aber wenn Little Bobby erst einmal anfing, war er nicht mehr zu bremsen.

»*Komm schon*, Mama.«

»Okay, okay, okay.« Esther faltete die Zeitung ordentlich zusammen und legte sie auf ihre Beine. Sie zündete sich eine neue Zigarette am Stummel der alten an.

»Weshalb schänden sie Synagogen?« fragte Little Bobby wieder.

Esther warf ihrem Sohn einen prüfenden Blick zu. »Weißt du, was *schänden* bedeutet, Baby?«

Little Bobby blinzelte sie an und wirkte sekundenlang unsicher. »Ich... ich glaub' schon«, stotterte er.

In diesem Augenblick war Esther Phibbs von Liebe und Stolz auf das von ihr geborene Leben erfüllt. Solche Neugier, solcher Wissensdurst war ihr noch nie begegnet. Sie staunte darüber. Und darüber, daß *sie* diesen cleveren kleinen Jungen geboren hatte.

»Schänden bedeutet, etwas beschädigen oder kaputtmachen. Zum Beispiel durch Beschmieren...«

»Wie unsere Schule, meinst du? Die ist letztes Jahr mal beschmiert worden.«

»Richtig, genau das mein' ich.«

»Weshalb tun sie das?«

Esther seufzte schwer. Sie zeigte auf ihre leere Kaffeetasse. »Holst du mir noch einen Kaffee, Baby? Mit einem Löffel Zucker?«

Little Bobby griff sich die Tasse und verschwand in Richtung Küche. Esther lehnte sich im Sessel nach vorn und drückte ihre Zigarette aus. Sie versuchte, ihre Gedanken zu sammeln und sich zu überlegen, was sie ihrem Sohn erzählen sollte. Er war so verdammt unersättlich! Und sie mit ihren paar Schuljahren – noch dazu in einer richtigen Niggerschule in Georgia! Esther war sich darüber im klaren, daß Little Bobby eines Tages erkennen würde, wie strohdumm seine Mutter war. Wie ungebildet, wie völlig ahnungslos. Aber sie versuchte, diesen Tag so lange wie möglich hinauszuschieben.

Im Augenblick mußte sie jedoch versuchen, ihrem erschreckend begabten Sohn zu erklären, was Vorurteile waren und wie sie sich auswirkten.

Little Bobby kam mit dem Kaffee zurückgehastet. Er ließ sich wieder auf dem Teppichboden nieder und starrte Esther erwartungsvoll an. Sie nahm das vorletzte Biskuit aus dem geflochtenen Körbchen, bestrich es dick mit Butter und Erdbeermarmelade, biß ab und kaute langsam.

»Was haben sie im Fernsehen gesagt?«

»Daß jemand mit einer Sprühdose böse Sachen auf die Wände von Synagogen geschrieben hat. Wie die Sprayer in den Gangs – die Crips und die Brims. Aber eben böse Sachen. *Verleumderische* Sachen.«

Wo hat er *das* Wort bloß wieder her? dachte Esther.

»Nun, wie ich die Sache sehe, Baby, sieht sie folgendermaßen aus.« Sie biß erneut von ihrem Biskuit ab und trank noch einen Schluck Kaffee. »Erinnerst du dich an den ersten Tag, an dem wir dich in der Förderklasse eingeschrieben haben? Als wir die Treppe zur Schule raufgegangen sind, haben wir mitgekriegt, wie 'ne weiße Dame zu ihrem kleinen Mädchen gesagt hat...« Esther imitierte ihren hochmütig abschätzigen Tonfall. »›Ich möchte bloß wissen, wie *der* da reingekommen ist!‹ Und du hast mich gefragt, warum sie das gesagt hat. Erinnerst du dich daran?«

»Mmh-hmm.«

»Damals hab' ich's dir nicht erklärt, weil du noch zu klein gewesen bist. Aber jetzt kann ich's dir sagen. Diese Dame hat ein Vorurteil ausgedrückt. Sie hat was gegen Schwarze, sie ist *voreingenommen*. Verstehst du das?«

»Ja. Ja, Ma'am.«

»Es spielt keine Rolle, ob die schwarze Person gut oder schlecht, nett oder böse, Mann, Frau oder Kind ist. Sie mag uns einfach nicht. Will nichts mit uns zu tun haben. Sie hat *Vorurteile* gegen uns.«

»Aber weshalb?«

»Aus keinem Grund – und aus tausend Gründen. Angst ist einer. Unwissenheit ist ein anderer. Meistens gehen diese beiden Hand in Hand. Die Leute fürchten sich oft vor etwas, das sie nicht verstehen, das sie nicht gewöhnt sind. Und manche weißen Leute sind einfach bloß aasig. Sie tun, was sie können, um den schwarzen Mann kleinzuhalten – und hassen ihn dann, *weil* er am Boden ist. Glaub mir, daheim in Georgia hat's viele von dieser Sorte gegeben? Manche dieser Cracker glauben, Gott hätte ihnen *befohlen,* über den schwarzen Mann zu herrschen!

Ich hab' mal gehört, wie sich zwei alte weiße Frauen unterhalten haben. Meine Tante Rosalie hat ihnen den Haushalt geführt und mich an diesem Tag mitgenommen. Ich bin erst neun oder zehn Jahre alt gewesen. Und diese eine alte Schachtel erzählt der anderen, daß ihr Prediger ihr gesagt hat, warum die Neger schwarz sind. Als Kain Abel erschlagen hatte, soll Gott zornig geworden sein und ihn in die Wildnis geschickt haben. Nun, dort hat's keine Frauen gegeben, weil Kain doch Adams und Evas zunächst einziges überlebendes Kind gewesen ist, und aus Einsamkeit hat er sich mit 'ner Äffin gepaart und so die schwarze Rasse gezeugt. Ihre schwarze Haut ist das Mal – der Fluch von dem die Bibel spricht –, mit dem Gott die Kinder Kains gezeichnet hat. Und deshalb sind alle Schwarzen halb Affe, halb Mörder.«

Little Bobby dachte kurz nach und sah dann zu seiner Mutter auf.

»Das ist Unsinn«, stellte er fest.

»Du hast recht, Little Bobby. Es ist dumm und unsinnig und böse und häßlich und gräßlich und so weiter. Aber das ändert nichts an der Tatsache, daß die alten Ladies daran *geglaubt* haben. Wie an die Zehn Gebote. Und deswegen haben die alten Ladies ein Vorurteil gegen alle schwarzen Leute gehabt. Verstehst du, was ich sage?«

Little Bobby nickte.

»Nun, viele Leute haben ähnliche Vorurteile gegen jüdische Leute.«

»Aber *die* sind doch nicht schwarz!«

»Nein, das sind sie nicht. Trotzdem haben die Leute 'nen Haufen Gründe für Vorurteile gegen Juden.«

»Zum Beispiel?«

»Manche Leute machen die Juden dafür verantwortlich, daß Jesus gekreuzigt worden ist. Daß er ans Kreuz geschlagen worden ist, weißt du.«

»Aber das ist doch schon lange her!«

Esther zuckte mit den Schultern. »Manche Leute haben ein langes Gedächtnis. Weil das damals mit Jesus passiert ist, sind sie den Juden seit zweitausend Jahren böse. Sie haben sie seit damals immer wieder verfolgt. Und sie tun's noch heute. Und deshalb beschmieren sie diese Synagogen. Das sind Leute, die den Juden noch immer böse sind.«

»Aber das finde ich nicht richtig.«

»Das ist's auch nicht.«

»Weshalb redet dann niemand mit ihnen? Erklärt ihnen, daß das falsch ist?«

Esther lachte knapp und bitter. »Mit diesen Leuten kannst du nicht reden, Baby. Sie sind alle böse und voller Haß.«

Little Bobby zog die Nase kraus und blinzelte hinter seinen dicken Brillengläsern. »Haß kommt mir dumm vor.«

»Das *ist* er auch, Baby.«

»Dann sollten wir damit aufhören.«

»Ich hab' einen Vorschlag für dich, kleiner Mann. Wenn du in der Schule fleißig lernst und schlau genug wirst, kannst du später vielleicht 'ne Pille erfinden, die allen Haß beseitigt, wenn die Leute sie einnehmen.«

Little Bobby runzelte die Stirn. »Mama, ich will kein Wissenschaftler mehr werden.«

»Oh?«

»Ich werde Nachrichtenkommentator wie Dan Rather.«

»Was du nicht sagst! Und was ist mit dem Nobelpreis, den du noch letzte Woche gewinnen wolltest?«

«Miss Abrams sagt, daß im einundzwanzigsten Jahrhundert Kommunikation das wichtigste Feld sein wird.«

»Feld?« Esther spielte die Entsetzte. »Diese weiße Frau will, daß mein Junge auf'm Feld arbeitet – wie auf den ollen Baumwollfeldern bei uns daheim?«

»Mama!«

Esther lachte. »Komm mal her, Baby.« Sie klopfte mit der flachen Hand aufs Sesselpolster. Little Bobby setzte sich neben sie und schmiegte sich in ihren Arm.

»Hör zu, kleiner Mann. Für 'nen Sonntagmorgen ist dieses Gespräch viel zu ernst. Was hast du heute alles vor?«

»Wie meinst du das?« fragte er mit mißtrauischer Miene.

»Ich meine, ob du glaubst, daß du etwas Zeit für 'ne große, dunkle, sexy Lady hast?«

Little Bobby runzelte die Stirn. »Ich will aber nicht zu Grandma Phibbs, weil die sonntags immer Besuch von ihren Kirchenladies kriegt, und die kneifen mich und geben mir feuchte Küsse . . «

»Ich rede nicht von 'nem Besuch bei Grandma Phibbs.«

». . . und später kommt Dwayne 'rüber und will mit mir Baseball spielen . . .«

»Hey, ich verlange ja nicht, daß du nach Timbuktu oder sonstwohin verreist! Bloß 'ne kleine Spazierfahrt mit deiner Mama. Traust du dir die zu?«

Little Bobby überlegte kurz; dann lächelte er und küßte Esther auf die Wange. »Klar, Mama.«

»Gut, dann beeil dich, Boy! Ich will dich nicht von deinen wirklich wichtigen Terminen abhalten.« Sie umarmte ihn, drückte ihn fest an sich und flüsterte ihm ins Ohr: »Wer zuletzt fertig ist, spült das Geschirr ab, wenn wir zurückkommen!« Little Bobby raste los, und Esther blieb ihm dicht auf den Fersen und zog lachend an seinem T-Shirt, während sie die Treppe hinauftobten.

Zwanzig Minuten später fuhren sie bei mäßigem Verkehr auf dem Santa Ana Freeway nach Süden. Der Smog war dichter geworden, was für einen Sonntag ungewöhnlich war. Die Palmen entlang der Schnellstraße schienen in dem mit Autoabgasen angereicherten Schwefel-Ozongemisch die Wedel hängen zu lassen. Esther kurbelte alle Fenster hoch und stellte die Klimaanlage ihres Kombis an. Little Bobby drehte am Autoradio herum und übersprang alle Musiksendungen.

»Hey!« beschwerte Esther sich. »Das ist Whitney Houston gewesen!«

Little Bobby reagierte nicht einmal darauf, sondern suchte weiter, bis er die Übertragung des Spiels der Dodgers gefunden hatte. Dann wandte er sich lächelnd an seine Mutter.

»Dwayne sagt, daß die Dodgers und die Angels die World Series untereinander ausmachen werden.«

»Oh? Was du nicht sagst!«

»Dwayne sagt, daß das noch nie vorgekommen ist – daß es das absolut erste Mal ist.«

»Tatsächlich?«

»Dwayne sagt, daß in unserer Schule noch niemals jemand aus dem Förderkurs ins Baseballteam gekommen ist.«

»Nun«, begann Esther langsam, »irgendwann passiert alles zum erstenmal. Dwayne hat auch nicht immer recht. Nicht alles, was er sagt, muß unbedingt stimmen.«

»Glaubst du, Mama?«

»Hör zu, wenn du wirklich ins Baseballteam willst, kann dich nichts und niemand, den *ich* kenne, davon abhalten.«

Sie fuhren eine Zeitlang schweigend weiter, der Verkehr rauschte an ihnen vorbei. Im Radio kommentierte Vin Scully die bisher erbärmlichste Saisonleistung des Infields der Dodgers. Esther blickte zu ihrem Sohn hinüber.

»Baby?«

»Mmh-hmm?« antwortete Little Bobby geistesabwesend. Esther stellte das Radio leiser.

»Du weißt, daß Daddy am Dienstag heimkommt.«

Little Bobby sah zu ihr hinüber. Seine Brillengläser glitzerten in der Sonne.

»Ja, Ma'am.«

»Nun ...« Esther rutschte unbehaglich hin und her. »Ich meine, was hältst du davon? Bist du nicht froh darüber?«

»Klar, Mama. Vermutlich schon.«

»*Vermutlich?*«

»Nun, du weißt schon, klar bin ich froh darüber.«

»Daddy fehlt dir, nicht wahr?«

»Klar, Mama. Ich hoffe nur ...«

»Was hoffst du?«

»Ich hoffe nur, daß nicht wieder geschrien und gestritten wird wie sonst immer, wenn Daddy heimkommt. Es ist schwierig, Hausaufgaben zu machen, wenn geschrien und gestritten wird.«

Esther fühlte ihre Seele wie ein von einer Flamme berührtes Stück Papier zusammenschrumpeln.

»Und noch was, Mama.« Little Bobby starrte ihr Profil an. »Mama, du hast gesagt, Daddy sei fort, weil er *krank* sei. Aber Dwayne hat gesagt, daß nur *schlimme* Leute ins Gefängnis müssen. Er hat gesagt, daß kranke Leute ins Krankenhaus kommen.«

Esther nahm sich vor, die nächsten Plätzchen mit Rattengift zu backen, um sie Dwayne vorsetzen zu können.

»Im allgemeinen ist das richtig, Little Bobby. Aber manchmal passieren Fehler. Manchmal stecken sie kranke Leute ins Gefängnis und böse Leute ins Krankenhaus.«

Little Bobby beobachtete sie, ohne sich zu ihrer Feststellung zu äußern.

»Dein Daddy ist krank gewesen«, sagte Esther schließlich.

»Ist er jetzt wieder gesund?«

Esther starrte angestrengt nach vorn. »Das hoffen wir alle, Baby. Das hoffen wir alle.«

»Ich kann nämlich keine Hausaufgaben machen, wenn gestritten und geschrien wird.«

»Mach dir keine Sorgen, Baby.« Esther streckte die rechte Hand aus und tätschelte sein Knie. »Ich sorg' dafür, daß dich nichts beim Lernen stört. *Nichts*, das versprech' ich dir. Hey, wir verpassen die Ausfahrt!«

Esther zog scharf nach rechts. Der Fahrer hinter ihr hupte, weil er bremsen mußte. Esther und Little Bobby kicherten, während sie die Bogenrampe hinunterrollten.

»Wohin fahren wir, Mama? Hier bin ich noch nie gewesen.«

»Dies ist die City of Industry, Baby.«

»Und? Wohin fahren wir also?«

»Hab' ich dir schon gesagt.«

»Wie?«

»Das wird 'ne Überraschung.«

»Okay, aber wann sind wir dort?«

»Soforrrt!« Esther bog auf eine kiesbestreute Einfahrt ab, die zu einem niedrigen Klinkergebäude führte. Zwischen diesem Bau und einem hohen Maschendrahtzaun war eine lange Reihe von Holzschuppen zu erkennen. Auf dem amtlich aussehenden Schild neben dem Eingang stand: SOUTH CENTRAL ANIMAL SHELTER. Als Esther den Motor abstellte, waren draußen bellende, jaulende und kläffende Hunde zu hören. Little Bobby warf seiner Mutter einen verwirrten Blick zu.

»Ta-täää!« trompetete Esther. »Überraschung!«

Little Bobby betrachtete erst das Gebäude und dann wieder seine Mutter. »Das versteh' ich nicht, Mama.«

»Hör zu, erinnerst du dich an Miss Regina – die Lady, die früher für mich gearbeitet hat?«

»Mmh-hmm.«

»Nun, sie arbeitet jetzt hier im Tierheim.«

»Oh.« Little Bobby sah wieder das Gebäude an.

»Sie hat was ausgesucht. Speziell für dich.«

Little Bobbys Miene zeigte, wie verwirrt er war.

»Okay, paß mal auf.« Esther spielte die Irritierte. »Was wünschst du dir mehr als alles andere auf der Welt?«

Little Bobby überlegte nicht lange. »Pitcher im Schulteam zu sein.«

Esther schüttelte den Kopf. »Welches *Ding* wünscht du dir mehr als alles andere auf der Welt?«

Der Junge biß sich auf die Unterlippe. »Einen Home Computer.«

»Nein, nein, Boy. Danach!«

Little Bobby starrte sie an.

Esther beschloß, ihm etwas auf die Sprünge zu helfen. »Eine Burrrmaaa...«

»*Burmakatze!*«

»Erraten!« quietschte Esther. »Los jetzt!«

Little Bobby sprang aus dem Wagen und hastete die drei Stufen zum Eingang hinauf, bevor Esther auch nur ihre Tür geöffnet hatte.

»Komm doch, Mama! Komm schon!« Little Bobby tanzte herum, als müsse er mal. »Beeil dich, Mama!«

»Ich komme! Ich komme!«

In seinem Inneren schien das Gebäude hauptsächlich aus abgewetzten Fliesen und zerfetzten Zeitungen zu bestehen. Stechender Tier- und Kotgestank wurde von dem beißenden Geruch eines starken Desinfektionsmittels überlagert. Hinter einer kunststoffbeschichteten Theke, die den Raum teilte, stand eine dunkelhäutige Frau unbestimmten Alters in der braunen Uniform des Departments of Animal Regulation. Ihr Teint und die Uniform hatten die gleiche Farbe. Die Rückwand des Raums nahmen bis zur Decke reichende Käfigreihen ein, die Katzen, Katzenjunge, kleine Hunde, Welpen und sogar einen Wurf böse fauchender Waschbären enthielten. In einem der oberen Käfige saßen zwei grüne Papageien.

«Esther!« rief die Uniformierte aus. »Wie geht's? Was treibst du?«

»Regina. Sieh dir bloß deine Uniform an!« lachte Esther. »Aber die steht dir guuut!«

Regina, deren Kleidung und Accessoires untadelig waren, wirkte in jeder Beziehung üppig dimensioniert. Sie hatte einen vollen Busen, breite Hüften und einen strammen Hintern. Die Bluse unter ihrer

Eisenhowerjacke war blütenweiß gestärkt. Ihre goldenen Armreifen glitzerten und klimperten.

»Laß dich umarmen, Es!« sagte Regina, kam hinter der Theke hervor und schloß Esther in die Arme. »Ich könnte schwören, daß du abgenommen hast, Mädchen – wenn das überhaupt möglich ist. Du bestehst bloß noch aus Haut und Knochen!«

»Ach, du kennst mich doch, Ree. Bei mir schlägt einfach nichts an. Das ist schon immer so gewesen.«

»Das ist nicht der einzige Grund, glaub' ich.« Regina gab sie aus ihrer sanften Umarmung frei. »Du hast zuviel gearbeitet. Und zu lange. Und *das* ist auch schon immer so gewesen.«

»›Ohne Fleiß kein Preis‹, wie die Leute sagen, Ree.«

»Ja, ich weiß. Und wer ist dieser junge Mann, der so aussieht, als müßte er gleich platzen?«

Little Bobby schien Höllenqualen auszustehen. Er hüpfte von einem Turnschuh auf den anderen. Sein Blick glitt unruhig flackernd durch den Raum.

»Wo ist sie, Miss Regina?«

Die beiden Frauen lachten.

»Vergiß deine Manieren nicht, Little Bobby«, ermahnte seine Mutter ihn. »Sag hallo zu Miss Regina. Wir haben sie ein halbes Jahr lang nicht mehr gesehen.«

»Hallo, Miss Regina. Wo ist sie?«

Regina lachte erneut, während sie auf Little Bobby herabsah. »Ebenfalls hallo, Robert. Seitdem wir uns zuletzt gesehen haben, bist du keinen Fingerbreit gewachsen, glaub' ich. Aber wahrscheinlich schießt du irgendwann in die Höhe. Wirst du mal groß und stark wie dein Daddy?«

»Ja, Ma'am«, antwortete Little Bobby, dem es sichtlich schwerfiel, sich zu beherrschen.

»Was willst du mal werden? Footballspieler oder Basketballspieler? Meine wollen alle Football- oder Basketballspieler werden. Raiders oder Lakers.«

Little Bobby sah flehentlich zu den beiden Frauen auf.

»Heute morgen hat er mir erklärt, daß er Fernsehkommentator werden will«, sagte Esther stolz. »Er mag Baseball, aber er will Kommentator werden.«

»Tatsächlich? Na, wer hätte das gedacht? Ich glaub' nicht, daß ich schon mal...«

»*Bitte, Miss Regina!*« rief Little Bobby laut genug, um alle Tiere in ihren Käfigen eine Millisekunde lang zum Verstummen zu bringen.

»Little Bobby!« Esther versuchte, ein strenges Gesicht zu machen, aber dann mußte sie doch lächeln.

»Entschuldigung, Mama, aber *bitte.*«

»Schon gut, Es.« Regina trat hinter die Theke. »Laß mich nur schnell dieses Päckchen holen, bevor der Junge vor Ungeduld platzt.« Sie verschwand in einem der hinteren Räume und kam mit einem flauschigen, kakaobraunen Kätzchen mit dunklen Pfoten und goldenen Augen zurück, das die Menschen mit Neugier betrachtete.

»Bitte sehr, Mr. Phibbs.« Regina übergab das Kätzchen in Little Bobbys ausgestreckte Hand. »Siehst du, so mußt du ihn tragen. Nicht eingeengt, aber gut unterstützt. So fühlt er sich wohl und sicher – wie 'ne Katze, die auf der ganzen Welt nichts zu fürchten hat.«

Little Bobby trug den kleinen Kater in eine Ecke des grüngekachelten Raums und setzte sich mit ihm auf den Fußboden.

»Der Boden ist dreckig, Baby!« protestierte Esther, aber er hörte nicht, was sie sagte. Das Kätzchen war seinen Ärmel hinaufgeklettert und saß nun auf seiner schmalen Schulter.

»He, du! Was machst du da?« fragte Little Bobby mit sanfter Stimme. Er holte das Kätzchen von seiner Schulter und hielt es an seine Brust gedrückt. Der kleine Kater kletterte jedoch sofort wieder seinen Ärmel hinauf. Diesmal balancierte er sogar auf Little Bobbys Kopf.

»Hey, was bildest du dir ein?« flüsterte der Junge.

»Sieh dir das bloß an!« sagte Esther staunend.

»Zwei richtige Babies«, meinte Regina. »Schade, daß wir keine Kamera haben.«

Sie sahen zu, wie der kleine Junge und das Kätzchen zusammen spielten. Dann schüttelte Esther den Kopf. »Ausgerechnet 'ne Burmakatze. Die meisten Jungen wollen 'nen Hund – 'nen Schäferhund oder Dobermann oder so was. Groß und scharf soll er sein. Und *er* will 'ne Katze.«

»Er ist wirklich was Besonderes, Es.«

»Und nicht irgend'ne Katze. Nein, es muß 'ne *Burmakatze* sein. Wer hat schon mal was von 'ner Burmakatze gehört? *Ich* bestimmt nicht!«

»Die sind wirklich selten. Das ist die erste, die mir untergekommen ist, seit ich hier arbeite.«

»Es muß schwierig gewesen sein, sie zu finden, Ree. Dafür bin ich dir wirklich dankbar.«

»Nun, ich hab' von Anfang an nach einer gesucht. Wie lange bin ich schon hier – ein halbes Jahr? Und am Donnerstag ist ein Mann mit diesem Kätzchen reingekommen, und ich schwör's dir, Mädchen, er hat Tränen in den Augen gehabt. Er hat's seiner Tochter zum Geburtstag gekauft – und nun ist die Kleine gegen Katzen allergisch. Sie braucht das Kätzchen nur anzufassen, um Husten- und Erstickungsanfälle zu kriegen. Und wenn er's ihr wegnehmen will, fängt sie an zu weinen und zu kreischen und zu toben.«

»Schlimm, wirklich schlimm.«

»Allerdings! Der Mann hat mir erzählt, daß das Kätzchen fast seine Ehe ruiniert hat. Seine Frau hat ihm gedroht, sich scheiden zu lassen, wenn er's nicht wegbringt und mit 'nem kleinen Hund zurückkommt. Der Züchter hat das Kätzchen nicht zurücknehmen wollen, deshalb hat er's hierhergebracht. Dabei hat er vierhundert Dollar dafür bezahlt!«

»Vierhundert!«

»Weiße Leute *spinnen*. Als ich gesehen hab', daß das die Katze war, die Little Bobby sich gewünscht hat, hab' ich sofort 'nen Handel mit dem Mann abgeschlossen. Ich hab' ihn mit dem niedlichsten kleinen Cockerspaniel heimgeschickt, den du dir vorstellen kannst. Mein Chef hat ihn für irgend'nen Verwandten haben wollen, aber ich hab' behauptet, der Hund wär' nachts eingegangen.«

»Ree! Das hättest du nicht tun dürfen.«

»Kommt hier ständig vor, Esther. Das ist der *Zweck* unseres Tierasyls. Beseitigung unerwünschter Tiere.«

Ein Mann kam mit seinen beiden Söhnen herein. Er erkundigte sich nach einem Hund, den sie zu sich nehmen wollten, und Regina führte sie nach hinten zu den Zwingern. Esther zündete sich eine Zigarette an. Little Bobby lag in der Ecke auf dem Rücken, und das Kätzchen belauerte den Finger, den er unter seinem T-Shirt versteckt hielt.

»Der Boden ist dreckig, Baby«, wiederholte Esther liebevoll.

Little Bobby sah zu ihr auf. »Gehört er wirklich mir, Mama?«

»Er gehört wirklich dir. Aber vergiß nicht, dich bei Miss Regina zu bedanken. *Richtig* zu bedanken. Sie hat ihn dir eigentlich verschafft.«

»Ja, Ma'am, das mache ich.« Little Bobby spielte wieder mit dem kleinen Kater.

»Wie willst du ihn nennen, Baby?«

Little Bobby lächelte. »Bagheera.«

»Ba-*was?*«

»Bagheera. Das ist der Name eines schwarzen Panthers in dem Buch, das Miss Abrams uns vorgelesen hat. *Das Dschungelbuch.* Es handelt von einem kleinen Jungen, der bei Wölfen lebt. Und sein bester Freund ist dieser große schwarze Panther, der Bagheera heißt.«

»Nun, dieser kleine Kerl ist kein schwarzer Panther, aber wenn du ihn so nennen willst...«

Regina kam zurück und wirbelte ihren schweren Schlüsselbund um den Zeigefinger.

»Ree, ich möchte dich mit Bagheera, dem König des Dschungels, bekannt machen.«

Regina lachte. »Bagheera, was? Na, wie geht's oller Mr. Bagheera? Das klingt afrikanisch. Ist das ein afrikanischer Name? Klingt richtig exotisch.«

Little Bobby kam auf die Beine und baute sich feierlich vor Regina auf, wobei er das Kätzchen an seine Brust gedrückt hielt. »Miss Regina, ich möchte Ihnen sehr für Bagheera danken. Er ist der beste kleine Kater der Welt. Und wenn ich eines Tages ein prominenter Fernsehkommentator bin, komme ich mit einem Kamerateam und einem Übertragungswagen hierher zurück und drehe einen Film über Sie und Ihr Tierheim und mache Sie berühmt.«

Regina lächelte herab. »Kleiner Mann, in meinem eigenen Kreis männlicher Bekannter bin ich schon ziemlich berühmt.« Sie blinzelte Esther ironisch lächelnd zu. »Aber ich nehme gern einen Kuß, falls du einen für mich übrig hast.« Sie beugte sich herab und gab Little Bobby einen Schmatz, so daß auf seiner Backe ein deutlicher Abdruck ihres dick aufgetragenen Lippenstifts zurückblieb. Little Bobby flüsterte Bagheera etwas ins Ohr und wischte sich den Lippenstift mit dem Handrücken ab, während er davonging.

»Glaub mir Esther, dein Junge ist wirklich was Besonderes.«

»Ja, das ist er«, bestätigte Esther stolz.

Little Bobby setzte sich wieder auf den Fußboden. Bagheera umkreiste ihn steifbeinig und mit aufgerichtetem Schwanz.

Regina stützte beide Ellbogen auf die Theke. »Na, und wie geht's dir, Mädchen? Kommt Bobby nicht bald raus?«

»Dienstagmorgen.«

»Darüber bist du glücklich, was?«

»Das bin ich, Ree. Das bin ich!«

Esther zündete sich eine weitere Zigarette an. Regina beobachtete sie.

»Das bist du, aber ...«

Esther starrte sie durch den Qualm hindurch mit zusammengekniffenen Augen an. »Ha?«

»Komm, deinem alten Kumpel Regina kannst du's erzählen. Der merkt immer, wenn irgendwas nicht stimmt.«

Esther zog an ihrer Zigarette und seufzte dann. » Ich hab' schreckliche Angst, Ree.«

»Das kann ich mir vorstellen, Honey.«

»Ich hab' Mama Phibbs versprochen, daß dies Bobbys letzte Chance ist. Wenn er wieder Scheiß macht, ist's aus mit uns! Und ich glaub', diesmal mein' ich es wirklich ernst, Ree.«

»Das hab' ich gehört.«

»Ich hab' den Mann bloß so verdammt lieb, Ree.«

»Ein gutaussehender Mann, das stimmt.«

Esther zog an ihrer Zigarette. Als sie wieder sprach, zitterte ihre Stimme. »Ich hab' solche Angst, Ree. So gottverdammt viel Angst. Ein Leben ohne Bobby kann ich mir nicht mal vorstellen.«

»Schon gut, reg' dich nicht auf, Girl.« Regina streichelte Esthers Hand.

»Ich meine, in den letzten fünf Jahren ist Bobby fast mehr im Gefängnis als daheim gewesen. Aber ich hab' immer gewußt, daß er danach heimkommen würde. Drei Monate, ein halbes Jahr. Diesmal ein ganzes Jahr. Ich träume ständig von ihm, weißt du. Er ist Teil meiner Zukunft.«

»Ja.«

»Aber ich weiß, daß es nicht ewig so weitergeh'n kann. Ich will nicht, daß dieser kleine Junge mit einem Vater aufwächst, der dauernd sitzt. Was für'n Leben ist das? Einfach nicht *gut* genug. Nicht für 'nen begabten Jungen wie Little Bobby. Er braucht stabile Verhältnisse, weißt du.«

Esther machte eine Pause und beobachtete, wie ihr Sohn mit Bagheera spielte.

»Die Vertrauenslehrer sprechen mit den Eltern aller Kinder in Förderklassen und sagen, daß diese wirklich intelligenten Kids sehr sensibel sind. Sie reagieren eben auf alle Störungen, verstehst du?«

»Mmh-hmm.«

»Was andere Kinder vielleicht nicht so wahrnehmen, stört diese Babies. Mit 'nem begabten Kind muß man doppelt vorsichtig sein, sagen die Lehrer. Ich meine, als er noch klein gewesen ist, hat das keine Rolle gespielt. Damals hat er nicht gewußt, was läuft. Ich hab' den Kleinen bei Bobby gelassen, um zur Arbeit zu fahren, und als ich heimgekommen bin, hat Big Bobby bis zur Bewußtlosigkeit vollgeknallt mitten im Wohnzimmer gelegen, und mein Kleiner hat gesagt: ›Daddy eingeschlafen, Daddy eingeschlafen.‹«

Regina schüttelte mitfühlend den Kopf.

»Ein paarmal bin ich heimgekommen, und Bobby ist nicht zu Haus gewesen. Hat den Kleinen einfach allein gelassen und ist weggegangen, um sich irgendwo Stoff zu besorgen. Zum Glück ist mein Kleiner klug genug gewesen, um nicht aus dem Haus zu laufen oder mit Streichhölzern zu spielen oder sonstwas zu machen. Jesus, Ree, eines Tages bin ich heimgekommen, und Bobby hatte 'nen geladenen Revolver auf dem Küchentisch liegengelassen. *Ganz offen auf dem Küchentisch!* Mein Kleiner hat ferngesehen, aber . . . mein Gott, Regina, wieviel Dusel hat 'ne Familie eigentlich?«

Regina schüttelte erneut den Kopf. »Wirklich 'n Teufelszeug, dieses Heroin.«

»Aber Little Bobby wird allmählich groß, verstehst du? Er kapiert schon viel, kann sich viel zusammenreimen. Eines Tages blickt er seinen Vater an – seinen Vater, den er kaum kennt – und sieht was?: 'nen gottverdammten Junkie! 'nen Kriminellen. Und was bin ich dann? Die Frau von 'nem Junkie. Und so soll mein Sohn niemals von mir denken, Regina. Ich schwör' dir bei Jesus, daß mein Sohn niemals so von mir denken soll!«

Esthers Stimme war zu einem heiseren Flüstern herabgesunken. Ihre Augen waren feucht. Regina kam hinter ihrer Theke hervor und schloß sie sanft in die Arme.

»Schon gut, schon gut«, gurrte sie und tätschelte Esthers Schulter. Little Bobby, der mit Bagheera beschäftigt war, sah kurz zu den beiden sich umarmenden Frauen hinüber und spielte dann weiter mit der kleinen Katze.

»Aber wenn ich ihn besuch', Ree«, flüsterte Esther, »wenn ich sehe, wie er so gepflegt und mit klarem Blick dasteht – ganz der Mann, den ich geheiratet hab' –, will mein Herz vor Liebe fast platzen. Dann will ich ihn so dringend anfassen, daß meine Hände *jucken*, verstehst du, was ich meine?«

Regina gab keine Antwort, sondern hielt Esther nur an sich gedrückt.

»Ich kann mir ein Leben ohne Bobby nicht mal vorstellen. Aber ich weiß auch, daß es so nicht weitergehen kann. Oh, Ree, ich hab' so verdammt Angst!«

»Hey...« Regina tätschelte wieder ihre Schulter. »Vielleicht ist Bobby zur Vernunft gekommen. Vielleicht bleibt er jetzt clean.«

Die beiden Frauen trennten sich. Esther fuhr sich mit dem Handrücken über die Augen.

»Darauf hoff' ich, Ree. Darum bet' ich jeden Abend.«

»Na, dann wird's schon klappen!« Regina lächelte und ließ dabei perlweiße, völlig ebenmäßige Zähne sehen. Dann kamen der Mann und seine Söhne von einem jungen Airedale-Mischling vorwärts gezogen zurück. Als der Hund Bagheera sah, wollte er sich auf ihn stürzen. Der Mann riß ihn an der Plastikleine zurück. Der junge Hund setzte sich schwerfällig und kläffte die fauchende Katze an. Little Bobby nahm Bagheera hoch und hielt ihn schützend im Arm.

»Verschwinde, alter Hund!« sagte Little Bobby und tat so, als trete er nach ihm. »Halt die Schnauze!«

Während Regina die Papiere für den Airedale fertig machte, kam Esther herüber und ging neben ihrem Sohn auf dem Boden in die Hocke.

»Der böse alte Hund macht Bagheera angst«, schmollte Little Bobby.

Esther drückte ihre Zigarette auf den schmutzigen Fliesen aus. Little Bobby warf ihr einen prüfenden Blick zu.

»Alles okay, Mama?«

Sie nickte lächelnd. »Klar, Baby, mir geht's gut.«

«Ich hab' gesehen, wie du geweint hast.«

Esther lachte leichthin. »Das hat nicht viel zu bedeuten. Frauen weinen manchmal. Danach fühlen sie sich besser. Das verstehst du später, wenn du erwachsen bist.«

Little Bobby beobachtete, wie der Hund Bagheera beobachtete.

»Weinst du wegen Daddy?«

Esther fuhr mit den Fingerspitzen über ihre in Blue Jeans steckenden Oberschenkel.

»Ich weine wegen dem *Leben*, Baby. Wegen sonst nichts.« Sie lächelte wieder. »Auch das tun Frauen manchmal.«

Der Airedale interessierte sich nicht mehr für Bagheera, sondern beschnüffelte jetzt aufgeregt die Hose seines neuen Besitzers. Einer der Jungen sah zu Little Bobby und Bagheera hinüber und schlang beide Arme um den Hals des Hundes. Der Airedale wedelte aufgeregt mit dem Schwanz und leckte ihm das Gesicht ab.

»Bagheera gefällt mir viel besser als so'n häßlicher alter Hund«, flüsterte Little Bobby seiner Mutter zu.

»Mir auch«, antwortete Esther ebenso leise.

Little Bobby schwieg einen Augenblick. »Hoffentlich mag Daddy ihn auch«, meinte er dann.

Esther musterte das Gesicht ihres Sohnes.

»Mach dir deswegen keine Sorgen, Baby, Bagheera gefällt Daddy sicher, da kannst du unbesorgt sein.«

20.15 Uhr Walker schlich lautlos den gepflasterten Fußweg zwischen den Wohnblöcken entlang. In der kühlen Abenddämmerung standen viele Fenster offen. Durch herabgelassene Jalousien drangen würzige Kochdüfte ins Freie. Fernsehgeräte leuchteten, und einzelne Stimmen waren zu hören. Wo die Fenster geschlossen waren, summten Klimageräte. Der Weg endete an einem etwa fünf Meter hohen Lärmschutzwall, dessen steile Flanken mit Gras und Unkraut überwuchert waren. Walker überzeugte sich, daß er nicht beobachtet wurde, packte mit beiden Händen das Unkraut und zog sich daran hoch.

Die Kuppe des Lärmschutzwalls war nur ungefähr zwei Meter breit; dahinter fiel die Erdwand etwa zehn Meter tief zu einem frisch asphaltierten Parkplatz ab. Jenseits dieses Parkplatzes lag der Pico Boulevard, auf dessen anderer Seite sich ein neues, ultramodernes Gebäude aus Stahl und grob behauenem Naturstein erhob. Auf dem Rasen vor dem Eingang stand die futuristische Metallskulptur eines gefolterten Davidssterns. Neben dem Portal verkündeten elegante, matt eloxierte Aluminiumlettern, daß es sich hierbei um das West Coast Center of Holocaust Studies handelte.

Walker legte sich auf dem Lärmschutzwall ins hohe Gras und beobachtete das Gebäude. Limousinen der Marken Rolls-Royce und Mercedes-Benz hielten vor dem bis über den Gehsteig ausgerollten roten Teppich, setzten Männer im Smoking und Frauen in glitzernden Roben ab, fuhren weiter und parkten dann mit eingeschalteten Warnblinkanlagen in der zweiten Reihe. Flinke Parkwächter in kurzen grünen Jacketts halfen ebenso eleganten Paaren aus anderen Luxuswagen, setzten sich ans Steuer, wendeten mit aufheulenden Motoren und quietschenden Reifen auf dem Pico Boulevard und parkten dicht an dicht unmittelbar unter Walker. Durch die getönten Glaswände des neuen Gebäudes konnte Walker lachende und trinkende Gäste beobachten, die Hors d'œuvres knabberten, die von südländisch aussehenden jungen Frauen in schwarz-weißen Uniformen herumgereicht wurden.

Walker blieb über eine Stunde auf seinem Beobachtungsposten liegen, bis keine Luxuslimousinen mehr eintrafen. Die beiden Parkwächter lehnten schwatzend und lachend an der Außenwand des Gebäudes. Wenn auf dem Pico Boulevard keine Autos vorbeifuhren, hörte Walker Fetzen der spanischen Baseballreportage, die aus dem Kofferradio drang, das die Mexikaner neben sich aufgestellt hatten. Inzwischen war es Nacht geworden, und der Parkplatz, auf dem noch keine Sicherheitsbeleuchtung installiert war, wurde von den nächsten Straßenlaternen nur schemenhaft erhellt.

Walker stand auf. Er schlich tiefgebückt die Kuppe entlang, bis er eine Stelle fand, wo es weniger steil hinunterging. Dort setzte er sich hin, ließ die Beine über den Rand gleiten, legte sich auf den Rücken und beobachtete die Parkwächter. Als sie von der Sportreportage abgelenkt zu sein schienen, rutschte Walker mit Händen und Füßen bremsend den Lärmschutz hinunter. Durch sein dünnes T-Shirt spürte er Steine und lockeres Erdreich unter seinem Rücken ins Rutschen geraten. Noch bevor der von ihm ausgelöste kleine Erdrutsch ganz versiegt war, kam er am Fuß des Walls auf die Beine und ging rasch hinter einem auf Hochglanz polierten grauen Corniche in Deckung.

Über die glänzende Motorhaube eines 450 SL hinweg beobachtete Walker, wie eine der Bedienungen aus dem Zentrum gelaufen kam, um den Parkwächtern zwei Pappteller mit Hors d'œuvres zu bringen. Die beiden bedankten sich und flirteten mit ihr. Einer von ihnen tat so, als wolle er ihr einen Klaps auf den Po geben, aber sie trat rasch zur Seite und drohte ihm lächelnd mit dem Finger. Die jungen Männer lachten, und sie lief ins Gebäude zurück. Danach setzten die Parkwächter sich auf ihre Klappstühle auf dem Gehsteig und fingen an, mit den Fingern zu essen.

Walker zog die Sprühdose aus seinem Hosenbund, schüttelte sie kräftig und sprühte JUDE auf die Flanke des großen grauen Corniches.

Dann watschelte er in der Hocke zu einem schwarzen Biarritz hinüber und malte mit dreißig Zentimeter hohen scharlachroten Buchstaben ITZIG auf die Fahrertür. Als nächstes war ein unauffälliger brauner Mercedes an der Reihe, auf dessen vordere Kotflügel er NIGGERLOVER und JUDENLÜGNER schrieb. So machte er fast zehn Minuten lang weiter: auf dem halbdunklen Parkplatz mühelos, fast instinktiv ein Schmähwort nach dem anderen schreibend.

Er war in Hochstimmung. Das Blut schien rascher als sonst durch seinen Körper zu kreisen und in seinen Armen und Beinen zu kochen. Nach dem zwanzigsten Fahrzeug lehnte er sich mit dem Rükken an eine verchromte Stoßstange und atmete tief durch. Sein Atem kam stoßweise, sein Herz pochte gegen die Rippen, und er stellte überrascht fest, daß er eine Erektion hatte. Er berührte sich, und das fühlte sich gut an. Er wandte sich dem Wagen zu, an dem er gelehnt hatte – einem burgunderroten Jaguar –, und sprühte KILLT DIE JUDEN quer über die Motorhaube, als jemand von der anderen Straßenseite aus rief: »Hey, Sie! Was tun Sie da, verdammt noch mal?«

Vor dem Portal des Zentrums stand ein großer, hagerer Mann mit langem silbergrauem Haar und deutete auf Walker.

»Ich hab' ihn vom ersten Stock aus gesehen. Dabei solltet ihr die Autos bewachen!« brüllte er die Parkwächter an. »Los, schnappt ihn euch!«

Die beiden jungen Mexikaner kamen über den Pico Boulevard gerannt. Anstatt jedoch auszuschwärmen, blieben sie in der gleichen Reihe, so daß Walker mühelos im dunkleren Hintergrund des Parkplatzes verschwinden und sie hinter sich herlocken konnte. Dort kehrte er um und lief im Zickzack durch die Reihen, bis er den Boulevard erreichte

»Da ist er! Ihr laßt ihn entkommen!« rief der hagere Silbergraue. Er hatte unterdessen Verstärkung durch einige weitere Partygäste bekommen, die jetzt mit ihm Walkers Verfolgung aufnahmen.

Walker sprang über die tiefhängende Absperrkette des Parkplatzes, wandte sich auf dem Pico Boulevard nach rechts und bog an der ersten Querstraße wieder rechts ab. Das Gelände stieg leicht an, und die Straße führte an Villen mit weiten Rasenflächen vorbei. Er trabte mühelos, ohne sich allzusehr zu beeilen, hügelaufwärts und sah sich von Zeit zu Zeit um. Etwa einen halben Block hinter ihm hielten die beiden jungen Mexikaner mit ihm Schritt. Die Partygäste mit ihren Smokings und Lackschuhen folgten einen halben Block hinter den Parkwächtern und verloren rasch an Boden.

Nachdem Walker einige Blocks weit geradeaus gelaufen war, bog er über einen gepflegten Rasen nach links ab und wandte sich in der nächsten Querstraße nach rechts. Hier wurde das Gelände flacher, und er nahm sich die Zeit, stehenzubleiben und sich nach seinen Verfolgern umzusehen. Die jüngeren Männer hatten etwas aufgeholt. Walker bog mehrmals rechtwinklig ab und verschwand zuletzt in einer dunklen, fast unsichtbaren Durchfahrt zwischen den hohen Hecken zweier Grundstücke. Er lief einige Meter in die unbeleuchtete Durchfahrt hinein, machte kehrt, warf sich zu Boden und beobachtete die Straße, von der er gekommen war.

Wenige Sekunden später keuchten die Mexikaner mit gesenkten Köpfen und stampfenden Beinen vorbei. Sobald die beiden verschwunden waren, sprang Walker auf und trabte die Durchfahrt entlang weiter. Sein blauer Kleinbus parkte ganz in der Nähe in der nächsten Querstraße. Walker sperrte ihn auf und glitt hinters Steuer. Während er sich das T-Shirt mit dem erdbraunen Rücken vom Leib riß, ließ er bereits den Motor an und fuhr los. Das T-Shirt und die fast leere Sprühdose stopfte er unter den Fahrersitz, bevor er in eine hellrote Windjacke schlüpfte und sein verschwitztes Haar mit einer gelben Michelin-Baseballmütze bedeckte.

Am Fuß der Hügel bog Walker nach Osten auf den Pico Boulevard ab und bremste, um etwas unter der zulässigen Höchstgeschwindigkeit zu bleiben. Auf der Straße vor dem erst an diesem Abend eingeweihten West Coast Center of Holocaust Studies sah er mehrere Streifenwagen parken, deren Dachleuchten sich drehten und blinkten, sich drehten und blinkten. Ein uniformierter Cop winkte den Gaffern zu, sie sollten weiterfahren. Auf dem Gehsteig und vor dem Eingang des Zentrums standen Partygäste mit grimmigen, schockierten Mienen. Frauen in Abendroben weinten. Auf der anderen Straßenseite waren Männer mit Taschenlampen fluchend und gestikulierend zwischen den beschmierten Autos unterwegs.

Walker zog seinen Mützenschirm tiefer ins Gesicht und fuhr grinsend vorbei.

Montag, 6. August

4.02 Uhr

Die zusammengerollte Zeitung klatschte gegen die Wohnungstür. Im Apartment genau gegenüber begann der kleine Dschingis zu kläffen. Gold schenkte sich eine weitere Tasse Kaffee ein, zog den Stecker der Kaffeemaschine heraus und nahm die Tasse mit. Er trug einen leichten beigen Anzug und dazu ein weißes Hemd mit offenem Kragen. Draußen war es noch immer dunkel. Gold überflog die Schlagzeilen im Licht der Insektenlampe. In der Westside war eine weitere Synagoge beschmiert worden. In Compton hatte ein Mann seine Frau, seine Mutter und seine beiden Töchter mit einer Schrotflinte erschossen und zuletzt die Waffe auf sich selbst gerichtet. Warum auch nicht, verdammt noch mal? dachte Gold. Die Antwort der achtziger Jahre auf den Sonntagsausflug von einst...

Gold klemmte sich die Zeitung unter den Arm, sperrte seine Wohnungstür ab, überquerte den Innenhof und folgte dem in einer engen Spirale zu den Garagen der Wohnanlage hinunterführenden Fußweg. Die Fahrertür des Fords öffnete sich mit metallischem Knirschen. Er warf die Zeitung auf den Beifahrersitz, richtete sich auf, sah sich kurz um und trat an einen der tragenden Balken an der Rückwand der Garage. Indem er sich auf die Zehenspitzen stellte, konnte er den dunklen Hohlraum unter der Dachschräge abtasten und einen kleinen silbernen Schlüssel hervorholen, den er in die Jackentasche steckte. Danach ließ er den Motor an und glitt rückwärts aus seiner Garage, rollte langsam über die aufgepflasterten Schwellen und fuhr auf die Straße hinaus.

Selbst für hiesige Begriffe war die Nacht heiß: nur sechs, sieben Grad kühler als die siedendheiße Mittagstemperatur des vergangenen Tages. Gold kurbelte die Fenster hoch und schaltete die unterste Stufe der Klimaanlage des alten Fords ein. Sie war das einzige, was noch tadellos funktionierte. Kalte Luft blies ihm gegen den Bauch. Auf oberirdischen Straßen fuhr er in gemächlichem Tempo bis zum Santa Monica Freeway, folgte ihm bis zum Santa Ana nach Osten und rollte auf diesem Freeway nach Süden weiter. Die wenigen Stunden zwischen Mitternacht und Morgengrauen waren die einzige Zeit, in der auf den Freeways kein Demolierungsderby stattfand.

Gold zündete sich eine Zigarre an, lehnte sich in seinen Sitz zurück und schaltete das Autoradio ein. Es war wie immer auf den Jazzsender KKGO eingestellt. Der Discjockey hatte eine alte Aufnahme mit Cannonball Adderly aufgelegt. Gold paffte seine Zigarre und dachte an den vor ihm liegenden Tag, an den gestrigen Tag.

Gestern hatte er seine Wohnung den ganzen Tag nicht verlassen. Eigentlich schon seit Samstagabend nicht mehr. Er war von der Bar Mizwa heimgekommen, hatte sich mit einer Flasche guten Scotch an den Eßtisch gesetzt und fast bis zur Bewußtlosigkeit gesoffen. Am frühen Sonntagnachmittag war er aufgewacht, hatte sich die Zähne geputzt, um das pelzige Gefühl aus dem Mund wegzukriegen, und sich den nächsten Drink eingeschenkt. So war es nachmittags weitergegangen. Sein Telefon hatte sechs- oder siebenmal geklingelt, aber er hatte den Hörer nicht abgenommen. Er wußte, daß Wendy anrief, um ihn zu sich einzuladen. Er fühlte sich schuldig, aber nicht schuldig genug, um den Hörer abzunehmen.

Gegen achtzehn Uhr bestellte Gold sich telefonisch eine Pizza, bevor er eine ganze Reihe von Leuten anrief und sie daran erinnerte, daß sie ihm noch einen Gefallen schuldeten, bis er die gewünschte Nummer bekam. Er tippte sie in sein Tastentelefon ein und wartete. Am anderen Ende meldete sich ein Jugendlicher.

»Ist dein Vater da!« fragte Gold.

»Äh, yeah. Wer sind Sie?«

»Hol einfach deinen Vater her, *Bubeleh.*«

»Äh, okay.«

Der Telefonhörer wurde klappernd weggelegt. Gold hörte den Jungen rufen: »Dad soll ans Telefon kommen!«

Volle drei Minuten später meldete sich eine barsche, tiefe Stimme. »Wer sind Sie?«

»McGriffey?« fragte Gold.

«Yeah. Wer sind Sie?«

»Ich bin Jack Gold.« Als der andere nicht reagierte, fragte er: »Wissen Sie, wer ich bin?«

»Yeah, ich weiß, wer Sie sind«, bestätigte McGriffey nach einer weiteren kurzen Pause.

»Ich möchte Sie morgen zum Mittagessen einladen.«

»Warum?«

»Wollen wir das nicht morgen beim Essen besprechen?«

Der andere schien zu überlegen. »Yeah. Okay. Wo?«

»Am Pico Boulevard knapp östlich der Vermont Street gibt's ein kubanisches Restaurant. Es heißt ›Cuba Libre‹. Dort treffen wir uns um halb zwölf.«

»Warum dort?«

»Weil ich seit über zehn Jahren dort esse und noch nie einem anderen Cop begegnet bin.«

Diesmal machte der andere eine lange Pause. »Okay, um halb zwölf.«

»Halb zwölf.«

Gold gab Gas und überholte mit seinem alten Ford ein riesiges Wohnmobil aus Montana, dessen Fahrer offenbar so früh unterwegs war, um dem berüchtigten Verkehrschaos in L.A. zu entgehen. Wahrscheinlich fährt er in Anaheim ab, dachte Gold. Auf der Fahrt nach Disneyland. Auch er war nach Anaheim unterwegs.

Gold kratzte sich mit der freien Hand den Bauch und dachte über vorgestern nach. Über den Tag der Bar Mizwa. Großer Gott, dieses Fiasko! Dieser *verkakhte* Tag! Dabei war das eigentlich keine Überraschung gewesen. Er hatte *gewußt,* daß er hätte zu Hause bleiben sollen. Trotzdem hatte er sein Bestes getan, um sich das Leben schwerer zu machen. Ja, der Streit mit Evelyn war unabwendbar, unvermeidlich gewesen. Aber hatte er um Himmels willen wirklich versuchen müssen, seinen eigenen Schwiegersohn umzubringen? Nicht gerade der richtige Weg, die Familienbande zu festigen...

Was war, wenn Howie ihm verbot, Wendy und den Kleinen zu besuchen? Würde Howie das tun? War er Arschloch genug, um das zu tun? Garantiert, dachte Gold. Der kleine *Putz* war Arschloch genug, um fast alles zu tun. Hatte er denn keine Vorstellung davon, in welche Gefahr er sich begab, wenn er mit Kokain und Kokaindealern umging? Nein, davon ahnte er offenbar nichts. Nun, vielleicht hatte er ihn am Samstag eingeschüchtert. Ihn die Furcht des Herrn gelehrt, wie die Bußprediger sagten. Vielleicht war das die einzig positive Folge dieser ganzen *Megillah.*

Kurz hinter der Grenze zum Orange County wurde nachts auf dem Freeway gearbeitet, und für den Verkehr blieb nur eine einzige Fahrspur offen. Gold mußte auf fünfzig herunterbremsen und rollte dann hinter einem CHP-Streifenwagen her.

Es war ein seltsames Gefühl gewesen, erstmals seinen Sohn zu sehen. Seinen Sohn, der nicht sein Sohn war. Peter Markowitz war sein eigen Fleisch und Blut, aber er, Gold, war ganz bestimmt nicht sein Vater. Sein eigentlicher Vater war Dr. Stanley Markowitz.

Gold dachte an seinen Onkel Max, der wie ein Vater zu ihm gewesen war, nachdem sein wirklicher Vater vorzeitig gestorben war. Sein Onkel hatte ihn Ende der vierziger Jahre ins Coliseum mitgenommen, damit er zum erstenmal die Rams spielen sah. Onkel Max hatte für *seine* Bar Mizwa bezahlt: eine bescheidene Feier mit Aufschnitt und Kartoffelsalat bei Onkel Max und Tante Minnie im Wohnzimmer. Seinen Onkel Max hatte er um Unterstützung gebeten, als es darum ging, seiner Mutter beizubringen, daß er statt ins College zur Navy gehen würde. Und selbst bevor er zur Polizei gegangen war, hatte er mit Onkel Max darüber gesprochen. Bei dem Begriff »Vater« fiel ihm stets der robuste, lebenslustige Bruder Max seiner Mutter ein – nicht seine verschwommene Erinnerung an einen zaghaften, kurzsichtigen russischen Schneider, der schwindsüchtig in sein Taschentuch hustete.

Der Mann, der einen bleibenden Eindruck bei dir, in deiner Seele, in deiner Psyche hinterläßt – *der* ist dein Vater, dachte Gold, und das bedeutet, daß er *nicht* Peter Markowitz' Vater war. Er hoffte, daß es bedeutete, daß er Wendys Vater war.

Gold verließ den Freeway unmittelbar vor den nach Disneyland führenden Ausfahrten. Zu beiden Seiten der menschenleeren Straßen standen einfallslose Siedlungshäuser, von denen jedes mindestens eine Viertelmillion Dollar kostete. Evelyn hatte immer davon gesprochen, hierher ins Orange County zu ziehen. »Damit wären wir richtige Pioniere«, hatte sie gescherzt. »Die ersten Juden südlich von Long Beach. Fast so gut wie der Eintritt in einen Kibbuz.«

Gold lächelte bei der Erinnerung an Evelyns Lachen. Natürlich war sie nicht immer so starr und verbittert wie jetzt gewesen. Nein, daran fühlte Gold sich schuldig. Als er Evelyn 1958 kennengelernt hatte, war sie eine schlanke, hübsche Zwanzigjährige gewesen, die tagsüber am California State College in L.A. studierte und abends und sonntags wie die ganze Familie – ihr Vater, ihre Mutter, Charlie und die sechzehn Monate jüngere Carol – im elterlichen Fischgeschäft mithalf. Golds Mutter war dort seit Jahren Kundin gewesen.

»Ich weiß ein Mädchen für dich!« hatte sie gesagt – und über ihre eigene Begeisterung lachen müssen. »Und was für ein Mädchen!«

Sie gingen ein halbes Jahr lang miteinander. Evelyn versicherte Gold, sie finde ihn faszinierend. Er war in Japan und Korea, auf Okinawa und in Neuseeland gewesen. Er sei ihr erster Matrose, versicherte sie ihm atemlos flüsternd und kicherte dann. Sie drängte ihm Bücher auf: *Der Fremde* von Camus, *Der Fänger im Roggen* von Salinger, Gedichte eines Schwulen namens Ginsberg. Gold, der sich nie viel aus Büchern gemacht hatte, gefielen die von ihr ausgesuchten noch weniger. Er hatte den Eindruck, sei seien alle von egoistischen, unmoralischen Typen bevölkert, die jedem in ihrer Umgebung auf den Kopf schissen. Evelyn drängte ihn immer wieder, zu studieren, sich im College einzuschreiben, sich fortzubilden, um Karriere machen zu können.

Sie heirateten an einem strahlend schönen, heißen Julitag und fuhren mit dem Cadillac, den Onkel Max ihnen geliehen hatte, nach Rosarita hinunter. Eine Woche später begann Gold seine Ausbildung an der Polizeiakademie. Eine Freundin seiner Tante Minnie war Sekretärin eines Richters, deshalb hatte Gold in diesem County sämtliche Einstellungsprüfungen für den öffentlichen Dienst abgelegt. Das LAPD hatte als erste Behörde geantwortet. Der Zweck heilige die Mittel, erklärten die Jungverheirateten allen Verwandten. Tagsüber Dienst bei der Polizei, abends College, später Jurastudium.

Ein Sprungbrett. Eine kluge Entscheidung. Sehr zinsgünstige Darlehen. Umfassende Krankenversicherung. Auch für Zahnbehandlung. Für die ganze Familie. Einschließlich der Kinder.

»Aus deinem Mund in Gottes Ohr«, sagte Golds Mutter.

Und dann wurde er zwei Wochen nachdem er die Akademie absolviert hatte – in seiner *zweiten* Woche auf der gottverdammten Straße – in eine Schießerei verwickelt. Noch dazu auf der Main Street! Sie waren wegen eines Raubüberfalls auf einen Liquor Store alarmiert worden. Als sie aus ihrem Streifenwagen stiegen, kamen drei Mexikaner wild um sich schießend aus dem Geschäft gestürmt. Golds Partner Cutler, ein Veteran mit zwanzig Dienstjahren, wurde sofort getroffen und ging zu Boden. Gold kam hinter dem Wagen hervor, stellte sich schützend über den verletzten Sergeanten und schoß seinen Revolver auf die Täter leer.

Obwohl er sich später nicht daran erinnern konnte, klappte er nach Zeugenaussagen den Police Special Kaliber 38 ganz ruhig auf, entleerte die Trommel und schob sechs neue Patronen hinein. Er wußte nur noch, daß ihm aufgefallen war, daß Kugeln tatsächlich *pfeifen*, denn er hörte sie um sich herum vorbeizischen. Dann nahm er seine vorige Haltung wieder ein und schoß weiter. Die Mexikaner behaupteten ihre Stellung und schossen zurück. Zeugen, die diese Schießerei aus einem Billardsalon im ersten Stock eines Hauses beobachtet hatten, sagten später aus, sie sei ihnen wie eine Szene aus »Gunsmoke« vorgekommen – »bloß eben *scheißecht*, Mann!«

Als alles vorbei war, hatte Gold zweimal nachgeladen, und zwei der Täter lagen tot auf der Straße – einer von ihnen mit einer vieldiskutierten Einschußwunde zwischen den Augen, für die selbst Rookie Gold keine rechte Erklärung wußte. Der dritte Täter lag drei Wochen auf der Intensivstation und behauptete später, die Schießerei sei der Wendepunkt seines Lebens gewesen. In der Haft sagte er sich vom Verbrechen und dem katholischen Glauben los – nicht unbedingt in dieser Reihenfolge –, wurde ein Wiedergeburtschrist und ließ sich zum Geistlichen seines neuen Bekenntnisses weihen. Nach seiner Entlassung gründete er eine Mission in National City, Kalifornien. Bis zu seinem frühen Verkehrstod im Jahr 1981 pflegte der Reverend Ortega stets zu beteuern, er verdanke sein Seelenheil zwei außergewöhnlichen Juden: Jesus Christus und Jack Gold.

Bei ihrer Ermittlung wegen der Schießerei fand die Abteilung Officier Involved Shootings in dem Streifenwagen, der ganz in Golds Nähe gestanden hatte, insgesamt sechzehn Einschüsse. Sogar Golds rechtes Hosenbein war von einer Kugel durchlöchert worden. Der verletzte Sergeant sagte, selbst in seinen vier Jahren im Pazifik habe er keine heldenhaftere Tat miterlebt, und beteuerte, er verdanke sein Leben diesem Rookie. Als Gold aufs Revier zurückkam, war er ein berühmter Mann. Cops scharten sich um ihn, klopften ihm auf die Schulter und beeilten sich, ihm die Hand zu schütteln.

»Gut gemacht, Kid!«

»Alle Anerkennung, Rookie.«

»Heute abend bist du eingeladen, Jack.«

Rookie Jack Gold, der im LAPD schlagartig berühmt geworden war, grinste verlegen und murmelte seinen Dank. Er bekam mit, wie die anderen über ihn redeten: Sie gaben ihm Spitznamen wie Wyatt Earpstein und Marshall Earpbloom – und nannten ihn hinter seinem Rücken Billy the Yid. Ein halbes Jahr lang konnte er sich in keiner von Cops besuchten Bar mehr selbst einen Drink kaufen. Die *Times* brachte einen mehrspaltigen Artikel über den tapferen Rookie. Und über seine Familie. Das dazugehörige Foto zeigte Evelyn, die stolz lächelnd zu ihrem jungen Ehemann aufblickte. Die jüdische Wochenzeitung *Heritage* widmete ihre ganze erste Seite dem »Helden aus unserer Mitte«.

Das Fairfax Avenue Businessmen's Committee gab ein Bankett für Gold. Er wehrte sich anfangs dagegen, aber Evelyn ließ nicht locker. Es fand mit dreihundert Gästen in der dortigen Synagoge statt. Der Oberbürgermeister schickte einen Flunky mit einer silbernen Plakette vorbei. Der Councilman aus dem Fifth District kam. Evelyns Eltern kamen. Onkel Max und Tante Minnie kamen. Seine Mutter, Carol, Charlie. Sergeant Cutler humpelte auf Krücken herein und hielt eine leidenschaftliche, auf dem Höhepunkt mit tränenerstickter Stimme vorgetragene Rede. Die dreihundert Gäste sprangen auf und jubelten.

Danach wußte Gold – obwohl er Jahre brauchte, um diese Tatsache endlich auch Evelyn einzugestehen –, daß er nie etwas anderes als ein Cop sein konnte. Die Rolle des »harten Juden-Cops« paßte besser zu ihm als jede andere, die er bisher zu spielen versucht hatte. Sein Anderssein, das er bisher immer empfunden hatte, war plötzlich etwas Besonderes geworden. Wenn er morgens das Haus verließ, um zum Dienst zu fahren, hatte er tatsächlich das Gefühl, in den Kampf mit den Mächten des Bösen zu ziehen.

Gold hatte stets gern mit unterschiedlichen Menschen zu tun gehabt; das war der Hauptgrund für seine Meldung zur Navy gewesen. Jetzt war es sein *Job*. Daß er der einzige Jude in der Central Division und nur einer von einer Handvoll im gesamten LAPD war, störte ihn nicht. Tatsächlich gefiel ihm das sogar. Er war zwei Jahre auf dem Flugzeugträger *Yorktown* zur See gefahren, und von den tausendneunhundert Besatzungsmitgliedern waren nur drei Juden gewesen. Gold war gut mit seinen christlichen Kameraden ausgekommen. Anfangs hatte es ein paar häßliche Vorfälle gegeben, aber nachdem Gold sich als schlagkräftiger Boxer erwiesen hatte, waren die Beleidigungen verstummt – zumindest hatte sie ihm keiner mehr ins Gesicht gesagt.

Außerdem war Gold nie ein besonders gläubiger Jude gewesen. In seiner Vorstellungswelt war kein Platz für einen alles bestimmenden Glauben gewesen. Hatte seine Mutter ihn am Schabbes zur *Shul* geschickt, hatte er den Abend bei seinem Onkel Max verbracht und dort Bier getrunken, Salzbrezeln geknabbert und gefurzt, während sie sich die Freitagsboxkämpfe angesehen hatten. Er hatte Onkel Max nach den Orthodoxen auf der Fairfax Avenue gefragt: Männer mit wallenden Bärten, langen schwarzen Mänteln und Pelzmützen. Und das im *Juli!*

»Ach, diese Leute!« hatte Onkel Max gesagt. »Sie glauben, Gott näher zu sein als du und ich, Jackie.«

»Sind sie's denn, Onkel Max?«

»Jackie, wenn ich das glaubte, würde *ich* 'nen langen schwarzen Mantel tragen.«

»Aber warum ziehen sie sich dann so an?«

»Warum tragen Buchhalter in Texas Cowboystiefel und breitkrempige Stetsons?«

»Keine Ahnung.«

Onkel Max zuckte mit den Schultern und lächelte. »Aus dem gleichen Grund, Jackie. Aus dem gleichen Grund.«

Gold parkte den Ford vor einem elektrisch funktionierenden breiten Rolltor. LOCK AND LEAVE stand als Firmenname des Lagerunternehmens in großen Lettern auf einem Schild am Tor. Darunter war in etwas kleinerer Schrift zu lesen: PRIVATE SECURITY MINI-WAREHOUSES. Gold stieg aus und drückte auf den Klingelknopf des rund um die Uhr besetzten Büros. Er zündete sich seine Zigarre wieder an. Inzwischen war es schon fast hell. Der Morgenhimmel im Osten leuchtete rosig. Hier im Süden war die Luft beinahe sauber. Gold klingelte erneut, lehnte sich an einen Kotflügel, rauchte und wartete.

Und erinnerte sich.

Nein, seit jenem Bankett hatte es für ihn nicht den geringsten Zweifel gegeben: Er war ein Cop – auf Gedeih und Verderb ein Cop. Und Howie Gettelman, sein mit Koks dealender *Shmuck* von Schwiegersohn hatte recht: Mehr hatte er nie sein wollen. Gold kämpfte sich zwei Jahre lang durch Abendkurse, in denen er Dreier und Vierer bekam. Sobald seine Professoren erfuhren, daß er ein Cop war, schreckten sie davor zurück, ihn durchfallen zu lassen, so daß er sein Studium wie ein Schlafwandler absolvierte. Schließlich erklärte er Evelyn, er sei überarbeitet und brauche ein Semester Pause. Sie stritt heftig mit ihm und gab erst nach, als er ihr versprach, sich nach einem halben Jahr wieder einzuschreiben. Als er's dann doch nicht tat, machte sie ihm ein ganzes Jahr lang heftige Vorwürfe.

»Ein *Cop!* Was für'n Beruf ist das schon?« fragte sie verächtlich. »Ich dachte, du wolltest im Leben mehr erreichen, Jack.«

Sie war nach wie vor ordentliche Studierende am Cal State L.A. und zog ihren Mann damit auf.

»Worüber sollen wir uns mit unseren Freunden unterhalten? Scharfschießen? Pflege und Reinigen von Handfeuerwaffen? Wie überführe ich einen Drogensüchtigen? Großer Gott, was für Freunde werden wir haben? Nichts als Cops! Fluchende Faschisten! Säufer und Rabauken!«

Evelyn machte ihr Diplom und studierte an der UCLA weiter. Sie war nicht mehr die Tochter des Fischhändlers Sam Wiegand; sie gehörte Arbeitsgruppen an, las Bücher, die Gold für subversiv hielt, und ging zu Dichterlesungen in Cafés in Venice und zu Vernissagen in West Hollywood. Evelyn wurde Bestandteil des erwachsenen gesellschaftlichen Bewußtseins der frühen sechziger Jahre. In dem kleinen Haus in Culver City, für das sie eben erst mit Mühe die Anzahlung aufgebracht hatten, gab sie Parties. Sie bezeichnete ihre kleinen Zusammenkünfte als »Gesprächs-Tanks« und lud dazu blasse junge jüdische Linke und sanfte schwarze Aktivisten ein.

Auf solchen Parties blieb Gold nur ein paar Minuten lang, verstreute Kuchenkrümel auf dem Teppich und stänkerte das Haus mit seiner Zigarre ein, bis sein Partner zur vorher vereinbarten Zeit anrief. Da er inzwischen bei der Drogenfahndung war, konnte er jederzeit zum Dienst gerufen werden. Während Evelyn erleichtert wirkte, entschuldigte Gold sich rasch, und als er dann das kleine weiße Holzhaus verließ, hörte er seine Frau perlend lachen, weil jemand ihr einen Witz erzählt hatte.

Sie entfremdeten sich mehr und mehr. Gold wandte sich dem Trinken als ernsthafter Freizeitbeschäftigung zu. Nach einer von Evelyns Parties entdeckte er in einem Aschenbecher den Stummel eines Marihuanajoints. Das führte zu einem stundenlangen Streit. Evelyn trat mehreren Bürgerrechtsorganisationen bei und sprach davon, eine Freiheitsfahrt in die Südstaaten mitzumachen. Gold ging jeden Abend in eine von Cops bevorzugte Bar und ließ sich mit Kollegen vollaufen. Evelyn bekam einen Job bei der Sunshine Coalition, einer in ganz Kalifornien tätigen Gruppe, die für praktisch alle nur denkbaren liberalen Ziele eintrat. Lange bevor solche Bewegungen in Mode kamen, schuftete Evelyn nächtelang für eine Initiative zur Abschaffung von Atomwaffen.

Gold begann, mit einigen der »Reviermädchen« zu bumsen, die sich in Cop-Bars herumtrieben. Er fragte sich, ob Evelyn es dafür mit einigen Mitgliedern der Sunshine Coalition trieb. Nicht, daß Sex jemals ein Problem für sie gewesen wäre. Auf Evelyn paßte der alte Witz jedenfalls nicht: *Wie bringt man ein jüdisches Mädchen dazu, mit dem Vögeln aufzuhören? Indem man es heiratet.* Selbst nach ihren vielen lautstarken Auseinandersetzungen, bei denen häufig Geschirr zu Bruch ging, schlossen sie an der Schlafzimmertür einen Waffenstillstand und liebten sich hitzig und wütend – nur um einander danach im Dunkeln den Rücken zuzukehren.

Nach sechs Ehejahren befanden sie sich in einer Pattsituation. In einer Sackgasse. Sie waren keine Freunde; sie waren keine Gefährten. Liebhaber waren sie nur noch im klinischsten Sinne des Wortes. Gold fragte sich, wer von ihnen zuerst von Scheidung sprechen würde.

Und dann kam es zu zwei Ereignissen. Zu zwei Ereignissen, die ihre Ehe zwar nicht retteten, aber zumindest doch verlängerten.

Das erste war, daß Carol heiratete.

Evelyns kleine Schwester war zu einer üppigen jungen Frau mit gefärbten blonden Haaren herangewachsen und trug stramme, an römische Brustpanzer erinnernde Büstenhalter. In der Besprechung einer ihrer vielen Bühnenauftritte in der High-School hatte ein Kritiker sie als eine junge Lana Turner bezeichnet, und Carol pflegte diesen Look, indem sie hautenge Kaschmirpullover und verknotete Schals trug. Sie verlegte sich sogar darauf, an der Theke in Schwab's Drugstore am Sunset Boulevard Cherry Cokes zu schlürfen und jedem vorbeigehenden älteren Mann, der teuer angezogen war, ein Lächeln zu schenken.

Einer dieser Männer war tatsächlich ein Produzent. Er verschaffte Carol ein paar kleine Fernsehrollen, bei denen sie durchs Bild gehen und vielleicht einige Worte sagen durfte. Sie war die attraktive Begleiterin eines Starkomikers oder die blonde Gangsterbraut. In einer Perry-Mason-Folge spielte sie die ermordete Bikinischönheit, die auf einem Tigerfell lag. Danach brachte sie's zu Rollen in zweitklassigen Filmen: »B«-Western, Kriminalfilmen und Historienschinken. In mit Sexszenen angereicherten Kostümfilmen gehörte sie stets zu den Hofdamen der Königin – zehn, zwölf vollbusige junge Frauen, die mit hochtoupierten Haaren und tiefen Ausschnitten hinter dem Thron der Heldin aufgereiht waren.

Der Presseagent eines Ateliers bezeichnete sie als blonde Sophia Loren, und sie begann, in jedem Spiegel ihr Profil zu begutachten und

Leute zu fragen, ob sie sich die Nase operieren lassen solle. Sie nannte sich Carol Wanderly. Sie wurde in Hollywood am Arm vieler kommender männlicher Starlets gesehen. Warner Brothers, die einzige Filmgesellschaft, die noch Talente unter Vertrag nahm, hätte ihr beinahe einen langfristigen Vertrag angeboten.

Und dann war's plötzlich aus.

Als Carol fünfundzwanzig wurde, hörte alles schlagartig auf. Unterdessen war eine ganze neue Generation mit frischen jungen Gesichtern und festen jungen Körpern herangewachsen. Und da die Schauspielerei nie Carols Stärke gewesen war – sie hatte keine Schauspielerin, sondern nur ein Star werden wollen –, konnte sie jetzt keine Rollen übernehmen, die mehr als jugendliche Naivität erforderten.

Deshalb klingelte ihr Telefon nicht mehr.

Die Rollenangebote blieben aus.

Carol brauchte nur wenige Monate, um zu erkennen, was geschah, was bereits geschehen *war*. Dann tat sie das einzige, was einer Frau in ihrer Lage übrigblieb: Sie heiratete den ersten Reichen, den sie dazu bringen konnte, ihr einen Heiratsantrag zu machen.

Eric Kaplan war ein fünfundsechzigjähriger ehemaliger Filmproduzent, der überall behauptete, er sei neunundvierzig Jahre alt. Ende der vierziger, Anfang der fünfziger Jahre hatte er zu den erfolgreichsten Produzenten Hollywoods gehört und mit seinem Privatdetektiv Flint Steele einen Kassenschlager nach dem anderen herausgebracht. Seine Gewinne hatte er sofort in südkalifornische Immobilien investiert, die ihn binnen kurzem zu einem sehr reichen Mann gemacht hatten. Als Carol und er heirateten, hatte er schon zehn Jahre lang keinen Film mehr produziert und nur noch zwei Hobbys: seine vier erwachsenen Söhne beim Tennis zu schlagen und junge, schöne Frauen zu heiraten.

Die Golds erhielten eine luxuriöse Prägedruckkarte, mit der sie zu einer Party aus Anlaß der vor kurzem in Nevada stattgefundenen Trauung eingeladen wurden. Bei dieser Gelegenheit kamen sie beide zum erstenmal nach Bel-Air. Die Zufahrt der Villa war einen halben Block lang und endete vor einer Garage für sechs Wagen. Evelyn stolperte wie benommen durch das Haus. Ihr Gesichtsausdruck erinnerte Gold an einen Verdächtigen, der zwölf Stunden lang scharf verhört worden war. Carol übernahm die Führung und zeigte ihnen stolz die Schwimmhalle, die Bibliothek, das Privatkino, das Atrium, die in Blei gefaßten Fenster, die Marmorarbeiten, die Picassos, die

Cézannes, die de Koonings. Evelyn stand buchstäblich der Mund offen.

Auf der Heimfahrt schüttelte sie ungläubig den Kopf und flüsterte: »Wie ein Palast – wie ein Sultanspalast!«

Einige Minuten später murmelte sie: »Ich kann nicht glauben, daß manche Leute wirklich so leben.«

Gold sah zu ihr hinüber. Evelyn schien unter einem Schock zu stehen. Ihr ganzes Weltbild war erschüttert. Sie hatte jahrelang gegen die Reichen und Privilegierten gewettert, als ob sie einen ausländischen Staat kritisierte. Dann hatte sie dieses fremde Land zum erstenmal besucht und festgestellt, daß die Einheimischen charmant und die Landschaften eindrucksvoll waren. Reichtum war ihr stets als böses, unwirkliches Trugbild erschienen. Plötzlich schien er nahe und erreichbar – keineswegs mehr fremdartig. Großer Gott, *Carol* lebte in diesem Haus! War sie Carol – bis auf die Titten – nicht immer überlegen gewesen? Arbeitete *sie* nicht an ihrem Master's Degree? Hatte *sie* nicht den großen, virilen Jack Gold geheiratet, auf den Carol immer scharf gewesen war? Nein, wenn ihre Schwester in einem Palast lebte, stand *ihr* das erst recht zu!

Am nächsten Tag, einem Montag, gab Evelyn ihr Studium auf und meldete sich zu einem Kurs für Immobilienmakler an. Kam Gold in den folgenden Monaten spät vom Dienst heim, arbeitete sie mit Büchern und Tabellen an ihrem winzigen Schreibtisch im Schlafzimmer oder war auf der Wohnzimmercouch von Skripten und Broschüren umgeben eingeschlafen. Sie ließ ihre Mitgliedschaft in der Sunshine Coalition verfallen. Sie ging nicht mehr zu Mittagessen der Urban League oder CORE-Dinners. Sie bestellte die Zeitschrift *The New Masses* ab.

Evelyn erhielt ihre Maklerlizenz mit der höchsten Punktzahl seit Menschengedenken. Eine Woche später hatte sie eine Stellung bei Jon Gerber & Associates, der größten mittelständischen Maklerfirma des Countys. Schon ein Vierteljahr später war sie die erfolgreichste Verkäuferin der Firma. Ihr Foto erschien im Immobilienteil der *Times*. Sie wurde Mitglied im B'nai Brith, den Jaycees und dem California Real Estate Council. Sie las *Fortune, Wall Street Journal, Architectural Digest* und *Better Homes and Gardens*. Und sie trat in die Republikanische Partei ein.

Bei einem Sonntagsfrühstück, zu dem es Lachs auf getoasteten Brötchen gab, forderte sie Gold dann auf, das Spiel der Lakers abzustellen, weil sie mit ihm zu reden habe. Sein Puls begann zu jagen. Auf diesen Augenblick hatte er gewartet. Sie würde die Scheidung verlangen.

Evelyn trank einen Schluck Kaffee, blickte ihn über den Tassenrand hinweg an und lächelte.

»Jack, du hast wahrscheinlich gemerkt, daß ich mein Leben in letzter Zeit ziemlich umgekrempelt habe.«

Jetzt ist's soweit! dachte Gold. Die nächste Veränderung bin ich...

»Nun, ich glaube, daß auch in unserer Ehe einiges geändert werden sollte.«

Ich hab's gewußt!

»Wenn wir sie retten wollen.«

Wie? Was? Gold beugte sich nach vorn und hörte aufmerksamer zu.

»Wir sind seit langer, sehr langer Zeit praktisch Fremde füreinander. Fremde, die im selben Haus, unter demselben Dach leben. Dafür will ich keineswegs allein dich verantwortlich machen. Daran sind wir beide schuld – ich mindestens so sehr wie du. Aber ich glaube, daß wir noch eine Chance haben, unsere Ehe zu retten. *Wenn* wir offen über unsere Probleme sprechen. *Wenn* wir einander offen sagen, was wir voneinander erwarten, was wir voneinander brauchen, was wir voneinander wollen.«

Gold starrte sie an und nickte benommen.

»Am besten fange *ich* an, Jack. Okay?«

»Okay«, murmelte Gold.

Evelyn seufzte. »Nun, als erstes möchte ich mich aufrichtig bei dir entschuldigen.« Sie sah ihn an. »Ich habe dich wirklich schäbig behandelt, glaube ich, ich bin dir seit langem keine gute Frau mehr gewesen. Ich gebe zu, daß ich sehr enttäuscht gewesen bin, als du dich damals entschlossen hast, bei der Polizei zu bleiben. Ich habe dich deswegen gehaßt. Tut mir leid, aber so ist mir wirklich zumute gewesen. Aber ich habe damals noch nicht erkannt, daß der Fehler bei *mir*, nicht bei dir gelegen hat. Ich habe die auf längere Sicht beträchtlichen Vorteile dieses Jobs nicht erkannt. Jetzt kenne ich sie. Hast du eine Vorstellung davon, wie finanzstark die Peace Officer's Credit Union ist?«

Gold blinzelte. »Nun..., sie hat uns ein Darlehen für den Hauskauf geben.«

»Dieses Haus ist eine Bagatelle, Jack. Jeder Gelegenheitsarbeiter hätte es finanzieren können. Ich rede von wirklichen Investitionen – von einem Apartmentgebäude, einem Parkplatz oder vielleicht sogar einem kleinen Einkaufszentrum.«

»Mein Gott, Evelyn, so was können wir uns nie leisten!«

Sie lächelte verschlagen. »Das würde ich nicht so felsenfest behaupten. Ich bekomme jeden Tag unglaubliche Möglichkeiten auf den Schreibtisch. Wir brauchen sie bloß zu nutzen. Mit den richtigen Buchhaltungstricks kann ein guter Beamtenjob alles finanzieren. Und als Polizeibeamter hast du vermutlich den besten Job.«

Gold hörte zu, während Evelyn weiterredete, als berausche sie sich am Klang ihrer eigenen Stimme.

»Aber wenn du dort eine Karrieremöglichkeit siehst, Jack, mußt du sie auch ergreifen!«

»Das verstehe ich nicht, Evelyn.«

»Jack, du bist bereits Detective. Du hast mir selbst erzählt, daß viele gute Cops es nie schaffen, aus der Uniform rauszukommen – und du hast's gschafft, ohne dich anzustrengen.« Ihre Augen blitzten. »*Das* möchte ich von dir, Jack. Du sollst dich anstrengen. Sonst nichts. Du stolperst irgendwie durchs Leben. Nichts interessiert dich. Nichts weckt deine Leidenschaft. Du könntest der beste Polizeibeamte des Departments sein, wenn du dich nur anstrengen würdest!«

Gold lächelte schwach. »Viele Leute halten mich bereits für den besten Cop des Departments.«

Evelyn verwarf seine Behauptung mit energischem Kopfschütteln. »Vielleicht der tapferste. Bestimmt der verrückteste. Aber ich spreche davon, daß du der *beste* Cop sein könntest, Jack. Der Mann an der Spitze. Ich spreche davon, daß du Chief werden könntest.«

Gold starrte sie ungläubig an.

»Ausgeschlossen, Ev!« widersprach er. »Und selbst wenn's möglich wäre: Scheiße, wer will schon...«

»Jede Menge Leute!« unterbrach Evelyn ihn energisch. Sie stand auf und ging in ihrer kleinen gelben Küche auf und ab. »Viele Leute wollen an die Spitze ihrer jeweiligen Berufe gelangen. Bedeutet das etwa eine Art *Schock* für dich? Mein Gott, Jack, willst du denn nicht mehr? Reicht dir das hier?« Ihre Handbewegung umfaßte den winzigen Raum. »Dein Leben ist eine einzige große Angeberei vor den Boys, denen du unter der Dusche auf den Hintern klatschst. Du bist niemals erwachsen geworden, Jack. Du bringst noch immer Dinge um und schleppst sie an, um sie deinen Freunden zu zeigen – aber jetzt sind diese Dinge Menschen!«

Evelyn starrte ihn mit funkelnden Augen an. Gold, der ihrem Blick nicht standhalten konnte, senkte den Kopf. Sie unterbrach ihre Tirade, drehte sich nach dem Herd um und setzte den Wasserkessel auf. Das Schweigen war eisig. Sie machte sich eine Tasse Tee und setzte sich dann Gold gegenüber an den Küchentisch.

»Jack«, begann sie mit unerwartet sanfter Stimme. »Du bist ein gottverdammter Held. Du bist jung. Du bist Jude. Deinem Aufstieg im Department sind praktisch keine Grenzen gesetzt.«

»Falls du dir einbildest, es gäbe nicht viele antisemitische Cops ...«

»Hör zu, Jack, Amerika tritt ins Zeitalter der Minderheiten ein. Ich sehe den Tag kommen, an dem Leute in den Polizeidienst übernommen und dort befördert werden, *weil* sie Mexikaner oder Neger oder Frauen sind. Oder sogar Homosexuelle.«

»Na, darauf warte ich noch!«

»Und als Jude gehörst du der perfekten amerikanischen Minderheit an. Du bist ein Weißer. Du sprichst Englisch. Du bist geborener Amerikaner. Warum sollten wir diese Vorteile nicht nutzen?«

»Ev, so hab' ich dich noch nie reden gehört.«

Sie griff über den Tisch hinweg nach seiner Hand. »Jack, in letzter Zeit sind mir in vieler Beziehung die Augen geöffnet worden. Und ich möchte sie dir öffnen. Viele Männer haben das Department als Sprungbrett zu größeren und besseren, zu *viel* besseren Dingen benutzt.«

»Wovon redest du überhaupt?«

»Ich rede von der Politik, Jack. Ich rede davon, daß du City Councilman werden könntest. Ich rede von der Position des Oberbürgermeisters. Vielleicht vom Posten des Staatsanwalts, wenn ich dich dazu bringen kann, abends weiterzustudieren.«

»Ev, *du* bist die Verrückte von uns beiden!«

»Nein, ich bin eine Visionärin. Ich habe eine Vision von uns beiden: zusammen, erfolgreich, bedeutend. Die Goldenen Golds.« Evelyn streichelte seine Hand und beugte sich weiter über den Tisch. »Die Goldenen Golds. So werden sie uns nennen, Jack. Wir könnten alles haben, wenn wir nur wollten. Wir müssen's nur *versuchen!* Bitte versuch's für mich, Jack.«

Und er versuchte es. Er nahm sein Abendstudium ein Jahr lang wieder auf. Er arbeitete nebenbei als Ordner bei Spielen der Dodgers,

Spielen der Rams, Stock-Car-Rennen und ähnlichen Veranstaltungen. Er machte Geld, wo immer er konnte. Er brachte es binnen weniger Jahre zum Lieutenant. Einige seiner Kollegen, die ihm damals nach der ersten Schießerei gratuliert hatten, behaupteten jetzt hinter seinem Rücken, er verdanke seine schnelle Beförderung der Tatsache, daß er Jude sei. Gold hörte diese Gerüchte, aber er machte sich nichts daraus. Wie er die Sache sah, verweigerten einem die Leute manche Dinge, weil man Jude war – und warfen einem dann vor, man hätte sie aus genau diesem Grund bekommen.

Seinen Gehaltsscheck brachte er Evelyn nach Hause. Manchmal brachte er ihr Bargeld, mehr Bargeld, als er verdient haben konnte. Manchmal viel mehr. Das schien ihr nicht aufzufallen. Jedenfalls äußerte sie sich nicht dazu. Unter ihrer Anleitung kauften sie drei Duplex-Apartments, ein Triplex in Santa Monica und ein Lebensmittelgeschäft in South Central – alle mit sehr geringer Anzahlung und hohen Monatsraten. Gold brachte weitere unerklärliche Geldbeträge heim. Evelyn fragte ihn nie danach.

Im siebten Jahr ihrer Ehe wurde sie schwanger – das war der zweite Grund für das Zusammenbleiben der Golds – und mußte ihren Job bei der Immobilienfirma aufgeben. Jetzt mußte Gold für alle finanziellen Verpflichtungen allein aufkommen, aber er erfüllte sie pünktlich. Nach Wendys Geburt beschloß Evelyn, nicht wieder ins Büro zu gehen, sondern zu Hause zu bleiben und ihr Immobilienvermögen zu verwalten. So ging es sieben Jahre lang weiter – bis zu dem Tag, an dem Angelique starb.

Dann fiel alles wie ein Kartenhaus zusammen.

»Tut mir leid, Chef. Ich hab' die Klingel gehört, aber ich bin mitten in 'nem guten Schiß gewesen, und Sie wissen, daß man 'nen guten Schiß nicht unterbrechen darf.«

Der stämmige Wachmann mit dem geröteten Gesicht schreckte Gold aus seinen Grübeleien auf.

»Kein Problem«, sagte Gold und hielt den numerierten Silberschlüssel hoch, damit der andere ihn kontrollieren konnte. Aber der Wachmann winkte ab.

»Weiße kontrolliere ich nie«, sagte er grinsend. Er sperrte das Tor auf und schob es zurück. Gold setzte sich in seinen Ford, und der Wachmann winkte ihn durch.

»Hupen Sie einfach, wenn Sie wieder rauswollen. Ich bin im Büro.«

»Okay«, sagte Gold. »Danke.«

Er fuhr langsam die im Neonlicht vor ihm liegende Doppelreihe garagenähnlicher Schwingtore entlang, bis er zu dem kam, auf dem die Nummer aufgemalt war, die auch auf seinem silbernen Schlüssel stand. Als er das Tor hochstemmte, roch er die entweichende abgestandene Luft. Gold war seit drei, vier Jahren nicht mehr hier gewesen. Er zahlte die Jahresmiete am ersten Januar im voraus, verbrannte die Quittung und ließ den Schlüssel in seiner Garage in L.A. versteckt.

Gold zog an der Kette der Lampenfassung, mit der die nackte 150-Watt-Glühbirne eingeschaltet wurde, und der dreieinhalb mal vier Meter große Raum mit Betonfußboden wurde grell beleuchtet. Das war noch die Glühbirne, die er vor sechzehn Jahren eingeschraubt hatte, als er diesen Lagerraum gemietet hatte. So oft kam er hierher.

Er schloß das Tor hinter sich.

An einer Wand lehnte eine längst zusammengesackte Matratze vor einem halb auseinandergeklappten Couchbett mit schmuddeligen Polstern, ein paar alten Küchenstühlen und einem leeren Bücherregal. Diesen ganzen Krempel hatte Gold vor sechzehn Jahren auf einem Flohmarkt in Santa Ana gekauft. Er hatte einem Mexikaner zwanzig Dollar dafür gegeben, daß er die Möbel mit seinem Pickup hergebracht hatte – und hier standen sie seitdem.

Gold bückte sich, griff unter den aufgerollten imitierten Orientteppich hinter der Couch und zog einen billigen roten Nylonkoffer darunter hervor. Er legte ihn auf die Polster, vergewisserte sich mit einem Blick, daß das Tor geschlossen war, öffnete die Schnappverschlüsse und klappte den Kofferdeckel hoch.

Unter einem verschlissenen blauen Badetuch, das Gold vorsichtig wegnahm, kam Geld zum Vorschein. Mit Gummibändern zusammengehaltene Bündel von Fünfern, Zehnern und Zwanzigern, sogar von Fünfzigern und Hundertern waren säuberlich nebeneinander aufgestapelt. Gold sah auf einen Blick, daß das Geld nicht angerührt worden war, seitdem er zum letzten Mal hier gewesen war. Er zählte zehntausend Dollar in Fünfzigern und Hundertern, zehntausend in Zwanzigern und weitere zehntausend in Fünfern und Zehnern ab. Das dauerte eine gute halbe Stunde. Nachdem Gold die dreißigtausend Dollar in einen großen braunen Umschlag gesteckt hatte, legte er das übrige Geld in den roten Koffer zurück, merkte sich, wie die Bündel verteilt waren, bedeckte sie mit dem blauen Badetuch und schloß den Koffer. Danach schob er ihn hinter die Couch und zog den imitierten Orientteppich darüber.

Beim Wegfahren winkte der rotgesichtige Wachmann ihm zu, als er das Tor passierte.

»Wiederseh'n, bis nächstes Mal!«

Gold fuhr auf den Freeway zurück und brachte seinen alten Ford auf siebzig Meilen. Inzwischen war es längst Tag, und auf dieser nach Norden führenden Schnellstraße würde der Verkehr bald zum Erliegen kommen. Bis dahin mußte Gold wieder in L.A. sein. Er durfte seinen Achtuhrtermin bei Chief Huntz nicht verpassen.

Während Gold nach Norden fuhr, dachte er an die Banknotenbündel in dem roten Koffer. Er enthielt noch immer zweihundertzwanzigtausend Dollar. Die dreißigtausend Dollar in dem braunen Umschlag, der seine Jacke ausbeulte, waren der erste Betrag, um den sich die Viertelmillion seit Angeliques Tod vor fast vierzehn Jahren verringert hatte. Sah man von flüchtigen Kontrollen ab, hatte der rote Nylonkoffer in all diesen Jahren praktisch unberührt hinter dem Couchbett gelegen.

»Jackie! Die Zinsen! Die *Zinsen!*« Gold glaubte, die vorwurfsvolle Stimme seines Onkels Max zu hören, und lächelte sich im Rückspiegel zu.

Die Geschichte mit dem Geld in dem roten Koffer reichte weit, weit zurück. Er war damals zur Drogenfahndung versetzt worden, und sein Boß und Partner war ein stämmiger kleiner Halbgrieche namens Joe Corliss. Als Cop alter Schule – mürrisch und brutal – schien Corliss einer früheren Ära anzugehören. Er wartete nur noch auf seine Pensionierung und weigerte sich deshalb kategorisch, sich von irgend jemand irgendwelchen Scheiß gefallen zu lassen.

Aus einem nur Corliss bekannten Grund gefiel Gold ihm auf den ersten Blick. Er übernahm es, den jungen Kriminalbeamten einzuarbeiten, ihn in die Drogenszene einzuführen und ihm die Sitten und Gebräuche der Straße zu erklären. Corliss zeigte ihm, wie man mit Informanten umging, wie man das Maximum aus ihnen herausholte, ohne sie zu verschrecken. Er erläuterte Gold die grundlegenden Persönlichkeitsunterschiede zwischen Kiffern und Speedstern, Downer-Freaks und Koksern. Er demonstrierte Gold, wie man einen verzweifelt auf der Suche nach Stoff befindlichen Junkie schon einen Block entfernt erkannte – und wie man merkte, wer gefährlich, wer lebensgefährlich und wer bloß verwirrt war.

Nachdem sie etwa ein halbes Jahr zusammengearbeitet hatten, kreuzte Corliss an einem Sonntagmorgen mit mehreren Sechserpacks bei Gold auf. Evelyn begrüßte ihn so herablassend freundlich, daß es Gold geradezu peinlich war. Aber Joe grinste nur und kratzte sich ungeniert zwischen den Beinen. Evelyn behauptete, sie habe noch etwas zu erledigen, und entschuldigte sich rasch. Gold und Corliss sahen sich einige Zeit biertrinkend das Spiel der Rams an, bis Corliss fragte: »Machst du 'nen kleinen Ausflug mit? Hast du Zeit?«

Gold betrachtete ihn prüfend. »Klar, Joe«, antwortete er nickend.

»Hast du deine Kanone?« fragte Corliss, als sie aus dem Haus traten.

»Bei mir?«

»Yeah.«

»Nein.«

»Dann hol sie lieber.«

Gold zögerte keine Sekunde lang. Corliss war sein Mentor, sein Partner, sein Vorgesetzter. Gold vertraute ihm wie sonst niemand auf der Welt.

Sie fuhren in ein ärmliches Wohngebiet in Eagle Rock und parkten in einer Gasse hinter einem großen alten Holzhaus. Corliss brach die Hintertür mit einem Montiereisen auf. Er legte seinen Zeigefinger auf die Lippen und forderte Gold mit einer Handbewegung auf, ihm zu folgen. Sie schlichen lautlos durch die schmutzige Küche und einen nach Klo riechenden Flur entlang, bis sie vor einem großen Einbaukleiderschrank in der Diele standen. Corliss verschwand darin, und Gold folgte ihm rasch. Dann standen sie bewegungslos hinter einigen moderigen Mänteln und wünschten sich, sie hätten sich noch die Zeit genommen, das an diesem Vormittag getrunkene Bier auszupinkeln.

Die Zeit verging. Irgendwo schwatzten Frauen auf Spanisch miteinander. Ein Baby schrie. Nach unbestimmbar langer Zeit hörten sie, wie mehrere Männer das Haus betraten. Wenig später ließen die zuerst Angekommenen weitere Männer herein. Gold und Corliss hörten sie den Flur entlanggehen und in einem Zimmer verschwinden. Als eine Tür ins Schloß fiel, verstummten ihre Stimmen.

Corliss zog seine Pistole, einen riesigen Colt Kaliber 45, und Gold folgte seinem Beispiel. Die beiden kamen aus ihrem Versteck, schlichen auf Zehenspitzen über die zerschrammten Dielen eines unmöblierten Wohnzimmers und blieben rechts und links neben einer blaugestrichenen Tür stehen. Die Stimmen kamen aus dem Raum dahinter. Corliss nickte Gold zu, trat einen Schritt zurück und brach die Tür mit einem gewaltigen Tritt seines kurzen, stämmigen Beins auf. Gold folgte ihm mit schußbereiter Waffe.

»Keine Bewegung!« brüllte Corliss. »Polizei!«

»Polizei!« wiederholte Gold. »Keine Bewegung, sonst knallt's!«

Vor ihnen standen insgesamt sieben Männer um einen altmodischen Tisch mit Porzellanplatte: fünf Neger und zwei Südländer – Sizilianer oder Lateinamerikaner. Auf dem Tisch waren neben einem offenen Aktenkoffer eine Briefwaage und eine kleine Analysevorrichtung aufgebaut. Der Aktenkoffer enthielt mehrere mit einem weißen Pulver gefüllte durchsichtige Plastikbeutel, die mit Klebeband in handliche Päckchen verwandelt worden waren.

»Okay, Arschlöcher!« brüllte Corliss jetzt. »Auf den Boden mit euch! *Wird's bald?* Ihr sollt euch hinlegen!«

Die sieben Männer gehorchten wortlos.

»Jetzt legt eure Hände hinter die Köpfe!« befahl Corliss ihnen noch immer schreiend. »Aber ganz langsam, sonst schießt mein Partner euch die gottverdammten Ärsche weg!«

Corliss ging von einem Mann zum anderen, beugte sich über sie und tastete sie nach Waffen ab. Bis auf einen der Südländer waren alle bewaffnet. Corliss steckte ihre sechs Schußwaffen in seinen Hosenbund und lachte. Dann begutachtete er rasch den Inhalt des Aktenkoffers.

»Okay, wo ist das Geld?«

Gold, der mit schußbereiter Waffe dastand, warf ihm einen fragenden Blick zu, ohne jedoch etwas zu sagen.

Corliss trat einen der Südländer in den Hintern. »Wo ist das Geld, Arschloch?«

Der Lateinamerikaner sprach mit spanischem Akzent. »Ihr seid zu früh dran, Cop. Geld is' keins hier.«

»Wieso nicht?« Corliss trat ihn erneut in den Hintern – diesmal kräftiger als vorher.

»Das is' bloß der Geschmackstest gewesen. Das Geld kommt später. Geld is' keins zu holen, geldgeiles Bullenschwein!«

Corliss trat den Mann an den Kopf, dann noch einmal. »Beherrsch dich, Spicko, sonst kriegst du'n zweites Arschloch verpaßt.«

Corliss klappte den Aktenkoffer zu und ließ die Schlösser einschnappen. »Leert eure Taschen aus, Arschlöcher«, befahl er den

Männern danach. »Langsam, ganz langsam! So ist's recht. Aber nicht einschlafen, Spicko!«

Die beiden Lateinamerikaner hatten mit Gummibändern zusammengehaltene dicke Bündel Hunderter in der Tasche. Auch die Schwarzen hatten viel Geld bei sich – weniger als die Lateinamerikaner, aber trotzdem beachtlich viel. Corliss raffte alle Scheine zusammen und stopfte sie in seine Hosentasche.

»Okay«, sagte er von der Tür aus. »Fertig, Partner?« Gold nickte wortlos. Er war völlig verwirrt – aber auch eisern entschlossen, sich nichts davon anmerken zu lassen.

»Hört zu, Arschlöcher«, fuhr Corliss grinsend fort, »ihr könnt von Glück sagen, daß ihr nicht hinter Gitter wandert. In gewisser Beziehung ist heut' wirklich euer Glückstag.«

»Geh deine Mutter ficken!« fauchte der lateinamerikanische Typ.

»Denkt an die Kaution, die ich euch erspare! An die Anwaltsgebühren! An das Bestechungsgeld für den Richter!«

»Drecksau«, sagte einer der Schwarzen.

»*Adios*, Arschlöcher.« Corliss gab Gold ein Zeichen, und sie rannten durchs Haus auf den kleinen, mit Unkraut überwucherten Hinterhof hinaus. Corliss ließ den Motor aufheulen und fuhr in einem Hagel von wegspritzendem Geröll schleudernd an, während Gold mit schußbereiter Waffe in der Hand aus dem Heckfenster sah.

Eine Stunde später saßen sie bei Bier und Geflügelsandwiches in dem holzgetäfelten Hobbyraum von Corliss' im Ranchstil erbauten Haus in Van Nuys. Oben kreischten Corliss' Jüngste und eine Freundin vor Begeisterung über irgendeinen Rocksänger, der im Programm eines Lokalsenders auftrat. Corliss schenkte ein langstieliges Glas mit eisgekühltem Bier voll und stellte es Gold hin. Der ungeöffnete Aktenkoffer stand neben ihnen auf einem Pokertisch. Um den Koffer herum waren die sechs Pistolen arrangiert, die der Sergeant im Hosenbund stecken gehabt hatte. Corliss biß kräftig von seinem Sandwich ab und machte sich daran, das erbeutete Geld zu zählen. Als er damit fertig war, lehnte er sich in seinen Sessel zurück und grinste.

»Über dreizehntausend! In ihren verdammten *Taschen!* Und das richtige Geld ist noch gar nicht dagewesen. Scheiße, das haben wir verpaßt!«

Corliss teilte die Geldscheine in zwei gleich große Stapel auf und schob einen davon über den grünen Filz zu Gold hinüber. Gold betrachtete das Geld, tupfte sich mit seiner Papierserviette etwas Mayonnaise von der Lippe und starrte Corliss an.

»Joe, was geht hier vor, verdammt noch mal?«

Corliss trank lachend einen Schluck Bier. »Was hier vorgeht, Jack? Ich bin dabei, dir den Lauf der Welt zu erklären, Jack. Ich nehm dich sozusagen unter meine Fittiche. Ich bin gewissermaßen dein Rabbi. Hast du schon mal 'nen griechisch-orthodoxen Rabbi gehabt, Jack?« Corliss' Lachen klang rauh wie Sandpapier. Er nickte Jack freundlich zu, beugte sich über den Tisch und sprach ernsthaft weiter:

»Jack, du bist der gottverdammt beste Partner, den ich in meinen fünfundzwanzig Dienstjahren erlebt hab'. Scheiße, du hast wirklich Mumm! Mit dir würd' ich durch 'nen Scheißesturm marschieren, kein Problem. Zu zweit mit dir würd' ich in die Hölle runtergehen und den verdammten Teufel festnehmen, ohne mir was dabei zu denken.«

Gold äußerte sich nicht dazu.

»Aber du bist noch 'n richtiges Baby, Jack – du mußt noch einiges dazulernen.«

Corliss zündete sich eine der über sechzig filterlosen Zigaretten an, die er pro Tag rauchte.

»Als erstes mußt du lernen«, fuhr er dann fort, »daß es alle möglichen Cops gibt. Gute Cops. Schlechte Cops. Schlaue Cops. Und dumme Cops. Man kann beides gleichzeitig sein, aber man *muß* es nicht sein.« Er nahm einen tiefen Zug von seiner Zigarette. »Im Augenblick bist du 'n verdammt guter Cop, Jack. Wenn wir uns heute ausgesprochen haben, bist du hoffentlich auch 'n schlauer Cop.«

Gold sagte noch immer nichts.

»Jack«, fuhr Corliss fort, »ich sehe dich jeden Tag mit 'ner Tüte mit Salamisandwiches, die deine Frau dir macht, zum Dienst kommen. Die Hälfte aller Scheißrestaurants in L.A. lassen Cops zum halben Preis essen, aber du kannst dir nicht mal *das* leisten.«

Gold merkte, daß er rot anlief.

»Sie bürdet dir soviel auf, daß du eines Tages zusammenbrechen mußt, Jack. Was stotterst du jetzt schon ab – zwei Duplex-Apartments? Und du hast mir erzählt, daß sie auf der Suche nach 'nem Triplex ist. Und dazu kommt noch das Haus, in dem ihr selbst wohnt. Wer kann sich das leisten? Mit deinem Gehalt als Cop?«

Gold zuckte mit den Schultern. »Wir kommen zurecht.«

»Du gerätst mit jedem Scheißtag tiefer in Schulden, sonst nichts! Und wen versuchst du, mit diesem bekackten Abendstudium zu täuschen, Jack? Das sieht dir überhaupt nicht ähnlich. Du bist genau wie ich. Du liest am liebsten nichts Komplizierteres als 'ne Zeitung und weißt selbst dann, daß alles außer dem Sportteil Scheiße ist. Du wirst nie Jurist, Jack – und *dafür* dank' ich Gott. Was die Welt bestimmt nicht braucht, ist 'n weiterer jüdischer Anwalt. Du bist ein Straßenpolizist – und ein verdammt guter. Dazu bist du geboren. Und das ist schon der nächste Punkt. Sie erzählt dir, daß du's eines Tages zum Chief bringen kannst, aber das ist alles Scheiße. Glaub' mir, Amerika kriegt 'nen Niggerpräsidenten, bevor im LAPD ein Jude an die Spitze kommt.«

Gold kniff die Lippen zu schmalen weißen Linien zusammen. »Ich sag' dir, wie's *ist*, Jack, nicht, wie's sein sollte. Du bist verdammt schnell Detective geworden und wirst vermutlich auch schnell Lieutenant, weil du'n erstklassiger Cop bist – aber dort frieren sie deinen Arsch ein. Lange, vielleicht für immer. Kein Mensch will einen jüdischen Captain in diesem Department. Den wird's einfach nicht geben.«

Sie saßen einen Augenblick in Corliss' übelriechenden Zigarettenqualm gehüllt da.

»Was willst du damit sagen, Joe? Daß ich den Dienst quittieren soll?«

»Nein! Nein! Nein!« widersprach Corliss gereizt. »Warum hörst du nicht zu, Jack? Hab' ich vorhin nicht gesagt, daß du vor allem ein großartiger Straßenpolizist bist? Hab' ich das etwa nicht gesagt? Du sollst dir bloß keine Hoffnungen machen, in zwanzig Jahren vom Oberbürgermeister zum Mittagessen eingeladen zu werden. Außerdem hast du gar nicht die Veranlagung dazu. Selbst wenn's um dein Seelenheil ginge, könntest du keinem Vorgesetzten in den Arsch kriechen. Entschuldige den Ausdruck, aber deine Frau muß begreifen, daß sie aus 'nem Schweinsohr keine seidene Geldbörse machen kann.«

Corliss drückte seine Zigarette aus, steckte sich sofort die nächste zwischen die Lippen und ließ sie unangezündet im Mundwinkel hängen.

»Damit will ich sagen, daß du in der realen Welt für dich selbst sorgen mußt.« Er zeigte auf den Aktenkoffer. »Dort drinnen liegt

Heroin für schätzungsweise hundertfünfzig Riesen, Jack. Auch wenn wir durch vier teilen müssen, bleibt uns noch 'ne Menge. Mit dem Geld, das wir den Drecksäcken abgenommen haben, ist das mehr, als wir in ein paar Jahren verdienen.«

»Dieser Stoff ist 'ne Droge, Joe. Damit werden wir zu Drogenhändlern.«

»Hey, Jack, wann wachst du endlich auf? Wer ist heutzutage *nicht* im Drogengeschäft? Hast du schon mal 'nen pensionierten Richter ohne Motorjacht im Hafen erlebt? Oder 'nen Expolitiker, der arbeiten muß? Die Leute, die Kautionen stellen, die Strafverteidiger, die Staatsanwälte – sie alle werden von Stoff reich. *Alle!* Alle bis auf die armen Schweine von Cops, die draußen unterwegs sind und den Handel zu unterbinden versuchen. Dabei wollen die anderen gar nicht, daß er gestoppt wird. Sie wollen nur, daß er in ihre Richtung dirigiert wird!

Die anderen lachen uns bloß aus, Jack. Wir sollen den Drogenhandel nicht stoppen; wir sollen ihn wahrscheinlich nicht mal verlangsamen. Wir sollen nur ab und zu jemand festnehmen, damit die Scheißanwälte und -richter weiter ihre Berufsverbandsbeiträge zahlen können, verstehst du? Lassen wir jeden zwanzigsten ... Scheiße, jeden *fünfzigsten* großen Deal in L.A. auffliegen, können die verdammten Anwälte von den Scheißdealern verlangen, was sie wollen, weil die Scheißdealer *wissen*, wieviel sie mit den anderen neunundvierzig Deals verdient haben, und es sich nicht leisten können, 'ne Haftstrafe abzusitzen, und lieber verdammte Rechtsverdreher und bestechliche Richter dafür bezahlen, daß sie wieder freikommen.

Begreifst du, was da gespielt wird, Jack? Die Sache ist ein einziger großer Schwindel! Und wir sorgen dafür, daß er weitergeht. Wir verhaften, kommen in die Schlagzeilen und zeigen den Fernseharschlöchern beschlagnahmten Stoff und ein paar abgesägte Schrotflinten, damit der Steuerzahler mit der ganzen Familie daheimsitzen und sich in Sicherheit fühlen kann. Seine Steuergelder arbeiten; seine Regierung ist dort draußen tätig, beschützt ihn und hält die Drogenhändler im Zaum. Dabei sind wir in Wirklichkeit schäbige kleine Erpresser, die gottverdammte Schutzgelder erpressen! Capone hätt's auch nicht besser gekonnt!«

Die Tür des Hobbyraums wurde geöffnet, und Corliss' zierliche, dunkelhaarige, in Athen geborene Frau streckte lächelnd den Kopf herein.

»Soll ich euch Männern noch'n Bier bringen?« flötete sie.

»Jetzt nicht, Katrina. Vielleicht später. Wir haben miteinander zu reden.«

»Okay.« Sie zog sich noch immer lächelnd zurück.

Corliss zündete sich die in seinem Mundwinkel hängende Zigarette an.

»Jack«, sagte er und beugte sich nach vorn, »wir haben jetzt 1966. Bevor die sechziger Jahre vorbei sind, kannst du Drogen so einfach kaufen wie'n Bier. Sie werden sie wie Nachmittagszeitungen an der Straßenecke verkaufen. Das ist das Geschäft der Zukunft! Ein riesiger Markt! Wenn's legal wäre, würd' ich meine Aktien und Pfandbriefe verkaufen und das Geld in Drogen anlegen. Das ist die Welle der Zukunft!«

»Glaubst du wirklich, Joe? Das wäre schrecklich!«

»Ich könnt' kotzen, wenn ich daran denke, Mann – aber darauf kannst du wetten. Das hab' ich seit Jahren kommen sehen. Schon seit dem Krieg. Und als drüben in Korea gemischte Truppenteile entstanden sind, in denen all die netten weißen Kids Arschloch an Ellbogen mit diesen großen, schwarzen Niggern zusammengehaust haben. Von dort sind sie alle heimgekommen und haben Marihuana geraucht und Fotzen geleckt. Glaub mir, das ist der Anfang vom Ende gewesen!

Und dann haben die Kids mit diesem Scheißkrach angefangen, den sie Musik nennen ...« Corliss wies mit dem Daumen zur Decke, wo die Bässe der Stereoanlage seiner Töchter die Lampe in Schwingungen versetzte, und schüttelte den Kopf. »Aussichtslos – dagegen kommst du nicht an! Aber wenigstens wollen sie keine Beatniks sein. Und *diese* Arschlöcher liegen am liebsten bloß im Bett, rauchen Gras und schmeißen Pillen ein. Gott sei diesem Land gnädig, wenn *die* mal an die Macht kommen sollten!«

Corliss trank sein Bier aus, wickelte das restliche Viertel seines Sandwichs fest in eine Papierserviette und warf es zielsicher quer durch den Raum in einen mit winzigen Collegefähnchen bedruckten Papierkorb. Er wirkte plötzlich erschöpft.

»Hab' ich dir schon erzählt, daß Janet im Mai heiratet? 'nen feinen Pinkel aus Pasadena, den sie in Stanford kennengelernt hat. Aus 'ner reichen alten Familie! Immerhin ist er damit einverstanden gewesen, in der Kirche zu heiraten. Ich weiß gar nicht, womit wir soviel Glück verdient haben. Jedenfalls soll sie 'ne Riesenhochzeit haben. Drüben im Huntington – mitten im Revier ihres Bräutigams. Wir sparen an nichts! Alles erster Klasse. Katrina hat gemeint, wir könnten ein Dutzend Pfannen Dolmathes machen und Spanakopeta mitbringen, aber ich hab' gesagt, nein, wir legen wie echte Amerikaner gutes Geld für schlechte Steaks hin.«

Corliss lachte, verschluckte sich am Zigarettenrauch und bekam einen heftigen Hustenanfall. Als er sich davon erholt hatte, sprach er weiter.

»Patrice studiert an der USC; sie ist im zweiten Jahr der Graduate School. Nur gut, daß sie Grips hat! Die Ärmste ist die häßlichste Frau, die's seit fünf Generationen in meiner Familie gegeben hat – und ich hab' noch die ganzen Familienfotos aus der alten Heimat, um es zu beweisen. Die kriegt nie einen Mann! Wahrscheinlich muß ich sie ihr Leben lang studieren lassen. Aber das ist schon in Ordnung. Sie kann alles kriegen, was ich mir leisten kann – und noch etliches dazu, wenn du weißt, was ich meine. Und dann Christina dort oben ...«

Corliss verdrehte die Augen und sah zur Decke auf. »Als Siebenjährige hat sie einen ›leichten Anfall‹ von Kinderlähmung erlitten, wie die Ärzte es ausgedrückt haben. Irgendwie ist ihr Rückgrat seitdem etwas verkrümmt. Bis zum zwölften Lebensjahr ist sie viermal operiert worden; seither muß sie dreimal pro Woche zur Krankengymnastik. Das Department zahlt dafür ungefähr soviel.« Er hielt Daumen und Zeigefinger etwa einen halben Zoll voneinander entfernt hoch. »Ich gehe nicht zu den amtlich empfohlenen Ärzten, deshalb muß ich alle Rechnungen selbst zahlen.«

Corliss kratzte sich zwischen den Beinen. »Du und Evelyn wollt doch auch Kinder? Klar wollt ihr welche! Habt ihr 'ne Vorstellung davon, wieviel es kostet, heutzutage ein Kind aufzuziehen? Erstklassig, mein' ich. Jeder kann seinen Kids Klamotten bei Zody's oder Fedco kaufen. Aber wie steht's mit wirklich erster Klasse, damit deine Tochter sich nicht in den Schlaf weint, weil sie das Kleid, das sie sich für die verdammte Abschlußfeier gewünscht hat, nicht kriegen kann. Und das ist bloß *das*. Wie steht's mit Schulgeld und Ärzten und Medikamenten und Zahnspangen und Therapeuten und Sommerlagern und Schuhen und Büchern und Partykleidern und weiß der Teufel was noch allem?

Hast du 'ne Ahnung davon, was dieser ganze Scheiß kostet? Und ich rede davon, daß wirklich alles erstklassig sein soll! Oder willst du, daß deine Kids mit Billigklamotten und altmodischen Schuhen rumlaufen? Willst du dir wie jeder andere Idiot dort draußen wie'n scheißblödes Arschloch vorkommen, wenn du'n paar Cents für'n Brot zusammenzukratzen versuchst, während die verdammten WASPs Steak und Hummer schlemmen und den kleinen Mann verarschen?«

Ohne eine Pause zu machen, brüllte Corliss nach draußen: »Trina, jetzt kannst du uns das Bier bringen!«

Danach wandte er sich wieder an Gold. »Jack, glaubst du, daß ich dieses Haus von dem Gehalt bezahlt hab', das mir das Department zahlt? Ausgeschlossen, José! Glaubst du, du könntest mit deinem Scheißgehalt als Detective Kinder großziehen *und* die halbe Westside aufkaufen? Nicht zu machen, Charlie! Glaub mir, irgendwann platzt die Seifenblase. Die Frage ist nur, wann's soweit ist. Und was machst du *dann*?«

Katrina brachte zwei perlend beschlagene Bierflaschen herein. Sie lächelte den Männern zu, warf einen kurzen Blick auf den Aktenkoffer und die Pistolen auf dem Pokertisch, lächelte erneut und ging wieder hinaus. Corliss trank einen großen Schluck Bier und rülpste laut. Dann riß er ein Streichholz am Daumennagel an und zündete sich eine weitere Camel an.

»Irgendwann trifft man seine Entscheidung, Jack. Man rackert sich jeden Tag dort draußen ab; man hält seinen Arsch hin, damit jeder Ganove ihn als Zielscheibe benutzen kann. Und eines Tages entscheidet man sich. Eines Tages fragt man sich: Wer kommt zuerst? Die anderen? Oder ich? Ich und die Meinen? Und man fängt an, für sich selbst zu sorgen. Chancen wahrzunehmen. Gelegenheiten zu nutzen. Ich meine, wir sind schließlich nicht in New York. Hier gibt's keine verdammten Kassierer in Uniform, die für ganze Abteilungen Geld eintreiben! Scheiße, wir sind hier nicht in *Manhattan*, sondern in L. A. mit der saubersten Polizei der Welt...«

Corliss mußte unwillkürlich grinsen.

»Aber man fängt an, Chancen wahrzunehmen. Gelegenheiten zu nutzen. Wie diese Sache heute.« Seine Handbewegung umfaßte den Pokertisch. »Diese kleine Transaktion. Leute, die wegen 'ner anderen Sache ermitteln, vielleicht sogar bei 'ner anderen Dienststelle – das braucht dich nicht zu interessieren, stimmt's? – hören das Telefon eines schweren Jungen ab und kriegen dabei was mit. Irgendwo läßt sich ohne viel Mühe ein bißchen Geld machen – nur sind diese Leute etwas zu nahe dran, wenn du weißt, was ich meine. Deshalb verständigen sie jemand, dem sie vertrauen können, kapiert? Dieser Jemand bin ich. Und du jetzt auch. Deshalb teilen wir den Inhalt des Aktenkoffers durch vier. Das wollte ich dir noch erklären.«

Die Musik über ihnen war verstummt. Als Corliss schwieg, wirkte der Raum totenstill. Der Sergeant griff nach seinem Bier, und Gold hörte ihn schlucken. Corliss zog an seiner Zigarette. Dann lehnte er sich in seinen Sessel zurück und hakte die Daumen hinter den Gürtel.

»Ich sag's dir, wie's ist, Jack. Du bist mein Partner, und ich bin immer ehrlich zu dir gewesen. Du mußt selbst sehen, daß du zu was kommst. Um dich kümmert sich niemand. Und jeder rechnet damit, daß du deinen Vorteil im Auge hast. Sieh zu, daß du Chancen wahrnimmst und Gelegenheiten nutzt. Sieh zu, daß ein paar gute Leute deine Freunde werden. Sozusagen deine *Klienten*. Und dann arbeitest du mit ihnen zusammen. Gewissermaßen als selbständiger Unternehmer, wenn du weißt, was ich meine. Du beschaffst dir ein paar Stammkunden. Gute Leute. Vielleicht ein paar Italiener. Ein paar jüdische Anwälte. Vielleicht auch ein paar Cops in anderen Abteilungen. Keine Nigger, keine Spicks, keine zweitklassigen Leute. Ausschließlich gute Leute. Ich kenne solche Leute, Jack – und ich setze mich bald zur Ruhe. Wenn du willst, mach' ich dich mit ihnen bekannt.«

Corliss machte eine Pause und holte tief Luft.

»Du mußt für dich selbst sorgen, Jack. Mehr hast du auf dieser Welt nicht zu tun. Du mußt für dich selbst sorgen.«

An diesem Tag begann die Geschichte des Geldes in dem roten Koffer.

Die Sonne stand längst hoch am Himmel, als Gold kurz nach sieben Uhr in die Tiefgarage unter dem Parker Center einfuhr. Die durch die Eingangshalle hastenden Cops in Anzügen mit Weste kamen ihm nicht wie Polizeibeamte, sondern eher wie ehrgeizige junge Führungskräfte eines Großunternehmens vor. Er ging drei kurze Blocks weit die Temple Street entlang bis zum Criminal Courts Building. Die Cafeteria des Gerichtsgebäudes war voller Cops, die Gold schon besser gefielen: Straßenpolizisten, die sich hier die Zeit vertrieben, bis sie in einem ihrer Fälle als Zeugen aufgerufen wurden. An einem Wandtisch war der schon legendäre Dauerpoker im Gange. Mehrere uniformierte Cops winkten Gold zu.

Gold zog sich mit einer Morgenzeitung und einer Aprikosenschnitte an einen Ecktisch zurück, trank mit kleinen Schlucken seinen Kaffee und wünschte sich, es wäre Whisky. Nur einen halben Block entfernt gab es einen Liquor Store, der von den Trinkern unter den Cops lebte, und Gold kämpfte gegen die Versuchung an, rasch hinüberzulaufen, bevor er um acht Uhr bei Huntz antreten mußte. Eine Flasche mitnehmen, um aufzuwachen. Aber er wußte, daß er's nicht tun würde. Gelegentlich mußte man nein zu sich selbst sagen können. Kerle, die das nicht schafften, wogen zuletzt hundertfünfzig Kilo oder schwängerten Vierzehnjährige oder stolperten ins Unglück wie Timmy Starnes, der um zehn Uhr morgens stinkbesoffen auf Fußstreife unterwegs war, am Broadway in einen Raubüberfall auf einen Juwelier geriet und danach ein Vierteljahr mit Kanülen in den Armen auf dem Rücken liegen mußte.

Um 7.40 Uhr trank Gold seinen Kaffee aus, warf den Styroporbecher in einen Abfallbehälter, durchquerte die Cafeteria und blieb unterwegs an mehreren Tischen stehen, um Hände zu schütteln und mit alten Freunden zu schwatzen. Um 7.58 Uhr betrat er das klimatisierte, luxuriös eingerichtete Vorzimmer von Chief of Police Alan J. Huntz im fünften Stock des Parker Centers.

»Was kann ich für Sie tun?« fragte Cherry Pye.

Cherry Pye war Sergeant Shari Pye, Huntz' Sekretärin und nach im Department umlaufenden Gerüchten seine heimliche Geliebte. Ein Familienvater mit drei Kindern und Ambitionen auf das Amt des Oberbürgermeisters konnte sich kein allgemein bekanntes Verhältnis leisten.

»Jack Gold. Ich habe einen Achtuhrtermin bei Huntz.«

Cherry Pye verzog das Gesicht, als sie hörte, wie respektlos er von ihrem Boß sprach.

»Nehmen Sie bitte Platz. *Chief* Huntz empfängt Sie gleich.«

Cherry Pye war der Star des Departments, seitdem sie an ihrem ersten Tag auf der Akademie die Morgengymnastik unterbrochen hatte, um ihren Büstenhalter Größe 95 D zurechtzurücken. Der gesamte Kurs hatte ebenfalls aufgehört, um sie dabei zu beobachten. Der Ausbilder ebenfalls. Schon in ihrer zweiten Woche waren auffällig viele Cops vorbeigekommen, um ein paar Runden zu joggen und vielleicht einen Blick auf ihre sehenswerte Figur zu erhaschen. Dabei war Huntz auf sie aufmerksam geworden und hatte sie zu seiner Privatsekretärin ernannt.

Gold ließ sich auf das weiche Ledersofa fallen.

»Na, wie steht's, steht er noch, Cherry?«

Cherry Pye starrte ihn über ihre Designerbrille hinweg irritiert an.

»Entschuldigung?«

Gold griff nach einem Heft von *Law Enforcement in America* und blätterte die Hochglanzseiten geistesabwesend durch.

»Wie geht's ihm?« Er nickte zu Huntz' Tür hinüber. »Hat Ihr Loverboy heute morgen schon irgend 'nen armen Cop um seine Pension betrogen?«

Cherry Pyes kalter Blick wurde eisig. Sie riß den Brief, den sie eben tippte, aus der Maschine und knüllte ihn zusammen. Dann hielt sie die Kugel über den Papierkorb, starrte Gold aufgebracht an und ließ sie fallen.

»Ich sage Chief Huntz, daß Sie warten.« Sie stöckelte hinaus und ließ ihn allein.

Gold streifte die Zellophanhülle von einer Zigarre und zündete sie an. Raucher – vor allem Zigarrenraucher – waren Chief Huntz verhaßt, das wußte das ganze Department. Der Teufel soll ihn holen! dachte Gold. Wenn er mir sowieso die Plakette abnehmen will, kann ich wenigstens sein Scheißbüro verstänkern.

Als Gold weder auf den Walnußtischen neben dem Sofa noch auf Cherry Pyes Schreibtisch einen Aschenbecher fand, warf er das abgebrannte Streichholz schließlich in den Keramiktopf eines Bostonfarns. An der Wand hinter dem Schreibtisch hingen Dutzende von gerahmten Fotos, die Huntz mit verschiedenen Berühmtheiten zeigten. Die Posen waren fast identisch – Huntz stand jeweils rechts und trug ein breites Politikerlächeln zur Schau –, nur die Prominenten wechselten. Die üblichen Hollywoodstars waren reichlich vertreten: Hope, Heston, Peck, Sinatra. Von Sinatra gab es mehrere Fotos, und allein sechs Aufnahmen zeigten Ronald Reagan – als Schauspieler, als Gouverneur von Kalifornien, als Präsidenten.

Weitere Fotos – mit weniger bekannten Persönlichkeiten – trugen Bildunterschriften für den Fall, daß der Betrachter nicht gleich wußte, welcher bedeutende Mann sich trotz seines übervollen Terminkalenders die Zeit genommen hatte, seinem alten Freund Alan Huntz die Hand zu schütteln. Eine Unterschrift lautete: GEORGE F. SCHULTZ, AUSSENMINISTER. Huntz war damals erst Deputy Chief gewesen. Unter dem nächsten Foto stand: TIP O'NEILL, SPRECHER DES REPRÄSENTANTENHAUSES. Eine weitere Unterschrift, über die

Gold lachen mußte, lautete tatsächlich: ROSS HUNTER, BEDEUTENDER HOLLYWOODPRODUZENT.

Das erste Foto von Huntz als Chief of Police zeigte ihn, wie er Daryl Gates, einem seiner Vorgänger, die Hand schüttelte. Gold rätselte noch darüber nach, wie zum Teufel eine Aufnahme von Huntz, der François Mitterand einen Arm um die Schultern legte, an die Wand gekommen war, und ob Huntz überhaupt wußte, wer dieser Kerl war, als die Tür hinter ihm geöffnet wurde.

»Der Chief hat jetzt Zeit für... mein Gott!« Cherry Pye holte entsetzt Luft. »Sie rauchen ja!«

»Gut beobachtet, Cherry. Sie hätten 'n Cop werden sollen.« Gold drängte sich an ihr vorbei ins Büro von Chief of Police Alan J. Huntz. Cherry Pye folgte ihm in heller Aufregung.

»Sie können doch nicht mit diesem... diesem *Ding* hier rein! Sie dürfen nicht...«

Huntz saß hinter seinem auf Hochglanz polierten spartanischen Schreibtisch und sprach in einen mit Leder überzogenen Telefonhörer. Der Schreibtisch und sein eleganter Ledersessel standen auf einem dreißig Zentimeter hohen Podest, das im LAPD ebenfalls zu einer Legende geworden war. Auf diese Weise konnte Huntz mit jedem Untergebenen *von oben herab* sprechen. Während der Chief weiter unhörbar ins Telefon flüsterte, fixierte er mit grimmigem Blick Golds Zigarre. Gold lächelte freundlich und klemmte sich die qualmende Zigarre in den Mundwinkel.

»Alan! Wie geht's denn?«

Huntz sah durch Gold hindurch, als sei er gar nicht vorhanden. Cherry Pye schlängelte sich an Gold vorbei und baute sich vor ihm auf.

»Sie *müssen* dieses stinkende Ding ausmachen! *Sofort!* Das erlaubt der Chief nicht!«

»Immer mit der Ruhe, Cherry. Wenn Alan was dagegen hat, kann er's mir selbst sagen.«

Cherry Pye kochte. Sie überlegte, ob sie Gold die Zigarre aus dem Mund reißen sollte. Er sah diesen Gedanken wie einen Schatten über ihr Gesicht huschen.

»Versuchen Sie's lieber nicht, Cherry«, warnte er sie mit gepreßter Stimme.

»Sergeant Pye«, sagte Huntz, indem er die Sprechmuschel mit einer Hand zuhielt, »danke, das wär's. Alles in Ordnung.«

»Aber, Alan...«, begann sie aufgebracht.

»Das wär's, Sergeant.«

Cherry Pye zögerte wütend und verwirrt. Dann stelzte sie hinaus und knallte die Tür hinter ihrem wohlgeformten Hintern zu.

»Augenblick noch, Lieutenant«, sagte Huntz, wobei er Gold zum erstenmal direkt ansah, und flüsterte dann wieder ins Telefon. Auch das war eine Taktik, über die in den von Cops besuchten Bars in L. A. viel diskutiert wurde. Der gottverdammte Chief ließ einen bis zu einer halben Stunde lang stehend im eigenen Saft schmoren, während er in sein Scheißtelefon flüsterte. Und *niemand* glaubte, daß er jemals wirklich telefonierte.

»Kein Problem, Alan.« Huntz zuckte zusammen, als Gold ihn mit Vornamen ansprach. Gold zog einen an der Wand stehenden niedrigen Sessel etwas weiter in den Raum und ließ sich hineinfallen. Er legte die ausgestreckten Beine übereinander, paffte seine Zigarre und zwinkerte Huntz zu. Der Chief bemühte sich, ihn zu übersehen. Gold räusperte sich, schmatzte mit den Lippen und polierte seine Schuhe an der Rückseite seiner Hosenbeine. Als Huntz noch immer nicht reagierte, zog Gold einen Klipper aus der Tasche, macht sich über seine Fingernägel her und ließ die Nagelabschnitte auf den Teppich fallen. Huntz murmelte etwas, das wie eine Verabschiedung klang, und legte den Hörer auf.

Er starrte Gold durchbohrend an, ohne einen Ton zu sagen. Auch das gehörte zu seinen Spezialitäten. Huntz fixierte einen mit dem bösen Blick und wartete darauf, daß man als erster wegsah.

»Alan, ich hab' geglaubt, Sie hätten mir etwas zu sagen. Wenn Sie bloß mit mir flirten wollen, hätten wir uns im Café Swish treffen können.«

Gold begann aufzustehen.

»*Setzen* Sie sich, Lieutenant«, knurrte Huntz. Der Chief war ein schmächtiger Mittfünfziger mit einem nur für die Fernsehkameras etwas abgemilderten Marine-Corps-Haarschnitt. Alles an ihm ließ darauf schließen, daß seine Mutter zu früh versucht hatte, ihn ans Töpfchen zu gewöhnen.

Gold setzte sich wieder. »Was gibt's, Alan?«

Huntz ließ sich nicht drängen. Er verschränkte die Arme und drehte seinen Sessel zur Seite, so daß er die im Smog aufragenden Wolkenkratzer im Stadtkern von L. A. im Blick hatte. Er schüttelte den Kopf und lachte trocken und hohl.

»Dies ist früher eine sehr gute Polizei gewesen. Dies ...«

»Ach, um Himmels willen, Alan ...«

»... ist früher die beste Polizei der Welt gewesen. Die beste der *Welt!* Jetzt habe ich Cops, die Einbrüche verüben, Cops, die mit Pfadfinderinnen bumsen ...«

»Ich bin nicht hergekommen, um mir diesen Mist anzuhören.«

»Cops, die Drogen schmuggeln.«

Beide wurden lauter.

»Cops, die sich als Mörder verdingen.«

»Verdammt noch mal, was hat das mit mir zu tun?«

»Alles hat mit Leuten wie Ihnen angefangen!« Huntz drehte sich wieder zu Gold um. Jetzt brüllten sie. »Alles hat mit Leuten wie Ihnen angefangen!« Huntz drohte Gold mit dem Zeigefinger.

»Schluß mit dem Kram, Alan! Was wollen Sie – meine Plakette? Dann verlangen Sie sie doch! Sie sind der große Mann. Verlangen Sie sie einfach. Ich hab' nicht die Absicht, sie freiwillig rauszurücken.«

Huntz beruhigte sich. Er legte die Fingerspitzen aneinander und betrachtete Gold über sie hinweg.

»Nichts täte ich lieber«, sagte er halblaut. »Seit zwanzig Jahren sind Sie ein Dorn in meinem Fleisch. Und noch länger eine Schande für dieses Department. Wissen Sie eigentlich, daß der verstorbene Mr ...«, er warf einen Blick auf das vor ihm liegende Blatt Papier, »... Mr. Weathers, den Sie bei diesem lächerlichen Bankraub am Freitagmorgen *umgelegt* haben, der *achte* Mann gewesen ist, den Sie im Laufe Ihrer unrühmlichen Karriere in diesem Department erschossen haben? Oder zählen Sie nicht mit?«

»Ich hab' Schreiberlinge wie Sie, die das für mich erledigen.«

»Und das sind nur die bekannten Fälle. Der Teufel mag wissen, wie viele weitere dieses Department vertuschen mußte.«

Gold äußerte sich nicht dazu.

»Von einem Mädchen weiß ich selbst«, sagte Huntz.

Eine Zeitlang herrschte Schweigen.

»Auf einen mehr kommt's mir nicht an, Alan«, stellte Gold schließlich fest.

Huntz lachte verblüfft auf. »Drohen Sie mir etwa, Lieutenant?« Seine Stimme war herausfordernd, aber er konnte Gold nicht in die Augen sehen. »Warten Sie nur, eines Tages treiben Sie's zu weit!«

Gold fühlte sich alt und müde. »Was wollen Sie eigentlich, Alan?« fragte er abgekämpft.

»Wissen Sie, wieviel Unannehmlichkeiten ich Ihretwegen am Wochenende gehabt habe?« knurrte Huntz, der sich als Ankläger wieder obenauf fühlte. »Wie oft ich Ihretwegen angerufen worden bin? Der Leiter der hiesigen FBI-Außenstelle ist stinksauer. Er will wissen, warum seine Dienststelle nicht von den laufenden Ermittlungen wegen eines Bankraubs erfahren hat. Ich weiß wirklich nicht, was ich ihm sagen soll. Banken fallen in seinen Zuständigkeitsbereich, falls Sie das nicht wissen sollten.«

»Von laufenden Ermittlungen kann nicht die Rede sein. Ein Spitzel hat mir den Tip gegeben, daß ein Raubüberfall geplant sei. Daraufhin sind wir dem Wagen nachgefahren. Woher hätten wir wissen sollen, daß die Kerle kein Blumengeschäft überfallen wollten?«

»Das entspricht aber nicht meinen Informationen! Wie ich gehört habe, sollen Sie die Bank volle zwei Stunden vor dem Überfall beobachtet haben. Stimmt das?«

Gold zuckte mit den Schultern und setzte eine Unschuldsmiene auf.

»Volle zwei Stunden«, wiederholte Huntz, »und Sie haben in dieser Zeit keine Gelegenheit gehabt, den Federals zu melden, daß möglicherweise eine ihrer Banken ausgenommen werden sollte?«

»Damit diese Scheißer aufkreuzen und sich wichtig machen? Sie behandeln jeden wie Dreck und heimsen danach alles Lob ein. Das sind *mein* Spitzel, *meine* Festnahme, *meine* Verbrecher gewesen. Zum Teufel mit diesen Arschlöchern!«

Huntz starrte ihn sprachlos an. »Unglaublich!«

»Hey, alles ist doch in Ordnung gegangen, stimmt's?«

»Alles ist in Ordnung gegangen! Sind Sie *völlig* übergeschnappt? Wenn das FBI mir nicht ins eine Ohr geplärrt hat, haben Mrs. Eskaderians Anwälte mir von der anderen Seite zugesetzt. Sie hat die Stadt, das Department, mich, Sie, einfach jeden verklagen wollen. Vielleicht tut sie's noch. Alles nur wegen des schießwütigen Cowboystunts, den Sie auf dem Bankparkplatz hingelegt haben. Sie behauptet, Sie hätten sie durch Ihr ›brutales und blutrünstiges Verhalten‹ unnütz in Lebensgefahr gebracht. Angeblich hat sie wegen Ihrer ›unangemessen hastigen Reaktion‹ in einer kritischen Situation, in der Verhandeln besser gewesen wäre, ein ›schweres emotionales Trauma‹ erlitten. Aber ich glaube, daß ich ihr ihre Hysterie ausgeredet und einen Kompromiß erreicht habe.« Huntz bedachte Gold mit einem hämischen Lächeln. »Und der betrifft vor allem *Sie*.«

Jetzt kommt's, dachte Gold. Jetzt verlangt er deine Plakette.

»Ich habe Mrs. Eskaderian und ihren Anwälten versprechen müssen, daß Sie in Zukunft keine Gelegenheit mehr zu solchem... Übereifer haben werden. Unter dieser Bedingung ist sie bereit gewesen, auf Klagen gegen das Department zu verzichten. Deshalb löse ich Sie von Ihrem Posten ab, Lieutenant. Sie kommen nicht mehr auf die Straße. Sie haben nichts mehr mit Raubüberfällen und Gewaltverbrechen zu tun. Sie geraten nicht mehr in Situationen, in denen Sie Ihrer Vorliebe, Bürger dieser Stadt zu erschießen, frönen können.«

Gold war erleichtert und verwirrt zugleich. Er behielt seine Plakette – aber wofür?

»Was soll das heißen?«

Huntz lehnte sich in seinen Drehsessel zurück und lächelte auf Gold herab. »Sie bekommen eine neue Aufgabe. Ich mache Sie zum Chef einer brandneuen, sehr wichtigen Sonderkommission.«

Gold ahnte nichts Gutes.

»In Zukunft ermittelt der böse Jack Gold gegen böse Spraykünstler.«

»Scheiße, was soll das heißen?« erkundigte Gold sich aufgebracht.

»Das bedeutet, daß Sie der neue Chef der soeben – in dieser Sekunde – geschaffenen Sonderkommission gegen Schmierer und Vandalen sind.«

»Aber... aber wozu?«

»Sie haben doch bestimmt von den verabscheuungswürdigen Straftätern gehört, Lieutenant, die rumgelaufen sind und die Gotteshäuser *Ihrer Leute* mit häßlichen Parolen beschmiert haben?«

Gold gab keine Antwort.

»Wenn ich am vergangenen Samstag und Sonntag nicht selbst telefoniert habe, um zu versuchen, Mrs. Eskaderian oder Ed Fortier drüben im Federal Building zu besänftigen, haben Ihre Glaubensgenossen die Leitungen glühen lassen. Auch heute morgen schon wieder. Seit sechs Uhr ist die Vermittlung praktisch blockiert. So oder so hat das Haus Davids mir dieses Wochenende gründlich ruiniert, könnte man sagen.«

Huntz lächelte kalt.

»Spucken Sie's aus, Alan!«

»Schon dabei, schon dabei.« Huntz genoß diese Szene sichtlich. »Unmittelbar bevor Sie hier mit Ihrem Stinkkraut reingeplatzt sind, habe ich mit Councilman Orenzstein gesprochen – nicht gerade mein

Liebling unter euch Hebräern –, und er hat kategorisch *gefordert*, daß ich etwas gegen diese schrecklichen Vorfälle unternehme. Vor allem nach dem von gestern abend. Darüber wissen Sie wohl Bescheid?«

Gold schüttelte den Kopf. »Nein.«

»Oh? Ich dachte, ihr Leute redet alle miteinander.« Wieder ein kaltes Lächeln. »Gestern abend scheint irgendein gemeiner Kerl einen ganzen Parkplatz voll jüdischer Schlitten mit seiner Spraydose verziert zu haben. Rolls-Royce, Mercedes, Cadillacs. Der angerichtete Schaden wird auf über eine Viertelmillion Dollar geschätzt.« Huntz lachte laut. »Das trifft euch Leute wirklich, wo's weh tut, was?«

Gold fragte sich eine Zehntelsekunde lang, ob er Huntz auf der Stelle erschießen und damit durchkommen könnte. Dan White in San Francisco hatte etwas Ähnliches getan. Gold entschied sich dagegen – fürs erste.

»Councilman Orenzstein hat also gefordert – im Namen seiner ›Westside-Wähler‹, aber wir wissen ja alle, wer darunter zu verstehen ist –, daß ich etwas gegen diese *Greueltaten* unternehme.« Huntz' Sarkasmus war unüberhörbar. »Und ich habe prompt gehandelt. Ich habe die Verbrechen aufklärende, Banden sprengende, Schlagzeilen machende Sonderkommission gegen Schmierer und Vandalen ins Leben gerufen. Das hat diesem Subjekt Orenzstein sehr gefallen. Noch besser gefallen hat ihm meine Mitteilung, daß ich einen seiner Glaubensgenossen an die Spitze dieser Kommission stellen werde. Er hatte sogar schon von Ihnen gehört.«

Diesen Scheiß brauchst du dir nicht gefallen zu lassen! dachte Gold. Du kannst ihm deine Plakette auf der Stelle zurückgeben. Einfach abmachen und auf den Schreibtisch knallen. Und was dann? Willst du bloß noch mit deinen Erinnerungen leben? Angeln gehen? Mit Kalligraphie anfangen? Töpfern lernen? Selbstmord verüben?

»Was soll dieser Scheißjob überhaupt? Sie wissen so gut wie ich, daß die Täter vermutlich ein paar jugendliche Punker mit Schilddrüsenüberfunktion sind. Sie langweilen sich. Sie trinken ein paar Biere zuviel und beschmieren die Wände auf dem Klo mit Hakenkreuzen. Lächerlich!«

Huntz hob abwehrend die Hände.

»Ist's etwa meine Schuld, daß Ihre Rasse unter jedem Stein einen Hitler sieht?«

»Nach neunundzwanzig Dienstjahren schicken Sie mich los, damit ich Wandschmierer fange? Schuljungen? Wegen solcher Scheißvergehen soll ich . . .«

»Oh, machen Sie sich deswegen keine Sorgen. Orenzstein bringt heute eine Verordnung ein, nach der das Beschmieren eines Gotteshauses eine Straftat sein soll. Das hängt irgendwie mit Bürgerrechten zusammen. Wir wissen natürlich alle, daß mit ›Gotteshaus‹ in Wirklichkeit eine Synagoge gemeint ist. Wann ist schließlich die letzte evangelische Kirche beschmiert worden?«

»Das ist trotzdem ein Scheißjob!«

»Damit werden Sie sich abfinden müssen. Im achten Stock wird gerade 'ne Besenkammer ausgeräumt. Ihr neues Büro. Das Büro der Sonderkommission gegen Schmierer und Vandalen.«

Die beiden Männer starrten sich über die auf Hochglanz polierte Schreibtischplatte hinweg an.

»Ich tu's nicht«, sagte Gold.

Huntz beugte sich aufgebracht nach vorn.

»Das tun Sie, wenn ich's Ihnen sage! Verdammt noch mal, für wen halten Sie sich eigentlich, Lieutenant? Haben Sie vergessen, daß ich Ihr Boß bin? Wenn Sie einen direkten Befehl Ihres Chefs verweigern wollen, können Sie Ihre Plakette gleich dalassen. Ich will Sie ohnehin schon lange loswerden. Am liebsten hätte ich Sie nach dem Fiasko am Freitagmorgen rausgeschmissen, aber ich wollte mich nicht mit Ihren alten Freunden in der Protective Association anlegen. Schon möglich, daß Sie in diesem Department viele Bewunderer haben, Gold – aber *ich* gehöre jedenfalls nicht zu ihnen!«

»Und dafür bin ich meinem Schöpfer dankbar!« brüllte Gold.

»Ich hab's einfach satt, in der Öffentlichkeit auftreten und Mörder wie Sie verteidigen zu müssen, wenn sie mal wieder ihre Dienstwaffe auf ein Kind oder 'ne Schwangere leergeschossen haben!«

»Was wissen Sie denn von Mördern? Sie haben in Ihrer ganzen Scheißkarriere nie mit was Gefährlicherem als 'nem Hefter zu tun gehabt. Sie sind seit fünfzehn Jahren nicht mehr auf der Straße gewesen. Und damals sind Sie der gottverdammte Fahrer des vorigen Chiefs gewesen!«

»Ich hab' schon immer gewußt, daß an Ihnen was faul ist – schon damals, als Sie die schwarze Schlampe erschossen haben, mit der sie geschlafen haben. Amoralische, unehrenhafte Männer wie Sie haben dieses Department . . .«

»Jeder Rookie, der zum erstenmal im Streifenwagen unterwegs ist, versteht mehr davon, was es bedeutet, ein Cop zu sein, als...«

»... von Ihresgleichen auch nicht zu erwarten!«

»... und mehr Mumm dazu! Bilden Sie sich vielleicht ein, Ihre Cops wüßten nicht, daß niemand bereit gewesen ist, als Partner mit Ihnen zusammenzubleiben? Deshalb haben Sie einen Bürojob nach dem anderen gekriegt. Keiner hat Ihr Partner sein wollen, Sie rückgratloses Stück *Dreck!* Sie haben versucht, sich hinter jedem Partner zu verstecken, den Sie jemals gehabt haben!«

»Raus!« kreischte Huntz. Er war aufgesprungen und zeigte auf die Tür.

»Keine Angst, ich gehe schon! Hier stinkt's – aber nicht wegen meiner Zigarre.«

»Raus! *Raus jetzt!*«

Als Gold die Tür erreichte, brüllte Huntz ihm nach: »Lieutenant Gold, Sie treten Ihren neuen Posten um dreizehn Uhr an, sonst ziehe ich Ihre Plakette und Ihre Dienstwaffe ein!«

Gold drehte sich an der offenen Tür um. »Fick dich doch selbst, Alan«, sagte er und marschierte hinaus.

Cherry Pye saß kreidebleich und mit offenem Mund an ihrer Schreibmaschine. In seinem Büro brüllte Huntz noch immer Unverständliches.

»Gehen Sie lieber rein und blasen Sie Ihrem Vorgesetzten einen, damit er sich wieder abkühlt. Sonst trifft ihn noch der Schlag.« Cherry Pye kam hinter ihrem Schreibtisch hervor, verschwand eilig in Huntz' Büro und knallte die Tür hinter sich zu, so daß das Geschrei verstummte.

Gold wandte sich an Honeywell, der auf dem zweisitzigen Ledersofa hockte und auf seinen Termin wartete. Auch er war etwas blaß um die Nase, als habe ihn der mitgehörte Wortwechsel schockiert.

»Verdammt noch mal, Jack, was...«

»Mach dir keine Sorgen, Honey.« Gold reckte den linken Daumen hoch. »Ich hab' ein gutes Wort für dich eingelegt. Du brauchst nur meinen Namen zu erwähnen.«

Dann ging er hinaus.

9.35 Uhr »Es ist mein Job, Mrs. Phibbs, dieser Firma Geld zu sparen. Dabei leiste ich sehr gute Arbeit. Ich verlasse mich darauf, daß Sie mir helfen werden, noch effizienter zu sein.«

Abe Morrison saß hinter einem handgeschnitzten Tisch aus dem 19. Jahrhundert, der ihm als Schreibtisch diente. Sein ganzes Büro war mit Antiquitäten vollgestopft, zu denen ein Kleiderständer aus Messing, ein massiver Schaukelstuhl und sogar ein altmodischer Wasserkühler mit einem merkwürdig geformten Glasbehälter gehörten. Außerhalb von Georgia hatte Esther noch nie so viel alte Dinge in einem einzigen Raum versammelt gesehen.

»Ich arbeite erstklassig, Mr. Morrison. Darauf können Sie sich verlassen.«

»Sehen Sie, Mrs. Phibbs«, fuhr Mr. Morrison, der Esther kaum gehört hatte, mit seiner auswendig gelernten Rede fort, »wie Sie vermutlich wissen, ist die Halbleiterindustrie eine sehr sensitive Branche.«

Was heißt *sensitiv?* fragte sie sich. Was ist ein *Halbleiter?*

»Wie alle Mikrochips herstellende Hardware-Zulieferer der Computerindustrie erlebt Techno-Cal viele Höhen und Tiefen, viele Auf- und Abbewegungen. Ich bin vor drei Jahren in die Geschäftsleitung berufen worden, um diese Schwankungen zu mildern und unsere Variablen zu dämpfen.«

Esther nickte.

»Ich muß sagen, daß ich mit den recht unorthodoxen Experimenten, unsere Kosten zu verringern, ziemlich erfolgreich gewesen bin. Wir haben unser Programm zur Altersversorgung durchforstet, die Leistungen im Krankheitsfall entrümpelt, einfach überall Ballast abgeworfen. Können Sie sich vorstellen, Mrs. Phibbs, daß diese Firma früher eine Cafeteria unterhalten hat? Eine Cafeteria für hundert Mitarbeiter! Sie hat immer mit Verlust gearbeitet, aber kein Mensch hat daran gedacht, sie zu schließen. Jetzt essen alle draußen bei Chico's Choo-Choo, einem Schnellimbiß, was sie ohnehin schon immer getan haben. Deshalb hat die Cafeteria nämlich mit Verlust gearbeitet.«

Abe Morrison warf den Kopf zurück und lachte laut. Er hatte Lachfältchen um die Augen und strahlte freundliches Selbstbewußtsein aus. Esther stimmte in sein Lachen ein.

»Und jetzt bauen wir unser Reinigungspersonal ab. Rechnet man Löhne, Steuern und Sozialabgaben zusammen, ist's einfach nicht kosteneffektiv, eine firmeneigene Dreimanncrew zu beschäftigen. Mit einem unabhängigen Reinigungsdienst wie dem Ihren fahren wir auf lange Sicht bestimmt günstiger. Außerdem hat's in letzter Zeit mehrfach Diebstähle gegeben, für die eigentlich nur unser Reinigungspersonal in Frage kommt. Nachts unbeaufsichtigt zu arbeiten, kann für manche Leute eine große Versuchung sein.«

»Oh, Mr. Morrison, da brauchen Sie sich keine ...«

Morrison hob eine Hand, um sie zu unterbrechen.

»*Das* habe ich nicht gemeint, Mrs. Phibbs. Ihre Arbeit und Ihr Charakter sind mir sehr empfohlen worden. Hätte ich kein Vertrauen zu Ihnen, würde ich nicht mit Ihnen reden.«

Esther lächelte. »Danke, Mr. Morrison.«

»Nun, das wär's vorläufig, Mrs. Phibbs.« Morrison, der zu einer grünen Hose ein kurzärmliges gelbes Hemd trug, stand von seinem viktorianischen Drehstuhl auf. Er war ein kleiner, rundlicher Mann mit Stirnglatze und graumeliertem Bart. »Meine Sekretärin zeigt Ihnen den Betrieb und gibt Ihnen einen Satz Schlüssel«, sagte er, während er Esther zur Tür begleitete. »Sie wissen, wofür Sie zuständig sind? Gut. Sie fangen kommenden Sonntag an. Das ist der Zwölfte.«

Esther nickte rasch.

»Ausgezeichnet. Jeden zweiten Freitag liegt an unserer Rezeption ein Umschlag mit einem Scheck für Sie bereit. Falls es keine unvorhergesehenen Schwierigkeiten gibt, werden wir einander nicht oft sehen. Ich *hasse* Überstunden.« Morrison warf erneut den Kopf zurück und lachte über seinen eigenen Scherz. Er öffnete die Tür und sprach mit der vollbusigen Blondine, die gerade einen Ordner aus einem antiken Walnußaktenschrank nahm.

»Terri, kümmerst du dich bitte um Mrs. Phibbs? Wegen der Vordrucke und so weiter. Dann zeigst du ihr den Betrieb.«

Er streckte die Hand aus und lächelte freundlich.

»Willkommen an Bord, Mrs. Phibbs.«

»Danke, Mr. Morrison«, brachte Esther heraus, bevor Abe Morrison wieder in seinem Büro verschwand.

»Jetzt geht's los, Honey«, sagte die Blondine, indem sie Esther einen Stapel Vordrucke und einen Kugelschreiber gab. »Wenn Sie die ausfüllen, zieht Ihr ganzes Leben an Ihnen vorbei. In dreifacher

Ausfertigung. Setzen Sie sich dort drüben hin, und ich bringe Ihnen eine Tasse Kaffee. Wie trinken Sie ihn?«

»Danke. Milch und Zucker.«

Die Blondine kam mit dem Kaffee und einer Dose englischer Biskuits zurück.

»Ich heiße Terri Walker. Mögen Sie ein paar Kekse?«

»Nein, danke. Ich bin Esther Phibbs.« Die beiden Frauen gaben sich die Hand und lächelten. Danach machte Esther sich daran, die Arbeitsverträge auszufüllen. Terri saß hinter ihrem Schreibtisch. Mehrere Minuten vergingen. Esther kämpfte mit der Frage: »Sind Sie oder einer Ihrer engsten Angehörigen oder Ihr/e Partner/in jemals wegen eines Verbrechens verurteilt worden?« Sie tastete geistesabwesend nach ihrer Handtasche und suchte ihre Salem Lights. »Haben Sie was dagegen, wenn ich rauche?« fragte sie, ohne aufzusehen.

»Das ist 'ne gräßliche, widerwärtige Angewohnheit!«

»Was?« Als Esther aufblickte, schwenkte Terri lachend ihre eben angezündete Zigarette und warf ihr ein flauschiges Zigarettenetui zu. An dem Etui hing ein winziges goldenes Feuerzeug an einer dünnen Goldkette. Esther zündete sich eine an, beugte sich nach vorn und legte das Etui auf Terris Schreibtisch zurück. »Danke.«

»Abe ist dauernd hinter mir her, daß ich aufhören soll. Mr. Morrison, mein' ich. Morgens, mittags und abends! Ich hab' schon mal aufgehört. Vor vielen Jahren, als ich schwanger gewesen bin. Aber ich hab' gleich wieder angefangen. Und mein Junge ist der einzige Kerl, für den ich's aufgegeben hab'.«

Die beiden Frauen nickten einander wissend zu. Dann sagte Terri fast schüchtern: »Wir heiraten, Abe und ich.«

»Meinen Glückwunsch! Wann denn?«

»Nächsten Monat. Das wird keine große Sache. Wir fahren bloß übers Wochenende nach Vegas. Vielleicht nehm' ich sogar meinen Sohn mit.«

»Wie alt ist Ihr Junge?«

»Zwölf. Ich hab' sehr früh geheiratet. Zu früh.«

»Meiner ist zehn.«

»Sie haben auch 'nen Jungen? Zehn?«

»Mit 'nem I.Q. von hundertzehn.«

»Clever, was?«

»Wie der Teufel. Er geht in 'ne Förderklasse für Hochbegabte. Er ist so klug, daß ich manchmal Angst vor ihm hab'.«

»So klug ist mein Kevin nicht, aber er hat das beste Herz, das man sich vorstellen kann. Herzensgüte ist wichtiger als alles andere. Bei Jungen und bei Männern. Ein gutes Herz lernt man schätzen, wenn man durchgemacht hat, was ich mitgemacht hab'.«

»Amen. Das können Sie laut sagen!«

»Sie wissen, wovon ich rede?«

»Allerdings!«

Die beiden Frauen begutachteten einander, während sie weiterrauchten. Esther betrachtete Terri genauer. Die üppige Blondine trug ein sittsam hochgeschlossenes blaues Baumwollkleid, aber Esther konnte sie sich in Leder und Jeans, sogar in Bikerkluft vorstellen. Terri kam aus der Stone Street, das verriet jeder Satz, den sie sagte.

»Abe, der hat auch 'n gutes Herz. Das größte! Deshalb heirat' ich ihn.«

»Er ist wirklich nett gewesen.«

»Oh, er ist der Beste! Sie werden gern für ihn arbeiten. Er läßt einen in Ruhe, versteh'n Sie? Wer seine Arbeit macht, den läßt er in Ruhe. Von wie vielen Bossen kann man das sagen?«

»Nicht von vielen.«

»Sind Sie mit dem Bewerbungsbogen schon fertig?«

»Äh . . . fast.« Esther setzte alles auf eine Karte. »Die Frage fünfzehn macht mir Schwierigkeiten.«

Terri starrte sie prüfend an. Sie zog an ihrer Zigarette und tippte sich mit einem Bleistift an die Kehle.

»Die mit den Verbrechen?«

Die Blondine trommelte mit dem Bleistift an ihre Kehle. Das machte ein hohles Geräusch.

»Sind Sie eine Verbrecherin, Esther?«

»Nein. Es geht um meinen Mann. Er wird heute nacht aus'm County entlassen. Dann hat er ein Jahr und einen Tag abgesessen.«

»Wofür?«

»Drogenbesitz«, sagte Esther rasch.

»Ein Jahr und einen Tag bloß wegen Drogenbesitz? Da muß er 'nen verdammt schlechten Anwalt gehabt haben!«

Esther zögerte einen Herzschlag lang, bevor sie hinzufügte: »Und bewaffneter Raub. Aber der ist auf Mitführen einer versteckten Waffe runtergesetzt worden.«

Terri spielte weiter mit ihrem Bleistift und betrachtete Esther forschend.

»Soll Ihr Mann hier mit Ihnen arbeiten? Gehört er zu Ihrer Crew?«

»Nein. Kommt nicht in Frage, Terri. Das halt' ich streng auseinander.«

»Todsicher?«

»Ganz bestimmt, Terri. Er ist mein Mann, und ich hab' ihn lieb, aber Esther's Custodial Service gehört *mir*. Ausschließlich mir.«

Terri lächelte. »Yeah, das versteh' ich. Das Gefühl kenn' ich gut. *Männer!* Mit ihnen geht's nicht, ohne sie geht's nicht. Hätten sie keine Schwänze, müßte man sie erschießen.«

Die beiden Frauen lachten.

»Okay«, sagte Terri, »ich mag Sie, Esther. Und ich richte mich immer nach meinem ersten Eindruck. Mein erster Eindruck von Ihnen ist, daß ich Sie mag und Ihnen vertraue.« Dann fügte sie leiser, fast im Verschwörerton hinzu: »Was geht die Firma außerdem Ihr Privatleben an, wenn Ihr Alter nicht hier arbeiten soll, stimmt's? *Sie* schließen den Vertrag mit uns, stimmt's? Nicht Ihr Alter. Außerdem hab' ich schon immer den Verdacht, daß diese Frage fünfzehn illegal ist. Scheiße, die verletzt doch Ihre Intimsphäre oder so was. Schreiben Sie einfach ›nein‹, und der Teufel soll sie holen, wenn sie keinen Spaß verstehen. Falls es später Schwierigkeiten gibt, sagen wir einfach, Sie hätten die Frage nicht verstanden.«

»Danke.« Esther füllte den Fragebogen aus, unterschrieb ihn und legte ihn der Blondine hin.

»Kommen Sie«, sagte Terri und nahm einen großen Schlüsselring von ihrem Schreibtisch, »ich führ' Sie jetzt durch den Laden und zeig' Ihnen, wozu all diese Schlüssel sind.«

Esther folgte Terri den Mittelkorridor des Gebäudes entlang. Terris Kleid umspannte ihre Hüften, die sich bei jedem Schritt wiegten. Männer, denen sie begegneten, blieben stehen, um sie bewundernd anzustarren.

Wirklich 'ne tolle Figur! dachte Esther. Kein Wunder, daß ihr Boß sie heiratet. Die kann bestimmt für keinen Mann arbeiten, ohne daß er versucht, was abzukriegen.

»Das Gebäude hat bloß zwei Geschosse, aber einige der Büros sind in winzige Kabuffs unterteilt. Sie sind für sämtliche Räume zuständig – bloß für die Abteilung Forschung und Entwicklung nicht. Die machen selbst sauber. Wegen ihrem Geheimscheiß und so weiter.« Die Blondine kicherte.

»Klos gibt's wahrscheinlich in beiden Geschossen?« fragte Esther.

»Ja, und ein drittes, das zum Büro des Präsidenten im ersten Stock hinten gehört. Er hat's verdammt mit der Sauberkeit seines Privatklos. Einmal hat er 'nen Hausmeister entlassen, weil er auf der Klobrille ein fremdes Schamhaar gefunden hat. Er hat behauptet, der Hausmeister hätte in *sein* Klo geschissen. Das hat er nicht vertragen können.«

»Danke für die Warnung. Wenn ich mal gehe, dann bestimmt nicht im ersten Stock. Wie kommt man zu den Müllbehältern?«

»Die stehen hinten an der Laderampe. Kommen Sie, ich zeig' sie Ihnen.«

Terri führte Esther durch das große Stahltor ins Freie. Die Hitze und das grelle Sonnenlicht trafen ihre Gesichter wie eine Ohrfeige. Auf der Laderampe jenseits des Parkplatzes für leitende Angestellte arbeiteten bis zur Taille nackte Männer in durchgeschwitzten Hosen. Einige von ihnen hörten auf zu arbeiten und bewunderten Terri, während sie sich mit ihren Taschentüchern die Gesichter abwischten. Einer der Männer, der am anderen Ende der Laderampe Kisten gestapelt hatte, richtete sich auf und gaffte. Er war sehr muskulös und auf der Brust und an den Armen tätowiert. Jetzt legte er beide Hände an den Mund und rief etwas. Esther verstand ihn nicht.

»Äh ...« Terri geriet ins Stottern. »Äh ... früher hat's hier mal Ratten gegeben, aber Abe hat sie beseitigen lassen. Deshalb ...«

Der Mann brüllte wieder etwas. Die anderen Arbeiter stießen sich gegenseitig an und hörten gespannt zu.

»... müssen Sie darauf achten, daß beim Reinkippen kein Müll neben die Behälter fällt. Abe sagt, daß Unordnung Ratten anlockt.«

»Was sagt er?« Esther legte eine Hand über die Augen und starrte über den Parkplatz hinweg den Tätowierten an.

»Wer?«

»Dieser Mann. Dort drüben.«

»Weiß der Teufel.« Terri war durcheinander, verlegen. Sie griff nach Esthers Arm. »Kommen Sie, ich zeige Ihnen den Aufenthaltsraum für Angestellte. Der ist früher die Cafeteria gewesen. Dort gibt's Kaffeemaschinen, Getränkeautomaten, 'ne Mikrowelle und ...«

Endlich verstand Esther, was der Mann über den hitzeflimmernden Parkplatz hinweg rief.

»Erst sind's Juden, und jetzt sind's Nigger!« brüllte er. »Hast du jetzt 'nen Niggerkumpel wie Kevin? Bleibt *sie* auch über Nacht?«

Esther starrte die Blondine an. »Haben Sie gehört, was er ruft?«

»Erst die Juden, dann die Nigger – so fängt's immer an.«

Terri, deren Hand noch immer auf Esthers Arm lag, zog sie hinter sich her ins Gebäude zurück.

»Ach, der spinnt doch! Auf den achtet hier keiner.«

»Aber... aber mit wem hat er geredet?«

»Wer weiß? Wahrscheinlich mit sich selbst. Ich hab' Ihnen doch gesagt, daß er spinnt.«

»Aber wer ist der Mann?«

Terri erwiderte ihren Blick. »Keine Ahnung, Esther. Abe hat ihn eingestellt. Ich glaub', ich muß ihm sagen, daß er ihn entlassen soll. Sonst macht der Kerl uns irgendwann echt Schwierigkeiten.« Terris Augen funkelten, während sie den Korridor entlangstelzte. »Irgendwann läßt einer der Lagerarbeiter ihm 'ne Kiste auf seinen gottverdammten Kopf fallen. Und je früher, desto besser!«

Terri kniff mit grimmiger Miene die Lippen zusammen. Im nächsten Augenblick lächelte sie strahlend. Sie wandte sich an Esther. »Haben Sie gewußt, daß wir hier auch Duschen haben? Für Männer und Frauen. Wenn Sie nach der Arbeit verschwitzt sind, können Sie gleich hier duschen. Kommen Sie, ich zeig' sie Ihnen.«

11.32 Uhr Sogar ein Marsmensch wüßte, daß dieser Ire ein Cop ist! dachte Gold, als McGriffey das Cuba Libre betrat.

McGriffey sah sich in dem Restaurant um, das wie immer um die Mittagszeit voller dunkelhäutiger kleiner Männer war. Gold, der an der Theke saß, hob einen Finger, und McGriffey erkannte ihn. Er war ein großer Mann, der fett zu werden begann. Tiefe Pockennarben entstellten sein Gesicht. Er trug den zur Zeit modischen buschigen Schnurrbart, und sein sandfarbenes Haar hing ihm bis knapp über den Kragen. Seine Augenfarbe war ein verwaschenes Blau.

»Jack Gold?«

»Hinten liegt noch ein Raum, der sonst nur abends benutzt wird«, sagte Gold, während er aufstand. »Dort sind wir ungestört.«

Die Einrichtung des langen, schmalen zweiten Speiseraums bestand aus Tischen mit Wachstuchtischdecken an den Längswänden. Eine riesige gemalte Landkarte Kubas mit rot eingetragenen Provinznamen nahm die Querwand ein. Im Vergleich zu dem vorderen Raum war dieser kühl und still.

»Sind Sie hungrig?« fragte Gold, als sie Platz nahmen.

»Sie haben mich zum Mittagessen eingeladen, stimmt's?« erkundigte McGriffey sich.

Gold musterte ihn über den Tisch hinweg. »Stimmt, das hab' ich getan.«

»Was für'n Restaurant soll das hier sein?« fragte McGriffey zweifelnd, während er sich umsah.

»Kubanisch«, antwortete Gold. »Darum heißt's Cuba Libre.«

»In L. A. gibt's hunderttausend mexikanische Freßschuppen – und Sie müssen 'nen kubanischen aussuchen!«

»Motzen Sie nicht, schließlich zahle ich. Außerdem lernen sie vielleicht was dazu. Sie sehen wie jemand aus, der gern gut ißt.«

McGriffey sah rasch zu ihm auf. »Woraus besteht der kubanische Fraß?«

Gold zuckte mit den Schultern. »Reis und Bohnen. Beefsteak. Schweinskoteletts. Sie essen viel Schwein.«

Angelique hatte dieses Restaurant geliebt. Das Essen hatte sie an New Orleans erinnert. Deshalb kam Gold seit damals immer wieder hierher.

»Schwein, was?« McGriffey grinste. »Das überrascht mich.«

Gold grinste ebenfalls: ein schmallippiges Wolfslächeln.

Von allen Cops bei der Drogenfahndung, dachte er, hast du dieses Arschloch erwischen müssen! Na ja, man muß eben mit dem Blatt spielen, das man auf die Hand kriegt.

Dann kam die Bedienung, um ihre Bestellung aufzunehmen. Sie wog über zwei Zentner und hatte blondgefärbtes Haar und eine Warze auf der linken Backe. Sie nickte Gold zu, den sie als Stammgast erkannte.

»Was darf's sein, Sir?« fragte sie mit rasend schnellem karibisch-spanischen Akzent.

»Ich bekomme das Steak in Brotteig, Reis mit Bohnen und die fritierten Bananen.«

Sie wandte sich an McGriffey. »Und Sie, Sir?«

McGriffey studierte die auf dünnem Papier handgeschriebene Speisekarte und sah dann zu ihr auf. »Haben Sie Burritos?«

»N-o-o-o-o-o«, antwortete sie gedehnt.

»Tacos?«

Sie blickte zu Gold hinüber und verdrehte die Augen. »Iss eine *kuuu*-banische Restaurant, Sir.«

McGriffey klatschte mit dem Handrücken auf die Speisekarte. »Yeah, aber ich weiß nicht, was dieser Scheiß hier ist.«

»Lassen sie mich für Sie bestellen«, schlug Gold vor. »Ich kann mir denken, was Ihnen schmeckt.« Er wandte sich an die Bedienung. »Bringen Sie ihm auch ein Steak. Mit Reis und Bohnen wie meines.«

Die Bedienung kritzelte auf ihren kleinen grünen Bestellblock. »Und was trinken Sie?«

»Was für Bier haben Sie?« fragte McGriffey.

Die Bedienung lächelte breit und ließ dabei mehrere Goldkronen sehen. »Wir haben viele mexikanische Biere, Señor.«

»Dos Equis?«

»Si.« Die Bedienung schrieb die Bestellung auf. »Und Sie, Sir?« Es war nach zwölf Uhr, und Gold verließ sich darauf, daß er für den Rest des Tages nicht wieder mit Alan Huntz zusammenkommen würde.

»Für mich ein Corona. *Muy fria, por favor.«*

»Sí.«

Als die Blondine gegangen war, zündete McGriffey sich ein Zigarette an. Er lehnte sich auf seinem Stuhl zurück und strich sich über den Schnurrbart. »In Zukunft jagt der große Jack Gold also Wandbeschmierer, Straßenkünstler?«

Gold rang sich ein schiefes Lächeln ab. »Schlechte Nachrichten machen schnell die Runde.«

»Es gibt nicht viele Cops, die Huntz so zum Ausflippen bringen können. Wie man hört, sind Sie ungefähr der einzige.«

»Ein zweifelhafter Vorzug. Sie sehen ja selbst, was mir das eingebracht hat. Jetzt darf ich Kids mit Sprühdosen zur Strecke bringen.«

Die Bedienung brachte ihre Biere. *»Dos más«*, sagte Gold auf die Gläser deutend. Sie nickte und ging.

Sie tranken und redeten, wie Cops miteinander reden. Sie tasteten sich gegenseitig ab. McGriffey fragte nach einigen Kollegen, mit denen Gold im Raubdezernat zusammengearbeitet hatte. Gold erkundigte sich seinerseits nach alten Freunden bei der Drogenfahndung. Sie sprachen über den Smog, die Dodgers, den Nachfolger des Oberbürgermeisters, falls er zum Gouverneur gewählt werden sollte, den Nachfolger von Chief Huntz, falls er zum Oberbürgermeister gewählt werden sollte.

Als das Essen serviert worden war, aßen sie schweigend. McGriffey übergoß alles mit Ketchup und schlabberte es mit Genuß in sich hinein. Der Reis mit Bohnen brachte Gold dazu, sich wieder sehnsüchtig an Angelique zu erinnern. Sie hatte immer behauptet, Reis mit Bohnen sei die Seele von New Orleans. Gold hatte oft daran gedacht, diese Stadt einmal zu besuchen, aber er war nie dazugekommen.

Nach dem Essen brachte die Bedienung amerikanischen Kaffee. McGriffey zündete sich eine weitere Zigarette an. Gold streifte die Zellophanhülle von einer Zigarre. Sie rauchten eine Zeitlang, rülpsten und benützten die Ecken von Streichholzbriefchen als Zahnstochererersatz.

»Ich hab' mich nach Ihnen erkundigt, Mac«, begann Gold schließlich. »Ich hab' mit ein paar Leuten geredet, vor denen ich Respekt hab', und die haben mir gesagt, daß Sie in Ordnung sind. Sie haben mir gesagt, daß man Ihnen vertrauen kann.«

McGriffey äußerte sich nicht dazu, sondern starrte Gold nur mit seinen verwaschenen blauen Augen an. Genau wie er sollte.

»Sie haben mir gesagt, daß Sie ein Mann sind, mit dem man reden kann. Sie haben mir gesagt, daß Sie auf vernünftige Argumente hören.«

McGriffey schwieg noch immer.

»Stimmt das?« faßte Gold nach, um irgendeine Reaktion zu hören.

McGriffey hob beide Hände, so daß seine Handflächen sichtbar waren. »Hey, ich hör' mir immer an, was jemand zu sagen hat.«

Gold schnippte die Asche seiner Zigarre auf eine fettige Stelle auf seinem Teller.

»Am Freitagabend haben Sie einen Rechtsanwalt festgenommen. Mit ungefähr 'nem halben Pfund Koks in der Tasche.«

McGriffey grinste breit.

»Was ist daran so witzig?« fragte Gold.

»Ich nehm' gern Anwälte fest. Verdammt gern! Ich kann die schleimigen Kerle nicht ausstehen. Einmal hab' ich so 'nen Scheißer von der ACLU verhaftet. Das beste Gefühl, das ich jemals gehabt hab'. Ich würd' lieber 'nen Anwalt als 'nen drogensüchtigen Kinderverderber festnehmen!«

Gold ächzte innerlich. Diese Sache versprach schwieriger zu werden, als er angenommen hatte.

»Okay, bleiben wir bei dem vorliegenden Fall«, sagte er. »Sie haben diesen Anwalt am Freitagabend verhaftet. Auf dem Parkplatz hinter dem Sunset Plaza.«

»Wie hat er gleich wieder geheißen?«

»Howard Gettelman.«

»Yeah, das stimmt. Ich erinner' mich an ihn. Kleiner dunkelhaariger Scheißer. Mit 'nem Bart.«

»Richtig, das ist er.«

»Was ist mit ihm?«

»Er ist mein Schwiegersohn.«

»Ohhhh. Wie schade! Aber er hätt's besser wissen müssen. Ein halbes Pfund Koks ist keine Kleinigkeit.«

»Das hab' ich ihm auch gesagt.«

»Diese Scheißanwälte glauben, daß sie über alles erhaben sind. Sie glauben, daß sie sich alles leisten können.«

Gold hielt den Mund, während McGriffey seinem Ärger Luft machte. Er wußte, wie dem anderen zumute war. Ihm ging es nicht anders. Alle Cops dachten so.

»Wissen Sie, daß die Scheißanwälte, mit denen ihr Schwiegersohn drinhängt, ein ganzes Händlernetz aufgezogen haben? Die Scheißkerle spielen sich wie große Dealer auf!«

»Hey«, widersprach Gold, »soviel ich weiß, hat sich alles in ihrer Runde abgespielt. Bloß ein bißchen Ameisenhandel unter Freunden.«

»Yeah, da haben Sie aber Scheiß gehört. Sie sind falsch informiert worden. Diese Arschlöcher verkaufen den Stoff an ihre berühmten Klienten im Show-biz. Die Kerle sind *Dealer.*«

McGriffey zündete sich eine neue Zigarette an und beugte sich nach vorn. »Hören Sie, die Drogenfahndung ist von oben gewaltig unter Druck gesetzt worden. Das ganze Scheißland weiß, daß Hollywood das Kokainparadies Amerikas ist. Jede Woche verschwindet wieder ein anderer Fernsehstar in 'nem Sanatorium zu 'ner Entziehungskur. Sogar Spieler bei den Dodgers geben zu, daß sie koksen, verdammt noch mal!

Und wegen dieser ganzen Action stehen wir Drogenfahnder in L. A. als richtige Bande von Arschlöchern da. Alle denken, daß wir 'n paar Nigger schnappen können, die in South Central Crack pushen, aber nicht imstande sind, die Hollywoodbonzen in den Griff zu kriegen. Oder alle denken, daß wir das nicht *wollen,* was noch schlimmer ist. Wenn Ihr Junge sich also mit diesen Arschlöchern im Bett hat erwischen lassen, dürfen Sie mir jetzt nicht vorjammern, er wär' noch Jungfrau gewesen. Er hat genau gewußt, worauf er sich eingelassen hat!«

Die Bedienung kam und wollte Kaffee nachschenken. Gold bestellte sich statt dessen ein weiteres Corona. »Hören Sie, Mac«, sagte er, nachdem das Bier serviert war, »mein Schwiegersohn ist nicht entfernt clever genug, um der große Meisterverbrecher zu sein, als den Sie ihn hinstellen. Wir wissen beide, daß irgend jemand – wahrscheinlich einer seiner Anwaltskollegen – eine Schuld bezahlt hat, indem er Gettelman verpfiffen hat. Und vermutlich eine Schuld bei *Ihnen*, nachdem dies ihr Unternehmen gewesen ist.«

McGriffey antwortete nicht sofort. Er ließ einen Arm über die Rückenlehne seines Stuhls hängen und beobachtete Gold mit seinen bläßlichen, an Spülwasser erinnernden Augen.

»Okay«, fragte er schließlich, »was wollen Sie?«

»Ein bißchen Hilfe für meinen Schwiegersohn.«

»Kein großes Problem.« McGriffey trank einen Schluck Kaffee. »Sagen Sie ihm, daß er mir ein paar Namen nennen soll – vielleicht nur einen, wenn's der richtige ist –, und ich erledige alles weitere.«

»Das kann er nicht.«

McGriffey schlürfte seinen Kaffee und starrte Gold über den Tassenrand hinweg an.

»Er muß für den Rest seines Lebens mit diesen Leuten zusammenarbeiten. Er kann nicht rumlaufen und sie verpfeifen. Damit wäre seine Karriere ruiniert.«

»Sagen Sie ihm, daß er unter meinem Schutz steht. Von mir erfährt keiner was über meine Leute.«

Gold schüttelte den Kopf. »Sie machen mir keine Sorgen. *Er* macht mir welche. Der Kerl ist einfach zu blöd! Sehen Sie sich bloß an, wie er in die Scheiße geraten ist! Wenn er jemand verpfeift, wird er höchstens umgelegt.« Er schüttelte erneut den Kopf, diesmal nachdrücklicher. »Nein, das ist keine Lösung.«

McGriffey stellt seine Tasse klirrend ab. Er zuckte mit den Schultern. »Was kann ich also tun?«

»Sie können mir sagen, was es kosten würde, diese Sache gleich hier am Tisch in Ordnung zu bringen.«

McGriffey starrte ihn lange an. »Tut mir leid, aber ich verstehe nicht, was ...«

»Ich frage Sie, was es mich kosten würde, die Sache auf der Stelle, gleich hier aus der Welt zu schaffen.«

McGriffey lachte krampfhaft ein kurzes, nervöses kleines Lachen. »Sie sind wirklich verrückt! Genau wie alle sagen. Mann, so'n

Scheiß ist hier nicht drin. Vielleicht in New York oder Miami, aber nicht in L. A. Bei uns ...«

Gold hob abwehrend die Hand. »Hey, McGriffey. Heben Sie sich diesen Scheiß für die Kontrollkommission auf. Ich bin selbst neun Jahre bei der Drogenfahndung gewesen – haben Sie das vergessen?«

McGriffey starrte Gold nachdenklich an und strich sich dabei langsam über seinen Schnurrbart.

»Ich möchte wissen«, begann Gold geduldig nochmals, »wieviel es mich kosten würde, diese Sache ...«

»Woher weiß ich, daß Sie nicht verdrahtet sind?«

»Ich bin's nicht.«

»Aber woher weiß ich das?«

»Ich hab's Ihnen gerade gesagt.«

»Aber woher weiß ich das?«

McGriffey lehnte sich plötzlich über den Tisch und wollte Golds Brust und Taille nach einem Abhörmikrofon mit Minisender abtasten. Aber Gold bekam sein Handgelenk zu fassen und hielt es wie ein Schraubstock umklammert. McGriffey, der keineswegs schwach war, wollte sich losreißen, aber Gold packte nur noch fester zu. McGriffeys Blick war jetzt gereizt und widerborstig zugleich.

»Hören Sie«, flüsterte Gold heiser, »wir könnten aufs Klo gehen, und ich könnte mich ausziehen, damit Sie sehen könnten, daß ich clean bin. Aber danach müßte ich den verpißten Boden mit Ihrem Gesicht aufwischen. Auf diese Weise würde mein Schwiegersohn die Hilfe verlieren, die ich ihm verschaffen wollte, und Sie würden ein paar Zähne und 'nen Haufen Geld einbüßen. Warum glauben Sie mir nicht einfach, wenn ich Ihnen sage, daß ich nicht verdrahtet bin? Sie kennen meinen Ruf. Sie wissen, daß ich in Ordnung bin. Scheiße, warum sollte ich mich nach all diesen Jahren noch auf die andere Seite schlagen?«

Gold ließ los, und McGriffey riß seinen Arm an sich. Er lehnte sich zurück und rieb sein Handgelenk. Nach einiger Zeit sah er zu Gold auf. Seine Wut machte ihn nicht hübscher.

»Für zehn Riesen könnte ich 'ne Bewährungsstrafe garantieren. Vielleicht nach Ablauf der Bewährungsfrist sogar 'ne Streichung aus dem Vorstrafenregister.«

Gold schüttelte den Kopf. »Er ist nicht vorbestraft. Bewährung kriegt er auch, wenn er einfach in den Gerichtssaal marschiert und sich schuldig bekennt. Das reicht nicht.«

»Scheiße, was wollen Sie denn sonst?«

»Das hab' ich Ihnen gesagt. Ich will, daß die Sache erledigt ist. Vorbei. Kaputt. *Finito*. Ich will nicht, daß mein Schwiegersohn jemals wieder daran denken muß. Ich will nicht mal, daß ein Richter prüft, ob Anklage erhoben werden soll.«

Diesmal schüttelte McGriffey den Kopf. »Viel wollen Sie gerade nicht, was? Wie lange sind Sie schon Cop? Dreißig Jahre? Dann wissen Sie, wie viele Leute damit befaßt sind. Die anderen Jungs, die bei der Verhaftung dabeigewesen sind, die Staatsanwaltschaft, der Richter, sogar der Gerichtsschreiber, verdammt noch mal! Das sind 'ne Menge Leute, die . . . äh . . . geschmiert werden müssen, bevor 'ne Anzeige einfach so *verschwinden* kann.«

»Nennen Sie mir 'ne Zahl.«

»Hören Sie, ich weiß nicht mal, ob sich das überhaupt mit Geld regeln läßt. Schließlich geht's hier nicht bloß um 'nen Strafzettel wegen Falschparkens, der verschwinden soll. Dabei sind ein Haufen Elemente zu berücksichtigen, die . . .«

»Diesen Scheiß können Sie sich sparen«, unterbrach Gold ihn. »Damit versuchen Sie bloß, den Preis in die Höhe zu treiben. Ich habe mit vielen Leute über Sie gesprochen. Alle haben mir bestätigt, daß Sie ein Mann sind, der so was deichseln kann. Wüßte ich das nicht, würd' ich jetzt nicht mit Ihnen darüber reden, sondern hätte einen anderen Weg eingeschlagen. Hören Sie also mit diesem Scheiß auf, und sagen Sie mir, was die Sache kostet.«

McGriffey musterte Golds Gesichtsausdruck. Er zündete sich eine weitere Zigarette an und trank seinen Kaffee aus. Die Musikbox im vorderen Speiseraum plärrte einen Salsa – hauptsächlich Schlagzeug und gleichförmig sich wiederholende Pianorhythmen.

»Dreißigtausend.«

Gold schnaubte. »Er ist doch kein Massenmörder! Dreißigtausend für 'ne einfache Anzeige wegen Drogenbesitzes?«

»Ein halbes Pfund Blow ist kein einfacher Fall mehr. Und noch dazu bei 'nem Anwalt. Richter hassen Anwälte, die sich erwischen lassen. Das wirft ein schlechtes Licht auf den ganzen Berufsstand.«

»Zwanzig.«

McGriffey schüttelte den Kopf. »Ausgeschlossen! Dazu sind zu viele beteiligt, die berücksichtigt werden müssen.« Er machte eine kurze Pause, während er sich wieder den Schnurrbart strich. »Für fündundzwanzig könnt' ich's wahrscheinlich machen.«

»Zweiundzwanzig«, sagte Gold rasch.

»Hey, was soll der Scheiß?« fragte McGriffey wütend. »Sie versuchen, mir was abzujuden, verdammt noch mal! Wir sind hier nicht am South Broadway, und ich bin kein Greaser, der ein Paar Schuhe aus Krokolederimitat kaufen will. *Sie* haben mich zu dieser Party eingeladen – oder haben Sie das vergessen? Jetzt müssen Sie auch blechen.«

Gold hob entschuldigend eine Hand. »Okay. Tut mir leid. Abgemacht!« Er stand auf. »Warten Sie hier.«

McGriffey war sofort mißtrauisch. »Ich soll hier warten? Worauf?«

»Ich bin gleich wieder da«, versicherte Gold ihm. »Regen Sie sich nicht auf.«

Gold marschierte durch den kurzen Gang in Richtung Herrentoilette. Dabei glaubte er, McGriffeys Blick zu spüren, der sich in seinen Rücken bohrte.

Auf der Toilette verriegelte er die Tür und zog den dicken braunen Umschlag aus der Jackentasche. Er zählte fünftausend Dollar ab, streifte ein Gummiband über die Schiene und steckte das Bündel in die linke Hosentasche. Dann klebte er den Umschlag mit den fünfundzwanzigtausend Dollar zu, trat noch rasch ans Urinal und kam in den Speiseraum zurück. McGriffey sah ihm sichtlich nervös und zappelig entgegen.

»Komisch, daß Sie gerade jetzt austreten mußten«, knurrte er.

Gold nahm Platz und schob den Umschlag über den Tisch. McGriffey steckte ihn hastig ein, während er sich umsah.

»Sie laufen mit soviel Geld in der Tasche 'rum?«

Gold zuckte mit den Schultern. »Wer soll's mir schon wegnehmen?«

McGriffey lächelte und schüttelte erneut den Kopf. »Sie bringen wirklich *alles*, was von Ihnen erzählt wird.«

»Und noch mehr, Detective McGriffey. Viel, viel mehr.«

Die Bedienung kam mit der Rechnung nach hinten. Gold gab ihr einen Zehner und einen Zwanziger und sagte, der Rest sei für sie. Sie schenkte ihm ein goldblitzendes Lächeln, räumte das Geschirr zusammen und trug es hinaus. Gold stand auf, um zu gehen. McGriffey, der jetzt locker und entspannt wirkte, sah gähnend zu ihm auf. »Sollten Sie jemals wieder 'nen Gefallen brauchen...« Er lachte in sich hinein.

Gold stützte die Hände auf den Tisch und beugte sich nach vorn, bis sein Gesicht nur eine Handbreit von McGriffeys entfernt war.

»Hör zu, du fettes Arschloch«, fauchte er halblaut, »fünfundzwanzigtausend Dollar sind kein Scheißgefallen. Fünfundzwanzigtausend Dollar sind 'n eiskaltes Geschäft, das merkst du dir hoffentlich, denn falls bei diesem Geschäft irgendwas schiefgeht, falls mein Schwiegersohn auch nur noch was von dieser Sache *hört*, mach' ich dich hundertprozentig dafür verantwortlich, und fünfundzwanzigtausend Dollar sind 'ne verflucht große Verantwortung!«

»Hey, nur keine Aufregung! Machen Sie sich keine Sorgen.« McGriffey grinste verlegen. »Das ist bloß 'ne Redewendung gewesen. Ich kenn' mich mit diesem Spiel aus.«

Gold richtete sich auf. »Okay, dann verstehen wir uns offensichtlich.«

»Klar doch.« McGriffey nickte. »Mann, Sie sind wirklich 'ne Nummer! Wissen Sie übrigens, daß bei der Drogenfahndung noch immer von Ihnen geredet wird?«

»Oh?«

»Yeah, wenn einer der Jungs besonders böse und gemein ist. Im Umgang mit Dealern, wissen Sie, oder auch sonst ... nun, dann heißt's, daß dieser Cop ›kalt wie Gold‹ ist. Anfangs hab' ich geglaubt, damit wär' richtiges *Gold* gemeint, wissen Sie, aber dann hat mir jemand erzählt, daß Sie damit gemeint sind.«

»Vielleicht sehen wir uns mal wieder, Detective«, sagte Gold und wandte sich ab, um zu gehen.

»Yeah, okay.« McGriffey rief ihm nach: »Hören Sie, fassen Sie diese Graffiti-Schmierer nicht zu hart an! Manche Leute halten sie für echte *Künstler*.«

McGriffeys Lachen hallte hohl durch den leeren Raum.

Gold fuhr durch den stickigen Nachmittagssmog ins Parker Center zurück. Das Radio meldete Smogalarm der Stufe zwei für den größten Teil des L. A.-Beckens, das gesamte Tal und viele der Gemeinden östlich der Stadt. Wie das Air Quality Management Board bekanntgab, war es »gesundheitsschädlich«, diese Luft einzuatmen.

Gold irrte eine halbe Stunde durch die grünen Korridore des achten Stockwerks, bevor er einen Mitarbeiter der Hausverwaltung fand, der ihm Zimmer 8112B zeigte – das Büro der neugeschaffenen Sonderkommission gegen Schmierer und Vandalen. Der in einer Ecke in größtmöglicher Entfernung von den Aufzügen liegende Raum war wirklich eine ehemalige Besenkammer – ein etwa dreieinhalb mal dreieinhalb Meter kleiner Lagerraum –, in dem Fotokopiermaterial gestapelt gewesen war: Papier in Kartons, Toner und Schachteln mit Druckfarben.

Jetzt enthielt der fensterlose winzige Raum zwei aneinandergerückte kleine, verschrammte Schreibtische, zwei Stühle und einen verbeulten stählernen Aktenschrank. Auf einem der Schreibtische lag ein einzelner dünner Ordner. Gold zog die Jacke aus, setzte sich und legte die Füße hoch. Er zündete sich eine neue Zigarre an und schlug den Ordner auf. Er enthielt handschriftliche Berichte über die am vergangenen Wochenende gemeldeten drei Fälle von Schmierereien, wobei der Bericht über die am Sonntagabend beschädigten Luxuslimousinen obenauf lag. Gold nahm sie sich zuerst vor, las danach die Meldung über den Vorfall am Samstagabend und kam zuletzt zu dem Bericht über die Schmierereien am Freitag.

Alle Vorkommnisse entsprachen Golds Erwartungen: Einfache Fälle von der Art, die ein Polizeipsychologe einmal in seiner Gegenwart als »zeitgenössische Manifestationen amerikanischer Angst in Form von antisozialen Verhaltensauffälligkeiten« charakterisiert hatte. Junge Asoziale, die Wände beschmierten. Ein Punkt des Berichts über die Autobeschädigungen störte Gold jedoch: Mehrere Zeugen, die den angeblichen Täter flüchtig gesehen hatten, beschreiben ihn als einzelnen Weißen Mitte Dreißig. Das paßte nicht zu seiner Theorie. Die Personenbeschreibungen waren jedoch sehr vage, und er wußte aus Erfahrung, daß Augenzeugen selbst unter besten Bedingungen – die am Sonntag nicht geherrscht hatten – äußerst unzuverlässig waren.

Gold zog an seiner Zigarre und überflog den Sonntagsbericht noch einmal. Er hatte ihn etwa halb gelesen, als die Tür geöffnet wurde. Gold hob den Kopf. Auf der Schwelle stand ein junger Cop, der seinen Dienstausweis an die Hemdtasche geklammert hatte.

»Was kann ich für Sie tun?« fragte Gold.

»Ist das hier das Büro der Sonderkommission gegen Schmierer?« Der junge Cop sah sich um und lächelte ungläubig.

»Jedenfalls ist's nicht die Herrentoilette. Die ist größer. Sind Sie dienstlich hier, sagen Sie, was Sie wollen. Sind Sie bloß hier, um diesen Luxus zu begaffen, können Sie Ihre Story im Gehen erzählen.«

Der junge Cop trat ein und schloß die Tür. »Ich bin eben Ihrem

Mitarbeiterstab zugeteilt worden. Anscheinend *bin* ich Ihr Mitarbeiterstab. Sind Sie Jack Gold? Ich bin Sean Zamora.« Er streckte seine Hand aus. Gold ergriff sie langsam.

»Sean Zamora? Wie zum Teufel sind Sie zu diesem Namen gekommen?«

Das Grinsen des jungen Cops wurde breiter. Er war mittelgroß, sah recht gut aus und hatte eine blonde Mähne. Gold hatte den Eindruck, ein Künstler habe seine Gesichtszüge mit einem spitzen Bleistift gezeichnet und dann mit dem Daumen wieder leicht verwischt.

»Ach, das ist 'ne lange Geschichte. Die erzähle ich Ihnen gelegentlich, wenn wir mal nichts zu tun haben.«

»Das dürfte hier öfter der Fall sein«, sagte Gold. »Okay, stehen Sie nicht rum, Mitarbeiterstab. Setzen Sie sich.«

Zamora nahm Platz.

»Sie machen mich neugierig. Was haben Sie getan, um Huntz gegen sich aufzubringen?« fragte Gold.

Zamora lachte. »Woher wissen Sie das?«

»Weshalb wären Sie sonst hier – mir und diesem Scheißjob zugeteilt? Was haben Sie ausgefressen?«

Zamora wollte nicht recht mit der Sprache heraus. »Keine große Sache.«

»Hey, das klingt interessant. Jetzt muß ich's wissen!«

»Nun«, begann Zamora verlegen, »Sie kennen doch die Zeitschrift *Playgirl*?«

»Die alle Schwulen kaufen?«

»Das ist 'ne *Frauen*zeitschrift.«

Gold lachte kurz. »Was ist damit?«

»Ich hab 'n Layout dafür gemacht.«

»Ein was?«

»Ein Layout. Einen Spread.«

»Drücken Sie sich verständlich aus«, knurrte Gold.

Zamora seufzte. »Sie haben ein paar Aufnahmen von mir gemacht und veröffentlicht.«

»Was für Aufnahmen?«

»Na ja, Sie wissen schon.«

»Nacktfotos?«

»Nun... yeah.«

»Völlig nackt?«

»Äh... nicht völlig nackt.«

»Hm?«

»Nein, auf ein paar Fotos hab' ich mein Schulterhalfter getragen.«

Gold mußte grinsen. »Ohne Scheiß? Das ist nicht ganz das Image, das Huntz sich für seine Boys in Blau vorstellt.«

»Nicht ganz.«

»Wieviel haben Sie für Ihr . . . Ihr Layout gekriegt?«

»Fünfzehnhundert.«

»Fünfzehnhundert? Das ist nicht viel Geld für 'ne ganze Karriere.«

Zamora runzelte die Stirn. »Das versteh' ich nicht.«

»Cops, die Huntz nicht leiden kann, werden niemals befördert. Wissen Sie das nicht, Detective Zamora? Darauf baut das ganze LAPD auf. Und ich bin der wandelnde Beweis dafür, daß das stimmt.«

»Huntz kann mich mal! Ich bin sowieso nicht mehr lange Cop.«

»Tatsächlich?«

»Nein, ich bin Schauspieler. Seit kurzem sogar mit SAG-Mitgliedsausweis. Im Juni bin ich im Callboard in *Sweet Smell of Decay* aufgetreten. Die Besprechung in der *Times* ist wahnsinnig gut gewesen. Vielleicht haben sie sie gelesen?«

»Ich lese keine Theaterkritiken«, stellte Gold nüchtern fest.

»Im Dezember nehm' ich jedenfalls vier Wochen Urlaub, um in 'nem Billigfilm mitzuspielen, der unten in Mexiko gedreht wird. Einundzwanzig Drehtage hintereinander. Das wird brutal! Und ich muß vermutlich die Scheinwerfer rumschleppen, aber dafür krieg' ich die dritte Hauptrolle.«

»Wie auch immer«, sagte Gold.

»Mein Agent hat mir den Spread im *Playgirl* besorgt. Sie stellen mich als Mischung zwischen Erik Estrada und Don Johnson raus. Und ich bin noch dazu ein echter Cop.«

»So, und wann erwarten Sie, daß der Ruhm zuschlägt? Etwa schon heute?«

Zamora lachte halblaut. »Na ja, vielleicht nicht heute.«

»Dann haben Sie also Zeit für 'n bißchen Polizeiarbeit mit mir?«

Zamora grinste. »Ich kann sie mir so gerade noch abzwacken, glaub' ich.«

Gold stand auf und hängte sich seine Jacke um. Zamora war ebenfalls aufgestanden.

»Sind Sie immer auf der Anzug-mit-Krawatte-Schiene, Lieutenant?« fragte Zamora, als sie den Flur entlanggingen.

»Da wir zusammenarbeiten, können Sie einfach Jack zu mir sagen. Nein, das ist sonst nicht meine Art. Im allgemeinen bevorzuge ich grellbunte Polyesterhemden, wie wir alten Männer sie alle tragen.«

Zamora sah zu Gold hinüber. »Wissen Sie, Jack, es ist wirklich 'ne Ehre, mit Ihnen zusammenzuarbeiten. Ich hab' schon viel von Ihnen gehört.

Gold machte eine abwehrende Handbewegung, als sie vor den Aufzügen stehenblieben. »*Ich* fühle mich geehrt.« Er drückte auf den Rufknopf. »Ein so junger Mensch, der sich bereits Alan Huntz zum Feind gemacht hat, ist nach meinen Begriffen in Ordnung. Wie hat Huntz übrigens von den *Playgirl*-Fotos erfahren? Ich glaub' nicht, daß er zu den Abonnenten gehört.«

Die Lifttür öffnete sich automatisch.

»Nein – aber vielleicht gehört Cherry Pye dazu.«

Beim Einsteigen warf Gold dem jungen Cop einen fragenden Blick zu. Zamora kniff ein Auge zusammen. »Als ich aus dem Büro des Chiefs gekommen bin, hat sie mich um ein Rendezvous gebeten.«

Gold lachte, bis sie seinen Wagen erreichten.

14.26 Uhr Councilman Orenzstein beendete eben eine Pressekonferenz vor dem West Coast Center of Holocaust Studies, als Gold und Zamora auf der gegenüberliegenden Straßenseite parkten.

»Und so wird es uns«, sagte er eben, als sie sich der kleinen Ansammlung von Reportern und Kameraleuten näherten, »durch die von mir veranlaßte positive Aktion, durch die neugeschaffene polizeiliche Sonderkommission gegen Schmierer und Vandalen sowie durch die konzertierten Anstrengungen der gesamten Einwohnerschaft der Westside hoffentlich gelingen, eine Wiederholung solcher Schrecken, solcher Frevel in unserer Stadt zu verhindern. Ich danke Ihnen.«

Dünner Beifall belohnte seine Ausführungen; dann machten die Techniker sich daran, Stromkabel aufzurollen und Kameras zu verstauen.

»Hey«, flüsterte Zamora. »Was ist mit Ihnen? Sie sind die Sonderkommission. Will er Sie nicht vorstellen?«

Gold schüttelte den Kopf. »Ich bin in letzter Zeit ein bißchen zu oft in den Nachrichten gewesen.«

Zamora nickte verständnisvoll. Orenzstein, dem einige Anhänger die Hand schüttelten, erkannte Gold in der Menge. Er machte eine kleine Handbewegung und nickte zum Stahlportal des Zentrums hinüber. Dann entschuldigte er sich bei seinen Zuhörern, ging die Stufen hinauf und verschwand im Inneren des Gebäudes.

»Los«, sagte Gold, »wir gehen auch rein.«

Die Eingangshalle des Zentrums war kühl und hoch und düster. Die Wände bestanden aus Stahl und roh behauenen Steinen, und ein in der Mitte stehender Springbrunnen ließ Wasser über eine Kupferskulptur plätschern. Das halbabstrakte Wandgemälde hinter der Rezeption zeigte in Todesqualen verzerrte Gesichter und verdrehte Leiber. Die Gestalten trugen gestreifte Häftlingskleidung.

Orenzstein stand von seinem Gefolge umringt unter diesem Wandgemälde. Er löste sich von seinen Mitarbeitern, faßte Gold am Arm und führte ihn von Zamora und den anderen weg in eine ruhige Ecke.

»Sie sind Jack Gold. Ich bin Harvey Orenzstein.« Die beiden Männer schüttelten sich die Hand. »Ich gratuliere Ihnen zu Ihrer Ernennung zum Leiter der Sonderkommission. Ich habe für einen hohen jüdischen Polizeibeamten plädiert. Sie entsprechen meinen Vorstellungen durchaus.«

»Tut mir leid, Councilman, aber ich glaube nicht, daß dieser Auftrag etwas ist, zu dem man mich beglückwünschen könnte.«

Councilman Orenzstein runzelte die Stirn. »Wie meinen Sie das?«

Gold zuckte mit den Schultern. »Die ganze Sache ist doch banal, Councilman. Sie pusten sie viel zu sehr auf.«

»Oh, tue ich das?« erkundigte Orenzstein sich steif.

»Wie ich die Sache sehe, haben wir's hier mit einzelnen kleinen Fällen von Vandalismus zu tun.«

»Die Schäden an den Fahrzeugen belaufen sich auf über eine Viertelmillion Dollar – das nennen Sie einen kleinen Fall, Lieutenant?« fragte Orenzstein aufgebracht.

»Okay. Einen kostspieligen kleinen Fall. Aber mit diesem ganzen Scheiß – Fernsehteams, Pressekonferenzen, Sonderkommission – sorgen Sie bloß dafür, daß die Schmierereien endlos weitergehen. Den Arschlöchern, die so was machen, geht's vor allem darum, diese ganze Medien-*Megilla* auszulösen. Deshalb machen sie's überhaupt. Solche Fälle läßt man am besten ganz still am Halm verdorren.«

»Darf ich daraus entnehmen, daß Sie diese Täter für nicht sonderlich gefährlich halten?«

»Wahrscheinlich sind sie's nicht.«

»Und Sie finden, wir sollten die ganze Sache eher abwiegeln?«

»Genau. Lassen Sie sich nicht von Verfolgungswahn anstecken.«

Councilman Orenzsteins Miene war grimmig geworden. »Ich kann nicht glauben, daß ich das von einem hohen Polizeibeamten höre. Noch dazu von einem *jüdischen* Polizeibeamten.«

Gold seufzte. »Hören Sie, Councilman, wenn ich die Arschlöcher erwische, trete ich ihnen ihre Scheißkniescheiben ein. Aber wie Sie diese Sache aufziehen, locken Sie nur weitere Spinner aus ihren Höhlen.«

»Lieutenant, ich *will* weitere Spinner aus ihren Höhlen locken. Ich will alle Spinner ans Tageslicht locken. Ich habe mein Leben lang gegen Fanatismus und Diskriminierung in jeglicher Form gekämpft und sie bloßgestellt, wo und wann immer ich sie angetroffen habe. Und wenn der Antisemitismus sein scheußliches Haupt in meinem Bezirk, in meiner Stadt erhebt, können Sie sich darauf verlassen, daß ich nicht ruhe, bis er aufgespürt und vernichtet ist!«

Gold musterte Councilman Orenzstein prüfend. »Sagen Sie mal, Harvey – dieser Kreuzzug hat nicht zufällig was damit zu tun, daß dieses Jahr Wahlen sind?«

»Werden Sie bloß nicht frech!« knurrte Orenzstein mit unterdrücktem Zorn in der Stimme. »Soviel ich weiß, brauchen Sie jeden Freund, den Sie auftreiben können, bloß damit Sie Ihre Pension behalten. Mein Einfluß hat Ihnen Ihren Job gerettet, deshalb erwarte ich von Ihnen, daß Sie wenigstens bei unseren wöchentlichen Sachstandsmeldungen höflich zu mir sind, verdammt noch mal!«

»Unseren was?«

»Wöchentlichen Sachstandsmeldungen, Lieutenant.« Councilman Orenzstein sprach jetzt lauter, damit sein Gefolge mithören konnte. »Mein Büro bleibt in ständiger Verbindung mit der Sonderkommission. Ich möchte über sämtliche Einzelheiten Ihrer Ermittlungen auf dem laufenden gehalten werden. Ich habe nicht die Absicht, diese Fälle einfach in Vergessenheit geraten zu lassen.«

»Das möcht' ich wetten«, murmelte Gold.

Einer von Orenzsteins Mitarbeitern kam herangehastet. »Wir müssen wirklich los, Councilman. Die alten Ladies, die gegen die Umwandlung in Eigentumswohnungen protestieren, werden in der Hitze ohnmächtig. Ich weiß nicht, wie lange wir noch 'ne brauchbare Versammlung aufrechterhalten können.«

»Richtig, richtig.« Orenzstein streckte Gold die Hand entgegen und lächelte breit. »Freut mich, daß wir in dieser Sache zusammenarbeiten, Lieutenant.« Mehrere Kameras klickten. Grelle Blitzlichter zuckten auf. »Gemeinsam zeigen wir's den Dreckskerlen!« sagte er laut. Das war Orenzsteins schon über zwei Jahrzehnte alte Wahlparole aus den sechziger Jahren. Er wiederholte sie noch lauter: »Gemeinsam zeigen wir's den Dreckskerlen!« Seine Aussage wurde mit schwachem Beifall quittiert. Dann stürmten Orenzstein und seine Mitarbeiter aus dem Zentrum; die restlichen Reporter blieben ihnen auf den Fersen, und die wenigen Neugierigen folgten ihnen. In weniger als dreißig Sekunden war die Eingangshalle leer.

Zamora kam herangeschlendert. »Was hat er gesagt? Als Sie mit ihm allein gewesen sind?«

»Er hat gesagt, daß er genau weiß, was ihm nützt.«

Zamora warf Gold einen prüfenden Blick zu. »Okay, was tun wir jetzt?«

»Wer weiß?«

»Na ja, schließlich sind *wir* die Cops«, meinte Zamora lachend. »Wie gehen Sie im allgemeinen vor?«

»Fahnde ich beispielsweise nach Bankräubern, nehme ich mir alle Bankräuber vor, die ich kenne. Irgendwann verpfeift dann jemand das Arschloch, das ich suche.« Gold zündete sich seine Zigarre an. »Ebenso gehe ich vor, wenn ich nach Dealern oder Voyeuren oder Fälschern oder Pornographen fahnde. Man schüttelt den Baum, bis der Gesuchte runterfällt.« Seine Zigarre brannte jetzt. »Das Dumme ist nur, daß ich keine Graffiti-Künstler kenne. Sie vielleicht?«

»Ein paar Mitglieder von Banden. Crips, Bloods und White Fence Homeboys. Wollen Sie ein paar davon an die Wand stellen? Gründlich durchschütteln, um zu sehen, was rauskullert?«

»Nö, eigentlich nicht. Es sei denn, Sie hätten einen ausgesprochenen Antisemiten darunter. Nein, unsere Täter sind keine normalen Spraykünstler. Sie kennzeichnen ihre Werke ja auch nicht mit dem Eingeweihten bekannten Schnörkel.«

»Warum reden Sie immer von ›sie‹ und ›ihre‹? Unsere Augenzeugen haben lediglich einen einzelnen Weißen gesehen.«

Sie waren inzwischen ins Freie getreten. Die Luft war heiß und still und übelriechend. Die Sonne stand als feurige Kugel über den Smogschleiern.

»Ein einzelner Weißer Mitte Dreißig ruiniert meine Theorie, daß wir's mit betrunkenen Jugendlichen zu tun haben«, sagte Gold, als er über die Straße zum Parkplatz hinübersah. »Ein einzelner Weißer Mitte Dreißig könnte viel gefährlicher sein als eine Horde betrunkener Jugendlicher.«

»Finden Sie?«

Gold kaute auf seiner Zigarre herum. »Scheiße, wer weiß das schon?« Er grinste Zamora an. »Haben Sie vielleicht Lust, Spuren zu suchen? Kommen Sie, wir gehen mal rüber und suchen wie brave kleine Detektive nach Spuren.«

Zamora erwiderte sein Grinsen. »Klar. Warum nicht?«

Sie befanden sich noch auf den Stufen vor dem Eingang, als zwei weiße Kleinbusse mit quietschenden Reifen am Randstein bremsten und zehn bewaffnete junge Männer ausspuckten.

»Hey, was soll der Scheiß?« Zamora griff bereits nach seinem Revolver.

»Immer mit der Ruhe. Das ist die JAR.«

»Die *was*?«

»Jewish Armed Resistance. Ich hab' sie eigentlich fast erwartet.«

Die jungen Mitglieder der jüdischen Selbstverteidigungsorganisation bezogen vor dem Gebäude und auf der Marmortreppe Stellung. Alle waren einheitlich gekleidet: Jeans, blaues Barett und blaues T-Shirt, das mit einem Davidsstern, gekreuzten Fäusten, die Stacheldrahtfesseln sprengten, und den Buchstaben *JAR* bedruckt war. Sie waren mit Sturmgewehren M-1 und M-16 bewaffnet; zwei von ihnen hielten sogar schußbereite Maschinenpistolen.

»*Jesus y Maria!*« Zamora holte erschrocken Luft. »Das sind Uzis!«

Gold warf seine Zigarre weg. »Kommen Sie, das müssen wir unterbinden.«

Ein graubärtiger Mann Anfang Fünfzig kletterte aus einem der Fahrzeuge. Er hatte einen gewaltigen Schmerbauch und feurig blitzende Augen. Als er jetzt einen knappen Befehl brüllte, standen die jungen Bewaffneten stramm.

»Wer ist für diesen Affenzirkus verantwortlich?« wollte Gold von ihm wissen.

»Ich!« knurrte der Mann. »Ich bin Jerry Kahn, Kommandant der Western Forces der Jewish Armed Resistance. Und wer sind Sie, verdammt noch mal?«

»Ich bin Captain Fantastic vom Klingon-Imperium. Sehen Sie zu, daß diese Bubis abrücken, bevor einer von ihnen sich erschießt.«

Kahr grinste höhnisch. »Verlassen Sie sich darauf: Meine Leute geben keinen Schuß zufällig ab. Und jetzt behindern Sie uns gefälligst nicht länger.«

Gold setzte eine grimmige Miene auf. »Sorgen Sie dafür, daß Ihre Leute *sofort* abrücken. Sie können doch nicht mit automatischen Waffen auf der Straße rumlaufen! Lassen Sie die Waffen sofort in die Fahrzeuge zurückbringen und verschwinden Sie mit Ihrer Truppe, sonst beschlagnahme ich Ihre kleinen Spielsachen, und Sie können den Rest des Tages mit dem Versuch zubringen, gegen Kaution entlassen zu werden.«

Kahn blieb unbeeindruckt. »He, Sie halten sich anscheinend *wirklich* für Captain Fantastic?«

Einer der in seiner Nähe stehenden jungen Männer drehte den Kopf zur Seite und sprach Kahn an. »Er ist Jack Gold, Commander. Der Alibi-Jude, von dem wir im Radio gehört haben. Leiter dieser komischen Sonderkommission.«

»Ah, richtig!« Kahns boshaftes Lächeln wurde breiter. »Der Überläufer. Der Ghetto-Polizist, der seine eigenen Leute für die kurze Bahnfahrt ins ›Umsiedlungslager‹ in die Güterwagen treibt.«

»Halt's Maul, Arschloch!« fauchte Gold.

»Gleichfalls, Onkel Ike! Sie wissen doch, was ein Onkel Ike ist, nicht wahr, Gold? So nennen wir euch jüdische Onkel Toms.«

»Kahn, hören Sie auf, Scheiß zu erzählen, und rücken Sie mit Ihren Bubis ab, bevor ich mit den Verhaftungen anfangen muß.«

»Uns will er verhaften!« Kahn drehte sich um und wandte sich mit lauter Stimme an seine Gefolgsleute. »Sie entweihen unsere Tempel, sie erschrecken unsere Frauen, sie verunglimpfen das Andenken der uns heiligen Verstorbenen, sie beschimpfen uns als Itzigs und bedrohen uns mit dem Tod – und dann schicken sie diesen jüdischen Judas los, um uns verhaften zu lassen, wenn wir uns selbst schützen.« Kahns Gesicht glich einer von Haß verzerrten Maske, als er sich wieder an Gold wandte. »Sie hätten wirklich in die Lager gepaßt, Gold – als Speichellecker der Nazis. Sie widern mich an!« Er spuckte vor Gold aus.

Gold kämpfte sichtlich darum, nicht die Beherrschung zu verlieren. Zamora beobachtete die ganze Szene mit vor Erstaunen offenem Mund.

»Kahn«, sagte Gold langsam. »Ich fordere Sie zum letztenmal auf, in Ihre Fahrzeuge zu steigen und ...«

»Wir fahren nirgends hin, Ike! Wir bleiben hier und halten Tag und Nacht Wache, um jüdisches Leben und Eigentum zu schützen. Wir bleiben, um das zu tun, was eigentlich *Ihr* Job wäre. Den Job, dem Sie gewachsen wären, soviel man hört, wenn Sie nicht ständig durch irgend 'ne *shvartzeh* Pussy abgelenkt würden.«

Für einen Mann seiner Größe und seines Alters bewegte Gold sich unglaublich schnell. Er riß Kahns rechten Arm nach hinten, packte ihn an den grauen Haaren, stieß ihn die wenigen Meter zu einem geparkten Auto vor sich her und knallte ihn mit dem Gesicht auf die Motorhaube. Kahns Leute setzten sich in Bewegung, aber Zamora hatte seine Dienstwaffe gezogen und schwenkte sie mit leicht angewinkelten Armen von links nach rechts und wieder zurück.

»Halt, keine Bewegung!« brüllte er dabei. »Bleibt, wo ihr seid!«

Die jungen Männer erstarrten; nur ihre zitternden Finger spielten nervös an ihren Waffen herum. Einige Reporter, die erst etwas später zu ihren auf der anderen Straßenseite geparkten Fahrzeugen gekommen waren, fluchten, während sie ihre Kameras wieder auspackten.

Gold riß den Kopf des anderen hoch. Aus Kahns Nase schoß Blut. Es lief ihm in den Mund, tropfte von seinem Kinn. Die Nase schien gebrochen zu sein.

»Okay«, flüsterte Gold ihm ins Ohr, »soll ich dir den Arm auch noch brechen, Großmaul?« Dabei drückte Gold Kahns Arm nach oben und Kahn grunzte unwillkürlich vor Schmerzen.

»Arschloch«, fauchte Gold und erhöhte den Druck.

»Nein! Bitte nicht!« jammerte Kahn.

Gold brachte seine Lippen noch dichter an sein Ohr. »Sag Onkel.«

»Onkel«, brachte Kahn heraus.

»Jetzt Onkel Ike.«

Sekundenlang war Kahns Zorn stärker als seine Schmerzen. »Leck mich am Arsch.«

Gold riß seinen Arm so weit nach oben, daß Kahns Füße für kurze Zeit vom Boden abhoben. Kahn stieß einen gellend lauten Schrei aus.

»Wenn ein Arm bricht«, flüsterte Gold ihm ins Ohr, »hört man das Knacken manchmal einen halben Block weit.«

Kahn weinte jetzt.

»Los, sag's schon!« verlangte Gold. »Sag Onkel Ike.«

»Onkel Ike«, krächzte Kahn vor Schmerzen halb benommen.

Gold ließ seinen Arm los. Kahn sackte auf dem Gehsteig zusammen, hielt sich den rechten Arm und versuchte, das heftige Nasenbluten zu stillen. Mehrere seiner jungen Widerstandskämpfer eilten ihm zur Hilfe.

»Ihr Leute verschwindet jetzt gefälligst!« brüllte Gold. »Nehmt eure Waffen mit und sperrt sie zu Hause in den Kleiderschrank. Damit kommt ihr hier nicht weiter. Wir sind hier nicht im Nahen Osten. Ihr könnt wieder wie früher alte Ladies von der *Shul* nach Hause begleiten. Und versucht nie wieder, Polizeiarbeit zu tun!«

Die jungen Leute halfen Kahn in einen der von Mädchen gefahrenen Kleinbusse. »Antisemitisches Schwein!« kreischte eine der Fahrerinnen und deutete anklagend auf Gold. »Nazitype!«

»Verschwindet!« blaffte Gold.

Sie schoben Kahn in den Bus und stiegen selbst ein. Dann fuhren sie rufend und ihre Waffen schwingend ab.

»Wir kommen zurück!«

»Niemals wieder! Niemals wieder!« rief irgend jemand, und die anderen stimmten alle ein.

»Niemals wieder! Niemals wieder! Niemals wieder!«

Ihre Stimmen wurden leiser, je weiter die Busse den Pico Boulevard entlangrollten. Zamora lehnte sich an einen Wagen und wischte sich mit dem linken Handrücken den Schweiß vom Gesicht. Mit der Rechten hielt er noch immer seinen Police Special umklammert.

»Jesus, Maria und Joseph.« Er sah zu Gold auf. »Ist jeder Tag mit Ihnen so?«

Gold zündete sich eine neue Zigarre an. »Bleiben Sie dran, Kid.«

22.42 Uhr

Der Minipickup bog vom Sunset auf den Gardner Boulevard ab, folgte der ersten Straße links zwei Blocks weit und hielt dann ruckartig am Randstein der schlecht beleuchteten Straße. Die üppige schwarze Nutte, die aus einem Comicbuch hätte stammen können, stieg hastig aus und kreischte in den Minipickup hinein.

»Verdammter Scheißkerl!« Sie knallte die Tür wütend zu. »Knickriger, dreckiger Wetback! Sieh doch zu, ob deine mexikanische Mama dich für zehn miese Dollar fickt, Arschloch!«

Der Minipickup fuhr mit durchdrehenden Rädern an und schoß davon.

»Drecksack!« kreischte die Schwarze hinter ihm her.

Walkers blauer Kleinbus hielt vor ihr am Randstein. Die schwarze Nutte warf einen mißtrauischen Blick in den Wagen.

»Und was willst *du*?«

Walker lehnte sich nach rechts und kurbelte das Beifahrerfenster ganz herunter. Er versuchte, freundlich zu lächeln. »Hi.«

»Selbst hi«, sagte die Nutte. »Was hast du für 'ne Story, Sugar?«

»Na ja, du weißt schon. 'n bißchen Gesellschaft.«

»Ach, wirklich?« Sie taute etwas auf und lehnte sich in den Kleinbus. »Die willst du hoffentlich nicht umsonst wie der andere Wichser vorhin.«

»Nein, ich hab' Kohle. Soviel du brauchst.«

Die Nutte lächelte. »Soviel *ich* brauch'? Nein, Sugar, es kommt darauf an, wieviel *du* brauchst.« Sie öffnete die Tür und stieg ein.

»So toll wie heut' abend hast du dich noch nie amüsiert, Sugar. Du wirst noch deinen Enkeln erzählen, wie Honey Dews Pussy dich verwöhnt hat.« Walker fuhr vom Randstein an. »Am La Brea Boulevard biegen wir rechts ab, Sugar. Dort gibt's ein nettes, sauberes Motel, in dem sie mich kennen. Mit sehr vernünftigen Preisen.«

»Äh ...« Walker bemühte sich, unschuldig nervös zu wirken.

»Nun, weißt du, ich würd' am liebsten im Bus bleiben.«

»Wie meinst du das?«

»Nun, ich möcht's hinten im Bus tun. Das würd' mir gefallen.«

Sie wandte sich ihm zu. »'ne kleine Perversion im Kleinbus? Darauf stehst du wohl, Sugar? Ist's dort hinten auch sauber?« Sie sah sich nach der Ladefläche um.

»Yeah, ich hab' erst heute alles abgesaugt.«

Sie drehte sich wieder nach ihm um. »Das kostet natürlich ein bißchen mehr, verstehst du?«

»Das ist okay.«

»Wo willst du die Kiste parken? Wir können nicht einfach mitten auf'm Sunset halten und ficken.« Walker fuhr jetzt den Laurel Canyon entlang.

»Ich kenn' eine Straße, die vom Mulholland abzweigt. Dort sind wir ganz ungestört.«

»Oben am Mulholland?« Die schwarze Nutte betrachtete ihn wieder mißtrauisch. »Du bist kein Perverser, stimmt's, Sugar? Du machst keinen gewalttätigen Scheiß? Ich bin nämlich imstande 'nen Dreckskerl k. o zu schlagen. Und hier drin hab' ich was ...«, sie klopfte auf ihre billige, mit Perlen besetzte Discotasche, »... das 'nen Wichser, der sich danebenbenimmt, *kaltmachen* kann, wenn du weißt, was ich meine, Sugar.«

»Du kriegst hundert Dollar«, sagte Walker schnell.

»Hundert?« fragte die schwarze Nutte noch schneller. »Hör zu, Sugar, wegen dir bin ich 'ne halbe Stunde vom Strip weg. Dieser kleine Ausflug mit dir kostet mich zwei bis drei andere Nummern, Baby. Wenn du mit 'nem Star wie Honey Dew ins Seufzergäßchen am Mulholland Drive fahren willst, dann mußt du blechen, Sugar.«

»Wieviel willst du?«

»Zweihundert.«

»Okay.«

»Na? Wo hast du's, Sugar?«

»Jetzt?«

»O yeah, gleich jetzt, Baby. Los, wir erledigen das Geschäftliche zuerst, damit wir zum *Vergnüüügen* kommen.«

Walker zog einen Packen Geldscheine aus einer Tasche seiner abgeschnittenen Jeans, zählte im Scheinwerferlicht des hinter ihnen fahrenden Wagens zweihundert Dollar ab und gab sie der schwarzen Nutte.

»Alles klar, Sugar«, sagte sie, steckte das Geld ein und ließ ihre Handtasche zuschnappen. »Komm, wir fahren, wohin du willst, damit wir uns dranmachen können!« Sie lachte lüstern und lehnte sich gegen ihn. Als ihre Hand seinen Nacken berührte, zuckte er heftig zusammen.

»Hey, was hast du?« gurrte sie, während sie seinen Nacken massierte. »Warum so nervös, Sugar? Nur keine Angst, bei mir wirst du gut bedient.«

Sie streichelte seinen muskulösen rechten Arm. »Ihr weißen Typen seid oft scharf auf Tätowierungen, stimmt's, Sugar?« schwatzte sie weiter. Ihre Hand auf seinem Arm fühlte sich wie eine über seine Haut gleitende Schlange an: erregend und widerwärtig zugleich. Sie senkte den Kopf und leckte über den auf seinen Unterarm tätowierten Totenschädel mit den gekreuzten Dolchen. Sie verfolgte seine Umrisse mit der Zungenspitze. Dann sah sie zu Walker auf und lächelte.

»Du schmeckst richtig gut, Sugar.«

Walker blickte auf sie herab. Seine Kehle war trocken, und er spürte sein Herz jagen. Sein Gesicht war jetzt ausdruckslos, ohne die Spur eines Lächelns. Der Kleinbus füllte sich mit knisternder Sinnlichkeit und dem Geruch von Leidenschaft.

Ihre jetzt auf seinem Knie liegende Hand rutschte langsam höher, ertastete den Reißverschluß der abgeschnittenen Jeans und zog ihn auf. Dann glitt sie von oben in seine Unterhose, umfaßte ihn sanft und rollte seine Hoden zwischen zwei Fingern.

»Soll Honey Dew nicht deinen großen, bösen weißen Schwanz blasen, während du fährst, Sugar? Während du mit deinem großen alten Bus rumfährst?«

»Wir sind gleich dort. Wart, bis wir dort sind.« Walkers Stimme klang merkwürdig in seinen Ohren – fremdartig, weit entfernt. Er fragte sich, wem sie gehören mochte.

»Mmmmmm«, stöhnte sie und knabberte durch den dünnen Baumwollstoff seines T-Shirts hindurch an seiner Schulter.

Er bog vom Mulholland Drive ab, fuhr eine dunkle Einfahrt hinauf und parkte hinter einer Zedernreihe. Die Lichter der Großstadt funkelten durch das Gewirr aus Ästen und Zweigen zu ihnen herauf. Nachdem Walker den Motor abgestellt und die Scheinwerfer ausgeschaltet hatte, war es dort oben still und mondhell.

»Willst du in Honey Dews süßen schwarzen Mund kommen?« flüsterte sie. »Dreh dich zu mir her und gib mir deinen großen, schönen weißen Schwanz.« Sie kniete sich zwischen seine Beine und zog ihm die abgeschnittenen Jeans herunter. Sein Glied war schlaff und verschrumpelt. Sie umfaßte es mit einer Hand und streichelte es mit der anderen.

»Komm schon, Sugar«, flüsterte sie. »Ich *seeehn'* mich so nach deinem großen weißen Schwanz.«

Sie nahm sein schlaffes Glied zwischen die Lippen. Er spürte ihre Zunge über seine Eichel gleiten und fühlte den sanft saugenden Biß ihrer Lippen – wie der eines Fischs, der an einem Köder nibbelt. Sie sah mit ihrem besten geilen Nuttenblick zu ihm auf. Er hatte Atemschwierigkeiten, als schnüre ihm etwas den Hals zu. Er kam sich wie ein Mann vor, der zusieht, wie Ratten an seinen Zehen knabbern.

»Hey, Sugar, du mußt dir auch'n bißchen Mühe geben! Oder hast du heut' abend schon eine gehabt,«

Er schüttelte den Kopf. Er konnte nicht sprechen.

»Gut, dann aber los, Sugar!«

»Zieh dich aus!« Er hatte seine Stimme gefunden, aber sie klang noch immer wie die eines Fremden.

Sie blickte kurz zu ihm auf und nickte kaum merklich. Dann streifte sie mit einer Hand ihren trägerlosen Top herunter, so daß ihre schweren Brüste im Mondschein bebend hervorquollen. Walker holte keuchend tief Luft. Sie machte sich wieder über ihn her. Sie nahm sein schlaffes Glied mitsamt dem größten Teil seiner Hoden in den Mund. Er spürte, wie ihre Zunge ihn umkreiste, mit ihm spielte, an ihm saugte. Mit einem geilen Blick nach oben umfaßte sie mit der linken Hand eine ihrer riesigen Brüste, drückte und knetete sie und zog eine Show für ihn ab. Sie spielte mit der Brustwarze, bis sie hart war, und rollte sie dann zwischen den Fingerspitzen. Walker beobachtete sie wie hypnotisiert. Er hatte das Gefühl, von einem dunklen Raubtier verschlungen und von innen heraus verdaut zu werden.

Sie öffnete den Mund, und er glitschte heraus: glatt und feucht und schlaff.

»Hör zu, Sugar, ich hab' nicht die ganze Nacht lang Zeit! Weißt du bestimmt, daß du ...«

Walkers Faust traf sie mit einem knappen brutalen Schlag, der ihren Kopf zurückwarf und mit erschreckend lautem Krachen vom Armaturenbrett abprallen ließ. Sie erstarrte, verdrehte die Augen nach oben und versuchte noch instinktiv, vor ihm zurückzuweichen. Seine Faust traf erneut ihr Gesicht, und sie verlor das Bewußtsein. Als sie zusammenzuklappen begann, packte er sie an den Haaren und schlug ihren Hinterkopf immer wieder gegen das Armaturenbrett. Das Metall verbog sich und bekam Dellen. Ihr Schädel zersplitterte wie eine Eierschale.

Als Walker endlich von ihr abließ, war der Vordersitz des Kleinbusses mit dunklem Blut beschmiert. Auch Walkers T-Shirt klebte blutgetränkt an seinem Körper. Er stieß die Fahrertür auf und fiel sich übergebend aus dem Wagen. Als er sich danach mit noch immer heruntergezogener Jeans aufrichtete, streifte ein kühler Luftzug sein geschwollenes Fleisch. *Jetzt* war er steif. Er berührte sich und ejakulierte sofort.

23.59 Uhr Esther zündete sich eine neue Zigarette an ihrer vorigen an. Sie ließ die Kippe auf den Betonboden fallen und trat sie nervös zu einem aschgrauen Tabakfleck aus. Dabei starrte sie weiter die große rostige Uhr an, die hoch an der vergilbten Wand festgeschraubt war.

Der Minutenzeiger rückte mit einem winzigen metallischen Ruck vor.

Esther trat sofort an den Käfig.

»Es ist Mitternacht. Heute ist der Siebte.«

Der Deputy Sheriff war eine Frau: eine dicke Negerin mit gelangweiltem Blick und kurzer Männerfrisur.

»Immer mit der Ruhe, Honey«, wehrte sie mit starkem Südstaatenakzent ab, »bis sie rauskommen, dauert's ein paar Minuten. Wegen dem Papierkram, wissen Sie.«

Esther lief in dem leeren Warteraum auf und ab, zog nervös an ihrer Zigarette und blickte immer wieder zu der Wanduhr auf. Als sie 0.04 Uhr anzeigte, blieb Esther davor stehen und beobachtete sie intensiv. Mit dem Vorrücken des Minutenzeigers auf 0.05 Uhr explodierte sie.

»Was soll der Scheiß?« fragte sie die Uniformierte. »Ein Jahr und einen Tag, hat der Richter gesagt, und er hat ein Jahr und einen Tag abgesessen. Sie haben kein Recht, ihn länger dazubehalten! Heute ist...«

Die Stahltür flog scheppernd auf, und Bobby Phibbs kam in seinem dunkelblauen Anzug heraus, den sie ihm für die Verhandlung ins Gefängnis gebracht hatte. Er hatte in der Haft etwas zugenommen, und die Jacke spannte über seiner breiten Brust und den muskulösen Schultern. Als er lächelte und sie in die Arme schloß, begann sie zu weinen. Sie hatte sich vorgenommen, nicht zu heulen, aber sie tat es trotzdem.

»Oh, Bobby. Oh, Bobby.« Mehr brachte Esther nicht heraus, während ihr Tränen übers Gesicht liefen.«

»Komm, wir fahren heim«, sagte Bobby halblaut, legte den Arm um ihre Taille und führte sie hinaus.

Er forderte sie auf, über die Freeways heimzufahren. Er wollte die Weite des freien, offenen Himmels genießen. Seine Hand lag während der ganzen Fahrt auf ihrem Knie, und wann immer Esther konnte, bedeckte sie seine Hand mit ihrer.

Als sie Arm in Arm auf ihr Haus im Cremshaw District zugingen, sog Bobby prüfend die Luft ein und grinste.

»Was ist *das*?« fragte er lachend, während Esther die Tür aufsperrte.

Das Wohnzimmer war mit Luftschlangen und bunten Ballons geschmückt. Über dem Kamin hing eine riesige gelbe Schleife, und an einem dünnen Draht aufgereihte Glitzerbuchstaben bildeten die Wörter WELCOME HOME. Mama Phibbs lächelte und tupfte sich die Augenwinkel ab. Little Bobby, dessen Augen hinter seinen Brillengläsern wegen Schlafmangel geschwollen waren, blies in ein Partyhorn, deutete auf die Buchstaben und rief: »Hey, Daddy, willkommen daheim!«

»Danke, Sohn«, sagte Bobby feierlich und ergriff die Hand des Jungen. »Du hast mir sehr gefehlt.« Er kniete nieder, schloß Little Bobby in die Arme und drückte ihn an sich.

»Bist du . . . bleibst du jetzt für immer zu Hause, Daddy,« fragte Little Bobby, der sich in der Umarmung seines Vaters offenbar unbehaglich fühlte.

»Da hast du verdammt recht! Sie haben mir zuviel von deiner Kindheit gestohlen. Davon laß ich mir jetzt nichts mehr wegnehmen.«

Esther sah besorgt zu Mama Phibbs hinüber. Die alte Lady erwiderte ihren Blick mit grimmiger Miene.

»Mama hat dein Leibgericht gekocht, Bobby«, sagte Esther rasch. »Brathähnchen und Spaghetti und Fleischklößchen.«

»Hab' ich's nicht gewußt? Hab' ich das Brathähnchen nicht schon einen Block entfernt gerochen?« Bobby stand auf und wandte sich an seine Mutter. »Hallo, Mama.«

»Hallo, Bobby.« Sie schloß ihn in die Arme, hielt ihn mit hinter seinem Nacken zu Fäusten geballten Händen fest an sich gedrückt. Eine einzelne Träne lief ihr über die Wange, und sie flüsterte eindringlich: »Wir zählen auf dich, Sohn.«

»Mach dir keine Sorgen, Mama.« Er klopfte ihr sanft auf den Rücken. »Mach dir keine Sorgen.«

Dann saßen sie rund um den Eßtisch und sahen zu, wie Bobby aß. Esther schwatzte von den neuen Aufträgen, die sie erhalten hatte, über ihren gestrigen Arbeitsbeginn um 17 Uhr, damit sie Bobby hatte abholen können, von ihrem Vorhaben, eine zweite Kolonne aufzustellen, und über den Job in der Cafeteria, der auf Bobby wartete.

»Hör zu, Baby«, fragte Bobby mit dem Mund voller Brot und Spaghettisauce, »wenn dein Geschäft so verdammt gut geht und du sogar neue Leute brauchst – warum kann ich dann nicht einfach bei dir arbeiten?«

Danach herrschte verlegenes Schweigen, bis Mama Phibbs sagte: »Bobby, das würden sie nicht erlauben, glaub' ich.«

Bobby riß einen Flügel auseinander. »Warum nicht?«

»Ich glaub' nicht, daß du irgendwo arbeiten dürftest, wo deine eigene Frau dein Chef wäre.«

»Ach ja.« Bobby sah sich am Tisch um. »Na, vielleicht später, was?«

»Klar«, sagte Esther zuversichtlich und streichelte seinen Arm. »Klar. Alles der Reihe nach.«

Während Bobby noch aß, stand Mama Phibbs auf und brachte Little Bobby, der am Tisch eingeschlafen war, nach oben ins Bett. Esther blieb neben Bobby sitzen und ließ ihre Hand auf seinem Arm, während er weiteraß. Als Mama Phibbs wieder nach unten kam, hatte sie ihren Mantel an. Sie fror immer – sogar im August.

»Das ist Dynamit gewesen, Mama«, sagte Bobby, als er seinen Teller wegschob. »Im County gibt's nichts Dergleichen. Im County gibt's *nichts* Dergleichen.« Er schmatzte mit den Lippen und rülpste.

»Freut mich, daß es dir geschmeckt hat, Sohn. Es hat mir großen Spaß gemacht, für dich zu kochen.« Sie lächelte. »So, ich fahr' jetzt heim.«

»Mama«, sagte Esther und stand auf, »bleib doch noch ein wenig.« Innerlich jubelte sie darüber, daß ihre Schwiegermutter schon ging.

»Doch, ich muß heim«, stellte Mama Phibbs resolut fest. »Wie wär's mit 'ner Umarmung und 'nem Kuß, Bobby?«

Bobby sprang auf, und seine Mutter drückte ihn an sich.

»Ich bin wirklich froh, daß du wieder daheim bist, Sohn.« Sie hielt ihn auf Armeslänge von sich entfernt. »Hoffentlich gehst du nie wieder fort.«

»Ich hab' gesagt, daß du dir keine Sorgen machen sollst, Mama, und das ist mein *Ernst*.«

Mama Phibbs knöpfte ihren Mantel zu und öffnete die Haustür.

»Ich bleib' jetzt ein paar Tage weg, damit ihr jungen Leute ungestört seid. Ruft mich an, wenn ihr jemand braucht, der auf den Kleinen aufpaßt. Das tu ich immer gern.«

»Danke, Mama«, sagte Esther und schloß die Tür hinter ihr. Sie sperrte ab, drehte sich um und lehnte sich innen an die Haustür. Bobby grinste sie teuflisch an. Esther mußte lachen.

»Hey«, fragte sie kokett, »woran denkst *du* jetzt?«

Bobby setzte sich auf die Couch und tätschelte sein Bein. »Komm mal her, Girl.«

»Ich muß den Tisch abräumen.«

»Mhhh-hmm. Nicht jetzt.«

Esther kam zu ihm, und er zog sie zu sich herab und küßte sie wild. Als sie zurückzuweichen begann, wurde sein Kuß zärtlicher, und sie erwiderte ihn hungrig, indem sie ihre Arme um ihn schlang. Dann löste Bobby sich von ihr, und sie bedeckte sein Gesicht mit kleinen Küssen und murmelte dabei immer wieder: »Oh, Bobby. Oh, Bobby.« Als er nach den Knöpfen ihrer Bluse tastete, sagte sie rasch: »Komm, wir gehen nach oben. Komm, wir gehen ins Bett.«

Sie hielt seine Hand fest und führte ihn die Treppe hinauf. Oben nahm Bobby sie auf die Arme und trug sie zum Bett. Sie halfen einander, sich in dem dunklen Raum auszuziehen. Esther ließ ihre Hände über seine Brust und seine Schultern gleiten.

»Oh, Bobby, ich hab' solche Sehnsucht nach dir gehabt.«

Er drückte sie nach hinten aufs Bett und legte sich ihre Beine über die Schultern.

»Für mich hat's keinen anderen gegeben, das weißt du doch, Bobby? Keinen, Baby. Ich hab' auf dich gewartet, auf *dich* gewartet!« rief sie, als er in sie eindrang. Sie umklammerte ihn mit den Beinen und reckte ihm die Hüften entgegen, um ihn ganz aufzunehmen.

»Fick mich, Bobby, *fick* mich einfach!« stöhnte sie ihm ins Ohr. »Das hat mir so gefehlt!«

Im nächsten Augenblick kam er grunzend, und sie fühlte ihn zittern und sich entspannen. Er vergrub sein Gesicht an ihrem Hals und murmelte nach einer langen Pause: »Tut mir leid, Es.«

»Bleib einfach in mir, Bobby. Du fühlst dich so gut an, bleib einfach in mir!«

Sie ließ ihre Hände über seinen Rücken bis zu den Gesäßbacken gleiten und kratzte dabei mit den Fingernägeln sanft über seine Haut. Sie tat es nochmals. Und dann nochmals. Sie spürte, wie er in ihr hart wurde und kniend mit rhythmischen Stoßbewegungen begann. Sie erreichte zweimal ihren Höhepunkt, bevor er etwas Unverständliches rief, das zornig klang, und erneut ejakulierte. Sie hielt ihn an sich gedrückt und merkte, daß er leise weinte.

»Schon gut, Baby«, gurrte sie. »Alles in Ordnung.«

Dienstag,
7. August

7.32 Uhr Gold kam frühzeitig zum Dienst. An den Automaten im Hochparterre kaufte er sich einen Becher Kaffee und eine Käsecremeschnitte und nahm die Sachen mit in sein neues Dienstzimmer. Während er an seinem Schreibtisch frühstückte, las er die Morgenzeitung, die er von zu Hause mitgebracht hatte. Auf der dritten Seite entdeckte er das Foto, auf dem er Jerry Kahn über die Motorhaube eines Toyotas warf. Die Bildunterschrift lautete: JAR-KOMMANDEUR VON POLIZEI BEHINDERT – KEINE FESTNAHMEN. In dem kurzen dazugehörigen Bericht hieß es, dieser Vorfall sei charakteristisch für die durch den in letzter Zeit aufgeflammten antisemitischen Vandalismus verstärkten Spannungen zwischen dem LAPD und der orthodoxen jüdischen Gemeinde. Gold war dankbar, daß sein Name in dem Artikel nicht erwähnt wurde.

Ebenfalls dankbar registrierte Gold, während er die Zeitung durchblätterte, daß es in dieser Nacht keine weiteren Vorfälle gegeben zu haben schien. Er hatte beim Hereinkommen in der Einsatzzentrale nachgefragt, aber dort hatte keine Mitteilung für die Sonderkommission gegen Schmierer gelegen. Jetzt zündete Gold sich bei Kaffee und Zeitung die erste Zigarre des Tages an und stellte fest, daß sein gesamter Mitarbeiterstab – ein gewisser Sean Zamora – bereits zehn Minuten Verspätung hatte.

Um 8.17 Uhr rief Zamora an.

»Jack, heute komme ich mit Verspätung.«

»Die haben Sie bereits.«

»Äh..., dann komme ich noch später.«

»Na ja, hier ist ohnehin nicht viel los. Tun Sie, was Sie tun müssen, wenn's wirklich wichtig ist. Aber kommen Sie so bald wie möglich her. Ich langweile mich in diesem riesigen, höhlenartigen Büro.«

»Es ist sehr wichtig, und ich komme so rasch wie möglich zum Dienst.«

Sobald Gold aufgelegt hatte, klingelte sein Telefon wieder.

»Lieutenant Gold?« fragte Cherry Pyes diensteifrige Stimme. »Der Chief möchte Sie sprechen.«

Sekunden später kläffte Huntz' Stimme in sein Ohr. »Gold? Mann Gottes, was ist bloß mit Ihnen los?«

»Was meinen Sie überhaupt, Alan?«

»Ich schiebe Sie auf den harmlosesten Posten der ganzen Stadt ab; ich *schaffe* ihn extra für Sie, damit Sie nicht wieder Scheiß bauen können – und Ihnen gelingt's, gleich am ersten Tag in die *Times* zu kommen, indem sie einen angesehenen Bürgerschaftssprecher vermöbeln. Mit Ihnen umzugehen, ist ungefähr so, als wollte man einen Brand mit Benzin löschen!«

»Hören Sie, Alan, ich hab' diesen Scheißjob nicht haben wollen, und wenn Ihnen meine Arbeitsweise nicht paßt, können Sie mich einfach ins Raubdezernat zurückversetzen.«

»O nein!« Huntz' hämisches Grinsen war fast hörbar. »Damit kommen Sie bei mir nicht durch. Sie können so viele ihrer gottverdammten Glaubensgenossen *umbringen*, wie Sie wollen. Das ist mir scheißegal! Ich lasse Ihnen völlig freie Hand und bin sicher, daß ...«

Gold legte auf. Das Telefon klingelte wieder.

»Wie kommen Sie dazu, einfach aufzulegen? Ich bin der ...«

Gold legte erneut auf. Diesmal rief Huntz nicht wieder an.

Um 10.30 Uhr kam Zamora hereingestürzt, strich sich sein feuchtes Haar glatt und knöpfte den letzten Hemdknopf zu.

»Verdammt wichtig, was?« fragte Gold und lehnte sich auf seinem Stuhl zurück. »War sie wenigstens gut?«

»Nein, nein, Jack, Sie irren sich. Ich bin bei 'nem Interview gewesen – wegen 'nem Job.«

»Wegen 'nem Job?«

»Yeah, ein Werbespot für Sparkle Scented Soap. Ich komme mit Wasserperlen auf den Schultern aus der Dusche und wickle mir ein Handtuch um ...« Zamora spielte Gold die Szene vor. »... und erzähle der Kamera: ›Alle Girls im Büro fragen mich, welches Herrenparfüm ich benütze. Ich sage ihnen, daß ich gar keines benütze, daß das nur der Duft von Sparkle Scented Soap ist. Das glaubt mir keine. Deshalb lade ich sie zu mir zum Duschen ein. Das überzeugt jede.‹ Danach grinse ich mit meinem besten Robert-Redford-Lächeln in die Kamera ...« Zamora grinste Gold mit seinem besten Robert-Redford-Lächeln an. »... und dann geh' ich aus dem Bild.«

»Großer Gott!« murmelte Gold.

»Was halten Sie davon, Jack?«

»Nun, in mir weckt das nicht den Wunsch, mit Ihnen zu duschen, aber ich bin eben ein bißchen altmodisch.«

»Ich bin engagiert, glaub' ich. Ich und noch 'n Kerl haben uns ausziehen und siebenmal aus der Dusche kommen müssen.«

»Wissen Sie bestimmt, daß die Hollywood-Schwulen nicht bloß Ihren nassen Körper begaffen wollten?«

»Ich glaub' ziemlich sicher, daß ich den Job in der Tasche hab'. Der andere Schauspieler hat einfach keine *Präsenz* gehabt, wissen Sie,was ich meine?«

»Ich nehm's an. Diesen Leuten muß man wohl Geschenke mitbringen?«

»Sie machen sich über mich lustig, Jack, aber der Scheiß ist ernst. Falls sie zurückrufen, kann ich bald zwanzig bis dreißig Riesen pro Jahr verdienen. Für einen Tag Arbeit! Und dazu kommt noch die landesweite Exposition.«

»Exponiert haben Sie sich ja wohl schon in dem Schwulenmagazin.«

Zamora ließ sich auf seinen Stuhl fallen.

»Perlen vor die Säue«, meinte er grinsend.

»Vorsicht mit diesem Schweinescheiß, *Goi*!«

»Kommen Sie, ich lad' Sie zum Mittagessen ein. Ich bin völlig ausgehungert. Mein Agent hat mich heute morgen um sechs zu den Probeaufnahmen bestellt, und ich hab' nicht mehr frühstücken können.«

Gold schüttelt den Kopf. »Kommt drei Stunden zu spät zum Dienst und will zehn Minuten später bereits zum Mittagessen gehen? Wissen Sie, wenn Sie nicht aufpassen, werden Sie mal ein Spitzen-Cop.«

Sie fuhren zu einem von Zamora vorgeschlagenen Lokal in der Western Avenue. Sein Cousin arbeitete dort. Das außen in einem gräßlich leuchtenden Blau gestrichene Blue Dot erwies sich als heißes, nicht klimatisiertes Grillrestaurant. Seine Innenwände waren mit handgeschriebenen Schildern bedeckt, die Spezialitäten des Hauses anpriesen: BURRITOS – HUHN, RIND ODER SCHWEIN; BISKUITS, HAFERGRÜTZE & JÄGERSAUCE; PASTRAMI & MEERRETTICH; HAM & EGGS; KOREANISCHES BAR-B-Q; TERIYAKI-STEAK-SANDWICH; TERIYAKI-TACOS.

»Jesus«, sagte Gold, während er die Schilder las, »regelrechte Vereinte Nationen sind das hier!«

SPAGHETTI & FLEISCHSAUCE; RINDFLEISCH & REISSCHALE; REIS- & BOHNENPLATTE; CARNE ASADA; KOSCHERE HOT DOGS; BEINSCHINKEN & MAISBROT; HÜHNERCURRY.

»Eben typisch L. A.«, antwortete Zamora. »Haben Sie's noch nicht gehört? Wir sind der neue Schmelztiegel der Welt.«

Der rundliche mexikanische Koch, der schwitzend am Grill stand, erkannte Zamora und rief ihm einen Gruß zu, während er seine Spachtel schwenkte.

»*Aurela, vato!* Wie geht's?«

Zamora und der Koch schüttelten sich herzlich die Hand und schwatzten auf Straßenspanisch miteinander. Gold setzte sich an einen kleinen Tisch in der Nähe des Eingangs, wo die Hitze im Inneren des Lokals gelegentlich durch eine smoghaltige Brise gemildert wurde. Zamora ließ den Koch weiterarbeiten und kam herüber.

»Wissen Sie schon, was Sie wollen?«

»Polnische Wurst auf Käsesandwich.«

Zamora rief dem Koch die Bestellung auf Spanisch zu und setzte sich Gold gegenüber.

»Das ist also Ihr Cousin? Dann sind Sie wirklich Mexikaner?«

Der junge Cop nickte. »Außer wenn ich die Verwandtschaft meiner Mutter in Dublin besuche. Dann bin ich so irisch wie 'ne alte Moorkartoffel«, sagte Zamora – jetzt mit deutlichem irischen Akzent.

Ihr Essen war fertig. Zamora ging zur Theke und holte die Sandwiches: Polnische Wurst und einen Chiliburger in weißem Wachspapier.

»Gibt's hier auch Bier?« fragte Gold, und Zamora schüttelte mit vollem Mund den Kopf. Sie aßen schweigend, wobei ihnen wegen der drückenden Hitze der Schweiß auf der Stirn stand. Der Koch brachte ihnen zwei Cokes, mit denen sie die Sandwiches hinunterspülten.

»Was passiert eigentlich mit diesen Graffitikünstlern, die wir schnappen sollen?«

Gold schluckte ein Stück Sandwich hinunter und schmatzte mit den Lippen. »Wie meinen Sie das?«

Zamora, der sich über seinen fettigen Chiliburger beugte, zuckte mit den Schultern. »Weiß ich selbst nicht. Schnappen wir sie denn?«

Gold biß von seinem Sandwich mit Käse und Polnischer Wurst ab und sprach mit vollem Mund.

»Vielleicht, vielleicht auch nicht. Im Augenblick können wir bloß hoffen, daß sie wegkriechen und verschwinden. Dann können wir wieder als Cops arbeiten.«

»Glauben Sie wirklich, daß wir's bloß mit Kids zu tun haben, die uns verscheißern wollen?«

Gold richtete den Finger auf Zamora. »Verstehen Sie mich nicht falsch. Ich glaube nicht, daß das Halloween-Streiche sind. Diese Pfadfinder beschmieren die Wände mit verdammt beunruhigenden Parolen.«

»Könnten sie einer neonazistischen Bewegung angehören?«

»Sie meinen die Silent Brotherhood, die Aryan Nation oder den Kalifornia Klan? Eine von diesen?«

»Yeah?«

»Kann sein. Ich bin so scheißalt, daß ich glaube, schon alles gesehen zu haben – und deshalb kann mich was Unerwartetes völlig überraschen. Das ist möglich.«

Zamora aß seinen Chiliburger auf und wischte sich die Lippen mit einer Papierserviette ab. »Wissen Sie, ich hab' nie ganz begriffen, was in diesen verrückten Haßgruppen vorgeht.«

Gold zuckte kauend mit den Schultern. »Was gibt's da viel zu begreifen? Sie haben was gegen andere Leute.«

»Aber so zu hassen, meine ich, bestimmte Gruppen von Menschen, Sie wissen schon, was ich meine – das kommt mir so . . . so unamerikanisch vor.«

Gold schüttelte den Kopf. »Seien Sie nicht naiv, Sean! Fanatismus und Rassenhaß sind so amerikanisch wie der Unabhängigkeitstag. Noch vor hundertdreißig Jahren hat man in diesem Land einen anderen Menschen *besitzen* können, wenn er die falsche Hautfarbe hatte. Auch Antisemitismus hat hier Tradition. Einige der angesehensten Amerikaner sind wütende Judenfresser gewesen.«

»Warum sind die Juden allgemein verhaßt? Ich hab' selbst 'ne Tante, deren zweites Wort *pinchi Judio* ist. Warum gerade die Juden?«

Gold hob bittend die Hände. »Sie sind der Christ. Sie müßten's *mir* erklären.«

Zamora war ratlos. »Keine Ahnung, Jack.«

»Ich erst recht nicht.« Gold nahm seine Zigarre aus dem winzigen Plastikaschenbecher und zündete sie wieder an. Er entlockte ihr blauen Qualm. »Hören Sie, außer dem offenkundigen Grund – wir sollen euren Christus umgebracht haben –, liegt der wahre Grund für diese ganze Scheißgeschichte meiner Meinung nach darin, daß Juden sich weigern, dumm und erfolglos zu sein. Dafür werden sie ... wir von anderen Menschen gehaßt. Hätten die Juden sich in jedem Land, in das sie gekommen sind, damit zufriedengegeben, Hausmeister oder Verkäufer oder Versitzgrubenentleerer zu bleiben, hätten sie sich 'ne Menge Scheiß erspart. Aber die Juden weigern sich, Lakaien zu sein. Sie haben vor zweitausend Jahren Ehrgeiz gehabt, und sie haben ihn noch heute. Arbeitet ein Jude in 'ner Firma, denkt er immer, er könnte sie besser führen. Er will immer ihr Besitzer werden.«

Der junge Cop grinste. »Warum sind Sie dann nicht statt Huntz Chief geworden?«

»Diesen Traum hat jemand anders gehabt. Nicht ich.« Gold stand auf. »Kommen Sie, wir fahren ins Büro zurück. Dort ist's wenigstens kühl. Was sind wir Ihrem Cousin schuldig?«

Zamora stand ebenfalls auf. »Schon erledigt. Ich besteche Sie dafür, daß Sie mir heute morgen freigegeben haben.«

Gold bedachte ihn mit einem grimmigen kleinen Lächeln. »Ich bin käuflich – aber nicht für 'nen Sandwich mit Käse und Polnischer.«

Sie gingen lachend in den Smog hinaus.

12.15 Uhr

Der Verkäufer hinter dem Ladentisch in der Gun City blickte von seiner Ausgabe des Magazins *Soldier of Fortune* auf, als Walker hereinkam, den Infrarotstrahl zur Fotozelle unterbrach und einen lauten Piepston auslöste. Der Verkäufer war eine schmalbrüstige Bohnenstange von einem Mann, der mit einem gefleckten Jumpsuit, schweren Springerstiefeln und einer Flakweste ausstaffiert war. Er hatte ein Rambo-Messer mit fünfunddreißig Zentimeter langer Klinge am rechten Bein festgeschnallt und trug eine grüne Baseballmütze, über deren Schirm ein goldener Totenkopf mit gekreuzten Knochen eingestickt war. In seiner übervollen Hamsterbacke steckten drei Streifen Double-Mint.

»Was kann ich für Sie tun, Cap?«

Walker lächelte nervös; dann wurde seine Miene ernst, aufrichtig. »Ich muß mir 'ne Waffe kaufen.«

»Nun, dann sind Sie hier richtig.« Der Verkäufer ließ eine Kaugummiblase platzen und klappte das *Soldier of Fortune* zu. »Bräuchten Sie Babyrasseln, wären Sie hier ganz entschieden im falschen

Laden. Aber nachdem Sie 'ne Waffe brauchen, kommen wir bestimmt ins Geschäft. Was für 'ne Waffe soll's denn sein?«

Walker zuckte mit den Schultern und lächelte erneut. »Das weiß ich noch nicht.«

Der Verkäufer beugte sich über den Ladentisch. »Am besten erzählen Sie mir, wofür Sie die Kanone brauchen, und vielleicht kriegen wir dann gemeinsam raus, was für'n Schießeisen am besten für Sie geeignet wär'.«

»Ich... ich trage Zeitungen aus«, begann Walker zögernd. »Wenn ich spät nachts Zeitungen schmeiße, werd' ich manchmal belästigt – von... von..., nun, Sie wissen schon.«

»Von Niggern?«

»Yeah.«

»Und die berauben Sie?«

»Einmal haben sie's schon gemacht. Meistens schubsen sie mich rum.«

Der Verkäufer betrachtete Walkers Schultern, seine Arme. »Sie sehen nicht wie'n Typ aus, der sich ohne weiteres rumschubsen läßt.«

»Manchmal sind's mehrere. Drei oder vier gleichzeitig.«

»Und Sie brauchen 'nen kleinen Gleichmacher? 'ne kleine Kanone in der Tasche?«

»Richtig.«

»Zu Ihrem Schutz.«

»Richtig.« Walkers Lächeln wurde breiter und wärmer.

Der Verkäufer bückte sich hinter dem Ladentisch. »Da hab' ich genau das Richtige für Sie.« Er legte einen versilberten Revolver auf die Theke. »Smith und Wesson Kaliber fünfundvierzig. Die verdammt beste Handfeuerwaffe der Welt.« Der Verkäufer übergab Walker den Revolver mit dem Griff voraus. »Damit können Sie jeden Boogie umnieten. Sie brauchen 'nem Nigger bloß diesen Hundesohn zu zeigen, und schon legt er 'nen Breakdance hin bis heim nach Nigeria. Die Scheißschwarzen, ich hasse Sie alle! Hier, auf diesen Knopf müssen Sie drücken.«

Walker drückte auf den Knopf, und die Trommel schwenkte zur Seite. Er ließ sie wieder einrasten. Dann hob er den Revolver in Augenhöhe, visierte ein imaginäres Ziel an und betätigte den Abzug. Der Hammer schnellte mit kurzem, mechanischem Klicken nach vorn.

»Sie kennen sich mit Schußwaffen aus, das sieht man.«

»Ein bißchen.« Die Erinnerung flimmerte durch Walkers Gedächtnis wie ein alter Film auf einer provisorischen Leinwand: sein Vater, torkelnd besoffen, und er draußen in der Wüste bei Schießübungen auf Konservenbüchsen. Für jeden Schuß, der danebenging, setzte es vom Alten einen kräftigen Schlag auf den Hinterkopf. Bei jedem Schuß, der mit einem *Ping!* eine Büchse traf, lachte der Alte und genehmigte sich noch einen Schluck Ten High.

»Dann wissen Sie, was für 'ne gute Waffe das ist«, sagte der Verkäufer eben. »Und im Augenblick kann ich Ihnen auch 'nen Vorzugspreis dafür machen.«

»Wieviel?«

»Hundertfünfundneunzig. Und für'n Zwanziger extra leg' ich 'nen Halfter drauf.«

Aus einer Tasche seiner Jeans zog Walker einen Packen abgegriffener, fleckiger Geldscheine. Der Verkäufer schob eine rosa Karteikarte über den Ladentisch.

»Hier, füllen Sie die aus, während ich die Rechnung fertigmache.«

»Was ist das?«

»Ihre Waffenbesitzkarte, Cap. Ausfüllen, bei mir zahlen, und in zwei Wochen gehört dieses Baby Ihnen.«

»Zwei Wochen?«

»Was denn, seit wann gibt's hier 'n Echo? Gesetzlich vorgeschrieben, Cap. Der Bundesstaat Kalifornien will nicht, daß Handfeuerwaffen in falsche Hände fallen – ist das nicht ein Witz? Ich hab' noch keinen Nigger eine dieser Karten ausfüllen sehen. Die besorgen sich ihre Waffen alle durch Einbrüche in Häusern von Weißen.«

»Aber ich brauch' diesen Revolver gleich.«

»Nichts zu machen, Cap. Vorschrift ist Vorschrift. Warum kaufen Sie sich statt dessen nicht 'ne Schrotflinte? Bei denen gibt's keine Wartezeit.« Der Verkäufer nickte zu den an der Rückwand des Ladens aufgereihten Schrotflinten hinüber. Walker starrte den Gewehrständer lange an, bevor er sich wieder nach dem Mann umdrehte.

»Ich will auch eine von denen. Aber ich brauch' was, das ich in der Hand halten kann.«

Der Verkäufer lachte. »Versuchen Sie's mal mit Ihrem Pimmel, Cap.« Als Walker nicht mitlachte, fügte er hinzu: »Wir brauchen alle irgendwas, Cap.«

Walker blickte auf den Revolver herab wie ein kleiner Junge, der ein heißersehntes Spielzeug anstarrt. Der Verkäufer beobachtete ihn aufmerksam. Walker hob den Kopf und erwiderte seinen Blick.

»Ich möchte ihn wirklich gleich.«

Der Verkäufer ließ eine Kaugummiblase platzen und kratzte sich zwischen den Beinen.

»Sind Sie in Nam gewesen, Cap?«

Walker zögerte nur eine Sekunde lang. »Klar doch.«

Der andere schlug sich mit der rechten Faust in die linke Handfläche. »Ich hab's *gewußt!* 'nen Mitveteranen aus Gookland erkenn' ich todsicher. Hab' selbst zwei Jahre dort abgerissen. Neunundsechzig bis einundsiebzig. Wann bist du dort gewesen?«

»Sechsundsechzig.«

»Zu Anfang, was? So alt siehst du gar nicht aus. Bist du bei den Marines gewesen? Du siehst wie'n Marine aus.«

Walker nickte wortlos.

»Hab' ich mir gedacht. 'nen ehemaligen Quadratschädel erkenn' ich immer. Bist du in der Ersten gewesen?«

»Äh ... ich bin oft versetzt worden. Kann ich ihn jetzt haben?«

Der Verkäufer ließ eine weitere Kaugummiblase platzen und grinste. »Nö, den hier kann ich dir nicht mitgeben. Der hat Papiere. Aber ich will keinen Mitveteranen ohne 'ne kleine Verstärkung rumlaufen lassen. Wartest du'n Augenblick hier?« Er verschwand hinter dem Tarnnetz, mit dem die Tür des Lagerraums verhängt war. Einige Minuten später kam er mit einer großen schwarzen, gefährlich aussehenden Pistole mit langem Lauf zurück.

»Magnum Kaliber drei-fünf-sieben«, sagte der Verkäufer im Verschwörerton. »Ich persönlich halt' sie für 'ne weniger gute Waffe als Mr. Smith und Mr. Wesson, aber damit kannst du 'nen Elefanten aufhalten. Oder 'nen Gorilla.« Der Verkäufer lächelte. Walker erwiderte sein Lächeln. Der andere drehte die Pistole fast ehrfürchtig von einer Seite auf die andere. »Diese Kanone hat'n Freund von mir aus Texas mitgebracht. Sie soll unten in Nicaragua im Einsatz gewesen sein. Um Kommunisten abzuknallen. Was gibt's Besseres, als Scheißkommunisten abzuknallen?«

Er gab Walker die Pistole.

»Wie hätten wir ahnen können, eh, Cap, daß das die besten Jahre unseres Lebens gewesen sind? Nam, mein' ich. Damals hat unser Leben noch'n Sinn gehabt, was? Wir haben wenigstens gewußt, was für'n Scheiß*zweck* alles hat.«

»Wieviel?« Walker zielte auf eine Schaufensterpuppe in einer Jägerweste und drückte ab. Das Klicken war lauter als beim Revolver.

»Ich will dir mal was sagen, Cap. Wenn dabei was schiefgeht, sitz' ich wirklich in der Scheiße. Dann bin ich meinen Job los, verstehst du? Dafür kann man sogar eingesperrt werden.«

Walker zielte auf ein NRA-Poster, das eine vollbusige Blondine mit einem Gewehr zeigte, und drückte erneut ab. »Ich mein', ich mach' so was schließlich nicht jeden Tag.«

»Wieviel?«

»Drei-fünfzig, kann's keinen Penny billiger machen.«

Walker legte die Magnum auf den Ladentisch und zählte von seinem Packen fleckiger Geldscheine dreihundertfünfzig Dollar ab.

Der Verkäufer grinste und ließ eine Kaugummiblase platzen.

»So, jetzt zeig' ich dir noch die Schrotflinten, Cap.«

13.37 Uhr Clarke Johnson legt die Finger aneinander, tippte sich damit an die Nasenspitze und musterte über seine Fingerspitzen hinweg Bobby und Esther Phibbs, die vor seinem Schreibtisch saßen.

»Mr. Phibbs, in dieser Dienststelle betrachten wir Strafaussetzung und Bewährung als eine Vergünstigung, nicht als ein jemand zustehendes Recht.«

»Ja, Sir«, antwortete Bobby ernsthaft. Esther, deren Hand auf seinem Arm lag, nickte zustimmend.

Clarke Johnson betrachtete Bobby genauer und wirkte etwas irritiert.

»Sie brauchen mich nicht ›Sir‹ zu nennen, Mr. Phibbs. Das bedeutet hier bei uns nicht viel. Wie ich bereits gesagt habe, ist die Strafaussetzung zur Bewährung eine ohne Rechtsanspruch gewährte Vergünstigung. Vielen meiner Klienten ist das nicht bekannt. Ich hoffe, daß Sie sich darüber im klaren sind.«

»Natürlich sind wir das«, antwortete Esther leise. Johnson sah zu ihr hinüber, bevor er fortfuhr.

»Sie haben großes Glück gehabt, Mr. Phibbs. Die Straftat, wegen der Sie verurteilt worden sind, und die Tatumstände – Drogeneinwirkung, Schußwaffenbesitz, mehrere Vorstrafen –, alle diese Faktoren schreiben an sich eine langjährige Haft im staatlichen Strafvollzug vor – nicht nur ein Jahr und einen Tag im County Jail sowie drei Jahre

Bewährungsfrist. Sie haben sehr, sehr großes Glück gehabt. Nach Durchsicht Ihrer Akte ...« Er blätterte in dem vor ihm liegenden Ordner. »... kann ich mir als strafmildernd wirkenden Grund eigentlich nur das leidenschaftliche Plädoyer Ihrer Frau ...« Er blickte erneut, diesmal etwas länger zu Esther hinüber. »... während der Verhandlung vorstellen. Ich sehe keinen weiteren Grund für ein so mildes Urteil. Sie haben wie gesagt Glück gehabt.«

»Ja, Sir«, murmelte Bobby. Johnson warf ihm einen scharfen Blick zu und fuhr dann fort.

»Jetzt kommen Sie zu mir, Ihrem Bewährungshelfer. In den kommenden drei Jahren werden Sie und ich in einem sehr engen Verhältnis zueinander stehen. Unter der Voraussetzung, daß alles gutgeht. Geht alles schief, bin ich gezwungen, Ihren Verstoß gegen die Bewährungsauflagen zu melden, und Sie müssen dann die restlichen drei Jahre absitzen, zu denen das Gericht Sie an sich hätte verurteilen sollen.«

Nachdem er ausgesprochen hatte, herrschte in dem kleinen Dienstzimmer tiefes Schweigen. Draußen im Warteraum greinte ein Baby.

»Tut mir leid, wenn das brutal klingt, aber so sieht die Realität aus, und ich möchte, daß Sie wissen, daß wir hier nur mit Realitäten umgehen. Kein Wenn, kein Aber, kein Vielleicht. Nur Tatsachen zählen. Verstehen wir uns also, Mr. Phibbs?«

Bobby nickte wortlos.

»Und die Realität der kommenden drei Jahre ist, daß Ihre Zukunft ausschließlich in Ihren eigenen Händen liegen wird. Vermutlich haben Sie mehr Einfluß auf Ihr weiteres Schicksal als die meisten übrigen Amerikaner. Sie, und nur Sie können darüber entscheiden. Sonst niemand.« Clarke Johnson blickte zum drittenmal zu Esther hinüber.

»Wir können Sie unterstützen. Wir können da sein, wenn Sie Rat und Hilfe brauchen. Aber wir können Ihnen keine Entscheidung abnehmen. Sollten Sie beschließen, wieder Drogen zu nehmen, ist das Ihre Entscheidung. Sollten Sie sich dazu entschließen, clean zu bleiben, ist auch das Ihre Entscheidung.« Er starrte Bobby an. Esther rutschte auf ihrem Stuhl hin und her und hüstelte.

»Mr. Johnson, darf man bei Ihnen rauchen?« fragte sie leise.

»Natürlich«, antwortete er, lächelte ihr zu und sah dann rasch weg. Esther wühlte in ihrer Handtasche nach Zigaretten.

»Wie Sie wissen, sind Ihre Bürgerrechte vorläufig aufgehoben«, sagte Johnson zu Bobby, »und bleiben aufgehoben, solange Sie Bewährung haben. Ihre Wohnung kann jederzeit ohne Haussuchungsbefehl durchsucht werden. Sie müssen mir jeden Wohnungswechsel binnen vierundzwanzig Stunden schriftlich anzeigen. Das gilt auch für jeden Wechsel Ihrer Arbeitsstätte. Soviel ich weiß, wartet bereits ein Job auf Sie?«

Bobby und Esther nickten gleichzeitig.

»Das ist erfreulich. Sollte es damit jedoch Schwierigkeiten geben, melden Sie sich sofort bei mir. Treten irgendwelche Probleme auf, setzen Sie sich sofort mit mir in Verbindung. Warten Sie nicht, bis Sie wieder Drogen genommen haben, bevor Sie mich um Hilfe bitten. Haben wir uns verstanden?«

Johnson lehnte sich in seinen Sessel zurück und legte erneut die Fingerspitzen aneinander. Er war ein kompakter, gutgebauter Neger Ende Dreißig, ohne Bart und mit kurzgeschnittenen Haaren. Seine randlose Brille mit runden Gläsern verlieh seinem Gesicht etwas Eulenhaftes.

»Der wichtigste Aspekt Ihrer Bewährung sind jedoch Urinuntersuchungen nach dem Zufallsprinzip. Sie bekommen eine Telefonnummer. Gehört Ihre Nummer zu den vom Anrufbeantworter genannten Codenummern, müssen Sie sich am nächsten Morgen bis sieben Uhr hier bei mir melden. Ich verlange dann eine Urinprobe von Ihnen, die sie unter meiner Aufsicht abgeben, damit sie auf Spuren kontrollierter Substanzen untersucht werden kann. Sollten Rückstände kontrollierter Substanzen entdeckt werden, sollten Sie nicht herkommen, wenn Ihre Codenummer aufgerufen wird, oder sollten Sie sich hier weigern, eine Urinprobe abzuliefern – sollte einer dieser Fälle eintreten –, haben Sie gegen Ihre Bewährungsauflagen verstoßen, müssen vor dem Richter erscheinen, der Sie damals verurteilt hat, und ihm gegenüber begründen, weshalb Sie den Rest Ihrer Strafe nicht in Haft verbringen sollten. Haben Sie das alles verstanden?«

»Ja«, antwortete Esther, und beide Männer sahen sie kurz an.

»Mr. Phibbs.« Clarke Johnson stupste sich mit dem Daumen gegen das Kinn, während er sprach. »Viele Bewährungshelfer dieses Departments sind stolz auf ihr Verständnis für ihre zur Bewährung entlassenen Schützlinge. Viele Bewährungshelfer dieser Dienststelle erzählen ihren Klienten, es sei okay, gelegentlich herzukommen und einen positiven Test zu haben, über den man hinwegsehen könne, solange der Klient ihnen gegenüber ehrlich sei.« Er richtete Bobbys

Akte parallel zur Schreibtischkante aus. »Das ist nicht meine Art. Wo's um Drogen geht, will ich nicht verständnisvoll sein. Ich weigere mich, Drogenmißbrauch zu verstehen. Ich glaube nicht, daß es mein Job ist, verständnisvoll zu sein, wenn Sie wieder damit angefangen haben. Dazu bin ich nicht hier. Sollten Sie wieder Drogen nehmen, und ich erwische Sie mit einem positiven Test, marschieren sie ins Gefängnis zurück. Ohne Wenn und Aber! Verstehen wir uns noch immer?«

Bobbys Gesichtsausdruck hatte sich verhärtet.

»Mr. Phibbs, verstehen wir uns noch immer?«

Esther sah nervös zu Bobby hinüber. »Natürlich, Mr. Johnson«, sagte sie dann. »Wir verstehen alles, nicht wahr, Bobby?«

»Logo«, antwortete Bobby knapp.

Clarke Johnson beugte sich nach vorn und stützte die Ellbogen auf seinen kleinen Schreibtisch.

»Mr. Phibbs, ich bin hier, um Ihnen zu helfen, wo immer ich kann. Sie können mich zu jeder Tages- und Nachtzeit anrufen. Sollten Sie ein Problem haben, möchte ich davon erfahren. Ich bin da, um Ihnen zu helfen. Aber Ihre Zukunft liegt wie gesagt allein in Ihren Händen. Sie befinden sich gewissermaßen am Scheideweg Ihres Lebens. Sie können sich für den rechten Weg entscheiden und Ihre unglückliche Vergangenheit hinter sich lassen. Oder Sie können den falschen Weg wählen, der Sie unweigerlich wieder hinter Gitter führt. Diese Entscheidung liegt bei Ihnen.«

Danach herrschte wieder Schweigen, weil jeder darauf wartete, daß ein anderer das Wort ergreifen würde. Schließlich beugte Esther sich leicht nach vorn und sagte: »Machen Sie sich keine Sorgen, Mr. Johnson. Mit so was ist Bobby fertig. Er will nicht wieder ins Gefängnis.«

Er lehnte sich zurück und musterte Bobby prüfend.

»Stimmt das, Mr. Phibbs?«

Bobby lächelte, aber sein Blick war stahlhart.

»Ins Gefängnis geh' ich nie wieder.«

»Gut«, sagte der Bewährungshelfer nach kurzer Pause. Er riß ein Blatt von einem Notizblock und kritzelte einige Zahlen darauf. »Das hier ist die Nummer, die Sie jeden Abend anrufen müssen, und Ihre Codenummer.« Er hielt den Zettel Bobby hin, der Johnsons Hand mit dem Anflug eines spöttischen Lächelns um die Lippen betrachtete. Esther stand rasch auf und griff nach dem Zettel.

»Vielen Dank für alles, Mr. Johnson. Wir werden sie nicht enttäuschen.«

»Hoffentlich nicht, Mrs. Phibbs. Mr. Phibbs.«

Clarke Johnson stand auf und schüttelte Esther die Hand. Bobby stelzte mit mürrischem Gesicht grußlos hinaus. Esther starrte ihm betroffen nach. Dann drehte sie sich um.

»Sie können ganz unbesorgt sein, Mr. Johnson«, flüsterte sie.

Sie hastete hinter Bobby her.

15.52 Uhr »Genau mein Scheißpech, daß ich an 'nen Nigger geraten muß, der irgendwas beweisen will«, sagte Bobby Phibbs, einen Riesenbissen Big Mac kauend. »'n bedeutungsvoller Großkotz. Der seinen weißen Bossen imponieren will. Großkotz.«

Esther sah zu Little Bobby hinüber, der seinen Vater mit großen Augen anstarrte. Sie saßen im McDonald's Ecke Crenshaw/Olympic. Dort waren sie hingefahren, nachdem sie Little Bobby von der Schule abgeholt hatten.

»Dieser Nigger wird mir am Arsch kleben wie weiße Soße auf Reis. Der Großkotz sagt: ›Dann sitzen Sie die drei Jahre ab, die Sie hätten sitzen *sollen*‹ und ›Bewährung ist 'ne Vergünstigung‹ und lauter solchen Scheiß. 'n Nigger, der so redet, kann seine verfaulte *Birne* runtergeschossen kriegen, wenn er nicht aufpaßt, wem er so'n Scheiß erzählt.«

Esther angelte einen Fünfdollarschein aus ihrer Umhängetasche.

»Baby«, sagte sie zu Little Bobby, »holst du mir 'n paar McNuggets?«

»Du magst keine McNuggets, Mama.«

»Heute schon. Geh jetzt und hol mir welche.«

Little Bobby rutschte von der Bank und lief weg, um sich anzustellen.

»Bobby, so darfst du nicht vor dem Jungen reden. Solche Gossensprache braucht er nicht zu hören.«

Bobby legte seinen Big Mac hin. »Hey, was?«

»Dein gewalttätiges Gerede, deine Flucherei und alles andere. Solchen Mist braucht er nicht zu hören. Ich hab' mich mein Leben lang bemüht, ihn von solchem Mist fernzuhalten. Und das Wort *Nigger* hört Little Bobby nie von mir. Er hält sich für keinen, und ich will nicht, daß er damit anfängt.«

Bobby Phibbs deutete mit dem Zeigefinger auf Esther.

»Du tust dem Jungen keinen Gefallen, wenn du ihn so verziehst. Glaubst du, daß er nie von 'nem Weißen ›Nigger‹ genannt werden wird? Bildest du dir ein, daß das nie passieren wird?«

»Wenn's mal dazu kommt, ist Little Bobby stark und selbstbewußt genug, um zu wissen, daß der Mann, der ihn so nennt, der wahre Nigger ist.«

Bobby runzelte die Stirn. »Du redest dem Jungen lauter dummes Zeug von Harvard und der UCLA ein. Wie sollen wir's uns leisten können, ihn studieren zu lassen?«

»Wenn's soweit ist, kann der Junge auf jedes College gehen, das ihm gefällt. Miss Abrams sagt, daß er clever genug ist, um überall genommen zu werden, wo er sich bewirbt, und ich putze Tag und Nacht Fußböden und Toiletten, damit er studieren kann, wo's ihm paßt.«

Bobby wischte sich den Mund mit einer Papierserviette ab. »Für was? Und wenn er jedes Scheißcollege in diesem Land besucht, bleibt er trotzdem schwarz. Er bleibt trotzdem 'n Nigger, und glaub bloß nicht, daß die Weißen ihn das vergessen lassen!«

Esthers Hand zitterte leicht, als sie ihren Fishwich hinlegte.

»Mein Gott, Bobby! Was ist bloß in dich gefahren? Hör dir bloß an, wie...«

Little Bobby kam mit den Chicken McNuggets zurück. Diesmal setzte er sich zu Esther auf die Bank.

»Baby«, sagte Esther, »du hast sie mir süß-sauer gebracht. Du weißt doch, daß ich sie mit Barbecue-Sauce mag.«

Little Bobby verdrehte irritiert die Augen. »Mama! Woher soll ich das wissen? Außerdem wird mein Big Mac kalt!«

»Tu, was deine Mutter sagt«, fuhr Bobby Phibbs ihn grob an, »und'n bißchen plötzlich, sonst setzt's 'ne Rückhand in die Fresse!«

Little Bobby senkte den Blick und stand auf. »Ja, Sir«, murmelte er leise und ging in Richtung Verkaufstheke davon.

Esther zündete sich eine Zigarette an. Ihre Hände zitterten jetzt sichtbar. »Bobby, so darfst du nie wieder mit meinem Sohn reden.«

Bobby setzte sich auf und funkelte sie böse an. »Soll ich vielleicht lieber *dir* die Scheiße rausprügeln? Gleich hier und jetzt?«

Esther wich seinem Blick aus.

Ihr Mann grinste. »Schon besser!« Er öffnete die Schachtel mit seinem zweiten Big Mac. »Ich seh' schon, daß hier 'ne Menge eingerissen ist, während ich weggewesen bin. Dieser Scheiß muß aufhören.« Er biß ein großes Stück Hamburger ab. »Wenn ich nicht aufpaß', wird der Junge 'n regelrechter Arschkriechernigger – genau wie dieser Mr. Clarke Johnson. Richtig so'n schleimscheißender, weiße Ärsche küssender Nigger.«

Esther sprach langsam, wählte ihre Worte sorgfältig und sah ihrem Mann noch immer nicht wieder in die Augen. »Bobby, dieser Mann tut nur seine Pflicht. Er hat dich bloß gewarnt, daß du Schwierigkeiten kriegst, wenn du wieder mit Drogen anfängst. Nun, du hast selbst gesagt, daß du nie wieder damit anfangen willst. Richtig? Dann haben wir nichts zu befürchten, richtig?«

Bobby schüttelte den Kopf. »Damit hängt's nicht zusammen. Mir stinkt bloß dieser weiße Nigger, der mir erzählt, daß ich verdammtes *Glück* gehabt hab', daß ich nur ein Jahr im County gesessen habe. Er tut so, als wär'n Jahr in 'nem dreckigen Käfig wie'n Spaziergang im Park. Aber so ist's *nicht*! « Bobby trank einen Schluck Coke durch den Strohhalm. »Ich will, daß dieser Scheiß *jetzt* vorbei ist. Wenn's reicht, reicht's.«

Er stopfte sich den Mund mit Pommes frites voll und kaute nachdenklich.

»'n Kumpel aus meiner Zelle ist vor'n paar Monaten rausgekommen. Er hat mir den Namen von 'nem jüdischen Anwalt in Beverly Hills gegeben. Man kann seine Bewährungsauflagen gerichtlich ändern lassen, verstehst du, damit die Abendanrufe und der übrige Scheiß wegfallen. Dann braucht man keine Tests oder so was mehr zu machen, sondern kommt bloß einmal im Monat vorbei und schreibt sich in 'ne Liste ein. Aber dafür braucht man 'nen guten Anwalt – keinen Müllkutscher von Pflichtverteidiger. 'nen verdammt guten jüdischen Anwalt. Ich hab' seinen Namen.«

»Aber diese Anwälte in Beverly Hills kosten ein Vermögen, Bobby! Wie sollen wir das Geld dafür ...«

»Meinen Kumpel, von dem ich erzählt hab', soll ich besuchen, wenn ich wieder draußen bin. Er hat gesagt, daß er bestimmt was für uns hat, mit dem wir ein bißchen Geld verdienen können.«

Esther bewahrte mühsam ihre Fassung. »Bobby, solche Leute bringen dich bloß wieder in Schwierigkeiten. Die ziehen dich bloß in ihren Sumpf runter. Du bist noch keinen Tag wieder draußen. Bitte, red nicht wieder von solchem Zeug! In der Cafeteria wartet ein guter Job auf dich. Ab morgen früh bist du ...«

Bobby winkte ab. »Ach, dieser Scheiß! Da bist du'n dämlicher Küchennigger. Da bist du praktisch 'n Sklave. Mit allem – bis auf die Ketten. Ich red' von beßren Jobs.«

Esther begann leise zu schluchzen. »Oh, bitte red nicht so. Bitte, red nicht so.«

Bobbys Gesichtsausdruck wurde sanfter. »Nicht weinen, Es. Nicht weinen, Kleine.« Er wollte nach ihrer Hand greifen, aber sie entriß sie ihm.

Plötzlich stand Little Bobby mit gesenktem Blick vor ihr.

»Mama, die Barbecue-Sauce ist aus«, sagte er. »Ich hab' alle gefragt, aber sie haben keine mehr. Tut mir leid.«

»Oh, Baby.« Esther schloß ihren Sohn in die Arme und wiegte ihn sanft.

21.06 Uhr Gold stand am Eingang von Montenegro's und sah sich suchend in dem kühlen Halbdunkel um. Das Restaurant war luxuriös eingerichtet und mit hochflorigen Teppichböden ausgestattet. An den Wänden hingen hervorragende Kopien impressionistischer Gemälde, und die intimen kleinen Speisezimmer waren durch getönte Glasscheiben mit eingeätzten Jugendstilmotiven voneinander getrennt. In einer Nische gleich neben der Bar interpretierte ein Pianist in langsamem Tempo »Summertime in Venice«. Die perlenden Töne schwebten zart über die halblaute Unterhaltung der Gäste und das leise Klirren von Porzellan und Silberbestecken hinweg.

Als der Maître d'hôtel eben auf Gold zukam, winkte Howie Gettelman ihm von seinem Tisch an der Rückwand des kleinen Speisesaals aus zu.

Während Gold das Restaurant durchquerte, überprüfte sein Kriminalisteninstinkt automatisch die anderen Gäste. An fast allen Tischen saßen Ausländer: schwarzhaarige, dunkle Typen, die europäisch geschnittene Anzüge und protzigen Goldschmuck trugen. Auf seinem Weg durch den Raum hörte Gold, wie um ihn herum Spanisch, Italienisch, Arabisch, Hebräisch und vermutlich auch Griechisch gesprochen wurde. Die Frauen waren fast ausschließlich Amerikanerinnen: blond, blasiert und hochelegant.

»Jack, ich bin so froh, daß du gekommen bist.« Howie trug einen eleganten blauen Zweireiher mit pastellgelbem Oberhemd. Er machte den Eindruck, als gehöre er zu diesem Publikum.

»Wie lange bist du schon Stammgast am Rodeo Drive?« erkundigte Gold sich, während er Howie gegenüber Platz nahm.

Howie lächelte und blinzelte ihm zu. »Hier werden mehr Geschäfte gemacht als in der Polo Lounge.«

»Was für Geschäfte?« fragte Gold und sah sich in dem Restaurant um. Am Nachbartisch nahm ein offenbar bereits angeheiterter berühmter Fernsehschauspieler abwechselnd kleine Bissen von seinem Krabbensalat und dem Ohr seiner jungen Begleiterin, in der Gold ein Filmsternchen zu erkennen glaubte.

»Jack, ich danke dir, daß du gekommen bist«, sagte Howie. »Als erstes möchte ich mich für den Vorfall am Samstag entschuldigen. Ich möchte, daß du weißt, daß ich deine Verärgerung völlig verstehe. Ich finde, daß du nicht im geringsten überreagiert hast.«

»Ich auch nicht.«

»Richtig. Richtig. Ich verstehe deine Einstellung. Ich begreife deine Motivation. Dir fehlt jegliches Verständnis für Drogen. Du verstehst nicht, weshalb jemand den Wunsch haben könnte, Drogen zu nehmen.«

»Da irrst du dich, Howie. Ich habe lange, sehr lange mit Drogen und Drogensüchtigen zu tun gehabt und verstehe durchaus, warum Leute Drogen nehmen. Deshalb sehe ich Rot, wenn ich feststelle, daß der Mann meiner Tochter zu den Konsumenten gehört.«

»Jack, Jack.« Howie grinste und rückte seine Krawatte zurecht. »Ein bißchen Kokain zur Erholung macht doch noch keinen ›Konsumenten‹ aus einem Menschen!«

Gold trank einen Schluck Wasser. In dem Glas schwamm eine Zitronenscheibe. Er fischte sie mit seiner Gabel heraus.

»Versuch nicht, mich zu verscheißern, Howie. Das kannst du dir für deine schmuddeligen Klienten aufheben.«

»Nun, damit ist's jedenfalls vorbei«, sagte Howie rasch. Er griff über die schwere Damasttischdecke hinweg nach Golds Hand. »Hast du gehört, Jack? Endgültig vorbei. *Emmes.*« Howie starrte Gold seelenvoll an. »Das schwöre ich bei Gott.« Er hob die rechte Hand. »Mit dieser Sache ist's vorbei.«

Gold musterte seinen Schwiegersohn mit einem langen Blick. Dann griff er in den Brotkorb, nahm ein knuspriges Brötchen heraus, brach es auseinander und bestrich es mit Butter.

»Lüg mich nicht an, Howie. Ich werd' stinksauer, wenn jemand mich anlügt. Das müßtest du eigentilch wissen.«

»Jack, habe ich eben bei Gott geschworen? In dieser Minute? Soll ich beim Leben meines Sohnes schwören? Hör zu, ich schwöre beim Leben meines Sohnes. Ich schwöre bei Joshuas Leben, daß ich...«

»Schon gut, schon gut! Und ich bin glücklich, das zu hören.«

Der Ober kam an ihren Tisch und gab ihnen die Speisekarten. Beide bestellten einen doppelten Scotch. Der Ober ging wieder. Gold starrte im schummrigen Kerzenlicht seine Speisekarte an.

»Werde ich auf meine alten Tage blind – oder sind diese Preise echt?«

Howie winkte ab. »Mach dir darüber keine Sorgen. Du bist mein Gast.«

»Sieben-fünfundsiebzig für 'nen gemischten Salat?«

»Man zahlt für den Namen, fürs Ambiente. Und für die Chance, hier gesehen zu werden.«

»Aber sieben-fünfundsiebzig?«

»Jack! Du sollst dir keine Sorgen darüber machen! Hör zu, nimm das Kalbfleisch. Hier gibt's das beste Kalbfleisch der Stadt.«

»Das will ich hoffen! Für diese Preise sollten sie einem das ganze gemästete Kalb servieren. Kein Wunder, daß du mit Drogen gehandelt hast. Um solche Preise bezahlen zu können, braucht man hohe Einnahmen.«

»Jack«, sagte Howie lachend, »bestell einfach.«

»Und warum ißt meine Tochter nicht mit uns zu Abend? Sie ist wohl nicht vornehm genug für diesen Laden? Sitzt sie zu Hause und ißt ein TV-Dinner, damit du's dir leisten kannst, hier den großen Mann aus Beverly Hills zu spielen?«

»Um Himmels willen, Jack, beruhig' dich. Ich gehe oft mit Wendy hierher. Aber diesmal hab' ich unter vier Augen mit dir reden müssen. Das weißt du doch. Jetzt bestell das Kalb in Marsala oder Kalbfleisch *parmigiana.* Mit Kalb liegst du immer richtig.«

Der Ober servierte ihre Drinks. Sie bestellten, und er entfernte sich mit öligem Lächeln.

»Jack.« Howie trank einen kleinen Schluck Scotch. »Heute morgen hat mich der stellvertretende Staatsanwalt angerufen.«

»Oh?«

»Die Ermittlungen sind eingestellt worden. Er hat sich sogar noch für möglicherweise aufgetretene Unannehmlichkeiten entschuldigt.«

»Wie nett von ihm!« meinte Gold grinsend.

»Jack.« Howie schüttelte ungläubig den Kopf. »Wie hast du das geschafft? Verdammt noch mal, wie hast du das geschafft?«

Gold tippte die Eiswürfel in seinem Johnnie Walker mit einer Fingerspitze an. »Nach fast dreißig Jahren in diesem Geschäft lernt man allmählich, wie man so was anzufangen hat.«

»Nun, Jack, ich bin sprachlos. Ich bin ganz weg! Ich hab' nie geahnt, daß du so schnell solche Ergebnisse erzielen könntest.«

»Ich hab' dir doch gesagt, daß du dir keine Sorgen machen sollst, stimmt's? Hab' ich dir nicht gesagt, daß ich die Sache aus der Welt schaffen würde?«

Howie lächelte. »Ja, das hast du.«

»Aber du hast mir nicht geglaubt.«

»Ich hab' dir nicht geglaubt. Tut mir leid.«

Gold zuckte mit den Schultern. Howie griff in die Innentasche seiner Anzugjacke und zog ein Scheckbuch mit Krokodillederhülle heraus. Er drückte auf den Knopf seines goldenen Kugelschreibers.

»Was wird das?« fragte Gold.

Howie legte das aufgeschlagene Scheckbuch auf die Tischdecke. »Jack...«, begann er.

»Was soll das?«

»Jack...«

»Howie, steck das weg. Sonst beleidigst du mich.«

»Jack, ich weiß, daß diese Sache sehr teuer gewesen sein muß. Für mich ist sie unbezahlbar. Laß mich wenigstens für die Unkosten aufkommen.«

Gold schüttelte den Kopf. »Ich hab' dir gesagt, daß ich den Fall aus der Welt schaffen würde, und genau das hab' ich getan. Damit hat's sich. Die Sache ist erledigt.«

»Jack, bitte.«

»Howie, bitte.«

Howie seufzte, klappte sein Scheckbuch zu und steckte es wieder in die Tasche. »Sollte ich mal *irgendwas* für dich tun können...«

Gold trank einen Schluck Scotch. »Ich hab' dir gesagt, was ich will, Howie. Ich hab' dir gesagt, was ich erwarte.«

Howie hob abwehrend die Hände. »Damit ist's vorbei. Endgültig. Ich schwör's dir! Niemals wieder.«

Gold lächelte. »Schön, das war's dann.«

Der Ober servierte ihre Salate. Auf einem Teller lag ein Blatt Kopfsalat mit einigen Gurkenscheiben und einem Klacks Dressing.

»Dafür nehmen sie sieben-fünfundsiebzig?« fragte Gold und starrte seinen Salat an. »Das ist Diebstahl! Die Leute müßte man verhaften.«

Howie lachte.

23.23 Uhr »Es ist dreiundzwanzig Minuten nach elf, und dies ist wie gewohnt Ihre Gastgeberin Janna Holmes – heute abend im Gespräch mit Jesse Utter, Kandidat fürs California State Assembly aus Desert Vista, Kalifornien, und Grand Exalted Wizard des Kalifornia Klans. Mr. Utter, Sie halten diese beiden Funktionen offenbar nicht für unvereinbar. Trifft das zu?«

»Nennen Sie mich Jesse, Janna. Und wenn Sie damit meinen, daß ich dem Klan angehöre und zugleich als Abgeordneter im State Assembly kandidiere, lautet meine Antwort nein. Ich glaube, daß das keineswegs unvereinbar ist. Ich glaube sogar, daß die Position eines Führers des Kalifornia Klans die bestmöglichen Voraussetzungen dafür bietet, als Abgeordneter tätig zu sein.«

»Wie kommt das, Jesse?«

»Nun, Janna, lassen sie mich das erläutern. Mitglied des Kalifornia Klans zu sein, ist keine einfache Sache, sondern im Gegenteil verdammt anstrengend und mühsam. Man ist ständigen Angriffen – verbalen, physischen, geistigen, verleumderischen – von seiten der liberalen Mitläuferpresse, unserer mit Kommunisten sympathisierenden Regierung, den sogenannten christlichen Kirchen und der mächtigen, geheim operierenden jüdisch-zionistischen Lobby ausgesetzt. Klanmitglied zu sein, ist ein sehr einsamer Job. Manchmal fühlt man sich – ganz wie Christus – als Rufer in der Wüste. Eine einzelne, einsame Stimme der Vernunft und Wahrheit, die von einer Kakophonie aus irrsinnigem Kreischen übertönt wird.

Das kann sehr deprimierend sein. Aber es macht einen zäher, härtet einen ab für die bevorstehenden großen Aufgaben. Klanmitglieder sind im Feuer gehärtet. Von unseren Grundsätzen, unserer Überzeugung lassen wir uns von nichts und niemandem abbringen. Die anderen können uns eine Lüge als Wahrheit verkaufen wollen – sie können millionenmal behaupten, sie sei wahr, und wir spucken sie ihr millionenundeinmal ins Gesicht zurück und entlarven sie als Lüge. Und ich bezweifle, daß irgendein Mitglied des State Assemblys auch nur annähernd diese Entschlossenheit besitzt.«

Walker parkte den blauen Kleinbus in einer Lieferantenzufahrt parallel zum Pico Boulevard. Er ließ den Motor laufen, die Scheinwerfer eingeschaltet und das Radio brüllend laut angestellt und trabte einige Meter weit den Maschendrahtzaun um das Betriebsgrundstück von Fischer's Foreign Car Service entlang.

»Jesse, was halten Sie von den in letzter Zeit gemeldeten Vorfällen, die Schmierereien an Synagogen und anderen jüdischen Gebäuden betreffen?«

»Nun, sie überraschen mich jedenfalls nicht, Janna. Ich habe seit Jahren jedem, der es hören wollte, erklärt, daß in diesem Land ein riesiges, verborgen pochendes Herz aus antijüdischem Abscheu schlägt. Ich glaube, daß diese Heldentaten aus jüngster Zeit meine Überzeugung bestätigen.«

Die Dobermannhündin hörte seine vertrauten Schritte, verließ ihr Lager unter der Frontpartie des Mercedes und nahm ihre Position am Zaun ein. Sie fletschte ihre Zähne zu einem todbringenden Grinsen. Walker kicherte.

»Man kann keine Rasse von Manipulatoren, keine Rasse von Wucherern, von Lügnern und Betrügern, keine Rasse voller Betrug und Ehrlosigkeit und Verrat und Schwindel sein ... man kann keine auf so abscheuliche Praktiken spezialisierte Rasse sein, ohne damit rechnen zu müssen, sich dadurch allgemein verhaßt zu machen. Irgendwann wird der am Boden Liegende den auf seine Kehle gesetzten Fuß beiseite stoßen.«

Walker versetzte dem Maschendrahtzaun einen Tritt, und die Hündin sprang ihn an, warf sich knurrend, krallend und zähnefletschend dagegen.

»Sehen Sie, Janna, diese Angriffe sind symptomatisch für die Frustration, die der weiße christliche Amerikaner heutzutage empfindet. Wer spricht für ihn? Wer setzt sich für ihn ein? Niemand, absolut niemand! Der Neger hat seine NAACP und die Urban League; dem Juden gehören die ganze Presse und das Fernsehen; der Latino hat seine römisch-katholische Kirche. Selbst der Indianer hat ein staatliches Amt, das sich um ihn kümmert. Aber wer spricht für den weißen christlichen Amerikaner?«

Walker steckte den Lauf der Magnum Kaliber 357 durch eine Raute des Maschendrahtzauns. Die Hündin stürzte sich darauf und biß zu. Dann ertönte ein gedämpfter Schußknall, und die Nachtluft war mit davonfliegenden Fleisch- und Gehirnfetzen angefüllt. Die rechte

Schädelhälfte der Hündin war verschwunden; die zertrümmerten Überreste der linken enthielten ein leblos starres Auge, das an ein ausgestopftes Tier erinnerte. Blut spritzte über den ölfleckigen Beton. Der Hundekörper taumelte einige Schritte seitwärts, schwankte und brach zusammen. Die schlanken Hinterläufe zitterten und zuckten, daß die Krallen aneinanderklickten, und lagen dann unbeweglich.

»Sind Sie sich bewußt, Jesse, daß viele Leute – Leute wie Jerry Kahn von der JAR – der Überzeugung sind, die Synagogenschmierereien würden von Mitgliedern Ihres Kalifornia Klans verübt?«

»Entschuldigen Sie, daß ich lache, Janna, aber das amüsiert mich. Jerry-der-Jude Kahn und seine kleine Gruppe von Jeschiwa-Boys versuchen, mir und meinen Brüdern die Hälfte aller in Südkalifornien verübten Verbrechen anzulasten. Nein, ich muß leider eingestehen, daß die Urheber dieser patriotischen Taten nicht Mitglieder des Kalifornia Klans sind. Aber ich wäre stolz, wenn sie sich uns anschließen würden. Sehr stolz. Sie sind genau die Leute, die wir brauchen, um dieses Land auf Gegenkurs zu bringen.«

Walker legte krachend den ersten Gang ein und röhrte davon.

Mittwoch, 8. August

0.47 Uhr Esther weinte. Sie putzte das Waschbecken auf der Toilette des Fotoateliers, und die Tränen liefen ihr über die Wangen und tropften von ihrer Nasenspitze. Sie richtet sich auf und fuhr sich mit dem Handrücken übers Gesicht. Sie sah ihr verweintes Spiegelbild und ächzte.

»Großer Gott! Sieh dir das an!«

Sie verließ die Toilette, durchquerte das Wartezimmer des Fotografen, schloß die Eingangstür auf und trat auf den Robertson Boulevard hinaus. Sie tupfte sich ihr Gesicht mit einem zerschlissenen Blusenzipfel ab, lehnte sich an das Gebäude und stemmte einen Fuß hinter sich gegen die Mauer. Sekunden später ging die Tür erneut auf, und Lupe kam mit zwei dampfenden Kaffeebechern ins Freie. Sie hielt Esther wortlos einen davon hin, der ebenso wortlos angenommen wurde. Lupe hockte sich nach Indianerart auf den Gehsteig und schlürfte ihren Kaffee. Der Streifenwagen eines privaten Sicherheitsdienstes glitt vorbei, und der Wachmann am Steuer nickte ihnen zu.

»*Qué pasa, hermana?*« fragte Lupe schließlich. Sie sah forschend zu Esther auf.

Esther schüttelte den Kopf.

Lupe starrte über den menschenleeren Boulevard hinweg. Ein Geschäft auf der anderen Straßenseite verkaufte riesengroße, sehr detaillierte Puppenhäuser. Das Geschäft bezeichnete sie als »Mini-Villen«.

»Wegen meinem Alten«, sagte Esther zuletzt. »Wegen Bobby.« Sie trank einen Schluck Kaffee. Lupe beobachtete weiter die Straße und wartete.

»Ich hab' Angst, daß er wieder mit Drogen anfängt.«

Lupe kratzte sich die Schulter. »Esther, er ist erst seit zwei Tagen draußen. Nicht mal. Du mußt ihm 'ne Chance geben, *Chica.*«

Esther schüttelte erneut den Kopf. »Ich kenn' ihn, Loop. Ich merk's ihm an. Als hätt' er 'ne Sprungfeder in sich, die immer gespannter wird, bis er kurz vor der Explosion steht – und dagegen hilft dann nichts als'n Schuß Heroin.«

»Du mußt ihm Zeit lassen, *Hermana*. Er hat ein Jahr lang gesessen. Es dauert ein bißchen, bis er sich wieder eingewöhnt hat.«

Esther begann wieder zu weinen. Ihre Augen füllten sich, und eine einzelne Träne lief ihr über die Wange. Dann fuhr sie zusammen und räusperte sich.

»Ich glaub', daß er mich angelogen hat, Lupe. Ich glaub', daß er im Gefängnis die ganze Zeit gefixt hat. Darum ist er jetzt so kribbelig und nervös. Er hat gottverdammte *Entzugserscheinungen*!«

Lupe musterte sie prüfend. »Glaubst du?«

Esther nickte. »Ganz bestimmt!

Lupe stand auf und rieb sich die Rückseiten ihrer Oberschenkel. »Wie soll's weitergehen?«

Esther goß den Kaffeesatz in den Rinnstein und flippte die letzten Tropfen aus ihrem Becher. Sie machte müde einen Katzenbuckel und massierte sich den Nacken.

»Keine Ahnung, Lupe. Aber ich weiß, daß ich *diese* Hölle nicht noch mal mitmach'. Nicht mit mir, José!« Sie sah kopfschüttelnd zu dem smogverhangenen Nachthimmel auf. »Mit diesem Scheiß ist Schluß.«

3.24 Uhr

Golds klappriger Ford bog asthmatisch keuchend vom Mulholland Drive auf eine neben Zedern verlaufende Einfahrt ab. Am Ende dieser Baumreihe mündete die asphaltierte Zufahrt in einen weiträumigen Parkplatz, der bis zur Hügelkante reichte. Dort parkte Sean Zamoras rote Corvette. Hinter der Corvette standen mehrere Polizeifahrzeuge mit roten Blinkleuchten und ein Leichenwagen des Coroners. Die Scheinwerfer des Fords erfaßten Zamora, der mit umgehängter Jacke an einem Kotflügel seiner Corvette lehnte und Joghurt aus einem Pappbecher löffelte. Gold stellte den Motor ab und stieg aus. Der Boden unter seinen Schuhen war hart und trocken. Der leichte Nachtwind fuhr durchs sommertrockene Gras wie ein Messer durch Satin. Etwa eine Viertelmeile entfernt kreiste ein Polizeihubschrauber über der Bergflanke. Sein Suchscheinwerfer tauchte das Gelände in geisterhaft weiße Helligkeit.

Zamora warf seinen leeren Joghurtbecher ins hohe Gras und kam auf Gold zu.

»Ich hab' hier auf Sie gewartet, wie Sie gesagt haben. Was ist dort unten los? Was geht hier vor?«

»Weiß ich selbst nicht. Bin angerufen worden. Sehen wir's uns mal an«, grunzte Gold und steckte sich eine frische Zigarre in den Mundwinkel.

»Die würd' ich nicht anzünden. Damit können Sie den ganzen Hügel in Brand setzen.«

Gold grunzte nochmals und ging zwischen den Polizeifahrzeugen und um den Leichenwagen herum voraus. Die Hügelkante, hinter der das Gelände abfiel, war mit gelbem Polizeiplastikband abgesperrt. Ein uniformierter Cop vertrat Gold den Weg. Als Gold seine Plakette zeigte, trat der Mann beiseite und sagte: »Entschuldigen Sie, Lieutenant.«

»Wo sind Lytel und Ligget?«

»Im Haus, gleich hier den Weg runter. Er führt am Swimming-pool vorbei.«

Gold hob das Plastikband hoch und schlüpfte darunter hindurch. Zamora folgte ihm. Der Weg schlängelte sich etwa fünfzig Meter weit hügelabwärts und endete an einem großen nierenförmigen Pool. Hinter dem Swimming-pool stand ein eingeschossiges, weitläufiges Haus im kalifornischen Stil auf massiven Betonpfeilern, die in den Berghang gerammt waren. Sämtliche Lichter des Hauses brannten. Gold ging mit Zamora um den Pool herum und klopfte leicht an die Verandatür. Ein großer, dicker Mann mit dunklem Teint kam an die mit Fliegengittern gesicherte Außentür.

»Jack. Augenblick!« Der große Mann sagte kurz etwas zu jemand hinter ihm, öffnete dann die Gittertür und trat auf die Veranda.

»Haben wir dich geweckt? Wir haben was, das dich interessieren wird.«

»Sam. Das hier ist Sean Zamora, mein neuer Partner. Sean, das ist Detective Sam Lytel von der Mordkommission.«

Die beiden Männer schüttelten sich die Hand. Lytel drehte sich nach dem Haus um und sprach halblaut weiter.

»Das gottverdammteste Haus, das du je gesehen hast, Jack. Mit 'nem Scheißwasserfall im Scheißwohnzimmer! Die Bilder an den Wänden müssen ein Vermögen wert sein. Der Kerl hat zwei Weiber, die hier bei ihm wohnen. *Zwei!* Jede der beiden könnte 'nen Toten zum Kommen bringen. Irgend'n englischer Filmregisseur. Ridley ... Ridley ...«

»Ridley Weems? Hier wohnt Ridley Weems?« Zamora trat zurück, um das Haus interessiert zu betrachten.

Lytel starrte Zamora im Halbdunkel prüfend an. Dann warf er Gold einen fragenden Blick zu.

Gold zuckte mit den Schultern. »Er ist Schauspieler, aber ansonsten in Ordnung. Was ist hier passiert?«

»Nun, dieser Tommy, dieser Weems, hat sich 'n paar schöne Wochen unten in Mexiko gemacht. Puerto Vallarta. Mit den beiden Miezen. Sie sind spät nachts zurückgekommen und haben auf der Fahrt vom Flughafen hierher seine beiden Rottweiler aus 'ner Hundepension abgeholt. Hast du schon mal von 'nem Zwinger mit Nachtdienst gehört? Wer reich genug ist, kann alles kriegen, schätz' ich. Okay, sie kommen also zurück, und Weems läßt die Hunde über die Veranda raus. Er läßt sie jede Nacht frei rumlaufen – vor allem wenn sie ein paar Wochen lang nur wenig Auslauf gehabt haben.

Die drei packen also aus oder kochen Kaffee oder lecken sich gegenseitig die Arschlöcher oder was diese Leute sonst so tun. Wahrscheinlich haben sie gekokst, wenn du mich fragst. Und während sie dabei sind, kommen die beiden Hunde ins Wohnzimmer zurückgelaufen und balgen sich um irgendwas. Wie niedliche junge Welpen. Nun, eine der Miezen geht rüber zu ihnen und sagt: ›Böse Hundies, laßt das!‹ und gibt beiden einen Klaps. Die Rottweiler lassen ihr Spielzeug fallen und verschwinden wieder nach draußen, und die Mieze holt ein Küchentuch, um das Igittegittzeug wegzuräumen.

Erst als sie's aufhebt, wird ihr klar, daß das 'ne blutige *Titte* ist! Sie kriegt 'nen hysterischen Anfall und kotzt den ganzen schönen Teppich mit ihrem Mexican-Airlines-Dinner voll. Sie ist noch immer im Bad. Das andere Flittchen ist jetzt bei ihr drin und bemüht sich, sie zu trösten. Mann, *davon* hätt' ich gern ein Polaroidfoto!«

»Habt ihr die Leiche gefunden?« Gold zündete sich die Zigarre an.

»Und wie wir sie gefunden haben! Über den halben Scheißberg verteilt. Der Saukerl hat sich an ihr *ausgetobt*, verstehst du? Er hat ihr die Titten abgeschnitten. Ihr verdammter Kopf sieht wie *abgerissen* aus. Das ganze Gesicht ist zu Brei geschlagen. So was hab' ich noch nie gesehen. Er muß in ihrem Blut gebadet haben.«

»Wer ist sie gewesen?«

»Straßenmädchen. Künstlername Honey Dew Mellon. Richtiger Name Thalia Mae Robinson. Negerin. Siebenundzwanzig Jahre alt. Wäre im September achtundzwanzig geworden.«

»Könnte er ihr Zuhälter gewesen sein?«

Lytel schüttelte den Kopf. »Nö. Das hättest du nicht gefragt, wenn du die Leiche gesehen hättest. Ihr Zuhälter hätte sie nicht so zugerichtet, selbst wenn er sie hätte umbringen wollen. Dafür haben sie zuviel Achtung vor der Ware. Nein, das muß irgend'n Freak, irgend'n Perverser gewesen sein. Und er hat ordentlich was für sein Geld gekriegt.«

Gold verlagerte sein Gewicht von einem Fuß auf den anderen. »Wie lange ist sie schon tot?«

»Sie muß irgendwann letzte Nacht ermordet worden sein, behauptet der Flunkie, den der Gerichtsarzt vorbeigeschickt hat. Näheres weiß er, sobald er'n paar Tests gemacht hat.«

Die Gittertür flog auf, und ein kleiner, stämmiger, glatzköpfiger Mann in einem mexikanischen *Guayabera*-Hemd trat auf die Veranda.

»Jack.«

»Lou. Wie geht's? Sean, das hier ist Louie Ligget. Diese beiden sind schon endlos lange Partner. Seit...?«

»Fünfzehn Jahren.«

»... fünfzehn Jahren. Lytel und Ligget sind in ganz L. A. bekannt. Klingt wie 'ne Seifenmarke, stimmt's?«

Alle lachten. Dann wandte Ligget sich an seinen Partner. »Hast du's ihm schon gezeigt?«

»Noch nicht.«

Ligget wandte sich wieder an Gold. »Komm, Jack. Wir haben was, das dich interessieren wird.«

Lytel ging bergauf voraus und beleuchtete den Weg mit einem starken Handscheinwerfer. Auf halber Strecke zwischen Haus und Parkplatz bog Ligget auf einen weiteren Fußweg ab. Sie folgten ihm bergab und um den Hügel herum. In der Ferne unter ihnen glich der San Diego Freeway einer Perlenkette aus hellen Lichtern, zwischen denen die Schweinwerfer einzelner Autos hindurchglitten. Der Hubschrauber, der zuvor die Bergflanke abgesucht hatte, knatterte plötzlich heran, schwebte mit ohrenbetäubendem Lärm über ihnen, wirbelte Staub auf und peitschte das Gras nach allen Richtungen auseinander.

»Verdammtes *Arschloch*!« schrie Ligget zu dem Hubschrauber hinauf und schwenkte wütend die Arme. »Hau ab!« Er drehte sich nach Gold um. »Ich hasse diese Scheißdinger!« brüllte er ihm ins

Ohr. Der Suchscheinwerfer des Hubschraubers erfaßte sie und tauchte sie in grelles, gleißend helles Licht. Ihre Kleidungsstücke flatterten im Motorenwind. »Dort oben, Arschloch« Ligget deutete in die Richtung, die er meinte. »Nicht hier!«

Der Hubschrauber knatterte weiter und schwebte dann über einem Punkt etwa fünfzehn Meter unter ihnen. Sein Suchscheinwerfer beleuchtete irgend etwas.

»Jesus!« sagt Zamora. »Genau wie in Vietnam!«

Ligget starrte den jungen Cop über Golds Schulter hinweg an. »Sie sind in Nam gewesen?«

»Nein«, antwortete Zamora, »aber ich hab' *Platoon* siebenmal gesehn, und das hier erinnert mich daran.«

Ligett wechselte einen Blick mit Gold, der den Kopf schüttelte und im Halbdunkel grinste. Die letzten sechs, sieben Meter führten steil zu einigen riesigen Felsblöcken hinunter, die vom Suchscheinwerfer des Hubschraubers angestrahlt wurden. Die vier Männer rutschten in einem Wirbel aus Staub, Geröll und Flüchen hangabwärts.

»Für solchen Scheiß bin ich zu alt«, protestierte Gold außer Atem. »Ich bin ein City-Cop.«

»Hier«, sagte Ligget und richtete seinen Handscheinwerfer auf die im Schlagschatten liegende Fläche des ersten Felsblocks. Dort waren zwei unbeholfen aufgesprühte rote Kreuze zu erkennen. Die Männer starrten sie schweigend an.

»Ist das Blut?« fragte Zamora schließlich.

»Nein«, antwortete Gold langsam.

»Er arbeitet sich allmählich hoch«, sagte Ligget. »Er hat Ehrgeiz.«

»Wenigstens achtet er als Mörder auf Gleichberechtigung«, warf Lytel ein.

Gold starrte ihn an. »Juden hat er noch keine umgelegt.«

»Noch nicht.«

Die vier Kriminalbeamten standen schweigend da und starrten den Felsblock an.

»Könnte 'n Imitator gewesen sein«, meinte Ligget.

»Möglich«, bestätigte Gold.

»Aber du glaubst's nicht?«

Gold schüttelt den Kopf, ohne die Kreuze aus den Augen zu lassen.

Ligget kratzte sich zwischen den Beinen. »Huntz wird *begeistert* sein.«

Alle vier lachten nervös.

4.07 Uhr Anna Steiner kippte Schalotten, Thymian und Tomaten von ihrem Schneidbrett in den großen zerkratzten Eisentopf, bückte sich tief, um besser sehen zu können, und stellte die Flamme ganz klein. Aus dem Backofen des Großküchenherds zog sie die flache Kasserolle mit vorgekochten Kohlblättern, die in drei Zentimeter Wasser warm gehalten wurden, und stellte sie auf ihre Arbeitsfläche neben die große Schüssel mit der Füllung aus Hackfleisch, Reis, gewürfelten Zwiebeln und Petersilie. Nachdem sie einige der weichen Blätter herausgenommen hatte, begann sie mit flinken, geschickten Fingern ausgestochene Rechtecke der Füllung mit Kohlblättern zu umwickeln, deren Ecken sie mit raschen Bewegungen ihrer runzligen, verkrümmten Hände einschlug.

Sie war eine kleine, grauhaarige Frau Anfang Sechzig, mit scharfem Verstand, freundlichen blauen Augen und – auf der Innenseite ihres linken Arms – der nicht verblaßten blauen Häftlingsnummer B 27372. Die war ihr in Dachau eintätowiert worden, als sie dreizehn gewesen war. Sie dachte kaum jemals an diese Zeit zurück, aber in den letzten Monaten hatte sie wieder Alpträume gehabt. Eigentlich keine richtigen Alpträume – bloß Erinnerungen. Aber was konnte alptraumhafter sein als einfache Erinnerungen?

Letzte Nacht hatte sie einen . . . eine Erinnerung gehabt. Sie hatte im Schlaf so laut geschrien, daß sie davon aufgewacht war. Sie hatte nach Samuel getastet, aber er war nicht dagewesen. Daraufhin hatte sie sich im Bett aufgesetzt, und im nächsten Augenblick war ihr eingefallen, daß Samuel im Cedars-Sinai Hospital lag und auf die Ergebnisse der letzten Untersuchungen wartete. Daß er darauf wartete, ob sie ihm das Bein würden abnehmen müssen. »Mein Gott!« glaubte sie Samuel ausrufen zu hören, während er sich seinen Kopf mit dem schütteren weißen Haar hielt. »Wieviel Elend in einem einzigen Leben?«

Anna Steiner legte die Kohlrouladen in vier flache Kasserollen, die jeweils drei Reihen faßten, und übergoß sie dann mit reichlich Sauce aus dem großen Eisentopf. Sie schob die Schmorpfannen in den Backofen, stellte die Temperatur ein, richtete sich auf und wischte sich die Hände an einem fleckigen Flanellappen ab. Sie goß sich eine Tasse Tee ein, ruhte sich an den Arbeitstisch gelehnt aus und blickte durch die große Schaufensterscheibe mit den seitenverkehrten Buchstaben, die von der Straße aus STEINER'S WEST-PIC CAFÉ ergaben. Die Nacht war nicht mehr so finster, und sie glaubte einen Augenblick lang, draußen eine Bewegung gesehen zu haben. Sie durchquerte das kleine Café mit den sechs Tischen und starrte durch die dunkle Scheibe. Sie hatte sich getäuscht. Straße und Gehsteig waren menschenleer.

Trotzdem hatte Anna Steiner eine schlimme Vorahnung, die wie ein Schatten über sie fiel. Dasselbe Gefühl hatte sie in ihrem letzten Alptraum gehabt. Sie war wieder in Dachau gewesen. Es hatte geregnet – ein grauer, eiskalter Morgen –, und sie war mit allen Mädchen aus ihrer Baracke auf dem Exerzierplatz angetreten. Der eiskalte Regen hatte den Platz mit einer knöcheltiefen Schlammschicht bedeckt. Ein sehr gutaussehender junger SS-Führer in einem Offiziersmantel mit Pelzkragen schritt die Reihe entlang und deutete mit seiner Reitpeitsche scheinbar willkürlich auf einzelne Mädchen. Mädchen, die abtransportiert werden würden – abtransportiert, um in Wehrmachtsbordellen Soldaten zu bedienen, abtransportiert, um in Duschräumen vergast zu werden.

Bei jedem Schritt des SS-Führers machten seine Reitstiefel ein obszönes schmatzendes Geräusch, während er sie aus dem Schlamm zog. Regentropfen perlten von seinem prachtvollen Pelzkragen. Der SS-Führer kam auf Anna zu, immer näher an sie heran. Eine Sirene kreischte – oder war das in Wirklichkeit ein Menschenschrei? –, und ihr Heulen wurde lauter und lauter. Jetzt stand der SS-Führer vor Anna. Er musterte sie. Dann lächelte er. Er hob seine Reitpeitsche. Gleich würde er damit auf sie deuten...

Das war der Augenblick, in dem sie von ihrem Schrei aufgewacht war. Anna Steiner lief ein kalter Schauer über den Rücken. Solche Gedanken waren untypisch für sie – die große Optimistin. In Anna Steiners Augen war ein halbleeres Glas stets halb voll. Sie erinnerte sich sogar noch an positive Einzelheiten aus dieser Zeit. Fiel ihre Tätowierung Gästen auf, die sich dazu äußerten, was sie unweigerlich taten, beteuerte sie, die Deutschen seien anständig gewesen. Nur ihre Regierung sei Amok gelaufen. Sie berichtete von Freundlichkeiten, die sich ihr tatsächlich besser eingeprägt hatten als alle Schrecken. Von einem deutschen Arzt, der ihr bei einer Untersuchung mitfühlend übers Haar gestrichen hatte. Von einem SS-Mann, der ihr eine dünne verlauste Wolldecke zugeworfen hatte, weil sie in einem ungeheizten Güterwagen so heftig gezittert hatte. Und von den Einwohnern ihrer Heimatstadt Budapest, die mit grimmigen Mienen und

Tränen in den Augen am Straßenrand gestanden hatten, als sie und die übrigen Juden zum Bahnhof getrieben worden waren.

»Ach!« rief Samuel dann immer aus. »Weib, du spinnst ja! Diese Bestien ermorden dir Großeltern, Eltern und drei Brüder, und du weißt nichts Besseres zu tun, als von einem Soldaten zu erzählen, der dir einen schmutzigen Fetzen gegeben hat, damit du dich zudecken konntest. Solche Nächstenliebe verdient es wirklich, gelobt zu werden!« Dann schüttelte Samuel scheinbar verwundert den Kopf, aber sie wußte, daß er ihren unbesiegbaren Optimismus liebte, der ihn nährte. Denn die Lager hatten Samuel als gebrochenen Mann zurückgelassen: Er hatte sie bis zur Befreiung durch die Amerikaner überlebt, war aber nur noch ein Schatten seines früheren Ichs.

Anna hatte ihn nach der Befreiung im Lager Dachau kennengelernt. Samuel hatte einem wandelnden Leichnam geglichen: völlig abgemagert, hohlwangig, mit glanzlosen Augen. Auch sie hatte nicht viel besser ausgesehen, aber sie hatte ihre starke Willenskraft, ihren eisernen Überlebenswillen gehabt. Und sie hatte Samuel hinter sich hergeschleppt aus dem Grab und in die Welt der Lebenden gezerrt. Als er noch zu schwach gewesen war, um allein zu essen, hatte sie seinen Kopf gestützt und ihn mit Essen aus der amerikanischen Kantine gefüttert. Als sie soviel zugenommen hatte, daß die GIs auf den hübschen Teenager aufmerksam wurden, flirtete sie ein wenig mit ihnen, lachte über ihre paar Brocken Deutsch und lief dann mit der Schokolade und den Zigaretten, die sie ihr schenkten, zu Samuel zurück.

»Ach!« sagte Samuel dann immer und zündete sich eine Chesterfield an. »Du bist nicht besser als eine Hure! Aber was kann man schon von einer Ungarin, von einer Zigeunerin erwarten?«

»Halt die Klappe, Alter!« forderte sie ihn dann lachend auf, denn obwohl er nur zwei Jahre älter war als sie, glich er einem alten Mann.

Sie heirateten im Lager, und Anna nahm Samuel, der aus Berlin stammte, mit nach Budapest, weil sie noch immer hoffte, jemand aus ihrer Familie könnte die Lager überlebt haben, und wußte, daß etwaige Überlebende nach Budapest heimkehren würden. Aber sie sah keinen ihrer Angehörigen jemals wieder.

Die Steiners eröffneten ein kleines Café – eigentlich nur ein überdachter Durchgang –, und Anna sparte ihr bißchen verdientes Geld mit derselben Willensstärke, die ihr geholfen hatte, das Lager zu überleben. Sie haßte die kommunistische Regierung und dachte gern an das Lachen und die Großzügigkeit der amerikanischen Soldaten zurück. Sie träumte davon, nach Amerika auszuwandern. Ihre Entscheidung fiel 1956, während des Volksaufstands. Anna Steiner knüpfte ihre ganzen Ersparnisse in ein Taschentuch, steckte das Knäuel vorn in ihren Büstenhalter, zog ihren Wintermantel an und riß die Tür ihrer winzigen Wohnung auf.

»Komm, wir müssen fort, Alter«, forderte sie Samuel auf, und er folgte ihr wie immer – und beschwerte sich wie immer. Sie gelangten über die Grenze nach Österreich. Von dort aus wurden sie nach Zürich transportiert und gelangten schließlich über London und New York nach Los Angeles. Da sie Jüdin *und* Ungarin war, konnte sie sich an mehrere Hilfsorganisationen wenden und brachte so das Geld für einen winzigen Hamburgerstand in der Vermont Avenue zusammen.

»Der ist kleiner als unser Café in Budapest!« rief Samuel aus. »Dafür haben wir unser Leben riskiert und sind um die halbe Welt gereist? Um sechzehn Stunden täglich, und das sieben Tage in der Woche, fettige Sandwiches für *Shvartzers* zu machen?«

»Hast du hier vielleicht König werden wollen?« fragte Anna ebenso laut. »In Amerika gibt's keine Könige, Alter. Bloß den Mittelstand, zu dem wir gehören werden.«

Und das schafften sie. Sie kauften sich einen Buick, einen Fernseher, eine Stereoanlage. Sie fuhren zweimal im Jahr übers Wochenende nach Las Vegas und spielten an den einarmigen Banditen. Aus dem Hamburgerstand wurde ein Lebensmitteleckladen in Venice, aber sie wurden jeden Monat von Junkies ausgeraubt, und Anna fürchtete, Samuel würde eines Tages erschossen werden, weil er die Süchtigen auf Deutsch beschimpfte, während sie ihn mit der Waffe bedrohten.

»Gauner, Banditen, Verbrecher! Erschießen würd' ich euch, wenn ich 'ne Pistole hätte!«

»Halt die *Klappe*, Alter!« fauchte Anna Steiner, während sie den Räubern die Einer und Fünfer aus der Registrierkasse gab. Die Zehner und Zwanziger bewahrte sie in einer alten Blechbüchse rechts neben der Kasse auf.

Vor zwölf Jahren hatten sie das Geschäft verkauft und dafür dieses Lokal – das West-Pic Café – gekauft. Jetzt kamen mittags Anwälte und Finanzmanager bis aus Century City hierher, um Anna Steiners

Eintopf mit Rindfleisch, ihre Soleier, Dillgurken und Perlzwiebeln, ihre Kohlrouladen und gefüllten Paprikaschoten zu essen.

Anna Steiner holte den großen verbeulten Suppentopf hervor und knallte ihn auf die Herdplatte. Sie schälte ein Dutzend irische Kartoffeln, drei Bund Karotten und einige Zwiebeln und schnitzelte sie direkt in den Topf. Als nächstes kamen Selleriestangen, in Streifen geschnittene Zucchini, Blumenkohlstücke, Kohlblätter, Tomaten und einige Liter Wasser hinzu. Während sie alles mit dem in der linken Hand gehaltenen großen Kochlöffel umrührte, fügte sie mit der rechten Hand Salz, schwarzen Pfeffer, Knoblauchpulver, einen Teelöffel Zucker und natürlich ungarischen Paprika hinzu. Ihre Gemüsesuppe aus frisch auf dem Markt eingekauften Zutaten galt als die beste der ganzen Stadt. In ihrem Lokal gebe es das Essen, das sie daheim für Besuch koche, antwortete Anna Steiner stolz, wenn Gäste ihre Küche lobten.

Aber es wurde immer schwieriger, diese Qualität zu halten, seitdem Samuel krank war. Nun mußte sie alles allein schaffen – auch wenn er ihr nie sonderlich viel geholfen hatte. Deshalb stand sie jetzt vor Tagesanbruch hier am Herd. In letzter Zeit hatte sie sogar mit dem Gedanken gespielt, das Café zu verkaufen und sich zur Ruhe zu setzen. Wenn sie nicht allzu lange lebten, hatten sie genügend Ersparnisse. Falls Samuel sein Bein verlor, würden sie verkaufen müssen. Armer Samuel, dachte sie, armer alter Mann. Jetzt auch noch Knochenkrebs! Sie wünschte sich, *sie* hätte den Krebs bekommen; sie wäre besser damit fertig geworden.

Anna Steiner hörte etwas im Hof hinter der Küche. Als ob jemand mit dem Fuß an eine leere Flasche gestoßen sei. Sie legte ihren großen Holzlöffel weg, trat an die Hintertür mit dem dichten Fliegengitter, öffnete sie einen Spalt weit und blickte hinaus. Der Nachthimmel war inzwischen dunkelblau geworden, und Anna Steiner konnte bereits Einzelheiten unterscheiden. Sie nahm aus dem Augenwinkel heraus eine Bewegung wahr und zuckte zusammen. Mitten auf dem Hof erstarrte eine dicke weiße Katze und funkelte sie an. Anna Steiner hielt ihr leise lachend die Hand hin.

»Komm, Kätzchen, komm!« sagte sie auf Ungarisch.

Die Katze machte fauchend einen Buckel und lief weg. Anna Steiner ging in die Küche zurück und griff nach dem Kochlöffel. Sie kostete ihre Suppe. Irgend etwas fehlte noch. Als sie die Hand nach dem Salz ausstreckte, hörte sie jemand an der Eingangstür rütteln. Ihre schlimme Vorahnung befiel sie erneut, und sie drehte sich langsam nach der Tür um. Im Morgengrauen war die Silhouette eines Mannes vor der Glastür zu erkennen. Dort stand jemand. Während sie ihn anstarrte, wurde es heller, und sie stellte fest, daß es der gutaussehende deutsche Offizier war. Er deutete mit seiner Reitpeitsche auf sie. Diesmal war sie dran. Aber er war gar kein deutscher Offizier. Er war jemand anders. Und er hielt keine Reitpeitsche in der Hand. Es war eine Waffe.

Dann explodierte Anna Steiners Welt.

11.30 Uhr Gold schloß die Augen, drückte vier Fingerspitzen gegen seine Schläfen und wünschte sich, die Leute vor seinem Schreibtisch würden sich in Luft auflösen. Aber als er dann die Augen öffnete, beugte Chief of Police Alan Huntz sich noch immer über seinen Schreibtisch. Einige seiner Flunkies, Cherry Pye, Captain Madison, der vermutliche Nachfolger des Chiefs, und Sergeant Orm, der Chauffeur des Chiefs, standen neben ihm. Aus irgendeinem Grund, den Gold nie hatte rauskriegen können, wurden die Fahrer von Polizeichefs in Los Angeles irgendwann selbst Polizeichefs. So war es bei Huntz und auch bei seinem Vorgänger, Chief Gates, gewesen. Vielleicht hing es damit zusammen, daß sie so lange unfallfrei gefahren waren.

»Lieutenant, daß Sie diese Ermittlungen leiten, ist völlig ausgeschlossen. Gänzlich ausgeschlossen! Mir wär's lieber, einen Ganoven in dieser Position zu wissen als so einen unfähigen Kerl wie Sie.«

Huntz brüllte nicht, aber sein Gesicht war rot angelaufen. Sie waren zu sechst – Gold, Huntz, Cherry Pye, Madison, Orm und Zamora – in dem winzigen Büro der Sonderkommission gegen Schmierer zusammengedrängt. Gold und Zamora saßen hinter ihren Schreibtischen; die anderen standen.

»Lieutenant«, sagte Chief Huntz eben, »haben Sie überhaupt eine Vorstellung davon, wie viele Medienvertreter unten warten? Reporter von *Time, Newsweek,* von allen großen Fernsehgesellschaften bis hin zum CNN. Von der *New York Times,* von der *London Times.* Sogar ein Korrespondent der gottverdammten *Prawda* ist unten!«

Gold machte eine abwehrende Handbewegung. »Hören Sie, ich hab' mich nicht um diesen Job gerissen.«

Huntz ignorierte ihn. »Bilden Sie sich ein, in der Lage zu sein, vor solchen Leuten Bericht über den Stand der Ermittlungen zu erstatten?«

»Da gibt's nichts zu berichten.«

»Vor einer halben Stunde hat ›Sixty Minutes‹ mich angerufen. Sie wollen ein Feature über den ›neuen Antisemitismus‹ machen, der hier in L. A. entsteht.« Huntz brüllte jetzt.

»Ich hab' mich nicht um diesen Job gerissen«, wiederholte Gold.

»Die ganze Welt wird unser Department beobachten, und *Sie* werden im Mittelpunkt des Interesses stehen. Großer Gott!« Huntz wandte sich ab, um in dem winzigen Raum auf und ab zu marschieren, und prallte statt dessen gegen Cherry Pyes Titten. »Großer Gott!« Er drehte sich wieder nach Gold um. »Lieber würd' ich den Leuten meinen... meinen Hund präsentieren!«

»Wie wär's statt dessen mit Ihrem Chauffeur?« Gold nickte zu Sergeant Orm hinüber. »Oder sind die beiden identisch?«

Huntz warf sich über den Schreibtisch und fuchtelte Gold mit dem Zeigefinger unter der Nase herum.

»Werden Sie bloß nicht *frech*, Lieutenant! Werden Sie bloß nicht...«

Gold schlug seinen Finger weg und stand so ruckartig auf, daß sein Stuhl zu Boden krachte. »Jetzt reicht's mir, Arschloch!« brüllte er Huntz an. Zamora hielt sich hinter seinem Schreibtisch die Augen zu, um nicht Augenzeuge dieser Szene zu werden.

»*Schmeißen Sie mich doch raus!* Ich hab' diesen Scheißjob nicht gewollt und will ihn auch jetzt nicht. Wenn Sie fürchten, aller Ruhm könnte mir und nicht Ihrem Arschkriecherliebling Madison zufallen, geben Sie den Job doch ihm. Oder noch besser: Übernehmen Sie ihn selbst! Ich will den Scheißjob jedenfalls nicht.«

»Nichts wäre mir lieber!« Huntz' Augen drohten vor Zorn aus ihren Höhlen zu treten. »Mir wär's lieber, wenn *irgend* jemand aus dem Department diesen Job übernehmen würde. Aber Ihre Glaubensgenossen im Council haben mir mitgeteilt, daß sie wünschen, daß einer ihrer Leute diesen Fall bearbeitet. Sie verlangen, daß *Sie* weiterhin die Ermittlungen leiten.«

»Seit wann hören Sie auf den City Council?«

»In diesem speziellen Fall bleibt mir keine andere Wahl. Mir sind die Hände gebunden.« Huntz kreuzte vor Wut kochend seine Handgelenke, um Gold seine Ohnmacht zu demonstrieren.

»Augenblick«, sagte Gold nachdenklich. »Allmählich kapiere ich, was gespielt wird. Sie möchten Oberbürgermeister werden. Und im Council gibt's vier Juden, die auch gern Oberbürgermeister wären. Und mehr als Chief Huntz hassen sie sich nur gegenseitig. Sie haben Angst, es sich mit ihnen zu verderben, weil Sie später mal einige dieser Leute brauchen, um gewählt zu werden. Deshalb schließen Sie jetzt einen Deal mit allen ab, damit sie sich später gegenseitig in den Rücken fallen können.«

Huntz starrte ihn nur aufgebracht an.

»Und ich profitiere theoretisch von diesem kleinen Machtpoker. Aber das ist mir scheißegal, verstanden? Mir ist's gerade recht, wenn Sie mich ablösen wollen. Und wenn Sie das nicht vorhaben, verschwinden Sie gefälligst aus meinem Büro und lassen mich weiterarbeiten!«

Danach herrschte fast eine Minute lang Schweigen. Gold und Huntz starrten sich über den Schreibtisch hinweg an. Die anderen beobachteten sie. Als Huntz endlich sprach, klang seine Stimme spröde.

»Sind Sie schon am Tatort gewesen?«

»Eine Stunde nachdem die Ermordete – Mrs. Steiner – aufgefunden worden ist.«

»Haben sie was gefunden?«

»Einen Haufen Nachbarn, die irgend jemand lynchen wollten. Mrs. Steiner scheint recht beliebt gewesen zu sein. Und die roten Kreuze auf den Schaufenstern. Die Visitenkarte unseres Jungen. Und seine Botschaft. Wie hat sie gleich wieder gelautet, Sean?«

Zamora erwachte aus seiner Erstarrung. »Äh... ›Tod allen Juden‹.«

»Und was ist mit dem anderen Opfer? Der Prostituierten?«

»Scheint derselbe Kerl gewesen zu sein.«

»Irgendwelche Verbindungen zwischen den beiden?«

»Wohl kaum. Außer daß sie zu den Leuten gehören, die unser Mann nicht ausstehen kann.«

»Ha?«

»Juden und Schwarze.«

Huntz überlegte kurz. »Sie haben den Verdacht, daß wir's nur mit einem Täter zu tun haben?«

Gold zuckte mit den Schultern. »Wer weiß?« Er stellte seinen Stuhl wieder auf und setzte sich. »Ich hab' mich geirrt, als ich geglaubt habe, das sei das Werk jugendlicher Schmierer. Wir haben es offensichtlich mit einem gefährlichen Verrückten zu tun. Mit einem Kerl, der wegen eines ideologischen Kurzschlusses unberechenbar ist.«

»Auch als Einzeltäter wird er vielleicht von einer Organisation unterstützt. Vielleicht haben wir's mit einer ultrarechten Gruppierung vom Typ SLA zu tun.«

Gold wischte mit der flachen Hand über den Schreibtisch. »Möglich ist alles. Ich schließe vorerst nichts aus. Ich hab' dieses Arschloch ein paarmal unterschätzt: Das soll nicht wieder vorkommen.«

»Dann überprüfen Sie vermutlich diese Gruppierungen? Nehmen Leute fest und befragen sie?«

Gold blickte lächelnd zu Huntz auf. »Sehr gut, Alan! Sie verstehen was von polizeilicher Ermittlungsarbeit.«

Huntz erwiderte sein Lächeln nicht. »Ich unterstelle Ihnen zwanzig Kriminalbeamte der Mordkommission, die nur für Sie arbeiten.«

»Alan, ich brauche keine zwanzig ...«

»Sollte die Sache noch schlimmer werden, kommandiere ich weitere Leute ab.«

»Damit sie gegenseitig über ihre Pimmel stolpern? So kommen wir ...«

Huntz unterbrach ihn mit erhobener Hand. »Ich will Ergebnisse sehen, und ich will sie schnellstens sehen. Offiziell leiten Sie die Ermittlungen, aber wagen Sie bloß nicht, auch nur zu *niesen*, ohne sich vorher mit Captain Madison hier abgestimmt zu haben. Nach außen hin ist er mein Verbindungsoffizier zu Ihrer Sonderkommission, aber in Wirklichkeit leitet er das ganze verdammte Unternehmen. Ich habe nicht die Absicht, mir diesen Fall, der internationales Aufsehen erregt und kommunalpolitische Folgen haben kann, von einem schießwütigen Säufer ruinieren zu lassen. Alles, was Sie an Fahndungsmaßnahmen beabsichtigen, legen Sie Captain Madison zur Genehmigung vor – und zwar *vorher*!« Jetzt lächelte Huntz. »Haben Sie die Spielregeln verstanden, Lieutenant?«

»Madison ist ein Schreibtischhengst. Er braucht 'nen Stadtplan, um sein verdammtes Auto zu finden.«

Huntz' schwaches Lächeln wurde säuerlich. »Verstehen wir uns also, Lieutenant?«

Gold lehnte sich zurück. Sein Stuhl quietschte. »Oh, wir verstehen einander recht gut, Alan.«

»Ausgezeichnet. Dann will ich Sie jetzt nicht mehr bei der Arbeit stören.« Cherry Pye wich rasch aus, als Huntz sich abwandte, um zu gehen. Der Chief schien Sean Zamora erst jetzt wahrzunehmen. Er runzelte die Stirn. »Detective Zamora wird in eine andere Abteilung versetzt. In eine, die seinen außerdienstlichen Interessen mehr entspricht. Zum Beispiel Pornographie.«

Zamora wurde rot und senkte den Kopf.

»Detective Zamora bleibt bei mir«, sagte Gold.

Huntz sah zu ihm hinüber und warf Zamora dann einen angewiderten Blick zu. »Auch recht. Ihr zwei paßt zueinander.«

Bevor der Chief hinausrauschte, blieb er vor Madison stehen und schüttelte ihm ernst die Hand.

»Weidmannsheil, Captain.«

»Danke, Sir«, antwortete Madison wie aus der Pistole geschossen ebenso ernst. Dann marschierte Huntz hinaus, dicht gefolgt von Cherry Pye und seinem Chauffeur.

Gold hämmerte lachend mit der Faust auf die Schreibtischplatte. »Weidmannsheil!« Er warf seinen Kopf in den Nacken und lachte noch lauter. »Weidmannsheil!« Nach einem raschen Blick zu ihm hinüber begann Zamora ebenfalls zu lachen.

Madison durchquerte den Raum und blieb vor Golds Schreibtisch stehen. Gold lachte noch immer und hielt sich dabei den Bauch.

»Jack, ich hoffe, daß etwaiges böses Blut zwischen Ihnen und dem Alten unser Verhältnis nicht beeinträchtigt. Wir müssen in dieser Sache engstens zusammenarbeiten, und ich möchte, daß wir Freunde bleiben.« Er streckte Gold seine Hand hin. Madison war eine durchschnittliche Erscheinung von mittlerer Größe, mittlerer Statur und mittlerer Intelligenz. Alles an ihm schien ein Kompromiß zu sein.

Gold hörte zu lachen auf, rieb sich die Augen und starrte Madison an. Dann schlug er ein, und der Captain schüttelte ihm energisch die Hand.

»Wie wär's mit einer Farbenanalyse?« schlug Madison unbekümmert vor.

»Ha?«

»Wie wär's mit einer Analyse der Sprühfarben aller Kreuze an den einzelnen Tatorten? An den Synagogen, dem Holocaust Center, Steiner's West-Pic Café. Und an dem Felsblock über dem Mulholland Drive. Ich werde eine Untersuchung der Farbpartikel veranlassen.«

»Zu welchem Zweck?«

»Um festzustellen, ob es sich um dieselbe Farbe handelt. Ergo um denselben Verdächtigen.«

»Ich habe auf den ersten Blick gesehen, daß es dieselbe Farbe ist.«

»Richtig, der Farbton ist identisch, aber ...« Madison, der sich für dieses Thema zu erwärmen begann, hob dozierend den Zeigefinger. »... aber vielleicht können wir so den Hersteller, ergo den Händler, ergo den Verdächtigen ermitteln. Ich glaube, daß das einen Versuch wert ist.«

Gold sah zu Zamora hinüber und zuckt dann mit den Schultern. »Na ja, schaden kann's nicht. Veranlassen Sie's ruhig, Dolly, wenn Ihnen dann besser ist.«

Madison zuckte zusammen, als er seinen im Department üblichen Spitznamen hörte, aber das bremste ihn nur eine Sekunde lang. »Außerdem lasse ich sämtliche Hauseingänge und Laternenmasten, die am Pico Boulevard im gleichen Block wie das West-Pic Café liegen, auf Fingerabdrücke absuchen.«

Gold machte Zamora ein Zeichen und begann aufzustehen. Madison, dessen Blick aufkommende Panik anzeigte, redete schneller.

»Ich weiß, daß am Tatort Mulholland keine Fingerabdrücke gefunden worden sind, aber ...«

Gold, der jetzt stand, hob abwehrend die Hand. »Dolly, bevor Sie das tun, gibt es ein paar andere Dinge, die Sie für mich erledigen müßten.«

»Ja?«

»Als erstes geben Sie eine Anweisung an sämtliche Reviere raus, alle weißen Macho-Typen, die sie finden können, unter Druck zu setzen – Biker, Rednecks, Trucker und solche Leute. Ich will, daß sie aufgespürt, durchsucht und verhört werden. Legal oder nicht – bringt sie hinter Gitter! Und wenn sie sitzen, erklärt ihr ihnen, daß sie freikommen können, falls sie was über diesen ... diesen Kerl mit den Kreuzen wissen. Danach laufen Sie zu *Terroristen und Subersive* hinauf und lassen sich 'nen Ausdruck mit allen Rechtsradikalen in Südkalifornien geben. Ku-Klux-Klan, Silent Brotherhood, Aryan Nation und so weiter. Wie heißt diese andere Gruppe draußen in San Bernardino County? In Desert Vista?«

»Kalifornia Klan«, sagte Zamora. Sie gingen jetzt rasch den Flur entlang. Madison, der Mühe hatte, mit ihnen Schritt zu halten, kritzelte eifrig in ein kleines schwarzes Notizbuch, das wie durch einen Zaubertrick in seinen Händen erschienen war.

»Richtig, der Kalifornia Klan. Alle diese Hassergruppen. *Terroristen und Subversive* hat ihre Namen irgendwo im Computer. Ich weiß nicht, wie aktuell diese Informationen sind – dort oben würden sie lieber Liberale überwachen –, aber besorgen Sie sie trotzdem. Dann lassen Sie diese Namen mit allen Angeklagten vergleichen, die in nächster Zeit im L. A. County wegen Straftaten von Körperverletzung bis zur Entführung und Mord vor Gericht kommen werden. Kontrollieren Sie, welche Namen auf beiden Listen stehen, und lassen Sie diese Leute vernehmen, um festzustellen, ob sie etwas über unseren Mann wissen – und ob sie vielleicht zu einem Handel bereit sind. Außerdem vergleichen Sie die Namen der Rechtsradikalen mit den Leuten, die im letzten halben Jahr eine Drei-siebenundfünfziger Magnum gekauft haben. Vielleicht hat unser Mann seine Kanone wie ein gesetzestreuer Bürger erworben – mit Papieren und allem.«

Sie hatten den Lift erreicht. Zamora drückte auf den Knopf.

»Danach rufen Sie die Direktoren der Haftanstalten San Quentin, Folsom und Chino an. Sagen Sie ihnen, daß Sie mit mir zusammenarbeiten. Sie sollen bei der Aryan Brotherhood und den übrigen weißen Gangs im Knast verlauten lassen, daß jeder mit 'ner Strafverkürzung rechnen kann, der was über unseren Mann weiß und es diskret weitergeben will.«

»Glauben Sie, daß die dort was wissen?« fragte Zamora erstaunt. »Im Knast?«

»Kann sein. Manchmal ist solcher Scheiß drinnen schneller rauszukriegen als hier auf der Straße. Die Hälfte dieser Hasserclubs sind hinter Gittern gegründet worden.«

Die Lifttüren öffneten sich im Zeitlupentempo. Gold und Zamora traten in die leere Kabine.

»Sollte alles nichts nützen«, sagte Gold zu Madison, »fangen wir bei A an und vernehmen jeden einzelnen auf unserer Liste. Und danach ackern wir das verdammte Telefonbuch durch. *Irgend* jemand muß dieses Arschloch kennen und ihn verpfeifen.«

Die Lifttüren begannen sich zu schließen, aber Madison unterbrach mit der Hand die Lichtschranke, und sie gingen ruckartig wieder auf.

»Was ist mit den Medienleuten?« fragte er.

»Für die sind Sie zuständig, Dolly. Erzählen Sie ihnen einfach, daß wir uns den Arsch abarbeiten und daß eine Festnahme unmittelbar bevorsteht. Die übliche Verschleierungstaktik.«

Madison unterbrach noch immer die Lichtschranke. Er sah sich um und flüsterte dann: «Wohin seid ihr unterwegs, Jungs? Kann ich mitkommen?«

»Wir müssen zu 'nem Arbeitsessen«, antwortete Gold, »und Sie können leider nicht mitkommen.«

»Warum nicht?«

»Sie müssen zur Pressekonferenz – oder haben Sie das vergessen?«

»Ah, ja natürlich.«

Gold berührte Madisons Hand mit einem Finger, und der Captain riß sie zurück, als habe er sich verbrannt. Die Türen hatten sich fast geschlossen, als er seine Hand wieder hineinsteckte, so daß sie sich erneut öffneten.

»Dolly . . .«, knurrte Gold.

»Ich veranlasse trotzdem, daß die Sprühfarben analysiert werden. Man weiß schließlich nie, was dabei rauskommt.«

»Richtig, das weiß man nie«, bestätigte Gold, während er auf den Erdgeschoßknopf drückte.

»Hören Sie, wohin gehen Sie essen? Falls ich Sie dringend erreichen muß.«

»Wir rufen Sie an.« Diesmal endlich schlossen sich die Türen.

Madisons laute Stimme verfolgte sie, während die Kabine in die Tiefe sank. »Son of Sam ist wegen Falschparkens geschnappt worden. Vergessen Sie nicht, mir die Nummer durchzugeben, unter der . . .« Mehr war nicht zu verstehen.

Gold und Zamora fuhren die wenigen Stockwerke schweigend hinunter, sahen sich dann an und sagten wie aus einem Mund:

»Ergo, fick dich selbst ins Knie.«

12.16 Uhr

Die Fairfax Avenue brodelte – buchstäblich und im übertragenen Sinn des Wortes. Die Luft war verpestet; bei siebenunddreißig Grad Celcius aufgeheizte Abgase krochen wie ein giftiges Dampfbad die Straße entlang, auf der nicht einmal die Andeutung einer Brise zu spüren war. Alte Menschen, einige davon mit Gehhilfen aus Aluminium, standen in Gruppen auf den Gehsteigen vor koscheren Fleischerläden und europäischen Bäckereien und diskutierten gestenreich. Als läge eine Katastrophe in der Luft, erfüllte eine elektrisierende Spannung das Viertel, das einer Stadt glich, die sich auf eine bevorstehende Naturkatastrophe gefaßt machte – einen Wirbelsturm oder eine Sturmflut oder einen Waldbrand. Die Einwohner waren zusammengeströmt, um sich Mut zuzusprechen. An mehreren Straßenecken hielten Kids der Jewish Armed Resistance in ihrer Uniform aus hellblauem T-Shirt und dunkelblauem Barett Wache. Einer von ihnen erkannte Gold und drohte ihm mit der Faust, als sie vorbeifuhren.

Nach der abgasgeschwängerten Hitze auf den Straßen glich Herschel's Delicatessen einer kühlen, sauberen Zufluchtsstätte. Die Kühltheke neben dem Eingang verströmte die scharfen Gerüche von frisch aufgeschnittener Pastrami, Corned beef, geräucherter Zitrone, importiertem Käse und Dillgurken. Die Brotregale füllten das Restaurant mit dem schweren, erdigen Duft von Roggenbrot und Pumpernickel und dem würzigen Geruch von Zwiebelbrötchen. Aus der rückwärtigen Küche duftete es nach zerlassener Butter, gebratenen Eiern und getoasteten Bagels.

Die Einrichtung des großen, überlaufenen Lokals war abgenutzt. Die Wände über den unabsichtlich im Chic der Fünfziger möblierten Sitznischen hingen voll signierter Fotos berühmter Filmstars aus den dreißiger, vierziger und fünfziger Jahren: Eddie Cantor, Al Jolson, Burns und Allen, Pickford und Fairbanks, Arnaz und Ball. Milton Berle in einer Frauenrolle. Jackie Gleason. Bob Hope. Sie alle hatten in den nur wenige Blocks entfernten Film- und Fernsehateliers in Hollywood gearbeitet und waren Stammgäste dieses Tag und Nacht geöffneten Restaurants gewesen. Dazwischen hingen achtzehn mal vierundzwanzig Zentimeter große Hochglanzfotos von Rockstars der sechziger, siebziger und achtziger Jahre – Herschel's jetzige Stammgäste.

»Jack«, sagte Herschel über die Kühltheke hinweg, während er sich die Hände abtrocknete, »wie geht's dir?« Er beugte sich von seinem erhöhten Lattenrost herab, und sie schüttelten sich über die Truthahnsalami hinweg die Hand. »Weißt du, ich hab's im Radio gehört. Wann schnappt ihr diesen *Putz*, diesen Killer?«

»Bald, Herschel. Sehr bald. Herschel, das hier ist mein neuer Partner. Sean Zamora.«

»Hallo, Mr. Guzman.«

»Herschel. Alle sagen Herschel zu mir. Das ist also dein neuer Partner, Jack? So jung! Hören Sie, junger Mann, tun Sie, was Jack Gold sagt, dann bleiben Sie am Leben. Hören Sie auf ihn, dann lernen Sie viel. Aber gucken Sie ihm bloß nicht ab, wie man Scotch trinkt.«

Sie lachten alle.

»Ich hab' als Kind hier gearbeitet«, sagte Gold. »Bei Big Herschel, Herschels Vater. Tische abräumen und Geschirr spülen. Ich bin in der Fairfax High gleich gegenüber gewesen und hab' nach der Schule hier gearbeitet. Fünfundzwanzig Cent in der Stunde.«

»Und soviel Leberwurst, wie du klauen konntest.«

»Weißt du das noch?«

»Natürlich! Wir haben sie oft gemeinsam gegessen.«

Sie lachten wieder alle.

»Was wollt ihr haben? Ich kümmere mich selbst darum.« Außer Herschel waren hinter der langen Kühltheke drei Angestellte damit beschäftigt, flink die Bestellungen der mittags hereindrängenden Gäste auszuführen.

»Zwei Pastramis, ganz mager ...«

»Natürlich.«

»... auf Roggenbrot. Die gute Sorte.«

»Natürlich.«

»Nur mit Senf.«

»Natürlich. Und zu trinken?«

»Zwei Dr. Brown's Creamsodas.«

Herschel sprach weiter, während er die Sandwiches machte.

»Diese Frau, die ermordet worden ist. Die mit dem kleinen Café am Pico. Ich hab' sie nicht gekannt, aber viele meiner Gäste. Sie ist 'ne gute Seele gewesen. Junge Anwälte haben bei ihr anschreiben lassen können – wie Schauspieler ohne Engagement damals bei meinem Vater. Viele Leute haben sie gern gehabt.«

»Ja, ich weiß.«

»Sie ist im Konzentrationslager gewesen. Sie hat überlebt.«

»Das hab' ich gehört.«

»Schnappt ihr diesen Kerl wirklich bald?«

»So bald wie möglich, Herschel.«

»Das kann gar nicht schnell genug gehen. Vielleicht kriegt er dann den elektrischen Stuhl, wie er's verdient hat. Weißt du, ich hab' vierzig, fünfundvierzig Jahre lang die Demokraten gewählt. Niemals wieder! Die Republikaner haben den elektrischen Stuhl wieder eingeführt, und ich bin ein Anhänger des elektrischen Stuhls. Auge um Auge – anders geht's nicht! Vielleicht können ehrliche Leute sich dann wieder sicherer fühlen, wenn sie auf der Straße unterwegs sind. Stell dir vor, eine Kundin – eine gute Kundin – kommt letzte Woche zu mir rein, um ein Dutzend Bagels zu kaufen. Gleich draußen vor der Tür rempelt ein Farbiger sie an, schlägt sie nieder und grapscht sich ihre goldene Halskette. Im Krankenhaus um die Ecke – du weißt, welches ich meine? – hat sie mit achtzehn Stichen genäht werden müssen. Der elektrische Stuhl gehört wieder her, sag' ich immer. Hier sind eure Pastramis.«

»Danke, Herschel. Was bin ich schuldig?« Gold griff halbherzig nach seiner Geldbörse.

»Für den Jungen nichts. Für dich das Doppelte.«

Allgemeines Gelächter.

»Danke, Herschel.«

Herschel winkte sie fort. »Seht zu, daß ihr den Hundesohn schnappt, der diese Frau ermordet hat. Der elektrische Stuhl ist noch zu gut, sag' ich immer. *Nächster?«* Er nahm bereits eine neue Bestellung entgegen.

Gold und Zamora setzten sich an einen Tisch im rückwärtigen Teil des Lokals, wo es ruhiger zuging. Nachdem sie eine Zeitlang schweigend gegessen hatten, fragte Gold: »Gut, ha?«

Zamora nickte mit vollem Mund.

»New Yorker Juden«, sagte Gold kauend, »die kommen hierher und behaupten, an der Westküste gäb's keine gute Pastrami, und sagen: ›Oh, Sie sollten mal die Pastrami im The Stage oder in Zabar's oder sonstwo kosten.‹ Nichts als Scheiß, sag' ich dir. Ich bin nach New York gekommen, als ich in der Navy gewesen bin, und weiß, daß sie Scheiß reden. Die beste Pastrami der Welt gibt's hier bei Herschel. Ist sie gut?«

»Sie ist gut. Sie ist gut«, bestätigte Zamora.

Gold knabberte zufrieden an einer Gurke.

»Ich kenne dieses Lokal«, sagte Zamora.

»So?«

»Yeah, mein Schauspielkurs geht manchmal abends hierher. Nach 'ner Improv.«

»Was ist 'ne ›Improv‹?«

»Nun, dazu holt man eine Gruppe Schauspieler auf der Bühne zusammen und gibt ihnen 'ne Prämisse ...«

»Eine was?«

»Eine Prämisse. Zeit, Handlungsort und ein paar Personen, mit denen man eine Szene improvisiert.«

»Gleich dort? Auf der Bühne?«

Zamora nickte, während er erneut abbiß.

»Das klingt mehr nach Schriftstellerei«, sagte Gold. »Eher schriftstellerisch als schauspielerisch.«

»Gewissermaßen beides.« Zamora fuhr sich mit einer Papierserviette über die Lippen. »Aber du hast recht – das Schriftstellerische überwiegt fast. Auf diesem Gebiet bin ich übrigens auch tätig. Gemeinsam mit einem Freund hab' ich schon ein paar Drehbücher geschrieben. Er hat schon ein paar Optionen auf seine Sachen verkauft. Eines hab' ich Joe Wambaugh gezeigt – du kennst doch den Excop, der jetzt vom Schreiben lebt?«

Gold schüttelte den Kopf.

»Nun, Wambaugh hat's gefallen. Er hat gesagt, es beweise Talent. Er hat gesagt, es klinge lebensecht.« Zamora trank einen Schluck Dr. Brown's. »Weil wir gerade bei Drehbüchern sind, Jack – du hast hoffentlich nichts dagegen, daß ich mir Aufzeichnungen über diesen Fall mache?«

»Wozu?«

»Na ja, weißt du, dieser Fall scheint wirklich wichtig zu werden. Wenn er abgeschlossen ist, will ich ein Exposé schreiben und unter die Leute bringen, damit's vielleicht weiterentwickelt wird.«

Gold schüttelte ungläubig den Kopf. »Verdammt noch mal, Sean, du bist der verrückteste Cop, der mir je untergekommen ist. Und ich hab' schon einige schräge Vögel kennengelernt!«

Zamora grinste. »Na ja, du verkörperst auch nicht gerade den aufrechten Joe-Friday-Typ.«

Diesmal mußte Gold lachen. »Vielleicht hat Huntz recht gehabt. Vielleicht passen wir zueinander.«

Gold aß das Sandwich auf und wickelte eine Zigarre aus. Zamora trank seine Limonade und lehnte sich auf seinem Stuhl zurück. »Jack«, fragte er, »glaubst du, daß wir weiterkommen, wenn wir all diese Rechtsradikalen verhaften und in die Mangel nehmen?«

Bevor Gold sich die Zigarre anzündete, benutzte er eine Ecke des Zündholzbriefchens als Zahnstocher. Jetzt zuckte er mit den Schultern.

»Jedenfalls kommen wir damit viel weiter als mit Dolly Madisons Farbanalysen. Dieser Dick-Tracy-Schweiß funktioniert nur im Film.« Während er *Film* sagte, deutete er auf Zamora. »'n guter Spitzel oder 'ne gute Abhöranlage wären mir lieber als aller Laborscheiß der Welt. Du brauchst bloß den richtigen Ganoven an die Wand knallen und ihm das Knie in die Eier rammen – und schon verpfeift er Leute, von denen nicht mal *er* gewußt hat, daß er sie in der Tasche hat.«

»Glaubst du, daß jemand ihn verpfeifen wird?«

»Wenn wir auf jemand stoßen, der ihn kennt.«

»Vielleicht hat dieses spezielle Arschloch keine Freunde.«

»Unsinn, jeder hat Freunde! Hitler hat Freunde gehabt. Der Ayatollah Kohmeini hat Freunde gehabt. Sogar Alan Huntz hat Freunde.« Gold schob seinen Stuhl zurück und stand auf. »Komm, wir wollen mit ein paar durch und durch patriotischen Antisemiten reden. Vielleicht finden wir einen, der auch Mexikaner haßt. Vor allem Irisch-Mexikaner.«

17.07 Uhr

Bobby riß die Tür des Kombis auf, stieg ein und knallte sie mit Gewalt zu.

»Bobby!« sagte Esther. »Was ist los?«

»Scheiße, nichts wie weg von diesem traurigen Scheißladen!«

»Bobby, um Himmels willen, erzähl mir doch, was passiert ist! An deinem ersten Tag!«

»Hör zu, Esther, fahr endlich los – oder rutsch rüber und laß *mich* fahren. Eines von beiden.«

Esther ließ den Motor an, und der Wagen fuhr langsam von der Piccadilly Cafeteria an der Grand Avenue im Zentrum von L. A. weg. Im Stop-and-go-Verkehr hielt Bobby sich drei rote Ampeln lang zurück, bevor er explodierte und mit beiden Fäusten den Wagenhimmel bearbeitete.

»Diese Mexikanerschlampe!«

»Bobby, was ist bloß passiert?«

»Ach, dieses Weibsbild – Mrs. Villanova – ist den ganzen beschissenen Tag hinter meinem Arsch hergewesen und hat rumgemäkelt: ›Heben Sie das auf, wischen Sie dies weg, leeren Sie das dort drüben aus.‹ Den ganzen gottverdammten Tag! Behandelt mich wie 'nen gottverdammten Küchennigger, wie 'nen Galeerensklaven.«

»Aber, Bobby...«

»Und als ich dann vor ungefähr 'ner Stunde am Telefonieren bin, kommt sie vorbei und scheißt mich zusammen. Sagt: ›Sie haben schon viel zu lange telefoniert, Mr. Phibbs, Sie dürften eigentlich gar nicht telefonieren, wenn Sie arbeiten‹ und so'n Scheiß. Und als ich vorhin gehen will, ruft sie mich zu sich und sagt: ›Mr. Phibbs, wenn

Sie diesen Job nicht wollen, gibt's viele Leute, die ihn wollen.‹ Yeah, ihre Scheißverwandtschaft aus Mexiko, möcht' ich wetten. Und die Schlampe *weiß*, daß ich Bewährung hab'. Das *weiß* sie. Damit erpreßt sie mich.«

Mitten im dichtesten Berufsverkehr der Innenstadt war eine Verkehrsampel ausgefallen. Ein Verkehrspolizist bemühte sich, Fahrzeuge in eine Seitenstraße umzuleiten. Aber die meisten Wagen waren eingekeilt.

»Bobby«, begann Esther zögernd, »du brauchst diesen Job.«

»'nen Scheiß brauch' ich!«

»Bobby, Mr. Johnson hat gesagt, daß es wichtig ist, daß du 'nen Job findest und behältst. Er...«

»*Dieser* Nigger! Soll *er* doch hinter schmutzigen alten weißen Frauen herräumen! Soll *er* doch die Toiletten putzen, auf denen sie scheißen! *Ich* tu's jedenfalls nicht mehr!«

Esther nahm eine Hand vom Lenkrad und berührte seinen Arm. »Bobby, das ist bloß ein Anfang. Bloß ein Ausgangspunkt.«

Er schüttelte ihre Hand ab. »Das ist kein gottverdammter Anfang! Das ist das Aus, das Ende, der Schlußpunkt!«

Esther zündete sich eine Zigarette an. Sie kurbelte ihr Fenster herunter und blies den Rauch ins Freie. Dann sah sie zu Bobby hinüber. Sein angespanntes Gesicht war mit Schweißperlen bedeckt. Seine Augen flackerten.

»Mit wem hast du heute telefoniert, Bobby?«

Er sah ruckartig zu ihr hinüber. »Wer bist du – mein Bewährungshelfer?«

»Nein«, antwortete sie langsam, »ich bin deine Frau.«

»Dann benimm dich entsprechend!« knurrte er.

Der Wagen vor ihnen war einen Viertelmeter weitergerollt. Esther folgte ihm automatisch.

»Mit dem Mann, den du im County kennengelernt hast, nicht wahr? Mit deinem Zellengenossen, stimmt's?«

Bobby gab keine Antwort. Er starrte geradeaus.

»Baby, Leute wie der bringen dir bloß Unglück. Von denen kommt nichts Gutes, das...«

»Ich bin heut' abend weg.«

Sie begann zu weinen. »Bitte nicht, Bobby! Bitte, fang nicht wieder damit an.«

»Ich hab' was zu erledigen. Dabei ist gutes Geld zu verdienen.«

»Bobby...«, schluchzte sie und hielt das Lenkrad umklammert.

Er drehte sich auf dem Beifahrersitz zu ihr um. »Esther, das mußt du verstehen.« Seine Stimme klang bittend. »Dieser Job ist nichts für mich. Ich kann einfach nicht...«

»*Du hast mich belogen*!« kreischte sie in plötzlichem Zorn los. »Du hast in der Haft gefixt, stimmt's, du Dreckskerl? Du brauchst jetzt 'nen Schuß, das seh' ich dir an! Du ziehst wieder los, um dir Geld zu verschaffen und zu fixen, nicht wahr? Little Bobby, ich und alles andere ist dir scheißegal, weil du bloß an deinen gottverdammten Stoff denkst. Dann geh doch, *verschwinde*!«

Bobby war bereits ausgestiegen.

»*Leck' mich am Arsch*!« brüllte er. Dann knallte er die Autotür so heftig zu, daß die Sicherheitsglasscheibe einen Sprung bekam, und tauchte in der Menge auf dem Gehsteig unter.

Esther blieb hinter dem Lenkrad sitzen, weinte leise und bemühte sich, die neugierigen Blicke der anderen Autofahrer zu ignorieren.

21.21 Uhr Wie immer nach einem besonders schlimmen Smogtag in L. A. war der Sonnenuntergang beeindruckend gewesen. Der ganze Himmel im Westen hatte in karmesinroten und orangeroten, zinnoberroten und goldenen Flammen gestanden. Jetzt glich er einem trüben blauen Schlammsee, in dem weder Wolken noch Sterne zu sehen waren. Auch mit der heraufziehenden Dunkelheit war kein Wind aufgekommen, der den Smog hätte wegblasen können.

Walker nahm zwei Kapseln auf die Zungenspitze und ließ sie sich in seinem Speichel auflösen. Der bittere Geschmack von Speed drang bis in seine Kehle, so daß er leicht schauderte. Als die Ampel Grün zeigte, legte er den ersten Gang ein und ließ sanft die Kupplung kommen. Er fuhr langsam durch die Straßen und rollte an kleinen Gruppen von Menschen vorbei, die vor der Hitze in ihren Apartements auf Haustreppen und Gehsteige geflüchtet waren. Die Stadtbewohner hatten Klappstühle auf die Gehsteige gestellt und lachten und diskutierten in ihren Muttersprachen. In allen nur denkbaren Sprachen. Koreanisch und Spanisch. Chinesisch und Tagalog. Vietnamesisch, Japanisch, das universelle gebrochene Englisch. Und dazwischen jiddische Brocken.

Bei Winchell's kaufte Walker sich einen Kaffee und eine Doughnut. Er aß sie nur zur Hälfte auf und warf den Rest weg. Er hatte keinen Hunger. Er stieg wieder in seinen Kleinbus und fuhr durch die Straßen, auf und ab, auf und ab.

22.10 Uhr Gold betrat seine Wohnung und sperrte mit einem Seufzer der Erleichterung die Tür hinter sich ab. Er hatte keinen guten Tag hinter sich. Nach dem Mittagessen in Herschel's Delicatessen hatten Zamora und er sich an die mühevolle, entmutigende Aufgabe gemacht, die streitsüchtigen, widerspenstigen Asozialen zu vernehmen, die von den Straßencops eingefangen worden waren. Dolly Madison kreuzte immer wieder mit völlig bescheuerten Ideen im Vernehmungsraum auf, bis Gold ihn endlich aufforderte, sie alle schriftlich festzuhalten, damit er sich später in Ruhe mit ihnen befassen könne.

Gegen 15 Uhr kamen dann zwölf Mitglieder der American Nazi Party, die durch einen telefonischen Rundruf in ihr Hauptquartier im San Fernando Valley beordert worden waren, in voller Montur mit Braunhemden, blitzblanken Schaftstiefeln und Hakenkreuzarmbinden im Parker Center an. Sie marschierten im Paradeschritt die Los Angeles Street entlang, über den Rasen vor dem Parker Center und in die Eingangshalle, wo sie hackenschlagend und mit einem laut gebrüllten »Heil!« vor dem verblüfften Cop an der Information haltmachten. Der Gruppenführer verlangte, »den verantwortlichen Juden« zu sprechen.

Gold kam nach unten, diskutierte eine Viertelstunde lang mit dem Gruppenführer und versuchte, dem häßlichen kleinen Mann klarzumachen, daß weder er, Lieutenant Jack Gold, noch seine Leute bereit seien, die Männer des Gruppenführers zu »befragen«, solange sie Naziuniform trugen, so daß sie die Wahl hätten, heimzufahren und sich umzuziehen oder die Nacht im Gefängnis zu verbringen. Nach lautstarken Protesten und gebrüllten Beleidigungen gab der Gruppenführer höhnisch grinsend nach und ließ seine Truppe abrücken. Mitten auf dem Rasen vor dem Parker Center wurden die Nazis von fünfundzwanzig mit Baseballschlägern bewaffneten Mitgliedern der Revolutionary Communist Party überfallen.

Daraus entwickelte sich sofort eine wüste Schlägerei. Aus dem Parker Center strömten breit grinsende Cops, die nur allzu begierig waren, den Beteiligten beider Seiten die Schädel einzuschlagen. Für sie war das eine Situation, in der sie nicht verlieren konnten, obwohl dann zu den elf Verletzten, die in Krankenhäuser eingeliefert werden mußten, auch zwei Cops gehörten. Mehrere ins Gewühl geschossene Tränengasladungen brachten die Kämpfenden schließlich auseinander. Gold fuhr wieder nach oben, wischte sich mit einem Hemdzipfel die heftig tränenden Augen und rief Gottes Zorn auf alle und jeden herab.

Kurz vor 18 Uhr berief Dolly Madison eine Pressekonferenz in Chief Huntz' privatem Presseraum ein. Er hatte kaum damit begonnen, sein sorgfältig vorbereitetes Statement zu verlesen, als die Reporter, die sofort Unrat witterten, ihn niederbrüllten, laute Fragen stellten und Jack Gold verlangten. Der in Schweiß gebadete Madison schickte eilig nach Gold, der es vorgezogen hatte, die Pressekonferenz in seiner Besenkammer auszusitzen. Gold weigerte sich, herauszukommen. Wenige Minuten später stürmte Chief Huntz in sein Büro und erteilte Gold den dienstlichen Befehl, unten im ersten Stock vor die Medienleute zu treten. Gold lud ihn ein, seinen koscheren Arsch zu küssen.

Diese gegenseitige Anbrüllerei dauerte volle fünf Minuten; danach fuhren Gold und Zamora zur Pressekonferenz hinunter, und Gold erklärte den Reportern, ja, die Ermittlungen kämen entschieden voran und, nein, bisher sei noch niemand verhaftet worden, aber, ja, eine Verhaftung stehe unmittelbar bevor, sobald die Beweislage dies erlaube. Zamora stand neben Gold und versuchte, in alle Kameras gleichzeitig zu lächeln. Die Reporter waren unersättlich; sie drängten nach vorn, brüllten Fragen und verlangten Auskünfte. Schließlich sagte Gold: »Hört zu, ich hab' den Auftrag, das Arschloch zu fassen, das diesen Scheiß macht – und nicht, den beschissenen Abendnachrichten 'nen Scheißaufhänger zu liefern.« Damit stelzte er vom Podium.

Als danach verwirrtes Schweigen herrschte, schien Zamora die Pressekonferenz zunächst fortführen zu wollen, aber dann folgte er Gold doch widerstrebend hinaus. Die Reporter begannen sofort darüber zu diskutieren, wie Golds letzte Aussage umgemodelt werden müßte, damit sie gesendet werden konnte.

Gegen 19.30 Uhr spuckte ein Biker – ein muskelbepackter Zweimetermann – bei seiner Vernehmung durch eines von Golds Teams einem Cop ins Gesicht. Der Getroffene drehte durch und stürzte sich auf den Biker, der ihn zu fassen bekam und durch die Trennwand zwischen zwei Büros warf. Acht Männer der Sonderkommission waren erforderlich, um den Tobenden zu bändigen. Der Cop hatte einen gebrochenen Arm.

Kurz nach 21 Uhr, als Gold eben gehen wollte, kam die Meldung, daß sowohl die Revolutionary Communist Party als auch die Ortsgruppe der American Nazis Anzeige wegen ungerechtfertigt brutaler Gewaltanwendung gegen das Department erstattet hatten. In der Anzeige der Nazis wurde Gold ausdrücklich genannt. Und bei Dienstschluß, nachdem er und sein Team insgesamt hundertsiebenundfünfzig äußerst unsympathische Typen »befragt« hatten, waren sie dem Killer keinen Schritt näher als sechzehn Stunden zuvor.

Nein, es war kein sehr guter Tag gewesen.

Gold zog seine Sachen aus und warf sie achtlos auf den Boden des Kleiderschranks. Sie stanken nach Schweiß und Tränengas. Er patschte barfuß durchs Zimmer, blieb vor der Stereoanlage stehen und suchte eine Schallplatte aus. Er brauchte etwas Besänftigendes, etwas Unhektisches, etwas, das seine überhitzte Psyche abkühlen konnte. Er entschied sich für einen alten Ahmad Jamal von 1962 oder 1963. Chuck Israels am Baß. Sam Jones am Schlagzeug. Kommerziell, ja. Aber schlicht, nicht überladen, unprätentiös. Einfach und seelenvoll – genau das, was er an diesem Abend brauchte. Während die ersten hellen Klavierakkorde den Raum füllten, ließ Gold sich in seinen Sessel fallen, schraubte die mitgebrachte Whiskyflasche auf und schenkte sich einen Dreifachen ein.

Angelique hatte eine Vorliebe für Ahmad Jamal gehabt.

Gold trank, hörte Musik und stand nur einmal auf, um die Platte umzudrehen. Um 23 Uhr stellte er die Fernsehnachrichten an, ließ aber den Ton abgestellt und hörte sich lieber eine Aufnahme von Bill Evans an. Intellektuell, gewiß, aber in seiner Art ebenso zugänglich wie Jamal.

Er saß da und trank und beobachtete die Parade lautlos redender Köpfe auf seinem Fernsehschirm. Chief Huntz und Dolly Madison. Councilman Orenzstein. Der Oberbürgermeister. Jerry Kahn von der JAR. Der kleine rattengesichtige Nazi. Sein eigener Kopf. Er wußte, was sie alle sagten. Er schenkte sich einen weiteren Drink ein. Auf dem Bildschirm erschien ein ihm unbekanntes schwarzes Gesicht mit dem Hinweis *John Primus - Urban League*. Gold begriff nicht, weshalb der Mann so aufgebracht war, deshalb drehte er den Ton etwas auf.

». . . vergessen wird, ist die Tatsache, daß eine schwarze Mitbürgerin ermordet worden ist. Vermutlich von denselben rassistischen Radikalen, die diese weiße Frau erschossen haben. Aber man hört nichts davon, daß ...«

Gold stellte den Ton wieder ab. Er genehmigte sich einen weiteren Drink. Bei den Sportnachrichten döste er ein. Evans spielte »Emily«. Gold begann leise zu schnarchen.

Das Telefon ließ ihn aufschrecken.

Er überlegte, ob er es klingeln lassen sollte. Das konnte nur eine schlechte Nachricht sein. Nach dem fünften Klingeln nahm er den Hörer ab.

»Daddy«, schluchzte seine Tochter Wendy, »Daddy, o Gott, Daddy. Bitte hilf mir!«

23.42 Uhr Golds Ford kam mit quietschenden Reifen vor einer Reihe eleganter Stadthäuser in Brentwood zum Stehen. Er sprang aus dem Wagen und spurtete auf dem mit Natursteinen gepflasterten Weg durch den Vorgarten. Die Haustür war abgesperrt. Er hämmerte mit den Fäusten dagegen.

»Wendy! Wendy!«

Hinter der Tür bewegte sich etwas. Gold horchte angespannt und hämmerte dann erneut gegen die Tür.

»Wendy, was ist mit dir?«

Irgend jemand schloß die Tür von innen auf. Gold trat einen Schritt zurück, griff unter seine Jacke und berührte den Griff seiner Dienstwaffe leicht mit den Fingerspitzen. Dann wurde die Haustür aufgerissen, und Wendy warf sich in seine Arme. Sie klammerte sich Unverständliches schluchzend an ihn.

»DaddyohDaddyohDaddy ...«, verstand Gold. Er drückte sie an sich und klopfte ihr beruhigend auf die Schulter.

»Alles in Ordnung, Baby. Daddy ist da. Er kümmert sich um dich. Was ist passiert, Baby?«

Sie klammerte sich verzweifelt an ihn. Er schob sie sanft von sich fort, um sie sehen zu können, aber sie wandte sich ab. Er legte seine Hand unter ihr Kinn und drehte ihren Kopf zu sich zurück. Sie hatte ein blaues Auge und auf der Backe einen großflächigen Bluterguß. Ihre Unterlippe blutete.

»Ich bring' ihn um«, knurrte Gold und stürmte an ihr vorbei ins Haus.

»Daddy! Nein!« rief Wendy hinter ihm her, aber er hörte sie nicht.

Howie saß mit dem Kopf in den Händen am Eßtisch. Er blickte auf, sah Gold und wollte aufstehen.

»Jack, ich ...«

Golds rechte Gerade traf ihn an der Schläfe, so daß Howie mitsamt dem Stuhl umkippte. Der Stuhl zersplitterte laut krachend. Wendy stand an der Tür und kreischte. Im Kinderzimmer nebenan wachte das Baby auf und begann erschrocken zu weinen. Gold trat Howie in die Rippen und hörte ihn schmerzlich stöhnen. Gold trat erneut zu. Das Baby schrie jetzt. Howie kroch über den hochflorigen blauen Teppich, und Gold bearbeitete ihn weiter mit Fußtritten. Wendy warf sich zwischen die beiden. Sie umklammerte Golds Arm und kreischte ihn an.

»*Daddy! Hör auf! Um Himmels willen, was tust du?*«

Howie zog sich an einem Sessel hoch. Gold schob Wendy beiseite und bekam Howie vorn am Hemd zu fassen. Er stieß ihn rückwärts durchs Wohnzimmer, bis er in die Glastür eines Porzellanschranks krachte. Das facettierte Glas zersplitterte, und die beiden Männer wurden mit Geschirr und Gläsern überschüttet. Gold riß Howie aus dem Schrank und stieß ihn wieder hinein. Weiteres Porzellan ging zu Bruch. Inzwischen war Wendy herbeigestürzt, umklammerte Gold von hinten und schlang ihm die Arme um den Hals.

»*Hör auf! Hör auf! Höraufhöraufhörauf! Er ist's nicht gewesen, Daddy! Er ist's nicht gewesen!*«

Gold erstarrte mit zum Schlag erhobener Faust. Howie hielt sich schützend die Hände vors Gesicht. Nebenan brüllte Joshua aus Leibeskräften.

»*Hör auf! Hör auf! Hör auf!*« schluchzte Wendy, während sie hinter Golds Rücken auf die Knie sank. Sie schüttelte benommen den Kopf, schlug mit der Faust auf den Boden und kreischte: »*Noch mehr halt' ich nicht aus! Oh, Daddy, warum tust du das?* Bitty, Daddy. Oh, bitte, *bitte, bitte, bitte ...*« Sie begann hemmungslos zu schluchzen.

Gold kniete neben Wendy nieder und schloß sie in die Arme. Sie prallte wie im Schock zurück und starrte ihn mit großen, vor Entsetzen geweiteten Augen an. Gold umarmte sie erneut, drückte sie an sich. Wendy stieß einen klagenden Laut aus, und ihr Gesicht wurde zu einer Maske aus Angst und Abscheu. Gold hielt sie fest in den Armen.

»Geht's wieder, Baby?« flüsterte er tröstend. »Brauchst du 'nen Arzt?«

Wendy klammerte sich an ihn und schluchzte und schluchzte. Howie, der seinen linken Arm an die Rippen gedrückt hielt, rappelte sich aus den Glas- und Porzellansplittern auf, hinkte zum Sofa und ließ sich rückwärts hineinfallen. Das Baby schrie noch immer.

Nach einigen Minuten hatte Wendy sich ausgeweint. Als nehme sie Joshuas Brüllen erst jetzt wahr, löste sie sich von ihrem Vater und lief zu ihrem Baby ins Kinderzimmer. Sie kam mit Joshua auf dem Arm zurück, setzte sich in einen Sessel und knöpfte ihre Bluse auf. Der Kleine begann sofort zu trinken. Sie tröstete ihn mit gurrenden Lauten, während sie sich mit dem Handrücken über ihr eigenes tränennasses Gesicht fuhr. Sie zuckte zusammen, als sie den Bluterguß berührte, und das Baby lachte. Nun begann sie wieder, leise zu schluchzen.

Danach herrschte lange Schweigen. Die einzigen Geräusche im Wohnzimmer waren Joshuas Schmatzen und Wendys Schnüffeln.

Gold ging in die Toilette und holte ein Handtuch. Er durchquerte das Eßzimmer, betrat die Küche und improvisierte einen Eisbeutel. Er kam ins Wohnzimmer zurück und gab ihn Wendy. Sie starrte ihn verständnislos an, bis er ihre Hand nahm und den Eisbeutel an ihr Auge führte. Als er seine Hand wegzog, griff Wendy danach und küßte sie. Sie wirkte plötzlich verlegen und konnte ihm nicht in die Augen sehen.

Gold setzte sich auf den Rand des Couchtisches und betrachtete seine Schuhspitzen. Schließlich starrte er Howie an und fragte: »Okay, was ist hier passiert?«

»Howie ist's nicht gewesen!« warf Wendy rasch ein. »Howie würde mir nie was tun!«

»Oh?« Gold starrte Howie noch immer an.

»Wir sind beraubt worden, Daddy. Wir sind überfallen worden!« Wendy schluchzte wieder. »Wir haben vor dem Fernseher gesessen, und sie sind durch die Hintertür reingekommen. Zwei gräßliche, gräßliche . . . *Männer.*« Sie spuckte das Wort wie einen Fluch aus. »Sie sind bewaffnet gewesen und . . . und . . . und haben uns beraubt, und Howie will mir nicht sagen, worauf sie's abgesehen haben, und . . . und sie haben Joshua 'nen Revolver an den Kopf gehalten und gefragt: ›Wo ist das Zeug?‹ – sonst hätten sie mein Baby, mein schönes, schönes Baby erschossen!« Sie erstickte fast an ihren eigenen Tränen. »Und dann, oh, Daddy, haben sie mich ins Schlafzimmer gezerrt, o mein Gott, und dann, oh, Daddy, ohDaddyohDaddyoh-Daddy, haben sie mich vergewaltigt!« jammerte sie. »O mein Gott – und dann hat einer von ihnen verlangt, daß ich... daß ich diese schrecklichen Dinge tue – du weißt schon –, und ich hab' mich geweigert, und, oh, Daddy, er hat mich geschlagen, Daddy, er hat mich geschlagen, oh, sieh mich doch an, Daddy, *warum haben sie's getan, warum haben sie's getan*?«

Auch der kleine Joshua weinte jetzt wieder. Wendys wogende Brüste hatten ihn erschreckt.

»Oh, Daddy. Oh, Daddy. Sie haben mich vergewaltigt, Daddy! Ich hab' schon geduscht, aber ich fühl' mich so schmutzig, oh, Daddy, warum haben sie's getan? Warum haben sie's getan, diese *Bestien*?« Sie schleuderte das Handtuch so wütend von sich, daß die Eiswürfel in die Glassplitter klirrten. »Warum haben sie's getan? Warum haben sie's getan? Was haben sie gewollt? *Howie, was haben sie gewollt*?«

Wendy und Joshua weinten jetzt beide, klammerten sich aneinander und schluchzten hemmungslos. Wendy stand mit ihrem Baby auf, um ins Schlafzimmer zu laufen, und blieb dann abrupt stehen. Sie starrte die Schlafzimmertür an und holte erschrocken tief Luft. Ihr Gesicht hatte einen schmerzverzerrten und anklagenden Ausdruck angenommen.

»Dort kann ich nie wieder reingehen!« rief sie aus. »Dort kann ich nie wieder reingehen!«

Sie lief in die Toilette und knallte die Tür hinter sich zu. Ihr Schluchzen und Joshuas Weinen waren bis ins Wohnzimmer zu hören.

Gold starrte noch immer Howie an, der sich auf dem Sofa nach vorn beugte und sich wieder mit beiden Händen den Kopf hielt.

Gold umklammerte den Rand des Couchtisches so fest, daß seine Fingernägel weiß hervortraten.

»Was haben sie gewollt, Howie?« fragte er leise.

Howie starrte weiter vor sich hin.

»Was haben sie gewollt, Howie?«

Howie hob langsam den Kopf und erwiderte Golds Blick. Sein Gesichtsausdruck war benommen, verständnislos. Auch er weinte.

»Mein Gott, Jack«, flüsterte er heiser. »Großer Gott, ich...«

»Halt's Maul!« Gold hob eine Hand. »Sag... kein... Wort mehr.«

Gold stand auf und ging rasch aus dem Haus. Er blieb mitten auf der leeren Straße stehen und blickte zum Nachthimmel auf. Die Wut kreiste wie weißglühendes flüssiges Metall durch seine Adern – wie Heroin durch einen Junkie.

Er dachte an Angeliques schläfrigen Zustand beim Morgenkaffee.

Gold dachte an Willie Davis, einen Cop, den er vor vielen Jahren gekannt hatte. Ein Drogenfahnder in Zivil, der selbst heroinsüchtig geworden war. Er dachte an die Wesensveränderung, die damals in Willie vorgegangen war. Er dachte daran, daß er selbst immer solche Angst vor Heroin hatte, weil er fürchtete, es könnte seinen Zorn erlöschen lassen. Und dieses Erlöschen seines Zorns wäre sein Ende gewesen.

Er blickte wieder zum Mond auf. Seltsam, wie nahe er zu sein schien. So nahe, als könnte man ihn berühren. Oder mit einem Stahlmantelgeschoß aus einem Police Special Kaliber 38 runterholen.

Gold setzte sich auf den Sockel zwischen Gehsteig und Vorgarten und strich mit der flachen Hand über den kurzgeschorenen Rasen.

Er rupfte einige Grashalme vom Rand der Rasenfläche und roch daran. Er kostete die abgerissenen Enden mit der Zungenspitze. Sie schmeckten bitter. Bittere Kräuter. Gold erinnerte sich an eine Schlägerei bei der Navy, an Bord seines Schiffs. Vor dreißig Jahren. Ein stämmiger Südstaatler aus Mississippi hatte ihn einen Scheißjuden genannt, und sie hatten sich in einem der Laderäume geprügelt. Unter vier Augen. Grunzend, schwitzend, boxend und tretend, bis es Gold gelungen war, dem Redneck seinen Ellbogen in die Luftröhre zu rammen. Der andere war keuchend und würgend zu Boden gegangen. Gold hatte sich auf ihn gestürzt und hätte ihn wahrscheinlich erschlagen, wenn nicht einige Kameraden vorbeigekommen wären. Vier Matrosen hatten ihn von dem bewußtlosen, halbtoten Redneck wegziehen müssen. Gold war zu Arrest verdonnert worden und wäre wegen dieser Sache beinahe unehrenhaft aus der Navy entlassen worden.

Der Zorn.

Gold stand auf, klopfte sich den Hosenboden ab, ging den Plattenweg entlang und betrat wieder das Haus.

Howie saß noch so da, wie Gold ihn verlassen hatte: auf dem Sofa nach vorn gebeugt, beide Ellbogen auf die Knie gestützt, den Kopf in seinen Händen. Wendy ließ im Klo Wasser laufen. Gold schleifte einen Stuhl aus dem Eßzimmer durch die Glas- und Porzellansplitter und setzte sich dicht vor Howie. Kristallglassplitter knirschten unter seinen Schuhen.

»Howie«, begann er ruhig, »wie haben sie ausgesehen?«

Howie hob den Kopf und starrte Gold an.

»Ich hab' sie hören können«, sagte er heiser. »Im Schlafzimmer. Ich hab' sie gehört. Einer ist hiergeblieben und hat mich ausgelacht, während der andere Wendy im Schlafzimmer genommen hat. Sie haben sich abgewechselt. Und ich hab' sie hören können.«

Howies Tränen glitzerten auf seinem schwarzen Bart.

Gold starrte ihn lange an, bevor er weitersprach.

»Howie, du bist auf dem falschen Dampfer, wenn du dir von mir Mitgefühl erhoffst. Ich hab' mir nie was sehnlicher gewünscht, als dich auf der Stelle umzubringen. Dich wie die Wanze zu zertreten, die du bist. Und ich hätte gute Lust, es doch noch zu tun. Beantworte also meine Fragen, und heb dir den Rest für deinen Psychoanalytiker auf, okay? Wie haben sie ausgesehen? Gib mir 'ne Personenbeschreibung.«

Howie schluckte trocken. »Sie waren schwarz. Nigger. Beide ziemlich groß. Über einsachtzig... O mein Gott, Jack, ich hab' das nie...«

»Hör auf!« knurrte Gold. »Reiß dich zusammen und beantworte meine verdammten Fragen, Arschloch. Okay, beide sind groß gewesen. Über einsachtzig. Schwarz. Dunkel oder was?«

Howie starrte ihn blinzelnd und um Verständnis bemüht an. »Äh... einer ist mittelbraun gewesen. Dunkel, aber mittel. Der andere ist heller, viel heller gewesen. Er hat 'ne Glatze gehabt.«

»Welcher – der Hellere?« Gold schrieb alles in sein kleines schwarzes Notizbuch. Diese Seiten würde er später herausreißen müssen.

»Äh, ja. Der Hellere. Der Hellere hat 'nen kahlen Schädel gehabt.«

»Okay, bleiben wir erst mal bei ihm. Was ist dir sonst an ihm aufgefallen? Hat er überhaupt keine Haare gehabt?«

»Nein, nein. Er ist ganz kahl gewesen.«

»Wenn er gar keine Haare gehabt hat, rasiert er sich vermutlich den Schädel. Hat er Haare gehabt oder nicht?«

»Nein, du hast recht. Sein Kopf ist rasiert gewesen. Wie bei Marvin Hagler.«

»Was noch?«

»Er ist sehr groß gewesen. Größer als der andere.«

»Wie groß?«

»Einsfünfundneunzig. Zwei Meter.«

»Körperbau?«

»Was?« Howie wirkte geistesabwesend.

»Dick? Dünn? Was?«

»Oh. Mittel. Aber sehr groß.«

»Okay.« Gold notierte sich seine Antwort. »Was noch?«

»Für 'nen Schwarzen hat er komische Augen gehabt. Bläulich. Blau-grün.«

»Und ist er wirklich hellhäutig gewesen?«

»Richtig.«

»Kann er was anderes als ein Schwarzer gewesen sein? Spanier. Puertorikaner?«

»Nein, er ist ein Schwarzer gewesen. Nur sehr hell und mit diesen komischen blau-grünen Augen. Und er hat einen Ohrring getragen. Im linken Ohr. Eine Art Federgehänge.«

»Irgendwelche Narben oder sonst was?«

»Nein. Mir sind jedenfalls keine aufgefallen.«

»Was hat er angehabt?«

»Einen dieser glänzenden Jogginganzüge. Kastanienbraun. Mit weißen Beinstreifen.«

»Laufschuhe?«

»Tut mir leid, das weiß ich nicht.«

»Okay. Jetzt zu dem anderen. Wie groß ist der gewesen?«

Howie fuhr sich mit einer Hand durchs Haar. Dabei verzog er schmerzhaft das Gesicht und ließ den Arm sinken.

»Der andere?« drängte Gold eisig.

»Der andere ist über einsachtzig, ungefähr einsfünfundachtzig gewescn. Sehr athletisch. Breite Brust, muskulöse Arme. Wie ein Footballspieler. Als ob er mit Gewichten trainieren würde.«

»Mhhh-hmm.« Gold schrieb rasch mit. »Bitte weiter«, sagte er automatisch. Verbrechensopfer brauchten oft Ermutigung.

»Dauergewelltes Haar. Lauter kleine Ringellocken. Er hat wie ein Schauspieler ausgesehen. Und er hat 'nen Pancho-Villa-Schnauzbart gehabt. Du weißt schon – bis über die Mundwinkel runter.«

»Hautfarbe?«

»Einfach schwarz. Nicht hell oder dunkel. Nur schwarz.«

»Mittel?«

»Mittel.«

Gold schrieb sich auch diese Aussage auf.

»Keine sichtbaren Narben?«

»Keine.« Howie wollte aufstehen, ächzte vor Schmerz und sank zurück, indem er sich den Arm hielt.

»Was willst du?« fragte Gold.

»Einen Drink.«

Gold stand auf, ging an die Hausbar, schenkte zwei Gläser Scotch ein und stellte eines davon vor Howie auf den Couchtisch.

»Sind irgendwelche Namen gefallen? Haben sie sich mit Namen angeredet?«

»Nur einmal«, antwortete Howie grimmig. Er trank einen großen Schluck und verzog das Gesicht. »Als der Schnurrbärtige mit Wendy im Schlafzimmer gewesen ist und ich hören konnte, was dort passiert, hat der andere – der Glatzköpfige mit den komischen Augen – mir lachend erklärt: ›Jetzt reißt Bobby deiner Hure die Fotze auf.‹« Er trank noch einen Schluck. »Schwarze Scheißaffen!«

Gold ließ einige Minuten verstreichen. Er zündete sich eine Zigarre an und trank mit langsamen Schlucken seinen Whisky. Aus der Toilette war zu hören, wie Wendy gurrend mit Joshua redete.

»Wieviel Koks hast du im Haus gehabt?«

Howie konnte ihn nicht ansehen. Er spielte nervös mit seinem Untersetzer und ließ die Eiswürfel im Glas klirren.

»Wieviel, Howie?«

»Jack«, sagte Howie bittend, »ich hab' nie geglaubt, daß so was passieren könnte. Ich hab' nie...«

»Hör auf!« knurrte Gold ihn an. »Dein Gewäsch kenn' ich. Ich will wissen, wieviel Kokain du hier gehabt hast.«

Howie legte seinen Kopf zurück und kippte den restlichen Scotch. Er schüttelte sich und rieb sich mit den Fingerspitzen die Schläfen.

»Howie...«

»Zehn Kilo.«

Gold starrte ihn an. »Wieviel?«

»Zehn Kilo«, wiederholte Howie, der Golds wütendem Blick noch immer auswich.

»Zehn Kilo Koks.« Gold sprach jedes einzelne Wort deutlich aus. »Na, jetzt hast du's *wirklich* weit gebracht. Blow für 'ne Viertelmillion. Zum Großhandelspreis.« Gold schüttelte den Kopf und fuhr sarkastisch fort: »Eine Erfolgsstory aus Hollywood. Kleiner Wurm bringt's zu was. Nur leider hat dieser Film kein Happy-End, stimmt's?«

»Bitte nicht, Jack.«

»Zehn Kilo Schnee, und ich wette, daß du nicht mal 'ne Wasserpistole im Haus hast. Aber 'n Rechtsverdreher wie du wüßte sowieso nicht, was er mit 'ner Kanone anfangen sollte. Zehn Kilo Schnee, und sie knacken mühelos dein billiges Sicherheitsschloß, setzen deinem Sohn 'ne Pistole an den Kopf und genehmigen sich danach 'n paar grobe Quickies mit deiner weißen Schlampe, denn schließlich ist 'ne Frau bei so 'nem Unternehmen vogelfrei – das wißt ihr Gangster alle, denn wen wollt ihr rufen? Die Polizei? Doch wohl kaum!«

»Jack...«

»Howie, du gottverdammter *Putz*, ich hab' dich gewarnt, daß diese Leute keine Sängerknaben sind.« Golds leise, gepreßte Stimme klang drohend. »Ein kleiner *Shmuck* wie du, der mit solchen Leuten rummacht, mit solchen Mengen Stoff handelt, muß sich die Finger verbrennen. Mit diesen Kerlen ist nicht zu spaßen, Howie. Die fressen Arschlöcher wie dich zum Frühstück. Ich hab' dich gewarnt. Ich hab' dir gesagt, daß du die Finger von diesem Scheiß lassen sollst. Aber du bist ein cleverer Junge. Du bringst's noch weit, stimmt's? Howie, ich möchte, daß du dir über eines im klaren bist. Wenn's nicht wegen meiner Tochter wäre, wenn's nicht wegen Wendy wäre, würd' ich dich jetzt auf der Stelle totschlagen. Ich möchte, daß du das weißt. Hast du das verstanden?«

Howie nickte langsam.

Gold kaute auf seiner Zigarre herum, bis sein Zorn sich etwas gelegt hatte.

»Warum hast du soviel Koks im Haus gehabt, und wer hat gewußt, daß der Schnee hier ist?«

Howie machte eine hilflose kleine Handbewegung. »Alles ist wie immer gewesen. Ein paar Kerle haben zusammengelegt, um Stoff zu kaufen...«

»Lauter Anwälte?«

»Ja, lauter Anwälte. Nur ist die Menge diesmal höher gewesen. Viel höher. Und... mein Gott!« Howie holte erschrocken tief Luft. »Ich bin für dieses Zeug verantwortlich. Jetzt muß ich allen ihr Geld ersetzen!«

Gold starrte ihn ungläubig an.

»Howie, du bist wirklich ein Scheißkerl. Wendy ist mißhandelt und mehrfach vergewaltigt worden – und du zerbrichst dir den Kopf, wie du das Koksgeld zurückzahlen sollst. Was könnten diese Dreckskerle dir noch antun? Dich umlegen? Wenn die Welt bloß soviel Glück hätte!«

Howie rieb sich mit den Fingerspitzen die Augenbrauen und hielt den Mund.

»Okay«, fuhr Gold fort, »warum hast *du* den Stoff in Verwahrung genommen?«

»Weil ich an der Reihe gewesen bin. Es hätte bloß für eine Nacht sein sollen.«

»Findest du's nicht trotzdem merkwürdig, daß die anderen den Stoff bei dir gelassen haben, nachdem du erst letzte Woche geschnappt worden bist?«

Howie stammelte. »Ich... äh... ich hab' wohl 'n bißchen angegeben, wie mühelos ich diese erste Sache gedeichselt habe. Ich hab's freiwillig übernommen, den Stoff zu kaufen und aufzubewahren, bis wir das Paket morgen im Büro aufteilen konnten.«

»Du hast dich freiwillig dazu bereit erklärt?«

»Äh – ja, so könnte man sagen.«

»Warum?«

»Nun, weißt du...«

Gold nickte langsam. »Yeah, ich weiß. Damit du dir 'nen Teil davon abzweigen konntest, was? Vielleicht, um den Stoff mit ein bißchen Backpulver strecken zu können, stimmt's?«

Howie starrte in sein leeres Whiskyglas.

»Du beschissener kleiner *Gonif*! Du verblüffst mich immer wieder.«

»Mein Gott, Jack. Ich hab' nie geglaubt, daß so was passieren könnte.«

Die Toilettentür öffnete sich. Wendy kam mit Joshua, der ganz schläfrig war, über der Schulter heraus. Gold sprang sofort auf.

»Wen, laß mich einen Arzt rufen. Ich kenn' ein paar Kerle, die ich sofort kommen lassen kann.«

Ihr Blick wirkte leer und ausdruckslos. Sie schüttelte den Kopf und verschwand in Joshuas Zimmer. Gold starrte die geschlossene Tür lange an, riß dann ein Blatt aus dem kleinen schwarzen Notizbuch und legte es mit seinem Kugelschreiber vor Howie hin.

»Ich muß jetzt telefonieren«, sagte er dabei. »Inzwischen schreibst du mir die Namen aller Leute auf, die gewußt haben, daß du den Koks kaufen und heute nacht hier aufbewahren würdest.« Er stand auf.

»Jack, ich...«

»Mach schon!« knurrte Gold. Er trat durch die Schwingtür in die Küche. Das billige Schloß der in den kleinen Garten hinter dem Haus führenden Tür war aufgestemmt worden. Dafür hatte vermutlich ein großer Schraubenzieher genügt. Gold nahm den Hörer des gelben Wandtelefons ab und tippte eine Nummer ein. Eine lachende Männerstimme meldete sich.

»Honey?« fragte Gold.

»Yeah?« antwortete Honeywell. Im Hintergrund waren weitere Stimmen zu hören.

»Ich bin's, Honey – Jack Gold.«

»Jack! Wie geht's? Dein grauer Arsch geht mir wirklich ab. Ohne dich ist die Hollywood Division nicht mehr die alte. Hast du den verrückten Killer schon geschnappt?«

»Nein, noch nicht. Ich arbeite noch dran. Hör zu, ich hab' dich hoffentlich nicht geweckt?«

»Nö, durchaus nicht. Die Party löst sich gerade auf. Das Mittwochstreffen der Black Peace Officer's Association. 'n bißchen Poker, massenhaft Bier. Ich hab' heut' abend dreißig Dollar gewonnen. Zum erstenmal seit über 'nem Jahr.« Honeywell machte eine Pause. »Geht's dir gut, Jack?«

»Nein, Honey, verdammt schlecht.«

»Was kann ich tun, Mann?«

»Ich muß zwei Ganoven finden. Beide erwachsene Schwarze. Einer mittelbraun, muskulös, einsachtzig bis einsfünfundachtzig, Pancho-Villa-Schnauzbart, Vorname Bobby. Der andere einsfünfundneunzig bis zwei Meter, helle Haut, blau-grüne Augen, glattrasierter Schädel, trägt 'nen Ohrring mit Federn dran.«

Honeywell überlegte kurz. »Augenblick, ich frag' mal die Boys.«

Gold hörte, wie Honeywell laut sagte: »Gentlemen, Gentlemen. Ich brauche Hilfe bei der Identifizierung von zwei Kriminellen. Der erste ist ein zwei Meter großer, kahlköpfiger Nigger mit 'nem Federohrring...«

Im Hintergrund wurde schallend gelacht, dann redeten mehrere Stimmen durcheinander, und zuletzt wurde wieder gelacht. Danach meldete Honeywell sich erneut.

»Der Große kann bloß ein Typ sein: Alonzo Firp. Alias der Schwarze Kojak, aus offensichtlichen Gründen, alias Sky-Eyes, ebenfalls aus offensichtlichen Gründen. Er ist als Fixer und H-Dealer bekannt. Hat wegen 'nem Raubüberfall bis vor 'n paar Monaten im

County gesessen. Den Bobby Soundso hat hier keiner gekannt. Soll ich diese Brüder für dich aufspüren?«

»Das wär' riesig, Honey. Kannst du mich morgen im Parker anrufen?«

»Morgen? Du bist verdammt *scharf* auf die Kerle, was?«

»Yeah, Honey, das bin ich.«

»Geht in Ordnung, Mann.«

»Honey, noch was ...«

»Yeah?«

»Das ist 'ne Privatsache. Außerdienstlich.«

»Klar doch, Boß.«

»Danke, Honey.«

»Ich meld' mich, sobald ich was weiß.«

Gold kam ins Wohnzimmer zurück und griff nach dem Zettel.

»Das sind mindestens ein Dutzend Namen.«

»Dreizehn«, sagte Howie.

»Ihr Anwälte seid unglaublich.« Er überflog die Liste, ohne einen der Namen zu erkennen.

»Du hast den Stoff heute abend übernommen?«

Howie nickte. »Ich bin zu dem Dealer hingefahren und hab' das Zeug gekauft. Dann hab' ich's hierher mitgenommen.«

»Steht sein Name auf dieser Liste?«

»Nein.«

»Wer *ist* die Connection?«

»Jack«, winselte Howie, »ich kann dir den Dealer nicht sagen. Du bist 'n Cop, verdammt noch mal!«

Gold seufzte schwer. »Howie, du hast noch immer nicht begriffen, was? Diese Kerle haben meine Tochter mißhandelt und vergewaltigt. Irgend jemand muß dafür büßen. Du wärst mir als Sündenbock gerade recht, aber es ist vielleicht nicht gut für den Familienfrieden, wenn ich meine Tochter zur Witwe und meinen Enkel zur Halbwaise mache. Zumindest noch nicht. Deshalb muß ich die Namen aller Beteiligten wissen, weil einer oder alle für diese Scheiße verantwortlich sind. Und du kannst mir glauben, daß ich dich nicht als Cop frage.« Gold sprach nur halblaut, aber die zornige Drohung in seiner Stimme war unüberhörbar. »Packst du nicht freiwillig aus, prügle ich den Namen des Dealers aus dir raus. Okay, wer ist der Dealer?«

Howie fuhr mit dem Zeigefinger um den Rand seines Untersetzers.

»Auch ein Anwalt.«

»Und? Soll ich vielleicht entsetzt sein?«

Howie sah ihm ins Gesicht. »Er ist Natty Saperstein.«

Gold stieß einen Pfiff aus und setzte sich langsam auf den Rand des Couchtischs.

»Natty Saperstein?« wiederholte er verblüfft. »Natty Saperstein steckt in dieser Sache drin?«

»Kennst du Natty?«

Gold nickte. »Ja, ich kenn' ihn. Aber von Cops *erwartet* man eben, daß sie im Dreck arbeiten. Welche Ausrede hast du dafür?«

Howie wirkte gekränkt. »Natty Saperstein ist der beste und prominenteste Strafverteidiger Kaliforniens. Er ist ein Bestsellerautor. Er ist in ganz Amerika bekannt. Er ist...«

»... ein Gauner und ein Fixer. Ein Rechtsverdreher und eine juristische Hure. Er hätte Hitler verteidigt, wenn das Honorar gestimmt hätte. Außerdem hat er 'ne Vorliebe für sehr junge Knaben.«

Howie war empört. Er schien sich gefangen zu haben. »Wer bist du – Jerry Falwell? Der Vorkämpfer der Moralischen Mehrheit?«

Gold lächelte humorlos. »Werd nicht frech, Howie. Nicht heut' nacht.«

Howie schien in sich zusammenzusinken. Als er leise weitersprach, war aller Sarkasmus aus seiner Stimme verschwunden. »Sämtliche Kollegen in L. A. achten und bewundern Natty Saperstein. Seine Weihnachtsparties genießen legendären Ruf. Um eingeladen zu werden, muß man auf der ›A‹-Liste stehen.«

»Und so hast du ihn kennengelernt?« fragte Gold erbittert. »Weil du auf der ›A‹-Liste stehst?«

»Er ist der Beste, den's gibt.«

»Er ist der Schlimmste, den's gibt.«

Howie entschied sich dafür, diese Diskussion abzubrechen. Gold griff nach seiner erloschenen Zigarre und zündete sie wieder an.

»Also? Natty gibt sich nicht mehr damit zufrieden, Pusher und Schmuggler zu verteidigen. Er ist selbst als Dealer eingestiegen. Wahrscheinlich hat er beschlossen, seine zahlreichen Verbindungen nach Kolumbien zu nutzen.«

Howie nickte zustimmend. »Er beliefert 'ne Menge Leute in der Unterhaltungsindustrie. *Sehr* viele Leute.«

»Und er ist der Dealer gewesen, bei dem du vergangene Woche gekauft hast? Als du auf dem Parkplatz geschnappt worden bist? Auch dabei ist Natty Saperstein der Dealer gewesen?«

»Ja.«

Beide Männer schwiegen eine Zeitlang. Gold holte mit Daumen und Zeigefinger einen Tabakkrümel von seiner Zungenspitze. Dann murmelte Howie: »Ich kann nicht glauben, was diese Nacht passiert ist. Sie kommt mir wie ein Alptraum vor. Ich kann's einfach nicht glauben.«

Gold schnippte Zigarrenasche in den Aschenbecher aus Kristallglas. Howie sah zu ihm auf. »Wie geht's jetzt weiter?«

»Nun«, begann Gold, »wir können wegen dieser Sache Anzeige erstatten: Wendy und du begleitest mich aufs Revier, und Wendy sagt aus, daß sie mißhandelt und vergewaltigt worden ist, und aufgrund der Personenbeschreibung, die du mir gegeben hast, dürfte es nicht allzu schwierig sein, diese Arschlöcher zu schnappen. Die Polizei wird sich natürlich dafür interessieren, warum die Festgenommenen ausgerechnet in euer Haus eingedrungen sind. Und diesen beiden Arschlöchern wird's nach ihrer Verhaftung nicht mehr darauf ankommen, was sie den Cops alles erzählen. Dabei dürften die zehn Kilo ziemlich bald zur Sprache kommen. Und dann fällt jemand deine Verhaftung von letzter Woche ein, aber wenn er sich darüber informieren will, stellt er fest, daß die Ermittlungen auffällig rasch eingestellt worden sind... Nein«, sagte Gold langsam, »das dürfte kein gangbarer Weg sein.«

»Großer Gott, nein«, sagte Howie kopfschüttelnd. »Ausgeschlossen!«

»Genau das haben die Leute, die diese kleine Party geplant haben, sich auch überlegt. In solchen Situationen ist Rache meist die einzige Alternative. Und ich möchte wetten, daß sie sich in diesem Punkt keine allzu großen Sorgen gemacht haben.« Gold drückte seine Zigarre aus. »Ihr Pech, daß sie dabei nicht an mich gedacht haben.«

»Was hast du vor?« wollte Howie wissen.

Gold starrte ihn an. »Vielleicht ist's besser, wenn du's nicht weißt, Counselor.«

»Hör zu, Jack«, wandte Howie erregt ein, »du kannst nicht rumlaufen und Leuten das Mobiliar zertrümmern. Auf dieser Liste stehen einige sehr prominente Anwälte. Denen darfst du nicht mit deinen Gestapomethoden kommen! Sie merken dann, daß ich dir ihre Namen gegeben habe, und wissen, daß ich dir alles erzählt habe; sie...«

»Was für'n Scheißkerl bist du eigentlich?« unterbrach Gold ihn wütend. »Sie haben deine Frau vergewaltigt, Mann! Sie haben deinem Kind 'ne Pistole an den Kopf gehalten! Und das alles ist von jemand geplant worden, den du kennst, mit dem du im Büro Kaffee trinkst, den du in eines dieser Luxusrestaurants zum Essen einlädst. Jemand, der sich als dein Freund ausgibt. Jemand, der dich bei eurer nächsten Begegnung anlächeln wird. Juckt's dich nicht, es diesem Drecksack *heimzuzahlen*, Howie? Willst du ihm nicht . . .«

»Du hast diese Leute *gekannt*?« fragte Wendy von der Kinderzimmertür aus. Sie hatte Joshua nicht mehr auf dem Arm. Ihr Blick war starr auf Howie gerichtet.

»Wendy . . .«, begann er.

»Du hast diese Bestien gekannt?« Wendy bewegte sich langsam auf ihn zu.

Howie ließ den Kopf sinken, begann wieder, seine Schläfen mit den Fingerspitzen zu massieren, und wich so Wendys anklagendem Blick aus.

»Jemand, den du *kennst*, hat uns diese Leute auf den Hals gehetzt?«

»Die Sache ist ein Irrtum gewesen, Baby. Eine geschäftliche Transaktion«, antwortete Howie leise. »Aber dann ist alles schiefgelaufen.«

»Eine geschäftliche Transaktion?« wiederholte Wendy verwundert. »Ein Irrtum?« Sie sah kurz zu Gold hinüber und konzentrierte sich dann wieder auf Howie, der ihr nicht in die Augen sehen konnte.

»Ein Irrtum?« Sie funkelte Howie an. »Wie kannst du nur jemand kennen, der diese Bestien hergeschickt hat?«

Howie hielt weiter den Kopf gesenkt.

»*Antworte*!«

Die kleine Wendy baute sich drohend vor ihm auf.

»Was haben sie gesucht, Howie? Als sie meinen Joshua mit der Waffe bedroht haben? Was haben sie gewollt?«

»Wendy . . .« Howie konnte ihr noch immer nicht in die Augen sehen.

»Ich hab' ein Recht darauf, das zu erfahren«, stellte sie fest. Howie massierte weiter seine Stirn, als wolle er mit seinen Fingern durch Haut und Knochen bis zum Gehirn vordringen. Sie wandte sich verwirrt an ihren Vater.

Gold kam zu ihr und wollte ihr einen Arm um die Schultern legen. »Wen, Honey, jetzt ist alles vorbei. Jetzt . . .«

»*Hör auf*!« fauchte sie und stieß ihn weg. »Hör auf, mich so zu behandeln. *Ich* bin vergewaltigt worden! Ich will wissen, warum das alles passiert ist. Das ist mein gutes Recht.«

Nach einem Blick in ihre Augen nickte Gold langsam. »Sag's ihr, Howie.«

Howie schnüffelte laut: Er weinte. Gold streifte ihn mit einem raschen, verächtlichen Blick.

»Sag's du mir, Daddy«, verlangte Wendy.

»Das steht mir nicht zu.«

»Verdammt noch mal! Ist denn keiner von euch Manns genug, mit mir zu reden?«

Gold betrachtete Wendy nachdenklich. Diesen Charakterzug seiner Tochter erlebte er heute zum erstenmal. Er erinnerte ihn an sich selbst.

»Howie hat ein Drogenproblem. Er hat Kokain geschnupft und damit gehandelt. Heute nacht hat er eine größere Menge im Haus gehabt. Jemand, der davon gewußt hat, hat die beiden Schwarzen vorbeigeschickt, um ihn berauben zu lassen. Was dir zugestoßen ist, ist bloß ein. . . 'ne zusätzliche Beigabe gewesen, weil sie gewußt haben, daß Howie nicht zur Polizei gehen kann. Das wär's so ungefähr.«

»Kokain?« fragte Wendy ungläubig. Sie wandte sich wieder an Howie. »Kokain? Stimmt das, Howie?«

Howies Schultern bebten; er weigerte sich, Wendy anzusehen.

»Wie kannst du so was geheimhalten? Was für eine Ehe führen wir, wenn's dir gelingt, so was vor mir geheimzuhalten?«

Er hob den Kopf. Seine Augen waren verweint.

»Tut mir so leid, Wendy«, flüsterte er.

»Wie konntest du *irgendwas* tun, das solche Leute in unser Haus bringt?« Ihre schriller gewordene Stimme zitterte.

»Ich weiß, wie dir zumute ist, Wen. Ich mach's wieder gut. Das schwör' ich dir.«

»Woher willst du wissen, wie mir zumute ist? Dich haben sie nicht vergewaltigt. Dich haben sie nicht an den Haaren gepackt, um deinen Kopf *dort runter* zu drücken. Dich haben sie nicht zu diesen Scheußlichkeiten gezwungen. Wie könntest du das jemals wieder gutmachen?«

»Wendy. . .«

Sie schlug ihn mit aller Kraft ins Gesicht. Howies Blick zeigte, wie sehr ihn das schockierte.

»Wie willst du so was wieder gutmachen? Wie, Howie? *Wie?*« Sie kreischte jetzt. Dann ballte sie die Faust und holte zu einem Rundschlag aus, der Howies Unterkiefer traf. Sein Kopf schnappte zurück.

»Du Schwein!« kreischte Wendy. »Wie hast du jemals was tun können, das diese *Bestien* in unser Haus gebracht hat?«

Gold trat näher und legte ihr eine Hand auf die Schulter. »Wendy, Baby laß ihn jetzt.«

Sie hörte nicht auf ihn. Sie machte eine Kralle und zerkratzte Howie mit den Fingernägeln das Gesicht. Seine Hände flogen hoch und waren blutig, als er sie wieder sinken ließ. Er holte keuchend Luft. Auf seiner linken Backe zeichneten sich drei senkrechte Kratzer ab.

Gold packte von hinten ihre Arme dicht über den Ellbogen und hielt sie so fest. Sie wehrte sich vergeblich gegen seinen Griff.

»Hau ab!« kreischte sie Howie an.

»Wendy, bitte!« schluchzte Howie. »Oh, Baby, bitte.«

»Hau ab!«

»Es tut mir so leid, Baby. Oh, bitte, bitte.«

»*Hau ab! Hau ab! Hau ab*!« Sie trat wütend nach ihm. »Laß mich los! Laß mich los!« Sie versuchte, sich aus Golds Griff zu befreien.

Howie stand unsicher auf. Wo sein Gesicht nicht blutete, war es aschfahl. Er sah elend aus.

»Mein Gott, Wendy, bitte, ich liebe dich so sehr...«

»Raus, du Schwein!«

Er bewegte sich langsm in Richtung Tür.

»Wozu taugst du überhaupt?« rief Wendy ihm nach. »Geh zu den Frauenschändern, die deine Freunde sind! Such dein verdammtes Kokain! Ohne dich sind wir besser dran, Joshua und ich.«

Howie hatte die Tür erreicht.

»Alles tut mir so leid, Wendy. Bitte, laß mich...«

»*Hau ab*!« kreischte sie.

Dann war Howie verschwunden. Eine seltsame Stille erfüllte das Stadthaus. Gold lockerte seinen Griff, und Wendy riß sich los. Unter ihren flachen Schuhen knirschten Glassplitter, als sie langsam das Wohnzimmer durchquerte. Sie weigerte sich, ihren Vater anzusehen. Sie ging in die Küche, kam mit dem Kehrblech zurück, kniete nieder und begann, die Scherben aufzusammeln.

Gold setzte sich ihr gegenüber auf den Couchtisch.

»Fehlt dir wirklich nichts, Baby? Soll ich doch 'nen Arzt rufen?«

»Mir geht's gut«, behauptete sie, aber sie weinte wieder leise. Sie sah sich erneut im Wohnzimmer um. Ihr Blick fiel auf die Schlafzimmertür.

»Ich kann diese Nacht nicht hierbleiben.«

»Willst du bei mir übernachten? Ich kann im Sessel schlafen, kein Problem.«

Sie rang sich ein schwaches Lächeln ab. »Nein, aber würdest du mich zu Mutter fahren? Dort ist reichlich Platz. Ich möchte zu Mutter, glaub' ich.«

»Natürlich, Baby. Das ist 'ne gute Idee. Stanley und sie können sich um dich kümmern.«

Wendy sah sich erneut um. »Ich glaub' nicht, daß ich hier jemals wieder übernachten kann.«

Gold griff nach ihrer Hand und tätschelte sie. »Das kommt alles wieder in Ordnung, Baby. Alles wird wieder okay.«

»Klar«, murmelte sie. »Mir geht's gut.« Dann starrte sie wieder die Schlafzimmertür an. Sie schien sich nicht davon losreißen zu können.

»Ich müßte 'n paar Sachen packen. Für Josh auch.«

»Soll ich mit reinkommen? Während du packst?«

Sie schüttelte verlegen den Kopf. »Nein, Daddy, ich brauche nur eine Minute.« Sie stand seufzend auf und ging Richtung Schlafzimmertür.

»Wendy?«

Sie drehte sich um.

»Ich möchte, daß du etwas weißt«, begann er zögernd. »Die Leute, die dir das angetan haben . . . Ich . . . ich sorge dafür, daß sich das nie wiederholen kann.«

Nach einer langen Pause nickte sie leicht. »Gut.« Sie wandte sich ab und ging ins Schlafzimmer, um zu packen.

Donnerstag, 9. August

1.00 Uhr Nach dem zwanzigsten Klingeln legte Esther auf. Sie stand im Büro des Fotoateliers und telefonierte vom Schreibtisch der Empfangsdame aus. Jetzt tippte sie die Nummer erneut ein. Nach dem zwölften Klingeln knallte sie den Hörer auf die Gabel.

»Lupe«, rief sie. »Lupe!«

Lupe kam mit einem Besen in der Hand aus dem Aufnahmeatelier.

»*Qué pasa, Es?*«

Esther warf ihr einen dicken Schlüsselbund zu. »Bei mir daheim ist irgendwas nicht in Ordnung. Am Telefon meldet sich niemand. Mama Phibbs ist zu 'nem Gemeindeabend gegangen, und ich hab' Little Bobby allein lassen müssen, und jetzt meldet sich keiner.«

»Vielleicht schläft er. Es ist schon eins.«

»Vielleicht. Das sind die Schlüssel für hier. Ich muß Florencia und dich für ungefähr 'ne Stunde allein lassen. Ich muß heimfahren.«

»*No problema*, Esther.«

»Falls ihr fertig werdet, bevor ich zurück bin, kannst du auf der Couch dort drüben pennen.«

»Wird gemacht. Florencia pennt schon, glaub' ich.«

»Ich hab's gehört«, sagte Esther, während sie zur Tür hastete.

»Sei vorsichtig!« rief Lupe ihr nach. »*Con cuidado*!«

Esther scheuchte ihren Kombi mit quietschenden Reifen vom Parkplatz des Fotoateliers und raste den Wilshire Boulevard entlang.

Bobby war nicht heimgekommen. Sie hatte bis nach 22 Uhr auf ihn gewartet, aber er war nicht heimgekommen. Warum hatte sie ihm so zugesetzt? Warum hatte sie nicht liebevoller mit ihm gesprochen? Keinem Mann konnte es Spaß machen, Toiletten zu putzen, Teller abzuräumen, Geschirr zu spülen. Warum hatte sie nicht versucht, ihn besser zu verstehen, ihm mehr zu helfen, sich an das Leben nach der Entlassung zu gewöhnen? Warum hatte sie ihn so angiften müssen? Ihm keinen Ausweg, keine andere Möglichkeit gelassen, als davonzulaufen, wie er's getan hatte? Das hätte jeder Mann getan.

Aber er war nicht heimgekommen. Was hatte er vorgehabt? O Jesus, was hatte er vorgehabt?

Trotz rasanter Fahrweise war Esther zwanzig Minuten unterwegs, bevor sie den Crenshaw District erreichte. Sie brachte ihren Kombi in der Einfahrt zum Stehen und sprang aus dem Wagen. Auf halbem Weg zur Haustür machte sie im Dunkel stocksteif halt. Das Blut schien ihn in den Adern zu stocken.

Little Bobbys Gestalt lag wie leblos hingestreckt auf dem Treppenabsatz vor ihrer Wohnungstür.

Bruchteile einer Sekunde lang wußte sie nicht, ob sie zu ihm rennen oder auf Zehenspitzen weitergehen sollte.

Sie rannte los.

»Baby, Baby«, sagte sie und berührte ihn. Sein Körper war warm und weich. Er bewegte sich. Esther spürte, wie ihr Herz wieder zu schlagen begann und Blut durch ihren ganzen Körper pumpte.

»Mama«, murmelte Little Bobby verschlafen und setzte sich auf den Stufen auf. Er hielt seinen kleinen Kater in den Armen.

»Was tust du hier draußen, Baby?« fragte Esther.

Little Bobby rieb sich mit dem Handrücken die Augen. »Sie haben gesagt, sie würden mich wieder reinlassen. Sie haben die Tür offengelassen, und Bagheera ist rausgelaufen. Ich bin los, um ihn zu suchen. Sie haben gesagt, sie würden die Tür nicht zusperren, aber sie müssen's vergessen haben.«

»Wer ist *sie*, Baby?«

»Daddys Freunde.« Little Bobby streichelte automatisch Bagheeras weiches Fell.

»Daddy ist daheim?« fragte Esther. Sie sah zum Schlafzimmerfenster auf. Hinter der Jalousie brannte trübes Licht.

»Mhhh-hmmm.«

»Wie lange bist du schon hier draußen?«

Im schwachen Licht der nächsten Straßenlampe machte Little Bobby ein nachdenkliches Gesicht. »Ziemlich lange, glaub' ich. Daddy ist mit seinen Freunden heimgekommen, und sie haben ziemlichen Krach gemacht und mich aufgeweckt. Als ich runtergekommen bin, ist Bagheera rausgelaufen, und die weiße Lady hat mir versprochen, sie wollte mich wieder reinlassen, und . . .«

»Die weiße Lady?« Esther schloß die Haustür auf.

»Mhh-hmmm. Und ich hab' geklopft und geklopft, aber niemand hat aufgemacht. Geklingelt hab' ich auch.«

Esther stieß die Tür auf. In der Diele und im Wohnzimmer war niemand, aber sie spürte die Gegenwart von Fremden in ihrem Heim. In der Luft hingen fremdartige Düfte: billiges Parfüm und der leichte Schwefelgeruch abgebrannter Zündhölzer.

»Baby, warum gehst du nicht in die Küche, trinkst 'ne Milch und ißt 'n paar Kekse dazu?«

»Ich müßte allmählich ins Bett«, antwortete Little Bobby gereizt und imitierte dabei seine Großmutter. »Ich hab' morgen 'nen Grammatiktest.«

»Bloß für 'n paar Minuten, Baby. Bitte.«

»Gut, meinetwegen. Komm, Bagheera, willst du 'nen Teller Milch?«

Er verschwand mit seiner Katze in der Küche und schloß die Tür hinter sich.

Esther sah die Treppe hinauf. Von oben drang kein Laut zu ihr herab. Sie stieg die Treppe hinauf. Sie hatte eben die letzte Stufe hinter sich, als sie ein Stöhnen zu hören glaubte. Sie blieb stehen. Sie horchte. Nichts. Dann ein träges Frauenlachen.

Esther nahm die Schultern zurück, marschierte zielbewußt auf ihre Schlafzimmertür zu und stieß sie auf.

Einige Sekunden lang hatte sie das irritierende Gefühl, im falschen Raum, im falschen Haus zu sein. Ihr Schlafzimmer war nicht blau. Dann begriff sie endlich. Irgend jemand hatte ihre Nachttischlampe mit einem dunkelblauen Seidentuch verhängt.

Ihre Augen gewöhnten sich an das schwache Licht, und sie sah . . .

Eine junge Weiße mit schmalen Hüften und kleinem Busen lag nackt auf ihrem Bett. Neben ihr lag Bobby, ebenfalls nackt. Ein nur mit einem knappen weißen Slip bekleideter hellhäutiger Neger mit kahlrasiertem Schädel hockte vor dem Bett auf dem Fußboden. Er setzte sich einen Schuß und hatte die Nadel noch in der Vene, den Gürtel zum Abbinden noch eng um seinen Oberarm geschlungen. Er sah zu Esther auf und lächelte. Seine Augenfarbe war ein trübes Himmelblau.

Bobby schwang langsam die Beine vom Bett und stand unsicher auf.

»Es, du müßtest doch arbeiten«, murmelte er.

Seine Stimme klang heiser und verträumt. Er kam auf sie zu, und als er nahe genug heran war, hob sie die Hand und ohrfeigte ihn. Sie holte erneut aus, aber er bekam ihre Hand zu fassen und hielt sie fest.

»Was 'n los, Baby?« fragte er undeutlich. »Hier 's alles in Ordnung.« Seine Augen hatten schwere Lider; die Pupillen waren stecknadelgroß. Er war völlig zu.

»Wie kommst du dazu, diese Junkie-Hure in mein Schlafzimmer zu bringen?« fauchte sie mit zusammengebissenen Zähnen. »Wie kommst du dazu, dieses Stück Scheiße in mein Haus zu bringen, in dem mein Sohn schläft? Wie kommst du dazu, meinen Sohn auszusperren, damit ...«

»Ah, Baby, du bist auf 'nem ganz falschen Trip. Die Kleine ist Alonzos Alte. Wir feiern bloß 'ne kleine Party, sonst nix. Alles ganz harmlos.«

»Verschwinde aus diesem Haus und laß dich nie mehr blicken!« forderte Esther ihn mühsam beherrscht auf.

»Ah, komm doch, Baby. Die Sache geht jetzt in Ordnung. Sie geht in *Ordnung*, sag' ich dir.« Er hatte Mühe, sein Gleichgewicht zu bewahren.

»Verdammter Dreckskerl!« sagte Esther beinahe flüsternd.

»Wer ist die Schlampe, Bobby?« fragte die junge Weiße auf Esthers Bett. »Sag ihr, daß sie abhauen soll, und komm hierher zurück.«

Esther explodierte. »Du stehst sofort von meinem Bett auf, du Fixernutte, und *ihr* haut ab!« kreischte sie. »Verschwindet *augenblicklich* aus meinem Haus, sonst hetz' ich euch die Polizei auf den Hals, so wahr mir Gott helfe!« Sie machte auf dem Absatz kehrt und wollte gehen, aber Bobby packte ihren Arm und hielt sie fest.

»Red hier von keiner Polizei nich', Esther«, murmelte er undeutlich. »Red von keiner Polizei nich'.«

»Drohst du mir jetzt, Bobby? Willst du mir drohen, du jämmerlicher Waschlappen? Verlaß dieses Haus und laß dich nie wieder hier blicken!« Esther riß sich los und stelzte hinaus. In dem schmalen Flur drehte sie sich ruckartig um. »Wenn ihr nicht *sofort* verschwindet, ruf' ich die Polizei! *Habt ihr verstanden*? Ihr sollt *augenblicklich* verschwinden!«

Auf dem Flurtischchen lag eines von Little Bobbys Schulbüchern. Esther warf es mit aller Kraft in Richtung Bett und traf das Fenster, das hinter der Jalousie zersplitterte.

Sie lief die Treppe hinunter und kämpfte dabei gegen ihre Tränen an. Im Flur zur Küche verlor sie diesen Kampf, und ihr Schluchzen traf sie wie ein Schlag in den Magen, so daß sie fast in die Knie gegangen wäre. Sie stolperte halbblind in die Küche, riß die Besteckschublade auf und holte das scharfe Tranchiermesser heraus. Sie umklammerte den Messergriff und drehte sich um. Little Bobby, der am Küchentisch saß und eben von einem Keks abbeißen wollte, starrte sie mit großen, ängstlichen Augen an.

»Nein! Nein! *Nein*!« rief Esther und warf das Messer weg, daß es über den Fußboden klirrte. Bagheera sprang von Little Bobbys Schoß und flüchtete hinter den Kühlschrank.

»O Jesus, süßer Jesus!« klagte sie und rannte aus der Küche. Dann stand sie allein im Wohnzimmer: schluchzend und unfähig, einen klaren Gedanken zu fassen. Das Haus um sie herum schien zu schwanken, so daß sie sich einen Augenblick lang fragte, ob sie ein Erdbeben erlebe. Als sie aufsah, erschien Bobby oben an der Treppe. Er war in seine Hose und ein nicht zugeknöpftes Hemd geschlüpft. Seine Schuhe trug er in einer Hand. Jetzt kam er die Treppe herunter.

Esther stürmte ihm aufgebracht entgegen.

»Es, Baby«, sagte er heiser, »beruhig dich wieder, Baby. Beruhig dich ...«

Sie warf sich auf ihn, zerkratzte ihm das Gesicht, krallte nach seinen Augen, riß ihn an den Haaren. Er versuchte, sie von sich wegzuschieben, aber sie fiel ihn mit erneuerter Kraft und all ihrer Wut an, biß und kratzte und wollte ihm ihr Knie in den Unterleib rammen. Als er sie zurückstieß, verlor sie den Halt unter den Füßen und polterte sich überschlagend die Stufen hinunter. Am Fuß der Treppe blieb sie benommen und wie zerschlagen liegen.

»Verrückte Schlampe!« brüllte Bobby ihr von oben nach. »Verrückte schwachsinnige Schlampe!«

Little Bobby erschien plötzlich neben Esther, stand über ihr und drohte mit der Faust zu seinem Vater hinauf.

»Laß meine Mama in Ruhe! Du sollst sie in Ruhe lassen!«

»Genau *das* hab' ich vor!« Bobby rief in Richtung Schlafzimmer: »Los, wir verschwinden aus diesem Irrenhaus!« Er kam die Treppe herunter, und die weiße junge Frau und der kahlköpfige Neger, die sich angezogen hatten, tauchten auf und folgten ihm.

Bobby stieg über Esther hinweg und zögerte an der Haustür. Er drehte sich um und sah kurz auf sie herab.

Dann verschwanden die drei und knallten die Tür hinter sich zu.

Esther setzte sich auf, blieb mit dem Rücken an die Wand gelehnt sitzen, umschlang ihre Knie mit den Armen und drückte sie an ihren Busen. Sie verbarg ihr Gesicht und gab sich ganz ihrem Schmerz hin.

»Nicht weinen, Mama. Nicht weinen. Ich bin noch da.«

Sie schloß ihren Sohn in die Arme und drückte ihn an sich. Ihr Oberkörper schwankte vor und zurück, während sie weinte.

2.22 Uhr

Queenie mußte Gassi gehen.

Irving Rosewall überlegte, wie er Georgina ermorden sollte. Ein Sturz von einem der vielen Balkone des Herrenhauses bot sich geradezu an, aber diese Methode wäre so blutig, so gräßlich, so phantasielos gewesen. Auch Gift kam in Frage, aber das erschien ihm zu trivial. Nein, er neigte ganz entschieden dazu, sie erdrosseln zu lassen. Vorzugsweise mit dem Gürtel eines seidenen Morgenrocks. Hübsch, dramatisch, schrecklich. Ideal für ein Biest wie Georgina.

Aber wo würde er die Leiche lassen? In ihrem Schlafzimmer? Langweilig. In der Bibliothek? Nicht mehr neu. Ganz entkleidet und auf den Komposthaufen hinter den Dienstbotenwohnungen geworfen? Nachdem Irving Rosewall lange mit dieser Idee gespielt hatte, verwarf er sie schließlich doch als zu direkt und drastisch. Zuletzt begann er einzusehen, daß die Ermordete mit dem Gesicht nach unten im Zierteich schwimmend aufgefunden werden mußte. Nur mit einem hauchdünnen, durchsichtigen Nachthemd bekleidet. Bei Mondschein entdeckt. Sexy – aber nicht ausgeflippt. Schrecklich und reizvoll zugleich. Richtig! Genau wie Georgina selbst. Und die Konstabler würden unter größter Mühe festzustellen versuchen, ob sie ermordet worden oder tatsächlich ertrunken war.

Aber Queenie mußte Gassi gehen. *Sofort*!

»Gut, wenn's denn sein muß«, sagte Irving Rosewall, als er von seinem winzigen Schreibtisch in der Eßnische des Einzimmerapartments aufstand. Die kleine Hündin – ein Jack-Russell-Terrier – drehte sich aufgeregt im Kreis. Ihre klugen Augen blitzten.

»Okay. Okay. Immer mit der Ruhe.« Er holte einen Pullover aus dem Kleiderschrank. Er fror jetzt ständig – sogar im August, sogar in L. A. Eine der vielen kleinen Beschwerden, die eben bei einem Siebzigjährigen vorkommen.

Er nahm Queenies Leine von dem Haken hinter dem Wasserboiler, und die kleine Hündin jagte wie verrückt durchs ganze Apartment, tobte um die Möbel und machte dann abrupt vor der Wohnungstür halt: mit gesenktem Kopf, hochgerecktem Hinterteil und eifrig wedelndem Schwanz.

»Ganz schön dringend, was?« murmelte Rosewall, während er den Karabinerhaken der Leine am Halsband einschnappen ließ. Die Hündin kläffte fröhlich.

»Pssst! Es ist schon spät, weißt du.« Als er die Tür öffnete, flitzte sie hinaus und zerrte ihn hinter sich her.

Rosewall staunte über sich selbst. Nachdem er sein Leben lang jeden Morgen um sechs aufgestanden war, hatte er in den letzten Jahren entdeckt, daß er in Wirklichkeit ein Nachtmensch war. Jetzt erledigte er alles nachts – Einkaufen, Waschen, Kochen. Er hatte sogar eine Reinigung gefunden, die nachts geöffnet hatte. Aber seine liebste Nachtbeschäftigung war das Schreiben. Es erschien ihm passend, beinahe... nun, künstlerisch. Alle Lampen in der Wohnung bis auf die Schreibtischlampe in seiner Nische ausgeschaltet; eine dampfende Tasse Tee neben sich; das Surren der elektrischen Schreibmaschine; im Hintergrund leise Kammermusik. Das liebte er. Manchmal schrieb er, bis es draußen hellichter Tag war; immer jedoch, bis die Zeitung an seine Wohnungstür polterte.

Er schrieb nun schon seit fast fünf Jahren. Damit hatte er begonnen, kurz nachdem er in den Ruhestand getreten war. Seit Rachel gestorben war. Er war stets ein unersättlicher Leser gewesen. Rachel hatte stets behauptet, er lese unterschiedslos *alles*. In der ersten Woche ihrer Ehe hatte sie ihm verboten, jemals wieder ein Buch oder eine Zeitschrift mit an den Eßtisch zu bringen. Fünf Minuten später hatte sie ihn dabei ertappt, daß er das Etikett des Gurkenglases las. Sie war zu verblüfft gewesen, um ärgerlich zu werden. Statt dessen hatte sie ihn für den Rest ihres Ehelebens der englischen Sprache überlassen.

Rosewall hatte sogar gelesen, als sie gestorben war. Er hatte von dem neuen Ludlum aufgeblickt und gewußt, daß sie von ihm gegangen war. Er hatte nach der Krankenschwester geklingelt, und die Schwester hatte ihn gefragt, wie lange seine Frau wohl schon tot sei? Er hatte sich sehr geschämt, weil er keine Ahnung gehabt hatte. Wenn er las, verlor er jegliches Gefühl für Raum und Zeit, die Menschen, seine ganze Umgebung – für alles, bis auf die Welt in den Lettern auf der Buchseite vor ihm.

Und jetzt erschuf er sich eigene Welten. Er war Schriftsteller! Nach siebenunddreißig Jahren als Verkäufer für Herrenkonfektion in Francovich's Big & Tall Wear, Filiale Wilshire, war er nun Schriftsteller. Nach siebenunddreißig Jahren, in denen er die riesenhaften Hintern von schilddrüsengestörten Mißgeburten in Hosen gezwängt hatte, die an zusammengefallene Spielzelte erinnerten, war er tatsächlich ein Künstler, ein Romanautor.

Oh, er hatte noch nichts veröffentlicht, aber alle seine Klassenkameraden im Fortbildungskurs an der UCLA sagten, das sei lediglich eine Frage der Zeit. Er war der Star des Kurses. Ausgerechnet er! Selbst der Professor – kein Mann, der mit Komplimenten um sich warf – bezeichnete seine Arbeiten als außerordentlich veröffentlichenswert. Irving Rosewall ließ diese Worte auf seiner Zunge zergehen. *Außerordentlich veröffentlichenswert.* Allein der Klang dieser Worte erregte ihn, ließ ihn den Kopf etwas höher tragen.

Sobald sie erst einmal im Freien waren, schien Queenie es plötzlich nicht mehr eilig zu haben. Ihr dringendes Bedürfnis hatte sich erstaunlich rasch gelegt. Die kleine schwarz-weiße Hündin lief hierhin und dorthin und schnüffelte zwischendurch an von der Sonne getrockneten Überbleibseln früherer nächtlicher Spaziergänge. Rosewall schlang sich die Leine ums Handgelenk, schlenderte geistesabwesend hinter ihr her, blieb stehen, wenn Queenie stehenblieb, und ging weiter, wenn sie weiterging. Er war in Gedanken versunken.

Eigentlich verrückt, aber seitdem er zu schreiben begonnen hatte, fand er kaum noch Zeit zum Lesen. Die vergilbenden Zeitungen der letzten drei Wochen – alle noch mit einer Schnur zu einer Rolle zusammengebunden – stapelten sich ungelesen auf dem unaufgeräumten Eßtisch. Zeitschriften aus den letzten Monaten waren auf dem Fußboden um Rosewalls Bett herum verstreut.

Das Tagesgeschehen interessierte ihn nicht mehr. Ihn interessierte nur noch seine schriftstellerische Arbeit. Und warum auch nicht? Diese selbstgeschaffene Welt war soviel farbiger und lebendiger, als jemals etwas in seinem grauen, eintönigen Leben gewesen war. Die Menschen! O Gott, die Menschen! Georgina war vor kurzem verschieden, aber solange sie gelebt hatte – großer Gott, was für eine Frau! Unersättlich in ihrer Begierde, rücksichtslos in ihrem Ehrgeiz, verräterisch in ihren Methoden. Innerhalb von vierundzwanzig Stunden hatte sie nacheinander den Gutsherrn, seine beiden blendend aussehenden Söhne und den Hengst von einem Gutsverwalter verführt, jedem erklärt, sie liebe ihn abgöttisch, und alle zu mörderischer Eifersucht gegeneinander aufgestachelt. Was für eine Frau! Auf einem Lager im Heu ebenso willig wie auf Satinbettwäsche – aber zuletzt tödlich in ihr selbstgesponnenes Netz verstrickt.

Eine weitere Hauptperson war Gilbert. In Wirklichkeit Lord Ashcroft. Ein Börsenspekulant. Ein schwacher, gebrechlicher alter Witwer – Gefangener seines Erbes, Sklave seiner Leidenschaft für Georginas Körper.

Und dann die Söhne: Phillip und Hawley. Jin und Jang. Gut und Böse. Kain und Abel. Aber war Phillip so völlig tugendhaft? Und Hawley so völlig schlecht? Und wer war Malcolm, der geheimnisvolle Gutsverwalter? Woher kam er? Was wollte er?

Und wer von ihnen hatte Georgina erwürgt und ihren Leichnam in den Zierteich geworfen?

Irving Rosewall lächelte im Dunkel vor sich hin. Er liebte spannende Schicksalsromane – erst recht seine eigenen.

Queenie hatte endlich eine Stelle erschnüffelt, die ihr geeignet erschien. Sie lief drei-, viermal vor einem Laternenpfahl hin und her, krümmte dann den Rücken und verrichtete mit trübem, verinnerlichtem Blick ihr Geschäft.

»Braves Mädchen«, lobte Rosewall sie geistesabwesend.

Ein blauer Kleinbus kam langsam die ansonsten leere Straße entlang, fuhr an Rosewall vorbei und bog um die nächste Ecke.

»Komm jetzt, Mädchen!« Rosewall hatte es plötzlich eilig, in seine Wohnung, an seinen Schreibtisch zurückzukehren. Er hatte beschlossen, als nächstes die Entdeckung von Georginas Leiche zu schildern. Diese Beschreibung mußte sehr sinnlich sein. Sie erforderte Wasser, das von ihren schweren Brüsten tropfte, während die Leiche aus dem Teich gezogen wurde. Ihr Nachthemd mußte hauchdünn, durchscheinend sein – oder vielleicht war's *doch* besser, sie nackt sein zu lassen. Für die Leser von heute konnte man sexuell nicht deutlich genug werden.

»Komm jetzt, Mädchen«, wiederholte Rosewall. Die kleine Hündin scharrte mit raschen Bewegungen ihrer Hinterpfoten zierlich etwas Gras auf und schwänzelte dann auf dem Heimweg voraus, Rosewall ging neben ihr her.

»Hey, du Jude!«

Irving Rosewall war so tief in Gedanken versunken, daß er nicht hörte, wie der Mann ihn anrief. Er machte noch einige weitere Schritte, bis die straffe Leine ihm zeigte, daß Queenie stehengeblieben war. Er blickte auf sie herab. Sie hatte eine steifbeinige wachsame Haltung angenommen und knurrte irgend etwas hinter ihm an.

Hey, du Jude!«

Rosewall drehte sich langsam nach dem Mann um, der zu der Stimme gehörte. Der Mann schoß auf ihn.

Als Irving Rosewall wieder zu sich kam, erkannte er, daß er auf dem Rücken lag und durch ein Spinnengewebe aus Telefonleitungen zum Nachthimmel aufsah. Queenie winselte und leckte ihm das Gesicht; er spürte ihren wedelnden Schwanz an seiner Schulter. Er versuchte, einen Arm zu heben, und konnte es nicht. Ihm war entsetzlich kalt.

Queenie verbellte etwas.

Eine Schlange! Irgendwo in der Nähe war eine Schlange. Er konnte ihr Zischen hören.

Rosewall begann zu zittern. Er wurde sich darüber im klaren, daß er im Sterben lag.

Nein, nein, nein! kreischte eine Stimme in seinem Inneren. Ich bin noch nicht fertig. Jetzt erfährt niemand, wer Georgina ermordet und ihre Leiche in den Zierteich geworfen hat.

Queenie kam zurück und leckte sein Gesicht. Dann reckte sie die Schnauze hoch und heulte klagend.

Irving Rosewall hörte sie nicht mehr.

4.00 Uhr

»Mit dem Gongschlag ist es vier Uhr. Dies ist die Rundfunkstation XXERA, Reality Radio, in Tijuana, Mexiko. Wir bringen die Wiederholung der gestern aufgezeichneten ›Janna Holmes Show‹.«

Danach kam Mozart. Einige Takte eines Streichquartetts – leicht und luftig und präzise.

»Guten Abend, Südkalifornien und ganzer Großer Südwesten. Dies ist die ›Janna Holmes Show‹, und ich bin Janna Holmes. Heute abend habe ich einen Gast, der Anfang der Woche schon einmal bei mir gewesen ist: Jesse Utter, Kandidat fürs California State Assembly und Grand Exalted Wizard des Kalifornia Klans. Ich habe Mr. Utter nochmals eingeladen, damit wir über die jüngsten Ereignisse in Los Angeles und den, nun, den Aufruhr, so müßte man ihn wohl bezeichnen, auf dem Rasen vor den Los Angeles Police Headquarters reden können. Eine Schlägerei zwischen Männern der American Nazi Party und Mitgliedern der Revolutionary Communist Party. Als erstes, Jesse . . . ich darf Sie doch so nennen?«

»Natürlich, Janna.«

»Wir sind inzwischen alte Freunde.«

»Neue Freunde. Noch besser, Janna.«

»Danke, Jesse. Als erstes möchte ich wie gesagt die Situation in bezug auf Ihre Organisation, den Kalifornia Klan, und etwa bestehende Verbindungen zur American Nazi Party klären. Bei manchen unserer Hörer scheint es in dieser Beziehung einige Unklarheiten zu geben. Existiert denn irgendeine Verbindung zwischen diesen beiden Gruppierungen?«

»Absolut keine, Janna. Absolut keine.«

In der Dunkelheit seines unbeleuchteten Garagenapartements lag Walker nackt auf dem Boden, setzte sich mit hinter den Kopf gefalteten Händen und an die Wand gepreßten Fußsohlen auf, ließ sich zurücksinken und setzte sich wieder auf. Bei jedem Aufsitzen grunzte er und stieß den Atem durch die zusammengebissenen Zähne aus. Sein Übungstempo war gleichmäßig, rhythmisch und sehr hoch.

»Der Nationalsozialismus ist eine im Ausland entstandene, im Ausland entwickelte Ideologie, die bei der Lösung der heutigen Probleme, vor denen die Amerikaner im allgemeinen und die Kalifornier im besonderen stehen, kläglich versagt. Die American Nazi Party ist ein Witz. Sie ist völlig außerstande, wirkungsvolle Arbeit zu leisten. Ich glaube – nein, ich weiß –, daß die Mehrzahl ihrer Mitglieder aus jungen, undisziplinierten, schlecht motivierten Außenseitern besteht, die der Partei vor allem beitreten, um Bier zu trinken und diese schneidigen Uniformen zu tragen. Sie kostümieren sich gern in Leder und mit Hakenkreuzen und stolzieren damit vor ihren Freundinnen herum. Diese Partei ist eine Farce.«

Ohne seinen Rhythmus zu unterbrechen, nahm Walker die Hände vom Hinterkopf und streckte die Arme nach vorn. Jetzt berührte er bei jedem Aufsitzen erst einen, dann den anderen Fuß. Sein nackter Körper war mit einem Schweißfilm bedeckt, der im trüben Mondlicht schimmerte. Er hatte sein Tempo weiter gesteigert.

»Jesse, erzählen Sie uns, worin Ihr Kalifornia Klan sich von den Nazis unterscheidet.«

»Wie ich bereits ausgeführt habe, ist der Kalifornia Klan ein Elitekader aus engagierten weißen christlichen Revolutionären, die ihr Leben dem hehren Streben geweiht haben, die Kontrolle über dieses Land wieder dem jüdisch-negriden-atheistisch-kommunistischen

Syndikat zu entreißen, das diese einst große Nation vergiftet. Und die bereit sind, alle zur Erreichung dieses Ziels notwendigen Mittel zu gebrauchen.«

»Auch Gewalt?«

»Janna, der Kalifornia Klan ist bereit, willens und in der Lage, alle Maßnahmen zu ergreifen, die notwendig werden könnten, um dieses Land vor jüdisch-mongolischer antichristlicher Vorherrschaft zu retten. Wir nehmen uns ein Beispiel an den linken Stadtguerillas in Europa und Lateinamerika. Wir haben unsere Lektionen in bezug auf Kampfeswillen und Opferbereitschaft gelernt. Und mit dem Bewußtsein, daß Gott auf unserer Seite steht, sind wir bereit, alles Erforderliche zu tun, um unsere Ziele zu erreichen.«

»Sie billigen also die in letzter Zeit in Los Angeles verübten Morde?«

»Menschen zu töten, ist immer bedauerlich, Janna, aber gelegentlich unvermeidlich. Manchmal ist das die einzige Möglichkeit, ein Problem ins Scheinwerferlicht zu rücken, auf eine Ungerechtigkeit aufmerksam zu machen. Die Juden Amerikas müssen einsehen, daß sie diese große Nation nicht ungestraft unterwandern, demoralisieren und vergiften können. Nicht unendlich lange. Irgend jemand muß dann die Zeche zahlen. Diese Reaktion haben sie selbst provoziert.«

»Sie halten den Killer also für einen Helden? Er wäre Ihnen in Ihrem Klan willkommen?«

»Ja, man könnte ihn wohl einen Helden nennen. Im altgriechischen Sinne des Wortes. Er hat auf eigene Faust den Kampf gegen die internationale jüdische Verschwörung aufgenommen. Das würde ich heldenmütig nennen – Sie nicht auch? Was seine Aufnahme in den Klan betrifft, habe ich bereits ausgeführt, daß er genau zu den klardenkenden Männern gehört, die unser Klan anzieht. Uns sind alle Bewerber dieser Art willkommen.«

»Dann suchen Sie also tatsächlich neue Mitglieder?«

»Wir sind immer auf der Suche nach ein paar guten Männern, Janna. Genau wie die Marines. Hahaha!«

Walkers Hände waren jetzt wieder hinter seinem Kopf gefaltet. Schweiß lief ihm übers Gesicht, über Oberkörper und Unterleib. Seine Bauchmuskeln begannen zu schmerzen. Er keuchte jetzt bei jedem Aufsitzen, aber sein Übungstempo war nicht langsamer geworden. Er trieb sich unerbittlich weiter an.

6.53 Uhr Los Angeles stand ein schlimmer Tag bevor. Am vorigen Abend hatte das Air Quality Management Board eine Inversionswetterlage über dem gesamten Becken vorhergesagt, und diese Vorhersage war eingetroffen. Die Temperatur in Bodennähe war nachts um einige Grad gesunken, aber wegen der extremen Hitze der vergangenen Tage war die der darüberliegenden Luftschichten konstant geblieben. Die dadurch ausgebildete starke Inversion hatte den gesamten Smog des Vortags festgehalten und verhindert, daß er nachts in die Atmosphäre entwich. Die Millionen von Pendlern auf den verstopften Freeways verstärkten diesen Gifthauch, weil ihre Auspuffe Blei, Stickoxide, Schwefeloxid und Kohlenmonoxid in die Luft bliesen.

Die starke Augusthitze kochte dieses Hexengebräu zu einem braunen erstickenden Dunst auf, der Augen tränen, Hälse kratzen und Nasen brennen ließ. Überall wurde Smogalarm der Stufe zwei ausgelöst – in Alhambra, Pasadena, im ganzen Tal bis nach San Bernardino und Riverside hinaus. Schulkinder durften nicht auf ihren Schulhöfen spielen. Firmen mit über fünfzig Mitarbeitern mußten Fahrgemeinschaften einrichten. Bestimmte Industrien mußten die Produktion völlig einstellen. Behinderten und Schwindsüchtigen wurde geraten, sich in geschlossenen Räumen aufzuhalten. In der Innenstadt tauchten Passanten mit Operationsmasken vor dem Gesicht auf. L.A. stand ein äußerst schlimmer Tag bevor.

Gold saß an seinem Schreibtisch, trank Kaffee, aß Doughnuts und hatte die am Tatort gemachten Aufnahmen von Irving Rosewalls Leiche vor sich ausgebreitet. Auf mehreren dieser Fotos war auch Rosewalls kleiner Jack-Russell-Terrier zu sehen. Die kleine Hündin hatte ihr totes Herrchen knurrend und mit gefletschten Zähnen verteidigt. Bei keinem der alarmierten Cops – uniformierte Streifenwagenbesatzungen und Kriminalbeamte aus Golds Sonderkommission – hatte der Anblick eines weiteren Toten Betroffenheit ausgelöst, aber alle waren von der Tapferkeit der kleinen Hündin mit dem großen Herzen gerührt gewesen. Vor allem nachdem sie die dreiköpfige Besatzung eines Notarztwagens gebissen hatte, die versucht hatte, sich von Rosewalls Zustand zu überzeugen, der doch offenkundig war: fast augenblicklicher Tod durch einen Brustschuß aus nächster Nähe.

Mehrere der Cops hatten sich erboten, den Terrier zu sich mitzunehmen, aber Dolly Madison hatte diese Idee sofort abgeschossen. Der Captain, der mit einem Trenchcoat über seinem Schlafanzug herumlief – ausgerechnet! –, hatte aus dem städtischen Tierheim Hundefänger angefordert, die von einem Anruf um 4.30 Uhr nicht gerade begeistert gewesen waren. Sie waren schließlich gekommen, hatten ein Netz über die Hündin geworfen und sie in eine der Plastikboxen an den Seiten ihres Fahrzeugs gesperrt. Die Cops hatten gebuht.

Als Gold von einer geleegefüllten Doughnut abbiß, tropfte roter Glibber auf sein Hemd. Er tupfte die Flecken fluchend mit einem Kleenex ab.

Gold betrachtete ein Foto der mutigen kleinen Hündin, die neben ihrem gefallenen Herrchen Totenwache hielt. Er wußte, daß diese Aufnahme auch als Pressefoto existierte und auf den Titelseiten von Zeitungen in ganz Amerika erscheinen würde. Die Reporter waren wie ein Heuschreckenschwarm eingefallen. Als Gold am Tatort erschienen war, hatten die Fernsehteams bereits begonnen, ihre Scheinwerfer aufzubauen. Eine Reporterin der Illustrierten *Paris Match* hatte ihm erklärt, seit dem Abklingen der Welle von Terroranschlägen in Europa sei dies jetzt die größte Story der Welt.

Gold trank einen Schluck kalten Kaffee, zog ein anderes Foto heraus und legte es ganz oben auf den Stapel. Die Nahaufnahme zeigte die drei Kreuze, die neben dem toten Rosewall auf den Gehsteig gesprüht worden waren. In der rechten oberen Bildecke war ein Teil des Leichensacks mit dem Erschossenen zu sehen.

»Jede Nacht einer, was, Lieutenant?« hatte ein Reporter ihm über die Polizeibarriere hinweg zugerufen. »Der ist mächtig in Fahrt!«

Gold verzog bei diesem Gedanken das Gesicht und holte eine Zigarre aus der Tasche. Die Medien berichteten jetzt über die »Kreuzmorde« und bezeichneten den Täter als den »Crosskiller«. Damit lockten sie Leser, Hörer und Zuschauer an.

Während Gold sich seine Zigarre anzündete, begann Zamora leise zu schnarchen. Er saß ihm gegenüber an seinem Schreibtisch, hatte die Füße hochgelegt und benutzte seine zusammengerollte Jacke als Kopfkissen. Auch Gold war todmüde. Nachdem er Wendy und den Kleinen nachts bei Evelyn abgeliefert hatte, war er nach Hause gefahren und hatte nicht einschlafen können. Dann war der Anruf wegen der Sache mit Rosewall gekommen. Sie verwirrte ihn. In Gedanken warf er bereits alles durcheinander. Wenn er die Aufnahmen des Ermordeten lange genug anstarrte, glaubte er, Wendys mißhandeltes, tränennasses Gesicht vor sich zu haben, und fühlte seinen Zorn wieder aufflammen. Aber Gold zwang sich dazu, sich auf den vorliegenden Fall zu konzentrieren.

Vorerst wußte er nicht weiter, darüber war er sich im klaren. Er war kein Kriminalist. Er vertraute nicht auf Hinweise und Indizien, Farbspritzer und Reifenspuren, Phantombilder und Computerausdrucke. Statt dessen arbeitete Gold mit Einschüchterung. Man machte Druck und trieb so die Ratten aus ihren Löchern. Man nahm ein paar Informanten in die Mangel. Man trat ein paar Leuten in den Arsch. Früher oder später tauchte der Gesuchte dann auf. Diesmal war allerdings zu befürchten, daß der Kerl eher später als früher gefaßt werden würde. Und Gold konnte sich den Luxus des Wartens nicht erlauben. Viele Leute erwarteten schnellstens irgendwelche Ergebnisse. Und er wußte, daß sie ihren Druck verstärken würden.

Darauf brauchte er nicht lange zu warten.

Punkt 7.30 Uhr betraten Councilman Harvey Orenzstein und drei seiner Mitarbeiter grimmig dreinblickend sein Dienstzimmer.

»Hat Ihre Mutter Ihnen nicht beigebracht, daß man anklopft?« knurrte Gold.

Zamora schrak hoch, wäre fast mit dem Stuhl rückwärts umgekippt und sah sich blinzelnd um.

»Jetzt haben Sie den Kleinen geweckt!« sagte Gold vorwurfsvoll zu Orenzstein.

»Lieutenant«, begann Orenzstein, »um zwölf Uhr gebe ich in meinem Büro eine Pressekonferenz. Ich möchte, daß Sie daran teilnehmen.«

»Sünder im Fegefeuer möchten Eiswasser. Das bedeutet aber nicht, daß sie's auch kriegen.«

»Dann möchte ich ein Statement von Ihnen über Fortschritte bei Ihren Ermittlungen.«

»Councilman, hätte ich irgendwelche Statements abzugeben – was nicht der Fall ist –, die Fortschritte bei unseren Ermittlungen betreffen – die's nicht gibt –, würde ich's auf dem Dienstweg tun: durch die PR-Abteilung im Los Angeles Police Department. Nicht durch Ihr Büro.«

Orenzstein glühte vor Empörung. »Was zum Teufel soll ich dann der Presse erzählen?«

Gold lächelte. »Klingt wie 'n persönliches Problem, find' ich, Councilman.«

Zamora kicherte hämisch.

»Hören Sie«, stellte Orenzstein aufgebracht fest, »die Leute wollen wissen, was zum Teufel ihr Police Department angesichts dieser Morde unternimmt.«

Gold lächelte erneut. »Sie können den *Leuten* sagen, daß wir auch heute mögliche Verdächtige befragen werden.«

Orenzstein wartete einige Sekunden lang. »Das ist alles?«

»Das ist alles.«

»Soll das heißen, daß Sie nicht mal 'ne brauchbare Personenbeschreibung des Killers haben?«

»Ich wollte, ich könnte diesen kleinen Hund zum Sprechen bringen«, seufzte Gold und tippte auf eines der vor ihm liegenden Fotos. »Außer ihm hat keiner den Täter gesehen – oder nur von hinten aus einem Block Entfernung. Er ist ein Phantom. Er verschwindet in der Nacht. Wir wissen nicht mal, ob wir's wirklich nur mit einem Täter zu tun haben. Vielleicht sind's ein Dutzend. Aber mein Instinkt sagt mir, daß es nur ein Kerl ist.«

Orenzstein schüttelte den Kopf. »Das genügt nicht, Lieutenant.«

Gold lächelte zum drittenmal. »Sie wissen, was Sie mich können, Councilman.«

Orenzstein war verlegen. Er sah sich verstohlen nach seinen Mitarbeitern um, zog sich dann einen Stuhl heran, nahm Platz und beugte sich über Golds Schreibtisch. Als er wieder sprach, war seine Stimme ölig.

»Lieutenant, warum gehen wir uns ständig an die Gurgel? Dabei sollten wir in dieser Sache zusammenarbeiten. Schließlich wollen wir das gleiche, nicht wahr?«

»Das weiß ich nicht so genau. Was wollen *Sie* denn?«

»Ich will natürlich, daß der Mörder gefaßt wird!« antwortete Orenzstein gekränkt.

»Komisch, ich dachte, Sie wollten Oberbürgermeister werden.«

Orenzstein ignorierte diese Anzüglichkeit: »Jack... Ich darf doch Jack zu Ihnen sagen?«

»Sie haben's gerade getan.«

»Jack, viele Leute finden, daß Chief Huntz es in dieser Sache an Einsatz fehlen läßt.« Gold wollte etwas sagen, aber Orenzstein brachte ihn mit einer Handbewegung zum Schweigen. »Chief Huntz'

Verhältnis zu Minderheiten ist miserabel. Das ist allgemein bekannt. Seine eigenen hispanischen Beamten hat er mehrfach beleidigt; mit der schwarzen Bevölkerung hat er's sich völlig verdorben; Frauen und Schwule hat er durch primitive Äußerungen gegen sich aufgebracht. Der Mann ist schlicht und ergreifend ein Reaktionär. Jetzt treibt er die Ermittlungen mit gebremsten Einsatz voran. Und weshalb? Weil die Opfer Juden sind – und er ein Antisemit ist. So einfach ist die Sache!«

Orenzstein setzte sich auf, als wolle er seine Aussage unterstreichen.

»Dieser ganze Fall ist nicht ernst genommen worden, bevor die Straßen mit toten Juden übersät gewesen sind und die internationale Presse sich darauf konzentriert hat. Und wir wissen beide, daß es genügend warnende Anzeichen gegeben hat. Und wie viele Männer bearbeiten diesen Fall? Zwanzig? Für einen Fall dieser Bedeutung? Das ist lächerlich. Das ist kriminell!«

Orenzstein beugte sich wieder nach vorn.

»Jack, ich möchte, daß Sie mir helfen, Huntz als das bloßzustellen, was er ist. Ein Mann wie er im Amt des Polizeichefs einer Großstadt mit dem jüdischen Bevölkerungsanteil, den Los Angeles hat. Das ist eine Schande! Das ist unerträglich! Ich möchte, daß Sie mir helfen, diesen Mann aus dem Amt zu jagen. Mit dieser Sache können wir ihn erledigen. Das sind wir uns schuldig.« Er beugte sich noch weiter über den Schreibtisch. »Das sind wir unseren Leuten schuldig.«

Gold ließ sich mit seiner Antwort Zeit. Er schob die Tatortfotos zu einem Stapel zusammen und richtete ihre Kanten pedantisch genau aus. Er wischte etwas Doughnut-Puderzucker von der Schreibtischplatte und warf den Styroporbecher in seinen Papierkorb. Dann hielt er die linke Hand mit gespreizten Fingern hoch und deutete mit dem rechten Zeigefinger auf den Daumen.

»Nummer eins«, sagte er. »Wenn irgend jemand den Ernst der Lage verkannt hat, bin ich's gewesen – nicht Huntz.«

Er deutete auf den Zeigefinger.

»Nummer zwei. Heute morgen um sechs Uhr hat Huntz die Sonderkommission um weitere vierzig Kriminalbeamte verstärkt. Trotz von mir vorgebrachter Einwände, wie ich erwähnen möchte. Damit sind's insgesamt sechzig.

Nummer drei. Niemand haßt Alan Huntz mehr als ich, und er ist tatsächlich ein Reaktionär. Aber ich bezweifle, daß es im Department einen einzigen Cop gibt – auch bei den Schwarzen nicht –, der nicht zumindest Vorurteile hätte. Woher kommen wir Ihrer Meinung nach – aus der Sonntagsschule? Und Kandidaten für den Friedensnobelpreis werden Sie an der Polizeiakademie nur selten finden.

Nummer vier. So widerlich Huntz ist, Sie finde ich weit widerwärtiger. Sie kreuzen hier in die israelische Flagge gehüllt auf, reden von *unseren Leuten* und diesem ganzen Scheiß und wollen in Wirklichkeit nur politisches Kapital aus dieser Sache schlagen. Anna Steiner oder Irving Rosewall oder erst recht Honey Dew Mellon sind Ihnen scheißegal. Sie benutzen ihre Leichen als Sprungbrett für Ihre gottverdammte Karriere. Sie sind ein Stück politischer *Dreck*. Sie beleidigen mich als Menschen, als Polizeibeamten, als Juden. Ihr Anblick ist mir zum Kotzen.

»Nummer fünf.« Gold zeigte auf seinen kleinen Finger. »Verschwinden Sie aus meinem Büro und lassen Sie sich nie wieder hier blicken, Sie Scheißkerl!«

Danach herrschte Totenstille. Irgendwo in einem der anderen Büros ratterte ein Computerdrucker. Orenzsteins Mitarbeiter beobachteten abwechselnd Gold und ihren Chef.

Orenzstein stand langsam auf und zog sich die verknitterte Jacke über seinem Wanst glatt. Er sprach drohend leise.

»Ein Mann mit Ihrem Ruf kann keine neuen Feinde brauchen.«

»Ein Mann mit meinem Ruf hat nicht mehr viel zu verlieren«, knurrte Gold. »Machen Sie beim Rausgehen die Tür hinter sich zu.«

Orenzstein schob seine Mitarbeiter grimmig vor sich her in den Flur hinaus. Dann drehte er sich nach Gold um und schien ihn mit dem Zeigefinger durchbohren zu wollen. »Das merk' ich mir, Gold! Das vergeß' ich Ihnen nie!«

»Tun Sie das, Harvey«, lachte Gold. »Tun Sie das.«

Der Councilman verschwand und knallte die Tür hinter sich zu. Zamora schüttelte den Kopf und kritzelte etwas in sein Notizbuch.

»Un-glaub-lich«, murmelte er dabei.

»Was?«

»Der Film, der nach dieser Vorlage gedreht werden wird. Unglaub-lich!« Er sah zu Gold auf. »Findest du mich zu jung für deinen Part?«

»Zu schwul. Warum spielst du nicht einfach dich selbst?«

»Nö. Die Rolle ist zu klein. Mein Agent würd' Wutanfälle kriegen.«

Gold stand auf und griff nach seiner Jacke. »Nun, manche von uns müssen im Leben kleinere Rollen spielen als wir anderen. Das ist der Lauf der Welt. Kämm dich, wir gehen aus.«

»Wohin?«

»Zu 'ner Beerdigung. Wir können 'ne Aufmunterung brauchen, schätz' ich.«

Vor dem Zweiten Weltkrieg war Boyle Heights das Zentrum des jüdischen Lebens, der jüdischen Bevölkerung von Los Angeles gewesen. In diesem nur wenige Meilen östlich der Innenstadt liegenden hügeligen Viertel mit seinen bescheidenen Holzhäusern hatte an fast jeder Straßenecke eine Synagoge gestanden. Jetzt gab es dort nur noch eine jüdische Gemeinde, und sogar die *Times* hatte darüber berichtet, wie oft dort nicht einmal mehr ein *Minjan* – die fürs gemeinsame Gebet vorgeschriebene Mindestzahl von zehn Betern – zusammenzubringen war.

So schnell wie die Juden die Erfolgsleiter erklommen hatten, waren sie in bessere Viertel umgezogen – mit Adressen, die sie nicht mehr an die kleinen Konfektionsbetriebe und Geschäfte für Billigkleidung in der Innenstadt erinnerten, in denen ihre Großeltern sich täglich zwölf bis vierzehn Stunden geplagt hatten. Sie flüchteten nach Encino im Los Angeles Valley, nach West L. A., Beverly Hills und Bentwood, nach Pacific Palisades, Malibu und Santa Monica. In Boyle Heights lebten nur noch wenige alte Juden, die zum Ausziehen zu arm, zu müde oder zu starrsinnig waren. Jetzt befanden die Heights sich fest in mexikanischer Hand, und Mauern und Zäune trugen aufgesprühte Namen wie Sleepy und Dopey, Loco und Negro, Chuey und White Boy, Chindo und Chaco.

In Boyle Heights gab es mehrere jüdische Friedhöfe, und an den Geburts- und Todestagen der Verstorbenen kamen ihre Angehörigen quer durch die ganze Stadt, um Blumen zu bringen und den Toten ihre Ehrfurcht zu bezeugen. Einer dieser Friedhöfe hieß Cedars of Zion. Dort sollte Anna Steiner an diesem Vormittag begraben werden.

Gold parkte in einer Seitenstaße. Zamora und er beobachteten vom Auto aus, wie der Leichenzug langsam auf den Friedhof rollte. Die Berichterstattung über den Mord an Anna Steiner hatte viele Neugierige angelockt, und die von der Polizei am Tor aufgehaltenen Fotografen und Pressemenschen bemühten sich verzweifelt um brauchbare

Aufnahmen. Die Trauergemeinde bestand aus zahlreichen Gaffern und Neugierigen, Vertretern der jüdischen Gemeinde, einigen Politikern – der Oberbürgermeister, zwei christliche Councilmen und die jüdischen Councilmen Wachs, Braude, Pickus, Yaroslavsky, Galanter und Bernson waren erschienen, während Harvey Orenzstein als einziger durch Abwesenheit glänzte – und vielen von Anna Steiners früheren Gästen, die gekommen waren, um bedrückt von ihr Abschied zu nehmen.

Während Gold und Zamora diese Szene beobachteten, fuhren mit quietschenden Reifen zwei weiße Kleinbusse vor; ein Dutzend JAR-Angehörige sprangen heraus, verteilten sich links und rechts des Friedhoftors, um dort in strammer Haltung Wache zu halten. Einige von ihnen trugen nur Baseballschläger, aber nicht wenige waren mit Sturmgewehren oder Maschinenpistolen bewaffnet. Die Fotografen knipsten eifrig und riefen den ernst dreinblickenden jungen Männern, die nichts zu hören vorgaben, aufmunternde Bemerkungen zu.

»O nein! Nicht schon wieder!« ächzte Zamora und beobachtete Gold aus dem Augenwinkel heraus.

»Nein, diesmal drücke ich beide Augen zu. Ich kann nicht noch mehr Beschwerden über mich brauchen. Der Papierkram bringt mich noch um. Komm, ich weiß 'nen Hintereingang.«

Sie stiegen aus, und Zamora folgte Gold um den Block herum zu einem schmalen Gittertor in einer Nische der rückwärtigen Friedhofsmauer. Gold griff mit einer Hand durch die verrosteten Gitterstäbe und drückte die Klinke herunter. Das Tor ließ sich knarrend öffnen.

»Du kennst dich hier aus«, stellte Zamora fest.

Gold lächelte. »Das sind früher meine Jagdgründe gewesen. Bevor ihr Spicks gekommen seid. Bevor meine Mutter und ich in die Fairfax Avenue umgezogen sind. Damals hab' ich Radkappen geklaut und 'nem Hehler verkauft, der gleich gegenüber gewohnt hat. Hier, setz das auf.« Er gab Zamora eine schwarze Jarmulke und setzte selbst eine auf.

Sie gingen rasch durch Gräberreihen mit Einheitsgrabsteinen aus Beton: rissige, verwitterte Davidssterne auf blockartigen Sockeln mit hebräischen Inschriften in erhabenen Lettern. Anna Steiners Sarg wartete neben einem frisch ausgehobenen Grab. Gold und Zamora standen am Rand der Trauergemeinde und hörten zu, wie der Oberbürgermeister eine vorbereitete Rede ablas. Dann sprach ein Councilman einige Minuten über den Haß im Herzen der Menschen, der ausgerottet werden müsse. Der Rabbi würdigte die Ermordete und sagte das Kaddisch auf Hebräisch. Anna Steiners Sarg wurde mit einem Gabelstapler ins Grab gesenkt. Die Trauergemeinde machte sich schweigend auf den Weg zum Ausgang. Gold drängte sich zu einem gebrechlichen Alten vor, der an seinem Krückstock zwischen Oberbürgermeister und Rabbi davonhumpelte.

»Mr. Steiner.«

Der Alte hielt sich eine Hand über die Augen und blickte zu Gold auf. Er schien erstaunt, fast verwirrt zu sein.

»Mr. Steiner, ich bin Lieutenant Jack Gold. Ich möchte Ihnen mein Beileid aussprechen.«

Der Alte starrte ihn an. Dann sah er sich um und ließ sich unter Schmerzen auf den Rand einer gepflegten Grabstätte sinken. Er massierte das Knie seines schlimmen Beins mit einer verkrümmten, arthritischen Hand. Der Oberbürgermeister sah auf seine Uhr, zögerte kurz und ging dann von Mitarbeitern gefolgt rasch davon. Der Rabbi trat einige Schritte beiseite und wartete. Der Alte blickte mit zusammengekniffenen Augen zu Gold auf.

»Kennen Sie meine Anna? Ich erkenne Sie leider nicht. Sind Sie einer unserer Gäste?«

»Nein, ich bin Kriminalbeamter. Ich werde die Mörder Ihrer Frau fassen.«

Der Alte betrachtete die aus dem Friedhof strömende Trauergemeinde. »Wer sind alle diese Leute?« fragte er. »Haben sie alle meine Anna gekannt?«

»Das weiß ich nicht, Sir.«

Der Alte schüttelte seinen schmalen, zerbrechlich wirkenden Schädel mit der hohen Stirn. Er sah grau und krank aus. Er rieb sich weiter das schlimme Bein.

»Was soll ich bloß ohne meine Anna tun?« fragte er Gold. Er schien eine Antwort zu erwarten. Gold setzte sich neben den Alten und legte ihm einen Arm um die knochigen Schultern.

»Was soll ich bloß ohne meine Anna tun?« wiederholte der Alte. Er sprach mit starkem deutschen Akzent.

»Alles kommt wieder in Ordnung«, behauptete Gold. »Ihnen geht's bald wieder gut.«

Der Alte schüttelte erneut den Kopf. »Nein, nie wieder.«

Sie saßen eine Zeitlang schweigend nebeneinander, bis der Rabbi herankam. »Ich muß Mr. Steiner jetzt ins Krankenhaus zurückbringen.«

Gold nickte und stand auf. Der Rabbi und er halfen dem Alten auf die Beine. »Der Wagen steht gleich am Tor«, sagte der Rabbi zu Mr. Steiner. Danach wandte er sich an Gold: »Er hat sich geweigert, den Rollstuhl zu benutzen. Er hat gehen wollen.«

Der Rabbi legte seine Hand unter den freien Arm des Alten und führte ihn weg. Gold sah ihnen nach. Er hat niemals *warum?* gefragt, überlegte Gold sich. Wer Dachau überlebt hat, braucht diese Frage nie mehr zu stellen.

Zamora kam heran und blieb neben Gold stehen. »Der Ärmste! Hoffentlich kriegt dieses Arschloch tausend Jahre, wenn wir's geschnappt haben.«

Gold angelte eine Sonnenbrille aus der Brusttasche seiner Jacke. Er setzte sie auf. »Dieser Kerl kommt nie hinter Gitter.«

»Oh? Warum nicht?«

»Weil ich ihn umlege.«

Zamora nickte langsam. »Okay.«

Sie fuhren zum Parker Center zurück, als Gold plötzlich über drei Fahrspuren hinwegwechselte und eine falsche Ausfahrt hinunterraste.

»Hey, was ist jetzt wieder los? Wohin fahren wir?«

»Heute ist Friedhofstag«, sagte Gold mit gepreßter Stimme. »Totengedenktag.«

»Nö, das ist der zweite November.«

Gold starrte weiter nach vorn. »Okay, dann eben *mein* Totengedenktag, okay?«

In diesen wenigen Tagen hatte Zamora Jack Gold gut genug kennengelernt, um nicht nachzuhaken.

»Wie du meinst, Boß.«

Gold parkte vor der kleinen katholischen Kirche St. Maria Goretti, an die sich ein schlecht gepflegter, hügeliger Friedhof anschloß. Das Gebiet um die Kirche herum war ein mit Müll übersätes, ausgebranntes Ghetto. Gold zündete sich umständlich langsam eine frische Zigarre an. Zamora zog sein Notizbuch aus der Tasche, blätterte darin und heuchelte starkes Interesse.

»Du wartest hier auf mich. Ich bin gleich wieder da.«

»Ha?« fragte Zamora und sah auf. »Entschuldigung, ich hab' nicht zugehört. Ich hab' meine Notizen studiert. Warum gehst du nicht einfach allein los? Ich bleib' hier und straffe mein Drehbuch.«

Gold lächelte hinter seiner Zigarre. »Du bist in Ordnung, Junge.«

»Ich hab' wirklich viel zu tun, Jack. Du tust mir 'nen Gefallen, wenn du mich ein paar Minuten allein läßt.«

Gold grunzte. Er stieg aus und keuchte die leichte Steigung zum Friedhofstor hinauf. Dann ging er langsam durch die Grabreihen mit den Kreuzen, den Madonnen aus Beton mit ihren flehend ausgestreckten Händen und den im Todeskampf erstarrten Christusleibern. Er war jahrelang nicht mehr hergekommen und mußte ein paarmal hin und her gehen, bis er den schlichten Grabstein fand, den er suchte.

ANGELIQUE ST. GERMAIN

Gold setzte sich auf eine Betonbank genau gegenüber dem Grab und schlug die Beine übereinander. Er war kein frommer Mann; das war er nie gewesen. Das Beten fiel ihm nicht leicht. Aber er kam gelegentlich her – früher häufiger als jetzt –, um ... nun, um ihr seine Aufwartung zu machen. Um sich zu erinnern. Um an sie zu denken. Er kam her, weil er wußte, daß er der einzige war. Bei ihr daheim in Louisiana – in Algiers, Louisiana – hatte es eine Großmutter gegeben, aber damals vor vierzehn Jahren hatte sie am Telefon benommen, verschämt gewirkt. Sie hatte Gold erklärt, sie könne die Überführung der Leiche nicht bezahlen. Er hatte vorgeschlagen, sie hier zu begraben, und sich erboten, die Kosten zu tragen. Sie hatte nach sehr kurzem Zögern zugestimmt.

»Sie ist'n gutes Mädchen gewesen«, hatte die alte Lady gesagt.

»Ich weiß«, hatte Gold trübselig zugestimmt.

»Bevor sie mit dem Drogenscheiß angefangen hat. Sie ist ein gutes Mädchen gewesen.«

»Ich weiß.«

»Und Sie sorgen dafür, daß sie 'n wirklich schönes Begräbnis kriegt, ja?«

»Mach' ich.«

Gold hatte sich nicht Rechenschaft darüber abgelegt, weshalb er die Leiche nicht in den Süden überführen lassen wollte. Erst viel später hatte er sich eingestanden, daß er sie nicht aufgeben konnte – nicht einmal als Tote. Er hatte sie aus dem Leichenschauhaus abholen lassen, indem er behauptet hatte, ihm liege eine mündliche Einverständniserklärung der Angehörigen vor. Danach hatte er Kirchen in ganz L. A. angerufen. Keine war bereit gewesen, die Tote beizusetzen. Schließlich hatte er den Geistlichen dieser armen schwarzen Gemeinde gefunden, der ihn auch empfing. Pater Skelly war ein stämmiger, silberhaariger Ire gewesen, der mit melodischem Dubliner Akzent sprach.

»Sie trinken einen Scotch mit, ja?« hatte er gefragt, als sie sich im Pfarrhaus gegenübergesessen hatten, und zwei anständige Drinks eingeschenkt.

»Wissen Sie«, begann Pater Skelly, »die katholische Kirche verbietet die Beisetzung von Selbstmördern in geweihter Erde. Daran führt kein Weg vorbei.«

»Sie hätte sich eine katholische Bestattung gewünscht. Das weiß ich.«

Skelly schüttelte den Kopf. »Am Grab eines Selbstmörders darf ich nicht mal sprechen. Das ist streng verboten. Manche Erzdiözesen sehen dieses Thema liberaler, aber mein Kardinal ist ein bißchen reaktionär, fürchte ich.«

Sie saßen da und tranken. Gold wartete ab. Diese Auskunft hätte Skelly ihm am Telefon erteilen können. Folglich würde noch etwas kommen.

»Andererseits ist mir von einigen meiner Landsleute im Department zugetragen worden, daß gewisse Zweifel daran bestehen, ob die Ärmste wirklich Selbstmord verübt hat. Gut, das ist natürlich die amtliche Version, das steht auf dem Totenschein, aber Bürokratie und Kirche stimmen in solchen Fragen nicht immer überein. Zumindest hierzulande nicht.« Skelly nahm einen kleinen Schluck Whisky. »Wenn sie mir also versichern könnten, daß das Mädchen auf andere Weise – gewissermaßen durch fremde Hand – zu Tode gekommen ist...«

Gold und er blickten einander in die Seele.

»Ich kann Ihnen versichern, daß eine Mitteilung dieser Art streng vertraulich bliebe. Darauf verstehen wir Priester uns recht gut.«

»Wollen Sie mir die Beichte abnehmen, Pater?«

Skelley lächelte. »Wären wir für einen Übertritt zum Christentum nicht schon ein bißchen alt, Lieutenant? Ich brauche nur einen Hinweis darauf, daß eine arme katholische Seele sozusagen wegen einer Falschmeldung in Gefahr ist, ein christliches Begräbnis verweigert zu bekommen. Ich brauche nur eine Erklärung von jemand, der zuletzt an ihrer Seite gewesen ist, daß ihr Tod ein . . . *Unfall* gewesen ist. So könnte man's ausdrücken.«

Nun wartete Skelly ab.

Als Gold antwortete, benutzte er eine Redewendung, die er einige Jahre später bei den Ermittlungen wegen des Watergate-Skandals noch oft hören sollte.

»Damit habe ich kein Problem.«

Skelly faßte Gold vertraulich am Arm, während er ihn hinausbegleitete.

»Vielleicht ist Ihnen das Basketballfeld aufgefallen, das wir neben der Schule anlegen. Meine Gemeindemitglieder lieben dieses Spiel so sehr! Damit sind sie wenigstens beschäftigt, wenn sie nicht auf Arbeitssuche sind und überall abgelehnt werden. Jammerschade, daß wir den Bau vermutlich werden einstellen müssen. Geldmangel, wissen Sie.«

Gold nickte verständnisvoll.

»Geschäft ist Geschäft, was, Pater?«

»In aller Welt, Lieutenant. Scheußlich, nicht wahr?«

Am nächsten Nachmittag bestatteten sie Angelique bei kaltem Nieselregen hier draußen. Nur Gold, Skelly und zwei Totengräber. Skelly las aus seinem Meßbuch vor; danach ließen die Totengräber Angelique ins feuchte Erdreich hinab. Damals machten sie es mit Seilen und per Hand. Skelly las erneut etwas, klappte sein Buch zu und sprach einige Worte über eine aus der Blüte ihres Lebens Gerissene, ein nicht in Erfüllung gegangenes Versprechen und einen für Menschen vielleicht nur zu ahnenden Plan Gottes. Das Nieseln verwandelte sich in einen Dauerregen. Skelly bekreuzigte sich und klappte den Kragen hoch. Danach gingen Gold und er über die Straße in eine ruhige mexikanische Bar und verbrachten den Rest dieses Regennachmittags damit, Tequilas zu kippen, die sie mit *Cerveza* hinunterspülten.

Am nächsten Tag hinterlegte Gold bei Skellys Haushälterin einen unbeschrifteten weißen Umschlag. Er enthielt dreißig Hundertdollarscheine. Dieses Geld hatte er aus dem roten Koffer genommen.

Dann wurde Gold, der immer noch auf der Bank saß, aus seinen Erinnerungen gerissen. Er blickte in ein junges, bartloses, allamerikanisches Gesicht über einem gestärkten Priesterkragen auf.

»Was?«

»Ich habe gefragt, ob Sie sich aussprechen möchten. Sie wirken so bedrückt.«

Gold starrte ihn an. »Ist dies noch Skellys Gemeinde?«

»Tut mir leid, aber Pater Skelly ist letztes Jahr verschieden. Kann ich Ihnen vielleicht irgendwie helfen?«

Gold schüttelte den Kopf.

Der junge Geistliche ließ nicht locker. »Wissen Sie bestimmt, daß Sie nicht über Ihre Schwierigkeiten reden wollen? Manchmal ist uns schon geholfen, wenn wir ein Problem durchsprechen.«

»Ich bin Jude«, sagte Gold ausdruckslos.

Der junge Mann bedachte ihn mit seinem besten Seminarlächeln. »Wir sind alle Kinder Gottes, mein Sohn.«

Gold stand auf. »Fuck off, Pater.«

Er verließ rasch den Friedhof.

An seinem Schreibtisch suchte Gold die Telefonnummer von Dr. Stanley und Evelyn Markowitz heraus und wählte sie. Evelyn meldete sich. Als sie Golds Stimme erkannte, wirkte sie nervös und verlegen.

»Wie geht's Wendy?«

»Den Umständen entsprechend, Jack. Heute morgen ganz früh hat sie einen Alptraum gehabt und ist hysterisch aufgewacht. Stanley hat ihr ein starkes Beruhigungsmittel gegeben, und sie schläft jetzt noch. Howie ruft immer wieder an, aber ich wecke sie nicht. Ich weiß gar nicht, ob sie überhaupt mit ihm reden will.«

»Heute nacht ist sie ziemlich durcheinander gewesen. Bei Stanley und dir ist sie am besten aufgehoben. Im Augenblick kommt's darauf an, daß sie sich sicher und geborgen fühlen kann. Beschützt. Bei Menschen, die sie lieben.«

»Ich kann noch immer nicht glauben, was passiert ist. Ich kann's mir einfach nicht vorstellen. Wie scheußlich! Ich habe Stanley noch nie so wütend erlebt. Er betrachtet Wendy als sein eigenes Kind, weißt du. Genau wie Pe...« Sie brachte den Satz nicht zu Ende, sondern fuhr rasch fort: »Du kannst dir nicht vorstellen, wie sehr mich das alles schockiert hat! Wo wir immer die beste Meinung von Howie gehabt haben. Wie hat er das zulassen können? *Kokain*! Viele unserer Bekannten nehmen Kokain. Trotzdem, so was ist noch nie passiert.«

»Öffnet man der Katze die Tür, kommt manchmal ein Tiger herein. Howie ist die Sache über den Kopf gewachsen. Er hat versucht, seine Aufstiegschancen durch Kokain zu verbessern. Diese Stadt ist voller Leute, die das gleiche tun. Und viele von ihnen verbrennen sich dabei die Finger – genau wie Howie.«

»Aber unsere arme Wendy hat darunter zu leiden. Und wenn man sich vorstellt, daß wir diese Subjekte nicht mal belangen können! Die kommen ungestraft davon.«

»Nicht, wenn ich dabei mitzureden habe.«

Evelyn machte eine kurze Pause. »Ich hab' dich heute morgen in den Nachrichten gesehen«, sagte sie dann. »Letzte Nacht ist wieder einer ermordet worden. Dieser einsame alte Mann mit dem kleinen Hund. Mein Gott, in welchen Zeiten leben wir bloß?«

Gold wartete auf die unvermeidliche Frage.

»Wann faßt du diesen Kerl, diesen Crosskiller?«

»Bald. Sehr bald.«

»Stanley und ich haben uns heute morgen beim Frühstück unterhalten. Wir überlegen, ob wir nach Palm Springs ziehen sollen. Mit Stanleys Praxis und allem. Diese Stadt wird New York von Tag zu Tag ähnlicher. Hier kann man sich nicht mehr sicher fühlen.«

Gold suchte nach einer passenden Antwort. »Klingt wie 'ne gute Idee.«

Evelyn holte hörbar tief Luft. »Jack... Jack, ich möchte mich für die Szene bei Peters Bar Mizwa entschuldigen. Ich weiß nicht, was am Samstag in mich gefahren ist.«

»Hey, mach dir deswegen keine Sorgen.«

»Nein! Nein, mir ist klar, daß ich mich völlig danebenbenommen habe. In letzter Zeit bin ich ein bißchen abgespannt gewesen. Aber das ist keine Entschuldigung für mein abscheuliches Benehmen. Ich habe kein Recht gehabt, mich so aufzuführen.«

»Ev, dafür hab' ich Verständnis.«

»Trotzdem tut's mir sehr leid. Und ich bin froh, daß du gekommen bist. Peter hast du übrigens sehr beeindruckt. Er ist von dir fasziniert, könnte man sagen. Ist das nicht interessant? Stanley hat Filmstars, Rockidole und einmal sogar den Gouverneur mit nach Hause gebracht – und Peter hat sich nie beeindruckt gezeigt. Aber dann lernt er einen legendären LAPD-Lieutenant kennen, der noch dazu der Vater seiner Schwester ist, und ist völlig weg. Kinder sind eben doch unberechenbar, nicht wahr?«

Was zum Teufel meint sie damit? fragte Gold sich.

»Ich will auf folgendes hinaus, Jack: Stanley und ich haben lange darüber gesprochen, und wir möchten, daß du einen festen Platz in Peters Leben einnimmst. Wir möchten, daß du mit uns an dem Erlebnis teilhast, Peter aufwachsen zu sehen. Was hältst du davon?«

Gold wußte nicht, was er sagen sollte.

»Ich weiß nicht, was ich sagen soll.«

»Möchtest du etwas Zeit mit Peter verbringen – vielleicht beim Baseballspiel oder im Kino oder dergleichen –, brauchst du uns nur etwa eine Woche vorher anzurufen, und wir freuen uns, wenn du vorbeikommst, um ihn abzuholen.«

Ein Sohnverleih, dachte Gold.

»Wir würden natürlich erwarten, daß du nicht versuchst, den Status quo zu ändern. Du bist und bleibst mein geschiedener Mann, Wendys Vater und sonst nichts. Wir wollen den Jungen nicht verwirren. Er soll nicht glauben, wir hätten ihn belogen.«

Ganz entschieden ein Sohnverleih.

»Und Stanley besteht darauf, daß wir die Kosten für solche gemeinsamen Ausflüge übernehmen.«

Nein, der Vater-und-Sohn-Begleitservice. Der unbekannte Dad. Vielleicht solltest du 'ne Tüte mit Augenschlitzen tragen, überlegte Gold sich.

»Um dir unseren guten Willen zu beweisen. Damit du merkst, wieviel uns daran liegt, daß du in Peters Leben eingebunden bist.«

Gold war in Gedanken woanders. Er starrte das oberste Foto an, das den toten Irving Rosewall und seinen tapferen kleinen Hund zeigte. Er dachte an einen kleinen Hund, den er mit sieben oder acht Jahren gehabt hatte. In Boyle Heights. Ein nicht ganz reinrassiger Manchesterterrier. Sein Name fiel ihm nicht mehr ein.

»Jack, Jack... bist du noch da?«

Gold kam sich plötzlich ausgelaugt vor. Alt und müde.

»Jack?«

»Warum lassen wir die Dinge nicht, wie sie sind, Ev? Wozu sollen wir sie nach so langer Zeit noch ändern?«

»Nun...«

»Was sollte das jetzt noch verändern können?« Gold spürte, daß er zornig wurde – ohne zu wissen, weshalb und worauf –, und rang um Selbstbeherrschung. »Am besten lassen wir alles beim alten. Das ist bestimmt die beste Lösung für alle Beteiligten. Okay?«

»Na ja, natürlich, Jack, wenn du's so...«

»Sag Wendy, daß ich sie später anrufe. Oder sie soll mich anrufen.«

»Ich sag's ihr, Jack, sobald sie ...«

»Leb wohl, Ev.«

Gold legte auf. Er blieb mehrere Minuten lang am Schreibtisch sitzen und starrte die Wand an. Er wünschte sich nichts sehnlicher als einen Drink. Sein Telefon klingelte. Anstatt den Hörer abzunehmen, stand er auf, verließ das Büro und ging den Flur entlang, um bei einer Vernehmung zuzuhören.

11.22 Uhr

Esther drehte die Gasflamme unter dem Wasserkessel höher und steckte eine Filtertüte in den Plastikbehälter. Dann kippte sie sechs Eßlöffel Kaffee hinein.

»Na, lieber jetzt als später«, sagte Mama Phibbs, die am Küchentisch saß. Sie trug ein weißgetupftes schwarzes Kleid mit langem Rock. Ihr Haar war sorgfältig frisiert.

Esther nahm zwei Tassen aus dem Geschirrschrank und stellte sie auf den Tisch. Dann setzte sie sich Mama Phibbs gegenüber. Sie schnüffelte und putzte sich mit einem zusammengeknüllten Kleenex die Nase. Sie hatte wieder geweint.

»Lieber jetzt als später«, wiederholte Mama Phibbs resolut.

»Oh, Mama! Wie kannst du so eiskalt darüber reden?« stieß Esther hervor.

Die alte Frau blieb sehr ernst und gelassen. »Wie ich das kann? Ganz einfach. Soll ich's dir sagen? Weil dieser Junge sich nie ändern wird. Weil er sein Leben lang ein Süchtiger, ein Dieb und Verbrecher bleiben wird. Der bessert sich nie mehr! Er hat sich für 'nen schlimmen Weg entschieden, sich von Gott abgewandt. Es schmerzt mich und bricht mir das Herz, das sagen zu müssen, aber es ist wahr. Und damit hat sich die Sache. Ich muß mich jetzt um die Lebenden kümmern – um meine Tochter und meinen Enkel. Dafür leb' ich jetzt.«

Esther streckte die Rechte aus, und Mama Phibbs griff danach. Die alte Frau hielt ihre Hand fest und streichelte sie.

»Dürfen wir ihn so einfach abschreiben, Mama?«

»Einfach?« Mama Phibbs schnaubte. »Was ist daran einfach gewesen? Er hat meinen Charles mit Kummer und Sorgen vorzeitig ins Grab gebracht, und ich bin als einsame alte Witwe zurückgeblieben, die jede Nacht in 'nem leeren Bett schlafen muß. Glaubst du, daß das einfach ist? Und du – du hast dich abgehärmt, wenn er wieder eingelocht worden ist! Du hast auf ihn gewartet, bist ihm treu gewesen. Du hast dir die Finger wundgearbeitet, um Anwälte und Gerichtskosten bezahlen zu können. Das nennst du einfach? Nein, ich sag' dir, Mädchen, der Junge ist tot. Und so mußt du die Sache auch sehen. Er ist tot, und du mußt dich um die Lebenden kümmern. Um dich und Little Bobby. Mehr gibt's dazu nicht zu sagen.«

»Glaubst du, daß wir ihn nie wiedersehen?« Esther rollte eine Träne über die Wange.

»Oh, klar, der kommt wieder. Wenn er 'nen Fix braucht und abgebrannt ist. Dann klopft er an die Tür und bettelt wie 'n Hund. Und wenn keiner daheim ist, bricht er ein und klaut den Fernseher. *So* ist er nämlich, Esther.«

Esther ließ den Kopf hängen und tupfte sich mit dem zusammengeknüllten Papiertaschentuch die Augen ab.

»Du hast 'ne Verantwortung für den Kleinen. Und für dich, Esther. Du bist noch jung. Du läufst hier rum wie 'ne achtzigjährige Hexe. Das ist Bobbys Schuld gewesen. Aber das muß jetzt aufhören! Du darfst schlechten Jahren nicht noch gute nachschmeißen.«

Die Türklingel summte. Esther stand auf.

»Wer zum Teufel kann das sein?« Sie ging durchs Apartment zur Haustür. Vor der äußeren Gittertür stand Clarke Johnson.

»Mrs. Phibbs? Ich möchte zu Bobby.«

»Der ist nicht da.«

»Mrs. Phibbs, ich möchte reinkommen.«

»Ich hab' Ihnen doch gesagt, daß er nicht da ist.«

»Ich bin im Dienst, Mrs. Phibbs. Ich muß reinkommen.«

Esther starrte ihn durchs Fliegengitter an.

»Mrs. Phibbs, Sie müssen mich reinlassen. Sie machen sich sonst strafbar.«

Esther zog den Riegel zurück und stieß die Gittertür auf. »Meinetwegen, aber Bobby ist nicht da. Er ist fort.«

Johnson trat über die Schwelle. »Bobby ist heute morgen nicht zum Test gekommen. Wissen Sie, wo er ist?«

»Ich hab' Ihnen doch gesagt, daß er fort ist.«

»Endgültig, meinen Sie?«

»Für immer, Mr. Johnson. Für immer.«

»Und Sie wissen nicht, wohin er gegangen ist, wo er sich aufhält?«

»Keine Ahnung.«

»Seit wann ist er fort?«

»Letzte Nacht.«

Johnson studierte sie durch seine zierliche, goldgeränderte Brille. »Was ist passiert?«

Esther zuckte mit den Schultern. »Er ist fort. Er ist abgehauen. Das ist passiert.«

»Hat's Streit gegeben?«

»So könnte man's nennen.«

»Worüber?«

»Das ist Privatsache, Mr. Johnson.«

»Wegen Drogen?«

»Nein.«

»Hat er wieder welche genommen?«

»Da bin ich echt überfragt.«

Johnson seufzte. Er betrachtete Esthers rot verweinte Augen. »Bei Ihnen alles in Ordnung?«

»Mir geht's gut.«

»Befürchten Sie, daß von Ihrem Mann eine unmittelbare Gefahr für Sie oder ...« Er warf einen Blick auf sein Schreibbrett. »... oder Ihren Sohn ausgeht?«

»Nein.«

»Mrs. Phibbs, Ihr Mann hat offensichtlich gegen seine Bewährungsauflagen verstoßen. Er befindet sich auf der Flucht, fürchte ich. Ich muß Ihnen jetzt einige Fragen stellen und einen Vordruck ausfüllen. Darf ich mich einen Augenblick setzen?«

»Natürlich, Mr. Johnson. Ich hab' nicht so unhöflich sein wollen. Ich bin nur noch ein bißchen durcheinander. Möchten Sie eine Tasse Kaffee?«

»Danke, sehr gern.« Clarke Johnson lächelte nach Esthers Erinnerung zum erstenmal. Er nahm in einem der Sessel Platz und sah sich im Wohnzimmer um.

»Ein sehr hübscher Raum. Sie und Ihr Sohn leben hier allein? Nachdem Bobby jetzt fort ist?«

»Mhhh-hmmm.«

Er lächelte erneut. »Wirklich ein sehr hübscher Raum.«

»Äh, ich hole jetzt den Kaffee.«

»Danke, Mrs. Phibbs.«

In der Küche stand Mama Phibbs hinter der Tür, um zu horchen und durch einen Spalt hinauszusehen.

»Wer ist das, Es?« flüsterte sie.

»Das ist Mr. Clarke Johnson, Bobbys Bewährungshelfer. Er sucht Bobby.«

Esther holte eine weitere Tasse aus dem Geschirrschrank. Sie drehte sich nach dem Kessel um. »Hey, das Gas ist abgedreht!«

»Ich hab's abgedreht«, sagte Mama Phibbs geistesabwesend und noch immer mit einem Auge am Türspalt. »Hab' nicht gewußt, wie lange du bleiben würdest.«

Esther drehte die Flamme wieder höher und lehnte sich an die Arbeitsplatte. Mama Phibbs sah sich nach ihr um und runzelte die Stirn.

»Was machst du da, Es?«

»Mama, ich wart' darauf, daß das Wasser kocht, damit ich dem Mann 'ne Tasse Kaffee machen kann.«

»Aber er ist dort draußen ganz allein.« Mama Phibbs' Gesicht trug einen merkwürdigen Ausdruck.

»Er wird's schon aushalten.«

Die alte Lady kam auf sie zu. »Es, ich find's nicht richtig, daß du Besuch allein läßt.«

»Mama ...«

»Ich hol' dich, wenn das Wasser kocht. Das dauert ein bißchen.«

»Mama ...«

»Oder noch besser: Laß mich ihn aufgießen. Du gehst raus und redest mit Mr. Johnson.« Mama Phibbs schob Esther förmlich ins Wohnzimmer zurück. Esther stand verwirrt und leicht verlegen an der Tür.

»Der Kaffee dauert ein paar Minuten.«

»Ich hab's nicht eilig, Esther. Darf ich Esther zu Ihnen sagen?«

Esther betrachtete ihn zum erstenmal so, wie eine Frau einen Mann betrachtet. Er war mittelgroß und muskulös, gut gebaut, aber bestimmt nicht schön. Kein Vergleich zu Bobby.

»Darf ich Esther zu Ihnen sagen?« wiederholte er.

»Wie man mich ruft, ist mir gleich – wenn's nur nicht zu spät zum Abendessen ist«, antwortete Esther lässig, um ihre plötzliche Nervosität zu überspielen.

Johnson warf den Kopf zurück und lachte schallend. Ein Piratenlachen, das bei einem so eulenhaften Mann völlig überraschend war.

»Sehr witzig! Wo haben Sie die her?«

»Woher soll ich was haben?«

»Was Sie eben gesagt haben. Diese Redewendung.«

»Oh, das hat meine Tante Rosalie immer gesagt. Bei uns daheim im Süden.«

»Stammt Ihre Familie von dort? Aus dem Süden?«

»Na ja, wie alle anderen auch.«

»Nicht alle. Meine Familie lebt seit fast hundertfünfzig Jahren im Raum Seattle. So lange wir zurückdenken können.«

Klasse für dich! dachte Esther.

Sie setzte sich in den anderen Sessel.

»Was passiert jetzt mit Bobby? Ich meine, wenn Sie ihn erwischen?«

Er klickte mit seinem Kugelschreiber und legte ihn auf das Schreibbrett.

»Nun, ich fürchte, daß er den Rest der Strafe absitzen muß, sobald er gefaßt wird.« Er betrachtete Esther prüfend. »Beunruhigt Sie das?«

»Na ja ...« Esther griff nach ihren Zigaretten und steckte sich eine zwischen die Lippen. Aber bevor sie sie anzünden konnte, beugte Johnson sich nach vorn, nahm ihr das Streichholzbriefchen aus der Hand und gab ihr Feuer. Esther spürte, daß sie errötete, während sie ihre Zigarette der Flamme näherte. »Nun, er bleibt der Vater meines Sohnes. Wir sind über zehn Jahre lang verheiratet gewesen. Was aus ihm wird, kann mir nie ganz gleichgültig sein, Mr. Johnson. Und ich fänd's scheußlich, wenn er wieder hinter Gitter müßte.«

»Äh, wie sehr interessieren Sie sich noch für ihn, Mrs. Ph... Esther? Haben Sie vor, sich in Zukunft gelegentlich mit Bobby zu treffen?«

Esthers Augen blitzten zornig. »Falls Sie damit meinen, ob Bobby gelegentlich über Nacht auf Besuch kommen wird, können Sie beruhigt sein. Das ist nicht vorgesehen.«

»Esther ...«

»Aber wenn Sie glauben, daß ich 'ne Art Spitzel bin, der Sie anruft, falls Bobby jemals zurückzukommen versucht, täuschen Sie sich gewaltig! Bobby spielt in meinem Leben jetzt keine Rolle mehr, aber ich denk' nicht daran, Ihnen zu helfen, ihn wieder einzusperren!«

»Nein, ich ...«

»Verlangen Sie also keine Auskünfte von mir, weil ich keine geben kann.«

»Esther, bitte. Sie verstehen mich völlig falsch.«

Mama Phibbs kam rasch aus der Küche. »Esther, das Wasser kocht«, sagte sie. Dann lächelte sie Johnson zu. »Hallo.«

Er stand auf.

»Mr. Johnson, das ist Mrs. Wanda Phibbs, meine Schwiegermutter. Mama, das ist Mr. Clarke Johnson.«

»Bitte, sagen Sie Clarke zu mir«, forderte er Esther auf. »Mrs. Phibbs, ich freue mich sehr, Ihre Bekanntschaft zu machen. Tut mir leid, daß wir uns unter diesen Umständen kennenlernen.«

»Gleichfalls, Mr. Johnson. Es, das Wasser verkocht, wenn du nicht bald den Kaffee machst.«

»Entschuldigung.« Esther folgte ihrer Schwiegermutter in die Küche hinaus. Sobald die Tür sich hinter ihnen geschlossen hatte, drehte Mama Phibbs sich nach ihr um.

»Was zum Teufel ist mit dir los, Girl?« zischte sie.

»Wie meinst du das?«

»Dieser Mann *interessiert* sich für dich. Merkst du das denn nicht?«

»Oh, Mama!« sagte Esther vorwurfsvoll, während sie den Filterkaffee mit sprudelndem Wasser aufbrühte.

»Komm mir nicht mit ›Oh, Mama‹! Ich bin noch Frau genug, um diesen Blick im Auge eines Mannes zu erkennen, auch wenn du's nicht bist.«

»Mama, du bist verrückt!«

»Nicht verrückter als du. Geh jetzt raus und sei wenigstens höflich zu dem armen Mann. Dir würd's auch nicht schaden, zwischendurch mal zu lächeln. Vielleicht bleibt's dann wenigstens einer von uns erspart, den Empty Bed Blues zu singen.«

»Mama! So darfst du nicht reden! Ich bin nach wie vor mit Bobby verheiratet.«

Der Gesichtsausdruck der alten Frau wurde kalt und streng. »Bobby ist mit diesem verdammten Heroin verheiratet. Daran stirbt er eines Tages so sicher, wie wenn ihn 'ne Schwarze Witwe beißen würde. Du mußt für dich selbst sorgen, Mädchen. Damit kannst du gleich hier und jetzt anfangen.«

Die beiden Frauen starrten sich sekundenlang an.

Dann kicherte Esther plötzlich mädchenhaft. »Findest du wirklich, Mama? Glaubst du, daß er sich wirklich für mich interessiert?«

Mama Phibbs erwiderte ihr Lächeln. »Das glaub' ich allerdings!«

»Aber, Mama, er ist so . . . so verdammt *bieder*«, jammerte Esther.

»Ein bißchen mehr Biederkeit kann diesem Haus nicht schaden.«

Esther merkte erst jetzt, daß sie noch das Footballtrikot der Raiders, in dem sie geschlafen hatte, und ihre geflickten Jeans trug. Sie hatte sich nicht einmal die Haare gebürstet.

»Mein Gott, ich seh' bestimmt aus wie 'ne Hexe!« Sie fuhr sich mit allen zehn Fingern durchs Haar.

»Nun, Mr. Clarke Johnson ist da anderer Meinung, das merkt man deutlich. Geh jetzt raus und behandle den Mann wie ein menschliches Wesen, Es.«

Esther blieb mit den beiden Tassen vor der Küchentür stehen, atmete tief durch und bemühte sich um eine ausdruckslose Miene. Mama Phibbs blinzelte ihr zu. Esther stieß die Tür mit einem Fuß auf.

Johnson sprang aus seinem Sessel auf. Esther stellte eine der Tassen vor ihm auf den Couchtisch. Sie setzte sich aufs Sofa, zog die Beine hoch und trank ihren Kaffee mit kleinen Schlucken.

»Mrs. Phibbs... Esther«, begann er, während er sich wieder setzte. »Ich fürchte, daß Sie meine Absichten völlig mißverstanden haben. Ich fürchte, daß dadurch zwischen uns eine Verstimmung entstanden ist.«

»Oh?« fragte Esther über den Rand ihrer Tasse hinweg.

»Ja, sehen Sie«, fuhr er zögernd fort, »wissen Sie, ich habe diese Fragen eigentlich mehr aus persönlichem Interesse gestellt.«

Esther sagte nichts. Sie beobachtete ihn und wartete.

»Äh, wissen Sie, äh, ich habe oft an Sie gedacht. Seitdem Sie mit Ihrem Mann in meinem Büro gewesen sind.«

»Wirklich? Sie denken wohl oft an verheiratete Frauen?«

»Nein, nein, natürlich nicht!« versicherte er ihr hastig. »Niemals. Sie haben mich nur sehr beeindruckt. Ich hab' mir gesagt: Da sitzt eine starke Frau, eine selbständige Frau, clever und ehrgeizig. Und sehr attraktiv dazu. Eine wundervolle Frau für jeden Mann. Ich habe Ihren Mann trotz seiner Schwierigkeiten für einen wahren Glückspilz gehalten.«

»Nun, er ist wohl anderer Meinung gewesen.«

Johnson lächelte. »Ich wollte, ich könnte sagen, daß mir das leid tut.«

Esther hätte sein Lächeln beinahe erwidert, aber sie riß sich zusammen und blieb nüchtern, ausdruckslos.

»Worauf ich, äh, hinauswill, Esther, ist folgendes: Ich habe, äh,

Karten für morgen abend. Fürs Pasadena City College. Ich wollte fragen, ob Sie vielleicht...«

»Mr. Johnson, was für 'n Spiel treiben Sie, verdammt noch mal?«

Er blinzelte hastig. »Tut mir leid, das...«

»Kommen Sie allen Frauen, für deren Männer Sie als Bewährungshelfer zuständig sind, mit diesem Scheiß?«

»Bitte, ich...«

»Soll ich mit sexuellen Gefälligkeiten rüberkommen, damit mein Mann 'ne Vorzugsbehandlung kriegt? Ist das der Sinn der ganzen Sache?«

Aus der Küche war zu hören, wie eine zu Boden gefallene Tasse zersplitterte.

»Nein, nein, nein, Mrs. Ph... Esther. So ist's überhaupt nicht!«

»Mir ist scheißegal, wie viele andere Frauen Sie mit dieser Masche schon rumgekriegt haben – mich jedenfalls nicht! Seit Bobby fort ist, können Sie mir mit gar nichts mehr drohen. Und ich möchte wetten, daß Sie Ihren Job verlieren könnten, wenn Sie versuchen, Frauen auf diese Weise unter Druck zu setzen.«

»Esther! Bitte hören Sie auf!« Johnson war entsetzt. »Sie verstehen mich völlig falsch. Ich versuche überhaupt nicht, Sie unter Druck zu setzen. Das wäre nicht meine Art. Ich habe Sie erst gebeten, mit mir auszugehen, nachdem ich mich davon überzeugt hatte, daß Ihr Mann Sie verlassen hat. Daß Ihre Ehe völlig zerrüttet ist. Und ich habe noch nie versucht, mich mit der Frau eines von mir Betreuten zu verabreden. *Niemals*!«

Warum ich? dachte Esther.

»Warum ich?« fragte sie.

»Was?«

»Warum ich?« wiederholte sie. »Warum bin *ich* die Glückliche?«

Er wählte seine Worte sorgfältig. »Ich bin kein unsteter Typ, sondern ziemlich ernsthaft. Für mich selbst wär's vielleicht besser, wenn ich nicht so verdammt ernsthaft wäre. Altmodisch, nehme ich an, aber dagegen kann ich nichts machen. Ich bin eben so. Die meisten Frauen, die ich kennenlerne, wollen nichts mit 'nem ernsthaften Mann zu tun haben. Bei allen soll's nur noch fetzen und so. Dafür bin ich nicht der richtige Typ.«

Das kannst du laut sagen! dachte Esther und kicherte dann – ein spontanes, schulmädchenhaftes Kichern. Johnson, dem das Mut machte, sprach weiter.

»Als wir uns neulich im Büro kennengelernt haben, habe ich in Ihnen sofort eine verwandte Seele erkannt. Fast als seien wir alte Freunde. Kennen Sie dieses Gefühl, Esther? Mir ist's vorgekommen, als hätte ich Sie mein Leben lang gekannt. Und ich habe gemerkt, daß Sie wie ich ein ernsthafter Mensch sind. Ich habe mich sofort zu Ihnen hingezogen gefühlt. Und nachdem ich jetzt erfahren habe, daß Ihre Beziehung zu Ihrem Mann zerbrochen ist, wäre ich ein Idiot, wenn ich nicht versuchen würde, Sie besser kennenzulernen. Ich möchte mit Ihnen zusammensein. Ich möchte alles über Sie erfahren. Ich möchte, daß Sie mich kennenlernen.«

Esther fuhr sich langsam mit den Fingern einer Hand durch ihr Nackenhaar und betrachtete ihn mißtrauisch.

»Wann und wofür haben Sie Karten, haben Sie gesagt?«

»Morgen abend«, antwortete er eifrig. »Pasadena City College. Ein modernes Tanzprogramm.«

Jesus! dachte Esther. Der Kerl ist wirklich unglaublich.

»Das Alvin Ailey Dance Theater. Um zwanzig Uhr. Und danach könnten wir zum Essen ausgehen und vielleicht ein bißchen tanzen.«

Esther lächelte ihn an.

»Daß es fetzt?«

Johnson lachte erneut – dieses überraschend herzhafte Lachen, das Esthers Rückgrat liebkoste.

»Richtig, daß es fetzt!«

Esther überlegte kurz. »Morgen abend? Was ist das für 'n Tag – Freitag?«

Johnson nickte.

»Am Samstag geht's nicht?« fragte sie.

»Sie treten bloß einmal auf«, sagte er bedauernd.

»Tut mir leid, Mr. Johnson, aber ...«

»Clarke, bitte.«

»Tut mir leid, aber ich muß jeden Freitagabend arbeiten.«

Die Küchentür wurde aufgestoßen, und Mama Phibbs erschien auf der Schwelle.

»Entschuldigt, daß ich so reinplatze, aber ich hab' zufällig mitgekriegt, um was es geht. Es, warum arbeitest du nicht schon heute nacht vor und erledigst den Rest am Samstag? Deinen Auftraggebern ist das bestimmt egal. Wir haben Sommer, und du hast mir neulich selbst erzählt, daß kein Mensch mehr samstags arbeitet. Nimm dir den Abend frei. Lupe und das andere Mädchen sind bestimmt auch froh, wenn sie mal 'nen Freitagabend freihaben. Außerdem übernimmst du ab Sonntag den großen neuen Auftrag. So hättest du diese Woche wenigstens einen freien Abend.«

Johnson lächelte Mama Phibbs zu und wandte sich dann wieder an Esther.

»Sie sind überstimmt, fürchte ich.«

Esther lachte. »Sieht so aus, was?«

»Gut, dann hole ich Sie also um neunzehn Uhr ab?«

Esther zögerte. Sie sah zu ihrer Schwiegermutter hinüber. Mama Phibbs starrte sie durchbohrend an und nickte.

»Okay, Mr. John...«

»Clarke.«

»Okay, Clarke, Sie können mich um neunzehn Uhr abholen. Gegen neunzehn Uhr.« Sie lachte wieder.

»Wunderbar!« Er strahlte. »Ganz großartig!«

In diesem Augenblick meldete sich der Piepser an seinem Gürtel. Er klickte das Gerät aus.

»Ich muß ins Büro zurück.« Seine Miene wurde streng. »Esther, noch etwas Dienstliches. Sollte Bobby anrufen oder vorbeikommen, erwarte ich nicht, daß Sie mich anrufen, aber bitte drängen Sie ihn, selbst zu mir zu kommen. Vielleicht können wir noch verhindern, daß er wieder hinter Gitter muß – aber nur, wenn er sich rechtzeitig stellt.«

Esther nickte. »Falls er von sich hören läßt, sag' ich's ihm. Aber ich glaub' nicht, daß er sich melden wird.«

Johnson stand auf. Er gab Mama Phibbs die Hand. »Hat mich gefreut, Sie kennenzulernen, Mrs. Phibbs.«

Mama Phibbs lächelte ihn an. »Gleichfalls, Mr. Johnson.«

Esther begleitete ihn zur Tür.

»Also dann bis morgen?« fragte er lächelnd. »Gegen neunzehn Uhr?«

Esther nickte. »Abgemacht.«

»Auf Wiedersehen.« Er öffnete die Gittertür selbst. Esther ließ die Haustür hinter ihm zufallen. Sie drehte sich nach Mama Phibbs um, und als ihre Blicke sich trafen, brachen beide Frauen in Gelächter aus.

14.03 Uhr Der Assistent des Coroners zog eines der schweren, auf Rollen laufenden Leichenkühlfächer heraus.

»Da hast du deinen Mann«, sagte Honeywell. »Das ist Alonzo Firp.«

»Das ist Alonzo Firp *gewesen*«, stellte der Assistent nervös kichernd fest. Er war ein überschlanker, unmännlich wirkender Schwarzer mit einer großen rosa verfärbten Stelle an der linken Halsseite.

»Ist das der Typ, den du gesucht hast?« fragte Honeywell Gold.

»Ich nehm's an. Hat er blaue Augen?«

Der Assistent streckte die Hand aus, zog eines der Lider des Toten hoch und lächelte.

»Blau wie der Pazifik«, lispelte er mit Bedauern in der Stimme. »Zu schade! Er muß ein schöner Mann gewesen sein.«

»Wie ist er krepiert?« fragte Gold Honeywell über die Leiche hinweg.

»Freundin. Unser Alonzo hier scheint in verdammt mieser Laune aufgewacht zu sein. Er hat seine Alte dabei ertappt, daß sie sich im Bad seinen Muntermacher gespritzt hat, und ihr dafür 'ne kräftige Abreibung verpaßt. Hat sie grün und blau geschlagen. Ich hab' vor ungefähr 'ner Stunde mit ihr geredet. Ihr Gesicht sieht schlimm aus. Nachdem Alonzo sie vermöbelt hatte, ist er wieder ins Bett gegangen. Wahrscheinlich hat er nach seinem Morgentraining ein Nickerchen gebraucht. Na ja, damit ist's jetzt vorbei. Sobald er eingeschlafen war, hat die Kleine sich über ihn gestellt und seine eigene Kanone auf ihn leergeschossen.«

»Starke Frau.«

»Übrigens 'ne Weiße. Mageres kleines Ding. Würd' man ihr gar nicht zutrauen.«

»Ich bin zu alt, um noch überrascht zu sein, Honey.«

Der Assistent hüstelte. »Sind Sie mit Mr. Cadaver fertig, Gentlemen? Ich hab' noch nicht zu Mittag gegessen.«

Draußen im Korridor zündete Gold sich eine Zigarre an, um den Chemikalien- und Leichengestank in seiner Nase auszuräuchern.

»Was ist mit dem anderen?«

Honeywell blätterte in seinem Notizbuch. »Die Freundin hat mir seinen vollen Namen gesagt. Robert Rupert Phibbs. Am späten

Nachmittag krieg' ich ein Foto von ihm. Als der Scheiß passiert ist, hat er im Zimmer nebenan gepennt. Und als er gesehen hat, was sie angestellt hatte, ist er blitzartig abgehauen. Das hat die kleine Miss stinksauer gemacht. Sie hat mir was von 'nem Dreier erzählt – und daß sie dabei gewesen ist, sich in Phibbs zu verlieben. Darum hat sie den ollen Alonzo so schnell abserviert. Hat ihrs Herz gebrochen, als Phibbs die Mücke gemacht hat.«

Zwei Weißkittel schoben einen Wagen mit einer Leiche an ihnen vorbei in den Obduktionsraum. Gold setzte sich auf eine harte Holzbank. Honeywell berichtete weiter.

»Phibbs ist erst am Dienstag aus 'm County entlassen worden. Er hätte heute morgen zum Drogentest kommen sollen, ist aber weggeblieben. Sein Bewährungshelfer hat 'ne Anzeige gegen ihn geschrieben. Hier ist seine letzte Adresse.« Er gab Gold einen Zettel. »Dort wohnt seine Frau, aber mein Kontaktmann bei der Bewährung sagt, daß er daheim nicht mehr willkommen ist.«

Gold studierte die Adresse. »Das heißt nicht, daß er nicht gelegentlich wieder aufkreuzt.«

»Das stimmt. Und deine Personenbeschreibung paßt auf ihn. Muskulös, gutaussehend, Schnauzbart. Er ist dein Mann, glaub' ich. Die Freundin sagt, daß Firp und Phibbs sich letzte Nacht riesig viel Dope beschafft haben. Sind kurz vor einundzwanzig Uhr weggefahren und 'ne halbe Stunde vor Mitternacht mit Geld und Dope zurückgekommen – Heroin *und* Kokain. Danach sind sie zu Phibbs gefahren, weil er sich umziehen wollte, und haben sich 'n paar Speedballs gespritzt. Phibbs' Frau ist unerwartet heimgekommen und hat sie rausgeschmissen. Und als Phibbs heute morgen die Fliege gemacht hat, hat er sich alles Geld gegrapscht und ist damit abgehauen. Die Kleine sagt, sie hätte Phibbs auch erschossen, wenn die Waffe nicht schon leer gewesen wäre.«

Gold stieß einen leisen Pfiff aus. »Heißes Mädchen!«

»Mann, das kannst du glauben.«

Gold sah zu Honeywell auf. »Was noch?«

»Das war's Jack.«

Gold stand auf. »Vielen Dank, Honey. Du hast 'nen großen Gefallen bei mir gut.«

»Nö. Ist ganz einfach gewesen. Nachdem Firp sich freundlicherweise hat abknallen lassen, hat der Rest sich von selbst ergeben. Ich hab' keine fünfmal telefoniert, glaub' ich.«

»Ich bin dir trotzdem was schuldig. Ruf mich an, wenn du mal was brauchst.«

Honeywell grinste. »Warum kommst du nicht zurück und arbeitest wieder mit mir in Hollywood? Dein Judenarsch geht mir verdammt ab.«

»Nichts lieber als das! Die Scheiße, an der ich arbeite, bringt mich noch um.«

»Wann schnappst du diesen...«

»Gib mir 'ne Chance, Honey, ja? So bald ich kann.«

»Mhhh-hmmm.« Honeywell nickte. »Okay, wenn du den Scheißkerl schnappst, kannst du ihm auch eine von mir draufbrennen.«

Diesmal grinste Gold. »Du kennst mich zu gut, Honey.«

»Mhhh-hmmm.«

14.57 Uhr Desert Vista war ein sonnendurchflutetes verschlafenes Nest inmitten des südkalifornischen Buschlands: Seine Häuser waren auf beiden Seiten des Pearblossom Highways verstreut wie aus vorbeifahrenden Autos geworfene Abfälle. Einst war die hiesige Main Street für die Angelenos die Hauptdurchgangsstraße zu den sündigen Vergnügungen von Las Vegas gewesen, aber dann war die Autobahn gebaut worden, und nun waren die meisten Andenkenläden, Tankstellen und »Home-style«-Schnellrestaurants geschlossen und mit Brettern zugenagelt. Die Arbeiter und Ruheständler, die auf der Flucht vor dem urbanen Alptraum hergezogen waren und die Mehrheit der Einwohner stellten, fuhren zum Einkaufen in die großen Einkaufszentren in Victorville und oben in Barstow.

Die einzige wirkliche Sehenswürdigkeit der Stadt war ein Museum zu Ehren eines alternden Westernfilmstars, das jedoch am Rande des Bankrotts stand. Im Sommer fielen die Tagestemperaturen nur selten unter fünfunddreißig Grad Celsius und blieben häufig wochenlang bei glühendheißen vierzig bis fünfundvierzig Grad Celsius. Klimatechniker genossen weit höheres Ansehen als irgendwo sonst. Tatsächlich waren die drei letzten Bürgermeister Desert Vistas in ununterbrochener Folge Klimagerätehändler oder -mechaniker gewesen.

Der erste Tankwart, der Walker ansprach, grinste und erklärte ihm den Weg zu den Kalifornia Klan World Headquarters: eine erst vor kurzem aus den sonnendurchglühten Hügeln herausgekerbte steile Straße hinauf, die aus der Stadt führenden Bahngleise entlang und weiter einen mit einzelnen Salbeibüschen bewachsenen Hügel mit Blick über die kahle Wüstenlandschaft hinauf.

Das Hauptquartier war ein weitläufiger, unfertiger Ziegelbau dicht unter dem Grat eines der braunen Hügel. Der rückwärtige Teil des Hauses war in den Fels hineingebaut, und die nackte rote Erde trug noch Schürfspuren der neben dem Gebäude abgestellten Planierraupe. Vor dem Haus erstreckte sich etwa dreißig Meter weit ein kahler, grasloser Geländestreifen bis zu dem wild gezackten Felsgrat. An einem Fahnenmast, dessen Fuß aus einem mit Beton ausgegossenen und halb im Sandboden vergrabenen Traktorenreifen bestand, flatterten zwei Fahnen im Wüstenwind: die Stars and Stripes und die Klanflagge mit dem zweifachen roten K über den gelben Umrissen Kaliforniens auf weißer Seide. Diese Flagge wirkte selbstgenäht.

Walker parkte den Kleinbus neben den anderen Fahrzeugen – drei Harley-Davidsons, einem Pickup und drei Limousinen – an der Stelle, wo die Zufahrt auf einer ebenen Fläche unterhalb des Hauses endete, und stieg aus. Zwei Männer traten aus dem Gebäude und beobachteten ihn von der breiten Veranda aus, als er die letzten Meter heraufkam. Einer von ihnen war blond und schmächtig. Der andere wog über hundertdreißig Kilo und hatte einen feuerroten Bart, der bis zur Hälfte seines T-Shirts herabhing, und einen gewaltigen Wanst, der über seinen Gürtel quoll, der Mühe hatte, seine Jeans zusammenzuhalten. Als Walker näherkam, sah er, daß beide Männer Pistolen am Gürtel trugen.

Der Rothaarige hob eine Hand, um Walker zum Stehenbleiben aufzufordern.

»Was willst du?« rief er mit heiserer Stimme und Südstaatenakzent.

Walker blinzelte gegen die glühendheiße Sonne. »Ich will zu Mr. Jesse Utter«, sagte er. »Ich will mit Jesse Utter reden.«

»Wozu?«

»Ich will eintreten – in den Klan eintreten.«

Die beiden Männer auf der Veranda wechselten einen Blick und grinsten. Der schmächtige Blonde trat ein paar Schritte vor. Er trug eine Lederweste und hatte einen schütteren Kinnbart.

»Wie kommst du darauf, daß der Klan *dich* will?«

Die beiden Klansmänner lachten. Walker stimmte in ihr Lachen ein.

»Woher bist du?« rief der Blonde.

»L. A.«

Der Blonde schüttelte den Kopf. »Das Wunderland der dritten Welt. Mit 'nem Nigger als Oberbürgermeister, Spicks als Einwohnern und den Juden als gottverdammten Drahtziehern. Wie hältst du's dort bloß aus?«

»Darum will ich in den Klan. Darum will ich mit Jesse Utter reden.«

»Wart hier«, sagte der Blonde und ging ins Haus. Rotbart lehnte sich an das Ziegelmauerwerk, beobachtete Walker und ließ dabei die Hand am Griff seiner Pistole.

Walker fuhr sich mit einer Hand durchs Haar und betrachtete dann seine schweißnasse Handfläche. »Scheißhitze, was?« fragte er.

Rotbart gab keine Antwort, sondern starrte den Eindringling nur frech an. Der Blonde kam zurück und machte Walker ein Zeichen, er solle näherkommen. Er stieg die Außentreppe hinauf, aber sobald er die Veranda betrat, hielt Rotbart ihn mit einer gegen die Brust gestemmten Hand grob auf.

»Hast du 'ne Waffe, Kleiner?« fragte er, während er zusah, wie der Blonde Walker abtastete.

»Er ist clean«, stellte der Blonde fest.

Rotbart hielt die Tür auf, und Walker trat ein.

Im Inneren war das Gebäude nur schwach beleuchtet und eisig kalt klimatisiert. Als Walkers Augen sich ans Halbdunkel gewöhnt hatten, erkannte er sechs oder sieben Männer, die in einem großen Raum mit mattschwarz gestrichenen Wänden saßen. Der Bodenbelag war ein billig wirkender goldfarbener Teppichboden, auf dem Sofas und Sessel Sitzgruppen bildeten. Zwei junge Frauen – eine mit rotem Gesicht und Übergewicht, die andere hübsch und mit guter Figur – bemühten sich, drei durch den Raum tobende kleine Kinder im Zaum zu halten. Eines der Kinder heulte. Hoch oben an den Wänden hingen mit Spots angestrahlte Poster und Schwarzweißvergrößerungen.

An der Wand rechts neben Walker zeigte ein Großfoto drei verhungernde äthiopische Kinder mit ausgemergelten, vom Hunger entstellten Leibern, die aus einem dampfenden Kuhfladen unverdaute Körner klaubten und aßen. Auf einem weißen Kartonstreifen unter dem Poster stand in Schönschrift: SOULNAHRUNG. Die nächste Szene zeigte ein befreites deutsches KZ mit grimmig dreinblickenden alliierten Soldaten vor verkohlten Schädeln und Menschenknochen: BERLINER BARBECUE. Daneben hing ein Foto aus den dreißiger Jahren, das Hitler fit und nachdenklich wirkend auf dem Obersalzberg zeigte: DER RICHTIGE MANN FÜR DEN JOB. Auf einer grobkörnigen Vergrößerung aus den zwanziger Jahren umringten Männer in weißen KKK-Roben und -Kapuzen einen gelynchten Neger: EIN GUTER NIGGER. Eine Aufnahme, die Jesse Jackson predigend auf der Kanzel zeigte, war mit einem Zielkreuz überlagert, dessen Mittelpunkt auf Jacksons Stirn lag: EIN ZUKÜNFTIGER PRÄSIDENT.

»Du siehst aus, als wärst du in der Kirche.«

Walker konzentrierte sich ruckartig auf den großen leeren Schreibtisch vor ihm, hinter dem ein hagerer Mann mit weißem Hemd und Krawatte saß. Sein dünnes schwarzes Haar war straff zurückgekämmt; er trug eine dicke schwarze Hornbrille, und sein Teint war ungesund blaß und käsig.

»Du siehst wie einer dieser Papisten aus, der zum erstenmal in den Vatikan kommt. ›O Heiliger Vater‹«, parodierte er mit hoher, gezierter Stimme, »darf ich Ihren Römerarsch lecken? Darf ich Ihren Itakerschwanz küssen?«

Die anwesenden Männer gluckten gutgelaunt. Die beiden jungen Frauen lachten laut. Die Kinder unterbrachen ihr Spiel, sahen auf und tobten dann weiter.

»Oder je nachdem Ihren Polackenschwanz.«

Wieder gutgelauntes Kichern.

»Sind Sie ... sind Sie Jesse Utter?« stammelte Walker.

»In Person.« Utter lächelte und nahm einen Schluck aus der mit Kondenswasserperlen benetzten Dose Dr. Pepper kalorienarm in seiner rechten Hand. »Okay, was willst du von mir?«

Walker sah sich nervös nach den Männern und Frauen um, die ihn von hinten anstarrten.

»Ich ... ich hab' Sie im Radio gehört. In der Janna Holmes Show.« Walker machte eine Pause.

»Ja?« fragte Utter gedehnt, drückte die Aluminiumdose mit Daumen und Zeigefinger leicht zusammen und ließ sie wieder in ihre ursprüngliche Form zurückschnappen.

»Sie haben gesagt, daß Sie auf der Suche nach neuen Leuten sind. Nach neuen Mitgliedern.«

Utter lächelte. »Also?«

»Nun, ich möchte ... ich möchte bei euch Leuten eintreten. Ich möchte Klanmitglied werden.«

Utters Lächeln wurde breiter. »Oh, das möchtest du, was?«

»Ja, Sir«, beteuerte Walker und sah sich nach den hinter ihm Kichernden um.

»Tiny. Gib unserem eifrigen jungen Bewerber 'ne Sitzgelegenheit.«

Rotbart schob ihm einen modernen Stuhl aus Chrom und Leder hin, und Walker nahm zögernd Platz.

»Und was zu trinken, Tiny.«

Tiny riß eine Büchse Coors auf und gab sie Walker, der ein nervöses »Danke schön« murmelte.

»Bequem?« erkundigte Utter sich.

»Ja, Sir«, antwortete Walker eingeschüchtert, bevor er hastig einen Schluck Bier trank.

Utter lehnte sich in seinen Drehsessel zurück. »Gefällt dir unser Welthauptquartier?« fragte er listig.

»O ja«, sagte Walker, indem er sich erneut umsah. Zwischen den Bildern an den Wänden waren Gewehrständer montiert, in denen er Schrotflinten, Maschinenpistolen MAC-10 und Armalite-Sturmgewehre M-16 erkannte. Die Wand hinter Utters Schreibtisch war mit einer übergroßen Klanflagge bespannt, wie sie draußen am Fahnenmast wehte. Die restliche Einrichtung bestand aus Karteischränken, einem Fotokopierer, einem großen Drucker und mehreren PC-Arbeitsplätzen.

»Dies ist erst der Anfang«, erklärte Utter ihm zufrieden lächelnd. »Die Zeit ist reif für die Wahrheit. Amerika wacht auf und erkennt seine inneren Feinde.«

Walker wußte nicht, welche Antwort Utter von ihm erwartete. »Richtig«, sagte er schließlich. »Stimmt genau!«

»Bist du mit den Zielen des Klans einverstanden?«

»Und wie!« beteuerte Walker nachdrücklich. »Hundertprozentig.«

»Und du willst Mitglied werden? Unser Waffenbruder im Endkampf?«

»Ja, Sir. Mehr als alles in der Welt.«

»Mehr als alles in der Welt? Das klingt *wirklich* ernst.«

Eine der Frauen kicherte spöttisch.

»Weißt du«, fuhr Utter fort und gab seine bisherige zynische Art auf, »es ist nicht einfach, Klansmann zu werden. Es ist nicht leicht, Klansmann zu sein. Wir stellen hier hohe Anforderungen an unsere Mitbrüder im Klan. Das Leben im Klan erfordert Treue, Hingabe und

Selbstverleugnung. Nur Ausnahmemenschen erfüllen unsere Anforderungen. Warum willst du also in den Kalifornia Klan eintreten? Erzähl's mir mit eigenen Worten.«

Walker rutschte unbehaglich auf dem Stuhl hin und her. »Na ja, wissen Sie, ich lese den *Klarion* und bin mit allem einverstanden, was Sie schreiben. Ihr Leute sagt als einzige die Wahrheit. Ich bin für alles, wofür ihr kämpft.«

Utter nahm einen weiteren raschen Schluck von seiner Dr. Pepper kalorienarm, drückte die Dose wieder zusammen und ließ das Blech in die ursprüngliche Form zurückspringen.

»Erzähl uns mit eigenen Worten, aufgrund eigener Erlebnisse, warum du Klansmann werden willst. Erklär's uns, damit wir's verstehen.«

Walker senkte den Blick und betrachtete die Abbildung auf seiner Bierdose. Eine Gebirgsquelle in Colorado.

»Ich ... ich ... das ... ich kann mich nicht so gut ausdrücken. Nicht so gut wie Sie im *Klarion*. Sie sagen darin alle Dinge, die ich sagen möchte.«

»Was für Dinge?« erkundigte Utter sich. »Erzähl uns davon.«

Walker verzog das Gesicht. Er sah sich hilfesuchend um. »Ich ... ich ...«, begann er und wußte dann nicht weiter.

»Weiter!« drängte Utter. »Laß dir ruhig Zeit.«

Walker starrte wieder seine Bierdose an. Schließlich hob er den Kopf und erwiderte Utters Blick.

»Sie wissen schon. Die Juden. Die Nigger.«

»Ja? Was ist mit den Juden und den Niggern?«

Walker zuckte mit den Schultern. »Sie wissen schon. Wie die Juden immer mehr das Land beherrschen. Wie sie's den Niggern geben.«

»Weiter. Erzähl uns davon.«

Walker sprach zögernd weiter und stieß jedes Wort einzeln hervor. »Nun, so hat Amerika ursprünglich nicht sein sollen. So ist's nicht gemeint gewesen. Als sie die Verfassung geschrieben haben, mein' ich. Als die Verfassung geschrieben worden ist, haben die Nigger nicht frei sein sollen. Und bestimmt nicht gleich. Gleichberechtigt mit den Weißen. Alle Nigger sind bloß Sklaven gewesen. Und die Kerle, die die Verfassung und die Unabhängigkeitserklärung geschrieben haben, haben alle Sklaven gehabt. Ohne Ausnahme. Nigger haben nie so gut wie Weiße sein sollen.«

Walker hörte abrupt zu reden auf, als sei ihm dieser Wortschwall selbst peinlich.«

»Das stimmt alles«, bestätigte Jesse Utter. »Was noch?«

Walker machte eine nervöse Kopfbewegung. Ein angestrengtes kleines Nicken. Er wünschte sich, er hätte eine weitere Amphetaminkapsel genommen. Er wünschte sich, er könnte jetzt eine schlucken.

»Na ja, Sie wissen schon. Und wie sie heute Geschichtsunterricht geben, wie sie einem die Wahrheit über die alte Zeit verschweigen. Man erfährt nicht, wie's früher gewesen ist – wie's *wirklich* gewesen ist.«

»Ja, ja«, drängte Utter. »Und woher kommt das?«

Walker zuckte mit den Schultern. Er legte seinen Kopf in den Nacken und trank einen großen Schluck Bier. Danach fuhr er sich mit dem Handrücken über den Mund.

»Die Juden, die lügen alle. In den Geschichtsbüchern. Und alle Geschichtsbücher sind von Juden geschrieben. Das sieht man schon an den Namen. Und sie schreiben nicht die Wahrheit. Sie verdrehen die Tatsachen, bis sie aussagen, was *sie* wollen. Wie mit den Niggern. Wie ich vorhin gesagt hab', daß die Nigger nie gleichberechtigt mit den Weißen sein sollten. Diesen ganzen Scheiß haben die Juden erfunden. Um Unruhe zu stiften. Sie stiften überall Unruhe.«

Utter beugte sich auf seine Ellbogen gestützt nach vorn. »Weiter.«

Walker erwärmte sich für sein Thema. Willige Zuhörer hatte er so selten.

»Die Juden sind ständig darauf aus, Unruhe zu stiften. Um Amerika zu schwächen. Um den weißen Mann als Trottel hinzustellen. Damit wir wie Monster aussehen. Das tun sie in Büchern, in den Zeitungen, im Fernsehen, in sämtlichen Filmen. Man braucht sich bloß die Namen im Nachspann eines Films anzusehen. Nichts als Juden – die Drehbuchautoren, die Schauspieler und alle anderen. Ohne Ausnahme! Journalisten, Fernsehreporter – lauter Itzigs. Sie kontrollieren alle ... wie sagt man gleich wieder? ... Medien. Dieser ganze Scheiß gehört den Juden. Dafür sorgen sie, weil sie so alle Informationen kontrollieren.« Walker nickte Utter zu. »Das haben Sie im *Klarion* geschrieben.«

Utter drückte seine Limonadendose leicht zusammen. »Richtig, das alles habe ich im *Klarion* geschrieben. Aber mir gefällt's, wie du die Dinge ausdrückst. Bitte weiter.«

»So stellen die Juden alles nur aus ihrer Sicht dar. Sie verbreiten ihre Lügen, und niemand kann sich dagegen wehren, weil ihnen alles gehört. Es gibt keine Möglichkeit, der echten Wahrheit Gehör zu verschaffen. Der Jude erzählt also seine Lügen, damit er gut rauskommt – wie'n Held oder so –, damit der Nigger gut rauskommt, damit der Mexikaner und der Chinese gut rauskommen, weil die sowieso bloß Ableger des Niggers sind. So kommt jeder gut raus – bloß der christliche Weiße nicht. Der wird dauernd als blöd und bösartig hingestellt.«

»Und warum tun sie das?«

»Um Amerika zu schwächen«, sagte Walker rasch. Er fühlte die Zustimmung aller Anwesenden wie wärmende Sonnenstrahlen. Irgend jemand bekräftigte jedes seiner Argumente durch ein Grunzen. Walker hatte seine Heimat gefunden.

»Um Amerika weich und verdorben zu machen. In seinem Innersten.«

»Weshalb?«

»Damit die Kommunisten die Macht ergreifen können. Sie brauchen bloß rüberzukommen und danach zu greifen. Das haben die Juden schon immer geplant. Die Juden haben den Kommunismus erfunden ...«

»Karl Marx«, warf Utter ein und nickte anerkennend.

»... und sind gleich danach wie die Ratten in Schwärmen hier eingefallen, um den Kommunismus zu verbreiten, Unruhe zu stiften, Amerika zu vergiften. Denn Amerika ist das *wahre* Gelobte Land, und die Juden mußten versuchen, es zu zerstören. Darum haben sie die Gewerkschaften gegründet, die Nigger aufgehetzt, den Russen die Atombombe verkauft – alles ihr Werk. Dafür gibt's Beweise, die man nachlesen kann.«

Walker trank noch einen Schluck Bier. Dann sprach er weiter.

»Sie machen Amerika reif für den großen Umsturz. Der weiße Mann soll weich und ängstlich werden. Verunsichert, ohne Selbstvertrauen. Das ist der Plan des Juden. Darum hat er uns in den Vietnamkrieg getrieben und dafür gesorgt, daß wir ihn verlieren – damit wir uns schwach und ängstlich fühlen. Wenn die Kommies dann rüberkommen, brauchen sie nur einzumarschieren und die Macht zu übernehmen. Kein Problem. Keine Gegenwehr. Das ist der Plan des Juden. Und er funktioniert verdammt gut.«

»Und weshalb will der Jude, daß der internationale Kommunismus triumphiert?«

»Um dem Christentum endgültig den Todesstoß versetzen zu können. Damit hat der Jude dann Christus besiegt. Sie werden seinen Leib anspucken, die Scheißkerle! Danach machen sie alle Weißen zu Sklaven in ihren Fabriken und setzen alle Nigger als unsere Bosse ein. Die Nigger kriegen unsere Frauen, damit sie sich mit ihnen paaren können, und nach einer Generation gibt's keine Weißen mehr außer dem Juden, der gar kein richtiger Weißer, aber clever und gerissen ist. Und die Halbnigger sind so dumm, daß der Jude mühelos die Welt regieren und dabei immer reicher werden kann.«

Walker schwieg, leicht außer Atem. In dem Raum hinter ihm war es still geworden. Jesse Utter stand auf, kam hinter seinem Schreibtisch hervor, setzte sich auf die Kante und verschränkte die Arme. »Das stimmt alles. Was du sagst, ist alles wahr. Nur schade, daß es nicht mehr Leute wie dich gibt, die die Wahrheit erkennen.«

Walker strahlte.

»Und jetzt willst du also in unsere Organisation eintreten?« fragte Utter und grinste auf ihn herab.

»Mehr als alles ...«

»... in der Welt«, ergänzte Utter, was die Zuhörer gutmütig lachend quittierten. Walker genoß die ihm geltende Wärme und Unterstützung.

»Wir sind kein bloßer Debattierklub«, stellte Jesse Utter gerade fest. »Wir sitzen nicht rum und betreiben Nabelschau, wie viele wohlmeinende patriotische Vereinigungen, die wir kennen.« Erneutes Gelächter. »Leute, die im Klubhaus rumlungern, Bier trinken und sich gegenseitig erzählen, was für harte Kerle sie sind. Mit solchem Gerede ist unsere Zivilisation nicht zu retten. Wir müssen handeln, entschlosen handeln.«

»Genau. Sehr richtig!« bestätigte Walker eifrig.

»Deshalb kandidiere ich fürs State Assembly«, sagte Utter und ging auf dem goldfarbenen Teppichboden auf und ab. »Wir müssen dort draußen Informationen verbreiten. Wir müssen der Wahrheit Gehör verschaffen. Wir müssen bereit sein, uns hundertprozentig für die Erlösung unserer nationalen Rasse einzusetzen. Jeder Mitbruder im Kalifornia Klan ist ein Frontkämpfer fürs arisch-christliche Überleben.« Utter blieb vor Walker stehen und starrte auf ihn herab. »Bist du bereit, dafür zu kämpfen?«

»Ja, Sir.«

»Weißt du das ganz bestimmt? Wir können keine Schönwetterpatrioten brauchen. Weißt du bestimmt, daß du zu solchem Einsatz imstande bist?«

Walker schluckte trocken. »Das hab' ich schon bewiesen.«

Utter starrte ihm prüfend ins Gesicht. »Was soll das heißen?«

Walker sah sich nervös um.

»Du kannst unbesorgt reden, Sohn. Wir halten alle dicht.«

Walker schluckte erneut. »Sie haben von den Juden in L. A. gehört? Die umgelegt werden?«

Schweigen.

»Ich bin der Kerl, der sie umlegt. Ich bin der Crosskiller.«

Utter starrte lange auf ihn herab. Das Lächeln verschwand von seinen Lippen und ließ sie grimmig zusammengepreßt zurück. Walker spürte verwirrt, wie die Stimmung in dem Raum hinter ihm umschlug und feindselig drohend wurde. Ihm lief ein kalter Schauder über den Rücken. Aber er lächelte weiter.

»Du bist der Held?« fragte Utter halblaut.

Walker nickte. »Ja. Ja, der bin ich.«

Utter entfernte sich rasch von ihm, machte vor dem Poster mit der KZ-Szene halt und kehrte Walker und den anderen den Rücken zu. Er stand schweigend da und studierte die Aufnahme. Walker beobachtete Utters Rücken und versuchte zu begreifen, was hier vorging. Die Wärme und das Wohlbefinden, das er noch vor wenigen Augenblicken empfunden hatte, liefen davon wie Wasser durch ein Sieb.

In dem großen Raum herrschte Totenstille. Sogar die Kinder sahen wartend zu.

Schließlich ergriff Utter das Wort.

»Du hast mich keine Sekunde lang getäuscht«, stellte er fest, ohne sich umzudrehen.

»Ha?« fragte Walker, dessen Lächeln zu einer Grimasse erstarrt war.

Utter warf sich herum. »Du hast mich keine Sekunde lang getäuscht, hab' ich gesagt.«

Walker schüttelte den Kopf, als versuche er, seine Benommenheit auf diese Weise loszuwerden. »Ich verstehe nicht, was ...«

»Aber ich möchte wetten, daß ihr anderen euch habt reinlegen lassen, stimmt's?« brüllte Utter seine Leute an. »Ich möchte wetten, daß ihr anderen diesem Judas seine Geschichte unbesehen geglaubt habt!«

Walker war völlig durcheinander. Er begriff kaum mehr, was um ihn herum vorging.

»Bitte, ich...«

»Wer bist du?« schrie Utter ihn mit haßverzerrtem Gesicht an. »Wer hat dich hergeschickt? Das FBI? Das Justizministerium? Bist du einer von Jerry Kahns bezahlten Spitzeln?«

»Mr. Utter, Sie verstehen irgendwas ganz falsch.«

»Schon gut. Du brauchst mir nichts zu erzählen. Ich *weiß*, daß du ein FBI-Agent bist. Ich wollte bloß sehen, wie weit du deine Lügen ausspinnen würdest. Ich hab' dich gleich beim Reinkommen als FBI-Mann erkannt. Schon vor drei Tagen, als du den Auftrag erhalten hast, unsere Zelle zu unterwandern, hab' ich gewußt, daß du hier aufkreuzen würdest.«

Walker wußte nicht mehr, wo ihm der Kopf stand. Er war so verwirrt, daß er die Lippen bewegte, ohne ein Wort herauszubringen.

»Ihr Leute irrt euch gewaltig, wenn ihr glaubt, daß Jesse Utter keine Freunde in höchsten Stellen hat. Viele Leute unterstützen meine Arbeit. Sehr viele hochgestellte Leute. Und diese Leute schikken mir Mitteilungen!« kreischte Utter. »Um mich zu warnen, wenn Regierungsspitzel ausgeschickt werden, um zu versuchen, Informationen zu sammeln, damit Jesse Utter vor Gericht gestellt, damit er gehindert werden kann, seinen heiligen Auftrag zu erfüllen. Schmeißt diesen judenliebenden Judas raus! Schafft ihn mir aus den Augen!«

Starke Hände packten Walker und rissen ihn vom Stuhl hoch.

»Was hab' ich getan?« jammerte Walker. »Was hab' ich getan?«

»Spiel bloß nicht den Ahnungslosen!« fauchte Utter. »Mit welchem Auftrag bist du hergekommen? Für welche Anklage hast du Material gegen mich sammeln sollen? Verschwörung? Mord? Hochverrat?«

»Sagen Sie mir doch bitte, was ich getan hab'!« kreischte Walker.

Utter baute sich dicht vor ihm auf. »Ich will dir sagen, was du getan hast«, zischte er Walker an. »Du hast Jesse Utter unterschätzt. Wieder mal. Das ist dein großer Fehler gewesen. Ich hab' vom ersten Tag an gewußt, wer der Held drunten in L. A. ist. Schon *vor* dem ersten Tag. Vom Planungsstadium an. Ich steh' in ständiger Verbindung mit dem Crosskiller. Er kriegt seine Anweisungen von mir, Verräter, er kriegt seine Scheißbefehle von mir!«

»*Das ist gelogen*!« Walker wollte sich auf Utter stürzen, aber Tiny stoppte ihn mit einem kurzen, schmerzhaften Nierenhaken. Walker grunzte und sank auf die Knie. Die hübsche junge Frau trat ihn in den Unterleib, so daß er nach vorn fiel und zuckend und sich krümmend liegenblieb.

Utter stand über ihm. »Glaubst du wirklich, daß jemand wie der Crosskiller in Südkalifornien operieren könnte, ohne daß ich über jeden seiner Schritte genau informiert bin? Als du hier reingekommen bist, hab' ich meinen Leuten eben aus seinem letzten Tätigkeitsbericht vorgelesen. Du hast 'nen großen Fehler gemacht, Spitzel! Schmeißt dieses Scheusal raus!«

Tiny und ein weiterer muskelbepackter Bikertyp rissen Walker hoch und schleppten ihn in Richtung Ausgang. Einige der Männer schlugen nach ihm, als er an ihnen vorbeigezerrt wurde. Eines der Kinder spuckte ihm ins Gesicht. Draußen im grellen Sonnenlicht warfen die beiden Biker Walker von der Veranda in den Sand hinunter.

»Sieh zu, daß dein trauriger Arsch von hier verschwindet«, sagte Tiny, bevor er mit dem anderen Biker ins Haus zurückging.

Walker wälzte sich im Staub auf die Seite. Die von Rücken und Unterleib ausstrahlenden Schmerzen pulsierten bei jedem Herzschlag durch seinen Körper. Er kam schwankend auf die Beine und humpelte zu dem Gebäude zurück.

»Es ist nicht wahr! Es ist nicht wahr!« rief Walker. Tränen liefen ihm übers Gesicht.

Tiny und der andere Biker kamen auf die Veranda zurück. Tiny war mit einem M-16 bewaffnet.

»Wenn du weißt, was gut für dich ist, haust du ab, Sohn«, sagte Tiny drohend.

»Es ist nicht wahr«, brüllte Walker. »*Es ist nicht wahr*!«

Als er schwankend einen Schritt näherkam, gab Tiny einen Feuerstoß aus dem M-16 ab. Vor Walkers Füßen stiegen Staubwölkchen hoch, die mit der leichten Brise wegtrieben.

»Du sollst abhauen, hab' ich gesagt«, knurrte Tiny. »Verschwinde!«

Walker wich keinen Schritt zurück. Obwohl er sich bemühte, seine Tränen zurückzuhalten, schluchzte er jetzt. Hinter den beiden kleinen Fenstern des Hauptquartiers drängten sich neugierige Gesichter.

»Es ist nicht wahr«, rief er Tiny halblaut zu.

Tiny kam von der Veranda herunter und baute sich vor Walker auf.

Mit einer blitzschnellen Bewegung seiner muskulösen Arme rammte er Walker die Breitseite des Gewehrkolbens in den ungeschützten Bauch. Walker sackte mit einem Aufschrei in die Knie und hielt sich mit beiden Händen den Bauch. Während er nach Atem rang, berührte sein Knie mehrmals seine Brust.

Dann hob er den Kopf und sah zu Tiny auf.

»Es ist nicht wahr«, murmelte er heiser, fast klagend.

Tiny berührte Walkers Backe dicht unter dem rechten Auge mit der Mündung seines Sturmgewehrs.

»Willst du sterben, Sohn?« fragte er ihn.

Walker unterdrückte ein Schluchzen. Er sah wieder zu Tiny auf und nickte.

»Ja«, flüsterte er.

Die Wüste schien sekundenlang bewegungslos den Atem anzuhalten. Dann fiel ein großer, häßlicher Rabe unbeholfen krächzend auf dem Hof ein. Tiny riß das M-16 von Walkers Backe hoch.

»Sieh zu, daß du deinen Arsch von hier wegbringst, Niggerlover«, sagte er beinahe freundlich. »Laß dich von 'nem anderen aus deinem Elend befreien.«

Tiny trat zurück und deutete auf die geparkten Wagen.

»Los, *verschwinde*!«

Walker schluchzte laut. Er schlug die Hände vors Gesicht und schwankte kniend vor und zurück, während er weinte.

Tiny machte dem anderen Biker ein Zeichen. Sie faßten Walker unter den Armen, schleppten ihn zum Rand der in der Sonne glühenden Fläche vor dem Haus und ließen ihn den Hang zum Parkplatz hinunterrollen. Walker blieb unten liegen und weinte in den Staub.

»Steig in deinen Bus und hau ab, solange du noch kannst!« rief Tiny ihm von oben nach.

Nach einiger Zeit kam Walker auf die Beine, kletterte in seinen Kleinbus und fuhr durch die braunen Hügel davon.

20.15 Uhr

Draußen war es noch hell.

Nathan »Natty« Saperstein bog in seinem weißen Rolls-Royce Corniche mit quietschenden Reifen vom Westende des Sunset Strips ab, stieß auf den tieferliegenden Parkplatz des Restaurants Le Parc hinab, bremste ruckartig und warf Gregorio, dem Parkwächter in seiner roten Livree, die Schlüssel zu.

»Guten Abend, Mr. Saperstein. Bleiben Sie lange?«

Saperstein lächelte Gregorio zu, und der junge Mann erwiderte sein Lächeln noch freundlicher. Wie schade, daß ich nur auf Blond stehe, dachte Natty.

»Ich nehme an, daß wir zum Abendessen bleiben, Gregorio. Ich brauche den Wagen also nicht so schnell wieder. Paß gut auf ihn auf.«

»Natürlich, Mr. Saperstein«, sagte der junge Mann und fuhr sich leicht mit der Zungenspitze über die Lippen, während er sich ans Steuer setzte.

Frecher kleiner Bengel, dachte Natty amüsiert.

Unmittelbar vor der verchromten High-Tech-Eingangstür des Restaurants blieb Natty stehen, um seine Erscheinung wie jeden Abend in der blaugetönten Glasscheibe neben dem Eingang zu begutachten. Und er war wie jeden Abend sehr mit dem zufrieden, was er sah: eine gnomenhaft kleine, aber vornehm wirkende und untadelig gekleidete Erscheinung. Nathan Saperstein hatte sich längst mit seiner Größe – oder vielmehr Kleinheit – von einssiebenundfünfzig abgefunden. Er hatte die Erfahrung gemacht, daß die Macht eines Mannes, seine Gefährlichkeit und sein Status nur wenig mit seiner Körpergröße zu tun hatten.

Stellvertretende Staatsanwälte, die Stürmerstars des USC-Footballteams gewesen waren, schluckten trocken und wichen Nattys Blick aus, wenn er heutzutage einen Gerichtssaal betrat. Er hatte mehr als eine hoffnungsvolle Juristenkarriere beendet, indem er die scheinbar hieb- und stichfeste Argumentation eines unzureichend vorbereiteten Gegenspielers gnadenlos zerpflückt hatte. Junge Staatsanwälte losten aus, wer gegen ihn antreten mußte. In Persönlichkeitsprofilen wurde er stets als unerbittlicher Zuchtmeister geschildert, und Natty Saperstein hatte eine Vorliebe für diesen Spitznamen. Er bewies Aggressivität und unerschöpfliche Energien, für die reiche Mandanten viel Geld ausgaben, um sie vor Gericht an ihrer Seite zu haben.

In L. A., dieser von Legenden bevölkerten Stadt, war Natty Saperstein eine davon. Als Strafverteidiger war er einfach konkurrenzlos. Punktum. Hatte man seine Frau ermordet oder seinen Geliebten erstochen, war man am LAX mit ein paar Kilo Koks in einem Koffer mit doppeltem Boden geschnappt worden, oder hatte man in der Firma Geld unterschlagen, um seine Perversionen zu finanzieren . . .

hatte man irgend etwas in dieser Art auf dem Gewissen und war noch dazu sehr reich, hatte man bestimmt schon einmal mit oder über Natty Saperstein gesprochen.

Mafiosi, Filmstars, Topmanager, Drogenhändler – sie alle hatten schon von Natty Sapersteins teuren Diensten profitiert. John De Lorean sollte sich ursprünglich an Natty gewandt haben, dann aber wegen der Höhe des verlangten Vorschusses einen Rückzieher gemacht haben. Vor einigen Jahren war sogar kolportiert worden, nachdem ein alternder Superstar erfahren habe, daß ihr junger, viriler italienischer »Schützling« auch mit ihrem sechzehnjährigen Sohn bumse, habe sie Natty angerufen, um sich seine Dienste zu sichern, und sei erst *dann* nach nebenan gegangen und habe den Deckhengst erschossen. Natty hatte sich natürlich geweigert, dieses Gerücht zu dementieren oder zu bestätigen.

Natty betrachtete sich im blauen Glas und lächelte. Manche sagten, er habe die Eleganz des Schriftstellers Tom Wolfe kopiert, während andere genau das Gegenteil behaupteten. Auch zu dieser Story äußerte Natty sich niemals. Heute abend trug er einen vanillegelben Anzug mit Weste, ein dunkelblaues Hemd mit weißem Kragen, eine hellblaue Krawatte und einen in der Farbe genau zum Anzug passenden weichen Filzhut. Zu jedem der vielen Anzüge, die Natty besaß, gehörte ein farbgleicher Hut. Das war sein Markenzeichen. Natty hatte schon vor Jahrzehnten festgestellt, daß ein bißchen Show seine Mandanten aus Hollywood beruhigte.

Unter dem Hut fiel Nattys silbergraues Haar sanft gewellt bis auf seine schmalen Schultern herab. Die Mode der Achtziger diktierte eine Rückkehr zu kürzeren Haaren, aber Nattys steiler Aufstieg hatte in den Sechzigern begonnen, als er die wohlüberlegte Entscheidung getroffen hatte, sich die Haare wachsen zu lassen. Und jetzt weigerte er sich aus Aberglauben oder Eitelkeit, sein Haar wieder kürzer zu tragen. Außerdem gefiel es den Jungen so viel besser. Natty beugte sich seinem Spiegelbild entgegen, zwirbelte die spitz auslaufenden gewachsten Enden seines Schnurrbartes und richtete sie genau symmetrisch aus. Auch der Schnurrbart war ein Markenzeichen, das die jungen Männer liebten.

Als Natty sich davon überzeugt hatte, daß seine Erscheinung perfekt war, öffnete er die Tür und betrat das Restaurant.

Henri, der Maître d'hôtel, kam mit öligem Lächeln auf ihn zugestürzt.

»Monsieur Saperstein, Ihre Gäste sind bereits da. Ich habe sie gebeten, an Ihrem Tisch Platz zu nehmen.«

»Ja, ich weiß, danke. Was ist heute abend frisch, Henri?«

»Die Seezunge sieht sehr gut aus, Monsieur Saperstein.«

Nattys Tisch – eine Sitznische der hintersten Ecke des Restaurants – war jeden Abend außer Sonntag für ihn reserviert. Sonntags hatte das Le Parc Ruhetag. Selbst an den wenigen Tagen, an denen Natty anderswo zu Abend aß, wurde sein Tisch für ihn freigehalten. Als er jetzt den Raum durchquerte, winkten mehrere ehemalige Mandanten – darunter einige sehr prominente Leute – ihm zu und sagten Hallo. Natty quittierte ihre Grüße mit einem trockenen Lächeln, ohne sich jedoch aufhalten zu lassen. Er glitt auf die Bank neben einen atemberaubend schönen blonden Jüngling, dessen Augen so strahlend blau waren, daß sie wie aufgemalt wirkten. Natty drängte sich gegen den Blonden, ließ seine Hand unter dem Tisch zwischen seine Beine gleiten und umfaßte sanft seine Goodies. Der Junge lächelte und preßte die Beine zusammen.

»Natty, ich hab' dir soviel zu erzählen«, sagte der Junge mit starkem deutschen Akzent.

»Also, was gibt's Neues?« fragte Natty lächelnd und griff nach dem Martini, den der Ober ihm automatisch servierte.

»Helen hat mir die Karten gelegt.« Der Junge strahlte und nickte der häßlichen jungen Frau zu, die ihnen gegenübersaß. »Sie sind wunderbar gewesen!«

Natty hatte nichts gegen Frauen. Er konnte nur nichts mit ihnen anfangen – es sei denn als Mandantinnen. Dann konnte er charmant wie eine Kobra sein. Dieses arme junge Ding war Eriks Seelenverwandte – eine normalerweise harmlose Phantasie – und sorgte dafür, daß er sich tagsüber nicht langweilte.

»Was haben die wunderbaren Karten gesagt, Helen?« fragte er sie.

Helen war eine blasse, übergewichtige Erscheinung in wallenden schwarzen Gewändern. Sie trug übermäßg viel schwarzes Augen-make-up. Wenn sie Freunde wirklich beeindrucken wollte, gab sie zu, eine Hexe zu sein.

Helen lächelte geheimnisvoll. »Unserem Erik steht Erfreuliches ins Haus«, raunte sie mit purpurrot geschminkten Lippen.

»Es geht um diese Rolle, Natty. In dem Film, für den ich Probeaufnahmen gemacht habe«, sagte der Junge aufgeregt. »Ich hab' dir doch gesagt, daß ich gut gewesen bin!«

Natty trank einen kleinen Schluck Martini. »Das ist wirklich wunderbar.«

»Ich krieg' die Rolle! Das weiß ich. Die Karten sind sehr positiv gewesen. Stimmt's, Helen?«

»Sehr.«

Natty lächelte ihr zu.

»Die Kreuzdame ist dabeigewesen«, berichtete Erik weiter. »Helen sagt, daß die Kreuzdame sonst nie drankommt. Stimmt's Helen?«

»Niemals.«

»Helen sagt, daß andere Kunden dafür zahlen würden, wenn sie solche Karten kriegen könnten wie ich heute.«

»Die Karten haben von Glück und Erfolg gesprochen«, bestätigte Helen. »Geld. Berühmtheit. Harmonie. Zufriedenheit.«

»Das klingt wundervoll.« Natty klappte ein Zigarettenetui aus schwarzem Onyx auf und nahm eine lange graue Zigarette heraus. Er zündete sie sich mit einem goldenen Feuerzeug an.

»Und Liebe«, sagte Erik, indem er Natty zulächelte. »Die Karten haben leidenschaftliche, romantische Liebe vorausgesagt.«

Nattys Finger drückten Eriks Hoden unter dem Tisch erneut leicht zusammen.

»Die haben wir schon«, sagte Natty. Erik seufzte und ließ seinen Kopf auf Nattys Schulter sinken.

Im vorderen Teil des Restaurants Le Parc – an der durch ein efeubewachsenes Ziergitter von den Tischen getrennten Bar – ließ Gold sich einen weiteren doppelten Scotch geben. Er beobachtete, wie Natty und seine Gäste bestellten, und sah zu, wie die Hors d'œuvres serviert wurden, wie die drei davon aßen und wie der Ober die Teller abtrug und die Salate servierte. Gold nickte dem Barkeeper zu, der ihm einen weiteren Doppelten brachte. Zwei sehr korrekt angezogene junge Männer, die Gold für Anwälte hielt, blieben an Nattys Tisch stehen, um dem König ihre Reverenz zu erweisen. Natty sagte etwas, und die beiden jungen Anwälte lachten. Dann gingen sie weg. Gold nahm seinen Drink mit in die Telefonzelle neben dem Zigarettenautomaten.

Evelyn meldete sich.

»Hier ist Jack. Wie geht's Wendy?«

»Jack. Augenblick, bitte. Stanley möchte mit dir reden.«

Sekunden später war Dr. Stanley Markowitz am Apparat.

»Jack? Hier ist Stanley.«

»Wie geht's ihr, Stanley?«

»Sie schläft. Ich habe ihr noch mal ein ziemlich starkes Beruhigungsmittel gegeben. Für Joshua haben wir ein Kindermädchen besorgt. Ich möchte nicht, daß sie zuviel über ihr schreckliches Erlebnis nachdenkt. Daß sie darüber nachgrübelt. Sie ist schlimm zugerichtet worden, weißt du.«

»Ja, ich weiß.«

»Sie ist auch anal vergewaltigt worden, Jack. Hast du das gewußt?«

Gold drehte sich in der Telefonzelle zur Seite, um Sapersteins Tisch beobachten zu können. Der blonde Junge brachte einen Trinkspruch aus, und Natty und die häßliche Frau stießen mit ihm an. Alle drei lachten.

»Jack, bist du noch da?«

»Ich bin noch da. Nein, Stanley, das hab' ich nicht gewußt.«

»Trotzdem können wir noch von Glück sagen. Sie hätte umgebracht werden können. Sie muß Todesängste ausgestanden haben.«

»Als ich sie gestern zu euch gebracht habe, hat sie nicht so ... so mitgenommen gewirkt. Sie ist wütend auf Howie gewesen, aber war ansonsten ganz beherrscht.«

»Jack, hast du Erfahrung mit Vergewaltigungsfällen?«

»Nein.«

»Oft tritt ein nachträgliches Schocksyndrom auf. Für manche Frauen kann das sehr quälend sein. Wendy ist haargenau der Typ dafür. Deshalb wollte ich mit dir reden.«

»Ja?«

»Evelyn und ich haben darüber gesprochen, und wir möchten Wendy und den Kleinen für ein paar Wochen nach Cabo mitnehmen. Damit sie Abstand gewinnt. Wir haben dort unten eine Ferienwohnung, und ich glaube, daß ein Tapetenwechsel ihr jetzt sehr guttäte und sehr erholsam wäre. Sie will Howie nicht mal *sehen*, und ich wüßte nicht, weshalb sie sonst in L. A. bleiben sollte. Was hältst du davon, Jack?«

»Eine sehr gute Idee, finde ich.«

»Tatsächlich? Ausgezeichnet. Evelyn fliegt morgen früh mit den beiden hinunter, und ich komme nach, so schnell ich kann. Ich glaube wirklich, daß Wendy auch räumlichen Abstand zu den Ereignissen der vergangenen Nacht gewinnen muß.«

»Ich bin ganz deiner Meinung, Stanley. Vielen Dank.«

»Wie schrecklich, daß das unserem kleinen Mädchen hat passieren müssen! Und wir können nicht mal etwas dagegen unternehmen.«

An Nattys Tisch bereitete der Ober auf einem Wägelchen ein flambiertes Gericht zu. Die Flammen loderten einen halben Meter hoch. Der Junge klatschte Beifall.

»Warten wir's ab, Stanley«, sagte Gold.

Nachdem Gold eingehängt hatte, tippte er die Nummer seines Büros ein. Zamora meldete sich.

»Überstunden?« fragte Gold. »Gibt's was Neues?«

»Nichts. Hör zu, Jack, was hältst du davon, wenn wir heute nacht in der Westside Streife fahren? Unser Mann versucht's bestimmt wieder.«

»Gute Idee, Sean, aber ich bin dafür, daß wir getrennt arbeiten. Mit zwei Wagen können wir die doppelte Fläche überwachen.«

»Wie du meinst, Jack.« Zamoras Stimme klang enttäuscht.

»Ich wollte bloß dabei sein, wenn du diesen Kerl schnappst.«

»Keine Angst, Sean, ich versprech' dir, daß du dabei bist.«

»Okay.«

Gold ging an die Bar zurück und ließ sich einen frischen Drink geben. Er beobachtete Natty Saperstein durch das efeubewachsene Ziergitter.

»Beim Kartenlegen ist bloß eine einzige schlechte Karte rausgekommen«, sagte Erik, ein großes Stück Hummer kauend.

»Welche denn?« fragte Natty ohne sonderliches Interesse, während er seine Linguini mit der Gabel aufwickelte.

»Das Skelett. Das ist die Todeskarte.«

Natty schob sich die Linguini in den Mund. Ein einzelner Nudelfaden hing von seiner Unterlippe herab, bis er ihn einsaugte.

»Jemand, der mir sehr nahesteht, wird sterben«, fuhr Erik fort. »Sogar sehr bald. Stimmt's Helen?«

Helen war damit beschäftigt, ein Stück Brot mit Butter zu bestreichen. »Sehr nahe. Und sehr bald.«

»Das *muß* meine Großmutter in Hamburg sein. Sie ist schon lange sehr krank.«

Natty trank einen Schluck Cabernet Sauvignon. »Wie alt ist sie denn?«

»Einundneunzig.«

»Und wie heißt sie?«

»Berta.«

Natty hob grüßend sein Glas. »Auf Berta. In Hamburg. Niemand lebt ewig, aber Berta hat jedenfalls ihr Bestes getan.«

»Oh, Natty!« Erik schlug ihm lachend auf den Arm.

Der Barkeeper stellte den kleinen Fernseher neben seiner Registrierkasse an. Der Bildschirm wurde hell und zeigte Audra Kingsley an ihrem Moderatorentisch.

». . . Leitung und Mitarbeiter dieses Senders möchten sich bei allen entschuldigen, deren Gefühle dadurch verletzt worden sein könnten, daß wir den Mörder, der in letzter Zeit in der Westside sein Unwesen treibt, versehentlich als *Christ*killer bezeichnet haben. Wie wir erfahren haben, hat gerade dieser Ausdruck Teile unserer Zuschauerschaft sehr verärgert, und bei uns sind zahlreiche Anrufe eingegangen, die uns auf unseren Fehler aufmerksam gemacht haben. Eben darum hat es sich gehandelt – um einen Fehler. Um ein Versehen. Um einen Versprecher, den wir aufrichtig bedauern. Und hier ist Jeff Bellamy mit weiteren Informationen über die Ermittlungen im Fall des *Cross*killers.«

Jeff Bellamys redender Kopf füllte sekundenlang den Bildschirn, bevor Ausschnitte aus der Pressekonferenz des Oberbürgermeisters gezeigt wurden. Chief Huntz auf einer Pressekonferenz, Live-Einblendungen über verstärkten Polizeischutz in der Westside, Aufnahmen von Jerry Kahns JAR auf Fußstreife im Fairfax District, eine kurze Szene, in der Jack Gold den Mikrofonen der Reporter vor dem Parker Center auswich . . .

»Hey«, sagte der Kerl links neben Gold, »das sind Sie!«

Gold leerte sein Glas, warf einen Zwanziger auf die Theke und verließ rasch das Restaurant. Im Hinausgehen sah er sich nach Natty Sapersteins Tisch um. Der Ober bot ihnen eben die Dessertkarte an.

»Wann schnappen Sie diesen Verrückten, den Crosskiller?« rief der Kerl an der Bar ihm nach.

Gold überquerte den Sunset Strip und stieg in seinen alten Ford. Inzwischen war es dunkel geworden, und er schaltete die Scheinwerfer ein, bevor er quer über alle fünf Fahrspuren hinweg wendete. Er fuhr eine Zeitlang nach Osten weiter, bog am Western Boulevard nach Süden ab und erreichte schließlich den Crenshaw District. Er fand die Adresse, die Honeywell ihm auf den Zettel gekritzelt hatte, und parkte einen halben Block davon entfernt auf der anderen Straßenseite. Die Adresse war ein Duplex-Apartment, dessen Fassade gestrichen werden mußte. Der Zaun war mit Graffiti bedeckt.

In Golds Jugend war dieses Viertel völlig weiß gewesen – oder zumindest zu neunzig Prozent. Gold konnte sich an ein paar Farbige, ein paar Mexikaner erinnern, aber ansonsten hatten hier hauptsächlich europäische Einwanderer gewohnt: Armenier, Griechen, Polen, Italiener und ein paar einheimische Landarbeiter. Sogar einige wenige Juden. In den fünfziger und sechziger Jahren war das Viertel fast ausschließlich schwarz geworden. Jetzt drängten die Koreaner herein und übernahmen es allmählich.

Im Haus brannte Licht.

Gold ließ den Polizeifunk leise angestellt. Er tastete den Wagenboden ab, holte unter dem Fahrersitz eine silberne Taschenflasche hervor, schraubte die Kappe ab und nahm einen kräftigen Schluck. Dann ließ er sich auf dem Sitz zusammensinken und beobachtete das Haus.

Eine halbe Stunde später wurde die Haustür geöffnet, und ein Streifen Licht fiel über den sonnenverbrannten braunen Rasen. Eine kleine Negerin, Anfang Sechzig, kam mit einem Jungen von neun oder zehn Jahren heraus. Über einer Schulter trug der Junge einen Rucksack, der voller Bücher zu stecken schien. Die beiden stiegen in einen vor dem Haus geparkten Buick neueren Baujahrs und fuhren davon. Wenige Minuten später kam eine schlanke, braunhäutige Frau aus dem Haus.

Gold fühlte sich an Angelique erinnert. Angelique war natürlich viel hübscher gewesen, aber eine gewisse Ähnlichkeit war unverkennbar.

Das mußte Phibbs' Frau sein. Gold warf einen Blick auf den Zettel, auf dem ihr Name stand. Esther.

Esther Phibbs trug zwei in Plastikfolie verpackte neue Mops und einen Plastikeimer. Sie warf das Zeug in den Laderaum des in der Einfahrt geparkten Kombis, ging zurück, sperrte die Haustür ab, kam zu ihrem Auto zurück, setzte sich ans Steuer und fuhr nach Norden davon.

Gold überlegte, ob er ihr nachfahren sollte. Unter Umständen traf sie sich später mit Bobby Phibbs. Vielleicht hatte sie den Bewährungshelfer angelogen. Vielleicht war sie jetzt zu ihrem Mann unterwegs.

Sein Instinkt riet ihm dazu, hier auf dem Posten zu bleiben. Er nahm einen weiteren Schluck aus der Flasche und behielt das Haus im

Auge. In dem Duplex-Apartment bewegte sich nichts. Keine Schatten an den Fenstern, keine Silhouetten auf den Vorhängen.

Gold kaute auf seiner Zigarre herum und hörte den Polizeifunk aufmerksam mit.

Er wartete über eine Stunde lang, ohne daß etwas passierte. Über Funk kam nichts. Im Haus rührte sich nichts. Auf der Straße war nichts los, wenn man von ein paar Kids in Footballjacken absah, die sich einen Joint teilten, während sie einen Basketball den Gehsteig entlangdribbelten.

Gold ließ den Motor an und fuhr los. Im Licht der nächsten Straßenlampe sah er auf seine Armbanduhr. 22.15 Uhr. Er nahm seine Zigarre fester zwischen die Zähne und fuhr zum Le Parc zurück.

Natty Sapersteins Corniche mit der Kennzeichenkombination DEFENSE stand nicht mehr auf dem Parkplatz. Gold umrundete ihn dreimal, um ganz sicherzugehen. Dann schaltete er herunter und gab Vollgas, damit der alte Ford die Steilstrecke in die Hollywood Hills hinauf schaffte. Sein klappriger Benzinsäufer erreichte ächzend und dampfend den höchsten Punkt der Straße, und Gold hielt an, um den Motor abkühlen zu lassen. Von hier aus sah L. A. selbst durch den hartnäckig über der Stadt lagernden Smog hindurch schön aus: ein bis zum Horizont reichendes Lichtermeer, das wie eine Weihnachtsdekoration glitzerte und funkelte.

Als der Ford zu dampfen aufhörte, fuhr Gold weiter.

Natty Sapersteins Villa war leicht zu finden. Sie gehörte seit über sechs Jahrzehnten – seitdem eine Stummfilmgöttin sie sich Anfang der zwanziger Jahre hatte bauen lassen – zu den Sehenswürdigkeiten von Los Angeles. Obwohl sie weder besonders groß noch luxuriös war, machte ihr ägyptischer Tempelstil mit den grellrosa-lindgrünen Mauern sie zu einer der Hauptattraktionen jeder Busrundfahrt durch die Hügel.

Gold parkte den stotternden Ford oberhalb der Villa hinter der nächsten Kurve und ging zu Fuß zurück. Nattys Rolls-Royce stand in der Einfahrt. Gold sah sich um, stellte fest, daß die Straße menschenleer war, überquerte rasch die geflieste Veranda, bog um die Hausecke und stand vor der Rundbogentür, die auf den ums Haus herumlaufenden Balkon hinausführte. Drinnen spielte Musik. Prince. Gold bewegte sich lautlos und achtete darauf, nicht die Alarmanlage des alten Gebäudes auszulösen. Er schob vorsichtig einen belaubten Zweig zur Seite und blickte durch eine facettierte Fensterscheibe.

Der lediglich mit einem knappen schwarzen Posing-Slip bekleidete junge Deutsche ruhte in einem Magazin blätternd halb liegend auf einem Sofa mit Daunenkissen. Sein geschmeidiger junger Körper glänzte wie eingeölt. Natty Saperstein stand in einem bodenlangen schwarzen Seidenkimono, der um die Taille von einer gleichfarbenen Schärpe zusammengehalten wurde, an der polierten Mahagonibar und füllte mit einem winzigen Löffel Kokain in eine kleine Phiole. Er trug keinen Hut mehr und hatte sein silbergraues Haar zu einem Pferdeschwanz zusammengebunden. Nachdem er Backpulver und etwas Wasser zugegeben hatte, erhitzte er die Phiole über einem zierlichen goldenen Bunsenbrenner und schwenkte ihren Inhalt zwischendurch mehrmals, um den Koks von den Verunreinigungen zu trennen.

Als das Wasser in der Phiole zu sprudeln begann, stellte Natty sie zum Abkühlen beiseite. Er zündete sich eine lange schwarze Zigarette an und lächelte zu dem Jungen hinüber. Sobald der Koks genügend abgekühlt war, filterte Natty den Inhalt der Phiole durch ein Seidentuch. Die zurückbleibenden kleinen Klumpen waren reines Kokain. Einen davon nahm er mit spitzen Fingern von der Seide und legte ihn auf das feinmaschige Sieb über dem Kopf einer winzigen Pfeife. Dann näherte er die Flamme seines goldenen Feuerzeugs dem Stoff und inhalierte tief. Er hielt fast eine Minute lang den Atem an, bevor er langsam ausatmete. Der junge Deutsche, der ihn vom Sofa aus beobachtete, kicherte erwartungsvoll. Natty sah lächelnd zu ihm hinüber.

»Komm her«, sagte der kleine Mann heiser. Der Junge erhob sich mit raubtierhafter Grazie und war mit wenigen lautlosen Schritten bei Saperstein. Natty streckte einen Arm nach ihm aus, und der Junge glitt in seine Umarmung und rieb seinen Körper an dem Sapersteins. Die beiden Männer küßten sich leidenschaftlich. Natty ließ seine freie Hand über das schwarzbekleidete Gesäß des Blonden gleiten. Der Junge löste sich erneut kokett kichernd aus seiner Umarmung.

»Gehört das mir?«

Natty legte lächelnd einen weiteren Kokainklumpen auf das Drahtgitter des Pfeifenkopfs. Der junge Deutsche, der noch immer kicherte, nahm das Mundstück zwischen die Lippen, und Natty hielt die Feuerzeugflamme erneut an den Stoff. Der Junge atmete den Rauch mit fest zusammengekniffenen Augen ein. Als er genug hatte, drehte er langsam den Kopf zur Seite. Natty legte die Pfeife auf die Bartheke. Der Junge atmete aus und mußte dabei erneut kichern.

»Du hast's verplempert«, schalt Natty ihn liebevoll.

»Tut mir leid«, sagte der Junge und schlang seine Arme um Nattys zierlichen Hals. Natty kniff ihn sanft in die Brustwarzen und leckte ihm die Kehle. Seine Hand glitt vorn in den Slip des Jungen und zog sein unbeschnittenes Glied heraus. Er streichelte es, bis es aufgerichtet war.

22.30 Uhr Im Wohnzimmer eines Split-level-Hauses in Encino stemmte Hyman »Herschel« Guzman seine hundertfünfzehn Kilo mühsam aus dem E-Z-Liegesessel hoch, stellte den Fernseher ab und weckte dadurch seine zierliche Frau Ruth, die seit einer Stunde neben ihm in ihrem Sessel döste.

»Herschel«, fragte sie mit einem verschlafenen Blick auf den Schlüsselring in seiner Hand, »du gehst ins Geschäft? Um diese Zeit?«

Herschel konnte sich nicht mehr daran erinnern, wann er zuletzt von jemand mit seinem richtigen Vornamen Hyman angesprochen worden war. Alle, auch seine Frau, nannten ihn Herschel. Nach seinem Vater. Nach dem Restaurant. Schon zu Lebzeiten seines Vaters hatten die Gäste begonnen, ihn Little Herschel zu nennen. Nach dem Tod seines Vaters vor dreißig Jahren war er *der* Herschel geworden. Jetzt dachte er sogar von sich selbst als Herschel.

»Yeah«, grunzte er. »Ich muß noch mal hin.«

»Wozu?« fragte Ruth schon wieder halb im Schlaf.

»Jackie Max kommt heute abend. Wahrscheinlich bringt er 'ne große Gesellschaft mit. Dazu muß ich dasein.«

Ruths Antwort bestand daraus, daß sie zu schnarchen begann.

Herschel verließ das Haus durch den Hintereingang und zog die Tür leise hinter sich zu. Er ließ seinen großen Cadillac Eldorado die Einfahrt hinunterrollen, bevor er den Motor anließ und die Scheinwerfer einschaltete. Auf der Fahrt über den Hügel und zum Laurel Canyon hinunter überlegte Herschel, worum er sich im Geschäft als erstes kümmern mußte: Kleingehackte Leber – Jackie Max ernährte sich praktisch von kleingehackter Leber auf Zwiebelbrötchen. Limonade – Jackie konnte Limonade mit Eis nicht ausstehen, aber noch mehr haßte er lauwarme Dr. Brown's. Und Brot – hatten sie heute morgen genug gebacken? Jackie würde sehr enttäuscht sein, wenn ihnen die Zwiebelbrötchen ausgingen. Er würde Herschel vor allen

Gästen, die er mitgebracht hatte, eine Szene machen. Natürlich scherzhaft, aber trotzdem mit dem Ziel, Herschel bloßzustellen. Das war sein Stil, sein *Shtik*. Jackie war ein Komiker, der andere Leute fertigmachte.

Herschel Guzman und Jackie Max waren seit fast drei Jahrzehnten – was? Freunde, konnte man wohl sagen. Seit er nach Big Herschels Tod das Geschäft übernommen hatte. Jackie Max war damals ein arbeitsloser junger Komödienautor auf der Suche nach Aufträgen gewesen. Er hatte am Ostende des Sunset Boulevards Stripshows angesagt, sich in der CBS Television City an der Fairfax Avenue ganz in der Nähe von Herschel's Delicatessen herumgetrieben und auf jemand gelauert, der bereit war, ihm seine große Chance zu geben.

Herschel tat dieser schmächtige, ausgehungerte New Yorker Straßenjunge leid. Eines Abends machte er Jackie Max unaufgefordert ein prachtvolles Sandwich mit kleingehackter Leber auf einem Zwiebelbrötchen – die Leber drei Finger hoch, der Dill frisch und knackig, das warme Brötchen süß-sauer duftend. Er stellte es vor Jackie Max auf den Tisch, an dem der Junge bei seinem kaltgewordenen Kaffee und einer eine Woche alten Ausgabe von *Variety* saß. Der Junge starrte das Sandwich an und sah dann zu Herschel auf.

»Das hab' ich nicht bestellt.«

»Ich weiß.«

»Aber... aber ich hab' kein Geld. Ich kann es nicht bezahlen.«

»Macht nichts, Junge. Du zahlst, wenn du 'n großer Star geworden bist. Wie alle anderen Gäste.«

Jackie Max blieb ernst. »Ich *werde* ein Star! Aber ich bin nicht wie alle anderen. Ich will dieses Sandwich abarbeiten.«

»Hau rein, Junge«, sagte Herschel lachend. »Laß dir wegen 'nem Sandwich keine grauen Haare wachsen.«

»Nein, Herschel, ich will dafür arbeiten. Kann ich bei dir Geschirr spülen oder Töpfe scheuern?«

»Hey, Junge, für solche Arbeiten hab' ich *Svartzers*. Tu mir den Gefallen und iß einfach, ja?«

»Augenblick!« sagte Jackie Max und sah sich im Restaurant um. »Alle deine Preistafeln sind alt. Du brauchst dringend neue. Ich kann sie dir malen. Mein Alter ist Schriftenmaler gewesen. Er hat mir alles beigebracht. Ich komme morgen vorbei und male dir neue Tafeln. Mit denen sieht der ganze Laden besser aus. Und du sparst dabei ein Vermögen.«

Damit fiel Jackie Max über das Sandwich her und lächelte mit vollen Backen kauend zu Herschel auf. Und am nächsten Morgen erschien er tatsächlich mit seinen Stiften, Pinseln und Farben und malte neue Tafeln, auf denen er alle Preise um zwanzig Prozent erhöhte, ohne auch nur zu fragen. Als Herschel sich darüber beschwerte, fragte Jackie nur: »Wie lange haben die Tafeln schon dort oben gehangen?«

»Zwei Jahre.«

»Dann wird's Zeit!« sagte Jackie energisch.

»Aber die Preise auf den Speisekarten stimmen dann nicht mehr.«

»Die Speisekarten nehm' ich mir auch noch vor.«

Danach kam Jackie Max jeden Abend nach Mitternacht vorbei. Er fachsimpelte mit anderen jungen Komikern, probierte neue Gags aus und bestellte dabei ein Lebersandwich und eine Dr. Brown's. Wenn das Sandwich serviert wurde, wies er die Bedienung laut und mit großer Geste an: »Schreiben Sie's auf meine Rechnung!«

Und er wechselte die Preistafeln regelmäßig aus. Und die Speisekarten. Danach strich er das Restaurant – erst innen, dann außen. Die Gebäudefassade war seit zwanzig Jahren nicht mehr renoviert worden. Jackie Max sorgte dafür, daß das alte Restaurant in neuem Glanz erstrahlte. Und Herschel mochte und respektierte ihn mehr als alle seine übrigen Stammgäste aus dem Showgeschäft.

Im Grunde genommen konnte Herschel mit Leuten aus der Unterhaltungsbranche wenig anfangen. Sein Vater hatte sich von all dem Glitter blenden lassen – nicht er. Die Film- und Fernsehleute, von denen das Restaurant hauptsächlich lebte, waren in seinen Augen eine faule, lärmende Bande: gegeneinander grausam, ihren Frauen untreu und geschäftlich unzuverlässig. Er hatte keine Geduld mit Schauspielern, die sich für ehrliche Arbeit zu schade waren, aber nächtelang bei ihm herumhockten und ihre Arbeitslosigkeit beklagten. Schauspieler, Mauspieler! Und ihre Agenten und Manager – noch schlimmer! Er hatte eine ganze Schublade voll geplatzter Schecks von großmäuligen jungen *Gonifs*, die sich als der nächste Sam Goldwyn aufspielten und dann verschwanden, wenn die Kontoauszüge versandt wurden.

Nein, Herschel Guzman, für den sein Leben lang ein sechzehnstündiger Arbeitstag die Norm gewesen war, hielt die Leute aus dem Showgeschäft für reichlich überbewertet.

Deshalb hatte er den schmächtigen jungen Jackie Max damals vor drei Jahrzehnten ins Herz geschlossen. Weil er eine Ausnahme von der Regel verkörpert hatte.

Gästen erzählte Herschel noch immer gern, wie Jackie Max eines Tages zu ihm gekommen war und gesagt hatte: »Herschel, ich kann keine Preistafeln mehr für dich malen.«

»Oh? Du gehst nach New York zurück? Das ist recht. Hollywood, Schmollywood! Hier hast du nichts verloren.«

»Daran liegt's nicht, Herschel«, erklärte Jackie Max ihm übers ganze Gesicht grinsend. »Ich hab' 'ne Serie gekriegt!«

Oy! Was für eine Serie! Schon zwei Monate nach der ersten Ausstrahlung war »So This Is Love?« zur beliebtesten Fernsehshow aufgestiegen. Die mit Gags gespickte halbstündige Serie über einen frisch mit einem Mädchen aus der besten Gesellschaft Manhattans verheirateten Müllmann aus Brooklyn zielte genau aufs Herz und die Lachmuskeln des Amerikas der fünfziger Jahre. Die keifende Aufforderung einer Nachbarin: »Mr. Max, tun Sie uns alle einen Gefallen. *Nehmen Sie ein Bad!*« wurde rasch zu einem geflügelten Wort. Die Show war ein hundertprozentiger Erfolg – und Jackie Max gehörte die ganze verdammte *Megilla*. Er war Autor, Regisseur und Star in einer Person. Ab der dritten Saison war er auch der Produzent. In diesem Jahr hieß die Serie »Jackie Max and So This Is Love?« ein Jahr später wurde daraus einfach »The Jackie Max Show.«

»Insgesamt lief die Serie acht Jahre und machte Jackie Max zum Multimillionär. Nachdem die Show 1964 abgesetzt worden war, spielte Jackie Max die Hauptrolle in zwei selbstfinanzierten Filmen, die grandiose Pleiten wurden. Hollywoods Insider, die nichts lieber taten, als schlechte Nachrichten zu verbreiten, stuften Jackie Max als bloßen Fernsehstar ein, der den Sprung zum Film nicht geschafft habe. Sie behaupteten, er sei erledigt, ein verblaßter ehemaliger Star. Jackie Max zog sich auf eine Farm im Bundesstaat New York zurück und blieb dort über zehn Jahre. Das war das Jahrzehnt der Revolution, des Umbruchs, der Drogen. Jackies sanfter, melancholischer Humor paßte einfach nicht in eine Zeit, in der das Wort *Quaalude* stets den größten Lacherfolg brachte.

Ab 1978 trat Jackie Max jedoch vereinzelt wieder auf. In Nachtklubs, bei Veranstaltungen, aber vor allem in verschiedenen Fernsehshows – bei Merv und Dinah, bei David und Dick. Und natürlich bei Johnny. Wie er sich verändert hatte! Zwanzig Kilo schwerer, mit graumeliertem Haar und in englischen Zweireihern trat er mit gänzlich verwandeltem Humor auf – scharf, beißend und witzig. Er war zu einem verletzenden Komiker à la Don Rickles geworden. Aber wo Rickles verschwitzt und außer Rand und Band war, blieb Jackie Max kühl und beherrscht. Mr. Control. Seine Antworten waren mit Widerhaken besetzte Pfeile, die unfehlbar ihr Ziel erreichten. Sie verletzten einen, und man blutete Heiterkeit. Das Studiopublikum heulte vor Lachen. Der Studiogast, den Jackies Giftpfeil getroffen hatte, rang sich ein Lächeln ab und bekam dabei ein vor Anstrengung rotes Gesicht.

Jackie Max war wieder da!

Las Vegas, Atlantic City, Lake Tahoe. Zuerst als Anheizer für Leute wie Sinatra, Martin und Davis. Dann selbst als Star des Abends. Anfang der achtziger Jahre trat er dreißig Wochen im Jahr in Nevada auf, gab ansonsten Gastspiele vor ausverkauften Häusern und verdiente fünf bis sechs Millionen Dollar im Jahr.

Dann kam der Anruf von Neil Simon. Ein neues Broadwaystück, mit einer Jackie Max auf den Leib geschriebenen Hauptrolle. Die Gage war weit niedriger als seine gegenwärtigen Jahreseinnahmen, aber welche Ehre, welches Prestige!

Herschel Guzman reiste zum erstenmal nach New York – eine Kloake! –, um diesen neuen Triumph seines alten Freundes mitzuerleben. Herschel hielt das Stück nicht für sonderlich witzig, aber dem Publikum schien es zu gefallen, und darauf kam's schließlich an, nicht wahr?

Nach zwei Jahren am Broadway war die New Yorker Truppe jetzt mit dem Stück nach L. A. gekommen. Heute abend sollte in Herschel's Delicatessen der erste Probentag gefeiert werden. Jackie Max hatte darauf bestanden, daß die Party dort stattfand. Und daß sie nach 23 Uhr begann – zur Erinnerung an Jackies Zeit als Stammgast in Herschel's Famous Deli in der Fairfax Avenue.

Herschel lächelte vor sich hin, während er seinen Eldorado leicht gebremst den Laurel Canyon Boulevard hinabrollen ließ. Am Sunset Strip hielt er an der Ampel und beobachtete den vorbeifließenden Verkehr.

In all diesen Jahren hatte Jackie Max sich als treuer – was? – Freund erwiesen, das mußte man ihm lassen. Bei jedem seiner Gastspiele im Tropicana oder im Desert Inn oder in Caesar's bekam Herschel einen Anruf aus Vegas, der Ruth und ihn einlud, Jackies Gäste zu sein.

Jackie Max kam für alles auf. Sie nahmen diese Einladungen oft an. Ruth liebte Vegas. Und Herschel gefiel es dort auch.

Tatsächlich betraf Herschels stärkste Erinnerung an Jackie Max eine Szene in seiner Suite eines Luxushotels in Vegas, in der dieser auf einem frischbezogenen Bett lag – nackt bis auf einen brillantbesetzten Davidstern, der in seiner Brustbehaarung funkelte – und sich von einer *Shiksa*-Nutte einen blasen ließ.

Herschel hatte an die Tür von Jackies Suite geklopft.

»Wer ist da?« rief Jackie von innen.

»Herschel.«

»Wo ist Ruth?«

»Unten. An den Spielautomaten.«

»Komm rein. Die Tür ist offen.«

Herschel öffnete die Zimmertür, und da war Jackie Max Superstar, der splitternackt Witze riß, während eine schöne, vollständig bekleidete *Shiksa*-Nutte vom Las Vegas Strip auf dem Bett über ihm kauerte und an ihm lutschte.

»Herschel«, sagte Jackie Max, »ich führe ein Einstellungsgespräch mit meiner neuen Sekretärin. Im Augenblick schreibt sie Steno, könnte man sagen.«

Die Nutte kicherte um Jackies feuchtglänzenden Schwanz herum, ohne aus dem Takt zu kommen.

»Oder vielleicht nimmt sie ein *Dick*tat auf.«

Die Nutte kicherte wieder und murmelte etwas Unverständliches.

»Das kann man wohl sagen, Honey.« Er wandte sich wieder an Herschel. »Was für 'n Talent fürs Geschäft!«

Erneutes Kichern.

»Auf eines können Sie sich verlassen, Miss Fletcher: Falls Sie diese Stellung kriegen, brauchen Sie mir nie Kaffee zu kochen.«

Das war zuviel. Die Nutte prustete lachend los, und Jackies roter, speichelglänzender *Putz* glitt aus ihrem Mund und platschte auf seinen Bauch.

»Sie sind sich wohl darüber im klaren, Miss Fletcher, daß Sie den Job jetzt nicht kriegen?«

Die Nutte schlang ihre Arme um den Oberkörper und krümmte sich vor Lachen.

Herschel grinste bei der Erinnerung an diese Szene, während er auf die Fairfax Avenue abbog.

Jackie Max war wirklich etwas Besonderes. Darum mußte heute abend alles tadellos klappen. Hör auf, dir Sorgen zu machen! ermahnte er sich. Was kann schon schiefgehen? Mit der Nachtschicht? *Oy*? Alles!

Einmal hatte Herschel eine Nachtbedienung gehabt, die Gäste auf der Damentoilette bedient hatte. »Kaffee, Tee oder mich? Mich? Zweite Kabine links. Ich komme in ein paar Minuten nach.«

Eine andere Nachtbedienung, ein unschuldig wirkendes junges Ding, hatte er dabei erwischt, daß sie Gästen, die aussahen, als könnten sie Interesse daran haben, Marihuana anbot.

Und vor einigen Jahren hatte ein knapp Sechzehnjähriger, der bei ihm die Tische abräumte, mitten im Hochbetrieb nach dem Theater hinten in der Küche einem Spüler die Kehle durchgeschnitten.

Was konnte schon passieren? Bei der Nachtschicht alles – einfach alles!

Herschel parkte den Eldorado auf seinem eigenen Parkplatz, der fast voll war, wie er befriedigt feststellte. Dann ging er einen halben Block weiter zum Restaurant. Es war 23.15 Uhr.

23.40 Uhr

Sonny Walker fuhr langsam durch die Straßen der Westside von Los Angeles und bemühte sich, zu erfassen, was Gott ihm mitteilen wollte.

Er wußte, daß Gott versuchte, ihm eine Botschaft zu übermitteln, aber er begriff sie einfach nicht. Sie schien stets knapp außer Hörweite, knapp außerhalb seines Gesichtsfelds, knapp außer Reichweite zu sein. Aber stets gegenwärtig. Ganz nahe und stets gegenwärtig.

Das war Gottes Art. Darüber war Walker sich im klaren.

Walker schluckte eine weitere Amphetaminpille.

Zum Beispiel heute. Bei Jesse Utter und seinen Schlägern. Das war eine Prüfung gewesen. Das wußte er jetzt. Wie Jesus in der Wildnis in Versuchung geführt worden war. Ein Hindernis, das Gott vor ihm aufgebaut hatte, um seinen Mut, seine Entschlossenheit auf die Probe zu stellen.

Diese Leute waren alle Juden. Darüber war Sonny sich jetzt im klaren. Juden und Gauner. Teufel und Hexen. Antichristen. Er würde sie mit Feuer und Schwert ausrotten. Er würde sie für ihr Verbrechen büßen lassen. An ihren Händen klebte Blut. Das Blut des Jesuskindes. Sie waren selbst schuld, wenn die Rache Jesu über ihre Häupter kam.

Die Juden mußten für ihr Verbrechen bestraft werden. Dann war die Menschheit endlich frei.

Gott sei den Christkillern gnädig!

23.41 Uhr Von seinem auf dem Crenshaw Boulevard geparkten Ford aus beobachtete Gold, wie der athletisch gebaute Schwarze bis zum Ende des Blocks ging, kehrtmachte, zurückging und wieder an ihm vorbeikam. Das war nun schon das dritte Mal. Diesmal kam er genau unter einer Straßenlampe vorbei. Er war der Mann auf dem Foto, das Honeywell ihm nachmittags von einem Boten hatte bringen lassen. Er war Bobby Phibbs.

Phibbs erreichte wieder das Haus. Diesmal blieb er stehen, sah sich nach beiden Seiten um und hastete den Vorgartenweg entlang. Er holte einen Schlüssel aus der Hosentasche und steckte ihn in die Haustür. Aber der Schlüssel sperrte nicht auf. Er begutachtete ihn im Licht der Verandabeleuchtung. Dann versuchte er's noch mal. Es tat sich wieder nichts.

»Schlampe!« knurrte Phibbs und rüttelte am Türknopf. »Verfluchte Schlampe!«

Phibbs verließ die Veranda und ging nach hinten zur Rückseite des Hauses. Der kleine, von Hecken umgebene Garten lag im Schatten. Phibbs trat ans nächste Fenster und versuchte, das Fliegengitter zu öffnen. Es war von innen mit einem Haken gesichert. Er zog ein Klappmesser aus der Hosentasche, ließ die zehn Zentimeter lange Klinge aufschnappen, durchstieß damit das Drahtgitter und schlitzte es den Rahmen entlang auf.

»Keine Bewegung, Arschloch«, sagte Gold und drückte die Mündung seines Revolvers gegen Phibbs' Hinterkopf. »Nicht umdrehen.«

»Hurensohn!« fluchte Phibbs halblaut.

»Nur keine Aufregung«, sagte Gold hinter ihm, während er Phibbs das Klappmesser wegnahm.

»Hey, Mann!« Phibbs lachte. »Denkst wohl, daß ich in mein eigenes verdammtes Haus einbrechen will? Dies ist *mein* Haus, Mann. Ich hab' den Schlüssel verloren. Kein Scheiß, Bruder, ich wohn' hier. Ich kann dir 'n Ausweis zeigen.«

Als Phibbs sich umdrehen wollte, stieß Gold ihn nach vorn gegen die Hauswand.

»Versuch das nicht noch mal, sonst kriegst du 'ne Kugel in deinen Scheißkopf, kapiert?«

»Okay. Okay, Mann. Wie du willst. Ich versuch' bloß, dir zu erklären, Mann, daß du hier 'n Fehler machst, Mann. Scheiße, ich *wohn'* hier, Mann! Ins *eigene* verdammte Haus kann man nicht einbrechen!«

Gold riß Phibbs die Arme auf den Rücken und legte ihm Handschellen an. Er tastete ihn rasch nach Waffen ab.

»Mann, hör mir doch endlich zu!« verlangte Phibbs aufgebracht. »Das hier ist mein *eigenes* Haus!«

»Halt's Maul, Bobby.«

»Hey, Mann, du weißt meinen Namen. Dann weißt du, daß ich hier wohn'. Zwischen meiner Alten und mir hat's letzte Nacht Zoff gegeben. Ich bin zurückgekommen, um meine Klamotten zu holen, aber die Schlampe hat die verfluchten Schlösser auswechseln lassen. Ich will mir morgen 'nen Job suchen und brauch' saubere...«

Gold rammte Phibbs seinen Ellbogen ins Kreuz. Bobby grunzte und sackte nach vorn gegen das Haus.

»Maul halten, hab' ich gesagt!« knurrte Gold.

Aus der Innentasche seiner Jacke zog er einen zusammengelegten Kopfkissenbezug, entfaltete ihn mit einer Abwärtsbewegung und zog ihn Bobby über den Kopf.

»Hey, Mann, was soll...«

Gold schlug Bobby den Griff seines Revolvers Kaliber 38 gegen den Hinterkopf. Bobbys Knie gaben nach: Er sackte nach vorn gegen die Bretterwand und rutschte daran hinunter auf den harten Boden.

Gold lief die Einfahrt entlang und sah auf die Straße. Sie war in beiden Richtungen leer. Er rannte zu Bobby zurück, der stöhnend an der Hauswand lag. Er riß den Gefesselten, der nicht sehen konnte, was um ihn herum vorging, an den Handschellen hoch.

»Du gehst vor mir her, ohne ein Wort zu sagen, kapiert?«

Gold stieß Bobby Phibbs vor sich her zu seinem Ford und öffnete die Beifahrertür. Er zwängte Bobby, dessen muskulöser Körper im Fußraum kaum Platz hatte, so in den Wagen, daß er vor dem Sitz knien und seinen Kopf in dem Kissenbezug darauflegen mußte. Danach lief Gold ums Auto herum und setzte sich ans Steuer. Während er anfuhr und mit der linken Hand lenkte, zog er seinen Revolver aus dem Gürtel und drückte ihn gegen den Kissenbezug.

»Verhalt dich ruhig«, knurrte er. »Keine Bewegung. Kein Wort.«

Ihre Fahrt dauerte nur wenige Minuten. Bis zu einer Stelle knapp nördlich des Stadtzentrums, an der sich fünf Freeways kreuzten, deren einander überlagernde kleeblattförmige Aus- und Einfahrten an Linien erinnerten, die ein Ingenieur beim Telefonieren geistesabwesend auf seinen Notizblock gekritzelt hatte. Gold parkte in einer leeren Sackgasse zwischen Lagerhäusern, die an einem Maschendrahtzaun über dem lebhaften Verkehr auf den zusammenführenden Freeways endete. Er zerrte Phibbs aus seinem Wagen und stieß ihn vor sich her zu dem Zaun, dessen Maschendraht an einer Stelle aufgeschnitten und zurückgerollt war. Gold zwängte sich durch die Öffnung und zog Phibbs hinter sich her. Eine steil abfallende, mit Müll übersäte Böschung führte zu einer Reihe gewaltiger Stahlbetonpfeiler hinunter, die einen der Freeways trugen. Gold trat hinter Bobby Phibbs und rammte ihm das keulenförmige Ende des Baseballschlägers, den er aus dem Kofferraum mitgenommen hatte, wuchtig in den Rücken. Phibbs kullerte sich überschlagend die Böschung hinab, bis er dann schwer gegen einen der Pfeiler krachte. Gold rutschte hinter ihm her. Als er unten ankam, bemühte Phibbs sich, auf die Beine zu kommen. Unter dem Kissenbezug waren keuchende Atemzüge zu hören. Gold riß ihn an den Handschellen hoch.

»Hey, Mann!« Bobbys zittrige Stimme klang ängstlich, von dem Kissenbezug gedämpft. »Scheiße, wer bist du, Mann?«

Gold gab keine Antwort. Er stieß Bobby vor sich her durch eine enge Passage zwischen einigen der Tragpfeiler. Dahinter öffnete sich eine von Menschenhand geschaffene perfekte Höhle, die durch zusammengeführte Freeways entstanden war. Decke, Wände und der mit Unrat übersäte Boden bestanden aus mit Graffiti besprühtem Stahlbeton. U. S. OUT OF EL SALVADOR. DOMINIC AND ROSA, FOR A GOOD BLOW JOB CALL REUBEN. Irgend etwas huschte durch die Zigarettenkippen davon. Die Höhle war vor Jahren eine beliebte Schießbude gewesen, bis ein Ripper angefangen hatte, hier angetörnte Säufer und Junkies umzulegen. Jetzt kamen diese Leute nicht mehr her. Sie behaupteten, in diesem Rattenloch spuke es.

Gold stieß Bobby Phibbs mitten in die Höhle und trat dann von ihm zurück. Beide Männer schwitzten stark.

»Bist du 'n Cop, Mann?« Bobby mußte schreien, um den Verkehrslärm zu übertönen, der von allen Seiten über sie hereinbrach. »Wenn du 'n Cop bist, dann verhafte mich endlich, Mann! Bring mich ins verdammte Gefängnis zurück! Aber laß diesen Scheiß, Mann!«

Gold lehnte sich an einen schmutzigen Pfeiler und holte eine Zigarre aus der Tasche. Er zündete sie an. Er blies den Rauch in Bobbys Richtung.

»Was willst du von mir, Mann?« brüllte Bobby.

Gold blies erneut Zigarrenrauch in seine Richtung.

»Was willst ...«

»Hast du letzte Nacht Spaß gehabt, Bobby?«

Bobby gab keine Antwort.

»Hat er dir besser gestanden, als du diese weiße Schlampe verprügelt hast?«

Bobby drehte den Kopf leicht zur Seite, als versuche er, Gold durch den Kissenbezug besser zu erkennen.

»Was hat dir mehr Spaß gemacht – sie zu schlagen oder sie zu ficken?«

»Hey, Mann, was soll der Scheiß? Ich hab' kein' Schimmer, wovon du redest.«

»High sein, weh tun und vergewaltigen. Was Tolleres gibt's kaum, stimmt's, Bobby?«

»Du spinnst, Mann! Hast du den Verstand verloren?«

»Alonzo und du habt letzte Nacht 'ne richtige Party abgezogen, was, Bobby? Nun, jetzt steigt die nächste Party. Heute nacht. Gleich hier. Nur mit dir und mir. Und wenn sie vorbei ist, packst du alles aus, was ich wissen will. Wer den Überfall geplant hat. Wer euch die Adresse in Brentwood gegeben hat. Wem ihr die zehn Kilo Koks gebracht habt. Aber erst wollen wir 'n bißchen Spaß miteinander haben, Baby. *Spaaaß*!«

»Mann, du hast den ...«

Gold holte mit dem Baseballschläger aus und schlug zu. Bobby Phibbs' Kniescheibe zersplitterte mit einem hohlen *Plop*! – wie eine aus dem ersten Stock fallende Glühbirne. Bobby kreischte gellend, wand sich auf dem vollgekackten Beton und trat mit seinem gesunden Bein um sich, als könne er den Schmerz dadurch lindern.

»Ich bin's nicht gewesen, Mann!« schrie er. »Alonzo ist's gewesen! Alonzo ist an allem schuld! Er ist mit dem Job gekommen! Sein Anwalt hat den Tip gegeben! 'n jüdischer Anwalt! Natty Saperstein! Für *den* haben wir gearbeitet! *Natty Saperstein*!«

Gold stellte sich über Bobby und hob erneut den Baseballschläger.

»So leicht kommst du nicht davon, Bobby«, sagte er. »Nicht entfernt so leicht.«

Freitag,
10. August

2.37 Uhr Herschel Guzman war äußerst zufrieden. Alles hatte geklappt. Sogar wunderbar geklappt.

Jackie Max und seine insgesamt einundvierzig Gäste – *einundvierzig*! – waren gegen 0.15 Uhr hereingeströmt: lachend und Witze reißend, wie's nur die Leute im Showgeschäft können. Sie hatten den ganzen vorderen Speiseraum mit Beschlag belegt und *Lox* und Bagels, Wurst und Eier, Blintzes, Pastrami, Schinken und Emmentaler bestellt – einfach alles. Herschel konstruierte ein Riesensandwich aus kleingehackter Leber auf Zwiebelbrötchen und servierte es Jackie so übertrieben schwungvoll, daß alle begeistert applaudierten. Jackie Max lachte und küßte die neben ihm sitzende Tänzerin. Erneuter Applaus. Die übrigen Gäste waren Autoren, Musiker, Bühnentechniker, Schauspieler, Groupies und einige Geldgeber, die sich im Glanz ihres gemieteten Stars sonnten.

Die Party verlief lärmend und fröhlich. Selbst die anderen Gäste wurden bald mit einbezogen. Irgend jemand holte eine Vierliterflasche Whisky aus einer Papiertüte – Herschel's hatte nur eine Bier- und Weinlizenz –, und Herschel tat zum erstenmal in seinem Leben so, als sehe er nichts. Die Gäste rissen Witze, schmückten alte Storys aus und erzählten offenkundige Lügenmärchen. Jackie Max betrank sich sinnlos und drohte immer wieder damit, seinen *Putz* rauszuholen. Herschel drohte ihm seinerseits, er werde ihn abschneiden und in der Kühltheke ausstellen. Jackie behauptete prahlerisch, davon könnten Tausende satt werden. Alle lachten laut.

Die ersten Gäste verabschiedeten sich gegen zwei Uhr. Jackie Max, den zwei vollbusige Tänzerinnen stützten, ging als einer der letzten. An der Tür schlang er Henschel die Arme um den Hals und küßte ihn auf beide Wangen.

»Hey, *Bubeleh*, brauchst du mal wieder 'n Schild gemalt?«

Die Tänzerinnen schleppten ihn zu der wartenden Limousine. Die übrigen Gäste torkelten hinterher.

Jetzt waren Herschel und seine Bedienungen dabei, die Tische abzuräumen, Gläser und Geschirr klappernd in die Küche hinauszutragen und Stühle hochzustellen, damit die Jungen, die sonst die Tische abräumten, den Boden aufwischen konnten.

Herschel polierte die große Wurstschneidemaschine aus rostfreiem Stahl hinter der Kühltheke. Wenn er sie nicht selbst putzte, wurde sie nie richtig sauber.

Um diese Zeit waren nur noch wenige Gäste übrig: Rock'n'Roll-Typen, die vor einem Kaffee hockten und sich ihre Rock'n'Roll-Träume erzählten.

Die meisten saßen an Tisch sechs: drei Mitglieder der berüchtigt lauten Post-Punk spielenden, vor kurzem unter Vertrag genommenen Garagengruppe Scuzz, die Alte des Sängers der Band und ihnen gegenüber die Schlagzeugerin und die Bassistin der Mädchenband The Lollipops. Seit wenigstens einer Viertelstunde füßelte die Bassistin der Lollipops, die sich Qwikie nannte, unter dem Tisch mit Scar, dem Sänger der Scuzz, und Scars Alte, ein früheres Besitztum der Hell's Angels und keine Frau, die sich einfach so verladen ließ, überlegte schon, ob sie Qwikie jetzt das Gesicht zerschneiden oder sie später auf dem Parkplatz fertigmachen sollte.

An der Wand unter den signierten Karikaturen der Stars saßen an drei Tischen je zwei Personen: zwei junge New Yorker Schauspieler, die sich erzählten, weshalb sie L. A. so haßten; zwei Schwule in den Vierzigern, die sich ihre schon beschlossene Trennung auszureden versuchten; und zwei Drehbuchautorinnen, die den Höhepunkt ihres dritten unverkäuflichen Drehbuchs ausbrüteten.

Birdie, die dicke blondgefärbte Bedienung Anfang Sechzig, sah ihn als erste.

»Nix wie raus hier!« kreischte sie, hastete schwerfällig in Richtung Küche und ließ ein Chaos aus umgeworfenen Stühlen und Tischen hinter sich zurück.

Qwikie, die den Eingang vor sich hatte, sah ihn als nächste und stieß einen gellenden Schrei aus, von dem Überlebende später behaupteten, er habe ihre Nackenhaare wie elektrisiert zu Berge stehen lassen.

Scar stand auf und drehte sich um. Seine Lippen verzogen sich zu einem verächtlichen Lächeln. Er griff sich eine Bierflasche mit langem Hals und trat damit dem Mann am Eingang entgegen – ein nihilistischer Punker bis zum bitteren Ende.

Herschel, der eben in diesem Augenblick hinter der Kühltheke kniete, um ein heruntergefallenes Fleischermesser aufzuheben, hörte Birdies Ausruf, Qwikies gellenden Angstschrei und dann Scars seltsames Kichern. Diese gottverdammten Musiker! dachte er, richtete sich auf und blickte über die Kühltheke.

Gerade rechtzeitig, um zu beobachten, wie der am Eingang stehende Mann mit der Schrotflinte rasch hintereinander zwei Schüsse in Scars Bauch jagte. Der Unterleib des Sängers explodierte wie eine reife Wassermelone, so daß Fleisch und Blut vorn, hinten und an den Seiten aus seinem schwarzen *X*-T-Shirt spritzten. Die Schüsse warfen den bereits Toten gegen den Tisch, an dem er gesessen hatte. Qwikies Kreischen, das nie ganz verstummt war, erreichte neue hysterische Höhen. Dann wurde es durch einen weiteren Schrotschuß abgeschnitten, der Qwikies Gesicht in eine blutüberströmte Schreckensmaske verwandelte. Sie kippte mit ihrem Stuhl nach hinten um, und ihre schwarzbestrumpften Beine zuckten gräßlich.

Unterdessen warfen alle Anwesenden, die vor einer Sekunde noch schreckensstarr gewesen waren, sich unter Tische und Sitzbänke und versuchten, sich in den Fußboden einzugraben.

Big Birdie, die weiter in Richtung Küche polterte, war das nächste Ziel.

Der breite Rücken ihres weißen Kittels färbte sich plötzlich blutrot, und sie krachte zu Boden wie ein gefällter Elefant.

Von seinem Platz hinter der Kühltheke aus warf Herschel mit dem Fleischermesser nach dem Todesschützen. Aber das Messer klirrte wirkungslos auf den Boden – drei Meter zu kurz.

Der Mann am Eingang wandte sich Herschel zu und jagte eine Schrotladung in seine Richtung. Herschel, der sich schon duckte, fühlte einen weißglühenden Schmerz in seiner linken Schulter, während er sich auf den Gitterrost hinter der Kühltheke fallen ließ. Der Bewaffnete jagte rasch hintereinander sechs Schüsse in die Kühltheke, aus der nun Glassplitter und Fleischbrocken auf Herschels Rücken herabregneten.

Dann trat er einige Schritte weiter ins Restaurant hinein, lud in aller Ruhe seine Zwölferschrotflinte nach und schoß wahllos um sich. Hinter irgendeinem Tisch kreischte eine Frauenstimme immer wieder: *Aufhören! Aufhören!«*

Der Mann nahm seine Schrotflinte in die linke Hand, wandte sich ab und sprühte mit der Rechten, in der er eine Sprühdose hielt, ein riesiges auslaufendes rotes Kreuz aufs Schaufenster von Henschel's Delicatessen.

Dann war er plötzlich verschwunden.

Die hinter einem umgestürzten Tisch kauernde Drehbuchautorin kreischte noch immer: *Aufhören! Aufhören! Aufhörenaufhörenaufhörenaufhören!«*

2.59 Uhr Die Fairfax-Avenue war menschenleer.

Walker bog an der nächsten Straßenecke nach Westen ab, um die hellen Lichter hinter sich zu lassen. Er trabte mehrere Blocks weit, bevor ihm auffiel, daß er noch immer die leergeschossene Schrotflinte in der Hand hielt. Er schlüpfte in eine enge Durchfahrt zwischen zwei Apartmentgebäuden. An ihrem Ende stemmte er keuchend die Abdeckung eines Kellerkriechgangs hoch, warf die Schrotflinte weit hinein und ließ die Abdeckung wieder herabsinken.

Auf der Straße wandte er sich wieder nach Westen. Und erstarrte.

Ein LAPD-Streifenwagen mit eingeschalteten blauen und roten Blinkleuchten blockierte die Kreuzung.

Walker hetzte über die Straße und verschwand in einer anderen Gasse. An ihrem Ende kletterte er über eine abbröckelnde Betonmauer, lief über ein Garagendach und sprang in eine dunkle Einfahrt hinunter. Er folgte ihr und gelangte auf die nächste Straße.

Der Streifenwagen kam mit quietschenden Reifen um die Ecke gerast, machte Jagd auf ihn.

Er spurtete über die Straße und die nächste Einfahrt entlang. Dort sprang er auf die Motorhaube eines Autos, polterte übers Wagendach und sprang über einen mit Unkraut überwucherten Maschendrahtzaun. Jetzt befand er sich auf einer langen kiesbestreuten Zufahrt für Müllwagen, auf der er in vollem Tempo einen ganzen Block schaffte, bevor ein weiterer Streifenwagen mit aufheulendem Motor und eingeschalteter Sirene auf den Kiesweg abbog. Hinter ihm rief jemand etwas Unverständliches. Walker hörte ein weit entferntes mehrfaches Krachen. Gleichzeitig pfiff etwas an seinem Ohr vorbei. Sie schossen auf ihn.

Walker hetzte eine Zufahrt nach der anderen entlang. Hecken und Rosenbüsche zerkratzten ihm das Gesicht; scharfkantige Zaunpfähle verletzten ihn an den Beinen. Kugeln schlugen um ihn herum ein und surrten zum Teil als Querschläger davon. Er verlor die Orientierung.

Er wußte nicht mehr, wo er seinen Kleinbus geparkt hatte. Das Geheul von ein Dutzend Sirenen zerriß die Nacht. Dutzende von Sirenen. Sie kreisten ihn ein. Er rannte in einen Park, in dem tagsüber alte Männer Boccia spielten, und trampelte übers feuchte Gras. Plötzlich spritzten um ihn herum Rasensprenger los. Im Mondschein glitzerten bogenförmige Wasserstrahlen. Walker taumelte einen Hang hinunter und prallte gegen ein Baseballschutzgitter, das Bestandteil der Umzäunung des Parks war. Er kletterte vor Anstrengung keuchend über den Maschendrahtzaun und ließ sich auf der anderen Seite hinunterplumpsen. Er kroch in einen finsteren Winkel, blieb an den Zaun gelehnt hocken und rang nach Atem. Seine von Angstschweiß und Sprühwasser durchnäßten Kleidungsstücke klebten ihm am Leib.

Plötzlich war es greller Tag.

Er war im blendend hellen Schein eines vom Himmel herabstrahlenden Suchscheinwerfers gefangen. Gleichzeitig stieß ein Hubschrauber mit brüllenden Lautsprechern auf ihn herab.

»Halt, keine Bewegung! Stehenbleiben! Keine Bewegung!«

Walker sprang auf und hetzte von dem Scheinwerferstrahl verfolgt über kurzgeschorene Rasenflächen.

»Halt, stehenbleiben! Keine Bewegung! Hier spricht die Polizei! Stehenbleiben!«

Hinter ihm fielen weitere Schüsse. Zugleich waren rasche Schritte zu hören. Auf Beton klatschende Ledersohlen kamen näher. Mehr als nur zwei. Walker kletterte über eine Ziegelmauer und sah sich einem riesigen Schäferhund gegenüber, der nach seinen Waden schnappte, während er durch einen mit Plastikgartenmöbeln vollgestopften winzigen Hausgarten stolperte. Er warf sich mit der Schulter gegen das Tor, dessen Holz splitternd nachgab. Der Schäferhund blieb am Tor stehen und kläffte ihm nach. Auf einer schmalen Straße mit hohen Palmen, Avocados und Gummibäumen gelang es Walker, den hellen Lichtstrahl des Suchscheinwerfers abzuschütteln. Während der knatternde Hubschrauber verzweifelt enge Suchkreise flog, drang sein grellweißes Scheinwerferlicht kaum durch das Blätterdach über der Straße.

Walker durchbrach eine dichte Hecke und erreichte eine andere Straße ohne blau-rote Blinkleuchten. Obwohl seine Lunge wie Feuer brannte und er heftiges Seitenstechen hatte, zwang er sich dazu, den Gehsteig entlangzuspurten.

Schritte hinter ihm. Aber nur ein Schuhpaar. Und ziemlich weit zurück.

Dann trabte er über den weitläufigen unbeleuchteten Parkplatz eines menschenleeren Einkaufszentrums. Der Hubschrauber suchte ihn anderswo: Sein Suchscheinwerfer glitt einige Blocks weit entfernt über die Dächer. Auch die Sirenen heulten jetzt in weiter Ferne; sie erinnerten an das Gekläff einer enttäuschten Hundemeute.

Walker blieb stehen und bemühte sich, ruhig zu atmen, damit er horchen konnte. Keine Schritte. Niemand verfolgte ihn.

Seinen Kleinbus fand er an der Stelle, wo er ihn geparkt hatte – hinter dem Supermarkt des Einkaufszentrums. Er riß die Schiebetür auf, ließ sich in den Laderaum fallen und war zu erschöpft, um die Tür von innen zu schließen. Das Seitenstechen war schlimmer geworden. Bei jedem keuchenden Atemzug war ihm, als zerfetze ein scharfes Messer seine Lunge. Er lehnte sich gegen die Seitenwand des Wagens, zog die Beine bis zur Brust hoch und rang schweratmend nach Luft.

Dann erstarrte er plötzlich.

Schritte! Ganz in der Nähe. Vorsichtig näherkommend.

Walker griff in den Hohlraum unter dem Fahrersitz und zog die Pistole Kaliber 357 heraus. Er legte die Waffe auf den Schoß, bedeckte sie mit einer alten Zeitung und zwang sich, gleichmäßig und mit geschlossenem Mund zu atmen.

Die Schritte waren sehr nahe. Harte Gummisohlen knirschten über Kieselsteine.

Walker wartete.

Ein junger, uniformierter Cop trat langsam in sein durch die offene Schiebetür begrenztes Blickfeld. Als er Walker im Bus hocken sah, blieb er ruckartig stehen und bedrohte ihn mit seinem schußbereit in beiden Händen gehaltenen Revolver.

»Komm raus!« befahl er mit zittriger Stimme.

»Was ist denn los?« fragte Walker.

»Du sollst da rauskommen, verdammt noch mal!« brüllte der junge Cop. Walker drückte ab. Die Kugel durchschlug den Oberarm des Uniformierten und drang in sein Herz. Der Einschlag warf ihn drei Meter weit zurück, während sein Zeigefinger reflexartig den Abzug seiner Waffe betätigte. Walker spürte die Hitze der Revolverkugel des Cops, die seine Backe streifte, bevor sie die Seitenwand des Kleinbusses durchschlug.

Walker war mit einem Satz im Freien und starrte auf den toten Cop herab. Um ganz sicherzugehen, jagte er der Leiche noch eine Kugel in den Kopf.

Dann knallte er die Schiebetür zu, setzte sich ans Steuer und ließ den Motor an. Der wie ein hungriger Falke kreisende Hubschrauber war nur noch wenige Blocks weit entfernt. Walker schlängelte sich durch Nebenstraßen, bis er sich in den schwachen nächtlichen Verkehr auf La Cienega Boulevard einordnen konnte. Plötzlich tauchten in seinem Rückspiegel drei Streifenwagen auf. Walker fuhr mit der linken Hand und hielt die Magnum in der Rechten. Die Streifenwagen schlossen rasch zu ihm auf, überholten ihn und rasten weiter. Walker, der den Atem angehalten hatte, atmete tief durch.

Einige Blocks weiter fuhr er auf den Freeway ein und war verschwunden.

5.07 Uhr

Zuvor war es schlimm gewesen, aber diesmal ging es am Tatort zu wie im Tollhaus.

Die Medientypen waren überall, traten sich gegenseitig auf die Zehen, stolperten über die Kabel anderer Teams und brabbelten in verschiedenen Sprachen Berichte über das »Restaurant-Massaker« in ihre Mikrofone. Scheinwerferbatterien tauchten die abgesperrte Fairfax Avenue in unwirkliches Licht, in dem der Block mit Herschel's Delicatessen an eine Filmkulisse erinnerte und das den smogverschleierten Sonnenaufgang im Osten völlig überstrahlte.

Wirklich ein Theaterstück, dachte Gold. Eine Shakespeare-Tragödie. Blutig und grausam und nicht zu vermeiden. Drei Tote – vier, wenn man den jungen Cop mitzählte –, zwei Schwerverletzte und drei Leichtverletzte, die einen Schock erlitten hatten.

Einer der Schwerverletzten war sein alter Freund Herschel Guzman, den ein Krankenwagen in kritischem Zustand ins nahe Cedars-Sinai Hospital eingeliefert hatte. Das andere schwerverletzte Opfer war einer der New Yorker Schauspieler. Eine Schrotladung hatte ihm den Brustkorb aufgerissen, und seine Überlebenschancen galten als minimal. Sein New Yorker Kollege hatte wie die noch immer hysterische Drehbuchautorin und der Bassist der Gruppe Scuzz lediglich einige verirrte Schrotkugeln abbekommen. Die unverletzten Überlebenden – das schwule Paar, die andere Drehbuchautorin, der Scuzz-Schlagzeuger, Scars nunmehr verwitwete Alte und alles Personal, das sich während des Überfalls in der Küche aufgehalten hatte – machten jetzt vor Beamten der Sonderkommission ihre Aussagen über den Tatablauf und den Todesschützen.

Der Oberbürgermeister und Chief Huntz, beide zerzaust und hastig angezogen wirkend, standen an einem Ende des Blocks im Scheinwerferlicht auf einem improvisierten Podium und gaben den sie umdrängenden, schreienden Medienleuten eine Pressekonferenz. Zwei Vertreter konkurrierender Nachrichtenagenturen gerieten sich in die Haare und mußten mit Gewalt auseinandergebracht werden. Dolly Madison stand dicht hinter dem Chief und flüsterte ihm wichtigtuerisch ins Ohr. Auch Councilman Orenzstein war da und versuchte informiert auszusehen. Die Reporter brüllten den Oberbürgermeister ständig mit neuen Fragen nieder, bevor er die alten beantworten konnte. Die hin und her wogende Masse von Journalisten glich einem riesigen amöbenhaften Lebewesen. Die ganze Szene wirkte gefährlich anarchisch und drohte, im nächsten Augenblick in offenen Aufruhr auszuarten.

Die Nachricht von dem Massaker hatte sich in Windeseile durch den gesamten Fairfax District verbreitet, und die Einwohner des Viertels – hauptsächlich ältere Leute in Bademänteln und Morgenröcken – waren aus ihren Häusern und Wohnungen zusammengeströmt, um zwanzig, dreißig Reihen tief hinter den gelben Polizeiabsperrungen zu stehen und mit ausdruckslosen Blicken das ans Schaufenster von Herschel's Delicatessen gesprühte blutrote Kreuz anzustarren.

Gold ging ins Restaurant zurück. Zamora folgte ihm. Glassplitter der zerschossenen Kühltheke knirschten unter ihren Schuhen. Gold machte schweigend einen Rundgang durch die Räume. Die Labortechniker waren noch bei der Arbeit – fotografierten, zeichneten Lagepläne, suchten Fingerabdrücke.

Gold zündete sich eine Zigarre an.

»Wie hat der junge Cop gleich wieder geheißen?«

Zamora blätterte in seinem Notizbuch. »Estevez.«

»Wann hat er bei uns angefangen?«

»Vor sieben Monaten.«

Gold schüttelte den Kopf. »Wenn er erfahrener gewesen wäre, hätte er sich nie von seinem Partner getrennt und versucht, dieses Arschloch allein zu stellen.«

Zamora zuckte mit den Schultern. »Sein Partner ist älter, hat

Übergewicht. Er hat nicht Schritt halten können. Estevez ist ein Jogger. *Gewesen.*«

Gold wälzte seine Zigarre in den Mundwinkel. »Wahrscheinlich hat er 'ne schwangere Frau und ein Haus voll Kinder hinterlassen.«

»Nö, er ist Junggeselle gewesen.«

Gold verdrehte die Augen. »Warum fühle ich mich trotzdem nicht besser?«

Gold ging zu einem Labortechniker hinüber, der aus einer Lache Blut in ein Reagenzglas löffelte. Gold paffte seine Zigarre.

»Wie heißt der eine Schwerverletzte? Der Schauspieler aus New York? Der so gut wie tot ist?«

Zamora blätterte erneut in seinem Notizbuch. »O'Connor – David John O'Connor.«

»O'Connor«, murmelte Gold nachdenklich. »Birdie Williamson, Catherine ›Qwikie‹ Acosta und Milton ›Scar‹ Scarborough. Und Estevez, der junge Cop. Nicht ein Jude darunter. Unser Mann läßt nach. Er verzettelt sich. So braucht er 'ne Ewigkeit, um uns auszurotten.«

Zamora starrte den Älteren verständnislos an.

»Scheiße, ich muß hier raus!« knurrte Gold.

Auf der Straße drängten die zahlreich gewordenen Neugierigen unterdessen näher heran, um einen Blick auf den Tatort zu erhaschen. Im grellweißen Licht der Fernsehscheinwerfer beantwortete der Oberbürgermeister noch immer Reporterfragen.

»Was machen wir jetzt?« wollte Zamora wissen. »Fahren wir ins Parker, um die Überlebenden auszuquetschen?«

Gold beobachtete die Neugierigen. »Ich fahre erst bei mir daheim vorbei. Ich muß unter die Dusche. Wir haben einen verdammt langen Tag vor uns.«

»Soll ich mitkommen?«

»Nein. Wir treffen uns im Parker.«

Als die beiden Männer auseinandergehen wollten, waren von einem Ende des Blocks her laute Stimmen zu hören. Die Menge teilte sich, und Jerry Kahn und seine jugendlichen JAR-Angehörigen stürmten mit ihrem Schlachtruf »Niemals wieder! Niemals wieder!« nach vorn. Kahns Nase verschwand fast unter einem weißen Pflasterverband. Er überbrüllte das rhythmische Geschrei seiner Anhänger.

»Juden haben ein langes Gedächtnis, Mr. Mayor!«

Er drohte dem Oberbürgermeister, den er mitten im Satz unterbrochen hatte, mit der Faust.

»Juden haben ein langes Gedächtnis, Mr. Mayor! Wir merken uns alle, die jüdisches Blut als Schmiermittel für ihre politische Maschinerie benutzen!«

Die Reporter ließen den Oberbürgermeister stehen und hielten ihre Mikrofone hastig Kahn hin. Councilman Orenzstein gelang es, empört und erfreut zugleich auszusehen. Huntz kochte vor Wut.

»Ihr dort oben!« rief Kahn und zeigte auf den Oberbürgermeister und sein Gefolge. »Ihr seid schuld an diesen Greueltaten! Wie ihr dasteht! Und ihr sollt nicht ungestraft davonkommen!«

Dolly Madison drängte sich nach vorn.

»Diese Leute sind bewaffnet«, sagte er zu Kahn. »Das kann nicht geduldet werden.«

»Leck mich am Arsch, *Goy*!« knurrte Kahn. »Wenn die Polizei uns nicht schützt, schützen wir uns verdammt noch mal selbst. Wir lassen uns nicht mehr nachts ermorden. Juden lassen sich nicht mehr willig zur Schlachtbank führen. Niemals wieder! Niemals wieder!« Er drehte sich um und feuerte seine Leute an. »Niemals wieder! Niemals wieder!«

Sie griffen seinen Schlachtruf auf.

»Niemals wieder! Niemals wieder!«

Die Fernsehkameras surrten. Techniker beeilten sich, die Konfrontation auszuleuchten.

»Wir können nicht zulassen, daß Sie diese Waffen tragen«, stellte Dolly Madison fest.

»Dann nehmen Sie sie uns doch weg!« rief Kahn herausfordernd. Aus seinen Augen blitzte messianischer Eifer. »Zeigen Sie uns vor den Augen der Welt, wie das LAPD Juden behandelt, die sich nur selbst schützen wollen. Zeigen Sie der Welt, wie man hier in Los Angeles mit Juden umgeht!«

Dolly Madison war verwirrt, unschlüssig. Er sah sich nach den Medienleuten um.

»Warten . . . warten Sie hier!« forderte er Kahn auf, machte auf dem Absatz kehrt und trabte zu Chief Huntz zurück, der ihn mit finsterer Miene erwartete.

Auf ein Zeichen Kahns hin verteilten sich die jungen JAR-Angehörigen entlang der gelben Polizeiabsperrungen. Sie bezogen in Fünfmeterabständen mit schräg vor der Brust gehaltenen Sturmgewehren ihre Posten.

»Hey, Onkel Ike!« Kahn hatte Gold entdeckt. »Dieser *Goy* hat weniger Mumm als der Alibijude. Er muß erst mit seinem Boß reden. Sie schlagen die Leute gleich zusammen.«

Gold schüttelte den Kopf. »Sie sind ein *Putz*, Kahn. Scheren Sie sich zum Teufel und lassen Sie uns arbeiten.«

»Wenn ihr Cops eure Arbeit tätet, wären wir überflüssig. Aber warum sollte's hier und heute anders sein? Von den Polizisten der Welt haben wir Juden immer mehr zu befürchten als Gutes zu erwarten gehabt. Und was bedeutet das für Sie, Onkel Ike?«

Gold musterte Kahns Nasenverband mit vielsagendem Blick. »Damit sehen Sie nicht sonderlich gut aus, Commander. Wollen Sie auch noch Krücken dazu?«

Kahns Lächeln war mehr ein grimmiges Zähnefletschen. »Die Kameras laufen, Gold. Aber Sie arbeiten natürlich am besten im Dunkel der Nacht. Oder vielleicht nur im Dunkeln?«

Gold wollte Kahn bereits an die Gurgel, als Dolly Madison sich zwischen sie drängte.

»Mr. Kahn«, sagte er etwas außer Atem, »aufgrund der gegenwärtig in dieser Stadt herrschenden außergewöhnlichen Lage haben der Oberbürgermeister und der Chief entschieden, daß Ihre Leute die Waffen behalten dürfen, wenn Sie uns garantieren, daß sie ungeladen bleiben.«

»Scheiße, was taugt 'ne ungeladene Waffe?« fauchte Kahn.

Dolly Madison blinzelte irritiert. »Das genügt dem Chief.« Er rang sich ein nervöses Lächeln ab. »Ich hoffe, daß wir in dieser Sache zusammenarbeiten können. Ich hoffe, daß JAR und LAPD einander nicht ins Gehege kommen.«

Kahn starrte ihn sekundenlang an, bevor er zu lachen begann und sich an Gold wandte.

»Hey, Onkel Ike, ist dieser *Shmuck* wirklich so?«

Gold wandte sich ab und ging davon. Er hörte Dolly Madison noch sagen: »Vielleicht können wir eine gemeinsame Presseerklärung abgeben, Mr. Kahn, in der die enge Zusammenarbeit zwischen der Polizei und Ihrer Organisation in bezug auf diese Ermittlungen unterstrichen wird.«

Kahn lachte wieder.

Gold drängte sich durch die Menge. Er setzte sich in seinen Wagen und ließ den Motor an. Drei Blocks von Herschel's Delicatessen entfernt floß der Sechsuhrverkehr ungehindert, ohne etwas von dem gerinnenden Blut auf den Bodenfliesen des Restaurants zu ahnen oder davon wissen zu wollen. Gold staunte wieder einmal darüber, wie kleine Wellen ein in den Teich Los Angeles geworfener Kieselstein verursachte. L. A. war einfach zu groß, zu turbulent, zu dezentralisiert. Die Dodgers auf dem Weg zur Meisterschaft einten die Stadt. Ein Massenmord in der Westside schien sie eher zu spalten.

Gold sperrte seine Wohnungstür auf, als eine zusammengerollte Zeitung durch die Luft segelte und laut klatschend neben seinen Füßen landete. Dschingis, Mrs. Ackermanns Pekinese in dem Apartment auf der anderen Seite des Innenhofs, begann wütend zu kläffen. Der Zeitungsträger – muskulös, um die Dreißig, in abgeschnittenen Jeans und langärmeligem Sweatshirt – joggte auf dem schmalen Fußweg um den quadratischen Hof weiter. Er hatte Gold nicht gesehen und schrak deshalb zusammen, als Gold ihn fragte: »Bißchen spät dran heute morgen, was?«

Er starrte Gold an, ohne etwas zu sagen.

Gold trat drei, vier Schritte auf ihn zu. Das Gesicht des Zeitungsträgers wies mehrere frische Kratzer auf.

»Wohl 'ne kleine Auseinandersetzung gehabt?« erkundigte sich Gold.

Der Zeitungsträger wirkte verwirrt. Er starrte Gold mit dumpfer Miene an.

»Bist du Amerikaner?« fragte Gold. »*Habla inglés*? Sprichst du Englisch?«

Der Zeitungsträger nickte langsam.

»Okay, hörst du diesen Hund bellen?« Gold deutete auf die Tür, hinter der der Pekinese hektisch kläffte. »Diesen kleinen Hund bringst du jeden Morgen zum Bellen, weil du wie 'n Verrückter durch den Hof tobst. Mrs. Ackermann dort drüben hat mich gebeten, mit dir zu reden, weil ich ihr Nachbar bin und außerdem Polizeibeamter. Tu uns also beiden 'nen Gefallen und tritt hier 'n bißchen leiser auf. Und schmeiß deine Zeitungen mit etwas weniger Schwung, okay?«

Der Zeitungsträger schwieg.

»Okay?« wiederholte Gold.

Der Zeitungsträger nickte erneut langsam. »Ja«, brachte er schließlich heraus.

»Gut.« Gold kehrte ihm den Rücken zu und bückte sich nach seiner Zeitung. Er verschwand in der Wohnung und schloß die Tür, ohne den Zeitungsträger zu beachten, der ihm noch immer nachstarrte.

Drinnen spielte leise das Radio. »Miles in Europe«, 1962 oder 1963. Mit dem siebzehnjährigen Tony Williams am Schlagzeug.

Gold schenkte sich einen dreifachen Scotch ein und kippte ihn. Er schenkte sich das Glas erneut halb voll und nahm es mit ins Bad.

14.59 Uhr Am Civic Center in der Innenstadt wurden mittags neununddreißig Grad Celcius gemessen. Und dazu kam der Smog. Es herrschte Alarmstufe drei. Die Luft war überall »gesundheitsgefährdend«. Der schlimmste Smog seit siebzehn Jahren, meldete das Radio. Inversionsschichten. Festgehaltene Moleküle. Steigende Schadstoffbelastung. Die Sichtweite betrug nur noch einen halben Block. Schulkinder wurden vorzeitig heimgeschickt. Fabriken machten dicht. Arbeitern und Angestellten drohten Geldstrafen, wenn sie keine Fahrgemeinschaften bildeten. Die Gehsteige waren menschenleer. In den Notaufnahmen der Krankenhäuser drängten sich alte Menschen, Asthmatiker und Kinder, die keine Luft mehr bekamen.

Gegen 15 Uhr ging Walker zu seinem Vorarbeiter und sagte, er fühle sich nicht gut und wolle den Rest des Tages freihaben. Der Vorarbeiter – ein Mexikaner – verweigerte ihm die Zustimmung, weil er schon am Tag zuvor früher gegangen war. Walker bedachte ihn mit einem seltsamen Lächeln, stolzierte von der Laderampe und setzte sich in seinen Kleinbus. Er fuhr zur nächsten Telefonzelle und riß aus dem Branchenverzeichnis die Seite mit den Waffengeschäften heraus. Das nächste war nur zwei Blocks weit entfernt. Dort kaufte er eine weitere Zwölferschrotflinte als Ersatz für die in der vergangenen Nacht weggeworfene, ein Jagdmesser mit zwanzig Zentimeter langer Klinge und mehrere Schachteln Munition. In einem anderen Geschäft erwarb er eine Zwanzigerschrotflinte mit Repetiervorrichtung, ein zweites Jagdmesser, Patronen Kaliber 357 für seine Magnum und feste Wanderstiefel. Im letzten Geschäft kaufte er ein Zelt, einen Schlafsack, einen Gaskocher, mehrere Feldflaschen, Proviant in Einmannpackungen aus Armeebeständen, eine Machete, zwanzig Meter Nylonseil und eine Rolle breites Klebeband. Und ein Repetiergewehr.

Er warf alle diese Einkäufe in den Laderaum seines Kleinbusses und fuhr zu einem kleinen Holzhaus, dessen winzige Veranda mit Fliegengittern versehen war. Terris Haus. Auf der ruhigen, leicht ansteigenden Straße parkte er in der zweiten Reihe, lud seine neue Zwölferschrotflinte und nahm sie mit, als er den Vorgartenweg mit seinen gesprungenen Betonplatten hinauflief. Die Verandatür ließ sich öffnen, aber die Haustür war abgesperrt. Er trat gegen die Tür, aber das Schloß hielt. Er trat zurück, hob die Schrotflinte in Hüfthöhe und drückte ab. Die Tür flog auf. Er rannte durchs Haus und rief halblaut: »Terri! Terri!« Überall lagen Kleidungsstücke verstreut. Auf dem kalten Herd standen Töpfe mit Essensresten. Walker durchsuchte die Kleiderschränke und sah unter Betten, hinter Möbelstücken nach. Schließlich fiel ihm die mit Klebstreifen am Kühlschrank befestigte Nachricht auf:

Kevin,
Abe und ich sind nach Vegas gefahren. Kommen Montagmorgen zurück. Ich habe mit Jeanette gesprochen. Du kannst zu André. Sei brav – und vergiß deine Zahnbürste nicht.

Mit einem dicken Kuß
Mom

P. S. Gratuliere uns!!!

Walker blieb einige Zeit mit seiner Schrotflinte auf den Knien am Eßtisch sitzen und las die Mitteilung noch mehrmals. Danach demolierte er die Einrichtung des kleinen Hauses. Er nahm sich ganz ruhig und methodisch einen Raum nach dem anderen vor und zertrümmerte alles: Geschirr, Möbel, Haushaltsgeräte, Gläser, Andenken, Fotos. Er benutzte den Kolben der Schrotflinte als Keule, mit der er immer wieder zuschlug. Er holte ein großes Tranchiermesser aus der Küche und schlitzte damit Matratzen, Kopfkissen, Sofapolster, Kevins und Terris Kleidungsstücke auf. Er trat mit seiner Schrotflinte ins Bad und schlug den Kristallglasspiegel über dem Waschbecken ein. Dann schlug er die Wasserhähne ab, so daß heißes und kaltes Wasser einen Meter hoch spritzte. Im Wohnzimmer besprühte er die Wände mit TOD DEN JUDENHUREN und JUDENNUTTE und TOD ALLEN JUDEN und brachte überall seine blutroten Kreuze an.

Walker ging wieder zum Bus hinaus, legte seine Schrotflinte auf den Beifahrersitz und fuhr langsam davon. Niemand hatte ihn beobachtet.

Er fuhr nach Osten aus der Stadt – in Richtung Wüste. In San Bernardino tankte er und füllte die Feldflaschen mit Wasser. Dann bog er vom Freeway auf eine in die Wildnis führende schmale Landstraße ab. An einem baufälligen Verkaufsstand am Straßenrand deckte er sich mit Brot, Erdnußbutter, Kaffee und Obst ein. Etwa drei Meilen weiter hörte die Straße allmählich auf. Walker hielt mit dem Bus auf einem majestätisch aus der Wüste aufragenden kegelförmigen Berg zu und fuhr vorsichtig durch Sand und niedriges Dornengestrüpp. Unterwegs mußte er mehrmals aussteigen, um Stacheldrahtzäune umzulegen. Einmal hörte er in größerer Entfernung einen Hubschrauber. Er hielt sein Gewehr schußbereit, aber das Hubschraubergeräusch wurde leiser und verlor sich in der Ferne.

Als Walker endlich den Fuß des riesigen Felskegels erreichte, ging die Sonne in smogverschleierten Rot- und Orangetönen unter. Der Himmel im Westen war eine Symphonie aus feurigen Farben. Walker zog sich bis auf Socken und Stiefel nackt aus.

Mit ausgebreiteten Armen ging er auf die versinkende Sonne zu. Er kniete in der Wüste nieder, um seinem Gott, seinem Christus zu danken.

Er wußte jetzt, wer er war.

Er war die Rechte Gottes.

Er war der Racheengel.

In seinen Händen ruhte das Schicksal der Welt, das wußte er jetzt. Er war der Beschützer des Jesuskindes.

Niemand konnte ihm etwas anhaben. Das wußte er jetzt. Er war unsterblich. Vergangene Nacht waren die Kugeln seitlich ausgewichen, wenn sie ihm zu nahe zu kommen drohten. Das hatte er gesehen.

Er war unsterblich.

Er war der Christkiller. Das sagten jetzt sogar die Feinde. Der Christkiller.

Der Killer für Christus.

Der Scharfrichter des Gotteslamms.

Der Christkiller.

Christus.

Er war Christus.

Das erkannte er jetzt. Deshalb wollten sie ihn vernichten, die Juden. Deshalb fürchteten sie ihn so sehr. *Er war Christus. Er war Christus.*

»Ich bin Jeee-susss!« kreischte er der untergehenden Sonne entgegen. Dann pißte er in jubelndem Überschwang auf den Wüstenboden und wälzte sich in der warmen Mischung aus Sand und Urin.

17.07 Uhr Clarke Johnson konnte es selbst nicht glauben.

Er sah erneut auf seine Armbanduhr und wollte nicht glauben, was sie anzeigte: 17.07 Uhr!

Er war zwei Stunden zu früh dran. Zum Teufel, wie konnte ein Mann zwei Stunden zu früh kommen?

Er saß in seinem vor Esther Phibbs' Haus am Crenshaw Boulevard geparkten Wagen und versuchte herauszubekommen, wie zum Teufel ein erwachsener, angeblich reifer Mann *zwei Stunden zu früh* dran sein konnte.

Er hatte sein Büro mittags verlassen und sich einen halben Tag frei genommen. Wozu sollte er an einem Tag, der sich als sehr wichtig erweisen konnte, irgend etwas überstürzen? Nach einem leichten Mittagessen – ein Hörnchen mit Thunfischsalat, frisches Obst – war er ins Fitneßstudio gefahren, um wie jeden Tag eine halbe Stunde zu trainieren, und hatte auf dem Heimweg seinen blauen Blazer und die graue Hose aus der Reinigung abgeholt. Zu Hause hatte er geduscht und sich umgezogen; dann war er wegen des Berufsverkehrs sehr zeitig weggefahren – und jetzt war er zwei Stunden zu früh hier: wie ein aufgeregter Schuljunge bei seiner ersten Verabredung.

Wie zum Teufel ...

Esthers Kombi bog von der Straße in die Einfahrt ab. Clarke Johnson erstarrte, weil er fürchtete, sie könnte ihn entdecken. Esther, die Turnschuhe, Jeans und ein weites T-Shirt trug, stieg aus, nahm eine Einkaufstüte vom Beifahrersitz und verschwand im Haus.

Mein Gott, dachte er, ich bin zwei Stunden zu früh dran – und meine Partnerin hat noch nicht mal angefangen, sich fertigzumachen.

Zum Teufel, was ist los mit mir? Zum Teufel, was ...

Plötzlich fürchtete er, Esther könnte wieder aus dem Haus kommen und ihn hier wie einen Idioten *zwei Stunden zu früh* warten sehen.

Er fuhr mit quietschenden Reifen an und starrte beim Wegfahren krampfhaft in den Rückspiegel. Esther kam nicht wieder aus dem Haus. Trotzdem atmete er erst auf, als er zwei Blocks entfernt war.

Er fuhr zum Crenshaw Park, einem kleinen grünen Rechteck mit abfallübersäten zertrampelten Hügeln um einen schlammigen Teich. Aus Erzählungen alter Leute wußte er, daß es auf diesem Teich früher

Enten gegeben hatte; aber die Kids hatten sie gefangen und ihnen die Hälse umgedreht. Früher war dieser Park ein Ort gewesen, an dem Kinder bis spät in den Abend hinein gespielt hatten. Jetzt schien er nur noch aus Graffiti, übelriechenden Toiletten und weggeworfenen Thunderbirdflaschen zu bestehen.

Er setzte sich auf eine abbröckelnde Betonbank am Teich und starrte eine nackte einarmige Puppe an, die dicht unter der Oberfläche der schmutzigen Brühe trieb.

Er sah auf seine Armbanduhr – 17.32 Uhr.

Mein Gott, dachte er, wie neurotisch langweilig kann man eigentlich sein?

Sehr langweilig. Langweilig genug, um zwei Stunden zu früh zu kommen. Langweilig genug, um stets pünktlich, höflich, präzise, zuverlässig, pedantisch, beherrscht, loyal und berechenbar zu sein.

Langweilig genug, um alle Menschen in seiner Umgebung zum Wahnsinn zu treiben. Vor allem Frauen.

Er hatte seine Frau verrückt gemacht; er hatte sie unabsichtlich in die Arme eines anderen Mannes getrieben.

»Clarke!« hatte sie von der Haustür her gerufen, während ihr Liebhaber im Auto auf sie wartete. »Sieh in deiner Kommode nach! Jetzt kannst du deine *Socken* selbst einordnen!«

Nachdem Yvonne ihn verlassen hatte, hatte er sich wirklich Mühe gegeben. Er hatte seine Sachen achtlos auf den Boden geworfen; er hatte schmutziges Geschirr im Ausguß stehenlassen; er hatte keinen Wecker gestellt.

Und er hatte im Bett gelegen, die Zimmerdecke angestarrt und sich eingebildet, das Eigelb auf dem guten Porzellan antrocknen zu hören.

Um vier Uhr morgens war er aufgestanden, ins Zimmer seiner Tochter gegangen, die Yvonne mitgenommen hatte, und hatte geweint. Danach hatte er das ganze Haus geputzt.

Das war vor sechzehn Jahren gewesen.

Seit diesem Tag hatte er sich mit seiner ... seiner *Vollkommenheit* abgefunden. Immerhin war sie weniger schlimm, als wenn er damit hätte zurechtkommen müssen, ein Kindsverderber zu sein. Er war einfach *Mr. Dudley Do Right*, wie eine seiner Schwestern es ausgedrückt hatte.

Ein Teenager mit Schulbüchern unter dem Arm kam durch den Crenshaw Park und setzte sich etwa zwanzig Meter von Clarke Johnson entfernt auf eine Bank jenseits des schlammigen Teichs. Er schlug ein Buch auf und begann zu lesen. Johnson wurde es unbehaglich warm. Er stand auf, zog den Blazer aus, nahm wieder Platz und legte die Jacke vorsichtig über seine Knie.

Nach der Scheidung hatte er sich um jede Frau bemüht, die er kennengelernt hatte, aber das war ein großer Fehler gewesen. Er hatte versucht, jemand zu sein, der er nicht wirklich war, aber die Frauen hatten das gespürt und ihm einen Korb nach dem anderen gegeben. Danach hatte er eine »mönchische« Phase erlebt, in der er sich eingebildet hatte, seine sexuellen Energien durch Jogging und Squash abreagieren zu können – bis er sich eines Samstagabends in einem Pornokino in der Innenstadt wiedergefunden hatte, in dem zwei Mädchen auf der Leinwand Cunnilingus vorführten und ein junger Mexikaner jenseits des Mittelganges ihn einladend anlächelte.

Als er am Montag danach ins Büro gefahren war, hatte sein Entschluß festgestanden. Er mußte Frauen kennenlernen, und da er nur selten ausging, mußte er sie am Arbeitsplatz kennenlernen – und da die fünf Bewährungshelferinnen und drei Sekretärinnen des Probation Centers verheiratet waren, blieben nur die Ehefrauen, Töchter und Schwestern seiner »Klienten« übrig.

Ja, Esther hatte instinktiv die Wahrheit erraten: Sie war nicht die erste Ehefrau eines zur Bewährung Entlassenen, die er um ein Rendezvous gebeten hatte. Vor ihr hatte es bereits eine andere gegeben – und die Schwester eines Klienten. Beide Fälle aus seiner Anfangszeit als Bewährungshelfer lagen schon viele Jahre zurück; beide hätten mit einer Katastrophe enden können. Die Ehefrau, deren Mann er wegen Verstößen gegen die Bewährungsauflagen hinter Gitter zurückgeschickt hatte, hatte ihm damit gedroht, ihn bei seinen Vorgesetzten anzuschwärzen, wenn er ihren Mann nicht wieder heraushole. Die andere Frau – die Schwester – hatte verlangt, er solle ihr Drogen verschaffen. Sie hatte ihm versprochen, ihn dann noch besser zu lieben.

Mit List und Klugheit war es ihm in beiden Fällen gelungen, den Kopf aus der Schlinge zu ziehen. Nur durch eine raffinierte Kombination aus Bitten, Drohungen und Bestechung hatte er eine Entlarvung und das Ende seiner Laufbahn verhindern können, und diese Lektion hatte sich tief in seine Psyche eingeprägt. Seit damals hatte er sich um keine Ehefrau eines Klienten mehr bemüht. Bis er Esther kennengelernt hatte.

Auf der anderen Seite des Teichs gesellte sich ein zweiter Teenager zu dem ersten. Die beiden begrüßten sich lachend mit einem Soul-Händedruck.

Auf jemand wie Esther hatte er schon lange gewartet. Eine starke, fleißige, treue, vernünftige Frau. Eine Frau, der das Leben arg mitgespielt hatte. Eine Frau, die Aufmerksamkeit und liebevolles Umsorgen brauchte. Kurz gesagt: Eine Frau, die einen Mann wie Clarke Johnson zu schätzen wußte.

Außerdem fand er sie körperlich sehr begehrenswert. Esther war groß, schlank, grazil – lauter Eigenschaften, die er bei Frauen liebte; lauter Eigenschaften, die er bei der kleinen, eher molligen Yvonne nicht gefunden hatte. Und aus ihrem Gesicht sprachen Charakter, Intelligenz und Willenskraft, nicht die labberige Weichlichkeit und Entschlußlosigkeit, die er bei den meisten kalifornischen Mädchen zu erkennen glaubte.

Johnson lächelte, während er an Esther dachte. Er fühlte sich sehr zu ihr hingezogen, und der Gedanke an sie erregte ihn so, daß er unter seinem Blazer eine Erektion bekam. Er sah zu den Jungen hinüber und rutschte nervös auf seiner Bank hin und her.

Er konnte noch immer kaum fassen, daß er sie gefunden hatte – und daß Bobby Phibbs sie gerade jetzt verlassen hatte. Das war Bobbys Pech.

Auf der Bank jenseits des Teichs drückte der erste Junge dem zweiten ein kleines Päckchen in Silberfolie in die Hand und erhielt dafür einen zusammengefalteten Geldschein.

Ein Drogendeal! Ein gottverdammter Drogendeal! Praktisch vor seinen Augen! Das deprimierte ihn und beeinträchtigte seine angenehmen Gedanken an Esther. Er stand auf und ging rasch durch den Park zu seinem Wagen zurück.

Während er langsam im dichten Verkehr mitschwamm, um bis 19 Uhr etwas zu tun zu haben, fragte er sich, was Esther wohl von ihm dachte. Wahrscheinlich dachte sie dasselbe wie die meisten Frauen – daß er ein Spießer, eine Flasche, ein Langweiler, eine trübe Tasse, ein Fossil, hoffnungslos altmodisch, verknöchert, uncool und nicht gut drauf war. Aber er wußte, was er – im Gegensatz zu allen seinen Klienten – Esther oder jeder anderen Frau, die ein Gespür dafür hatte, bieten konnte: eine Zukunft. Einfach die Aussicht auf eine gute Zukunft. Und obwohl er noch nicht mit Esther darüber gesprochen hatte, wußte er, daß das ihr sehnlichster Wunsch war.

Um 18.30 Uhr parkte er in der Nähe von Esthers Haus am Crenshaw Boulevard. Noch immer eine halbe Stunde zu früh. Nachdem er den Motor abgestellt hatte, schaltete er das Radio ein und suchte eine Sportreportage. Im nächsten Augenblick klopfte jemand an seine Scheibe. Er blickte auf und sah Mama Phibbs mit dem niedergeschlagen wirkenden Little Bobby im Schlepptau. Sie sagte etwas. Er kurbelte sein Fenster herunter.

»Warum warten Sie hier draußen, Mr. Johnson?« Ihr Lächeln war breit und freundlich. »Kommen Sie doch rein!«

»Äh . . . ich bin sehr früh dran, Mrs. Phibbs.« Er deutete tolpatschig auf seine Uhr, als müsse er seine Behauptung beweisen.

»Unsinn! Esther ist bestimmt oben und zieht sich um. Kommen Sie doch rein!«

»Ich . . . ich weiß nicht, ob das richtig ist, Mrs. Phibbs.«

»Natürlich wissen Sie's. Ich will meinem Enkel gerade ein paar Brownies backen. Er hat 'ne ziemliche Enttäuschung erlebt.«

Clarke Johnson stieg aus. Er wandte sich an den Jungen.

»Du mußt Bobby sein. Ich hab' mich schon darauf gefreut, dich kennenzulernen. Wie geht's dir?«

Anstatt zu ihm aufzublicken, starrte Little Bobby trübselig schweigend vor sich.

»Little Bobby«, ermahnte Mama Phibbs ihn, »ein höflicher Junge antwortet, wenn er angesprochen wird.«

»Hallo«, murmelte er.

Mama Phibbs blinzelte Johnson über den Jungen hinweg zu. »Dieser kleine Mann hat einen schlimmen Tag hinter sich.«

»Oh?« Johnson, der selten eine Chance ausließ, trat näher an den Jungen heran. »Was ist passiert, Sohn? Auf dem Spielplatz, mein' ich.«

Little Bobby gab keine Antwort.

»Mach schon, Kind.« Die alte Lady berührte seine Schulter. »Antworte!«

Jetzt sah Little Bobby endlich zu Johnson auf. Seine Stimme klang verzweifelt. »Ich hab's nicht geschafft, ins Team zu kommen. Es ist bei den Playoffs dabei, und ich bin rausgeflogen.«

»Oh?« Er sah zu Mama Phibbs hinüber.

»Grundschulmeisterschaften.«

Er konzentrierte sich wieder auf den Jungen. »Warum bist du nicht ins Team gekommen?«

»Ich . . . ich bin als Schlagmann zu schlecht.« Er war nahe daran, in Tränen auszubrechen.

»Wirklich?«

Little Bobby nickte traurig. Er trug einen Ball und einen Baseballschläger. »Dwayne sagt, daß Leute mit zuviel Grips im Kopf nicht treffen. Und welche mit vier Augen erst recht nicht.«

»Oh, das hat Dwayne gesagt, wie?« fragte Johnson mitfühlend.

Mama Phibbs, die selbst etwas von einer Opportunistin an sich hatte, schlug vor: »Am besten besprecht ihr Männer das untereinander. Ich back' uns inzwischen ein paar Brownies.« Sie ging bereits weiter. »Sie wissen, welches Haus es ist, Mr. Johnson? Kommen Sie bald nach.«

»Zeig mir mal deinen Ball, Bobby«, verlangte Johnson. Der Kleine rückte ihn wortlos heraus. Johnson drehte ihn hin und her und betastete die Nähte. »Weißt du, Dwayne hat völlig unrecht. Ein guter Schlagmann braucht 'ne Menge Grips.«

Little Bobby schmollte.

»Ein guter Schlagmann«, fuhr Johnson fort, »muß die ganze Zeit mitdenken. Wozu holt der Werfer jetzt aus? Wird's ein schneller Ball oder ein Kurvenball? Innen oder außen? Was hat er letztes Mal bei diesem Spielstand geworfen? Siehst du, was ich meine, Bobby? Yogi Berra hat mal gesagt, Baseball habe zu neunzig Prozent etwas mit Verstand zu tun. Wer ist dein Lieblingsspieler?«

»Äh, Darryl Strawberry. Er ist in meine Schule gegangen.«

»Da haben wir's! Darryl Strawberry. Ein klasse Schlagmann, und hast du ihn schon mal im Fernsehen reden gehört? Strawberry hat wirklich Köpfchen. Alle großen Schlagmänner sind clever gewesen. Ted Williams, Rod Carew. Mickey Mantle. Alle diese Kerle.«

»Wirklich?« Die Miene des Jungen heiterte sich etwas auf.

»Klar doch! Und die Oberligaspieler sind heutzutage alle aufs College gegangen. Fürs Studium braucht man Grips. Und als Baseballspieler braucht man Grips. Köpfchen und gute Augen.«

»Yeah!« rief Little Bobby erbittert aus, als sei seine Argumentation dadurch untermauert. »Und ich muß die hier tragen!« Er deutete auf seine Brille mit den dicken Gläsern.

»Irrtum, Bobby! Mit 'ner Brille bist du *allen* überlegen, die keine tragen.«

»Was?« Der Junge war verwirrt.

»Sicher. Als der Optiker unsere Sehschärfe getestet hat, hat er uns

Gläser angepaßt, mit denen wir hundertprozentig scharf sehen. Wer keine Brille trägt, kann noch so gute Augen haben – so hundertprozentig scharf wie wir sieht er nie.«

»Echt nicht?«

»Denk' bloß an Reggie Jackson, den wahrscheinlich besten Schlagmann aller Zeiten. Der Mann hat in einem einzigen Weltmeisterschaftsspiel drei Homeruns geschlagen! Und er hat immer mit Brille gespielt.«

»Ja, das stimmt!« rief Little Bobby aus.

»Natürlich stimmt das. Mit seiner Brille sieht Reggie den Ball wie ein Habicht ein Kaninchen.« Sie gingen nebeneinander den Gehsteig entlang: der Mann mit dem Baseball in der Hand, der Junge den Schläger hinter sich herziehend. »Weißt du, Bobby, Baseball ist mehr eine Wissenschaft als ein Sport. Und was ein Schlagmann beherrschen muß, basiert auf bestimmten Prinzipien, die sich wie Mathematik lernen lassen.«

»In Mathe bin ich sehr gut!« rief der Junge begeistert.

»Leicht nach vorn gebeugt dastehen, den Ball im Auge behalten, nicht zu früh schlagen – alles das kann man lernen. Hör zu, warum stellst du dich nicht dort drüben hin, und ich werfe ein paar Bälle?«

Knapp eine halbe Stunde später trat Mama Phibbs gerade rechtzeitig auf die kleine Veranda, um zu sehen, wie ihr Enkel den Ball die Linie entlangschlug, so daß er vom Dach von Mr. Kims neuem Toyota abprallte. Clarke Johnson hob den rollenden Ball auf und kam dann mit Little Bobby lachend durch den Vorgarten gestürmt.

«Hast du den Schlag gesehen, Grandma? Mindestens ein Double!«

»Ein Triple«, sagte Johnson.

»Ein Triple!« rief der Junge aus. »Glauben Sie wirklich?«

»Unbedingt.«

Mama Phibbs sah von einem zum anderen. »Aha«, sagte sie langsam. »Aha.«

»Ein Triple, Grandma!« rief der Junge wieder.

»Im Haus wird nicht gebrüllt, Kind. Die Brownies sind fertig.«

Auf dem Couchtisch im Wohnzimmer stand ein Tablett mit Bechern, Gläsern, einem Milchkrug, einer Kaffeekanne und einem Teller frischgebackener Brownies.

Little Bobby ließ sich im Schneidersitz auf dem Teppich nieder und fiel über die Brownies her.

»Nehmen Sie Platz, Mr. Johnson«, forderte die alte Lady ihn auf. »Bedienen Sie sich. Ich wollte, ich könnte Ihnen etwas Stärkeres anbieten, aber Esther hat nichts im Haus. Mein verstorbener Mann – Mitglied des Kirchenvorstands, damit wir uns richtig verstehen – hat immer gesagt: ›Erst 'ne Flasche Kentucky Bourbon macht das amerikanische Heim komplett.‹ Und ich fürchte, daß ich auch zu dieser Ansicht gelangt bin.«

Sie musterte Johnson prüfend.

»Sie sind doch kein Abstinenzler, Mr. Johnson?«

Little Bobby stopfte sich heiße Brownies in den Mund und spülte sie mit Milch hinunter.

»Natürlich nicht, Mrs. Phibbs.« Clarke Johnson griff nach dem angebotenen Kaffeebecher. »In meinem Beruf wird mir allerdings sehr deutlich vor Augen geführt, wie Alkohol und Drogen Menschen zugrunde richten können ...« Er machte eine verlegene Pause. »Entschuldigung, das hab' ich nicht persönlich gemeint, Mrs. Phibbs.«

Sie winkte ab. »Schon gut, junger Mann. Ich bin viel zu alt, um so dünnhäutig zu sein.«

»Was sind Sie von Beruf?« erkundigte Little Bobby sich mit dem dritten Browny im Mund. »Wo arbeiten Sie?«

Johnson lächelte ihm zu. »Ich bin Bewährungshelfer und arbeite im Probation Center.«

»Ich weiß, wo das ist. Mein Vater geht dorthin.«

Johnson sah zu Mama Phibbs auf. »Ja, ich weiß.«

»Mein Vater ist jetzt fort. Mama sagt, daß er nie wiederkommt.«

Mama Phibbs und Clarke Johnson blickten schweigend auf den Jungen herab.

»Ich bin froh darüber«, meinte Little Bobby geistesabwesend, während er nach seiner Milch griff. »Ich hasse ihn.«

Dann bekam er große Augen. »Mama!« rief er. »Toll siehst du aus!«

Esther kam die Treppe herunter ins Wohnzimmer. Sie trug einen Jumpsuit aus schwarzem Satin mit betonten Schultern und glitzernden Straßapplikationen. Ihr Haar war zu kleinen Locken im Wetlook eingedreht. Sie bemühte sich sehr, nicht allzu selbstgefällig zu lächeln.

»Sie sehen wunderbar aus«, sagte Clarke Johnson und stand auf.

»Oh, in *diesem* alten Ding?« wehrte Esther ab. Dann brachen Mama Phibbs und sie in Lachen aus.

»Wohin geht ihr, Mama?«

»Ins Ballett, Sohn. Das stimmt doch, Mr. Johnson?«

»Clarke«, verbesserte er sie lächelnd.

»Und danach gehen wir zum Essen aus. Das hab' ich jedenfalls gehört.«

Sie erwiderte Clarke Johnsons Lächeln.

»Seht bloß zu, daß ihr 'nen Bogen um die Westside macht!« sagte Mama Phibbs warnend. »Dieser verrückte Crosskiller bringt heut' nacht bestimmt wieder wen um. Und die Polizei kann ihn scheint's nicht stoppen. Wenn er 'n Schwarzer wär', hätten sie ihn garantiert längst geschnappt. Als Schwarzer wär' er bereits gelyncht und unter der Erde.«

»Aufgrund der meiner Dienststelle vorliegenden Informationen«, sagte Johnson übertrieben förmlich, »möchte ich eine unmittelbar bevorstehende Verhaftung nicht ausschließen.«

Die drei anderen starrten ihn an.

»Habt ihr das gehört?« murmelte Mama Phibbs vor sich hin.

»Jedenfalls«, fuhr Johnson fort, »kommen wir gar nicht in die Nähe der Fairfax Avenue. Der Tanzabend findet in Pasadena statt – im Ambassador Auditorium –, und das Restaurant ist in der Innenstadt. Ich versichre Ihnen, daß Esther nichts passiert, Mrs. Phibbs.«

»Das ist sowieso Unsinn!« protestierte Esther. »Mama, du weißt doch, daß ich Nacht für Nacht in der Westside arbeite. Und zu unmöglichen Zeiten.«

»Das heißt noch lange nicht, daß mir's gefallen muß«, antwortete Mama Phibbs patzig.

»Hör zu, was ein verrückter, ausgerasteter Freak anstellt, ist mir egal. Ich muß den Lebensunterhalt für mich und meinen Jungen verdienen. Die Polizei denkt gar nicht daran, unsere Rechnungen zu bezahlen.«

Mama Phibbs gab nicht so leicht auf. »Trotzdem braucht's mir nicht zu gefallen.«

Clarke Johnson sah auf seine Armbanduhr. »Wir müssen wirklich fahren, Esther. Die Vorstellung beginnt Punkt zwanzig Uhr.«

Draußen auf der Treppe flüsterte Mama Phibbs mit Verschwörermiene: »Ich nehm' Little Bobby mit heim. Amüsiert euch gut, ihr beiden.« Sie umarmte Esther rasch. »Mach dir also keine Sorgen.« Dann wandte sie sich an Clarke Johnson. »Passen Sie gut auf sie auf, Mr. Johnson.«

Er nahm Esthers Arm und führte sie durch den kleinen Vorgarten.

»Mir gefällt, wie Ihre Familie zusammenhält. Ich finde Ihre Familie überhaupt sehr nett.«

Esther lachte. »Nun, die beiden sind offenbar ganz bezaubert von Ihnen.«

»Hoffentlich habe ich mit dem Rest der Familie ebensoviel Glück.« Johnson strahlte.

Er führte sie den Gehsteig entlang zu seinem Wagen, sperrte die rechte Tür auf und hielt sie Esther auf. Sie starrte das rote Auto an, dann ihn und schließlich wieder das Auto.

Dann schüttelte sie verblüfft den Kopf.

»Mr. Johnson«, sagte sie, während sie in seinen fast neuen Porsche stieg, »Sie sind ein Mann voller Überraschungen.«

»Clarke«, verbesserte er sie grinsend.

19.31 Uhr Gold lenkte seinen alten Ford ins riesige Parkhaus des turmhoch aufragenden Century City Buildings und fuhr langsam die in die oberen Geschosse hinaufführende spiralförmige Rampe hinauf. Er entdeckte den Rolls-Royce Corniche mit dem Kennzeichen DEFENSE auf dem dritten Parkdeck in der Nähe der Aufzüge. Zwei Autos weiter parkte er rückwärts ein, stellte sein Funkgerät leiser und lehnte sich zurück, um zu warten.

Schon nach wenigen Minuten ertappte er sich dabei, daß er einzunicken begann, wünschte sich, er hätte daran gedacht, Kaffee mitzubringen, und setzte sich auf, um wachzubleiben. Seine Müdigkeit war nur zu verständlich. Er wußte gar nicht mehr, wann er zuletzt hatte ausschlafen können. Diese Woche war gelinde gesagt reichlich hektisch gewesen. Und so schien es weiterzugehen.

Zum Beispiel heute.

Chief Huntz hatte Dolly Madison und ihn kurz vor 7.30 Uhr in sein Büro zitiert und sie fast eine halbe Stunde lang angekreischt. *Ergebnisse* wolle er sehen! Festnahmen, Hinweise, *irgendwas*, hatte er verlangt. Gold hatte Huntz natürlich erklärt, wenn er glaube, selbst bessere Arbeit leisten zu können, könne er gern seinen Job haben. Danach war alles erwartungsgemäß abgelaufen: Huntz hatte ihn gewarnt, er bewege sich auf sehr dünnem Eis und besitze nicht einmal mehr die volle Unterstützung seiner »Glaubensbrüder«, und Gold hatte ihm mitgeteilt, wohin er sich seine Drohungen stecken könne. Dolly Madison war bei den Tiraden seines Gönners zusehends kleiner geworden, bis Gold fast Mitleid mit dem kleinen Arschkriecher gehabt hatte. Madison hatte tatsächlich Tränen in den Augen gehabt, als sie Huntz' Büro verlassen hatten.

Nun, zumindest hatten sie jetzt eine Personenbeschreibung – auch wenn die Überlebenden des Massakers in Herschel's Delicatessen sich nicht völlig einig waren. Der Täter war ein Weißer – Alter: 20 bis 40 Jahre; Größe: 1,70 bis 1,85 Meter; Gewicht: 80 bis 100 Kilo; Haarfarbe: aschblond, darin stimmen alle überein; Augenfarbe: unbekannt. Und das war's dann schon. Richtig, zwei der Zeugen wollten auf seinen Armen Tätowierungen gesehen haben. Die anderen konnten sich an keine erinnern.

Diese Personenbeschreibung war sofort über Computer an alle Polizeidienststellen Südkaliforniens hinausgegangen. Den Rest des Vormittags hatten sie damit verbracht, das im Zuge der laufenden Fahndung eingebrachte menschliche Treibgut zu »befragen«. Wieder ergebnislos. Einige mögliche Verdächtige, aber keiner ohne Alibi. Sie kennzeichneten die Namen dieser Männer mit Sternchen und setzten die anderen wieder an die Luft.

Mittags wies Gold Zamora an, die Stellung zu halten, und ging allein zum Essen. Um nicht von den Dutzenden von Reportern, die auf der Los Angeles Street lauerten, überfallen zu werden, benutzte er die rückwärtige Ausfahrt des Parker Centers und steuerte rasch die nächste Freeway-Einfahrt an. Unterwegs hielt er einmal, um eine Flasche Scotch und eine Packung Butterkekse zu kaufen, und aß und trank auf der Weiterfahrt nach Anaheim. Diesmal bewachte ein anderer Uniformierter das Tor des Lagerhauses. Er ließ sich Golds Ausweis zeigen, bevor er ihn durchwinkte.

Diesmal ignorierte Gold den roten Koffer. Statt dessen zog er unter dem alten Teppich eine alte Reisetasche heraus. In der Tasche lagen Schußwaffen – Revolver, Pistolen und abgesägte Schrotflinten –, die Gold vor sechzehn Jahren zu sammeln begonnen hatte, als Corliss und er die Dealer ausgenommen hatten. In den Jahren danach hatte er immer wieder Gelegenheit gehabt, seine Sammlung illegaler Waffen zu vergrößern. Als Straßencop wußte man nie, wann man eine gute, nicht nachweisbare Kanone brauchen konnte. Vor allem als Cop, der viele Privataufträge übernahm.

Zuerst griff Gold nach einer schweren Pistole Kaliber 357, aber dann entschied er sich doch für einen versilberten Revolver Kaliber 22. Eine für kurze Entfernungen besser geeignete Waffe. In der Reisetasche lag sogar eine Schachtel Munition dafür. Er stopfte die Tasche wieder unter den zusammengerollten Teppich und schloß das Tor ab.

Als Gold ins Parker zurückkam, beschwerte Zamora sich, er wolle jetzt auch zwei Stunden Mittagspause. Gold warnte ihn, er solle sich ja beeilen. Nachdem Zamora gegangen war, setzte Gold sich an seinen Schreibtisch und reinigte den Revolver. Was wäre natürlicher gewesen als ein Cop, der eine Waffe reinigte?

Während Gold jetzt im Parkhaus des Century City Buildings saß, eine Zigarre rauchte und Nattys Rolls-Royce beobachtete, tastete er seine linke Wade ab und berührte den in der Socke steckenden Revolver.

Um 20 Uhr standen auf diesem Parkdeck nur noch drei Fahrzeuge: Golds Ford, der Rolls-Royce und eine orangerote Corvette neben Sapersteins Wagen.

Kurz nach 20.30 Uhr öffneten sich die Lifttüren, und Natty Saperstein trat aus der Kabine. Sein Begleiter war ein junger Punker mit unnatürlich leuchtend gelb gefärbtem Haarkamm. Der Junge trug schwarze Lederjeans, ein abgeschnittenes schwarzes T-Shirt und an der rechten Hand einen fingerlosen schwarzen Handschuh. Natty und er schlenderten zu den nebeneinander geparkten Wagen hinüber. Saperstein hatte einen Arm um die Taille des Punkers gelegt und zupfte sanft an seinen kurzen Rückenhaaren. Die beiden unterhielten sich noch eine Weile lachend miteinander; dann verabschiedeten sie sich mit einem liebevollen Kuß. Natty fuhr mit seinem Rolls-Royce voraus, und die orangerote Corvette des Jungen röhrte dicht hinter ihm her.

Gold setzte sich wieder auf, ließ den Motor des Fords an und folgte mit zwanzig Sekunden Abstand. Die Corvette raste nach Westen in den farbenprächtigen Sonnenuntergang davon. Gold ordnete sich drei Fahrzeuge hinter Sapersteins Rolls-Royce in den Verkehrsstrom ein. Als Natty vom Sunset Strip auf den Parkplatz des Restaurants Le Parc abbog, hielt Gold am Randstein und beobachtete ihn. Saperstein warf dem lächelnden jungen Parkwächter die Autoschlüssel zu, begutachtete seine Erscheinung in dem blaugetönten Spiegel und verschwand im Restaurant.

Gold zündete sich die ausgegangene Zigarre wieder an, bevor er auf dem Sunset Strip in Richtung Fairfax Avenue weiterfuhr und nach Süden ins jüdische Viertel um Herschel's Delicatessen abbog. Nur wenige Blocks weiter kam der Verkehr zum Stillstand, und die Autos stauten sich bis über den Santa Monica Boulevard hinaus. Gold setzte seine Blinkleuchte aufs Dach, schaltete die Sirene ein, fuhr über den erhöhten Mittelstreifen und raste auf der anderen Straßenseite entgegen der Fahrtrichtung weiter. Unmittelbar hinter der Fairfax High School hatte die JAR provisorische Straßensperren aus Altreifen, Schrottautos und entwendeten orangeroten Markierungskegeln errichtet.

JAR-Angehörige in blauen T-Shirts kontrollierten die Ausweise von Autofahrern. Wer keinen jüdischen Namen trug oder nicht jüdisch aussah, wurde gefragt, was er in diesem Viertel zu tun habe. Pendler, die sich beschwerten, sie seien auf ihrer gewohnten Strecke zum Freeway unterwegs, wurden aufgefordert, das Viertel zu umfahren. Während Gold zusah, kam es mehrmals zu erregten Diskussionen, aber die mit Sturmgewehren bewaffneten Widerständler blieben hart. Mehrere Gruppen uniformierter Cops beobachteten die Szene mit ausdruckslosen Mienen. Gold erkannte Dolly Madison, der in ein Handfunkgerät sprach, ließ den Ford mitten auf der Straße stehen und ging zu Madison hinüber.

»Hey, was soll dieser Scheiß?«

Madison ließ das Handfunkgerät sinken.

»Jack. Oh, das hier? Das sind die Leute von SNIPER.«

»Ha?«

»Das ist die Abkürzung für Supplemental Neighbourhood Patrol Emergency Reinforcement. Der Oberbürgermeister hat eine Vereinbarung mit Jerry Kahn und Councilman Orenzstein abgeschlossen. Die JAR hat jetzt hier das Sagen. Zumindest bis wir den Crosskiller geschnappt haben.«

Gold schüttelte den Kopf. »Unglaublich! Was sagt Huntz zu diesem Blödsinn?«

»Oh, der Chief kocht vor Wut, das können Sie mir glauben. Aber der Oberbürgermeister hat ihm erklärt, damit müsse er sich eben abfinden. Hat ihn aufgefordert, die Klappe zu halten und seine Arbeit zu tun. Wenn er damit...« Dollys Handbewegung umfaßte die Kontrollstelle »... nicht leben könne, solle er seinen Rücktritt einreichen.«

Gold starrte ihn ungläubig an. »Und das schafft ein einziger Kerl? Ein Übergeschnappter spaltet unsere ganze Stadt?«

»Dem Oberbürgermeister ist eigentlich kein Vorwurf zu machen«, stellte Madison fest. »Er schützt sich vor dem Vorwurf, zu lasch gegen Antisemitismus und Terrorismus vorzugehen.«

»Ich hab' nicht den *Oberbürgermeister* gemeint, Arschloch«, knurrte Gold, und Dolly Madison wirkte gekränkt.

Der Abendhimmel im Westen wurde allmählich dunkler, Gruppen von Juden hasteten auf ihrem Weg zu den Schabbatgottesdiensten in den zahlreichen Synagogen dieses Viertels vorbei. Eskortiert wurden sie von bewaffneten JAR-Angehörigen. Die Orthodoxen mit ihren Bärten und Pelzmützen und langen schwarzen Mänteln hatten privates Wachpersonal – Schabbat-Gojim – als Beschützer auf dem Weg zur *Shul* angeheuert und wiesen den Schutz der JAR zurück. Sie wollten nicht mitschuldig daran sein, daß Juden gegen die Sabbatgebote verstießen. Gold schlenderte durch die Straßen und paffte seine Zigarre. Die JAR-Wachposten starrten ihn verächtlich an. Nach einiger Zeit setzte er sich wieder in seinen Wagen und fuhr davon.

22.45 Uhr Esthers Messer zerteilte das Châteaubriand. Sie hatte noch nie so ausgezeichnet zubereitetes Rindfleisch gegessen.

»Wie ist Ihr Fleisch?« erkundigte Clarke Johnson, der ihr an dem weißgedeckten Tisch gegenübersaß, sich zuvorkommend.

Esther kaute kurz und schluckte den Bissen hinunter, bevor sie antwortete. Ihr Gesicht blieb dabei ausdruckslos.

»Es ist okay.«

Johnson war augenblicklich besorgt. »Ist irgendwas damit nicht in Ordnung? Wir können es zurückgehen lassen.«

Esther sah zu ihm hinüber. »Nein, es ist in Ordnung.«

»Hören Sie«, sagte er und legte seine Gabel weg, »wenn's Ihnen nicht schmeckt, lassen wir's zurückgehen und ...«

Esther lachte laut. Dieser Mann war durchsichtig wie ein Stück Glas. Völlig arglos. Ein Unschuldslamm. Wie zum Teufel konnte er nur ein so hartgesottener Bewährungshelfer sein?

»Ehrlich, Clarke, es ist sehr gut. Perfekt.« Um ihre Zufriedenheit zu beweisen, kaute und schluckte sie rasch den nächsten Bissen. Johnson strahlte.

Die zwei Stunden des Ballettabends hatten zu den langweiligsten in

Esthers Leben gehört. Sie hatte ihre gesamte Konzentrationsfähigkeit aufwenden müssen, nur um nicht einzuschlafen. Dabei war die Ballettgruppe keineswegs schlecht gewesen – ganz im Gegenteil! Tatsächlich hatte Esther sofort erkannt, daß diese Truppe aus athletisch und künstlerisch außergewöhnlich begabten Tänzern bestand. Die Frauen waren graziös und geschmeidig gewesen, und Esther hatte sie um ihre perfekten Figuren beneidet; die Männer hatten wunderbare Muskeln gehabt, obwohl Esther ihnen die scheinbare Leichtigkeit ihrer Schritte und Hebungen nicht ganz abgenommen hatte.

Als sie nach der Vorstellung in Pasadena auf baumbestandenen Straßen zu dem roten Porsche gegangen waren, hatte Clarke Johnson vom Programm dieses Abends geschwärmt. Die Choreografie sei erregend gewesen, das Bühnenbild etwas einfallslos, einzelne Szenen vielleicht etwas handwerklich, aber der Gesamteindruck doch sehr erfreulich.

Während Clarke endlos weiterredete, hatte Esther vor sich hingelächelt. Er war zweifellos der »weißeste« Schwarze, den sie jemals kennengelernt oder von dem sie jemals gehört hatte. Drunten im tiefsten Süden, wo sie aufgewachsen war, waren Männer wie Clarke Johnson von den übrigen Schwarzen genauso verspottet worden wie ihr Gegenstück, die allzu unterwürfigen Stephen-Fetchit-Typen. Sie wurden »Oreos« oder »Mr. Nigger« gerufen und galten als eingebildet, affektiert und irgendwie unecht.

Früher hatte auch Esther über solche Witze gelacht. Aber jetzt mußte sie sich mit der Erkenntnis abfinden, daß auch ihr Sohn eines Tages zu diesen Schwarzen gehören würde. Und sie wollte es gar nicht anders. Little Bobby war etwas Besonderes – etwas ganz Besonderes. Er würde ein Akademiker werden: Arzt, Rechtsanwalt, Fernsehjournalist, Senator – was zum Teufel er wollte. Dafür würde sie sorgen. Er war ihr ein und alles, seitdem sie ihren Mann aus ihrem Leben verbannt hatte.

Aber sie fürchtete, ihr kleiner Sohn werde seiner Mutter, die nur eine Putzfrau war, eines Tages über den Kopf wachsen und Gründe finden, sich seiner in einer Landarbeiterhütte mit Wellblechdach aufgewachsenen Mutter zu schämen. Das wäre ihr Tod, und sie betete darum, diesen Tag nie erleben zu müssen. Und daß ein Mann wie Clarke Johnson sich für sie interessierte, erschien ihr jetzt wie eine Antwort auf ihre Gebete.

Esther tunkte ihre Gabel mit einem Bissen Châteaubriand in die Sauce Béarnaise. Sie lächelte Clarke Johnson über den Tisch hinweg zu.

»... nach der Rückkehr aus Vietnam«, sagte er eben, »und nach meiner Entlassung aus dem Marine Corps ...«

»Sie sind in Vietnam gewesen?«

»Das überrascht sie?« Er hielt sein Weinglas in der Hand, ohne zu trinken. »Warum?«

Esther zuckte mit den Schultern. »Ach, bloß so. Ich hab' damit nichts Bestimmtes sagen wollen. Sie sind nur anders als die übrigen Veteranen, die ich kenne.«

»Oh? Und wie sind die anderen?«

Esther fühlte sich in die Enge getrieben. »Na ja, weniger ... weniger ...«

»Steif?«

»Nein!« Sie lachte nervös. »Bitte. Tut mir leid. Entschuldigen Sie, daß ich Sie unterbrochen habe. Bitte erzählen Sie weiter.« Sie lächelte. »Clarke.«

Er erwiderte ihr Lächeln. »Ich wäre beinahe im Corps geblieben. Ich habe lange überlegt, ob ich Berufssoldat werden sollte. Im Corps hat's mir sehr gut gefallen. Ich bin sogar für die Offiziersschule vorgeschlagen worden. Aber dann habe ich doch das Gefühl gehabt, meine Zukunft liege im Zivilsektor.«

»Und damals haben Sie sich entschieden, Bewährungshelfer zu werden?«

»Nein, das ist eigentlich keine bewußte Entscheidung gewesen.« Er tupfte sich mit seiner Leinenserviette die Lippen ab. »Auf Okinawa bin ich zur Shore Patrol – zur Militärpolizei – abkommandiert worden und hab' Spaß an dieser Arbeit gehabt. Nach meiner Entlassung bin ich nach Los Angeles gezogen und wollte mich beim LAPD bewerben. Damals gab es einen Einstellungsstopp, aber ein netter schwarzer Beamter hat mir gesagt, das Parole and Probation Department interviewe Stellenbewerber. Er hat mir erklärt, städtische Bedienstete würden bevorzugt, sobald der Einstellungsstopp aufgehoben werde.«

Der an ihrem Tisch vorbeigleitende Ober blieb stehen, um ihnen Wein nachzuschenken. Johnson nahm ihm die Karaffe mit Beaujolais aus der Hand und schenkte Esther selbst nach. Der Ober lächelte höflich und glitt davon.

»Schön, lassen Sie mich raten«, sagte Esther und zog eine Augenbraue hoch. »Die Tätigkeit als Bewährungshelfer hat Ihnen so gut gefallen, daß Sie dabeigeblieben sind. Stimmt's?«

Clarke Johnson nickte. »Im Januar sind's vierzehn Jahre. Ich finde die Arbeit mit zur Bewährung Entlassenen weit befriedigender als Polizeiarbeit. Mir gefällt das Gefühl, meinen Leuten helfen zu können. Zumindest denen, die sich helfen lassen wollen.«

Esther erwiderte seinen Blick, während sie einen kleinen Schluck Wein kostete.

»Und dieser Job läßt mir Zeit für meine Weiterbildung.«

»Oh? Sie studieren nebenbei?«

Johnson löffelte Sauerrahm über seine in Folie gebackene Kartoffel. »Ich sitze an meiner Doktorarbeit.«

»Doktorarbeit!« Esther ließ ihre Gabel sinken. »Jetzt bin ich aber *wirklich* beeindruckt! Ich kenn' gar keine *Doktoranden*, glaub' ich. Außer 'n paar, für die ich putze. Was wollen Sie denn mal werden – Leiter des Probation Departments?«

Clarke Johnson schüttelte den Kopf. »Nein, ich will etwas höher hinaus.«

»Oh, entschuldigen Sie!« Esther lachte. »Los, erzählen Sie schon, Mr. Doktorand. Wovon handelt Ihre Doktorarbeit?«

»Pönologie.«

Esther machte ein erschrockenes Gesicht. Sie fühlte sich wundervoll: Das gute Essen und der schwere Wein, aber noch mehr Clarke Johnsons bewundernde Blicke wärmten sie wohlig.

»Pönologie! Ich hab' Angst, Sie zu fragen, was das bedeutet.«

Johnson lachte halblaut. »Strafvollzug, Esther. Das Studium von Gefängnissen und ihrer Auswirkungen auf die Häftlinge, das Wachpersonal, den Staat, die Gesellschaft. Ich werde eines Tages Direktor eines der großen Gefängnisse Amerikas.«

Esther runzelte die Stirn. »Gefängnisse? Die wecken in mir nur schlimme Gefühle. Dort sperrt man Leute ein und schmeißt den Schlüssel weg. Hauptsächlich schwarze Leute. Wozu wollen Sie so 'n Job? Sie als Schwarzer?«

Er schob seinen Teller weg. »Ich will diesen Job, weil ich tagtäglich mit den Absolventen eines dekadenten Strafvollzugs umgehe, der brutalisiert, entmenschlicht, demoralisiert und kriminalisiert, der verbittert, verhärtet und pervertiert, der den Häftlingen alles mögliche antut – nur das nicht, was der Strafvollzug Ende des zwanzigsten

Jahrhunderts tun müßte: die Häftlinge erziehen, rehabilitieren und wieder in die Gesellschaft eingliedern.«

»Das scheint Ihnen ein echtes Anliegen zu sein.«

»Ja. Ja, das stimmt.«

»Glauben Sie, daß Sie einen Job dieser Art kriegen?«

»Ich *muß* ihn bekommen. Das Verbrechen ist eine Wachstumsbranche. Und es nimmt nirgends mehr zu als bei den Minoritäten Amerikas. Die jetzigen Gefängnisverwaltungen haben kläglich versagt. Da die Häftlingspopulationen zu sechzig bis achtzig Prozent aus Schwarzen bestehen, dürfte Amerika sehr bald erkennen, daß wir im Kampf gegen das Verbrechen jeden nur möglichen Vorteil nutzen müssen. Und dazu gehören in erster Linie schwarze Gefängnisdirektoren.«

»*Sie* wollen mit dem schwarzen Kriminellen von heute umgehen können?« zog Esther ihn lächelnd auf.

»Doch, das traue ich mir zu. Vor allem nach vierzehn Jahren Berufserfahrung mit auf Bewährung Entlassenen. Ich weiß, daß man mir nicht mit den Tricks und Spielchen kommen kann, mit denen schwarze Häftlinge das weiße Aufsichtspersonal reinlegen.«

»Zum Beispiel?«

Johnson beugte sich nach vorn, stützte die Ellbogen auf und legte die Fingerspitzen aneinander – genau wie in seinem Büro.

»Damit meine ich beispielsweise den Unsinn, von Schwarzen verübte Straftaten als soziologisches Problem zu sehen. Als eine Folge kultureller Unterprivilegiertheit.«

»Das kaufen Sie ihnen nicht ab?«

»Schwarze Kriminelle sind genau wie weiße Kriminelle. Oder wie asiatische oder hispanische oder sonst welche. Sie sind Leute, die Dinge haben wollen, ohne für sie zu arbeiten. So einfach ist das.«

»Sie werden bestimmt ein strenger Direktor.«

»Strenger geht's nicht.«

»Ihre Häftlinge werden Sie lieben«, behauptete Esther lachend.

»Das glaube ich auch«, antwortete Johnson ernsthaft. »Zehn Prozent meiner Klienten sind lebenslängliche Verbrecher. Ihnen ist nicht zu helfen. Für sie können wir nichts Konstruktiveres tun, als sie wieder einzusperren und sie für den Rest ihres Lebens wie Tiere zu halten, die sie eigentlich sind. Die übrigen neunzig Prozent möchten anständig leben, auch wenn sie's nicht immer schaffen. Sie wollen von der Straße runter, sie wollen einen anständigen Job, eine nette

Frau und eine Familie. Sie wollen den ganzen amerikanischen Traum. Sie wissen nur nicht, wie sie ihn in die Wirklichkeit umsetzen sollen. Deshalb nehmen sie Zuflucht zu Drogen. Ich halte es für meinen Job, sie Schritt für Schritt zu diesem Traum hinzuführen. Ich mache mir etwas aus meinen Klienten, und sie erkennen diese Sorge. Meine Rückfallquote ist die niedrigste des ganzen Departments. Und als Gefängnisdirektor werde ich ebenso erfolgreich sein.«

Esther zündete sich eine Zigarette an und blies den Rauch zur Seite.

»Das glaube ich Ihnen, Clarke. Ich glaube, daß Sie auf jedem Gebiet, das Sie sich aussuchen, Erfolg hätten.«

Johnson lächelte erneut. Er sah viel besser aus, wenn er lächelte.

»Ich hab' gern Erfolg«, stellte er nüchtern fest.

»Und Sie haben nie Mißerfolg gehabt?«

»Oh, doch«, sagte er nachdenklich. »Einmal ist was erbärmlich schiefgegangen.«

»Was denn?«

»Meine Ehe.«

Diesmal beugte Esther sich mit aufgestützten Ellbogen über den Tisch. »Mr. Perfekt ist verheiratet gewesen? Davon müssen Sie mir erzählen.«

Clarke Johnson zuckte mit den Schultern. »Wir haben im ersten Jahr meiner Militärzeit geheiratet. Beide viel zu jung. Das ist ein großer Fehler gewesen. Damals hat das Corps mir alles bedeutet, und ich muß Yvonne vernachlässigt haben. Ich hätte merken müssen, daß sie einen anderen hatte, aber als sie mich verlassen hat, ist für mich eine Welt zusammengebrochen. Sie und ihr... ihr Freund sind bis nach Connecticut weggezogen. Sie haben Dina mitgenommen.«

»Dina?«

»Meine Tochter. Sie ist jetzt achtzehn. Im ersten Jahr am Howard College. Wir sind uns völlig fremd. Das ist das bitterste Kapitel meines Lebens.«

Esther wußte nicht, was sie sagen sollte. Sie starrte den Rotwein in ihrem Glas an. Schließlich blickte sie zu Johnson auf.

»Ich weiß nur, daß ich sterben würde, wenn man mir Little Bobby wegnehmen würde.«

»Lassen Sie das nie zu, Esther. Es ist ein schreckliches Erlebnis.«

»Haben Sie deshalb nicht wieder geheiratet?«

»Ich... diese Sache hat mich sehr vorsichtig, sehr mißtrauisch gegenüber impulsiven Regungen gemacht. Vor allem in bezug auf Frauen. So bin ich ... nun, langweilig geworden.«

Esther tätschelte seine Hand.

»Sie sind nicht langweilig, Clarke. Vielleicht 'n bißchen abgeschlafft, wie die Kids sagen. Aber nicht langweilig. Und auf jeden Fall sehr nett.«

Er bedeckte ihre Hand mit seiner und streichelte sie. Sie sahen sich im Kerzenschein an, und ihre Augen leuchteten.

Sekunden später fragte ein Pikkolo, ob er abtragen dürfe. Esther und Clarke setzten sich hastig auf und zogen ihre Hände zurück. Der Ober kam mit einem Dessertwagen vorbei. Johnson bestellte statt dessen zwei Cognacs. In der Salonbar nebenan begann die Band, die bisher Pause gemacht hatte, wieder zu spielen. Sie spielte eine langsame, sentimentale Ballade.

»Möchten Sie tanzen?« Er stand bereits auf.

Esther bedachte ihn mit einem Augenaufschlag. »Wollen wir nicht lieber auf einen Walzer warten?«

Johnson warf den Kopf zurück und lachte. »Kommen Sie, geben Sie mir 'ne Chance. So spießig bin ich auch wieder nicht – oder etwa doch?« Er nahm ihren Arm und führte sie auf die Tanzfläche.

»Doch, Sie sind spießig, Clarke.« Esther stimmte in sein Lachen ein. »Sogar verdammt spießig.«

Sie sprachen nicht mehr, als sie zu tanzen begannen. Nach einem ersten steifen Augenblick entspannte Esther sich und ließ sich gegen seinen Körper sinken. Sie legte ihren Kopf auf seine Schulter und war froh, daß sie flache Absätze trug. Sie tanzten schweigend. Als der Saxophonist sein Solo begann, lehnte sie sich zurück und sah Clarke fragend an.

Er löste sich von ihr, klatschte in die Hände und bewegte seine Schultern im Takt der Musik. Plötzlich erstarrte er zur Bewegungslosigkeit. Nachdem er einig Sekunden stocksteif dagestanden hatte, bewegte er roboterhaft ruckartig den Kopf, glitt im »Locker Style« übers Parkett, machte eine Wendung à la Prince und beendete seine Vorstellung mit James Brown abgeschauten Stakkatoschritten, die ihn rasch an Esthers Seite zurückbrachten. Die anderen Paare applaudierten wie wild. Vom Podium herab deutete die Sängerin auf ihn und bewegte im Takt die Schultern.

Esther war ehrlich schockiert.

»Aber, Mr. *Johnson*!«

Clarke Johnson nahm ihre Hand und zog sie auf die Tanzfläche zurück.

23.32 Uhr In der in Grün und Rosa gehaltenen Villa im ägyptischen Stil fand eine lebhafte Party statt. Simply Red dröhnte mit voller Lautstärke aus den offenen Terrassentüren ins Freie.

Ein halbes Dutzend junger Männer in knappen Badehosen lagerte unter den Alabasterstatuen, die den Swimming-pool umgaben. Ihre Hände plätscherten träge im lauen Wasser, und ihr Lachen schallte durch die heiße Nacht und über die weit unten liegenden flimmernden Lichter hinaus.

Natty Saperstein, der einen schmalgeschnittenen Seidenkaftan trug, schlenderte mit einer Kristallschale voll Kokain in die Säulenhalle. Die jungen Männer begrüßten ihn jubelnd, und Natty ließ die Schale herumgehen. Der engelhaft schöne Deutsche, der mit Saperstein im Restaurant Le Parc gewesen war, kam aus dem Haus und brachte Nattys Drink mit. Der kleine Mann schlang ihm seinen Arm um die Taille. Der Junge lächelte. Natty und er verschwanden nach drinnen.

Gold arbeitete sich vorsichtig hangabwärts durchs Gebüsch und zur Straße zurück. Als er wieder in seinem Ford saß, zündete er sich eine Zigarre an, nahm einen Schluck aus der Flasche und meldete sich über Funk. In der Dienststelle gab es nichts Neues. Der Dispatcher verlangte seinen Standort. Gold gab ihm eine falsche Adresse an.

Kurze Zeit später rollte ein mit zwei uniformierten Polizisten besetzter Streifenwagen sehr langsam an Sapersteins Villa vorbei. Als er um die nächste Kurve verschwunden war, ließ Gold den Motor seines Fords an und fuhr den Hügel hinab.

Samstag, 11. August

1.02 Uhr

»Wo hast du bloß so tanzen gelernt?«

Er hielt ihr die Autotür auf.

»Ich bin in einer Familie mit sieben Kindern der einzige Junge gewesen. Meine Schwestern haben alle neuesten Schritte an mir ausprobiert. Ich hab' dann selbst weitergemacht. Tanzen hält wunderbar fit.«

Esther schüttelte den Kopf. »Du bist wirklich ein außergewöhnlicher Mensch, Clarke.«

Er begleitete sie zur Haustür. Sie steckte den Schlüssel ins Schloß und sperrte auf. Dann drehte sie sich um.

»Ich hab' mich großartig amüsiert.«

»Ich auch.«

»Willst du noch auf 'nen Drink reinkommen?«

»Deine Schwiegermutter hat gesagt, daß ihr keinen Tropfen Alkohol im Haus habt.«

Esther lächelte. »Komm, wir sehen trotzdem nach.«

Er war ein wundervoller Liebhaber: zärtlich, ausdauernd und geduldig. Anfangs vermißte sie Bobbys animalische Kraft, seine Muskeln und sein Gewicht. Sie hatte seit über zehn Jahren mit keinem anderen mehr geschlafen, aber jetzt verdrängte sie rasch die Erinnerung daran und paßte sich dem Rhythmus dieses Mannes an. Sie klammerte sich an seinen harten, dunklen Körper, ließ ihre Zungenspitze über seine Schultern gleiten und bedeckte sein Gesicht mit Küssen. Er kam rasch und wiegte sie dann – noch immer steif und mächtig – fast eine halbe Stunde lang sanft. Sie schrie auf, als sie ihren Höhepunkt erreichte, und grub die Fingernägel in seinen Rükken.

Später lagen sie im Dunkel auf dem feuchtheißen Bett nebeneinander. Esther zündete sich eine Zigarette an.

»Du rauchst zuviel«, sagte er verträumt.

»Was kümmert dich das?« gurrte sie.

»Sogar sehr viel.«

Sie nahm einen weiteren tiefen Zug und drückte dann ihre Zigarette aus. Er zog sie an sich, und sie drängte sich mit ausgestrecktem Körper gegen ihn, während ihre Hand sanft seine Hoden umfaßte. Ihn durchlief ein leichter Schauer, und sie küßte seine Brust. Auf der Straße fuhr ein Auto mit brüllend laut angestelltem Radio vorbei. Wenig später waren sie beide eingeschlafen.

Bagheera, der durch ihre Liebeslaute verschreckte kleine Kater, kam mit großen Augen und zuckenden Schnurrbarthaaren vorsichtig aus seinem Versteck hinter der Kommode hervor. Das gleichmäßige Atmen der beiden Schlafenden ließ ihn rasch kühner werden. Er machte einen Buckel, gähnte behaglich und stolzierte vornehm ums Bett. Die abgewetzte blaue Tagesdecke war vom Fußende auf den Boden gerutscht. Bagheera stellte sich auf die Hinterpfoten und wetzte seine Krallen an der faltig zusammengeschobenen Decke. Esther bewegte sich im Schlaf und schob ein Bein über Clarkes Körper.

Die Bewegung erregte Bagheeras Aufmerksamkeit, und er war mit einem leichten Satz auf dem Bett. Die nackten Leiber bewegten sich jedoch nicht mehr. Als nichts weiter passierte, begann der kleine Kater, sich zu putzen. Er war eben richtig in Schwung gekommen, als Johnsons Piepser, der in der Mitte des Gefechts auf unerklärliche Weise aus seiner Jackentasche unter die Decke geraten war, unter Bagheera losging. Der kleine Kater fuhr ängstlich miauend hoch, war mit einem Sprung vom Bett, rutschte über den Fußboden und verschwand in Richtung Treppe aus dem Schlafzimmer.

Johnson wachte mißmutig auf und tastete unter den Decken nach dem Gerät.

»Was gibt's, Baby?« murmelte Esther.

»Ich muß mal telefonieren.«

»Hmmm . . . unten.« Während er barfuß hinaustappte, vergrub sie ihren Kopf unter einem Kissen. Wenige Minuten später kam Johnson zurück. Er rüttelte Esther an der Schulter.

»Esther, du mußt aufstehen.«

»Ja? Ja.« Sie setzte sich auf und rieb sich die Augen.

»Es geht um Bobby – um deinen Mann.«

»Ja?«

»Die Polizei hat ihn eben gefunden.«

3.37 Uhr In der Unfallaufnahme des USC Medical Centers herrschte typische Wochenendpanik. Blutiges Durcheinander. Der Warteraum saß voller jammernder und stöhnender Opfer des Knife and Gun Clubs, wie die Spezialisten des Trauma Units ihn nannten. Einige Patienten drückten improvisierte Verbände auf noch blutende Wunden. Eine schmuddelige Alte bewegte sich auf ihrem Stuhl rasch vor und zurück, während sie laut vor sich hinsang. Zwei Wermutbrüder stritten darüber, wer von ihnen der Nächste sei. Auf den Korridoren standen fahrbare Tragbahren mit Schwerverletzten: Angeschossene, Rauschgiftsüchtige mit Überdosen, Opfer von Verkehrsunfällen mit Fahrerflucht. Und ständig trafen von Sirenengeheul angekündigte neue Fälle ein.

Clarke Johnson sprach hinter einer Glastrennwand mit dem jungen bengalischen Arzt. Der weiße Kittel des Mediziners war vorn blutrot verfärbt. Esther und Mama Phibbs und Little Bobby beobachteten die beiden durch das mit Fingerabdrücken verschmierte Glas. Der Arzt blickte zu Esther hinüber und sagte irgend etwas. Clarke Johnson nickte. Der Arzt sprach weiter, und Johnson antwortete, bevor er hinter der Trennwand hervorkam. Sein Gesicht wirkte eingefallen.

»Tut mir leid, Esther, aber er ist tot.«

»*Neiiiiin!*« rief Esther klagend aus und sank auf die Knie. Mama Phibbs versuchte, sie zu stützen, aber Esther entglitt ihr. Johnson griff nach ihrer Hand, aber sie entriß sie ihm.

»Faß mich nicht an! *Faß mich nie mehr an!*«

»Esther«, sagte Mama Phibbs beschwichtigend. »Komm, komm, komm.« Das Gesicht der alten Lady war ein Muster an Selbstbeherrschung, aber ihr Blick war feucht und verschwommen.

Mama Phibbs wandte sich an Johnson. »Was ist passiert?«

»Er ist zusammengeschlagen worden. Niemand weiß, wer der oder die Täter sind, die ihn so zugerichtet haben. Vielleicht ist er schon vor Tagen überfallen worden. So lange kann er gebraucht haben, um unter dem Freeway herauszukriechen.«

»Oh, süßer Jesus!« jammerte Esther.

»Der Arzt hat gesagt, wenn er nicht so bärenstark gewesen wäre, wäre er gleich gestorben.«

»Oh, mein armer Bobby! Oh, süßer Jesus, mein armer Bobby!«

»Esther, das tut mir aufrichtig leid. Wirklich!«

Esther hob den Kopf und sah ihn an. In ihren Augen standen Tränen, die ihr jetzt übers Gesicht liefen. Dieser Strom schien gar nicht mehr versiegen zu wollen.

»Komm, ich bring' dich heim, Esther.«

Esther starrte ihn entsetzt an.

»Mein armer Bobby«, stöhnte sie leise. »Sie haben ihn wie einen Hund erschlagen, während wir es zusammen getrieben haben.«

»Esther!« fauchte Mama Phibbs mit raschem Blick zu Little Bobby hinüber.

»Während wir uns wie geile Kids aufgeführt haben«, fuhr Esther mit lauter werdender Stimme fort, »ist mein armer Bobby um sein Leben gekrochen! *Um sein gottverdammtes Leben!*«

»Das tut mir aufrichtig leid«, wiederholte Clarke Johnson und wollte nach ihrer Hand greifen.

»*Laß mich in Ruhe. Faß mich nicht an!*« Sie stand ruckartig auf. »Leute wie du haben Bobby umgebracht! Leute wie du!«

Mama Phibbs packte Esther am Arm und riß sie zu sich herum.

»Esther! Reiß dich zusammen! Wir müssen die Formalitäten erledigen. Laß diesen armen Mann in Frieden.«

»Bobby hat keine Chance gehabt! Sie haben ihm keine Chance gegeben!«

»Was ihm passiert ist, hat er sich selbst zuzuschreiben gehabt – das weißt du genau«, sagte Mama Phibbs. »Früher oder später ist's eben soweit gewesen. Bobby hat den Pfad Gottes verlassen. Er hat sich für einen anderen Weg entschieden, der ihn in den Tod geführt hat. Niemand hat Bobby was getan; er hat sich alles selbst angetan.«

»Er ist dein *Sohn* gewesen! Wie kannst du bloß so über ihn reden?«

»Weil das Gottes volle Wahrheit ist. Der Herr sei seiner armen Seele gnädig, aber er ist ein schlechter Sohn, Ehemann und Vater gewesen. Ein Wunder, daß er nicht versucht hat, dich auf die Straße zu schicken.«

»So was darfst du nicht sagen! *So was darfst du nicht sagen!*« Esthers Hand war erhoben, als wolle sie die alte Lady schlagen.

»Heute nacht hast du deinen Ehemann verloren«, stellte Mama Phibbs ruhig fest. Sie richtete sich zu voller Größe auf. »Sieh dich vor, daß du nicht auch eine Mutter verlierst.«

Esther funkelte die alte Frau an, aber im nächsten Augenblick verwandelte ihr Gesicht sich in eine Maske aus Trauer und Scham. »Nein!« rief sie aus »*Neiiiiin!*«

Mama Phibbs sah ihr nach, als sie aus der Unfallaufnahme stürmte. Sie seufzte schwer.

»Little Bobby, kümmere dich um deine Mutter. Sieh zu, daß sie keine Dummheiten macht.«

Der kleine Junge zögerte.

»Los, los!« Sie nickte ihm zu. »Geh schon!«

Der Junge lief in den Korridor hinaus, auf dem Esther verschwunden war.

Mama Phibbs zog ihren Mantel enger um sich und knöpfte den obersten Knopf zu. Sie sah Clarke Johnson an.

»Ein trauriger Anblick, Mr. Johnson.«

»Allerdings, Mrs. Phibbs.«

»Tut mir leid, daß Sie das haben miterleben müssen. Familien sollten unter Ausschluß der Öffentlichkeit trauern und streiten. Ich bin sicher, daß Esther es nicht so ernst gemeint hat.«

»Schon gut, Mrs. Phibbs. Ich verstehe ihre Reaktion. Ich wollte nur, ich könnte mehr helfen.«

Sie schüttelte geistesabwesend den Kopf. »Sagen Sie den Leuten hier, daß wir Bobbys Leiche so bald wie möglich abholen lassen?«

»Natürlich.«

»Ich rufe das Bestattungsunternehmen Coleman an, sobald es aufmacht.«

Johnson nickte, ohne sich dazu zu äußern.

»Mr. Coleman kenne ich nun schon fast vierzig Jahre.«

»Oh?«

»Ja.« Sie klemmte sich ihre Handtasche unter den rechten Arm. »Ich sollte den Ärzten für ihre Bemühungen danken.«

»Nicht nötig«, wehrte Johnson ab. »Mrs. Phibbs?«

»Ja?«

»Das mit Ihrem Sohn tut mir aufrichtig leid.«

Mit dem Zeigefingerknöchel der freien Hand rieb die alte Lady sich den linken Augenwinkel – eine rasche, flüchtige Geste. »Mr. Johnson, mein Sohn ist schon lange tot – seit dem ersten Schuß, den er sich gesetzt hat. Seit damals ist es mit ihm vorbei gewesen. Eigentlich hat er kaum was Besseres tun können, als Esther von sich zu befreien.«

Johnson sah rasch weg und starrte sie dann wieder an.

»Sie sind eine harte Frau, Mrs. Phibbs.«

Ihre Augen blitzten. »Wir leben in einer harten Welt, Mr. Johnson. Und ich muß mich um die Lebenden kümmern.«

»Ja, Ma'am.«

»Besten Dank für Ihr Beileid.«

»Ja.«

Sie wandte sich ab und ging davon.

5.20 Uhr In den Dienstzimmern und auf den Fluren des Bereichs der Sonderkommission waren Feldbetten aufgeschlagen worden, auf denen Cops zwischendurch ein Nickerchen machen konnten, während ihre Kollegen Streife fuhren. Als der neue Tag sich kurz nach 4.30 Uhr gegen den Smog durchsetzte, wurde die Morgendämmerung mit Johlen und Pfeifen und einer rasch herumgereichten Flasche begrüßt. Seit vier Nächten die erste ohne einen Crosskillermord. Seit einer Woche die erste ohne antisemitische Schmierereien. Nach der hastigen Feier legten alle Cops sich für ein paar Stunden aufs Ohr. Zamora zerrte eine Matratze in ihr winziges Büro und schlief binnen Sekunden laut schnarchend ein. Gold saß hinter seinem Schreibtisch und döste unruhig.

Um 5.25 Uhr klingelte das Telefon. Gold nahm den Hörer ab.

»Mhhh-hmmm. Yeah. Tatsächlich? Woher wissen Sie, daß der Kerl sich nicht bloß wichtig machen will? Aha! Nein, behalten Sie ihn dort. Wir kommen gleich rüber, ich will sofort mit ihm reden.«

Gold legte auf und trat gegen Zamoras Matratze.

»Auf geht's, Redford! Wir haben endlich eine Spur, glaub' ich.«

Auf der Fahrt über den Hügel berichtete Gold von dem Anruf.

Letzte Nacht hatte die Valley Division einen Mann vor einer Biker-Bar in Van Nuys wegen Körperverletzung festgenommen. Der Kerl hatte mit einem schweren Montiereisen auf einen anderen Mann eingeschlagen. Eine Überprüfung des Festgenommenen hatte gezeigt, daß er in Oregon, Washington und Nevada per Haftbefehl gesucht wurde. Die Polizei in Reno wollte ihn wegen eines Mordes vernehmen.

Die Cops, die ihn festgenommen hatten, spielten die ganze Nacht Katz und Maus mit ihm – ohne sonderlichen Erfolg, bis gegen Morgen gemeldet wurde, daß der mit dem Montiereisen Angegriffene seinen Verletzungen erlegen sei. Als der Biker das hörte, wurde er plötzlich gesprächiger. Er hatte Storys zu erzählen, Straftaten anzuzeigen. Aber bevor er seine staatsbürgerliche Pflicht tat, wollte er völlige Straffreiheit zugesichert bekommen. Die Cops fragten lachend: *Wen hast du – Hitler?* Und das Arschloch antwortete grinsend: *Nein, beinahe – den Kerl, der die ganzen Juden umgelegt hat.* Deshalb war Gold angerufen worden.

Als Gold und Zamora in Van Nuys ankamen, wimmelte es dort bereits von Leuten aus dem öffentlichen Dienst. Dolly Madison, der ins nahegelegene Northridge heimgefahren war, um ein paar Stunden zu schlafen, war da und drei hohe Beamte der Staatsanwaltschaft. Ebenfalls anwesend war Irving Tannenbaum, der mürrisch und unausgeschlafen wirkende Spitzenmann aus dem Amt für Pflichtverteidigung. Gold und Tannenbaum, die alte Gegenspieler waren, starrten einander mit kalter Feindseligkeit an.

»Okay, worum geht's?« fragte Gold die Menge auf dem Korridor vor dem Vernehmungsraum.

Einer der Kriminalbeamten, die den Mann festgenommen hatten, trat vor. Er war jung und offensichtlich von der Bedeutung dieses Falls, in den er zufällig verwickelt worden war, beinahe überwältigt.

»Er behauptet, zu wissen, wer der Crosskiller ist. Und das nehme ich ihm ab. Ich glaube, daß er die Wahrheit sagt«, berichtete der junge Beamte leicht atemlos.

»Was verlangt er?«

»Vollständige Straffreiheit«, warf Dolly Madison ein und trat vor, um die Situation an sich zu reißen. »In allen Punkten. Deshalb kommen wir nicht weiter.«

»Warum? Wo gibt's denn Probleme?«

»Jack, der Angegriffene ist tot. Unser Junge hat ihm mit einem Montiereisen den Schädel eingeschlagen.«

Gold wandte sich an den jungen Kriminalbeamten. »Wer ist der Kerl gewesen?«

Der Cop zuckte mit den Schultern. »Hell's Angel. Wir nehmen an, daß sie Streit wegen eines geplatzten Drogendeals gekriegt haben.«

»Klasse!« Gold schnaubte. »Damit hat er der Gesellschaft 'nen Dienst erwiesen.« Er wandte sich an den Staatsanwalt. »Sichern Sie ihm Straffreiheit zu. Ich brauche seine Aussage.«

Der Erste stellvertretende Staatsanwalt schnüffelte. »Wir haben Mr. Tannenbaum bereits völlige Straffreiheit in bezug auf den Totschlag zugesichert. *Falls* seine Aussage sich als nützlich erweist.«

»Gut«, sagte Gold. »Dann wollen wir mal mit ihm reden.«

»Aber Mr. Tannenbaum und sein Mandant sind damit nicht zufrieden«, warf der Staatsanwalt ein.

»Oh?« Gold wandte sich an Tannenbaum. »Wieder mal derselbe alte Scheiß, Irving? Wo liegt das Problem?«

Der bärtige, kahlköpfige Anwalt lächelte säuerlich. »Mein Mandant verlangt außerdem, daß die Anklagen in Oregon und Nevada niedergeschlagen werden.«

»Mr. Tannenbaum *weiß*, daß wir nichts versprechen können, worauf wir keinen Einfluß haben!« knurrte der Staatsanwalt. »Den Strafverfolgungsbehörden anderer Staaten gegenüber sind wir nicht weisungsbefugt.«

»Ersatzweise«, fuhr Tannenbaum gelassen fort, »verlangt mein Mandant die Zusicherung, nicht nach Nevada ausgeliefert zu werden.«

Gold kaute auf seiner Zigarre herum. »Nun?«

Dolly Madison versuchte wieder, die Initiative an sich zu reißen. »Das wäre ein leeres Versprechen. Das weiß Mr. Tannenbaum natürlich auch. Gegen ein Auslieferungsersuchen kommen wir nicht an.«

»Okay, was *können* wir dann versprechen?«

Dolly Madison machte ein unbehagliches Gesicht. »Inoffiziell?«

»Natürlich!«

»Daß wir ein etwaiges Auslieferungsersuchen verschleppen würden. Daß wir die Sache keineswegs beschleunigen würden. Daß wir... daß...«

Der Staatsanwalt spann den Faden weiter. »Daß Akten verlegt und Anhörungstermine verschoben werden würden. Irgendwas in dieser Art. Sollte der Verdächtige in anderen Fällen mit uns zusammenarbeiten, könnte er als ständiger Informant eingestuft werden, auf dessen Mitarbeit kalifornische Strafverfolgungsbehörden angewiesen sind. Dann käme eine Auslieferung nicht in Frage.«

Gold wandte sich an Tannenbaum. »Irving?«

Tannenbaums Blick blieb finster. »Das ist nicht definitiv genug. Das ist weniger, als ich verlangt habe. Aber ich rede mit meinem Mandanten darüber.

»Tun Sie das, Irving«, sagte Gold, während Tannenbaum im Vernehmungsraum verschwand.

»Versprechen Sie diesem *Gonif* alles!« zischte Gold, als der Pflichtverteidiger ihn nicht mehr hören konnte. »Wieviel wir davon halten können, stellt sich später raus.«

Dolly Madison hüstelte. »Das wäre in höchstem Maß unmoralisch, Jack.«

»Kommen Sie mir nicht mit diesem Scheiß!« wehrte Gold ab. »Sie wissen so gut wie ich, daß Irving Tannenbaum schon mehr gute Fälle ruiniert hat als der Oberste Gerichtshof. Was er an Zugeständnissen fordert, kriegt er irgendwann doch – folglich können wir sie ihm auch gleich machen. Ich muß *schnellstens* mit diesem Mann reden. Ich hab' keine Zeit für langes Gelaber. Wir müssen einfach Prioritäten setzen!«

In diesem Augenblick kam ein uniformierter Cop mit zwei großen fettfleckigen Papiertüten vorbei, die den Aufdruck Tommy's Fat Boy Burgers trugen.

»Was ist da drin?« fragte Gold.

»Essen für den Häftling«, antwortete der Cop.

»Wie viele Kerle habt ihr dort drinnen?«

Der junge Kriminalbeamte lachte. »Warten Sie ab, bis Sie das Schwein sehen!«

Der Cop betrat den Vernehmungsraum. Wenige Sekunden später kam er zurück, gefolgt von Tannenbaum.

»Mein Mandant hält Ihre Bedingungen für unannehmbar. Er besteht auf völligem Verzicht auf Strafverfolgung oder Auslieferung.«

Der Staatsanwalt wechselte einen Blick mit seinen Kollegen, bevor er sich an Tannenbaum wandte.

»Dann müssen wir versuchen, die Staatsanwaltschaft in Reno zu erreichen. Aber ich bezweifle, daß wir übers Wochenende eine Antwort bekommen. Vielleicht bis Montagnach . . .«

»Seid ihr Idioten übergeschnappt?« brüllte Gold. »Soviel Zeit hab' ich nicht! Letzte Nacht ist nichts passiert, aber ich rechne mit weiteren Morden. Das Arschloch, nach dem wir fahnden, hat schließlich keinen Waffenstillstand unterschrieben.«

Die anderen Männer starrten ihn an.

»Mit *dem* Scheiß kommen wir nicht weiter«, sagte Gold und betrat den Vernehmungsraum.

»Das dürfen Sie nicht!« rief Tannenbaum ihm nach.

Der Verdächtige saß an einem langen Tisch. Er hatte die beiden Papiertüten ausgepackt und das Essen systematisch vor sich aufgereiht. Der fensterlose Raum war nicht klein, aber er stank bereits nach Zwiebeln und fettigem Grillfleisch.

»Hallo«, sagte Gold und starrte den Mann an.

»Hey, Sie kenn' ich!« antwortete der Verdächtige, obwohl er gerade einen riesigen Bissen Fat Boy Chilicheeseburger im Mund hatte.

»Sagen Sie kein Wort!« rief Tannenbaum, der jetzt hereingestürzt kam. »Sie brauchen kein Wort zu sagen! Nicht ihm gegenüber.«

Der Verdächtige warf seinem Anwalt einen Blick zu, bevor er sich wieder auf Gold konzentrierte.

»Ich hab' Sie in den Nachrichten gesehen«, sagte der Verdächtige. Er war ein unverhältnismäßig dicker Mann mit feuerrotem Kopf- und Barthaar. Sein gewaltiger Wanst quoll schwabbelig über eine Harley-Davidson-Gürtelschnalle. EAT MORE PUSSY! forderte sein T-Shirt jedermann auf. Er biß erneut von seinem Chilicheeseburger ab. »Sie kenn' ich«, murmelte er, ohne Gold aus den Augen zu lassen.

Auch die anderen – Sean Zamora, Dolly Madison, die Kriminalbeamten, die Staatsanwälte – waren Tannenbaum in den Vernehmungsraum gefolgt und standen jetzt an der Rückwand aufgereiht, aber der Verdächtige achtete nicht auf sie. Er konzentrierte sich ausschließlich auf Gold.

»Sie sind der Jude, der so 'n harter Bursche ist. Sie hab' ich in den Nachrichten gesehen.«

Gold trat auf den jungen Lieutenant zu und nahm ihm das Verhaftungsprotokoll aus der Hand. Der angeheftete Computerausdruck war das Vorstrafenregister des Verdächtigen. Gold überflog es.

»Mr. Williamson«, sagte Tannenbaum und starrte Gold dabei aufgebracht an, »als Ihr gerichtlich bestellter Verteidiger empfehle ich Ihnen dringend, nicht mit diesem Mann zu reden. Sie sind nicht verpflichtet, mit ihm zu sprechen, und ich glaube, es ist besser für Sie, *nicht* mit ihm zu reden. Haben Sie verstanden, Mr. Williamson?«

»Und ich weiß, wer du bist«, sagte Gold halblaut, als sei er mit dem Verdächtigen allein. »Timothy James Williamson«, las er vor, »alias Tiny Tim Williamson, alias Tiny Williams, alias Jumbo Jim, alias Two Ton Tiny Williams, alias Tiny Red Williamson.« Gold las sekundenlang schweigend weiter und stieß dann einen leisen Pfiff aus. »Tiny! Du bist wirklich 'n schwerer Junge. Sieben Jahre San Quentin wegen schweren Raubes. Drei Jahre Walla Walla wegen Besitz eines Maschinengewehrs. Mitglied der Satans Motorcycle Gang, der Aryan Brotherhood, der Christian Nation und jetzt des Kalifornia Klans.« Gold legte den Computerausdruck weg. »Und gestern abend hast du diesem Angel den Scheitel geradegezogen. Anscheinend ein bißchen zu kräftig. Und du willst unter keinen Umständen wieder in den wundervollen Staat Nevada zurück. Eigentlich müßtest du dir jetzt größte Mühe geben, hier ein paar Freunde zu gewinnen.«

»Mr. Williamson«, sagte Tannenbaum drängend, »reden Sie nicht mit diesem Mann, bevor wir schriftliche Zusicherungen in der Hand haben. Der Handel ist noch nicht perfekt. Verstehen Sie, was ich sage, Mr. Williamson?«

Tiny verschlang eben seinen dritten Burger und die zweite Portion Fritten.

»Nach Nevada brauch' ich nicht zurück.«

»Oh?« sagte Gold.

»Und ich brauch' keinen einzigen Tag dafür zu sitzen, daß ich letzte Nacht diesen Arsch kaltgemacht hab'.« Tiny rülpste – ein gurgelnder, ungesunder Laut.

»Und warum nicht?«

»Mr. Williamson!« rief Tannenbaum dazwischen. »Bitte reden Sie nicht mit...«

»Das wissen Sie doch!«

»Erzähl's mir. Erzähl's *mir*.«

»Weil ich was hab', das Sie interessiert.«

»Was hast du?«

»Das wissen Sie.«

»Was?«

»*Mr. Williamson...*«

»Ich weiß, wer die Juden kaltgemacht hat. Drüben in der Judenstadt.«

Gold beobachtete ihn aufmerksam. »Woher weißt du das?«

Tiny stopfte sich einen Hot dog zwischen die Zähne.

»Ich weiß es einfach«, sagte er schmatzend.

»Woher willst du das wissen – oder hast du die Juden vielleicht selbst umgelegt?«

»*Mr. Williamson, verstehen Sie, was ich sage? Ich rate Ihnen dringend...*«

»Nö, ich bin's nich' gewesen.«

»Woher weiß ich das?«

»Weil ich Ihnen sagen kann, wer's gewesen ist.«

»Okay, wenn du's nicht gewesen bist – wer dann?«

»*Mr. Williamson!*«

Tiny grinste mit vollen Backen. »Nix! Ich bin doch nicht blöd! Ich pack' erst aus, wenn der Handel steht.«

Gold lachte. Tiny stimmte in sein Lachen ein. Gold angelte ein Zündholzbriefchen aus seiner Tasche und zündete sich eine Zigarre an. Er paffte daran, bis das Ende rot glühte. Tiny, der seinen zweiten Hot dog in der Hand hielt, beobachtete ihn fasziniert. Gold lächelte ihm aus einer weißlichen Qualmwolke heraus zu, legte die Zigarre auf die Tischkante und deutete auf den Hot dog in Tinys Hand.

»Noch immer hungrig, Tiny?«

Der Rothaarige zuckte mit den Schultern. »Langsam wird's besser. Gestern hab' ich kein Abendessen gekriegt. Überhaupt nichts.«

»So 'n Pech!«

Tiny beobachtete ihn aufmerksam. Gold lächelte beschwichtigend. Tiny öffnete den Mund, um von dem Hot dog abzubeißen. Er schloß die Augen und schob sich den Hot dog zwischen die Lippen. Gold legte eine Handfläche hinter Tinys Riesenschädel und stopfte ihm mit der anderen den ganzen Hot dog in den Rachen. Tiny begann zu würgen und wollte aufspringen, aber Golds Hand klatschte sein Gesicht nach unten in den dritten Chili dog.

»*Um Himmels willen! Mein Gott, was*...«, stammelte Tannenbaum.

»*Jack, was machen Sie da?*« rief Dolly Madison erschrocken und trat einen Schritt auf ihn zu.

»Partner!« sagte Gold laut. Zamora stellte sich zwischen ihn und die anderen, um ihn abzuschirmen. Er hob abwehrend die Hände. »Laßt ihn nur machen«, verlangte er. Die beiden jungen Kriminalbeamten nickten und traten an die Wand zurück.

Tiny würgte, weil er Chili in die Luftröhre bekommen hatte. Er schlug die Hände vors Gesicht und rang nach Atem. Gold trat vor und rammte sein Knie in Tinys Schwabbelbauch. Die Luft zischte aus dem Dreizentnermann wie Faulgas aus einem geöffneten Gully. Tiny hielt sich den Bauch, sank nach vorn und kotzte zwei Chili dogs, drei Chilicheeseburger und zwei Portionen Chilifritten über die ganze Tischplatte. Zuletzt würgte er nur noch trocken, kauerte auf allen vieren vor dem Tisch und gurgelte wie ein Schwein, dem man den Hals durchgeschnitten hat.

Gold trat auf Tinys rechte Hand und verlagerte sein ganzes Gewicht auf diesen Fuß. Tiny wollte aufschreien, aber er brachte bloß ein heiseres Krächzen heraus. Gold kniete neben dem Dicken nieder. Er hatte die Zigarre wieder zwischen den Lippen, sog heftig daran, riß Tinys Kopf an den Haaren hoch und berührte seine Backe mit dem glühenden Ende der Zigarre. Es stank nach verbranntem Fleisch, und Tiny bemühte sich verzweifelt, den Kopf wegzudrehen.

»*Gold, das kostet Sie Ihre Plakette!*« kreischte Tannenbaum.

»*Um Himmels willen, Jack!*« rief Dolly Madison mit schriller Stimme.

Gold sah nicht einmal auf. »Du erzählst mir, was du weißt, sonst drücke ich die Zigarre in deinem Auge aus. Glaubst du mir?«

Tiny nickte mit den wild rollenden Augen eines scheuenden Pferdes.

»Glaub's lieber, weil's wahr ist. Und du bist viel zu häßlich, als daß du dir leisten könntest, ein Auge zu verlieren. Stimmt's?«

Tiny nickte wieder.

»*Dafür zeig' ich Sie an! Das schwör' ich Ihnen!*«

Gold ignorierte Tannenbaum und sprach leise in Tinys warziges Ohr. »Unabhängig davon, was jemand in diesem Raum sagt oder tut – oder was später passiert –, verlierst du ein Auge. Mindestens eines. Verstehst du, was ich meine?«

Tiny verstand, was er meinte. Völlig.

»*Erzählen Sie ihm nichts!*«

Tiny sah zu dem Pflichtverteidiger hinüber und verdrehte seinen massigen Hals, um zu Gold aufzublicken.

»Kann ich mich erst waschen?«

Golds Antwort bestand daraus, daß er seine Zigarre wieder zum Glühen brachte.

»Okay! Okay! Das ist vor zwei Tagen gewesen. Donnerstag. Im Klanhauptquartier. Dieser Typ kreuzt dort auf und . . .«

»*Sämtliche Anwesenden machen sich der Beihilfe schuldig!*« kreischte Tannenbaum. »*Sämtliche Anwesenden sind mitschuldig!*« Er stürmte hinaus.

Tiny beobachtete, wie sein Pflichtverteidiger hinausstürzte. Dann erzählte er seine Geschichte. Das dauerte nur ein paar Minuten. Im Vernehmungsraum stank es nach Schweiß und Erbrochenem.

»Warum hat Utter den Kerl rausgeschmissen? Warum hat er ihm nicht geglaubt? Hat Utter wirklich Informationen über einen Spitzel gehabt?«

Tiny zuckte mit den Schultern. »Jesse is' 'n Arschloch. Tut immer so, als hätt' er überall Anhänger. Redet lauter Scheiß! Ihm macht's Spaß, die Boys gelegentlich aufzuscheuchen, damit sie glauben, er hätt' überall Augen. Er hat den ganzen Vormittag damit angegeben, daß er den Crosskiller kennt, daß *er* vielleicht, Sie wissen schon, derjenige is', von dem der Kerl seine Befehle kriegt. Lauter so 'n

Scheiß. Und als dieser Typ aufkreuzt und behauptet, daß *er* der rechtschaffene Bruder is', nun, Scheiße, Mann, da hätten die *Köpfe* von den verdammten Juden in sei'm Bus rumrollen können, und Jesse hätt' trotzdem behaupten müssen, daß er 'n Schwindler is'. Oder 'n Spitzel. Oder sonst was.«

»Der Kleinbus ist blau gewesen, hast du gesagt?«

»Stimmt.«

»Neueres Modell?«

»Siebenundachtzig oder achtundachtzig.«

»Kennzeichen?«

»Kalifornien. Die Nummer hab' ich nicht gesehen, aber Jesse hat sie.«

Gold sah von seinem Notizblock auf. »Woher weißt du das?«

»Nun, nachdem wir den Kerl 'n bißchen rumgeschubst und in den Arsch getreten haben und er dann abgehauen ist, kommt Jesse mit sei'm Fernglas raus und sieht dem Bus nach, wie er den Berg runterfährt. Später erzählt er uns, daß er das Kennzeichen mit der Nummer verglichen hat, die sein FBI-Informant ihm gegeben hat. Er spielt noch immer den großen Mann, versteh'n Sie? Versucht Eindruck zu schinden. Will uns auf Trab halten. Damit wir glauben, daß er praktisch alles weiß. Dabei is' er bloß 'n kleiner Scheißer. Oben in Desert Vista halten ihn manche für den lieben Gott. Mann, aber ich weiß, daß er bloß 'n Scheißer ist. Okay, danach gehen wir ins Hauptquartier zurück, und Jesse, der schreibt sich das Kennzeichen auf 'nen klitzekleinen Zettel, den er einsteckt. Das hab' ich mit eigenen Augen gesehn.«

Gold zündete sich seine Zigarre wieder an. Tiny beobachtete ihn deutlich besorgt.

»Hey, Mann, mehr weiß ich nich'! Das is' die ganze Wahrheit!«

Gold lächelte ihn durch den Qualm hindurch an. »Du machst deine Sache gut, Tiny. Ganz ausgezeichnet. Aber noch was anderes, Tiny. Warum glaubst du, daß dieser Typ keine Märchen erzählt hat, als er behauptet hat, der Crosskiller zu sein?«

Tiny lachte vor sich hin. »Hey, Mann, droben in ›Q‹ hab' ich zu Charlie Mansons Biker-Leibwache gehört. Dieser Typ hat denselben beschissenen Blick gehabt, Mann. *Irre*, Mann. Total ausgeflippt. Nicht mehr ganz da. Der is' der Typ, den Sie suchen, das garantier' ich Ihnen!«

»Und seinen Namen hast du nicht mitgekriegt?«

»Den hat er nie gesagt.«

Gold nickte und klappte seinen Notizblock zu. »In Ordnung, Tiny. Ich möchte, daß du dir tagsüber Fahndungsfotos ansiehst. Vielleicht erkennst du den Kerl wieder.« Sein Blick streifte das Erbrochene. »Wir lassen jemanden kommen, der diese Schweinerei aufputzt. Und du kriegst noch ein Frühstück. Du willst nicht wieder das gleiche, nehm' ich an.«

Tiny überlegte. »Nö, Tommy's wär' recht. Ich mag sein Zeug.«

Gold machte Zamora und den beiden Kriminalbeamten ein Zeichen, mit ihm hinauszugehen.

»Hey«, rief Tiny, »was ist mit mei'm Handel? Ich hab' Ihnen geholfen, stimmt's? Was tun Sie jetzt für mich?«

Gold blieb mit einer Hand auf der Türklinke stehen. »Vergiß die Sache von gestern abend – den Hell's Angel. Das ist offensichtlich Notwehr gewesen. Was den Fall in Nevada betrifft, tu' ich mein Bestes. Wenn dieser Typ das Arschloch ist, das wir suchen, und du in Nevada nicht gerade wegen Mordes gesucht wirst, sorge ich dafür, daß du nicht ausgeliefert wirst.«

Tiny kniff mißtrauisch die Augen zusammen. »Woher weiß ich, daß Sie mich nich' verscheißern?«

»Du hast mein Wort als Jude und Gentleman.«

Tiny begann zu lachen, überlegte sich die Sache dann aber doch anders.

Im Korridor sprach Gold mit halblauter Stimme rasch auf die beiden Kriminalbeamten ein.

»Sorry, heute kommt ihr nicht zum Schlafen. Ab sofort gehört ihr zur Sonderkommission. Laßt euch Kaffee bringen und legt diesem Schwein so viele Fahndungsfotos wie möglich vor.«

»Nur von Rechtsradikalen?« fragte der junge Cop eifrig.

»Nein«, antwortete Gold nachdenklich. »Tiny gehört offenbar schon lange zur rechtsradikalen Szene. Praktisch im ganzen Westen. Und er hat diesen Kerl nicht gekannt. Und dazu kommt, wie der Bursche aufgekreuzt ist, um Mitglied im Klan zu werden – sozusagen mit dem Hut in der Hand. Ich vermute, daß das sein erster Versuch gewesen ist, sich Gesinnungsgenossen anzuschließen. Er ist wie 'n junger Hund angetrottet, der ein Kaninchen apportiert hat und dafür gelobt werden will. Ich glaube, daß wir's mit dem klassischen schizophrenen Einzelgänger zu tun haben. Und seine Zurückweisung durch den Klan dürfte das Massaker in Herschel's Delicatessen erklären.«

»Du glaubst also wirklich, daß er unser Mann ist?« fragte Zamora.

»Im Augenblick ist er unser einziger Verdächtiger.« Gold wandte sich wieder an die Kriminalbeamten aus Van Nuys. »Ihr legt Tiny alle Fotos vor, die ihr habt. Räuber, Einbrecher, Sexualverbrecher – alle. Besonders Psychopathen. Sollte unser Mann schon mal aufgefallen sein, ist's wahrscheinlich als Psychopath gewesen.«

Die jungen Kriminalbeamten nickten.

»Aber zuerst bringt ihr dem Schwein ein neues Frühstück. Wir müssen dafür sorgen, daß er bei Kräften bleibt. Los, abtreten!«

Die beiden Kriminalbeamten setzten sich in Bewegung und trabten beinahe den Flur entlang.

»Aber ihr braucht nicht zusehen, wie er's reinschlingt!«

Gold und Zamora gingen in entgegengesetzter Richtung zum Parkplatz hinaus.

»Was machen wir jetzt?« fragte Zamora.

»Im San Bernardino County kenn' ich 'nen Richter, der mir einen Gefallen schuldig ist. Mal sehen, ob er uns schnell einen Durchsuchungsbefehl besorgen kann.«

»Durchsuchungsbefehl? Wofür?«

»Kalifornia Klan Headquarters. Ich will mal mit dem ollen Jesse Utter reden.«

Auf dem Rasen vor dem Dienstgebäude stritten Dolly Madison und Irving Tannenbaum lautstark miteinander. Sowie Tannenbaum Gold sah, kreischte er los: *»Zum Teufel, für wen halten Sie sich eigentlich? Zum Teufel für wen halten Sie sich eigentlich?«*

»Immer mit der Ruhe, Irving, sonst kriegen Sie noch 'nen Herzanfall.«

»Sie bilden sich ein, über dem Gesetz zu stehen, aber das ist ein Irrtum! Ein gewaltiger Irrtum! Dafür bring' ich Sie vor Gericht!«

Gold und Zamora hatten den Ford erreicht. Gold riß seine Tür auf.

»Warum fahren Sie nicht heim, Irving, und erzählen Ihrer kleinen jüdischen Mutter, daß Sie heute zum erstenmal in Ihrem Leben das Richtige getan haben. Sie sind rausgegangen, als ein Cop einen Zeugen verhört hat und haben ihr dadurch vielleicht das Leben gerettet. Fahren Sie heim und erzählen Sie's ihr.«

»Sie sind wahnsinnig! Sie sind schlimmer als die Verbrecher!«

Gold knallte die Tür zu und fuhr los. Tannenbaum kreischte noch immer hinter ihm her.

11.15 Uhr Desert Vista erstickte fast unter den aus der Großstadt herangetriebenen übelriechenden braunen Smogschleiern. Fünfundvierzig Minuten vor Mittag erreichte die Lufttemperatur bei völliger Windstille bereits siebenunddreißig Grad Celcius. Die Umrisse der kahlen Hügel flimmerten in der Sonnenhitze.

Der sechsunddreißigjährige Joseph Christopher Cutler jr. – der Sheriff der Stadt Desert Vista, einer Körperschaft des öffentlichen Rechts, und der stämmige, aschblonde Sohn des Sergeanten Joe Cutler, dem Rookie Jack Gold damals vor fast drei Jahrzehnten mit der Waffe in der Hand das Leben gerettet hatte – bog mit seinem Dienstwagen in überhöhtem Tempo von der Bergstraße auf die steil ansteigende unbefestigte Zufahrt ab, so daß ein Hagel aus losen Steinen gegen die Windschutzscheiben der mit eingeschalteten Blinkleuchten dicht hinter ihnen herfahrenden beiden Streifenwagen prasselte.

»Okay! Okay! Du hast 'nen Durchsuchungsbefehl! Du hast 'nen Durchsuchungsbefehl!« knurrte Sheriff Cutler, während ihm der Schweiß übers feiste Gesicht lief und den gestärkten Kragen seines Khakiuniformhemds tränkte. »Ich verlange bloß, daß du dich zurückhältst, okay? Halt dich zurück, okay?« Sheriff Cutler war ein Mann, der zu Wiederholungen neigte.

»Warum bist du darauf so scharf, Junior?« Vom Beifahrersitz aus warf Gold ihm einen prüfenden Blick zu. »Sind diese Arschlöcher vielleicht Freunde von dir?«

Cutler verzog das Gesicht, als er den Spitznamen aus seiner Kindheit hörte. »Sieh mal, Jack, sieh mal«, sagte er, den Blick starr nach vorn gerichtet und beide Hände am Steuer. »Die Leute, die hier wohnen, wohnen hier, weil's nett und ruhig ist. Und sicher dazu.«

»Sicher für wen?« unterbrach Gold ihn.

Sheriff Cutler umklammerte das Lenkrad noch krampfhafter. »Sicher für all die Leute, die hier oben leben. Die Einwohner von Desert Vista haben nichts gegen diese Klantypen, solange sie nicht versuchen, ihren Scheiß bei uns abzuziehen. Tatsächlich glauben viele Leute in dieser Stadt, daß Jesse Utter und seine Boys uns einen Haufen krimineller Typen vom Leib halten. Sie wissen, daß der Klan hier oben ist und halten ihre Ärsche raus, diese Typen.«

»Was für Typen?« köderte Gold ihn.

»Ach, Scheiße, Jack! Was soll ich denn sagen?« fragte Cutler laut.

»Deine ehrliche Meinung, Junior«, antwortete Gold ebenso laut.

»Schon gut! Schon gut! Nigger! Nigger und Spicks! Wer zum Teufel stiehlt und vergewaltigt denn sonst noch?«

Zamora, der hinter ihnen saß, lachte hämisch, und Cutler warf ihm im Rückspiegel einen aufgebrachten Blick zu.

»Und Juden?« fragte Gold. »Ein paar Kreuze verbrennen und die Hebräer fernhalten? Ist das eure Methode hier oben? Desert Vistas ganz spezieller Willkommensgruß?«

Cutler, dem sichtlich unbehaglich zumute war, wäre beinahe vom Weg abgekommen und hätte eine Reihe Landbriefkästen mitgenommen.

»Gib mir 'ne Chance, Jack! Gib mir bloß 'ne Chance! Ich hab' die beschissene Welt nicht erschaffen!«

»Und du hast sie bestimmt nicht besser gemacht!«

»Ach, Scheiße! Wir stellen den Durchsuchungsbefehl doch zu, stimmt's? Stimmt's?«

»Aber stehst du hundert Prozent dahinter, Junior? *Das* will ich wissen.«

»Ach, Scheiße, Jack!«

»Hast du hier oben in deinem sicheren gemütlichen Kleinstadt-Sheriffbüro vergessen, was es heißt, ein Cop zu sein? Und was würde dein Alter dazu sagen, wenn er noch am Leben wäre?«

Cutler trat auf die Bremse und brachte sein Fahrzeug schleudernd auf der ebenen Fläche unmittelbar unter den Klan World Headquarters zum Stehen. Die beiden Streifenwagen wären um ein Haar aufgefahren. Cutler drehte sich auf dem Vordersitz in Richtung Gold.

»Hör mit diesem Scheiß auf, Jack! Hör mit diesem Scheiß auf! Du hast meinem Alten das Leben gerettet, und dafür ist er dir ewig dankbar gewesen, und ich bin's auch, aber sämtliche anderen Juden sind ihm sein Leben lang scheißegal gewesen, das weißt du genau. Dich hat er geliebt, aber das bist *du* gewesen – sonst niemand. Und er ist wie alle anderen Cops gewesen, die ich je gekannt hab'. Verschon mich also mit diesem Scheiß, wenn ich dich bitte, hier oben nicht so rumzufetzen, wie du's sonst am liebsten tust. Ich muß in dieser Stadt leben, und was in der Fairfax Avenue passiert, ist mir scheißegal. Dafür bin ich nicht zuständig. Diese Leute hier zahlen mein Gehalt. Von ihnen hab' ich mein sicheres kleines Sheriffbüro. Ihnen verdank' ich meinen Job.«

Gold hielt ihm den Durchsuchungsbefehl unter die Nase.

»Dann *tu* endlich, wofür du bezahlt wirst, Sheriff! Stell den verdammten Durchsuchungsbefehl zu!«

»Okay, wird gemacht!« Cutler riß ihm das Schriftstück aus der Hand und stieß seine Autotür auf. .

Vier Männer waren aus dem Gebäude auf die Veranda getreten und blickten auf Gold, Cutler und Zamora herab, als die drei herankamen.

»Jesse«, begann Cutler, »wir haben 'nen Durchsu...«

»Hey, Itzig!« rief Utter. »Ich hab' Sie schon erwartet – Sie und Ihren Mischlingsknaben. Wir warten schon über 'ne Stunde auf Sie.«

Gold blieb ruckartig stehen und starrte Sheriff Cutler an, der den Kopf schüttelte. Dann drehten sie sich beide um und musterten die vier Deputies aus den Streifenwagen. Die Deputies starrten zurück, ohne mit der Wimper zu zucken.

»Oh, ich hab' überall Augen und Ohren, Itzig. Sogar bei Ihrer zionistisch beherrschten Polizei.«

Gold drehte sich wieder nach ihm um. »Dann wissen Sie ja, was ich will.«

Utter grinste höhnisch. »Oh, ich weiß genau, was Sie wollen, Itzig. Sie wollen eine kommunistische, antichristliche Machtübernahme in diesem Land – aber die kriegen Sie nicht, das versprech' ich Ihnen!«

Gold seufzte resigniert. »Ich will das Autokennzeichen.«

Jesse Utter lachte. »Welches Autokennzeichen?«

»Das des Kerls, der am Donnerstag hier oben gewesen ist. Der Kerl mit den Tätowierungen. Mit dem blauen Kleinbus.«

»Ich weiß überhaupt nicht, wovon Sie reden, Itzig.«

Gold deutete auf den offenen Eingang des Hauptquartiers. »Haben Sie's dort drinnen?«

Utter schüttelte grinsend den Kopf. »Wie kann man nur so blöd sein, Itzig? Ich hab' Ihnen doch gesagt, daß ich seit Stunden gewußt habe, daß Sie aufkreuzen würden. Na, was denken Sie wohl?«

»Erinnern Sie sich an das Kennzeichen?«

Utters Grinsen wurde noch breiter. »Sie sind wirklich ein dämlicher Jude.«

»Dann müssen wir's drinnen suchen«, stellte Gold fest und bewegte sich auf die Tür zu.

»Wohin zum Teufel wollen Sie, Jude?« knurrte Utter, während er Gold den Weg versperrte. Ohne seinen Schritt zu verlangsamen, drückte Gold mit beiden Händen gegen Utters schmale Brust, und der kleinere Mann fand sich plötzlich auf dem Rücken liegend wieder.

Zamora, der die Schrotflinte aus Cutlers Wagen mitgenommen hatte, ohne den Sheriff erst um Erlaubnis zu fragen, lud die Waffe durch und grinste die drei anderen Klansmen an.

»Am besten stellen Sie ihm jetzt den Durchsuchungsbefehl zu, Sheriff«, sagte Gold und trat über die Schwelle ins Hauptquartier.

Utter rappelte sich auf und deutete anklagend auf Cutler, »Sie lassen zu, daß dieser dreckige Jude unser geheiligtes Hauptquartier entweiht? Sie lassen ihn dort reingehen?«

»Halt's Maul, Jesse.« Cutler wog jedes Wort ab. »Außerdem solltest du ihm das Kennzeichen geben.«

Utter stotterte jetzt wie ein schlecht eingestellter Motor. »Denk lieber daran, auf welcher Seite du stehst, Sheriff!«

Cutler starrte ihn aufgebracht an und folgte dann Gold in das Gebäude. Zamora blieb am Eingang stehen und ließ seine Schrotflinte auf Utter und die drei anderen Klansmen gerichtet. Sein Lächeln war so eisig wie seine blauen Augen.

Gold stand mitten in dem schwach beleuchteten Raum, der die International World Headquarters der Secret Society of the Kalifornia Klan darstellte, drehte sich langsam um sich selbst und begutachtete die obszöne Postersammlung.

Seine Miene verfinsterte sich. »Utter!« rief er nach draußen. »Sie sind ein geisteskrankes Arschloch!«

»Nein!« kreischte Utter von der Veranda aus. »*Sie* sind die Krankheit, Jude! Sie und dieser Mischlingsbastard! Sie sind das Krebsgeschwür im Leib dieser Nation!«

Zamora hob die Mündung seiner Schrotflinte, bis sie Utters schmächtige Brust berührte.

»*Silencio, culo!*« forderte er ihn grinsend auf. »Bei uns Mischlingen heißt das: ›Schnauze, Arschloch!‹«

Im Inneren des Gebäudes zeigte Gold Cutler die leeren Gewehrständer, die hastig ausgeräumten Aktenschränke und den Schreibtisch mit den offenen, ebenfalls leeren Schubfächern.

»Wie Utter gesagt hat, sind sie stundenlang vorgewarnt gewesen. Alles Belastende – das Arsenal, die Munition, die Anschriftenlisten, der Zettel mit dem Kennzeichen – ist längst beiseite geschafft. Wir könnten das Gebäude mit der Lupe absuchen, ohne was zu finden, mit dem wir diesen Schweinehund unter Druck setzen könnten.«

Cutler runzelte die Stirn. »Tut mir leid, Jack. Ich kann bloß hoffen, daß sie den Tip nicht von einem meiner Leute gekriegt haben.«

Gold gab keine Antwort. Cutler bewegte sich in Richtung Ausgang. »Tut mir echt leid, Jack«, wiederholte er. Er drehte sich nach Gold um, der nicht mitgekommen war.

»Jack?«

»Du hast nicht zufällig Dope dabei, Joe? Oder irgendwas, das wir diesem Arschloch anhängen können?«

Cutler schüttelte den Kopf. »Nichts, gar nichts.«

Gold wandte sich ab und starrte wieder die Vergrößerungen an den Wänden an.

»Komm, wir verschwinden, Jack. Hier krieg' ich 'ne Gänsehaut.«

Gold schüttelte langsam den Kopf. »Wir haben einen Durchsuchungsbefehl, Joe. Suchen wir also!«

»Hey, Jack, komm schon! Hier...«

Gold funkelte ihn wütend an. »Bevor du dir in die Hosen machst, wartest du vielleicht lieber draußen, Sheriff. Ich möchte nicht, daß du Schwierigkeiten mit deinen Freunden kriegst.«

Damit trat Gold zielstrebig auf das Bild zu, auf dem alabasterweiße jüdische Leichen von Planierraupen wie Müll zusammengeschoben wurden. Er packte eine Kante der Spanplatte, auf der die Vergrößerung aufgezogen war, und zerrte daran. Die Schrauben hielten. Gold zog fester. Eine Schraube löste sich. Gold stemmte sich mit den Beinen gegen die Wand und riß die Spanplatte mit aller Kraft herab. Die Platte krachte zu Boden.

»Hey, das dürfen Sie nicht!« brüllte Utter durch die Tür. »Was zum Teufel tun Sie da?«

Gold hielt die Spanplatte schräg und trat mit dem rechten Fuß dagegen. Sie brach in der Mitte auseinander. Er zertrampelte sie, bis nur noch Splitter übrig waren.

»Ich such' bloß diesen Zettel, Jesse!« rief er nach draußen. »Ich nehm' bloß 'ne legale Durchsuchung vor!«

Gold trat an die nächste Vergrößerung, auf der afrikanische Kinder in Kuhmist nach Körnern wühlten, und packte sie am oberen Rand.

»Aber wenn ich das Kennzeichen bekäme, könnte ich diese Durchsuchung sofort einstellen.« Er machte eine Pause. »Was sagen Sie dazu, Jesse?«

»Ich sage, daß Sie ein schleimiger jüdischer Christusmörder sind. Unterstehen Sie sich bloß, mich mit Vornamen anzureden.«

»Tut mir leid, daß Sie so denken.«

Gold riß die Spanplatte von der Wand, zertrampelte sie und warf die Stücke durch den Raum.

»Auch hinter der nichts«, sagte er beinahe zu sich selbst. Das nächste Poster war haltbarer befestigt. In einem Schrank fand Gold einen Besenstiel. Er zerbrach ihn über einem Knie, benutzte das zersplitterte Ende als Brechstange, hebelte damit die restlichen Vergrößerungen von den Wänden und zertrampelte sie ebenfalls. Er kippte den Schreibtisch um, ließ die Aktenschränke zu Boden krachen und warf PC-Tastaturen durch den Raum. Er rammte den Besenstiel durch die Monitore, den Fernseher und die Lautsprecher der Stereoanlage.

Die Klansmen, die draußen hörten, welche Verwüstungen er anrichtete, schwiegen grimmig. Zamora lächelte weiter und behielt den Zeigefinger am Abzug.

»Polizeiarbeit kann anstrengend sein«, stellte er fest.

Im Inneren des Gebäudes stand Gold jetzt vor einer riesigen Bücherwand. Sie enthielt Klanliteratur, Klanfotos und -andenken und gerahmte Aufnahmen, die Utter im Kreis seiner Familie zeigten. Gold bemühte sich, die Bücherwand nach vorn umzukippen. Aber sie war zu schwer.

»Joe«, grunzte er, »hilf mir mal!«

»Jack, um Himmels willen!«

»Red keinen Scheiß! Hilf mir lieber!«

Cutler zuckte mit den Schultern und packte am anderen Ende der Bücherwand mit an. In gemeinsamer Anstrengung gelang es ihnen, sie in Schwingungen zu versetzen, nach vorn zu kippen und schließlich mit ohrenbetäubendem Krachen umzuwerfen. Bücher, Andenken, Kassetten, Schallplatten und gerahmte Fotos ergossen sich in breitem Strom über den goldfarbenen Teppichboden. Gold und Cutler wechselten einen Blick und grinsten. Die Einrichtung des Raums lag jetzt völlig in Trümmern. Gold und Cutler traten ins Freie.

»Du schmieriger Itzig!« kreischte Utter.

»Das ist erst der Anfang, Arschloch«, sagte Gold vor Anstrengung keuchend. »Gib mir das Kennzeichen, sonst laß ich dich nie in Ruhe.«

»Verschwinde von meinem Besitz!«

Cutler trat rasch zwischen die beiden. »Jack, es ist nicht mehr hier. Laß ihn in Ruhe.«

Gold starrte den Sheriff wütend an und wies dann auf Utter. »Ich hab' keine Lust, meine Zeit mit 'nem Arschloch wie dir zu vertrödeln.«

»Du sollst von meinem Besitz verschwinden, Itzig!«

Sheriff Cutler hielt Gold zurück. Gold stieß seine Hände, die ihn festhielten, grob weg.

»Ich komm' wieder, du Dreckskerl«, drohte er Utter.

»Warum kommst du nicht allein wieder, Jude?« stichelte Utter. »Nachts. Ohne deine Freunde und deine Plakette. Dann veranstalten wir 'ne richtige Klanparty und jagen deinen Judenarsch mit Fußtritten über alle Berge.«

In diesem Augenblick kam ein schmächtiger Klansman – der Bikertyp mit dem schütteren blonden Bart – von zwei angeleinten Schäferhunden halb gezerrt um die Ecke des Gebäudes. Utters Augen leuchteten auf.

»Hey, Itzig, hast du unsere beiden SS-Hunde schon gesehen? Der große Rüde heißt Auschwitz. Die weiße Hündin nennen wir Treblinka. Sind das nicht prächtige Namen?«

Gold nickte Zamora zu. »Komm, wir hauen ab.«

»Bloß keine jüdische Hast!« Utters Augen funkelten. »Was haben die KZ-Wachen zu ihren Hunden gesagt, um sie auf einen Juden zu hetzen? Ah, jetzt fällt's mir wieder ein!« Utter schnalzte mit den Fingern. Als die Schäferhunde aufhorchten, zeigte er auf Gold und befahl ihnen: »*Mann,* faß diesen *Hund!*«

Die Schäferhunde rissen knurrend und zähnefletschend an ihren Leinen und versuchten, an Gold heranzukommen. Utter und seine Klansmen brüllten vor Lachen. Auch der Blonde mit dem schütteren Bart kicherte, während er sich bemühte, die Hunde zurückzuhalten.

»Mann«, wiederholte Utter lachend, »faß diesen Hund! Faß! Faß!«

Der riesige graue Rüde warf sich mit neuer Wut nach vorn. Das Grinsen des blonden Bikers verschwand, als er spürte, daß die Leine ihm aus den Fingern glitt. Er ruckte mit aller Kraft daran. Dabei riß die Lederleine, und der Schäferhund hetzte hinter Gold her.

»*Auschwitz! Auschwitz!*« kreischte der Blonde, aber das vor Wut schäumende Tier kauerte sich bereits zum Sprung zusammen.

Zamora, der noch immer am Eingang stand, riß die Schrotflinte hoch, ohne jedoch zum Schuß zu kommen.

»Jack!« brüllte er. »*Hinter dir!*«

Gold, der auf dem Trampelpfad zu den Autos unterwegs war, warf sich herum und riß gleichzeitig seinen Revolver aus dem Gürtelhalfter. Der Schäferhund befand sich bereits in der Luft. Er war keinen Meter mehr von der Revolvermündung entfernt, als der Schuß ihn in die Brust traf und zur Seite warf.

Der verendete Rüde blieb bewegungslos im roten Staub liegen.

»Auschwitz!« rief Utter verzweifelt.

Treblinka, die vom Schußknall und dem Blutgeruch des verendeten Rüden wie tollwütig gewordene weiße Hündin, kläffte schrill, während sie sich verzweifelt krallend loszureißen versuchte. Der Blonde kauerte hinter ihr nieder und packte sie am Halsband. Die Hündin verdrehte blitzschnell den Hals und biß schmerzhaft zu. Der Blonde schrie auf, umklammerte seinen blutenden Arm und ließ die Leine fallen.

Nun war die Hündin frei und raste auf Gold zu. Sie war bereits zehn Meter weit gekommen, bevor Gold einen Treffer erzielte, der ihre rechte Schulter zerschmetterte und sie mit der Schnauze voraus in den Staub fallen ließ. Aber sie kam aus tiefster Kehle knurrend und mit vor reinem Haß wie verschleierten Augen wieder auf die Beine und humpelte weiter auf den Mann zu.

»Treblinka!« rief Utter. *»Platz, Mädchen Platz!«*

Sein Befehl kam zu spät. Die Hündin hörte ihn nicht mehr. Sie schleppte sich weiter. Gold schoß erneut. Sie brach wieder zusammen und schnappte diesmal in ihrer Todesqual wild um sich. Dann verendete auch sie.

»Hurensohn!« kreischte Utter neben der Hündin kniend. *»Jüdischer Hurensohn!«*

Gold behielt seinen Revolver in der Hand, während er rückwärts zum Parkplatz hinunterging. Zamora, der die Klansmen beobachtete und seine Schrotflinte schußbereit hielt, folgte ihm ebenfalls rückwärts gehend.

»Laßt euch bloß nicht wieder hier blicken! *Niemals!* Sonst *killen* wir euch!«

Als sie Cutlers Wagen erreichten, bückte Zamora sich und sah hinein.«

»Die Schlüssel stecken.«

»Los, dann hauen wir ab!«

»Joe«, rief Gold den Hügel hinauf, »wir lassen deine Karre am Revier stehen!«

»Wart doch, Jack!«

»Bis nächstes Mal, Joe. Vielen Dank für nichts!«

Zamora fuhr mit Vollgas an und ließ die mit offenen Mündern dastehenden Deputies in einer Staubwolke zurück.

Sie waren bereits wieder auf der Asphaltstraße, als Cutler, der allein in einem der anderen Streifenwagen saß, sie halsbrecherisch überholte. Er schaltete kurz die Sirene ein und machte ihnen ein Zeichen, sie sollten anhalten.

»Was hast du vor? Willst du uns verhaften?« knurrte Gold, als Cutler nach hinten getrabt kam. »In Desert Vista ist's wohl ein Verbrechen, kein Angelsachse zu sein? Oder bist du vom hiesigen Tierschutzverein?«

»Jack, was dort oben passiert ist, tut mir echt leid.«

»Hoffentlich kannst du trotzdem noch ruhig schlafen.«

»Jack, ich möchte euch helfen.«

»Warum?«

»Weil ich 'n *Cop* bin, verdammt noch mal. Und weil ich dir was schuldig bin. Wegen meinem Alten.«

Golds Augen blitzten. »Und?«

»Hör zu, wie würd's dir gefallen, Jesse Utter in *deinem* Revier zu schnappen? Wär' dir damit geholfen?«

»Wie soll das funktionieren?«

»Nun, Utter hat vielleicht Anhänger unter meinen Deputies, aber ich hab' auch Informanten in seiner Organisation. Kerle, die ich bei Straftaten erwischt und auf freiem Fuß gesetzt habe. Dafür halten sie mich über Utters Absichten auf dem laufenden.«

»Hey, vielleicht bist du doch 'n Cop!«

»Hör zu, ich überwache Utter scharf, weil er 'n Pulverfaß ist. Und ich weiß, daß er morgen in 'ner Kirche in North Hollywood 'ne Ansprache halten soll. Bei 'ner streng geheimen Zusammenkunft. Nur für geladene Gäste. Er versucht, dort im San Fernando Valley 'ne neue Klan Klavern zu gründen. Praktisch in deinem Hinterhof.«

»Nur über meine beschissene Leiche!«

»Paß auf, Jack. Morgen abend. Zweiundzwanzig Uhr. Im Bibelkunderaum der Blood of the Lamb Christian Church.«

Gold befreite eine Zigarre von ihrer Zellophanhülle und klemmte sie sich in den Mundwinkel.

»Wofür soll ich ihn einlochen?« fragte er nachdenklich. »Wegen Bigotterie? Dafür gibt's ein Oberrichteramt.«

Sheriff Cutler steckte grinsend sein brennendes Feuerzeug durchs Fenster und zündete Golds Zigarre an.

»Dir fällt bestimmt was ein, Jack. Dir fällt ganz bestimmt was ein.«

14.26 Uhr Die Fairfax Avenue war fast menschenleer. Auf ihren Gehsteigen fehlte das sonst übliche Schabbatgedränge. Die jüdischen Felafel-Stände, die Bagel-Bäckereien, die Billigläden – sie alle waren wie in einer auf eine Naturkatastrophe wartenden Stadt geschlossen und mit Brettern verschalt. Auch die Touristen, die sonst den nahegelegenen Farmer's Market überfluteten, waren größtenteils weggeblieben. Selbst auf der ultramodischen Melrose Avenue, die das alte Viertel durchschnitt, fehlten die sonst am Wochenende in Scharen auftretenden Punker-Poseure und New-Wave-Shopper. In L. A. gab es endlich eine Show, die selbst die blasierteste Großstadt der Welt beeindruckte.

Auf den Straßen hasteten lediglich ein paar Nachzügler im Schabbatstaat aus den Synagogen nach Hause. Im Gottesdienst am Freitag abend hatten die Rabbiner ihre Gemeindemitglieder gedrängt, rasch heimzugehen, am nächsten Morgen wiederzukommen und tagsüber in der *Shul* zu bleiben. In der jüdischen Gemeinde liefen Gerüchte um, eine rechtsradikale Terrororganisation plane einen Brandanschlag auf eine Synagoge, einen Sprengstoffanschlag auf eine Schule oder die Ermordung eines Rabbis – irgendein Blutbad am heutigen Sabbat als Kopie des Donnerstagmassakers in Herschel's Delicatessen. Die jüdische Gemeinde war verängstigt, aber auch zornig und durch ihre Angst vereint. Viele der Männer waren bewaffnet.

Die JAR-Angehörigen waren weiter auf ihren Posten an den Straßensperren, trugen ostentativ ihre Sturmgewehre M-16 zur Schau und starrten Vorbeigehende mürrisch an.

Die Widerständler am äußeren Verteidigungsring des Heerlagers beobachteten aufmerksam, wie Gold und Zamora ihren Wagen parkten und ausstiegen. Als sie weitergehen wollten, vertrat ihnen ein junger, schmächtiger Eiferer den Weg.

»Der sieht nicht jüdisch aus«, stellte er fest und deutete mit seiner Gewehrmündung auf Zamora.

»Er ist 'n Cop, verdammt noch mal!« knurrte Gold. »Und nimm die Scheißflinte aus meinem Gesicht, bevor jemand sie dir in den *Tuchis* steckt.«

Der Junge trat hastig beiseite, und Gold und Zamora betraten das überwachte Gebiet.

Die Straßen des Viertels wirkten seltsam breit, bis Gold erkannte, woran das lag: Die sonst auf beiden Seiten geparkten Fahrzeuge fehlten. Die Anwohner mußten aufgefordert worden sein, ihre Wagen von den Durchgangsstraßen zu entfernen, um die Verteidigung zu erleichtern, um Scharfschützen weniger Deckung zu bieten, oder aus Angst vor Autobomben von Terroristen. Wirklich ein Heerlager, dachte Gold. Die Fairfax Avenue befand sich im Krieg.

Die »Kommandozentrale« der JAR lag nur wenige Blocks von Herschel's Delicatessen entfernt im ersten Stock über einem Süßwarengeschäft. Auf der menschenleeren Straße vor dem Eingang hatten einige Widerständler einen Campingtisch mit JAR-Artikeln aufgebaut: Flugblätter und Broschüren, T-Shirts und Schals. Irgendjemand hatte einen riesigen Radiorecorder mitgebracht, aus dem martialisch klingende israelische Musik schallte. Mädchen mit rabenschwarzem Haar, die das charakteristische blaue T-Shirt trugen, servierten Pitra-Sandwiches im Sabra-Stil und brieten Lammspießchen auf Gasgrills. Während die Wachposten sich das Felafel mit den Mädchen teilten, wurde laut gelacht und gescherzt.

Sie sehen sich als Helden, dachte Gold. Sie stellen Szenen aus einem französischen Film des *Cinéma vérité* nach, den sie alle gesehen haben. Sie sind Kinder, die sich verkleidet haben und ein Stück spielen.

Einige der Widerständler erkannten Gold und musterten ihn aufgebracht. Die Mutigeren umringten die beiden Kriminalbeamten.

»Was wollen Sie hier, Kollaborateur?« fragte ein bartloser Zwanzigjähriger. »Sie sind hier unerwünscht. Hier bestimmt der Widerstand!«

Gold bedachte ihn mit einem kalten Lächeln. »Spiel dich nicht als Soldat auf, Sohn. Dabei könntest du dir weh tun.«

Der junge Mann erstarrte. Gold blickte zu den Fenstern im ersten Stock über dem Süßwarengeschäft auf.

»Ist Jerry Kahn da?«

Als Gold keine Antwort bekam, trat er auf den Eingang zu. Der Zwanzigjährige versperrte mit seinem Sturmgewehr die Tür. Gold seufzte schwer.

»Sohn«, sagte er müde, »den ganzen beschissenen Tag lang haben mir alle möglichen Leute Schwierigkeiten gemacht. Irgendwann explodiere ich einfach, fürchte ich – aber hoffentlich nicht in deiner Nähe. Laß mich jetzt bitte durch.«

Der Junge zögerte. »Aber *er* darf nicht rauf. Er ist Nichtjude.«

»Er ist mein Partner, Sohn.«

Der junge Mann schüttelte nachdrücklich den Kopf. »Kommt nicht in Frage! *Gojim* ist der Zutritt verboten!«

Gold wandte sich an Zamora. »Sean...«

»Ich warte hier unten«, sagte Zamora, während er den Zwanzigjährigen musterte. »Falls du Schwierigkeiten kriegst, brauchst du nur zu rufen. Dann nehm' ich mir diesen Knaben hier vor, und wir räumen dort oben gründlich auf.«

Gold stieg die enge Treppe hinauf. Sie führte zu einem im ersten Stock gelegenen Vorraum, in dem sich Widerständler und ihre Anhänger drängten. Der Geräuschpegel lag nur knapp unterhalb der Schmerzgrenze. Ein israelisches Fernsehteam drehte einen Dokumentarfilm, drängte sich mit Schulterkameras durch die Menge und hielt eifrigen jungen Widerständlern Mikrofone hin, um ihre grimmigen Worte aufzunehmen.

»Mein Gott«, murmelte Gold, »das Ganze ist also *doch* ein Film!«

Im Vorzimmer war es stickig heiß – noch heißer als draußen –, und der Raum stank nach schwitzenden Männern und Waffenfett. Mehrere Leute erkannten Gold, aber niemand versuchte, ihn anzusprechen. Der Zwanzigjährige lotste ihn durchs Gedränge zu einer weiteren Tür in der Rückwand des Raums.

»Warten Sie hier«, wies er Gold streng an und verschwand durch die Tür.

Gold drehte sich wieder nach der Menge um. Alle Gespräche waren verstummt; sämtliche Augen waren auf ihn gerichtet.

Gold lächelte freundlich. »Wie geht's?« fragte er. Keiner antwortete oder erwiderte sein Lächeln.

Der Zwanzigjährige steckte seinen Kopf aus der Tür. »Sie können reinkommen. Jerry ist jetzt zu sprechen.«

Der Raum war klein und womöglich noch heißer als das Vorzimmer. Seine Wände verschwanden hinter Reiseplakaten mit Werbung für Touristenziele in Israel: Masada, das Mittelmeer, die Jerusalemer Altstadt. Hinter einem großen weißen Tisch, der ihm als Schreibtisch diente, saß Jerry Kahn zwischen den Fahnen Israels und der Vereinigten Staaten. Außer ihm waren noch drei weitere Personen anwesend: eine junge Frau mit Babuschka-Kopftuch, ein hellblonder dreißigjähriger Mann und ein in orthodoxes Schwarz gekleideter Mann Mitte Fünfzig. Kahns Nase war noch immer mit einem Pflasterverband bedeckt.

»Ganz schöne *Chutzpa*, hier aufzukreuzen, Onkel Ike.«

Gold lächelte. »Das höre ich nicht zum erstenmal.«

»Sie haben mir das Nasenbein gebrochen. Und den Arm fast auch.«

»Sie haben noch Glück gehabt.«

Kahn starrte ihn aufgebracht an. »Okay, was wollen Sie?«

»Vielleicht ein Glas Tee.«

»Was?«

»Ein Glas Tee aus einem Samowar. Den Tee trinken wir nach russischer Art durch ein Stück Würfelzucker.«

»Wovon reden Sie überhaupt?«

»Danach planen wir den Überfall aufs englische Gefängnis. Wo ist übrigens Newman?«

»Newman?«

»Yeah, Paul Newman. Hier wird doch *Exodus* gedreht, nicht wahr? Dies ist ein Film, stimmt's?«

Alle vier funkelten ihn an, während er in dem kleinen Raum auf und ab ging.

»Ich meine, wenn ich all diese *Shmucks* sehe, die wie kleine Moshe Dayans rumstolzieren, wenn alle die harten Bösewichte spielen, rechne ich mir aus, daß dieser ganze Scheiß eine einzige große Phantasie sein muß. Samstagnachmittagsvorstellung, stimmt's? Hab' ich recht?«

Feindseliges Schweigen.

»Ihr kommt alle vom Besetzungsbüro, stimmt's? ›Hey, Sol, schick mal 'n paar semitisch aussehende Typen in Kampfanzügen und Springerstiefeln rüber. Wir drehen diesen beschissenen Kriegs- und Abenteuerfilm und brauchen ein paar echt wirkende junge Kerle.‹ So ist's doch gelaufen, nicht wahr?«

Jerry Kahn verzog den Mund. »Obwohl Sie hier unerwünscht und unwillkommen sind, kommen Sie her wie Daniel in die Löwengrube und beleidigen uns auch noch. An Ihrer Stelle wäre ich etwas vorsichtiger.«

Gold beugte sich über den breiten weißen Tisch und sprach in Kahns Gesicht. »Warum wollen Sie sich unbedingt den Kopf für mich zerbrechen, Jer?«

Kahns Geduld wurde auf eine harte Probe gestellt. »Verdammt noch mal, was wollen Sie überhaupt?« knurrte er. »Für unseren Streifendienst in diesem Viertel haben wir eine Genehmigung des

Oberbürgermeisters. Irgend jemand ermordet hier Juden. *Schon wieder*. Oder haben Sie das noch gar nicht gehört? Und da Sie die Täter nicht fassen, hindern wir sie an weiteren Morden. Täten *Sie* Ihre Pflicht, wären wir nicht dort draußen. Andererseits sind Juden von amerikanischen Polizeidienststellen noch nie sonderlich beschützt worden, nicht wahr? Selbst wenn es dort Alibifiguren wie Sie in auffälligen Positionen gibt.«

Gold griff sich einen Stuhl, nahm Platz und zog eine Zigarre aus der Brusttasche seines Hemdes.

»Wissen Sie, ich komme gerade von einem Ort, der mich sehr an diesen hier erinnert.«

Kahn biß sofort an. »Oh? Und welcher ist das gewesen?«

Gold hielt ein Streichholz an seine Zigarre. »Haus droben in Desert Vista. Kalifornia Klan Headquarters.«

Kahn winkte verächtlich lachend ab. Auch die drei anderen stimmten in sein Lachen ein.

»Diesen ganzen *Dreck* kennen wir längst«, wehrte Kahn ab. »Ihr apologetischen, assimilierten, ungläubigen Juden versucht es mit der gleichen überholten Argumentation: die JAR sei die Kehrseite der Medaille, die dunklere Seite der jüdischen Psyche, eine rechtsradikale jüdische Terrororganisation. Nun, diesen Scheiß nehmen wir euch nicht ab. Und wenn die nächste Wirtschaftskrise kommt, die garantiert wieder den Juden angelastet wird; wenn die Araber den Ölhahn zudrehen und euch überall der Judenhaß entgegenschlägt; wenn eure geliebten, ach so tollen christlichen Freunde nachts kommen, um euch aus euren Split-level-Häusern zu zerren und auf die Lastwagen zu werfen, die euch ins Lager und zu den Öfen bringen sollen ..., dann macht ihr euch vor Freude in die Hosen, weil die JAR da ist, um euch zu beschützen, um für euch zu kämpfen.«

Gold starrte ihn an. »Glauben Sie das wirklich?« fragte er halblaut.

»Mit allem Nachdruck. Wir *wissen* es. Stimmt's?«

Die anderen antworteten mit »Richtig«, »Ja« und »Niemals wieder.«

Kahn blickte zu Gold hinüber. »Niemals, *niemals* wieder.«

Gold paffte nachdenklich an seiner Zigarre. »Ich möchte Sie unter vier Augen sprechen.«

Kahns Handbewegung umfaßte die drei anderen. »Das sind meine Kommandeure. Meine Generäle. Vor ihnen habe ich keine Geheimnisse.«

Gold schüttelte den Kopf. »Sie vielleicht nicht, aber dafür ich. Ich bin heute schon mal reingelegt worden. Das passiert nicht noch mal. Ich möchte unter vier Augen mit Ihnen reden.«

Kahn grinste wieder verächtlich. »Warum sollte ich mir anhören, was Sie zu sagen haben?«

»Wenn Sie diese Mordserie wirklich beenden wollen, müssen Sie zuhören. Wenn Sie Juden wirklich das Leben retten wollen, müssen Sie zuhören. Oder sind Sie nur darauf aus, jedermann Rauch in den Hintern zu blasen?«

Kahn überlegte kurz. »Laßt mich mit ihm allein«, forderte er dann die anderen auf.

Sie protestierten sofort.

»Jerry, der Kerl ist verrückt!«

»Denk daran, was er schon getan hat.«

»Er ist gefährlich!«

Kahn hob abwehrend die Hand. »Wir sind keine Ghettoratten, die ängstlich in der Ecke hocken und vor ihrem eigenen Schatten Angst haben. Wir sind die Nachkömmlinge einer Rasse von Kriegern. Ich rede allein mit diesem Kollaborateur.«

Das Trio verließ murrend den Raum. Die junge Frau mit dem Babuschka-Kopftuch blieb an der Tür stehen. »Wir warten draußen, falls du uns brauchst.« Dann schloß sie die Tür hinter sich.

Als die beiden Männer allein waren, musterten sie sich prüfend. Kahn veränderte seine Sitzhaltung und schonte dabei den rechten Arm. Gold kaute auf seiner Zigarre herum.

»Sie können eigentlich recht zufrieden sein, stimmt's?« fragte Gold. »Sie sind jetzt 'ne große Nummer. Dieser ganze traurige *Mishmash* hat Sie zu 'nem echt bedeutenden Mann gemacht, was?«

»Meine Schuld ist's nicht, daß es soweit gekommen ist«, antwortete Kahn aufgebracht. »Allerdings überrascht mich das alles nicht im geringsten. Ich habe seit Jahren vor einer Zunahme des Antisemitismus in diesem Land, in diesem Staat, in dieser Stadt gewarnt. Aber die reichen, die prominenten Juden haben es in ihrer Selbstzufriedenheit vorgezogen, mich zu ignorieren. Versuchen Sie also nicht, mir die Schuld dafür in die Schuhe zu schieben! Täte die Polizei ihre Pflicht, wäre die JAR überflüssig.«

»Das ist sie allerdings tatsächlich.«

»Weshalb werden dann Juden auf offener Straße liquidiert? Und warum lassen Sie die Mörder laufen?«

»Wir lassen sie nicht laufen?«

»Nein? Haben Sie schon jemand verhaftet?«

»Noch nicht.«

»Bis Sie's tun, beschützt die JAR diese Menschen. Bis in alle Ewigkeit, wenn's sein muß.«

Gold kaute wütend auf dem nassen Ende seiner Zigarre herum. Kahn lehnte sich in seinen Armsessel zurück und grinste. »Ich hab' gerüchteweise gehört, daß Sie Orenzstein zum Teufel geschickt haben. Das haben Sie gut gemacht! Diesem egoistischen Bastard würd' ich's gern mal richtig zeigen!«

Gold äußerte sich nicht dazu.

»Wissen Sie, Gold, trotz aller Meinungsverschiedenheiten mag ich Sie eigentlich. Sie verkörpern die Juden, die ich für meine Bewegung rekrutieren möchte.«

»Und was für Juden sind das?«

»Juden mit Mumm, mit *Chutzpa*. Wahre Nachkommen unserer Vorfahren, die Wüstenkrieger gewesen sind. Keine liberalen Scheißer, keine stromlinienförmig Angepaßten, die Angst davor haben, sich zum wahren Judentum zu bekennen. Die ständig versuchen, etwas zu sein, das sie nicht wirklich sind. Immer auf der Jagd nach *Schiksas* und *Shvartzehs*.« Er lächelte boshaft. »Und vor allem keine typischen kleinen Bücherwürmer, wie die Nazis sie so gern verspotten. Die Woody Allens. Diese Buchhalter und Verkäufer, Anwälte und Juweliere. Schwach und feige. Kraftlos, asexuell und voller Selbstverachtung.«

Gold betrachtete Kahn. »*Selbstverachtung* scheint hier der grundlegende Begriff zu sein.«

»Ich hab' Ihnen doch gesagt«, knurrte Kahn, »daß dieser psychoanalytische Scheiß hier nicht viel gilt. Wir wissen genau, wer wir sind. Wer unsere Freunde sind. Und unsere Feinde.«

Gold beugte sich nach vorn und stützte seine Ellbogen auf Kahns weißen Tisch. »Ich kann Ihnen sagen, wer Sie sind«, begann er. »Was Sie und Ihre Leute sind. Scheißer, lauter Scheißer. Überalterte Pfadfinder. Yeshiva Scouts. Und Sie sind die gottverdammte Schlafsaalmutter. Sie sollten Plätzchen verkaufen! Aber irgendwie ist's Ihnen gelungen, die Medien so geschickt zu manipulieren, daß die Politiker Sie nicht mehr ignorieren können und Angst vor Ihnen haben. Sie fürchten sich, zu sagen, was sie denken: daß Jerry Kahn ein angeberisches, großmäuligen Arschloch ist.

Sie haben Angst, jemand könnte sie beschuldigen, Antisemiten zu sein. Ein Schlag gegen Jerry Kahn ist einer gegen alle Juden – so haben Sie's hingedeichselt, stimmt's? Früher haben Sie sich damit zufriedengeben müssen, alte Damen vom Einkaufen heimzubegleiten oder fernsehwirksam für russische Juden zu demonstrieren, aber dann ist Ihnen plötzlich diese goldene Gelegenheit in den Schoß gefallen, und jetzt könnten Sie vor Freude in die Hose scheißen.

Plötzlich weiß jeder, wer Sie sind, nicht wahr? Ihr Bild wird weltweit im Fernsehen gezeigt. Jerry Kahn ist *jemand*, wie seine Mutter es schon immer gewußt hat. Um Sie bekannt zu machen, hat schon eine Lastwagenladung jüdischer und christlicher Toter genügt. Hey, Sie sollten den verdammten Crosskiller *bezahlen*, so berühmt hat er Sie gemacht!«

«Jetzt reicht's aber!« brüllte Kahn.

»Nein, noch lange nicht!« brüllte Gold zurück. »Wie kommen Sie dazu, auf Harvey Orenzstein herabzusehen? Klar, der ist ein schleimiger Haufen Scheiße, aber er ist eben Politiker und trägt daher praktisch ein Schild mit der Aufschrift ›Ich bin ein schleimiger Haufen Scheiße‹ um den Hals. Im Gegensatz dazu versuchen Sie, sich als Helden, als Verteidiger des kleinen Mannes hinzustellen. Als den Löwen von Judäa. Aber mich täuschen Sie keine Sekunde lang! Was erhoffen Sie sich von dieser Sache? Einen Sitz im Stadtrat? Einen Buchvertrag? Einen Abgeordneten- oder Senatorensitz? Hey, Sie und Jesse Utter könnten auf der gleichen Liste kandidieren! Für die Haß- und Kriegspartei. Leg deinen Nachbarn um ...«

»*Raus!*« rief Kahn aufgebracht und sprang auf, um Gold die Tür zu weisen. Die Tür wurde einen Spalt weit geöffnet; jemand blickte herein und zog sich sofort wieder zurück. Gold zündete sich in aller Ruhe seine ausgegangene Zigarre wieder an. Er paffte und paffte, bis er inmitten weißlicher Rauchschleier saß.

»Kahn«, sagte er langsam, »ich bin bereit, Ihnen die Chance Ihres Lebens zu geben. Die Chance, endlich das zu tun, was Sie angeblich schon immer tun wollten. Die Chance, Juden das Leben zu retten. Die Chance, sich ...«

»Mein Gott!« unterbrach Kahn ihn ungläubig. »Sie sind hergekommen, um mich um einen Gefallen zu bitten. Sie brauchen meine Hilfe.« Über sein Gesicht zog langsam ein Lächeln. »Sie brauchen meine Hilfe.« Er ließ sich in seinen Sessel fallen.

»Ausnahmsweise«, fuhr Gold fort, »können Sie sich im Kampf

gegen Israels Feinde nützlich machen. Ausnahmsweise ist Ihre Tätigkeit einmal sinnvoll.«

»Solch ein Handel!« sagte Kahn noch immer grinsend. »Diese *Mitzwa* hab' ich gar nicht verdient.«

Gold musterte ihn kalt. »Das ist mein Ernst, Kahn. Die Sache ist kein Witz.«

»Was soll ich also tun?«

»Das kann ich Ihnen nicht sagen. Sie müssen erst zustimmen, dann sag' ich's Ihnen.«

Kahn schüttelte ungläubig den Kopf. »Und wann darf ich diese gottähnliche Tat vollbringen?«

»Morgen abend.«

»Sorry«, antwortete Kahn, »nichts zu machen. Am Sonntagabend übernimmt die JAR den Sicherungsdienst bei Jackie Max' Brotherhood Rally in der Hollywood Bowl.«

Gold explodierte. Er sprang auf und wedelte mit beiden Armen. »Sie Schwindler! Sie billiger kleiner Schwindler! Sie bestehen *bloß* aus Scheiße! Ich geb' Ihnen Gelegenheit, mir zu helfen, dieses Arschloch zu schnappen, und Sie haben nichts anderes im Kopf, als einer Bande Showbizstars aus Bel-Air, die fast so falsch sind wie Sie, in den Arsch zu kriechen! Wie haben Sie diese Rolle gekriegt – hat Ihr beschissener Presseagent sie Ihnen besorgt? Haben Sie schon bei William Morris unterschrieben, Sie falscher Schweinehund? Das ist wirklich kaum zu fassen! Haben Sie vielleicht schon einen Filmvertrag in der Tasche?«

Gold marschierte auf und ab und rief seinen Schöpfer an.

»Wie findest du diesen Juden, Herr? Ein großer, harter, böser Jude! Krieger der Wüste! Und jetzt 'ne verdammte Platzanweiserin! Der bindet sich noch 'ne Taschenlampe an seinen *Putz* und begleitet so die großen Stars zu ihren Sitzen. Der macht . . .«

»Okay.«

Gold blieb mitten im Raum stehen. »Was?« Er drehte sich nach Kahn um. »Was?«

»Okay, wir machen's. Kriegen wir Gelegenheit, ein paar Nazis den Schädel einzuschlagen?«

Gold beugte sich über den Tisch.

»Die Sache wird Ihnen Spaß machen. Ich möchte, daß Sie eine Kirche überfallen.

19.57 Uhr Der Sonnenuntergang war noch prächtiger als am Abend vorher. Ein Meisterwerk der neon-impressionistischen Schule in rauchigen Rosa- und Rottönen, in Orange und Scharlachrot.

Dolly Madison hatte tagsüber ausgeschlafen. Er kam hellwach und munter ins Parker Center, erklärte Gold und Zamora, sie sähen wie Zombies aus und wies sie an, heimzufahren und wenigstens ein paar Stunden zu schlafen. Diesmal hatte Gold ausnahmsweise nichts dagegen, eine Anweisung Madisons zu befolgen. Er nahm Zamora mit, um ihn daheim in East L. A. abzusetzen.

Auf den hügeligen Straßen von East L. A. herrschte mehr Leben als sonstwo in der Stadt. Auf den Gehsteigen vor den Häusern spielten Babys und Kleinkinder. Ihre von der Arbeit verschwitzten Väter saßen auf den Veranden, tranken Bier und sahen ihnen zu. Überall roch es durchdringend nach Chili und gebratenem Fleisch. Auf jedem freien Platz spielten Jungen Baseball oder trieben einen Fußball vor sich her. Dunkelhäutige Teenager mit Day-glo-Augenmake-up saßen vor winzigen *Bodegas*, tranken Diät-Pepsi und schwatzten kichernd. Diese Menschen ignorierten Smogwarnungen. Sie hatten Mexico City erlebt. Sie waren durch T. J. gekommen. Sie wußten, was »gesundheitsgefährdend« war, wenn sie's sahen.

Als Gold vor Zamoras Haus parkte, saß der junge Beamte mit an die Kopfstütze gelegtem Kopf laut schnarchend neben ihm.

»Sean. Sean. Du bist daheim. Hey, wach auf, Redford!«

Zamora setzte sich ruckartig auf. Er sah sich um, erkannte seine vertraute Umgebung und lächelte.

»Jack, komm mit rein und lern meine Familie kennen. Iß mit uns zu Abend. *Mi abuela* kocht am Samstag immer *Menudo*.«

Gold verzog das Gesicht. »Klingt nicht gerade appetitanregend.«

»Hey, *Mano*, das ist 'ne mexikanische Hühnersuppe. Bringt dich sofort wieder auf die Beine.«

Gold lachte. »Ein andermal, Sean.«

»Bestimmt nicht? Bei meiner Mutter gibt's auch 'nen irischen Spitzenwhiskey.«

»Ein andermal. Wenn dieser Fall abgeschlossen ist.«

Zamora nickte. »Yeah, okay, verstehe. Fahr heim und sieh zu, daß du 'n bißchen Schlaf kriegst. Wie Dolly gesagt hat. Du siehst ungefähr so aus, wie ich mich fühle.«

Der junge Mann stieg aus. Er wandte sich ab und öffnete das schief in den Angeln hängende Gartentor des bescheidenen Holzhauses in Cortez-See-Blau. Von der Treppe aus winkte er noch einmal.

Gold fuhr weiter Richtung Westen, nach Hause.

Aus dem seit Tagen nicht mehr geleerten Briefkasten quollen Rechnungen und Werbedrucksachen. Aber zu Golds Überraschung lagen keine Zeitungen vor seiner Wohnungstür. Er war seit – wann? – zwei, drei Tagen nicht mehr daheim gewesen, und die Zustellung funktionierte offenbar nicht mehr. Oder die Zeitungen wurden von Kids auf dem Schulweg geklaut. Er würde den Leserdienst der *Times* anrufen müssen. Der Zeitungsträger hatte 'ne Macke. Erst erschreckte er den armen kleinen Dschingis – und jetzt kam er überhaupt nicht mehr.

In der Wohnung streifte Gold seine schmuddeligen, verknitterten Sachen ab und schenkte sich einen Drink ein. Er setzte sich damit an den Eßtisch mit der Plastikplatte und wählte die Nummer von Evelyn und Dr. Stanley Markowitz. Als sich keiner meldete, fiel ihm ein, daß sie alle nach Cabo San Lucas geflogen waren. Evelyn hatte ihm gesagt, daß sie mit Wendy verreisen würde. Gold trank seufzend noch einen Schluck Scotch.

Er nahm eine lange heiße Dusche, blieb an die Fliesen gelehnt stehen und ließ sich von dem Wasserstrahl Rücken und Schultern massieren, bis das Wasser lauwarm wurde. Während er sich abtrocknete, fiel sein Blick auf sein schemenhaftes Bild in dem beschlagenen Spiegel. Gold wischte die Feuchtigkeit mit der Hand ab, betrachtete sich und stellte erschrocken fest, daß er ein alter Mann war – den Schrecken des Grabes viel näher als den Freuden der Jugend. Er sah müde und niedergeschlagen aus; die Schatten unter seinen Augen wirkten wie billige Theaterschminke; seine tief in ihren Höhlen liegenden Augen waren kalt und abweisend. Ein Todesengel, der selbst dem Tod nahe war. Gold fuhr zusammen und schüttelte diese makabre Vision ab.

Er zog sich rasch an: Joggingschuhe, Jeans und unauffälliges Hemd, das er über der Hose trug, damit es den Revolver Kaliber 38 im Gürtelhalfter verdeckte. Aus einer übervollen Schreibtischschublade nahm er den versilberten Revolver Kaliber 22 und steckte ihn in seine Hosentasche. Danach rief er Dolly Madison im Parker Center an und erklärte ihm, er lege sich jetzt schlafen. Madison gratulierte ihm zu diesem vernünftigen Entschluß.

Draußen auf den heißen Straßen war es endlich Nacht geworden. Ein weiterer *Shabbes* war vorüber. Der Verkehr war nur schwach.

Gold fuhr am Restaurant Le Parc vorbei und hielt nach Sapersteins Rolls-Royce Ausschau. Der Wagen stand nicht dort. Er fuhr zu der rosa-grünen pseudoägyptischen Villa in den Hügeln weiter. Auch dort stand kein Wagen in der elegant geschwungenen Auffahrt. Er fuhr langsam wieder bergab und kaute dabei auf einer nicht angezündeten Zigarre herum. Im unteren Viertel der Gefällestrecke trat er plötzlich das Gaspedal durch. Er schaffte es, das Century City Building in sieben Minuten zu erreichen. Das dazugehörige Parkhaus war an Wochenenden nur Dauermietern zugänglich, die ihre Plastikkarten in die Automaten stecken und so die Schranken öffnen konnten, aber es gab keine Sicherheitsvorkehrungen gegen Fußgänger.

Gold parkte in einer Seitenstraße und betrat das Parkhaus zu Fuß – nicht zu schnell, nicht zu langsam. Er benutzte die Treppe, ohne unterwegs jemand zu begegnen. Auf dem dritten Parkdeck stand der Corniche mit dem Kennzeichen DEFENSE auf genau demselben Platz wie beim letztenmal. Die beiden einzigen anderen Wagen in diesem Geschoß waren unauffällige Limousinen.

Gold fand eine Nische zwischen zwei massiven runden Betonpfeilern. Er kaute auf seiner Zigarre herum und wartete. Nach etwa zwanzig Minuten trat eine Frau in einem streng geschnittenen Kostüm aus dem Lift und fuhr mit einer der Limousinen davon. Gold wartete weiter. Auf einem anderen Parkdeck fuhr jemand mit kreischenden Reifen an, und das Geräusch hallte schwächer werdend durch den ganzen Bau. Die Leuchtstoffröhren schienen manchmal heller zu werden, als schalte sich irgendwo ein Generator automatisch ein und aus, aber das konnten auch optische Täuschungen sein.

Er spuckte einen Tabakkrümel aus und suchte nach seinen Streichhölzern, um sich die Zigarre anzuzünden, als die Lifttüren sich erneut öffneten. Natty Saperstein trat aus der Kabine. Er war allein. Diesmal trug er einen zartrosa Leinenanzug mit Weste und farbgleichem Filzhut mit Federgesteck und hielt einen Aktenkoffer aus schwarzem Schlangenleder in der Hand. Seine kleinen Füße trippelten in weißen Gucci-Slippern über den Betonboden. Als Natty den Rolls-Royce aufsperrte, trat Gold aus seinem Versteck.

»Hey, Natty, wart auf mich!«

Saperstein schrak zusammen. Er starrte ins Halbdunkel, aus dem die Stimme gekommen war.

»Wer ist da? Wer sind Sie?«

Gold trat ins Licht, so daß seine Gesichtszüge zu erkennen waren.

»Ich bin's – Jack Gold.«

»Jack wer? Oh, *du* bist's, Jack. Wir haben uns seit Jahren nicht mehr gesehen. Zum Teufel, was hast du hier im Schatten rumzulungern?«

»Ich lauere jemand auf.«

»Was? Augenblick!« Saperstein sah sich ängstlich geworden um. »Etwa diesem Crosskiller? Ist der irgendwo in der Nähe?«

Gold zuckte mit den Schultern. »Das weiß man nie. Hör zu, Natty, wenn ich dich schon mal erwischt habe, möchte ich etwas mit dir besprechen.«

»Weißt du bestimmt, daß dieser Crosskiller sich nicht hier rumtreibt?«

»Wegen dem brauchst du dir keine Sorgen zu machen.«

Gold kam etwas näher. Er war jetzt nur noch durch die Motorhaube von Saperstein getrennt.

»Ich muß wirklich mit dir reden, Natty.«

Natty, der keine Angst mehr hatte, musterte Gold mit dem Blick eines cleveren Rechtsanwalts.

»Worüber denn?«

»Ich hab' ein Problem, das ich mit dir besprechen möchte.«

»Du brauchst einen Anwalt?«

Gold lächelte seltsam. »Nicht irgendeinen Anwalt, Natty. Ich brauche dich.«

Natty öffnete die Autotür und warf seinen Aktenkoffer auf den Rücksitz.

»Warum rufst du nicht meine Kanzlei an, Jack?« schlug er vor. »Meine Sekretärin gibt dir einen Termin. Ende nächster Woche müßte sich was machen lassen.«

Gold trat noch näher an den Rolls-Royce. Er stützte sich aufs Dach.

»Die Sache ist wirklich dringend, Natty. Du tätest mir 'nen großen Gefallen. Wenn du 'n paar Minuten übrig hast.«

»Verdammt noch mal, Jack, wir haben Samstagabend. Ich bin nur hergekommen, um was nachzuschlagen. Ich habe eine Verabredung zum Abendessen und komme ohnehin schon zu spät. Wie wär's mit nächster Woche? Gleich am Montag?«

Gold blieb hartnäckig. »Nur ein paar Minuten, Natty. Länger dauert's nicht. Bloß ein paar Minuten.«

Natty seufzte irritiert. »Und das kann nicht warten?«

Gold schüttelte den Kopf. Saperstein drohte ihm mit dem Zeigefinger. »Aber wirklich nur ein paar Minuten!«

Der kleine Mann setzte sich ans Steuer, beugte sich nach rechts und entriegelte die Beifahrertür. Gold stieg ein. Er hatte noch nie in einem Rolls-Royce gesessen. Die Sitze waren mit weichem Leder gepolstert; das Wurzelholz, auf Hochglanz poliert, glänzte.

»Hübscher Wagen, Natty. Du gönnst dir was. Aber das hast du schon immer getan.«

Natty steckte den Zündschlüssel ins Schloß neben der Tür.

»Nun? Was gibt's?« fragte er ungeduldig und starrte verärgert die Asche an, die von der Zigarre zwischen Golds Fingern fiel.

»Also ...« Gold wandte sich ihm zu und rang sich ein Lächeln ab. »Wir haben uns lange nicht mehr gesehen, Natty.«

Saperstein verzog das Gesicht. »Hör zu, Jack, ich hab' wirklich keine Zeit, jetzt mit dir über alte Zeiten zu quatschen. Welches Problem hast du?«

Gold, der noch immer lächelte, sprach weiter, als habe er ihn gar nicht gehört.

»Machst du noch immer gute Geschäfte mit Großdealern, die du verteidigst, Natty? Verkaufst du wie früher Dope in deinem Penthousebüro? Vermittelst du weiter Polizeischutz und arbeitest für beide Seiten?«

»Hey, was soll das?« Saperstein kniff die Augen zusammen.

»Bist du noch immer der Mittelsmann zwischen den Gaunern und den Cops, Natty? Der Großhändler großangelegter Korruption?«

Saperstein schäumte vor Wut. »Was soll das, verdammt noch mal? Wollen Sie mich reinlegen? Ermitteln Sie vielleicht gegen mich? Soll das ein Verhör sein? Dann haben sie nämlich genau den Falschen geschickt! Sie haben bei mir ein kleines Vermögen verdient, Lieutenant – oder haben Sie das vergessen? Für geldgierige Cops gibt's keine Verjährung, selbst nach so langer Zeit nicht. Deshalb frage ich Sie noch mal: Ist dieses kleine Tête-à-tête offiziell?«

»Ich ermittle nicht gegen dich, Natty.«

»Dann verschwinden Sie gefälligst! Verlassen Sie augenblicklich meinen Wagen! Ob offiziell oder inoffiziell – ich verspreche mir nichts Positives von dieser Unterhaltung. Und sparen Sie sich die Mühe, meine Sekretärin anzurufen, denn für Polizeibeamte bin ich nie zu sprechen. Und jetzt *raus!*«

Gold blieb unbeweglich sitzen. Saperstein ließ den Motor seines Wagens an.

»Sie vergeuden meine Zeit, Lieutenant, und *meine* Zeit ist kostbar.«

Gold beugte sich übers Lenkrad, stellte den Motor ab, zog den Zündschlüssel heraus und steckte ihn ein. Saperstein war beinahe sprachlos. »*Was... soll... das?* Ist Ihnen klar, daß Sie riskieren, wegen Freiheitsberaubung angezeigt zu werden? Vielleicht sogar wegen Entführung.«

»Halt's Maul«, sagte Gold.

»Polizisten wie Sie eß ich zum Frühstück«, drohte Saperstein ihm. »Jeden Tag vor Gericht. Das kostet Sie Ihre Pension!«

»Halt's Maul«, wiederholte Gold und griff an Sapersteins Nacken vorbei, um die Fahrertür zu verriegeln.

»Ich kann nicht glauben, daß Sie dämlich genug sind, so was zu tun«, murmelte Saperstein verblüfft. »Ich kann's nicht fassen!«

Gold lehnte sich zurück und starrte ihn an. Sein Lächeln war verschwunden.

»Kennst du einen Anwalt namens Howard Gettelman, Natty? Kennst du Howie Gettelman?«

Saperstein blinzelte verständnislos und aus dem Gleichgewicht gebracht.

»Ja. Ja, ich kenne Howard, aber...«

»*Warum hast du's getan, Natty?*« brüllte Gold los, und der kleine Mann zuckte zurück, als habe er ihn geschlagen.

»Ich... ich verstehe nicht, was...«

»Lüg mich nicht an, Natty! Ich will die Wahrheit hören! Ich will wissen, warum! *Warum?*«

»Jack, bitte, ich weiß nicht, was...«

»Sterbende lügen nicht, Natty«, sagte Gold leise.

Saperstein begriff noch immer nicht.

»Bobby Phibbs, Natty. Er hat für dich gearbeitet, glaub' ich. Er hat deinen Namen fast freiwillig rausgerückt.«

Auf Nattys Gesicht zeichneten sich plötzlich Angst und Entsetzen ab. Er hatte begriffen.

»Du... du bist's also gewesen!« stammelte er mit hervorquellenden Augen.

»Nein, Natty, *du* bist's gewesen. Und ich will wissen, warum.«

Saperstein rückte von Gold ab und preßte sich an die Fahrertür.

»Ich kann mir nicht vorstellen, daß es ums Geld gegangen ist. Wie solltest du Geld brauchen? Aber es muß dir ums Geld gegangen sein, nicht wahr, Natty? Oder ums Kokain? Ist's dir ums Kokain gegangen?«

Der kleine Mann starrte ihn an. Seine Lippen bewegten sich tonlos.

»Natty? Red schon, Mann!«

Saperstein holte tief Luft. »Hat... hat... hat Gettelman dich angeheuert? Ich... ich kann dir nämlich mehr zahlen. Weit mehr!«

Gold schüttelte den Kopf. »Sag mir, *warum*, Natty.«

Saperstein geriet plötzlich in Panik und rüttelte in verzweifelter Angst an seinem Türgriff. Aber die Tür ließ sich nicht öffnen.

»Sie ist verriegelt«, stellte Gold fest.

»Was?« rief Natty aus, während er weiter an seinem Griff rüttelte.

»Sie ist verriegelt. Ich hab' sie verriegelt.« Gold tippte dem kleinen Mann auf die Schulter. Natty zuckte zusammen.

»Hier, Natty, sieh mal her.«

Natty drehte sich langsam nach Gold um. Der Revolver Kaliber 22, den Gold auf dem Schoß hielt, war wie ein obszönes Glied auf ihn gerichtet.

»Mach's dir bequem«, forderte Gold ihn gelassen auf. »Entspann dich, Natty.«

»Jack, laß uns um Himmels willen darüber reden.« Der kleine Mann zitterte.

»Genau das hab' ich vor, Natty. Genau das hab' ich vor.«

In diesem Augenblick hallten die sinnlichen Vibrationen des einladenden Lachens einer Frau durchs Parkdeck. Ein Paar – ein graumelierter Geschäftsmann in den Fünfzigern, der eine jüngere Frau begleitete – war aus dem Lift getreten. Gold hob seinen Revolver mit der linken Hand und drückte die Mündung an Nattys Schläfe.

»Psssst!« flüsterte er dabei.

Das Paar ging auf den einzigen anderen Wagen zu. Das Klicken der hohen Absätze der Frau hallte von den Betonmauern wider. Der Mann sagte etwas, das die Frau erneut zum Lachen brachte. Der Geschäftsmann wirkte recht zufrieden mit sich selbst. Er sperrte die Beifahrertür auf, half ihr einsteigen und ließ dabei seine Hand länger als unbedingt nötig auf ihrem Arm liegen. Dann ging er um die Limousine herum und setzte sich ans Steuer.

Durch die Heckscheibe war zu sehen, wie ihre Köpfe zusammenkamen und sie sich engumschlungen küßten. Erst nach sehr langer Zeit

– drei oder vier Minuten – lösten ihre Silhouetten sich voneinander, und die Frau lachte wieder: ein kehliger, üppiger, aufreizender Laut. Dann sprang der Motor der Limousine an. Der Mann stieß mit dem Wagen zurück, gab Gas und rauschte die Ausfahrtrampe hinunter.

Gold und Saperstein, die zur Bewegungslosigkeit erstarrt waren, blieben noch eine halbe Minute so sitzen. Ohne den Revolver von Nattys Schläfe zu nehmen, sagte Gold dann: »Ich hab' geglaubt, sie würden bumsen. Ich hab' geglaubt, sie würden's gleich dort im Auto machen.«

Natty Saperstein schwieg.

»Hast du jemals 'ne Frau geliebt, Natty?« fragte Gold beinahe rhetorisch.

Saperstein gab keine Antwort. Gold grinste ihn an. »Nein, natürlich nicht. Natürlich nicht. Wie hättest du jemals eine Frau lieben können? Na ja, vielleicht deine Mutter.«

Natty murmelte etwas Leises, Unverständliches.

»Ich versteh' dich nicht«, sagte Gold.

Natty fand seine Stimme wieder, und die Wörter kamen etwas zu laut heraus. »Ich habe meine Mutter gehaßt.«

Gold ging gar nicht darauf ein. »Ich hab' drei Frauen geliebt. Außer meiner Mutter. Drei Frauen. Eine von ihnen ist jetzt tot. Eine andere haßt mich.« Er machte eine kurze Pause. »Und die dritte ist meine Tochter, die mit Howie Gettelman verheiratet ist.«

Natty erstarrte, als er diesen Namen hörte. Gold beugte sich weiter zu ihm hinüber und sprach rasch und halblaut weiter.

»Meine Tochter bewundert mich. Das haben die Leute immer gesagt. Schon damals, als sie noch klein gewesen ist. ›Dieses kleine Mädchen bewundert dich.‹ Das sagen sie immer. Sie ist die einzige, die mich niemals verurteilt hat. Niemals, Natty. Als Angelique gestorben und die ganze Welt in Scherben gefallen ist, hat sie kein Wort gesagt, mir keine Fragen gestellt, mich nicht verurteilt. Sie hat nie aufgehört, mich zu lieben. Keine Sekunde lang. Das hab' ich genau gespürt, weißt du. Sie hat mich um so mehr geliebt, glaub' ich, weil sie gewußt hat, daß ich ihre Liebe brauchte. Solche Einsichten erwartet man von keiner Siebenjährigen, aber ich hab's *gespürt*. Ich hab' gespürt, wie sie mir ihre ganze Liebe geschenkt hat.«

Gold starrte Sapersteins zitterndes Profil durchdringend an.

»Sie ist der einzige Mensch auf dieser Welt, dem ich überhaupt was bedeute, Natty. Und du hast diese Bestien auf sie gehetzt. Du hast diesen Abschaum in ihr Haus geschickt, um sie mißhandeln und vergewaltigen zu lassen.«

»Jack, Jack, Jack...«

»Sie haben sie wie einen Hund verprügelt, Natty.« Golds Stimme war zu einem heiseren Knurren geworden. »Sie haben sie in den Arsch gefickt, Natty. Auf *deine* Anweisung hin?«

»Nein, Jack, ich...«

»Sie haben sie gezwungen, ihnen die Schwänze zu lutschen, Natty. Auf deine Anweisung hin?«

»Nein, Jack, bitte...«

»Sie haben meinem Enkel eine Waffe an den Kopf gedrückt, Natty. Sie haben meiner Wendy damit gedroht, ihr Baby zu erschießen, Natty.«

»Oh, bitte, Jack!«

»Ich werde dich erschießen, Natty.«

»Ohhhhh...«, jammerte der kleine Mann zitternd. Das Wageninnere füllte sich mit animalischem Angstgestank.

»Warum, Natty? Bist du aufs Geld scharf gewesen? Oder das Kokain? Oder wolltest du mir was antun?«

»Nein! Nein!« rief Saperstein eifrig aus. »Ich... ich... ich hab' nicht gewußt, daß Gettelman dein Schwiegersohn ist. Ich hab's nicht gewußt! Ich schwör's dir! Ich... ich hab' sie nur hingeschickt, um sie das Kokain holen zu lassen. Mehr nicht. Ich wollte nur, daß sie den Koks holen. Ich hab' nicht geahnt, daß sie das alles tun würden. Ich hab' nichts davon gewußt, bis... bis du's mir erzählt hast. Ich schwöre bei Gott, daß das die reine Wahrheit ist!«

»Du hast gewußt, was für Bestien du hingeschickt hast.«

»Nein! Nein!«

»Und du hast gewußt, was einer Frau bei so 'nem Überfall passiert.«

»Nein, das stimmt nicht!«

»Besonders einer Weißen.«

»Nein! Bitte!«

Natty schwitzte heftig. Ein dunkler Fleck verunzierte die Hose seines rosanen Anzugs.

»Warum, Natty?«

»Ich... mir ist's bloß ums Kokain gegangen, Jack. Ich hab' Koks gebraucht.«

»Kannst du's dir nicht mehr leisten, das Zeug zu kaufen?«

Natty wollte den Kopf schütteln, aber Gold hielt die Revolvermündung weiter fest an seine Schläfe gedrückt.

»Nicht genug! Niemals genug!« stieß Natty hervor. »Wegen der Jungen, weißt du. Wegen der schönen Jungen. Sie sind so schön. Jeder will sie. Sie können haben, wen sie wollen. Und ich werde so alt!« Er weinte jetzt. »So schrecklich alt! Es wird immer schwieriger. Jeder will sie, und sie koksen alle. Solche Unmengen Koks! Oh, *bitte*, Jack!«

»Sogar du kannst nicht genug Geld verdienen, um 'nen Kokser zu unterhalten?«

»Ohhhhh, Jack! Mir steht das Wasser bis zum Hals.«

»Und warum hat's Gettelman sein müssen?«

»Er... er... Howard ist so übereifrig gewesen So dumm! So leichtgläubig. Oh, bitte, Jack!«

Die beiden Männer saßen endlos lange Sekunden schweigend und bewegungslos nebeneinander, bis Saperstein ausrief: »Oh, Jack, das tut mir so leid! *Bitte!*«

»Natty, ich hab' ihr sonst nichts zu geben«, sagte Gold. Seine Hand stieß Saperstein mit dem Gesicht gegen die Scheibe der Fahrertür. Nattys kurze Beine begannen krampfhaft zu zucken. Gold rammte dem kleinen Mann die Mündung seines Revolvers unter den Hinterkopf. Dann knallte es zweimal rasch nacheinander, und der Rolls-Royce füllte sich plötzlich mit Korditgestank. Nattys Beine streckten sich, und im nächsten Augenblick verbreitete sich der überwältigende Gestank menschlicher Exkremente.

Gold hob rasch Sapersteins herabgefallenen Hut auf, beugte sich über den Toten und wischte die Verriegelung der Fahrertür mit dem weichen Filzhut ab. Dann stieg er aus. Er sah auf seine Armbanduhr. Es war 22.14 Uhr. Aus seiner Hosentasche zog er eine Farbsprühdose, mit der er zwei große blutrote Kreuze auf die Windschutzscheibe des Rolls-Royce sprühte. Dann kniete er sich vor die linke Wagenseite und sprühte in ungelenken Druckbuchstaben KILLT DIE JUDEN! darauf. Als er von der Arbeit aufsah, schienen Nattys leblose Augen ihn anzustarren. Gold sprühte ein kleineres Kreuz auf die Scheibe vor dem Gesicht des Erschossenen.

Dann ging er um den Wagen herum und wischte den Türgriff, die Sitzlehne und das Autodach an der Stelle ab, wo er sich aufgestützt hatte. Aus seiner Hemdtasche zog er Nattys Autoschlüssel, putzte sie sorgfältig mit dem weichen Filzhut ab und warf sie auf den Sitz neben dem Toten. Nattys Hut diente ihm weiter als Handschuh, als er jetzt die Beifahrertür des großen Wagens schloß. Dann sprühte er TOD DEN JUDEN! auf die rechte Seite des Fahrzeugs. Die Sprühdose zischte laut, als seien Dutzende von Giftschlangen in den kleinen Aluminiumzylinder gesperrt.

Gold warf Nattys Filzhut unters Auto, wandte sich ab und ging davon, ohne sich noch einmal umzusehen. Er überquerte rasch das leere Parkdeck, lief die Treppe hinunter und trat auf die Straße hinaus. Sein Ford parkte noch immer vor dem Hinterausgang eines japanischen Restaurants – unbemerkt und ohne Strafzettel. Er fuhr auf dem Olympic Boulevard nach Westen: einige Meilen weit langsam, dann etwas schneller, nachdem er nach Süden auf den Westwood Boulevard abgebogen war. Zuletzt ordnete er sich in den leichten Verkehr auf dem Santa Monica Freeway ein.

Neun Minuten später stellte er den Ford auf dem Parkplatz der Santa Monica Pier ab. Er sah wieder auf seine Armbanduhr. 22.46 Uhr. Er sperrte seinen Wagen ab und schlenderte auf die Pier hinaus.

Dies war eine Augustnacht in L. A., und obwohl nur wenige Meilen weiter östlich ein ganzes Stadtviertel in Kampfbereitschaft versetzt worden war, gingen die Menschen hier draußen am Pazifik resolut ihren Vergnügungen nach. Unglaublich durchtrainierte junge Frauen in String-Bikinis glitten vorbei, ohne sich um die überall hängenden Schilder zu kümmern, die Rollschuhfahren verboten. Ein muskelbepackter junger Schwarzer mit einem riesigen Radiorecorder auf der Schulter zog zu dröhnend lauter synthetischer Musik komplizierte Arabesken auf die verwitterten Planken, so daß seine orangeroten Rollen vor Freude zu klappern schienen.

Weiter draußen auf der Pier drängten sich ganze Horden mexikanischer Kids vor kleinen Ständen, an denen es Pizza in Stücken und gefrorene Bananen am Stiel gab. Am Ende der Pier hockten die ernsthaften Angler: alte Männer, die das ihnen noch verbleibende Leben mit Angelleinen mit garantiert zehn Pfund Belastbarkeit abmaßen; grimmig dreinblickende braunhäutige Flüchtlingsfrauen, teils aus Südamerika, teils aus Asien, alle von Horden dicker Kinder umringt, die gebannt die im Wasser tanzenden Korken anstarrten, die ihnen als Schwimmer dienten. Ein weißer Jugendlicher saß mit dem Rücken an eine mit Entenmuscheln bewachsene Duckdalbe gelehnt und spielte auf einer silbernen Flöte Bach.

Gold lehnte an der Reling, sah aufs Meer hinaus und hielt den Revolver Kaliber 22 zwischen seinen großen Händen versteckt. Keine zwei Minuten später zog einer der alten Männer einen Fisch aus dem Wasser und ließ ihn auf die Pier plumpsen. Einen seltsamen, prähistorisch aussehenden Fisch mit blauen Schuppen und roten Kiemen. Alle drehten sich um und starrten den Fisch an. Gold ließ die Waffe fallen und hörte sie mit leisem Klatschen in der Santa Monica Bay verschwinden. Der alte Mann machte den häßlichen Fisch los und warf ihn in einen wassergefüllten Plastikeimer. Die anderen wandten sich wieder ihren Leinen zu.

Gold ging in entgegengesetzter Richtung zurück. Oben in den Hügeln funkelten die Lichter der bis an die Steilhänge herangebauten Villen hinter nachts kaum sichtbaren Smogschleiern. Es war heiß.

Gold warf die Tüte mit der halbleeren Sprühdose in einen von fettigen Popcornschachteln und Hot-dog-Servietten überquellenden Abfallbehälter. Er schlenderte die Pier entlang weiter – fast bis zu der Stelle, wo sie in den Parkplatz überging. Dort blieb er vor einem kleinen Schnellimbiß mit dem hochtrabenden Namen Jazzbo's Barbecue Roadhouse stehen. Unter der Karikatur eines dicken Negers mit Weste und Melone lud das Schild über dem Eingang Vorbeikommende zum Verzehr von RIBS-AND-RICE, CHICK-B-Q und HAM-B-Q ein. Gold trat über die Schwelle. Das Lokal war winzig, eigentlich nur ein Schuppen, und enthielt sechs Picknicktische mit Wachstuchdecken und eine Bestelltheke. Alle Tische waren frei. Gold setzte sich an den, der der Tür am nächsten war. Eine Frau im weißen Kittel einer Serviererin kam hinter der Theke hervor, um seine Bestellung aufzunehmen. Sie war klein und hager, hatte sehr kurzes Haar und trug weder Make-up noch Schmuck. Sie war tiefschwarz und sehr unscheinbar.

»Was darf's sein, Sir?« fragte sie und lächelte dabei den Bestellblock in ihrer Hand an.

»Hallo, Gladys. Wie geht's denn?«

Ihr Lächeln verschwand, als sie ihm ins Gesicht sah.

»Was woll'n *Sie* hier? Wir ha'm nix getan, daß Sie bei uns aufkreuzen müssen.«

»Immer mit der Ruhe, Gladys. Ich bin bloß vorbeigekommen, um Red Hallo zu sagen.«

»Der is' nicht da.«

»Doch, das ist er, Gladys. Sie haben ihn seit zehn Jahren nicht mehr aus den Augen gelassen.«

»Ich hab' gesagt, daß er nich' da is'.«

»Er ist in der Küche. Sagen Sie ihm, daß ich hier bin.«

»Was woll'n Sie 'n von Red? Der ist ausgestiegen. Der hat nix mehr mit Dope zu schaffen. Und ich auch nich'.«

Gold lächelte. »Das weiß ich, Gladys«, sagte er freundlich. »Ich will nur 'nen Augenblick mit Red sprechen.«

Sie ließ sich nicht von seinem Lächeln umgarnen. »Er is' nich' da.«

Gold stand auf und trat hinter die Theke an die Durchreiche zur Küche.

»Hey, Red!« rief er in die Küche hinaus.

»Yeah?« antwortete eine Männerstimme laut.

»Kommen Sie raus! Hier ist ein Freund, der mit Ihnen reden will.«

Gold ging an seinen Tisch zurück und setzte sich wieder. Er sah zu Gladys auf.

»Bringen Sie mir bitte 'ne Tasse Kaffee?«

Die Frau warf ihm einen giftigen Blick zu und machte auf dem Absatz kehrt. »Scheißpolizei, glaubt, daß die Welt ihr gehört«, murrte sie, während sie hinter die Theke zurückstapfte. Die breite Tür mit der Aufschrift EMPLOYEES ONLY wurde aufgestoßen, und ein kleiner, drahtiger Mann mit umgebundener Kochschürze kam ins Lokal. Er hatte feuerrotes Haar und ein von tiefen Falten durchzogenes Gesicht, auf dem blasse Sommersprossen leuchteten. Sein Alter war unbestimmbar – irgendwo zwischen vierzig und sechzig –, aber er war von einer Aura aus Weltmüdigkeit und Schmerz umgeben. Als er Gold sah, lachte er freudig überrascht.

»Lieutenant! Was liegt an? Wie geht's Ihnen? Baby, warum hast du mir nicht gesagt, daß der Lieutenant da ist?«

Gladys, die mit einer Kaffeekanne hinter der Theke hervorkam, sah nicht einmal auf, während sie sagte: »Wir schließen gleich.«

»Baby! So darfst du den Lieutenant nicht behandeln«, protestierte Red, während er sich Gold gegenübersetzte. »Er ist in Ordnung.«

Sie grunzte etwas und goß Golds Kaffee in einen Styroporbecher.

»Tasse gibt's keine mehr, weil wir bald dichtmachen.«

»Baby! Sei doch nicht so!«

Gladys funkelte die beiden Männer an und ging hinter die Theke zurück.

»Ich mach' jetzt die Küche sauber«, sagte sie, »weil wir bald schließen.«

Als sie verschwunden war, wandte Red sich an Gold. »Machen Sie sich nichts draus, Lieutenant. Sie meint's gut. Sie wird nur 'n bißchen komisch, wenn's um jemand aus meiner Drogenzeit geht – auch um Cops. Sie sieht einfach rot. Schätze, sie will nicht an diese Zeit erinnert werden. Mann, vor 'n paar Jahren ist 'n alter Junkiepartner von mir bei uns daheim aufgekreuzt. Weiß nicht, wo er die Adresse hergekriegt hat. Und bevor ich den Typen wegschicken konnte, hat Gladys ihn mit 'nem Schüreisen die Treppe runtergejagt. Das Verrückte dabei war, daß der Junge seit Jahren clean ist, wie ich gehört hab'. Gladys ist das egal. Schätze, sie hat Angst, daß wir rumhocken und über unsere alte Junkiezeit reden könnten. Damit könnt's wieder anfangen, fürchtet sie wohl. Machen Sie sich also nichts draus. Sie meint's gut.«

Gold trank einen Schluck Kaffee. »Wie geht's damit, Red?«

»*Damit?* Großartig, Lieutenant, einfach großartig. Am neunzehnten Dezember bin ich zehn Jahre clean. Das wird gefeiert! Mit Eiscreme, Kuchen und Plätzchen. Gladys rührt seit dreizehn Jahren keinen Shit mehr an.«

Das find' ich riesig, Red. Ich hab' schon immer gewußt, daß Sie's schaffen könnten.«

Red grinste. »Yeah, das haben Sie wohl. Sogar früher als ich.«

Er hüstelte und zog seinen Stuhl etwas näher an den Tisch heran.

»Wissen Sie, Lieutenant, ich hab' mich eigentlich nie richtig bei Ihnen bedankt. Daß Sie vor dem Bewährungsausschuß so für mich eingetreten sind.«

Gold winkte ab. »Ach, das war doch nichts.«

»Nein«, widersprach Red, »das hat mir verdammt viel geholfen. Auf Ihre Empfehlung hin bin ich zur Bewährung entlassen worden. Sonst hat sich kein Mensch für mich eingesetzt. Bloß Sie. Damit haben Sie 'n gutes Werk getan – 'ne richtige *Mizwa*.«

Gold zuckte mit den Schultern. »Ich hab' geahnt, daß Sie eines Tages zur Vernunft kommen und die Finger von dem Zeug lassen würden.« Er schlürfte einen weiteren Schluck Kaffee. »Außerdem bin ich stolz auf Sie gewesen.«

»Stolz?«

Beide Männer lachten.

»Warum stolz?«

»Das weiß ich selbst nicht. Vielleicht weil Sie der beste Klavierspieler gewesen sind, den ich je gehört hab'. Vielleicht weil Sie ein harter Brocken gewesen sind und dichtgehalten haben. Ein richtig zäher Junkiejude, der keinen seiner Freunde verpfiffen hat.«

Sie lachten erneut.

»Vielleicht auch bloß, weil Sie 'n Jude sind.«

Sie schwiegen eine Weile freundschaftlich verlegen. Gold zupfte am Rand des Styroporbechers herum.

Red kratzte sich geistesabwesend am Unterarm. »Wissen Sie, ich überleg' mir manchmal, wie lange ich gesessen hab', bloß weil ich dichtgehalten hab'. Dabei hätt' ich 'n paar Cats verpfeifen und den Gerichtssaal mit 'ner Bewährungsstrafe verlassen können. Ich denk' mir: Okay, du bist 'n richtig loyales Arschloch gewesen und hast bis zu deinem Fünfunddreißigsten schon neuneinhalb Jahre in gestreifter Kluft verbracht. Aber ich würd's wieder so machen, glaub' ich. So kann ich mir morgens beim Rasieren wenigstens in die Augen sehen.«

»Sie haben das Richtige getan.«

»Keine Frage.«

Drei schwarze Jugendliche kamen lachend und herumalbernd von der Pier herein. Red ging hinter die Theke und verkaufte ihnen Limonade und Kartoffelchips. Als sie hinausgehen wollten, erkannte einer der Kids Gold.

»Hey, Sie sind im Fernseh'n gewesen.«

Gold nickte.

»Sie sin' der Cop, der hinter dem Crosskillertyp her is'.«

»Richtig.«

»Was mach'n Sie mit ihm, wenn Sie 'n erwischen?«

Gold grinste. »Dann blas' ich das Arschloch um.«

»Ge-*nau!*« sagte der Jugendliche und reckte seinen Daumen hoch. »Blasen Sie das Arschloch um!«

Die drei liefen lachend hinaus.

Red kam an den Tisch zurück. »Das hatte ich ganz vergessen, Lieutenant. Wie kommen die Ermittlungen voran?«

Gold hob abwehrend die Hände. »Tun Sie mir 'nen Gefallen, Red. Fragen Sie nicht danach.«

Red nickte. Er deutete auf Golds leeren Styroporbecher. »Noch 'n Kaffee?«

Gold schüttelte den Kopf und zog einen Flachmann aus der hinteren Hosentasche. Er goß sich drei Finger hoch Scotch ein und bot die Flasche dann Red an, der jedoch ablehnte.

Gold ließ die Flasche auf dem Tisch stehen. »Spielen Sie irgendwo, Red?«

Der andere lehnte sich in seinen Stuhl zurück. »Nein, damit hab' ich aufgehört, als ich von der Nadel losgekommen bin. Im Homeward House ist mir davon abgeraten worden. Hat alles zusammengehört – Jazz spielen und Smack spritzen –, ist alles Teil meines früheren Lebensstils gewesen! Scheiße, beides hat seit meinem Sechzehnten zusammengehört. Im Homeward House haben sie gesagt, ich müßt' mit allem aufhören, alles hinter mir lassen. Oder ich würd' daran eingehen. Und wissen Sie, was? Diese Cats haben recht gehabt. Hundertprozentig!«

Gold schenkte sich Scotch nach. »Trotzdem ist's schade, daß Sie mit dem Spielen aufhören mußten. Ich hab' Sie immer am liebsten gehört, wenn Sie ausnahmsweise mal clean gewesen sind.«

Red lächelte grimmig. »Yeah, allen hat meine Musik besser gefallen, wenn ich straight gewesen bin. Bloß mir nicht. Sie hat mich kaltgelassen.«

Gold grunzte verständnisvoll.

»Das ist der wahre Grund, weshalb ich aufgehört hab'. Ohne Heroin ist mir nichts mehr gut, nichts mehr richtig vorgekommen. Sie wissen, was ich meine?«

»So ziemlich.«

Die beiden Männer saßen eine Zeitlang schweigend da und dachten an die Vergangenheit.

»Sie sind der beste Bebop-Pianist gewesen, den ich je gehört hab' – schwarz oder weiß, Junkie oder nicht«, sagte Gold schließlich. »Der allerbeste Pianist! Red Greenberg ist einsame Spitze gewesen.«

Red nickte dankend.

»Und ich hab' sie alle gehört: Garland, Powell, Tyner, alle. Sie sind der Beste gewesen. Ich weiß noch, wie ich Sie eines Nachts am Sunset gehört hab', als Sie mit Mint Julep dort gewesen sind. In dieser Nacht sind Sie der Allerbeste gewesen. Besser hat man gar nicht spielen können.«

Auf der Pier nahm der vorbeiziehende Fußgängerstrom allmählich ab. Einige Besitzer kleiner Läden machten zu, ließen die Rolläden herab und schalteten das Licht aus. Eine aufgekommene leichte Brise verstärkte den irgendwie nostalgischen Meeresgeruch.

»Gladys und ich, wir gehen jeden Sonntag in Compton in die Kirche. Der Reverend ist ständig hinter mir her, daß ich für den Chor spielen soll, aber ich hab' keine Lust. Ich lehn's immer wieder ab.«

»Sie sind Christ geworden?«

»Nö, nicht richtig. Gladys hat's damit, wissen Sie. Gladys ist 'ne echte Christin. Ich geh' bloß mit, damit sie Gesellschaft hat. Der Reverend *liebt* mich. Wenn ich aufkreuze, ist er im siebten Himmel. Dann hat er 'nen Jazzer, 'nen Juden und 'nen Junkie – alle drei in Person eines kleinen Weißen. Da fühlt er sich wie der große Erlöser oder so was.«

Gold paffte seine Zigarre und starrte durch den Eingang auf die inzwischen dunkle Pier hinaus.

»Früher hab' ich immer geglaubt, ich würd' im Alter fromm werden«, meinte er nachdenklich. »In eine Synagoge eintreten und so weiter. Jetzt bin ich älter und merke, daß das 'n Irrtum gewesen ist.«

»Ich weiß gar nicht mehr, wann ich zum letztenmal in der Synagoge gewesen bin. Bei der Beerdigung meines Alten, glaub' ich.«

»Ich bin erst letzte Woche bei 'ner Bar-Mizwa gewesen.«

»Verwandter?«

»Der Sohn meiner Exfrau.«

Red, der ihn beobachtet hatte, sah rasch weg. »Oh?«

Als Gold zugeknöpft blieb, herrschte für lange Augenblicke verlegenes Schweigen. Draußen spielte irgend jemand seltsamerweise eine Aufnahme mit Jerry Vale.

»Erinnern Sie sich ...«, begann Red zögernd, »erinnern Sie sich noch an die Sängerin ... Sie wissen schon, die in der Wohnung gestorben ist, in der Sie gewesen sind?«

»Als Sängerin hat Sie nicht viel getaugt«, sagte Gold ausdruckslos.

»Als ich neulich im Radio Jazz gehört hab' – Gladys mag's nicht mal, wenn ich *das* tue –, haben sie den Song gesendet, den wir damals mit Mint Julep aufgenommen haben. Sie wissen, welchen ich meine? ›Blue Angel‹. Den Song, den 'Lip für sie geschrieben hat. Erinnern Sie sich an den?«

Gold nickte wortlos.

»Er hat mich an alte Zeiten erinnert. Wissen Sie, Lieutenant, ich will nicht unverschämt sein, aber als damals dieser Scheiß passiert ist, haben viele der Cats geglaubt, Sie hätten die Kleine umgelegt. Bloß ich hab' diese Story nie geglaubt. Ich hab's besser gewußt. Ich hab' gewußt, daß Sie dieses Mädchen geliebt haben. Sie hätten ihr nie was antun können.«

Gold schenkte sich einen weiteren Drink ein.

»Das ist echt 'ne schöne Ballade gewesen – der ›Blue Angel‹«, sagte Red.

Gold fuhr mit einem Finger über den Rand des Styroporbechers. Red kratzte sich gewohnheitsmäßig am Arm.

Gladys kam aus der Küche. Ihre schwarzen Augen funkelten Gold aufgebracht an.

»Mann, wir müßten *längst* schließen. Und Ihre Schnapsflasche könnt' uns die Lizenz kosten.«

»Ich bin ein Cop, Gladys. Machen Sie sich deswegen keine Sorgen.«

Sie murmelte einen Fluch und ging in die Küche zurück.

»Machen Sie sich nichts draus, Lieutenant. Sie paßt bloß auf mich auf. Damit erreicht sie, daß alles funktioniert.«

»Ich muß sowieso weiter.« Er stand auf. »Sagen Sie, Red, wie spät ist's eigentlich?«

Reds verwirrter Blick streifte Golds Armbahnduhr.

»Keine Ahnung, Lieutenant.«

Gold sah auf seine Uhr. »Genau Mitternacht.«

Red äußerte sich nicht dazu.

»Jesus, Red. Unser kleiner *Schmooz* hat über drei Stunden gedauert.«

Red starrte Gold lange an. Dann nickte er. »Stimmt genau, Lieutenant. Sie sind um...«

»Ich bin um zwanzig Uhr fünfundvierzig reingekommen.«

»Richtig – Punkt Viertel vor neun.«

»Woher wissen Sie das? Sie tragen keine Uhr.

»Gladys trägt eine.«

»Weiß sie noch, wann ich reingekommen bin?«

»Ich werd' sie daran erinnern.«

»Kommt ihr das auch *kosher* vor?«

Red nickte erneut. »Manchmal vergißt sie, was alte Freunde für uns getan haben. Ich werd' sie daran erinnern. An alles.«

»Wahrscheinlich fragt kein Mensch jemals danach.«

»Spielt keine Rolle. Mir hat unser dreistündiger *Shmooz* Spaß gemacht.«

Gold sah zu den Schildern an den Wänden des winzigen Lokals hinüber. »Vielleicht eß ich beim nächstenmal was.«

»Auf Kosten des Hauses, Lieutenant. Probieren Sie unsere Schweinerippchen. Genau wie Ihre Mammy sie gemacht hat.«

Sie lachten beide.

»*Shalom*, Red.«

»*Shalom*, Lieutenant. Passen Sie gut auf sich auf. Dieser Crosskiller ist 'n übler Bursche.«

Draußen auf der Pier war die Nacht schwül und windstill. Das Meer lappte gegen die Duckdalben wie ein Hund, der sich eine Wunde leckt. Am Ende der Pier trat Gold in eine offene Telefonzelle und rief im Parker Center an. Er ließ sich mit Dolly Madison verbinden.

»Gibt's was Neues?« fragte Gold.

»Bisher ist alles ruhig. Drücken Sie uns die Daumen. Sind Sie daheim?«

»Nein. Ich hab' nicht schlafen können. Unglaublich, was? In meinem Kopf ist alles durcheinandergeschwirrt. Ich hab's schließlich nicht mehr ausgehalten und bin an den Strand gefahren. Ich bin erst rumgelaufen und dann auf der Pier bei 'nem alten Bekannten gewesen. Wir haben stundenlang miteinander gequatscht. Jetzt geht's mir wieder besser.«

»Wahrscheinlich die einzig richtige Medizin«, sagte Madison mitfühlend. Gold hörte ihm an, wie dankbar er dafür war, daß er sich ihm anvertraute. »Macht den Kopf wieder frei von Spinnweben.«

»Genau!«

»Trotzdem sollten Sie versuchen, etwas Schlaf zu kriegen.«

»Ich fahr' jetzt sofort nach Hause.«

»Ich hab' nämlich hier wirklich alles unter Kontrolle.«

»Davon bin ich überzeugt, Captain«, bestätigte Gold ernsthaft. »Ich habe volles Vertrauen zu Ihnen.«

Gold *hörte* geradezu, wie Dolly am anderen Ende strahlte. »Aber rufen Sie mich sofort an, falls was passieren sollte, Captain.«

Gold fuhr langsam auf dem Freeway nach Osten. Er hatte es jetzt nicht mehr eilig, stand nicht mehr unter Druck. Da die Klimaanlage des Fords endgültig den Geist aufgegeben hatte und heiße Luft in den Wagen blies, kurbelte Gold alle Scheiben herunter und genoß den lauen Fahrtwind.

In seinem Apartment machte Gold eine neue Flasche Johnnie Walker Black auf. Er nahm ein volles Glas mit, ließ sich mit untergeschlagenen Beinen auf dem abgetretenen Teppich nieder und suchte den Plattenstapel im untersten Fach des Bücherregals durch. Schon nach wenigen Minuten hatte er die gesuchte Schallplatte gefunden: Mint Juleps fünfzehn Jahre altes Album mit dem Titel *'Lip in Love*. Das Coverfoto zeigte eine vollbusige Blondine, aber Gold wußte, wem dieses Album gewidmet war, für wen 'Lip gespielt hatte.

Er legte die Platte vorsichtig auf und spielte die erste Nummer – ›Blue Angel‹. Sofort füllte Jacksons klagend kehliges Tenorsaxophon den Raum: süß und sexy, männlich und zärtlich, alt und müde wie die Zivilisation selbst. Älter. Gold ließ sich in den abgewetzten Sessel fallen und trank seinen Scotch mit kleinen Schlucken.

Mint Julep spielte.

Und Gold erinnerte sich.

Der Tag, an dem Angelique starb, war ein Regentag – ein düsterer, regnerischer Dezembersonntag. Es regnete seit einer Woche. Dies war eine der einwöchigen Sintfluten, die einmal im Jahr über L. A. niedergingen. Manchmal auch nur alle drei Jahre. In Malibu wurden Landsitze, die Millionen Dollar gekostet hatten, unterspült und rutschten von den Klippen in den Pazifik. Vor den Eingängen exklusiver Geschäfte am Wilshire Boulevard errichteten Wartungstrupps Sandsacksperren.

Als Gold an diesem regnerischen Sonntagmorgen vor fast vierzehn Jahren aufwachte, hatte er als erstes das Gefühl, in einer feuchtwarmen Trommel zu stecken, auf der jemand leicht mit den Fingerspitzen trommelte. Dann begriff er, daß der Regen ans Schlafzimmerfenster prasselte. Als nächstes merkte er an diesem verregneten Sonntagmorgen im Dezember vor fast vierzehn Jahren, daß er einen riesigen Steifen hatte. Und daß jemand daran lutschte.

Er blickte an sich herab in Evelyns schelmisch blinzelnde Augen. Sie hätte ihn angelächelt, aber ihr Mund war damit beschäftigt, an seinem glänzenden Schwanz auf und ab zu gleiten. Schließlich ließ sie ihre kreisförmig gespannten Lippen qualvoll langsam nach oben über seine geschwollene Eichel rutschen und flüsterte heiser: »Guten Morgen, Jack.« Dann lachte sie ein unbekümmertes, mädchenhaftes Lachen, packte sein Glied, hielt es aufrecht und setzte sich darauf. Ihre Muschi war naß und willig wie eine alles verschlingende Wunde. Sie bewegte die Hüften und schob ihr Becken vor, während sie wieder und wieder herabklatschte. Als er fast augenblicklich kam, lachte sie erneut. Sie behielt ihn in sich und streckte sich genüßlich auf ihm aus.

Sie war schwerer als früher. Die Jahre hatten Po und Hüften in die Breite gehen lassen. Von ihren Mund- und Augenwinkeln strahlten Lachfältchen aus.

Wann hatten sie zuletzt gebumst? Vor einer Woche? Vor einem

Monat? Vor einem halben Jahr? Gold konnte sich nicht daran erinnern. Aber er wußte, daß Evelyn seit kurzem an einem Workshop für Selbsterkenntnis/Selbstfindung teilnahm – wieder neue Ausgaben! –, der bei allen ihren Freunden im Immobiliengeschäft groß in Mode war. Evelyn hatte es sich offenbar zur Aufgabe gemacht, ihre im Sterben liegende Ehe zu retten, und Gold wußte, daß dies nur der Anfang war. Er kannte Evelyn und ihre Art, das Leben zu bewältigen.

Sie blieb lange auf ihm liegen, schlang ihm die Arme um den Hals, knabberte an seinem Ohr und kicherte selbstzufrieden. »Ich liebe dich, Jack«, murmelte sie.

Nach einiger Zeit hörten sie die siebenjährige Wendy im Kinderzimmer gegenüber mit ihren Puppen reden und standen auf.

Während Gold im Kamin Feuer machte und Wendy im Wohnzimmer die Comics vorlas – *Auf mich kannst du dich verlassen, Charlie Brown!* –, machte Evelyn ihnen vor sich hinsummend ihr üppigstes Sonntagsfrühstück: *Lox* und Eier, getoastete Bagels mit Rahmkäse, Marmelade und Kaffee. Sie frühstückten im Eßzimmer mit seinen Lamellenschranktüren, während Regen an die Fenster klatschte und Donner – Donner in L. A.! – übers Dach rollte. Wendy plapperte über ihre Rolle im Weihnachtsumzug der Schule. Wenn Gold von seinem Teller aufsah, begegnete er jedesmal Evelyns glänzendem Blick voller Liebe und Hoffnung. Gold schluckte sein Essen hinunter und erwiderte ihr Lächeln.

Nach dem Frühstück packte Evelyn Wendy wetterfest ein: roter Jumpsuit, hohe Gummistiefel, roter Plastikregenmantel. Die Kleine war vor Freude kaum zu bändigen. Sie sollte ihre Tante Carol und ihren neuen Mann – den dritten, den Südafrikaner – und seine beiden kleinen Töchter besuchen.

Als Wendy noch einmal in ihr Zimmer lief, um ein vergessenes Brettspiel zu holen, trat Evelyn ans Sofa, auf dem er saß, und umarmte ihn.

»Ich setze Wendy nur ab und komme gleich zurück. Dann haben wir den ganzen Tag für uns.«

Gold lächelte und tätschelte ihren Arm.

Wendy kam mit der Schachtel ins Wohnzimmer zurückgestiefelt. Evelyn zog die Kapuze des Regenmantels ihrer Tochter hoch und schlüpfte in ihren eigenen Mantel. Dann patschten die beiden Golden Girls durch den Vorgarten zu Evelyns Wagen hinaus. Gold beobachtete, wie der Olds mit eingeschalteten Scheibenwischern rückwärts aus der Einfahrt fuhr. Evelyn hupte kurz, und Wendy, deren Gesicht unter der roten Kapuze strahlte, winkte ihm zum Abschied zu.

Gold hielt bereits den Hörer in der Hand. Während er beobachtete, wie der Olds den Block entlang außer Sicht kam, meldete Angelique sich. Ihre Stimme klang gepreßt, weit entfernt. Wie fühlte sie sich? Okay. War ihr schlecht? Nein, jetzt nicht. Sie hatte sich morgens ihren Muntermacher gespritzt, aber sie würde bald neuen Stoff brauchen. Er konnte nicht weg. Warum? Er konnte einfach nicht. Aber sie brauchte ihn. Er sie auch? Sogar sehr. Er mußte kommen. Warum? Wußte er das nicht? Er wollte es von ihr hören. Sie brauchte ihn – er sollte sie umarmen, sie bumsen, vögeln, ficken. Sie brauchte ihren Daddy, brauchte ihr Daddy sie denn nicht? Doch, doch, sehr! Liebte er sie denn nicht? Oh, mehr, als er sagen konnte. Dann sollte er schnell, ganz schnell kommen. Er sollte sich bitte beeilen.

Unter der magnetischen Banane an der Kühlschranktür hinterließ Gold eine gekritzelte Mitteilung:

Ev,
tut mir echt leid, aber der Captain hat angerufen, daß eine große Sache bevorsteht. Ich muß unbedingt hin, aber ich komme so schnell wie möglich zurück. Ich mach's wieder gut, darauf kannst Du Dich verlassen.

Ich liebe Dich,
J.

Es goß in Strömen. Nässe und Kälte hatten die Junkies in die Häuser getrieben. Gold parkte vor einem baufälligen weißen Holzhaus, dessen verwilderter Vorgarten mit buntem Plastikspielzeug übersät war. Er drückte auf die Hupe. Sekunden später kam ein großer Mann, der eine Arbeitsjacke der U.S. Army trug, zum Auto herausgerannt und stieg auf der Beifahrerseite ein. Von seinem Afrohaarschnitt perlten Regentropfen. Sein Teint war hellbraun über kalkweißem Untergrund – wie sauer gewordene Sahne in einer Kaffeetasse. Er roch ungewaschen.

»Was hast du für mich?« fragte Gold ihn.

Der Veteran schüttelte den Kopf. »Nirgends läuft was. Alles verdammt ruhig. Für jeden Scheiß zu kalt, Mann.«

Gold nickte wortlos. Er hielt ihm einen zusammengefalteten Geldschein so hin, daß die Fünfzig zu sehen war. Der Veteran griff ebenso wortlos nach dem Geld und ließ drei kleine Drogenbriefchen in Golds Handfläche fallen.

»Bis zum nächstenmal«, sagte Gold, und der Veteran stieg aus und rannte ins Haus zurück.

Gold fuhr zum Wilshire District weiter. Es regnete, als ob es nie mehr aufhören wollte. Straßen und Kreuzungen wurden überschwemmt, und Autos standen bis zu den Stoßstangen im Wasser. Gold fuhr dreimal um den Block, bevor er zwei Straßen von ihrem Apartment entfernt einen Parkplatz fand.

Bevor er die Wohnungstür aufsperren konnte, wurde sie von innen geöffnet. Angelique stieß einen leisen Schrei aus und lachte dann. Da er keinen Mantel trug, war er naß bis auf die Haut. Sie ergriff noch immer lachend seine Hand und zog ihn hinter sich her ins Bad.

Sie knöpfte seine klatschnasse Wolljacke auf und legte sie über den Rand der auf Löwenpranken stehenden Badewanne. Sie streifte ihm das Hemd ab und hängte es an die Tür. Dann folgten seine Schuhe und die Socken, die Hose und seine Unterwäsche. Den Revolver aus seinem Hosenbund, seine Geldbörse, loses Kleingeld, seine Schlüssel und die drei Drogenbriefchen legte sie auf den Spülkasten. Danach frottierte sie Gold mit dem großen Badetuch trocken, das von der Gasheizung angewärmt worden war, und lachte und scherzte dabei mit ihm.

Als erstes trocknete Angelique ihm die Haare, dann seine Schultern und die behaarte Brust, danach seine Geschlechtsteile und die Hinterbacken. Zuletzt kniete sie vor ihm auf dem Boden und rieb seine Beine und Füße trocken. Als sie wieder aufstand, löste er den Gürtel ihres Bademantels und zog sie an sich. Sie drängte sich gegen ihn, und sie küßten sich leidenschaftlich. Er stöhnte, aber sie schob ihn sanft von sich weg.

»Noch nicht«, sagte sie. »Laß mich erst klarkommen, Daddy.«

Sie nahm ein kleines schwarzes chinesisches Lackkästchen aus dem Spiegelschrank, setzte sich auf den Rand der Badewanne und stellte das Kästchen auf den Toilettentisch. Es enthielt ihren Kit: eine Plastikspritze, ein elegantes goldenes Feuerzeug, einen großen Wattebausch und einen alten silbernen Kinderlöffel. Angelique legte die schlanke, bedrohlich wirkende Spritze auf den Toilettentisch und sah dann zu Gold auf, der ihr eines der flachen Drogenbriefchen gab.

Angelique faltete das Papier vorsichtig auseinander, öffnete es wie eine aufblühende Blume und legte das Briefchen mit dem weißen Pulver auf den Toilettentisch. Mit flinken braunen Fingern nahm sie den kleinen Löffel aus dem chinesischen Lackkästchen, hielt ihn unter den Wasserhahn und ließ ganz wenig Wasser auf das angelaufene Silber tropfen. Dann hielt sie die Flamme des Feuerzeugs unter den Löffel. In einer halben Minute war das Wasser heiß, und sie kippte behutsam das Heroin hinein. Es löste sich auf, als ihre Hand den Löffel sanft kreisend bewegte. Sie legte den Löffel auf den Toilettentisch und griff nach der Spritze.

Draußen, jenseits der Milchglasscheibe des kleinen Badezimmerfensters, zuckten Blitze; das Prasseln des Regens auf dem Hausdach wurde stärker.

Angelique drückte einen kleinen Wattebausch zu einer harten Kugel zusammen. Sie spießte die Kugel mit der Injektionsnadel auf, tauchte sie in die milchige Flüssigkeit, zog den Kolben zurück und saugte so den Fix auf. Als der Löffel leer und die Spritze zu zwei Dritteln gefüllt war, sah sie wieder zu Gold auf. Er griff nach seiner aufgehängten Hose und zog mit einem kräftigen Ruck den Gürtel heraus. Angelique stand auf und ließ ihren Bademantel von den Schultern gleiten. Jetzt war sie nackt wie er. Und schön, so wunderschön.

Sie ließ ihren Bademantel liegen, kam auf Gold zu, der auf dem geschlossenen WC-Deckel saß, drehte sich um und setzte sich auf seinen Schoß. Sie hob den angewinkelten linken Arm hoch, und Gold griff um ihren Körper herum und schlang seinen Gürtel um den Arm. Er zog ihn straff an. Das Leder schnitt ins Fleisch ein und ließ die Unterarmadern deutlich hervortreten. Angelique kicherte und fuhr sich rasch mit der Zungenspitze über die Lippen. Sie griff nach der Spritze, richtete sie gegen sich und stach die Nadel in ihren Arm. Die Haut wurde eingedrückt und schnellte dann zurück, als die Nadel in die Vene glitt. Sie zog den Kolben ganz zurück, und das untere Drittel der Spritze füllte sich mit dunkelrotem Blut. Angelique kicherte erneut und injizierte sich langsam das Heroin.

»Ooooohhhhh, Daddy. Ohhh, süßer Daddy.«

Mit der Nadel noch im Arm schloß sie die Augen und lehnte sich gegen ihn zurück. Sie fühlte sich geschmeidig, schlaff und entspannt wie eine sich an seinem Bein reibende Katze an. Er spürte, wie ihre Atmung langsamer wurde und ihre Pulsfrequenz ins euphorische Gleiten eines Junkies abfiel.

Gold beobachtete im Spiegel über dem Toilettentisch, wie sie an seine Brust gelehnt schlief. Das durch ihren Körper kreisende Rauschgift schien ihre honigfarbene Haut erglühen zu lassen. Nach einiger Zeit griff er um sie herum und zog ihr die Nadel aus dem Arm. Angelique fuhr sich im Schlaf mit der Zungenspitze über die Lippen, und ihr Mund blieb danach offen.

So schlief sie über eine Stunde lang.

Als sie high und glücklich aufwachte, wollte sie ihn. Sie liebten sich ohne Hast gleich dort im Bad und beobachteten im Spiegel, wie sein blasser, narbenbedeckter Körper in ihren glatten braunen eindrang.

Später kochten sie – beide in übergoße Badetücher gewickelt, Billie Holiday auf dem Plattenspieler – zum Mittagessen Shrimp Creole mit Reis, während draußen der Sturm tobte. Sie aßen lachend und sich neckend im Bett. Dann stellten sie die Teller auf den Fußboden und liebten sich noch einmal.

Danach sah Gold zu, wie Angelique vor dem großen, runden antiken Spiegel sitzend ihr langes rabenschwarzes Haar mit ihrer rosa Bürste pflegte. Sie lächelte seinem Spiegelbild in dem an einigen Stellen blinden Glas zu, während sie die Borsten mit langsamen, methodischen Junkiestrichen durchs Haar zog. Gold beobachtete sie vom Bett aus, rauchte eine frische Zigarre, nahm zwischendurch einen Schluck von seinem Drink und überlegte sich, daß er Evelyn anrufen müßte, um weitere Ausreden vorzubringen. Statt dessen schlief er ein, während es draußen dunkel wurde.

Als er aufwachte, war Angelique nicht im Schlafzimmer. Er fand sie fixend im Bad.

Er geriet in Wut, als habe er sie mit einem anderen Liebhaber ertappt. Er beschimpfte sie als Diebin, als schwarze Junkieschlampe. Er warf ihr vor, ihn nur als Heroinlieferanten zu benutzen. Nein, nein, beteuerte sie undeutlich sprechend und mit Tränen in den Augen, deren Lider schwer waren, sie liebte ihn. Sie liebte ihn! Aber er ließ sie soviel allein. Sie haßte es, allein zu sein. Warum ließ er sie soviel allein. Warum blieb er nicht hier bei ihr? Für immer?

Ihre Bitten brachten ihn nur noch mehr auf. Er versetzte einem Tischchen einen Tritt, ließ eine Lampe zu Boden krachen. Blöde Junkieschlampe! Er hatte eine Familie, wann begriff sie das endlich? Eine Frau und eine Tochter! *Eine gottverdammte Familie!* Genau! rief sie aus. Und sie habe doch nur ihn. Nein, brüllte er, sie habe ihr Scheißheroin. Sie würde clean werden, schluchzte sie. Das wollte sie.

Für ihn. Nur für ihn. Dann würde er bei ihr bleiben. Jede Nacht. Dann würde *sie* seine Familie sein. Und sie würden hier miteinander leben. Sie sei eine dämliche Junkieschlampe. Begriff sie denn *überhaupt nichts?* Wie oft müßte er's ihr noch sagen? Er könnte seine Frau, seine Tochter niemals verlassen. Nicht wegen irgendeiner drogensüchtigen, halbschwarzen kleinen Hure, die in Watts wie eine billige Flasche Ripple herumgereicht worden war.

Sie stolperte kreischend durch die Wohnung. »Laß mich in Ruhe! Laß mich in Ruhe!« Scheiße, wenn sie's unbedingt wollte. Er riß die Wohnungstür auf; draußen tobte noch immer der Sturm. Er stand dumm in der offenen Tür. Scheiße, wenn sie's unbedingt wollte! Er sei ein brutaler Dreckskerl, schluchzte sie. Brutaler weißer Drecksjude. Jüdischer Schwanzlutscher! Er schlug sie ins Gesicht, daß ihr Kopf zurückflog. Sie hielt sich die Backe und fiel rückwärts über einen Tisch. »Itzig! Itzig!« kreischte sie ihn an. »Mr. Whitey! Mr. Eisberg! Mit einem *Stein* in der Brust!« »Schwarze Schlampe!« Er würde sie umbringen! »Schwarze Schlampe!« »Nur zu! *Nur zu*!« Das wollte sie sowieso – sterben, *sterben!* Sie würde sich noch mit dem Stoff umbringen. Er sollte sich zum Teufel scheren!

Sie zerkratzte ihm den Arm mit ihren Fingernägeln. Er würde sie umbringen! Er würde sie umbringen! »Dann tu's doch! Tu's doch! *Tu's doch!*« Er legte ihr die Hände um den Hals und begann, sie zu würgen. »*Tu's doch*!« krächzte sie. Ohne ihn wollte sie nicht weiterleben. Tränen liefen ihr übers Gesicht und tropften auf seine Hände an ihrer Kehle herab, während sie schluchzte: »Oh, Jack, oh, Jack, ohjackohjackohjack . . .«

Er nahm sie auf die Arme und trug sie zum Sofa. Er legte sich neben sie, und sie rollte sich unter seinem Arm zusammen und schluchzte weiter.

»Jetzt ist's wieder gut. Jetzt ist's wieder gut«, tröstete er sie, während er ihre Schulter streichelte. Es tat ihm leid. Es tat ihm so leid.

»Oh, Jack. Oh, Jack. Oh, Jack«, stieß sie zwischen Schluchzern hervor. Sie brauchte ihn so sehr. Sie habe solche Angst. Solche Angst.

»Angst wovor?«

Angst vor allem. Angst davor, krank zu werden. Angst davor, im Dunkel allein aufzuwachen. Angst davor, daß er sie nicht mehr liebt . . .

Natürlich liebte er sie, wie konnte sie nur solchen ...

... Angst davor, daß er eines Tages fortgehen und nie wiederkommen würde. Einfach zur Tür rausgehen und ...

... immer zurückkommen würde. Sie wußte doch, daß er ohne sie nicht ...

... wußte nicht, was sie täte, wenn sie ihn nicht mehr haben könnte.

Er küßte die salzigen Tränen von ihren Wangen, von ihren Lippen.

»Oh, Baby. Mein schönes Baby.«

»Oh, Jack. Fick mich. Fick mich!«

Gold wälzte sich über sie und drang in sie ein, und sie reckte ihm die Hüften entgegen und stöhnte, und ihre Tränen flossen weiter, während sie sich unter ihm bewegte.

Danach schliefen sie dort auf dem Sofa mit ineinander verschlungenen Armen und Beinen ein. Er schlief fest. Er schlief viel zu lange.

Gold träumte, er verfolgte einen Täter durch eine endlose, alptraumhafte Gasse, die eine ständige Kurve bildete, so daß der Flüchtende stets knapp außer Sicht und nur an seinem langen Schatten auf der gekrümmten Wand erkennbar war. Dann wurde die Kurve zu einem Kreis, und der Täter war plötzlich als Verfolger hinter ihm, und *er* war der Täter. Und dann verwandelte der Kreis sich in ein Labyrinth, in dem sich hundegroße Ratten drängten, deren Augen in der Dunkelheit rot leuchteten wie der Totenkopfring, den er sich als Junge gewünscht hatte, und sein Vater hatte ihm das Geld, das man dafür einschicken mußte, aus der Kleingeldbüchse unter seiner Nähmaschine gegeben, und dann war sein Vater gestorben, und die Würmer hatten ihn gefressen.

Gold schrak auf dem Sofa hoch und setzte sich auf. Er hatte ein Gänsehaut. Der Raum war leer und eiskalt.

Wo war Angelique?

Er griff nach seinem noch in der Nähe stehenden Drink und kippte ihn. Der Alkohol brannte, ohne zu wärmen.

Als er mit weichen Knien ins Bad wankte, merkte er, wie betrunken er war. Er lehnte sich an die Wand hinter der Kloschüssel und entleerte seine Blase. In seinem Urin schwamm ein zusammengeknülltes Drogenbriefchen. Sie hatte sich auch das restliche Heroin gespritzt.

Zum Teufel, er mußte hier raus! Er mußte heim, er mußte hier raus, verdammt noch mal!

Plötzlich hörte er Angelique im Schlafzimmer lachen – ein fernes, unnatürliches Geräusch –, dann sprach sie halblaut und monoton weiter.

Sie war am Telefon. Scheiße, mit wem telefonierte sie?

Gold schüttelte sich trocken, raffte Geldbörse, Schlüssel und Revolver an sich, die Angelique auf den Spülkasten gelegt hatte, als sie ihn ausgezogen hatte, und wankte über den kalten Fußboden ins Schlafzimmer.

Angelique saß auf der Bettkante und sprach eindringlich in ihr himmelblaues Princess-Telefon. Gold ließ Geldbörse, Schlüssel und Revolver neben sie aufs Bett fallen, riß die Tür des Einbaukleiderschranks auf und suchte im Halbdunkel nach den sauberen Sachen, die er dort aufbewahrte. Dann machte er eine Pause und drehte sich nach ihr um. Sie blickte auf. Ihre Augen hatten schwere Lider und wirkten verträumt. Sie lächelte ihn an.

»Ich hab's ihr erzählt«, sagte sie undeutlich, ohne den Hörer vom Ohr zu nehmen.

»Was?«

»Ich hab's ihr gesagt«, wiederholte sie lächelnd. »Jetzt brauchst du nicht mehr heim. Ich hab's ihr gesagt.«

Gold kam langsam auf's Bett zu.

»Wem?«

»Ihr!« bekräftigte sie und hielt ihm den Hörer hin. »*Ihr!* Ich hab's ihr gesagt, und jetzt brauchst du nicht mehr heim.«

Jähes Begreifen durchzuckte Gold, und er hatte plötzlich das Gefühl, unter Wasser zu sein, und seine Gliedmaßen waren lahm und schwer, und seine Lunge drohte zu platzen, während er sich an die Oberfläche zurückkämpfte.

»Was hast du getan?« fragte er leise, obwohl er sich davor fürchtete, die Wahrheit zu erfahren. »Was hast du getan?«

Sie stand träge vom Bett auf und stolperte auf Gold zu – noch immer mit dem Telefonhörer in der Hand.

»Alles okay, Daddy. Ich hab' ihr gesagt, wie sehr du mich liebst, wie sehr wir uns lieben, wie sehr...«

Er legte seine ganze Kraft in einen wütenden Handrückenschlag, der ihr Gesicht traf. Angelique fiel mit einem Aufschrei aufs Bett und hielt sich das Gesicht. Im rechten Mundwinkel hatte sie Blut.

»Du Scheißkerl!« kreischte sie. »Du hast mir weh getan! *Du hast mir weh getan!*«

Er wollte sie wieder schlagen. Er wollte sie zerschmettern, sie vernichten, sie verschwinden lassen.

»Du Scheißkerl!« kreischte Angelique, die jetzt mit Blut am Mund auf dem Bett kniete.

»Was hast du getan?« brüllte er sie an.

»Ich hab's ihr gesagt! Ich hab's ihr gesagt!« kreischte sie. »Ich hab' ihr gesagt, wie sehr du mich liebst. Wie verdammt scharf du auf mich bist. Ich hab' ihr gesagt, daß sie 'ne dicke fette Judenkuh mit 'ner eimergroßen Fotze ist!«

»Halts Maul!« brüllte Gold, der über ihr aufragte, sie an. Sie wich vor ihm über das breite Bett zurück, und die Telefonschnur, die sich in der Bettdecke verfangen hatte, zog den zu Boden gefallenen Hörer wie eine sich windende Schlange über den Teppich.

»Ich hab' ihr gesagt, daß du sie nicht mehr willst – daß du nur auf mich scharf bist. Ich hab' ihr gesagt, daß ihre Fotze stinkt, daß ich ihren Gestank immer von dir abwasche, wenn du zu mir kommst ...«

»Halts Maul!«

»... gesagt, daß du mich liebst, daß du sie nicht liebst, sie nie geliebt hast, bloß mich, sag's ihr, Jack, sag ihr, daß du mich liebst, daß du ...«

»Halts Maul!« Er trat näher an sie heran und hob wieder die Hand. Er starrte ihren blutigen Mund an: Angeliques Mund, der nicht stillstehen wollte, der nicht schweigen wollte, der seine Welt in Trümmer legte.

»... sag ihr, daß du sie nicht mehr brauchst, nur mich, mich, *mich*!« schluchzte sie wütend, während sie sich in die Bettdecke hüllte und das Telefon dabei wieder ein Stück über den Fußboden schleppte.

»*Halts Maul!*«

»Los, sag ihr, daß du außer mir niemand mehr brauchst – nicht sie, diese große, fette Judenfotze, oder ihren fetten Balg ...«

Wendy?

»... diese große, fette Judenfotze ...«

»*Halts Maul!*« Er schlug wieder zu und tat sich an ihrem Backenknochen weh. »Du sollst endlich dein Maul halten!«

Als sie langsam wieder hochkam, hielt sie mit zitternden Händen seinen Revolver umklammert.

»Du Scheißkerl! Dafür bring' ich dich um! Ich bring' dich um!«

»Was hast du getan?« donnerte er auf sie herab.

»Ich bring' dich um!«

»Das hast du schon!«

»Du Scheißkerl! Du Scheißkerl!« Sie zielte mit dem Revolver auf sein Herz.

»Tu's doch!« rief er. »*Tu's doch!*«

»Jack, du liebst mich nicht!« schluchzte sie plötzlich.

»*Tu's doch*, du Junkieschlampe!« schrie er.

»Ich liebe *dich*, Jack!« rief sie aus, setzte seinen Police Special an die Schläfe und drückte ab. Der Schuß warf ihren Kopf gegen die Schulter, und sie sackte leblos zusammen. Der Schußknall hallte wie eine Atombombendetonation durchs Schlafzimmer und zerstörte sein Leben, seine Welt, sein Universum.

Sie lag nach hinten gesunken auf der blauen Tagesdecke, und das Blut war ihr übers Gesicht den Hals hinab und über ihre kleinen Brüste gelaufen.

»Angelique«, flüsterte er. »Angelique.«

Gold setzte sich auf die Bettkante. Ihre Augen waren tot. Aber nicht junkietot. Todtot. Tiertot. Glasig und blicklos. Für immer.

»Baby«, sagte er leise, fast fragend. »Baby?«

Er zitterte unkontrollierbar, als er ihr den Revolver aus den kraftlosen Fingern nahm und auf den Nachttisch legte. Er hielt ihre Hand in seiner, als wolle er sich dadurch beruhigen, sich selbst trösten.

»Baby? Baby?«

Irgendwo in seinem Kopf kreischte ein Irrer in einer abgesperrten Zelle, aber er beschloß, ihn nicht zu hören.

»Angelique?«

Er schob eine Hand unter ihre Schultern und hob den Oberkörper von der blauen Tagesdecke. Angeliques Kopf fiel nach vorn, so daß die von dem Revolver Kaliber 38 stammende klaffende Ausschußwunde am Hinterkopf zu sehen war. Warmes Blut quoll in breitem Schwall heraus und lief über Golds Hände und seinen nackten Bauch, als er sie an seine Brust drückte.

»Natürlich liebe ich dich«, sagte er. »Natürlich liebe ich dich. Natürlich liebe ich dich.«

Gold drückte sie zärtlich an sich und schwankte auf dem blutgetränkten Bett leicht vor und zurück. Er wußte, daß er etwas Verrücktes tat und folglich verrückt *war*, aber das kümmerte ihn nicht.

»Ich liebe dich, Angelique. Ich werde dich immer lieben. Nur dich, Baby. Immer nur dich.«

Er hielt sie an sich gedrückt und wiegte sie in seinen Armen, wie er es sonst bei seiner Tochter tat, wenn sie sich weh getan hatte, und erzählte ihr, wie sehr er sie liebte, wie sehr er sie brauchte; er flehte sie an, ihn nicht zu verlassen, weil er niemals eine Frau so lieben könne wie sie und nicht wisse, was er ohne sie tun solle, was er ohne sie tun solle, was er ohne sie tun solle...

Und er hörte ein Weinen – ein leises, fast unwirkliches Weinen – wie das Schluchzen des Stimmapparats in einer von Wendys Sprechpuppen und erkannte dann, daß es aus dem himmelblauen Princess-Telefon kam, das wie eine Kobra zusammengeringelt am Fußende des Betts lag.

In diesem Augenblick wußte Gold, daß nichts mehr so wie früher sein würde.

An die verbleibenden Stunden dieser Nacht konnte er sich nur noch bruchstückhaft erinnern.

Er wußte nicht mehr, wann er das Department angerufen hatte, aber er mußte es irgendwann getan haben – oder ein Nachbar mußte die Polizei verständigt haben –, denn sie drängten sich plötzlich in dem unaufgeräumten Apartment, sprachen betroffen flüsternd miteinander und musterten ihn mit raschen Blicken, wenn sie glaubten, er sehe gerade nicht zu ihnen hinüber.

Er konnte sich nicht daran erinnern, sich angezogen zu haben, aber er mußte irgendwann in dieser Höllennacht soweit zur Besinnung gekommen sein, daß er in seine Sachen geschlüpft war. Oder vielleicht hatten die Kollegen ihn angezogen. Gold wußte es nicht.

Ebenso unklar war ihm, was aus Angeliques Kit – ihrem Fixerbesteck – geworden war. Er sah ihn nie wieder, und keiner der anderen erwähnte ihn, aber er hatte keine klare Vorstellung davon, wohin das schwarze Lackkästchen verschwunden, was damit passiert war.

Oder wann er sich Angeliques Blut von den Händen gewaschen hatte. Gold wußte noch, daß er sich danach wochenlang fast stündlich die Hände geschrubbt hatte, als könne er so die Erinnerung, das *Brennen* ihres heißen Bluts von seinen Händen abwaschen, aber er wußte nicht, wann er's wirklich getan hatte. Die Erinnerung daran war verlorengegangen. Für immer verloren. Wie Angelique.

Woran er sich erinnern konnte – die erste Szene, die deutlich vor seinem inneren Auge stand –, waren zwei Männer, die den Reißverschluß des Leichensacks, der Angelique enthielt, mit dem Geräusch eines Haut aufschlitzenden Messers zuzogen und den Sack dann zum Kleinbus des Leichenbeschauers hinaustrugen. Als sie die Wohnungstür öffneten, trieb der Wind Regen herein; folglich mußte der Sturm noch immer toben. Nachdem sie Angelique fortgeschafft hatten, erschien Gold ihre Wohnung leer, obwohl sich dort Cops drängten. Der Mittelpunkt fehlte. Das Apartment erschien ihm plötzlich klein und billig und schmuddelig. Fremd. Keine Umgebung, in der er hätte sein wollen.

Als Gold hinausgehen, ihr folgen wollte, legte ein Kriminalbeamter ihm freundschaftlich die Hand auf die Schulter. »Willst du dich nicht hinsetzen, Jack?«

Gold starrte ihn verständnislos an.

»Setz dich, Jack. Alles ist okay.«

Gold setzte sich und starrte seine Hände an. Jemand, der ihn kannte, brachte ihm eine Zigarre, aber er ließ sie ausgehen und vergaß, sie wieder anzuzünden.

Lange Zeit später führte ein weiterer Cop ihn nach hinten in die Küche. Dort erwartete ihn Alan Huntz, der damals die Abteilung Internal Affairs leitete. Über Chauffeursdienste für den Chief war Alan längst hinaus. Er war durchnäßt und wütend.

»Verdammt noch mal, wie ein besoffenes Subjekt, wie Sie jemals zur Polizei kommen und es sogar zum Lieutenant bringen konnten, ist mir wirklich ein Rätsel!«

Gold blinzelte ihn an und versuchte zu begreifen, was der Mann sagte.

»Unser Mr. Held! Unser Mr. Cowboy-Cop!« fauchte der andere höhnisch. »Unser Mr. Unerschrocken. Sie behaupten, es sei ein Selbstmord gewesen, und wir werden behaupten, es sei ein Selbstmord gewesen, aber Sie haben dieses Mädchen erschossen und gehen straffrei aus. Sie kommen als Mörder ungestraft davon, und ich möchte am liebsten kotzen!«

Gold mühte sich ab, ihn zu verstehen. Der in seinem Kopf eingesperrte Irre tobte weiter, so daß er nur Bruchstücke erfaßte.

»... Ihre blutigen Fingerabdrücke überall auf der Tatwaffe ... die Nachbarn haben Sie die ganze Nacht lang streiten gehört ... nackt und so voller Blut, daß ich mir nicht mal vorstellen möchte, was hier passiert sein muß ... Befehl von ganz oben, von Selbstmord zu sprechen ... Schutz des Departments ... Sie müßten zwanzig Jahre kriegen, auch wenn sie bloß 'ne Niggerfixerin gewesen ist ...«

Das zeigte Gold, daß irgendwas nicht in Ordnung war, daß er nicht im Vollbesitz seiner Kräfte war, denn sonst hätte er den Dreckskerl auf der Stelle umgebracht. Sein Zorn hätte ihn dazu gezwungen. Aber er war nicht imstande, Zorn zu empfinden. Nur tote Leere – wie die Ausschußwunde an Angeliques Hinterkopf.

Er wandte sich ab, ließ Huntz stehen und verließ die Küche, Huntz lief schreiend hinter ihm her.

»An Ihrer Stelle würd' ich mir 'nen anderen Beruf suchen! Bei der Polizei sind Sie erledigt, Mister! Wie viele Freunde Sie haben, ist mir scheißegal! Ich sorge dafür, daß Sie Ihr Leben lang nie mehr befördert werden! Niemals! Das können sie sich merken, Mister!«

Gold trat aus der Haustür in den Sturm hinaus. Keiner versuchte, ihn aufzuhalten. Der Regen klatschte ihm ins Gesicht und durchnäßte ihn sofort bis auf die Haut. Gold irrte eine halbe Stunde lang ziellos durch die Straßen, weil er vergessen hatte, wo sein Wagen stand. Als er endlich darauf stieß, fand er wie durch ein Wunder die Autoschlüssel in seiner Hosentasche.

Er fuhr stundenlang herum, ohne auf die Richtung zu achten. Da er seine Uhr verloren hatte, wußte er nicht, wie spät es war. Er wußte nur, daß es spät war, weil die Spirituosengeschäfte geschlossen hatten. Der Gedanke an einen Drink beherrschte ihn vollkommen. Gold merkte, daß er anfing, unlöschbaren Durst zu haben. Er hielt an einem Stop 'n' Go des Pacific Coast Highways in Malibu an, aber der Verkäufer weigerte sich, ihm eine Flasche zu verkaufen. Weiter nördlich war der Highway wegen mehrerer Erdrutsche gesperrt, und die CHP leitete den Verkehr auf die Gegenfahrbahn um. Schließlich parkte Gold in einem Palmenhain mit Blick aufs Meer. Der Regen trommelte aufs Autodach und lief in Strömen über die Windschutzscheibe. Gold merkte erst jetzt, daß er keine Waffe bei sich hatte.

Kurz nach Tagesanbruch hörte der Regen auf. Gold kurbelte sein beschlagenes Fenster herunter. Die Außenwelt war naß und grau – eine Geisterwelt aus Wolken und Fremden. Weit draußen auf See zog ein Öltanker über die Kimm wie ein Ziel in einer Schießbude.

Im Handschuhfach fand Gold eine alte Zigarre. Sie war ausgetrocknet. Er sehnte sich nach einem dreifachen Scotch. Als der zunehmende Verkehr auf dem Coast Highway ihm zeigte, wie spät es mittlerweile sein müßte, ließ er schließlich den Motor an und fuhr nach Hause.

Schon hundert Meter vor seiner Einfahrt fiel ihm auf, daß auf seinem nassen Rasen *Dinge* verstreut waren. Als er in die Einfahrt abbog, erkannte er, daß die Dinge seine Kleidungsstücke waren. Oder gewesen waren. Jetzt waren sie Lumpen – schmutzige, durchnäßte, zerfetzte Lumpen. Und seine Plattensammlung. Seine Jazzplatten. Teils unersetzlich, alle heißgeliebt – jetzt zerbrochen oder vom Regen gewellt, ihre zerrissenen Hüllen aufgeweichter Pappbrei.

Und er nahm unter dem Müll verstreut weitere kostbare Erinnerungsstücke wahr. Kleine Andenken und Ehrenurkunden, Fotos und Zeitungsausschnitte. Jetzt zerfetzt, zerrissen, zerschlagen. Haßerfüllt vernichtet.

Gold wollte aussteigen. Die Haustür wurde aufgerissen, und Evelyn stürzte heraus, daß ihr Morgenrock hinter ihr herflatterte.

»Du Scheißkerl!« kreischte sie, und als er in ihr Gesicht blickte, sah er, daß sie wie ein tollwütiger Hund die Zähne fletschte.

»Du Scheißkerl, hoffentlich ist sie's wert gewesen!«

Sie stürmte über den Rasen, kreischte und stolperte über zerrissene Kleidungsstücke. Ihre rechte Hand umklammerte ein Fleischbeil.

»Ich bring' dich um! Ich hab' keine Angst vor dir! Ich bring' dich um! Ich bring' dich um!«

Golds Welt geriet ins Trudeln. Sein Verstand war überlastet. Er war in einem endlosen Alptraum gefangen, und alle Gegebenheiten seines Lebens waren plötzlich für null und nichtig erklärt. Ersatzlos gestrichen. Aufgehoben. Wenn seine Frau imstande war, frühmorgens mit einem Fleischbeil in der Hand über den Rasen zu stürmen, um ihn zu ermorden, mußte dies der Jüngste Tag sein.

»Ich bring' dich um, du Scheißkerl!«

Gold war mit einem Satz wieder in seinem Auto und drückte den Verriegelungsknopf herab. Evelyn stürzte sich aufs Fenster und hackte gegen seinen Kopf hinter der Scheibe.

»Warum bist du zurückgekommen? Ich hab' dich gehört! Du wirst nie 'ne andere als sie lieben! Du hast immer sie haben wollen!«

Evelyn schwang erneut ihr Beil. Diesmal zersplitterte das Glas.

»Du Scheißkerl!«

Das hat *sie* mich auch genannt, dachte er.

»Du Scheißkerl, du hast ihr gesagt, daß du's haßt, wenn ich dich anfasse. Ich bring' dich um!«

»Bitte«, sagte Gold im Auto leise, ohne zu wissen, an wen er sich wandte. »Bitte.«

Evelyn schwang ihre Waffe und ließ sie gegen die Scheibe krachen.

Das Blatt des eigentlich für Lammkoteletts bestimmten Beils brach auseinander. Sie warf sich über die Motorhaube und trommelte mit beiden Fäusten gegen die Windschutzscheibe. Ihre Augen waren vom Weinen gerötet. Sie glänzten wie die einer Wahnsinnigen.

»Warum bist du hergekommen? Warum bist du hergekommen? Ich hab' dich gehört. Ich hab' dich gehört. Du hast gesagt, daß du sie liebst. Du liebst sie. Ich hab' dich gehört!«

Gold legte den Rückwärtsgang ein und versuchte auf die Straße hinauszufahren, aber Evelyn klammerte sich an die Seite des Wagens.

»Wohin willst du, wieder deine *Shvartzeh* besuchen? Deine *shvartzeh* Nutte? Was hast du ihr getan? Ich hab' dich gehört! Ich hab' dich gehört!« heulte Evelyn. »Sie hat gesagt, daß sie neunzehn ist!« kreischte sie, als sei das für sie das allergrößte Verbrechen.

»Neunzehn, du Scheißkerl!«

Gold erhaschte einen Blick auf Wendy – ein molliges kleines Mädchen in einem Teddyschlafanzug –, die ängstlich hinter der Haustür hervorlugte. Oh, lieber Gott, lieber Gott.

»Neunzehn! Neunzehn! *Neunzehn! Ich hab' dich gehöööööört!*«

Erst nach Tagen gelang es Gold, alles zu rekonstruieren. Nun erst sah er die Dinge klar. Während Gold auf dem Sofa geschlafen hatte, war Angelique ins Bad gegangen, hatte sich den Rest des Heroins gespritzt und sich dann – benommen und bösartig durch die Droge in ihren Adern – auf die Bettkante gesetzt, um seine Frau anzurufen. Woher und seit wann sie diese Nummer gehabt hatte, würde er nie erfahren. Während Evelyn wie eine Angeklagte, der das Todesurteil verlesen wird, entsetzt und fasziniert zugehört hatte, hatte Angelique ihr alles über Gold und sich erzählt. *Alles, einfach alles.*

Gold stemmte sich schwankend aus dem Sessel hoch. Die Flasche Johnnie Walker rollte über den Boden davon und zog eine Spur aus bernsteingelben Tropfen über den grünen Teppich. Mint Julep Jacksons Saxophon jaulte weiter. Der automatische Plattenspieler wiederholte die Schallplatte endlos. Draußen vor dem Wohnzimmerfenster war es noch immer tiefste Nacht. Gold schaffte es nicht, ins Bad zu kommen. Auf halbem Weg dorthin mußte er sich übergeben. Mit unter den Mund gehaltenen Händen stolperte er würgend ans Klo, kniete auf den Fliesen und erbrach einen Schwall bitterer, alkoholischer Flüssigkeit, der an der Kloschüssel herunterlief.

Als Gold ins Schlafzimmer gekommen war, hatte Angelique schon fast eine Stunde mit Evelyn telefoniert – »Mein Gott, Jack, eine *Stunde*!« hatte Carol ihn später aufgezogen. »Das muß echt 'ne heiße Affäre gewesen sein! Soviel zu erzählen!« Danach war Evelyn am Telefon geblieben und hatte alles mitbekommen, was noch passiert war. »Sag's mir, Jack. Ev hat nicht darüber reden wollen. Bist du im Zimmer gewesen, als die arme Kleine sich erschossen hat? Bist du dabei – gewesen? Was hat Ev gehört, Jack? Was hat sie *gehört?*«

Gold wusch sich das Gesicht und spülte sich den Mund aus. Er ging ins Wohnzimmer zurück. Die Leuchtziffern der Digitaluhr auf seinem Schreibtisch zeigten 4.32 Uhr an. Er hob die zu Boden gefallene Flasche Scotch auf, schenkte sich einen weiteren Drink ein, setzte sich an den Eßtisch und trank einen kleinen Schluck. Dann brach er plötzlich in Tränen aus. Er schlug die Hände vors Gesicht und schluchzte, bis sein in Wellen über ihn hinwegrollender Kummer nachließ. Danach wischte er sich mit den Fingerspitzen ruhig die Augen trocken und nahm einen weiteren Schluck Scotch.

Sein Blick fiel auf seine Dienstwaffe, die neben ihm auf dem Tisch lag. Nicht der Revolver Kaliber 38, der Angelique getötet hatte. Der war vernichtet worden – wie ein Hund, der einen Menschen getötet hatte. Gold griff nach der Waffe und steckte sich ihren Lauf in den Mund. Sollte er Schluß machen? Das Metall schmeckte bitter und fettig. Er drang kurz mit der Zungenspitze in den Revolverlauf ein. Wie er früher mit Angeliques Kitzler gespielt hatte. Er fragte sich, wieviel Kraft sein Finger am Abzug aufbringen mußte. Er fragte sich, ob er den Schußknall hören würde. Er fragte sich ...

Das Telefon klingelte. Das Geräusch schien aus weiter Ferne zu kommen. Aus einer anderen Welt.

Es klingelte wieder. Und wieder. Gold nahm den Revolver aus dem Mund und legte ihn auf den Tisch. Ein weiteres Klingeln. Gold nahm den Hörer ab.

»Jack? Jack?«

Gold fand seine Stimme nicht.

»Jack?«

»Ich ... ich bin hier, Dolly.«

»Sieht so aus, als hätten wir wieder einen, Jack.«

Sonntag, 12. August

5.06 Uhr Die Presse- und Fernsehleute wurden von Polizeibarrieren zurückgehalten. Als die Reporter Gold erkannten, trommelten sie auf seinen Wagen, verlangten Statements, forderten Informationen und schossen Blitzlichtaufnahmen. Die Cops ließen ihn rasch durch. Weitere Uniformierte, die alle fünfzehn Meter Stellung bezogen hatten, winkten ihn die Rampen herauf ins richtige Geschoß. Auf dem dritten Parkdeck waren über hundert Personen um den Rolls-Royce versammelt – um Wache zu halten, um Fotos zu machen, um Fingerabdrücke zu suchen. Im Gedränge traten sie sich gegenseitig auf die Füße.

»Jesus, Jack! Ich habe Sie heimgeschickt, damit Sie sich ein bißchen ausruhen. Und jetzt sehen Sie noch *schlechter* aus!«

Gold rang sich ein schwaches Lächeln ab. »Sie verstehen's wirklich, Komplimente zu machen, Dolly. Wen hat's diesmal erwischt?« Er nickte zu dem Corniche hinüber.

Madison sah sich nach dem Wagen um. »Sie werden's nicht glauben – Natty Saperstein.«

Gold stieß einen leisen Pfiff aus und riß die Augen auf. »Ohne Scheiß? Dann sitzen uns diesmal alle im Nacken. Die Juden, die Schwulen, die Anwälte. Und jede dieser Gruppen tut nichts lieber, als die Klappe aufzureißen.«

Sie gingen zu dem Rolls-Royce hinüber.

»Wann ist's passiert?«

»Die Leute des Leichenbeschauers vermuten, daß der Tod gestern abend zwischen zehn und elf Uhr eingetreten ist.«

»Und er ist erst jetzt gefunden worden?«

»Das liegt am Wochenende. Der Nachtwächter sagt, daß die Bude am Wochenende – entschuldigen Sie den Kalauer – still wie ein Leichenhaus ist. Und er bleibt unten im Kassenraum.«

»Wer hat ihn dann gefunden?«

»Ein Rechtsanwalt. Nachdem er sich die ganze Nacht mit seiner

Frau gestritten hatte, ist er wütend weggefahren, um auf der Couch in seinem Büro zu pennen. Er hat Sapersteins Wagen erkannt und ist neugierig geworden. Ich wette, daß er sich binnen vier Wochen neue Kanzleiräume sucht.«

Sie standen vor dem Wagen. Natty hockte noch immer zusammengesunken hinter dem Lenkrad.

»Warum haben sie ihn nicht rausgeholt?«

Madison zuckte mit den Schultern. »Keine Ahnung. Hey, Kazu, wann transportiert ihr die Leiche ab?«

Der Assistent des Leichenbeschauers sah kurz auf. »Gleich ist's soweit. Bloß noch 'n paar Aufnahmen.«

Klick. *Blitz!* Klick. *Blitz!*

»Okay, jetzt kann's losgehen.«

Die Leute des Coroners öffneten die Fahrertür. Nattys angetrocknetes Blut ließ sein Haar an der Scheibe kleben. Sie lösten es ab und hoben ihn aus dem Wagen. Die Leichenstarre setzte bereits ein. Sie verstauten ihn in einem Leichensack und legten ihn in ihren Transporter.

»Unser Junge scheint seinen Aktionsradius zu erweitern«, stellte Gold fest. »So weit westlich hat er noch nie gemordet.«

Madison schüttelte den Kopf. »Ehrlich gesagt, Jack, ich glaub' nicht, daß das unser Junge gewesen ist.«

Gold sah ihm ins Gesicht. »Worauf wollen Sie hinaus, Dolly?«

Madison machte eine Pause, während er beobachtete, wie die Spurensicherer den Rolls-Royce absuchten.

»Ich glaube, daß wir's mit einem Nachahmungstäter zu tun haben. Irgend jemand hat Saperstein liquidiert und will, daß wir glauben, unser Junge habe ihn ermordet. Ich glaube, daß hier ein Profikiller gearbeitet hat.«

Gold zog eine frische Zigarre aus der Tasche, befreite sie von ihrer Zellophanhülle, riß ein Streichholz an und zündete sie in aller Ruhe an.

»Wie kommen Sie darauf?«

Dolly trat näher und sprach im Verschwörerton.

»Jack, diese ganze Sache stinkt geradezu nach einem Mafiamord. Alles übrige – die Graffiti und so weiter – soll uns nur täuschen.«

Gold rollte seine Zigarre à la George Burns zwischen den Fingern.

»Mafia, sagen Sie?«

»Ein bestellter Mord, Jack. Für mich steht das außer Zweifel.«

»Ist das bloß 'ne Vermutung?«

Madison sah sich unauffällig um. »Erstens wird sich rausstellen, daß er mit 'nem Kaliber 22 erschossen worden ist – darauf würd' ich meine Plakette verwetten. Das ist die Waffe eines Profis, und sie hat keinerlei Ähnlichkeit mit denen, die der Crosskiller bisher benutzt hat. Und ... und ... hören Sie, Jack, wer wie ich mit dem Chief zusammenarbeitet, kriegt 'ne Menge Informationen mit, an die der normale Cop auf der Straße niemals rankommt.«

»Mmmh-hmmm.«

»Saperstein ist ein überaus wichtiger Informant gewesen. Für die Bundesbehörde für Drogenbekämpfung.«

Gold stieß eine Rauchfahne aus.

»Ohne Scheiß? Wie lange schon?«

»Ein paar Jahre. Er hat für beide Seiten gearbeitet. Er hat Dealern, die seine Mandanten gewesen sind, Schutz vor der Polizei verkauft und ist dann hingegangen und hat den *Federales* ihre Namen und Adressen genannt. Soviel ich weiß, ist er mit stillschweigender Duldung und unter dem Schutz staatlicher Stellen sogar selbst als Dealer aufgetreten.«

»Im Ernst?«

Der Transporter des Leichenbeschauers verließ das Parkdeck.

»So 'n Kerl, Jack, dessen Tage sind von vornherein gezählt. Die Leute stehen Schlange, um so 'n Kerl umzulegen. Hier ist ein Profi am Werk gewesen. Darauf würd' ich meine Plakette setzen!«

Gold holte mit dem Zeigefinger einen Tabakkrümel von seiner Zungenspitze. »Ich vermute, daß Sie recht haben.«

»Wirklich?« Madison war sichtlich zufrieden.

»Aber ich glaube, daß wir Ihre Theorie noch für uns behalten müssen. Zumindest vorläufig. Die Situation ist viel zu explosiv, als daß wir unbewiesene Theorien verbreiten dürften. Allein der Druck wegen einer weiteren Tat des Crosskillers wird schlimm genug werden. Wenn wir dann noch andeuten, das organisierte Verbrechen könnte beteiligt sein ... mein Gott, können Sie sich den Scheißesturm in den Medien vorstellen?«

Madison wirkte nachdenklich. »Vielleicht haben Sie recht, Jack.«

»Und falls sich später rausstellt, daß wir ein falsches Gerücht in die Welt gesetzt haben, dreht Huntz durch. Dann läßt er sich unsere Köpfe auf 'nem Tablett servieren. Sie wissen ja, wie sehr er Komplikationen haßt.«

Damit war die Sache entschieden.

»Ich glaube, daß wir die Möglichkeit einer Auftragsarbeit eines Profis nicht ignorieren sollten, Jack, aber vielleicht wär's besser, sie aus eigener Initiative zu verfolgen. Parallel zu den Hauptermittlungen.«

»Sie haben meine volle Unterstützung, Captain.«

»Das weiß ich zu schätzen, Jack.«

»Wir behalten's vorerst für uns.«

»Genau. «

Einer der Kriminalbeamten der Sonderkommission kam atemlos heran. »Captain Madison, ein paar Reporter sind über die Hintertreppe raufgekommen. Wir halten sie zurück, aber sie verlangen endlich Informationen.«

Madison lächelte zuversichtlich. Dies war ein Gebiet, auf dem er keinen Vergleich zu scheuen brauchte.

»Das übernehme ich, Jack, falls Sie nicht mit ihnen reden wollen.«

»Nein, danke. Sie haben weit mehr PR-Erfahrung als ich.«

Madisons zeigte ein stolzes Lächeln. »Kommen Sie, Detective«, forderte er den Kriminalbeamten auf, »wir wollen diesen Presseleuten ein Statement geben. Material für die Nachrichtensendung am Sonntagnachmittag.«

Dolly Madison marschierte mit dem Detective im Schlepptau entschlossen davon.

Gold kaute auf seiner Zigarre herum und sah zu, wie Cops in Arbeitsanzügen den beschlagnahmten Rolls-Royce an einen Abschleppwagen hängten. Die niedrige Geschoßhöhe machte ihnen Schwierigkeiten, und ihre Flüche hallten übers Parkdeck.

Ein offener roter Sportwagen raste mit quietschenden Reifen die Rampe herauf und auf Gold zu. Die Corvette kam erst dicht vor ihm zum Stehen.

»Hey, was gibt's Neues?« fragte Zamora. Er hatte nasses Haar, und sein Hemd war nicht zugeknöpft.

»Wieder ein Toter. Ich erzähl's dir unterwegs.« Gold deutete grinsend auf Zamoras nasses Haar. »Noch 'n Werbespot für Seife?«

»Nö, ich bin bloß nicht aus dem Bett gekommen. Meine Mutter hat mir schließlich 'nen halben Eimer kaltes Wasser über den Kopf schütten müssen.«

»Irischer Säufer! Für Whiskey verkauft ihr Christen eure Kinder.«

»Nö. Vielleicht für Tequila. Nie für Whiskey.«

Gold stieg rechts ein.

»Klasse! Ich fahr' mit Robert Redford zum Frühstück. Mit seinem kleinen Wagen, der so sexy ist. Und *er* zahlt.«

Zamora legte den Rückwärtsgang der Corvette ein und wendete schleudernd.

»Übrigens«, fragte Gold, »hast du die Rolle in dem Werbespot damals gekriegt?«

»Sparkle Scented Soap?« Zamora schaltete blitzschnell in den ersten Gang.

»Yeah.«

»Nö, die haben 'nen Juden genommen. Wahrscheinlich hat er dreckiger ausgesehen.«

Die Corvette hinterließ Reifenspuren, als Zamora schleudernd durchs dritte Parkdeck raste.

14.38 Uhr Clarke Johnson nahm seine Schultern zurück, holte tief Luft und klopfte energisch an den Rahmen der Gittertür. Hinter ihm rauschte der Sonntagsverkehr über den Crenshaw Boulevard,

Durch die Gittertür drangen die Stimmen von Trauergästen, höfliches Lachen, das rasch unterdrückt wurde, und das seltsam rattenähnliche Kratzen von Leuten, die von Papiertellern essen.

Eine große, dicke, silberhaarige Frau in einem knöchellangen Kleid kam an die Gittertür. Sie hielt sie mit einer Hand auf, während sie sich mit der anderen Hand mit einem Spitzentaschentuch den Schweiß von ihrem ebenholzschwarzen Gesicht wischte.

»Kommen Sie rein, Sohn. Nur raus aus dieser verdammten Hitze!« Sie hatte einen volltönenden Alt, eine Bühnenstimme.

Johnson zögerte auf der Schwelle.

»Also, rein oder raus, Boy? Die Fliegen kommen rein.«

Er zögerte noch immer.

»Ist Mrs. Phibbs da?«

»Natürlich ist sie da, Sohn. Aber wozu soll ich sie extra holen? Falls Sie ein Freund der Familie sind, sind Sie bei dieser Trauerfeier bestimmt willkommen.«

Clarke Johnson lächelte schwach. »Ich möchte trotzdem lieber erst mit Mrs. Phibbs sprechen.«

Die große Frau runzelte die Stirn und schloß die Gittertür. Kurze Zeit später erschien Mama Phibbs.

»Mr. Johnson. Bitte kommen Sie rein.«

Auch sie hielt ihm die Tür auf, aber Johnson trat noch immer nicht ein.

»Äh, Mrs. Phibbs, ich habe Esther gemeint. Als ich nach Mrs. Phibbs gefragt habe.«

»Esther ist in der Küche. Kommen Sie rein.«

Er setzte einen Fuß über die Schwelle, zögerte dann aber erneut.

»Mrs. Phibbs, vielleicht sollten sie erst mit Esther reden. Ich weiß nicht, ob ich hier willkommen bin.«

»Unsinn!« sagte sie und zog ihn sanft am Ärmel. »Natürlich sind Sie hier willkommen.«

In dem kleinen Wohnzimmer mit den frisch polierten Möbeln und dem frisch abgesaugten Teppichboden drängten sich die Trauergäste. Hauptsächlich Frauen in den Fünfzigern und Sechzigern – dicke, resolute Erscheinungen wie die eine, die an die Tür gekommen war, in dunklen, strengen, raschelnden Kleidern. Dazwischen einige Männer, die in ihren Sonntagsanzügen schwitzten. Einer von ihnen, ein kahlköpfiger Mann mit randloser John-Lennon-Brille, trug einen Priesterkragen. Auf einem der an die Wand gerückten Stühle saß eine junge Mexikanerin. Neben ihr stand ihre vierjährige Tochter, die sich mit großen Augen umsah. Auf zwei Kartentischen, die unter einer frischgebügelten Tischdecke verschwanden, war ein Buffet angerichtet. Aufschnitt, Weißbrot, Kohlsalat, gegrilltes Schweinefleisch mit Bohnen, Kartoffelsalat. Die Anwesenden hörten für einen Augenblick zu reden und zu essen auf, um den Neuankömmling zu begutachten. Dann machten sie weiter wie bisher.

»Mrs. Phibbs, ich möchte Ihnen nochmals mein aufrichtiges Beileid zum tragischen Tod Ihres Sohns aussprechen.«

Mama Phibbs seufzte und schnalzte dann leise mit der Zunge. »Ja, dies ist ein sehr trauriger Tag. Ich hab' mich immer davor gefürchtet, meinen Mann, Gott hab' ihn selig, zu überleben – und jetzt hab' ich meinen einzigen Sohn beerdigt. Das Leben ist voller bitterer Überraschungen, nicht wahr, Mr. Johnson?«

Johnson schwieg.

Sie führte ihn durchs Gedränge. Einige der Männer nickten ihm zu; die Frauen starrten ihn ungeniert neugierig an.

In der Küche saßen Esther und Little Bobby am Tisch und sahen zu, wie Bagheera auf der Tischplatte Katzenfutter Marke Feline Cuisine mit hohem Leberanteil aus der Büchse fraß. Esther erwiderte Clarke

Johnsons Blick sekundenlang; dann sah sie weg und griff nach einer Zigarette.

»Du hast dir schon eine angezündet, Mama«, stellte Little Bobby fest.

»Oh«, sagte Esther. Sie steckte die Zigarette in die Packung zurück und wich dabei weiter Johnsons Blick aus. Auf ihrem Kopf saß ein mit Haarnadeln befestigter schrecklicher Hut mit Schleier.

»Darf ich mich setzen?« fragte er sie.

Sie gab keine Antwort.

»Ist's nicht nett von Mr. Johnson, daß er gekommen ist, um sein Beileid auszudrücken?« fragte Mama Phibbs von der Küchentür aus.

Esther rauchte schweigend weiter.

»Darf ich mich setzen?« wiederholte er.

Esther streifte ihre Zigarette am Aschenbecher ab.

»Esther...«, begann Mama Phibbs einschmeichelnd.

Ihre Schwiegertochter unterbrach sie scharf. »Warum *setzt* der Mann sich nicht einfach, wenn er sich unbedingt hinsetzen will?«

Danach herrschte sekundenlang verlegenes Schweigen, bis Johnson einen Stuhl unter dem alten Küchentisch hervorzog und darauf Platz nahm. Bagheera sah von seinem Fressen auf, schleckte sich den Schnurrbart und starrte ihn mit großen Augen an.

Little Bobby streckte eine Hand aus, um den kleinen Kater zu streicheln. Bagheera machte vor Vergnügen einen Buckel.

»Draußen sind zu viele Leute. Vor denen hat er Angst gekriegt.«

Johnson nickte und zog seinen Stuhl näher an den Küchentisch heran. Bagheera steckte seinen Kopf wieder in die flache Dose.

»Aber du solltest dir nicht angewöhnen, ihn auf dem Tisch zu füttern. Sonst springt er rauf, wenn du nicht in der Nähe bist und leckt an der Butter.«

Little Bobby verzog das Gesicht. »Igitt! Täte er das wirklich?«

»Bestimmt.«

»Das glaube ich nicht. Mama, würde Bagheera das tun?«

Esther nahm einen letzten Zug von ihrer Zigarette. Danach drückte sie den Stummel mit langsamen Bewegungen im Aschenbecher aus.

»Das gehört nicht zu den Dingen, über die ich mir groß den Kopf zerbreche, Baby.« Sie blickte zu Johnson hinüber. »Und andere Leute sollten's auch nicht tun.«

Mama Phibbs, die noch an der Küchentür stand, räusperte sich.

»Ich muß mich um unsere Gäste kümmern.« Sie lächelte. »Die meisten kommen aus meiner Gemeinde. Ist's nicht nett, daß sie gekommen sind, um ihr Beileid auszusprechen?« Sie lächelte erneut, ohne wirklich eine Antwort zu erwarten. »Möchten Sie etwas essen, Mr. Johnson? Ich könnte Ihnen einen Teller herrichten.«

Er drehte sich nach der alten Lady um. »Nein, vielen Dank, Mrs. Phibbs. Ich habe schon gegessen.«

»Na gut. Little Bobby, du kannst mir helfen, für unsere Gäste zu sorgen.«

»Ooooh, Mama, muß ich?«

»Du sollst die Maulerei lassen, hab' ich dir gesagt. Wenn deine Großmutter möchte, daß du etwas tust, tust du's einfach. Ohne Widerrede. Du bist jetzt der Mann im Haus.«

Little Bobby stand langsam auf. Er hielt den Kopf gesenkt, während er zur Tür schlurfte. In seinem schwarzen Anzug mit Krawatte wirkte der kleine Junge eindrucksvoll und lächerlich zugleich.

»Komm schon, Boy«, drängte Mama Phibbs sanft. »Ein Mann zu sein, ist doch nicht *so* schlimm.«

»Bobby«, sagte Johnson, »die Dodgers haben ab dieser Woche mehrere Heimspiele. Gegen die Mets. Vielleicht könnten wir zu einem gehen.«

Der Junge strahlte begeistert. »Gegen die Mets? *Wow*! Darf ich, Mama?«

Sie zuckte mit den Schultern, ohne jemand anzusehen.

»Wir könnten alle gemeinsam hingehen«, schlug Johnson vor.

»Glauben Sie?« Der Junge sah von einem Erwachsenen zum anderen.

Als Esther keine Antwort gab, sagte Johnson: »Das wird schon klappen, Bobby, du wirst sehen.«

»Das wäre toll!«

Mama Phibbs griff nach der Hand ihres strahlenden Enkels. »Komm, Kind«, sagte die alte Lady halblaut und zog ihn aus der Küche.

»Aber nicht vergessen!« rief Little Bobby aus dem Gang.

»Versprochen!«

Sie saßen einige Zeit schweigend am Küchentisch und sahen zu, wie der kleine Kater seine Dose ganz ausleckte. Die Stimmen aus dem Wohnzimmer verschmolzen zu einem gleichmäßigen, betrübt klingenden Summen. Endlich hob er den Kopf und sah ihr ins Gesicht.

»Du hast hoffentlich nichts gegen meine Anwesenheit?«

Sie gab keine Antwort.

»Ich bin auf dem Friedhof gewesen. Ich habe mich bewußt zurückgehalten. Ich will mich nicht aufdrängen, wo ich nicht willkommen bin.«

Esther erwiderte seinen Blick, ohne jedoch zu sprechen.

»Der Tod deines Mannes tut mir aufrichtig leid. Ich möchte, daß du das weißt. Ich leide mit dir.«

Schweigen.

»Um Himmels willen, Esther, red endlich mit mir! Schick mich weg. Sag, daß ich bleiben soll. Aber *red mit mir.*«

Esther starrte ihn schweigend an. Dann stand sie auf und nahm zwei saubere Tassen von der Abtropffläche neben dem Ausguß.

»Kaffee?« fragte sie und griff nach der Glaskanne auf dem Herd.

»Danke, gern.« Er lächelte.

Nachdem sie den Kaffee eingegossen hatte, setzte sie sich wieder und griff nach der nächsten Zigarette.

»Du rauchst zuviel.«

Sie schüttelte den Kopf, während sie ein Streichholz anriß. »Heute ist nicht der richtige Tag«, sagte sie, »um ans Aufhören zu denken.«

»Wahrscheinlich nicht.« Er trank rasch einen Schluck Kaffee. Der kleine Kater begann sich zu putzen. Esther hob ihn mit einer Hand vom Tisch und ließ ihn sanft zu Boden fallen. Bagheera sah kläglich miauend zu ihr auf.

»Was hast du überhaupt noch hier zu suchen?« Esthers tief in ihren Höhlen liegende Augen funkelten ihn an.

Johnson war sekundenlang verwirrt.

»Ich versteh' nicht, was ...«

»Du hast erreicht, was du wolltest«, warf sie ihm aufgebracht vor. »Du hast gekriegt, was du wolltest. Warum läßt du mich jetzt nicht in Ruhe? Laß mich wenigstens mit meinem Kummer allein.«

Sie begann leise zu weinen.

»Warum machst du dich nicht an die Frau des nächsten Klienten ran? Das ist doch deine Masche, stimmt's? Warum haust du nicht einfach ab?«

Esther ließ den Kopf auf ihre auf dem Tisch liegenden Arme sinken. Ihre Schultern bebten. Johnson schien sie berühren zu wollen, beherrschte sich dann aber und zog seine Hand zurück. Der kleine Kater sprang wieder auf den Küchentisch, kauerte sich zusammen und beobachtete die Weinende. Nach endlos langen Minuten hob Esther seufzend den Kopf. Sie fuhr sich mit den Handrücken über die Augen und griff nach einer neuen Zigarette.

»Du rauchst noch immer zuviel«, sagte er und nahm ihr die Salem Light aus der Hand.

Sie wollte ihn lange nicht ansehen.

»Ich hab' dir doch gesagt«, murmelte sie schließlich und nahm sich die Zigarette wieder, »daß heute nicht der richtige Tag fürs Aufhören ist.« Sie lächelte schwach. »Gib 'nem Girl mal Feuer, ja?«

Er griff nach dem Zündholzbriefchen, riß ein Streichholz an und hielt es an ihre Zigarette. Esther nahm einen tiefen Zug und blies den Rauch gegen die Decke. Danach drückte sie die Zigarette aus.

Sie stand auf.

»Ich koche uns frischen Kaffee.«

19.00 Uhr Im Cedars-Sinai Hospital lag Herschel Guzman in Zimmer 415 – in einem privaten Eckzimmer am Ende eines langen Korridors und genau gegenüber dem Stationszimmer.

Eine Krankenschwester vertrat ihnen den Weg.

»Rauchverbot, Sir!« fauchte sie und starrte Golds Zigarre an.

Sie war schlank und blond und kühl und sprach mit deutlichem skandinavischem Akzent. Gold wollte eine Diskussion anfangen, als Zamora zwischen die beiden trat und sie mit seinem besten Redford-Lächeln bedachte. Sie schmolz dahin, klimperte mit den Wimpern und kicherte.

»Mach den Glimmstengel aus und geh rein«, forderte Zamora Gold aus dem Mundwinkel heraus auf, während er den knackigen Hintern der davongleitenden Blondine bewunderte. »Ich überwache inzwischen den Schwesternbereich. Genau wie Newman in *Fort Apache, the Bronx.*«

In Zimmer 415 herrschte kühles Halbdunkel. Herschel trug eine Sauerstoffmaske. Seine Frau Ruth saß neben ihm auf dem Bettrand. Um sein Bett herum saßen und standen mehrere Besucher. Gold erkannte Jackie Max. Die anderen bildeten sein Gefolge: ein paar Männer und Frauen, die seine Gags schrieben und eine vollbusige *Shiksa*, die er als seine Sekretärin ausgab.

»Jack.« Ruth stand auf. »Danke fürs Vorbeikommen.«

»Nichts zu danken. Wie geht's ihm? Wie sieht's aus, Herschel?«

Herschel, der mit aufgesetzter Sauerstoffmaske auf seiner Seite lag, reckte zittrig den rechten Daumen hoch und blinzelte Gold zu. Sein Teint war kreidebleich, und er schien mindestens zehn Kilo abgenommen zu haben, seitdem sie sich vor weniger als einer Woche zum letztenmal gesehen hatten.

»Er macht große Fortschritte«, antwortete Ruth für ihren Mann. »Heute morgen ist er aus der Intensivstation hierher verlegt worden. Er hat alle verblüfft, weil er sich so rasch erholt. Das liegt daran, daß er die Konstitution eines Wasserbüffels hat, hat Dr. Singh gesagt.«

»Dr. Singh«, warf Jackie Max ein. »Dr. *Singh*? Was für 'n jüdischer Name soll *das* sein?«

»Er ist Inder.«

»Ein Inder!« Jackie Max spielte den Empörten; seine Speichellekker kicherten wie auf Befehl. »Ein Swami-Inder? Ein Gandhi-Inder? Er ist kein Jude?«

»Äh, Boß ...« Einer der Gagschreiber mußte ein Lachen unterdrücken, während er seinem Arbeitgeber die Stichworte lieferte, »wenn er Singh heißt, ist er ein Sikh.«

»Sikh? Sie meinen einen der Windelköpfe, die man in Westwood in alle Kinos gehen sieht? Diese Leute, die ihre schmutzige Wäsche an ihrer Person tragen? *Diese* Leute? Und so was hast du als Arzt? Einen Schlangenbeschwörer? Hier im größten jüdischen Krankenhaus der Welt mit den besten, teuersten jüdischen Ärzten der Welt – hier hat Herschel der Jude einen Teppichhändler als Arzt?«

Alle lachten jetzt, und sogar Gold lächelte. Herschels Gestalt unter der Bettdecke zitterte vor Lachen.

»Jackie!« ermahnte Ruth ihn. »Du bist daran schuld, wenn Herschel seine Schläuche verliert!«

»*Oy!*« Max verdrehte die Augen nach oben. »Gott behüte, daß er seine Schläuche verliert!« Damit löste er neue Lachsalven aus.

»*Jackie! Bitte!*« protestierte Ruth.

Jackie Max wandte sich an Gold und streckte ihm die rechte Hand hin.

»Hallo. Ich bin Jackie Max«, stellte er sich mit gespielter Bescheidenheit vor, obwohl er genau wußte, daß Gold ihn erkannt hatte.

»Jack Gold.« Max gehörte zu den Leuten, die einem schmerzhaft aufrichtig die Hand quetschten. Er trug einen erstklassig geschnittenen Smoking mit Lackschuhen und hatte eine superflache Patek

Philippe am Handgelenk. Er zog sich immer wieder die Manschetten heraus und duftete nach schwerem Eau de Cologne.

»Ich weiß, wer Sie sind, Lieutenant. In ein paar Stunden stehen wir gemeinsam auf der Bühne.«

»Sie meinen die Wohltätigkeitsveranstaltung in der Hollywood Bowl? Tut mir leid, aber ich kann nicht kommen.«

»Oh? Das enttäuscht mich.« Man sah es ihm an. »Wirklich schade. Heute abend kommen alle. *Alle!*«

»Alle«, wiederholte einer seiner Jasager – in diesem Fall eine Jasagerin.

»Frank, Dean, Sammy, Milton, äh«, zählte Max auf, »Jerry, Robin, Richard, Warren ...«

»Barbra«, warf jemand ein.

»... Barbra, Liza, Diana, Burt, Clint. Scheiße, praktisch *jeder*! Ich kann nicht glauben, daß Sie das verpassen wollen.«

Gold zuckte mit den Schultern. »Dienst ist Dienst.«

»... Whoopie, Kenny, Eddie, Joan, Johnny ...«

Max schnalzte mit den Fingern, um seinen redseligen Gefolgsmann zum Schweigen zu bringen.

»Wissen Sie, daß der Oberbürgermeister kommt? Und der Chief of Police? Der Gouverneur wahrscheinlich auch.«

»Großartig«, sagte Gold ausdruckslos.

Max schüttelte den Kopf. »Was Sie vorhaben, muß verdammt wichtig sein, wenn Sie dafür diesen Abend verpassen.«

Gold lächelte eisig. »Ich bild's mir jedenfalls ein.«

Max fand ihr Gespräch plötzlich langweilig. Er zog erneut seine Manschetten nach vorn und warf einen Blick auf seine Armbanduhr.

»Tut mir leid, *Bubeleh*, ich muß gehen. Ich komme schon zu spät zur Maske. Die NBC zeichnet den Abend auf. Sie will ihn als Sondersendung bringen. Vielleicht in der Sweeps-Woche.«

Er beugte sich über das Bett und sprach fast schreiend in Herschels Ohr. »Heute abend treten wir für dich auf, *Bubeleh*. Alle für dich. Kapiert?«

Herschel nickte schwach.

»Ich will, daß du das weißt, Hersch. Ich liebe dich. Ich liebe dich, du alter Jude.« Als Jackie Max sich aufrichtete, hatte er feuchte Augen. Jemand aus seinem Gefolge bot ihm eilfertig ein Kleenex an, aber Max winkte ab. Er legte seinen Arm um Ruth Guzmans Schulter und zog sie von ihrem Stuhl hoch.

»Komm, bring mich zum Aufzug, Sweetheart, damit wir bereden können, wie wir das Geschäft wiedereröffnen wollen. Du und ich.«

Als alle gegangen waren, setzte Gold sich an Herschels Bett.

Herschel hatte die Augen geschlossen und schien zu dösen.

»Herschel«, sagte Gold leise.

Herschel öffnete die Augen. Er erkannte Gold und lächelte.

»Heute nacht, Herschel. Heute nacht schnappe ich das Arschloch.«

Herschels Augen wurden hart und schwarz.

»Ich steck' ihm meine Waffe in den *Tuchis* und schieß' ihm den Kopf 'runter.«

Herschel grunzte.

»Ich laß den Dreckskerl für alles *büßen*, Herschel.«

Herschel ballte seine Hand zur Faust und reckte den Daumen hoch.

21.16 Uhr

»Der Jude ist stets eine Krankheit, eine Infektion gewesen, die den Blutkreislauf der Zivilisation vergiftet hat. Ein unverdauliches Knochenstück, das der Christenheit im Hals steckengeblieben ist. So ist's immer gewesen; so wird's immer sein. Bis wir etwas dagegen unternehmen.«

Auf Metallklappstühlen auf dem Betonboden des verstaubten Bibelkunderaums der Blood of the Lamb Christian Church saßen etwa dreißig Zuhörer verteilt. Hinter dem kleinen Podium hing ein grell kitschiges, mit Tageslichtleuchtfarben auf Samt gemaltes Bild des leidenden Gekreuzigten.

Jesse Utter räusperte sich und fixierte seine Zuhörer mit wütendem Blick.

»Der Jude muß aus unserer Mitte verschwinden. Seine Anwesenheit ist Christen nicht zumutbar. Der Jude und seine bastardisierten Helfershelfer müssen dieses einst große Land aus ihrem Würgegriff entlassen.«

Utter und seine vier Leibwächter aus dem inneren Kreis, die vor ihm Wache hielten, trugen die neue kapuzenlose Uniform des Klans der achtziger Jahre: weißes Baumwollhemd und -hose (von einem Sympathisanten gekauft, der als Großhändler Pflegeheime belieferte); auf Hochglanz polierte Schaftstiefel, Leibgurt und Schulterriemen aus schwarzem Leder; über dem dritten Knopf ins Hemd gesteckte schwarze Krawatte. Und am linken Oberarm ihr Erkennungszeichen – die Silhouette Kaliforniens mit der Abkürzung KK und zwei Blitzen – und über dem Herzen eine winzige amerikanische Flagge.

»Vor ein paar Jahren sind sie rumgelaufen und haben bei kleinen weißen Schulkindern Pennys und Nickels zur Renovierung dieser gräßlichen sogenannten Freiheitsstatue drüben in Jew York City gesammelt. Die Lady im Hafen, so haben sie sie genannt. Ich nenne sie die Hure des Ostens. Bevor sie in Jew York Harbour abgeladen worden ist – als Geschenk französischer Juden, wie ich hinzufügen müßte –, ist dieses Land auf der rechten Bahn gewesen. Man könnte glauben, und Sie werden diese Ausdrucksweise in einem Gotteshaus entschuldigen, man könnte glauben, die Hure des Ostens habe sich hingelegt und für jeden dreckigen kleinen Ausländer, der rein wollte, die Beine breitgemacht.«

Einige aus seinem überwiegend grauhaarigen Publikum reagierten mit leisem Seufzen oder zustimmendem Nicken.

»Dieses Land ist von weißen, christlichen Nordeuropäern und ihren Nachkommen geschaffen worden und für sie bestimmt gewesen!« donnerte Utter. »Sie haben es entdeckt, den Wilden entrissen, es erobert und der Wildnis abgerungen. Und jetzt wollen die Juden, die Bürokraten und der von Kommunisten beherrschte Kongreß es verschenken. Den Gelben und den Schwarzen, den Braunen und den Roten. Leuten, die nicht an unseren Christus glauben, die nicht unser Englisch sprechen und die nichts von unserer Demokratie halten. *Nun, wir werden's ihnen aber nicht überlassen!*«

Dünner, schüchterner Beifall.

»Am liebsten möchte ich diese sogenannte Freiheitsstatue von ihrem Sockel stürzen. Einfach von ihrem Sockel in diesen verseuchten Jew York Harbour stürzen und in seinen schmutzigbraunen Fluten versinken lassen. Und an ihrer Stelle ein riesiges Tor mit einem großen Vorhängeschloß errichten und dann weitere Tore dieser Art in Miami, in Seattle, in New Orleans, in Chicago und vor allem hier in Los Angeles Harbour und oben in der San Francisco Bay aufstellen. Und an diese Tore würde ich schreiben: ›*Behaltet* eure Mühseligen und Beladenen, wir haben schon genug davon. *Behaltet* eure Kranken, eure Verbrecher, eure Schlitzäugigen, eure Schmierigen, eure Ungewaschenen, eure ...«

Ein Ziegelstein krachte durch eines der mit weißer Farbe zugestrichenen Fenster in der Rückwand des Raums und polterte sich überschlagend über den Betonboden. Sämtliche Anwesenden sprangen auf. Einige der älteren Leute drängten sich zusammen. Die Tür wurde aufgerissen, und ein Klansman in weißer Uniform stürmte herein und brüllte: »Die JAR greift an! Wir sind draußen überfallen worden! Ungefähr dreißig... *Uff!*«

Er klappte zusammen, als ein Baseballschläger von hinten seine Rippen traf, wand sich im Gang und hielt sich mit beiden Händen die Seiten. Jerry Kahn, den mehrere Widerständler in bedruckten blauen T-Shirts flankierten, stand mit dem Baseballschläger in beiden Händen über ihm.

»Raus mit dir, Jude!« kreischte Utter. »Dies ist ein Haus Christi!«

»Der Scheiß, den du predigst, klingt aber nicht gerade christlich.«

»Raus mit dir, sonst bringen wir dich um!«

In diesem Augenblick krachten ein Klansman und ein Widerständler, die um ein M-16 kämpften, durch eines der klirrend zersplitternden weißgestrichenen Fenster, daß die Klappstühle nach allen Richtungen flogen.

»Warum kommst du nicht und schmeißt uns raus, Nazi?« rief Kahn laut zum Podium hinauf.

»*Killt ihn! Killt ihn!*« kreischte Utter. Seine vier Leibwächter stürmten los. Kahn schwang seinen Baseballschläger und traf den ersten Klansman so im Gesicht, daß ihm das Blut aus der Nase spritzte. Dann fielen die anderen über ihn her, und er ging rückwärts zu Boden. Seine Widerständler stürzten sich ins Kampfgetümmel.

Draußen auf dem Rasen fiel ein Schuß. Dann noch einer.

Utter sprang vom Podium und rannte zu einem Nebenausgang. Vor ihm versuchte eine alte Frau, sich in Sicherheit zu bringen. Utter stieß sie beiseite, daß sie hinknallte, und stürmte ins Freie. Ein Plattenweg zwischen Kirche und Bibelschule führte zu dem winzigen Parkplatz hinter den Gebäuden. Utter saß bereits am Steuer seines Minipickups, als eine Hand ihn an der schwarzen Krawatte packte und aus dem Wagen riß.

»*Que pasa, mano?*« grinste Sean Zamora. »Wie geht's, Jesse?«

»Lassen Sie mich in Ruhe!« quietschte Utter. »Lassen Sie mich in Ruhe!«

Eine große Hand packte sein schütter werdendes schwarzes Haar, schleppte ihn zu einem anderen Wagen – einem verbeulten grünen Ford – und warf ihn dort bäuchlings auf die Motorhaube.

»Sie sind verhaftet«, knurrte Gold und tastete ihn flüchtig nach Waffen ab.

»Mit welcher Begründung?« fragte Utter über die Schulter hinweg. Der Lärm des keine hundert Meter von ihnen entfernt tobenden Kampfes hallte über die Kirchengebäude hinweg laut bis zu ihnen.

»Anstiftung zum Aufruhr. Hören Sie nicht, wie da gekämpft wird?«

»Aber meine Leute haben nicht angefangen!« protestierte Utter erregt.

»Verschwörung zur Anstiftung eines Aufruhrs, Störung der öffentlichen Ordnung...«

Ein weiterer Schuß.

»Flucht vom Tatort eines Verbrechens, Sachbeschädigung und einfach als allgemeines Oberarschloch.«

Utter feixte höhnisch. »Scheißjude!« sagte er laut.

Gold grinste nur. Er zog ein bedrucktes Stück Karton von der Größe einer Geschäftskarte aus seiner Brusttasche.

»Diese kommunistischen Itzigs drüben im ACLU sagen, daß ich Ihnen das vorlesen muß. Okay, jetzt geht's los: ›Sie haben das Recht, zu schweigen.‹«

Ohne den Blick von der Karte zu heben, traf Gold Utters Gesicht mit einer kurzen Geraden, die ihm zwei Schneidezähne ausschlug und Utter rücklings auf die Motorhaube des Fords krachen ließ.

»Sollten Sie auf dieses Recht verzichten...«

Gold rammte seinen Ellbogen in Utters ungeschützten Unterleib, und der andere rutschte langsam von der Motorhaube auf die Knie.

»...kann und wird alles, was Sie sagen, gegen Sie verwendet werden.« Gold steckte die Karte wieder ein, trat neben Utter, lehnte sich an den Ford und holte zu einem Ersatzkaratetritt aus, der den Mann an der Backe traf und mit dem Gesicht voraus auf den Asphalt warf.

»Sie haben das Recht, einen Anwalt zu verlangen...«, zitierte Gold weiter, während er Utter an den Armen packte und ihn hinten in den Ford zerrte. Zamora setzte sich ans Steuer.

»...und können verlangen, daß bei allen Verhören ein Anwalt anwesend ist.«

Gold zwängte sich über Utter hinweg auf den Rücksitz.

»Können Sie sich keinen Anwalt leisten...«

Gold betrachtete einen Fingerknöchel, den er sich an Utters Gesicht aufgeschürft hatte.

»...wird Ihnen einer zur Verfügung gestellt.«

Zehn Minuten später landete Utter, von Gold und Zamora halb getragen, halb geschleppt, vor der Theke des Wachhabenden im Zellenblock der Van Nuys Station. Utters ehemals weiße Klanuniform war vorne und hinten mit dem Blut befleckt, das ihm aus Mund, Nase und Ohren floß.

»Großer Gott!« rief der Desk Sergeant, eine zierliche Eurasierin, nach Luft schnappend aus. »Aus welchem Flugzeug ist dieser Typ gefallen?«

Sie stützten Utter gegen die Theke und machten sich daran, ihm die Fingerabdrücke abzunehmen.

»Ich will mich beschweren«, murmelte Utter durch seine fehlenden Vorderzähne.

»Halts Maul, Arschloch«, knurrte der Desk Sergeant ihn an, während sie seine Aufnahmeformulare ausfüllte. Sie wandte sich mit einem reizenden Lächeln an Gold. »Drüben in dieser Kirche ist ganz schön was los. Acht Streifenwagen, das Überfallkommando, vier Angeschossene und dreiunddreißig Festnahmen. In 'ner Viertelstunde stehen wir hier bis zum Hals in Arschlöchern.«

»Hat's Tote gegeben?«

»Ich will mich beschweren!« kreischte Utter, der sich mit beiden Händen das Kinn hielt.

»Nein, bloß 'ne Menge eingeschlagener Köpfe. Ein Kerl hat dem anderen das Ohrläppchen abgebissen.« Sie wandte sich an Zamora. »Sagen Sie, kenn' ich Sie nicht von irgendwoher?«

Zamora lächelte und trat etwas näher an die Theke heran. »Nun, ich bin Schauspieler. Vielleicht haben Sie mich in irgendeiner Fernsehserie gesehen. In der letzten Saison hab' ich eine Rolle in ›Simon and Simon‹ gehabt.«

»Auf geht's, Arschloch«, sagte Gold.

»Ich will meinen Anwalt anrufen!« protestierte Utter und spritzte dabei die Theke mit Blut voll.

»Sie spielen im Fernsehen?« Die schwarzen Augen des Desk Sergeants glitzerten.

»Bisher bloß in Gastrollen. Aber diesen Herbst hab' ich 'ne größere Rolle beim Film. Den drehen wir unten in Mexiko. Wird bestimmt lustig.«

»Kann ich mir vorstellen.«

»Ich hab' das Recht, einen Anwalt anzurufen!«

»Telefon ist kaputt.«

»*Das schtimmt nicht! Das schtimmt nicht!*«

Gold trat ans Wandtelefon, nahm den Hörer in beide Hände und ruckte kräftig daran.

»Jetzt ist's kaputt«, sagte er und warf den Hörer in den Papierkorb.

»Judenschwein!«

»Los jetzt!« Gold stieß Utter vor sich her in den Korridor, der nach hinten zu den Arrestzellen führte.

»Augenblick! Jetzt weiß ich, wo ich Sie gesehen hab'. In dieser Zeitschrift... oh, wie heißt sie gleich wieder?«

Zamora grinste schüchtern. »*Playgirl.*«

»Richtig! *Playgirl*! Sie sind der nackte Beamte. Alle Kolleginnen haben von Ihnen gesprochen. Sie haben klasse ausgesehen!«

Zamoras Lächeln wurde breiter, und er fuhr mit einer Fingerspitze den Rand des Diensttagebuchs entlang. »Danke, Sergeant.«

»Kim. Nennen Sie mich Kim.« Sie hatte weiße, sehr gleichmäßige Zähne. »Hören Sie, Sie müssen mir etwas verraten.«

»Ich kann mir denken, was Sie wissen wollten.«

»Wie hat Ihre Plakette an Ihrem, Sie wissen schon, wie hat sie dort gehalten? Das haben sich alle Kolleginnen gefragt. Wie ist das möglich, wenn man nichts anhat?«

»Zamora!« rief Gold. »Komm her und bring 'nen Schlagstock mit. Ich will diesem Arschloch den Schädel einschlagen!« Utter hatte sich am Drahtgitter der Stahltür festgekrallt und wollte nicht loslassen. Gold mühte sich vergeblich ab, ihn von dort wegzureißen.

»Lassen Sie mich in Ruhe!«

Zamora verließ seinen Platz neben der hübschen Eurasierin und näherte sich den miteinander Ringenden.

»Sie haben sie mit diesem durchsichtigen Theaterkleber angeklebt. Nach den Aufnahmen haben sie sie einfach wieder abgezogen.« Zamora stand breitbeinig da und legte sein ganzes Gewicht in einen Rundschlag, der Utters ungeschützten Nierenbereich traf. Der Klansman ließ die Tür mit einem Aufschrei los und griff nach hinten, als könne er dadurch die stechenden Schmerzen lindern, die seine untere Körperhälfte durchzuckten.

»Oh, das muß wirklich weh getan haben!« gurrte der Desk Sergeant.

»Nö.« Zamora drehte sich wieder nach ihr um. »Sie haben Alkohol genommen. Der Kleber löst sich auf, wenn er mit Alkohol in Berührung kommt. Das brennt nur ein bißchen.«

Der Desk Sergeant kicherte.

»Komm schon, Arschloch.« Gold packte Utter an seinem polierten schwarzen Schulterriemen und schleppte ihn hinter sich her den kurzen Zellenkorridor entlang. Utter klammerte sich immer wieder an den Gitterstäben fest, und Gold riß ihn immer wieder los. Zamora, der den beiden folgte, trat Utter dabei in den Hintern. Am Ende des Korridors bogen sie nach rechts ab, und Gold ließ den kleineren Mann vor einer langen Schiebetür mit Stahlgitterstäben zu Boden plumpsen.

»Wir sind da, Jesse. Hier ist das Affenhaus.«

Utter starrte ihn von unten herauf an. »Was?«

Gold lachte. »Bimbos, Jesse. Boogie-woogies. Dschungelhäschen. Nichtweiße. Sehen Sie?«

Er deutete in die langgestreckte düstere Zelle. Im Halbdunkel waren sechs oder sieben Schwarze zu erkennen, die auf einem als Sitzbank dienenden schmalen Betonsockel herumlungerten. Zwei von ihnen hockten mit bloßem Oberkörper da, die übrigen trugen schmuddelige, zerrissene T-Shirts oder Sweatshirts. In Golds Augen waren die »Häftlinge« genau das, was sie in Wirklichkeit waren – Mitglieder der Black Peace Officers' Association, die an diesem Sonntagabend außerplanmäßig zusammengekommen waren. In den Klamotten, in denen sie sonst zum Angeln fuhren. Aber er wußte, daß sie für Utter die Verkörperung seines wildesten Alptraums waren: Gewaltverbrecher aus dem Schwarzenghetto.

»Hey, ihr Nigger!« rief Gold in die Zelle. »Paßt mal auf, ihr Affen! Kennt wer von euch diesen Typen? Er ist der Grand Imperial Wizard des Kalifornia Klans – und er kommt jetzt zu euch rein, um euch in eure schwarzen Ärsche zu treten, kapiert? Er ist 'n ganz gefährlicher Klansman, das könnt ihr mir glauben!«

Die Schwarzen starrten mit finsteren Mienen durch die Gitterstäbe. Weißrollende Augäpfel leuchteten aus mürrischen Gesichtern.

»Dort können Sie mich nicht reinstecken«, flüsterte Utter.

»Klar kann ich das«, antwortete Gold unbekümmert.

»Bitte, stecken Sie mich nicht zu denen rein!«

»Sie wollen telefonieren, stimmt's? Nun, das hier ist die Arrestzelle für Arschlöcher, die telefonieren wollen.« Gold brüllte wieder durchs Stahlgitter. »Wartet ihr Nigger nicht alle drauf, mal telefonieren zu dürfen?«

»Leck uns am Arsch, Irenschwein!« knurrte Honeywell.

»Sehen Sie?« Gold grinste zu Utter hinab. »Lauter Nigger, die wegen Vergewaltigung gefaßt worden sind und jetzt drauf warten, mit ihren jüdischen Anwälten telefonieren zu dürfen.«

Einer der Schwarzen grinste Utter bedeutungsvoll an und drehte den rechten Arm nach außen, um ihm das kurze, gefährlich aussehende Messer zu zeigen, das er dort mit Klebeband befestigt hatte. Danach warf er Utter grinsend eine Kußhand zu.

»Er hat ein Messer!« japste Utter. »Ich hab's genau gesehen! Ganz genau!«

»Sie wollen Ihre Frau anrufen? Klar, okay. An Ihrer Stelle würd' ich mir den einen Anruf für meinen Anwalt aufheben, aber das ist Ihr Geld. Sergeant Yamaguchi!« rief Gold in den Korridor hinaus. »Arrestzelle zwo!«

Tief im Inneren des Zellenblocks wurde mit einem lauten *Klack!* eine Verriegelung gelöst, und die Schiebetür öffnete sich ruckend.

»Nein! Nein!« jammerte Utter und kroch auf allen vieren rückwärts. »Lassen Sie mich in Ruhe!«

»Auf geht's, Imperial Wizard!« Gold und Zamora packten ihn an den Schultern und rissen ihn hoch.

»Nein! Nein! Warten Sie doch!« Utter klammerte sich verzweifelt an die beiden. »Ich sage Ihnen das Kennzeichen, das Sie wollen.«

Gold schüttelte den Kopf. »Zu spät, mein Führer. Sie haben mich schon stinksauer gemacht.«

Gold nickte Zamora zu, und die beiden warfen Utter in die Zelle.

»Yamaguchi!« brüllte Gold, und die Schiebetür schloß sich scheppernd.

Utter sprang von dem Boden mit den Pissepfützen auf, warf sich gegen die Gitterstäbe und angelte nach Golds Arm.

»Um Himmels willen, lassen Sie mich nicht hier drin! *Lassen Sie mich nicht hier drin!«*

Die Schwarzen in der Zelle verließen ihre Plätze auf dem Betonsokkel, kamen langsam näher und umringten Utter. Der ängstliche, eingeschüchterte kleine Mann rutschte das Gitter hinab auf den kalten Boden und blieb schluchzend zusammengekrümmt vor ihren Füßen liegen.

»Nicht. Nicht. Nicht. Nicht«, flehte er leise wieder und wieder.

Gold lehnte sich ans Gitter, streifte die Zellophanhülle von einer Zigarre und zündete sie sich an. Danach ging er neben dem weinenden Utter in die Hocke und blies ihm Zigarrenrauch ins Gesicht.

»*Jetzt* können Sie mir das Kennzeichen sagen, Jesse.«

23.42 Uhr Esther steckte den Schlüssel ins Schloß und drehte ihn nach links. Sie stieß die Tür auf und hielt sie mit einem Fuß offen, während sie die große, runde Bohnermaschine hinter sich herzog. Lupe folgte ihr mit einem Arm voller Besen und Mops. Florencia bildete die Nachhut mit einer Holzkiste, die Putzmittel und Wachse, Putzlappen und Fensterputzmittel enthielt. An einem Schultergurt schleppte sie einen Radiorecorder mit.

»*Mierda!*« sagte Lupe, während sie den weitläufigen Eingangsbereich musterte. »Dieser Schuppen ist *groß*!«

»Yeah.« Esther schob die Bohnermaschine an die Wand neben der Tür. »Hier müssen wir uns den Arsch abarbeiten.«

Sie setzte sich auf den runden Wachsbehälter der Bohnermaschine und zündete sich eine Zigarette an. Lupe beobachtete sie aufmerksam. Esther hatte rote, geschwollene Augen und hockte zusammengesunken da.

»Es, *Hermana*, warum fährst du nicht heim? Ich und Florencia, wir machen diese große, alte Bude sauber.«

Esther lachte kurz und spöttisch. »Wenn ich zwei von *deiner* Sorte hätte, würd' ich vielleicht dran denken. Aber bestimmt nicht mit nur dir – und ihr.« Sie nickte zu Florencia hinüber, die auf dem Boden kauerte, die schrägen Stabantennen des Ghetto-Blasters verdrehte und einen spanischen Sender gut hereinzubekommen versuchte.

»Ich find's einfach nicht richtig, daß du an dem Tag arbeiten mußt, an dem du deinen Mann begraben hast.«

Esther drehte rasch den Kopf weg, als ihre Augen sich mit Tränen füllten. Während sie einige Sekunden lang um Selbstbeherrschung rang, zitterte sie leicht. Dann stand sie auf und machte seufzend ein Hohlkreuz. »Lupe, wenn ich dich mit Florencia dieses ganze Gebäude putzen laß, muß ich morgen *dich* begraben. Hör zu, kannst du ihr nicht sagen, daß sie in dieser Kiste was *Flotteres* suchen soll? Discomusik oder meinetwegen Salsa. Irgendwas, nach dem man arbeiten kann. Bei diesem Zeug schlafen wir alle ein.«

Florencias Sender brachte eine klagende, traurig klingende mexikanische *Ranchera*. Lupe sprach in rasend schnellem Spanisch auf das stämmige Mädchen ein, das nur etwas grunzte und einen R & B-Sender einstellte. Schwerer, mechanisierter Beat dröhnte aus den Lautsprechern.

»Sie ist ein gutes Mädchen«, sagte Lupe. »Bloß 'n bißchen langsam.«

»*Das* hab' ich schon mal gehört. Jedenfalls nehmen wir uns gleich das Erdgeschoß vor. *Numero uno* – Papierkörbe ausleeren. *Dos* – Böden aufwischen und . . . Hey, was ist das gewesen?«

»*Como?*«

»Was ist das gewesen? Hast du nichts gehört?«

»Was?«

»Weiß ich selbst nicht. Sag ihr, daß sie das Ding ausmachen soll!«

»*Silencio!*« zischte Lupe und deutete auf den Radiorecorder. Florencia stellte ihn gehorsam ab.

In der plötzlichen Stille hörten die drei Frauen Schritte, die in einem der vom Eingangsbereich abzweigenden Korridore näherkamen. Schwere Männerschritte.

»Wer hat hier drin was zu suchen?« flüsterte Lupe mit vor Angst großen Augen.

»Keine Ahnung«, antwortete Esther ebenso leise.

»Überhaupt jemand?«

»*Weiß ich nicht!*«

Lupe hielt ihren Besen wie einen Speer vor sich hin, und Esther griff nach einem der Hocker an der Rezeption und hob ihn über ihren Kopf. Die Schritte kamen näher. Esther und Lupe machten sich bereit.

Ein großer Neger bog um die Ecke. Er trug eine beige Uniform und hatte eine Pistole am Gürtel. Als er die Frauen sah, wich er erschrokken einen Schritt zurück.

»Brrr, Ladies! Ich bin auf *eurer* Seite.«

»Sie sind der Nachtwächter«, stellte Esther vorwurfsvoll fest und atmete aus.

»Sicherheitsdienst – so nenn' ich mich lieber.«

»Daß es hier 'nen Sicherheitsdienst gibt, hat keiner gesagt.« Esther stellte den Hocker behutsam ab.

»Das ist *deren* Schuld. Auf mich brauchen Sie darum nicht sauer zu sein, Schätzchen.« Sein warmes Lächeln ließ einen Goldzahn aufblitzen. Der Wachmann schien in den Fünfzigern zu sein, aber Esther vermutete, daß er in Wirklichkeit älter war.

»Hi, ich bin Walter Chappell, aber hier sagen alle Chappy zu mir. Nur meine *speziellen* Freunde dürfen mich Walter nennen.«

Esther ignorierte seinen Annäherungsversuch und begann, die

Bohnermaschine durch die Eingangshalle zu rollen. Lupe und Florencia waren bereits im Korridor unterwegs, gingen in die einzelnen Büros und leerten Aschenbecher und Papierkörbe in große grüne Plastiksäcke.

»Nun, *Chappy*, glauben Sie, daß Sie uns in dieser großen, alten Scheune mehr Licht machen könnten? Der ganze Schuppen muß bis acht Uhr picobello sauber sein.«

»Sieben«, verbesserte Chappy sie. »Techno-Cal fängt früh an, Schätzchen. Das mit dem Licht läßt sich machen.« Seine Hand griff hinter eine Wandverkleidung, und im nächsten Augenblick lagen die Korridore in hellem Licht. »Mr. Morrison, der hat was dagegen, daß 'lektrizität verschwendet wird. Old Abie hat 'n scharfes Auge auf die Stromrechnungen. Wenn ihr also mit 'nem Stockwerk fertig seid, Schätzchen, müßt ihr unbedingt das Licht ausdrehen, verstanden?«

»Verstanden«, antwortete Esther und nickte. »Sie arbeiten wohl schon 'ne Weile hier, Chappy?«

»Dreiundzwanzig Jahre. Seitdem die Firma steht. Damals haben sie Transistoren und so 'n Zeugs gebaut.«

»Mr. Morrison mag Sie?«

»Ich will's mal so ausdrücken, Schätzchen. Bevor Old Abie mit seinem Sparprogramm angefangen hat, hat's hier drei Mann Sicherheitspersonal gegeben. Jetzt bin ich allein. Ich und der Rent-a-Cop, der mich einmal in der Woche vertritt, wenn ich frei hab'.«

Esther bückte sich, um die Bohnermaschine einzustecken.

»Er scheint ganz nett zu sein«, meinte sie.

»Ziemlich nett«, bestätigte Chappy, während er Esthers in Jeans steckenden Po fachmännisch begutachtete. Sie richtete sich auf und krempelte die Ärmel hoch.

»Noch was, Schätzchen. Ich hab' mir am Ende dieses Korridors in 'nem Lagerraum ein kleines Büro eingerichtet. Alles drin: Kochplatte und Toaster, Kaffeemaschine und Fernseher.« Seine Augen blitzten. »Ich hab' auch 'n Feldbett und 'ne Flasche Ol' Grand-dad. Sie sollten mich mal dort besuchen.«

Esther starrte ihn stirnrunzelnd an.

»Ich hab' zu arbeiten, Mann.«

»Ich sag' nur, was ich hab', sonst nix.«

Esther strich sich eine Haarsträhne aus dem Gesicht.

»Nun, was *ich* hab', ist meine Arbeit.«

Montag, 13. August

2.01 Uhr Gold warf sich mit voller Kraft und soviel Geschwindigkeit, wie er auf dem winzigen Treppenabsatz des Garagenapartments entwickeln konnte, zusammengeduckt gegen die Tür. Das billige Schloß gab nach, und die auffliegende Tür krachte an die Wand. Gold machte eine Rolle vorwärts und richtete sich mit schußbereit in beiden Händen gehaltenem Revolver kniend auf. Viereinhalb Meter von ihm entfernt an der gegenüberliegenden Wand des Apartments kniete ein Mann in gleicher Position und zielte mit einer Waffe auf *ihn*. Gold schoß. Der andere Bewaffnete erwiderte das Feuer. Gold drückte noch dreimal rasch ab, und der andere Mann explodierte in einem Schauer aus Lichtsplittern.

»*Was?*« kreischte Gold. Irgend jemand rief ihn an. »*Was?*«

»Ein Spiegel, ein Spiegel!« brüllte Zamora. »Ein gottverdammter Spiegel!«

Gold, der den Revolver noch immer in beiden Händen hielt, stand langsam auf. Zamora machte Licht. Gold blinzelte in der jähen Helligkeit. Das Licht wurde von Spiegelscherben zurückgeworfen, die jetzt den Fußboden bedeckten. Zamora stieß eine Hantel mit der Schuhspitze an, daß sie knirschend über das zersplitterte Glas rollte.

»Das ist sein Trainingsspiegel gewesen«, sagte er.

Beim ersten Schuß hatten überall in der Umgebung Hunde zu kläffen begonnen. Jetzt versammelten sich Nachbarn in Bademänteln am Fuß der zu dem Garagenapartment hinaufführenden Treppe und riefen verwirrte Fragen nach oben. Zamora trat auf den Treppenabsatz hinaus und hielt seine Plakette hoch.

»Hier ist alles unter Kontrolle, Leute. Wir wollten bloß mit Mr. Walker sprechen. Weiß vielleicht jemand, wo er sein könnte?«

Niemand wußte es.

»Hat jemand Informationen darüber, wo Mr. Walker arbeitet, wer seine Freunde sind, ob er Familie oder 'ne Freundin hat? Irgendwas in dieser Art?«

Alle schüttelten die Köpfe und machten verneinende Geräusche. Dann trat eine alte Lady – offenbar die wandelnde Lokalchronik – mit Zweistärkenbrille und blaugefärbtem Haar auf rosa Lockenwicklern vor.

»Über diesen Mann weiß hier keiner was. Der redet mit keinem Menschen. Kommt und geht auch zu unmöglichen Zeiten. Ich hör' ihn manchmal heimkommen. Meistens ist's schon fast hell, wenn er zurückkommt.«

»Er hat aber 'nen Kleinbus, stimmt's? Einen blauen Bus?«

»Genau! Meistens parkt er den mitten in der Einfahrt. Diese Dinger erinnern mich alle an Leichenwagen.«

Zamora trat in das winzige Apartment zurück, sah sich um und schüttelte den Kopf.

»Puh! Dieser Kerl ist 'n richtiges Schwein.«

Die Luft war abgestanden und moderig. Unter dem voll Geschirr stehenden Ausguß quollen Abfälle aus undichten Müllsäcken. Überall waren vergilbende Zeitungen und Zeitschriften aufgestapelt.

»Aber er ist das richtige Schwein, Sean«, sagte Gold etwas außer Atem. »Sieh dir die Zeitungen an, die er an die Wand gepinnt hat.«

Zamora trat an die Wand, von der Gold sprach. Sie war mit Titelseiten hiesiger Zeitungen tapeziert, die über die neueste Mordserie berichteten.

»Vielleicht hat er's mit Morden. Vielleicht sieht er gern Blut«, meinte Zamora.

Gold durchsuchte den Einbaukleiderschrank. »Möglich, aber sieh dir die Stapel mit dem *Klarion* des Kalifornia Klans, Literatur der American Nazi Party und antisemitischen Schriften an. Das Zeug liegt überall rum.«

Zamora zuckte mit den Schultern. »Das allein ist kein Beweis. Viele Leute haben was gegen Juden.«

Gold kam aus dem Einbaukleiderschrank und warf ihm einen finsteren Blick zu. »Was soll der Scheiß? Warum versuchst du, alles abzuschießen? Willst du mir nicht lieber helfen?«

»Was suchen wir denn?«

»Alles«, sagte Gold, während er die durchgelegene Matratze des schmalen Betts mit beiden Händen packte. »Lohnstreifen, Adreßbücher, Briefe...« Er grunzte und stemmte die Matratze hoch.

»...Kugeln.«

Zamora kam heran und blieb neben Gold stehen. Auf Staubflocken in einer Ecke des Bettgestells lagen zwei silberglänzende Patronen.

»Dreisiebenundfünfziger«, stellte Zamora fest.

»Treffer!«

»Als er seine Kanone geladen hat, sind ihm ein paar runtergefallen. Diese beiden muß er übersehen haben.«

»Ohne Scheiß, Sherlock?« Gold grinste. »Irgendwann wirst du Chief, das merk' ich dir an. Hör zu, Sean, wir müssen diesen Schweinestall sehr, sehr gründlich durchsuchen. Wir *müssen* irgendwas finden, das uns hilft, dieses Arschloch zu fassen. Ich spür's, daß was Schlimmes in der Luft liegt, Partner. Und wir müssen's verhindern.«

Das schäbige Einzimmerapartment mit Bad war winzig. Seine Durchsuchung dauerte nur eine Viertelstunde. Die zweite war nach zehn Minuten beendet. Danach setzte Gold sich auf die Hantelbank und fuhr sich mit einer Hand durchs Haar.

»Dieser Dreckskerl ist ein Gespenst. Er führt kein Leben. Sieh dir diesen Schweinestall an. Ein Gespenst, das in einer Mülltonne haust.«

Zamora, der am Kühlschrank lehnte, schwieg und ließ seinen Boß weiterbrabbeln.

»William Charles Walker. Nicht vorbestraft. Noch nie verhaftet. Kein Wehrdienst, kein Telefon, kein Bankkonto. Dieses Gespenst wählt nicht, kauft nichts auf Raten, zahlt keine Steuern und hat keine Versicherung für seinen Wagen. Auf der Suche nach diesem Arschloch muß der Computer durchgedreht haben. Ich sag' dir, Sean, das ist unser Mann! Das spür' ich deutlich!«

Gold zog eine Zigarre aus seiner Tasche, nahm sie zwischen die Lippen und steckte sie wieder ein.

»Hör zu, an diesen Zeitungen ist irgendwas komisch.« Er stand auf und trat an die Wand mit den Titelseiten. »Sie hören vor drei Tagen auf. Keine Freitags- oder Samstagsausgabe. Und keine Sonntagszeitung.«

»Vielleicht ist er untergetaucht, würd' ich sagen«, meinte Zamora. »Aber falls er der Täter ist, muß er hier gewesen sein, um gestern abend den armen kleinen Natty umzulegen.«

Gold blickte zu Zamora hinüber und sah dann rasch wieder weg. Er starrte die mit Reißzwecken befestigten Titelseiten prüfend an und konzentrierte sich dann auf die mittlere mit der Schlagzeile MASSAKER IN DER FAIRFAX AVENUE – AUCH POLIZEIBEAMTER ERSCHOSSEN.

Seine Finger glitten über die Seite und ertasteten darunter etwas. Er zog vorsichtig die beiden Reißzwecken heraus und ließ die Zeitungsseite herunterhängen.

Unter der Zeitung kamen über ein Dutzend mit Klebstreifen an der Wand befestigte Fotos zum Vorschein – verblaßte Farbbilder eines Mannes, einer jungen Frau und eines kleinen Jungen. Die Aufnahmen schienen einige Jahre alt zu sein. Die Frisuren waren länger; die Kleidung der Erwachsenen war unmodern. Die junge Frau war blond und vollbusig. Mehrere der Polaroidbilder waren offenbar an einem Tag am Strand gemacht worden, und die junge Frau, die wie ein Schlagsahnedessert aus ihrem String-Bikini quoll, reckte der Kamera ihr tiefes Dekolleté oder ihren Busen im Profil entgegen. Der Junge war vier oder fünf Jahre alt, hatte dichtes aschblondes Haar und lächelte nervös. Der Mann hatte beachtliche Muskeln und war an beiden Armen großflächig tätowiert. Er machte auf jedem Foto ein finsteres Gesicht.

»Dieses Arschloch kenn' ich«, sagte Gold leise.

»Was?« fragte Zamora ungläubig. Er trat näher heran. Gold streifte das vertrocknete Klebeband eines Bildes mit dem Fingernagel ab, nahm das Foto von der Wand und hielt es besser ins Licht. Der Mann auf dem Polaroidbild schien ihn anzustarren.

»Wer ist das, Jack?«

Gold drückte Zamora das Foto in die Hand, der es betrachtete.

»Du weißt, wer er ist? Wer ist er also?«

Gold deutete auf die restlichen Titelseiten. »Keine Freitagszeitung. Keine Samstags- oder Sonntagsausgabe. Der Kerl hat seit drei Tagen keine Zeitung mehr gekriegt. Und weißt du was? Ich auch nicht! Und weißt du, warum?« Er tippte auf das Bild in Zamoras Hand. »Weil er mein gottverdammter Zeitungsträger ist!«

»Ohne Scheiß?« fragte Zamora erstaunt. Er betrachtete das Foto erneut. »Also? Glaubst du, daß er aus der Stadt abgehauen ist? Aber damit wäre der Mord an Natty Saperstein noch immer nicht geklärt. Ist er abgehauen und dann zurückgekommen, um Saperstein zu ermorden? Hey, wär's nicht besser, mal im Parker anzurufen? Vielleicht kann Dolly . . .«

Zamora hörte Schritte, die draußen die Treppe hinunterpolterten. Er blickte von Sonny Walkers finsterem Gesicht auf und entdeckte, daß er allein war.

»Wart auf mich, Jack! *Wart auf mich!*«

3.02 Uhr Esther stellte die Bohnermaschine ab, und das Surren des Motors wurde leiser und verstummte. Sie zog das schwere Gerät den leeren Korridor entlang, blieb aber auf halber Strecke stehen und lehnte sich seufzend mit dem Rücken an die Wand. Sie fühlte sich müde und war völlig erschöpft. Sie glitt langsam die Wand hinunter, bis sie mit hochgezogenen Knien auf dem blitzblank polierten Boden saß, verschränkte ihre Arme auf den Knien und ließ den Kopf darauf sinken. Irgendwo in einem anderen Geschoß hörte sie Florencias *Barrio*-Blaster eine weitere traurige mexikanische Ballade plärren.

»Si quieres verme llorar. Si quieres verme llorar.«

Ohne den Kopf zu heben, griff Esther in die Tasche ihrer Bluse und holte ihre Zigaretten heraus. Die Packung war leer. Leise schimpfend knüllte Esther sie zusammen und wollte den Papierknäuel schon wegwerfen, als ihr einfiel, daß sie ihn nur wieder würde aufheben müssen.

Hinter ihr lag eine lange, tränenreiche Nacht. Esther war dankbar dafür, daß dieses Gebäude so groß war, daß sie die ganze Nacht außer Sichtweite der beiden anderen Frauen hatte arbeiten können. Arbeiten und weinen. Jetzt konnte sie nicht mehr weinen. Sie war geistig und körperlich völlig erschöpft.

Gestern hatte sie ihren Bobby begraben. Ihren Ehemann, mit dem sie zwölf Jahre lang verheiratet gewesen war, den Vater ihres Sohnes und den Mann, mit dem sie hatte alt werden wollen. Gewiß, er hatte sie vor weniger als einer Woche betrogen und verlassen; trotzdem war er in den vergangenen zwölf Jahren der absolute Mittelpunkt ihres Lebens gewesen. Selbst in den langen Zeitabschnitten, in denen er nicht daheim gewesen war, sondern gesessen hatte, war ihre Existenz durch seine Abwesenheit bestimmt gewesen. Und nun gab es ihn nicht mehr. Endgültig und unwiderruflich nicht mehr. Ihn begraben zu müssen, hatte ihr fast den Rest gegeben.

Und trotzdem war in diesen Augenblicken größter Verzweiflung ein Mann aufgetaucht, der für Esther Aussicht auf Hoffnung, auf ein neues Morgen, auf ungeahntes Glück verkörperte.

Clarke Johnson. Eine Eule von einem Mann. Ein Bürokrat mit goldgeränderter Brille. In einem Anzug mit Weste. Wie konnte jemand, der so . . . so . . . bieder, so spießig, so unverbesserlich altmodisch war, solchen Aufruhr in ihrer Seele auslösen und sie bis in die Zehenspitzen erbeben lassen? Esther erinnerte sich daran, wie er gestern abend nach der Totenwache mit ihrem Sohn Trivial Pursuit gespielt hatte. Zwei kluge Köpfe, die sich beim Spiel verstanden hatten. Dieses Bild erfüllte Esther mit Wärme. Sie dachte daran, wie er sie mit seinen modischen Tanzschritten verblüfft hatte, und kicherte bei der Erinnerung daran. Sie schloß die Augen und erinnerte sich daran, wie er sie gefickt hatte. Wie er immer wieder gesagt hatte: »Du bist so schön. So wunderschön«, während er in sie hineingestoßen hatte.

Im nächsten Augenblick hatte Esther ein schlechtes Gewissen. Wie konnte sie solche Gedanken haben? Heute, wo sie Bobby beerdigt hatten? Trotzdem kehrten ihre Gedanken sofort wieder zu Clarke Johnson zurück. Was fand er an ihr? Warum bemühte er sich so hartnäckig um sie? Esther wußte, daß sie attraktiv war und auf Männer wirkte. Aber sie hatte noch keinen Verehrer wie ihn gehabt: aufstrebend, gebildet, redegewandt. Hätte ein Weißer sich um Esther bemüht, hätte sie nicht beunruhigter sein können. Oder aufgeregter.

Jemand berührte sie am Arm, so daß sie aus dem Halbschlaf hochschreckte und unwillkürlich einige Schritte weit seitlich über den blankgebohnerten Boden davonkroch.

»Hey, Schätzchen, nur keine Angst!« Chappys Goldzahn glitzerte. »Ich bin's doch bloß.«

»*Scheiße,* Mann!« fauchte Esther, während sie sich aufrappelte. »Schleichen Sie *immer* rum und erschrecken Leute?«

»Hab' Sie nicht erschrecken wollen, Schätzchen. Ich mach' bloß meine Runde. Ich muß das Gebäude jede Nacht 'n paarmal kontrollieren. Na, wie wär's jetzt mit 'nem kleinen Schluck, Girl? Der macht Sie sofort wieder munter.«

Esther schüttelte den Kopf, während sie das Stromkabel um die Trommel der Bohnermaschine wickelte.

»Bei der Arbeit trink' ich keinen Alkohol.«

»Und nach der Arbeit?«

Sie überhörte seine Frage. Chappy legte den Kopf schief und musterte sie mit Kennerblick.

»Haben Sie 'nen Mann?«

In Esther löste diese Frage einen Sturm widersprüchlicher Emotionen aus. Als erstes ärgerte sie sich darüber, daß Chappy Chappell überhaupt danach gefragt hatte; dann empfand sie Trauer bei der

Erinnerung an den heißen, smogverschleierten Friedhof, auf dem sie ihren Bobby der kühlen Erde übergeben hatte; zuletzt kam die süße, leicht schuldbewußte Erinnerung daran, wie liebevoll zart Clarke Johnson ihre Hand gehalten hatte. Vielleicht hatte sie tatsächlich einen Mann.

»Ich glaub' nicht, daß Sie das was angeht«, antwortete sie ruhig.

»Ha!« schnaubte Chappy. »Das bedeutet, daß Sie keinen haben.«

»Vielleicht, vielleicht auch nicht«, erwiderte sie. »Haben Sie 'ne Frau?«

Chappys Lächeln glitzerte. »Mehrere, Schätzchen, *mehrere.* Ich bin ein Mann, der ein erfülltes, abwechslungsreiches Leben führt.«

Esther schüttelte den Kopf und lächelte dem älteren Mann zu. »Mr. Chappy, Sie sind bööööse.«

Chappy stimmte in ihr Lachen ein. »Allerdings! Aber ich kenn' nichts anderes.«

Esther schob die Bohnermaschine vor sich her den Korridor entlang.

»Woll'n Sie wirklich keinen Schluck probieren?« rief Chappy ihr nach.

»Ich muß meine Mädchen finden und zusehen, daß wir fertig werden. Es wird bald Tag, und ich bin stehend k.o.«

»Okay, aber falls Sie sich die Sache doch anders überlegen, wissen Sie ja, wo ich zu finden bin. Irgendwo im Gebäude oder draußen im Gelände. Denken Sie mal drüber nach.«

»Wiedersehn, Mr. Chappy!« rief Esther ihm über die Schulter hinweg zu, während sie mit der großen Maschine eine Doppeltür aufstieß. Sie ließ das Gerät in der Eingangshalle stehen und machte sich auf die Suche nach ihren beiden Mädchen.

Sie fand sie im ersten Stock in der Toilette für leitende Angestellte, wo sie die Kloschüsseln schrubbten. Ihre durchgeschwitzten T-Shirts klebten ihnen am Leib, und die Armaturen, Becken und Spiegel blitzten vor Sauberkeit.

»Toll sieht's hier aus!« lobte Esther sie.

Lupe sah stolz lächelnd von einer Kloschüssel auf. »Nicht schlecht, was, Esther? Ich und Florencia, wir haben lange miteinander geredet. Ich hab' ihr gesagt, daß du heute eigentlich gar nicht arbeiten solltest – und daß wir uns verdammt anstrengen müssen, wenn du schon arbeiten mußt, damit diese neue Firma zufrieden ist.«

»Das rechne ich euch hoch an, Lupe. Wirklich hoch.«

»Aber, Es . . .« Lupe wischte sich mit dem Handrücken eine rabenschwarze Haarsträhne aus der feuchten Stirn. »Es, dieser Auftrag ist zu groß für uns, wenn wir nur zu dritt sind. Wir brauchen noch 'n paar *Muchachas.*«

»Mußt du wieder *davon* anfangen?« Esther sank auf den nächsten heruntergeklappten Toilettendeckel.

»Ich meine, *mañana* haben wir dieses Gebäude *und* alle anderen Aufträge.«

»Gut, wir telefonieren heute 'n bißchen rum und besorgen uns zwei, drei Mädchen. Vielleicht kann ich nachmittags 'nen Kleinbus kaufen.«

Esther griff nach einer Zigarette, aber dann fiel ihr ein, daß sie keine mehr hatte.

»Komm, Lupe, wir sehen zu, daß wir wegkommen, bevor wir ohnmächtig umkippen. Die Sonne geht bestimmt bald auf. Seid ihr schon fast fertig?«

Lupe machte sich wieder an die Arbeit. »Bloß noch 'n paar Kleinigkeiten. *Poco mas.*«

»Okay.« Esther stand auf. »Alles andere ist fertig, glaub' ich.«

»Bis auf die Müllsäcke.«

»Die bring' ich inzwischen zum Container runter. Sobald ihr hier fertig seid, fahren wir heim.«

An der Toilettentür drehte Esther sich nach den beiden um. «Lupe.«

»*Sí?*«

»Hör zu, heute ist Sonntag. Für diese Nacht zahl' ich hundert Prozent Aufschlag.«

»Das ist aber nicht nötig, Es.«

»Nein, ihr habt euch reingehängt, und ich möchte, daß ihr merkt, wie dankbar ich euch bin. Ihr sollt merken, daß es bei mir nicht immer nach dem Prinzip *mucho trabajo, poco dinaro* geht.«

Lupe nickte. »*Gracias*, Es.«

Esther lächelte. »Beeilt euch, dann kommen wir hier um so schneller raus.«

Esther ging wieder nach unten und fand den Hinterausgang, den Abe Morrisons Sekretärin Terri ihr gezeigt hatte. Die schwere Tür war unversperrt. Sie stieß sie auf und trat ins Freie. Die Nacht war still und warm; die Sterne waren schwache Lichtpunkte hinter Smogschleiern. Esther holte tief Luft, stellte sich auf die Zehenspitzen und reckte sich gähnend. Dann hörte sie ein Geräusch hinter sich und drehte sich rasch um. Sie sah niemand, aber der Korridor hinter ihr war jetzt dunkel. Irgend jemand hatte das Licht ausgemacht.

»Chappy?« fragte sie, aber niemand antwortete ihr. Esther zuckte mit den Schultern und drehte sich wieder nach dem Parkplatz um. Neben dem von einem Halogenscheinwerfer angestrahlten Müllcontainer stand ein gummibereifter Handwagen. Sie trabte die Rampe hinunter, packte die eiserne Deichsel und zog den Wagen hinter sich her die Rampe hinauf und ins Gebäude. Am Ende des dunklen Korridors ertastete sie den Lichtschalter und machte wieder Licht. Sie ließ den Wagen am Fuß der Treppe stehen und ging nach oben.

Lupe und Florencia hatten die großen grünen Müllsäcke mit dem Inhalt der Papierkörbe der Büros im ersten Stock bereits an der Treppe gestapelt. Irgendwo im Hintergrund spielte Florencias Radio eine melancholische Ballade, die durchs leere Gebäude hallte. Esther warf das halbe Dutzend Säcke ins Treppenhaus hinunter, ging nach unten und lud sie auf den Handwagen. Dann holte sie im Erdgeschoß die Müllsäcke ab, die zugeknotet vor den Bürotüren standen. Der Handwagen wurde schwerer und schwerer, bis Esther ihn nur noch mit Mühe ziehen konnte. Unterwegs hörte sie irgendwo eine Tür ins Schloß fallen, bremste den Wagen ab und rief: »Chappy?«

Die einzige Antwort war Schweigen.

»Chappy, erschrecken Sie mich bloß nicht wieder!«

Stille.

Esther zuckte erneut mit den Schultern und brachte den Wagen wieder ins Rollen. Dann hatte sie endlich alle Müllsäcke aufgeladen und war damit zum Hinterausgang unterwegs.

Der Korridor war wieder dunkel.

Sie stellte die Deichsel hoch, um den Wagen zum Stehen zu bringen, und wurde noch einen halben Meter mitgeschleift.

Esther sah den dunklen Korridor entlang. Der Hinterausgang am anderen Ende stand offen. Er zeichnete sich als helleres blaues Rechteck ab, und sie roch die hereinströmende Nachtluft.

»Chappy, das ist nicht mehr witzig, Mann!«

Noch immer keine Antwort.

Esther tastete wieder nach dem Lichtschalter und legte ihn um. Diesmal erschrak sie wirklich, als die Deckenbeleuchtung nicht anging. Sie betätigte den Schalter noch mehrmals, um sich zu vergewissern, daß sie keinen Fehler gemacht hatte.

Die Beleuchtung war ausgefallen.

»Scheiße.«

Sie trocknete sich ihre schweißnassen Hände am Hosenboden ihrer Jeans ab, packte die Deichsel des Handwagens und rollte ihn langsam durch den dunklen Korridor.

»Chappy«, sagte sie laut, »wenn Sie jetzt irgendwo rauskommen und *Buh!* rufen, setzt's was, darauf können Sie sich verlassen, Mann!«

Keine Antwort, kein Laut, außer dem Quietschen der rostigen Radnaben des Handwagens. Auf halber Strecke bildete Esther sich ein, jemand hinter sich wahrzunehmen, und drehte blitzschnell den Kopf herum. Aber der Korridor war bis zur beleuchteten Eingangshalle leer.

Esther stemmte sich mit dem ganzen Gewicht ihrer zweiundfünfzig Kilo ein und brachte den Handwagen wieder ins Rollen.

Dann war sie im Freien, und der Wagen holperte über die niedrige Schwelle des Hinterausgangs. Esther holte tief Luft und fühlte sich plötzlich unerklärlich fröhlich und schwindlig zugleich. Um nicht von dem Handwagen überrollt zu werden, rangierte sie ihn rückwärts die Rampe hinunter, merkte dann, daß sie ihn nicht mehr halten konnte, und ließ die Deichsel los. Der Wagen rollte schneller werdend nach unten, holperte über den Parkplatz und prallte mit hohlem metallischem Krachen an den großen blauen Müllcontainer.

Esther kicherte nervös und fragte sich dann, warum sie gekichert hatte. Sie sah sich schuldbewußt um. Der Parkplatz und die umliegenden Straßen außerhalb des zwei Meter hohen Maschendrahtzauns waren völlig leer. Sie war froh, daß sie niemand beobachtet hatte. Warum hatte sie Angst gehabt? Nur weil das Licht ausgegangen war? Dabei hatte sie in all den Jahren, in denen sie nun schon nachts arbeitete, noch nie Angst gehabt. Sie mußte hier raus, mußte heim und mußte schlafen. Am besten eine Woche lang!

Sie brauchte eine Zigarette.

Es wurde wirklich Zeit, heimzufahren. Ihr Rücken schmerzte, ihre Beine taten weh, ihr Kopf summte, ihre Augen brannten vom vielen Weinen. Sie sehnte sich nach ihrem Bett, ihrem Sohn.

Nach ihrem Liebhaber?

Sie schlurfte die Rampe hinunter und begann, die Müllsäcke in den offenen Container zu werfen. Der Handwagen war zu zwei Dritteln abgeladen, als keine grünen Säcke mehr in den Container passen wollten. Sie würde sie sauber stapeln oder weiter nach hinten umschichten müssen. Sie zog sich mit einer Hand hoch und schob mit der anderen die obersten Säcke in die dunklen Tiefen des Containers. Als sie das Gefühl hatte, genügend Platz geschaffen zu haben, sprang sie wieder zu Boden und griff nach dem nächsten Müllsack.

Sie hatte etwas am Arm. Etwas Dunkles, Klebriges.

Igitt! dachte sie. Was ist *das* wieder?

Esther hielt ihren Arm ins Scheinwerferlicht und stellte fest, daß sie Blut am Arm hatte. Scheiße, sie mußte sich irgendwo an diesem blöden, alten Container geschnitten haben. Jetzt mußte sie auf dem Heimweg beim Krankenhaus vorbeifahren und sich eine Tetanusspritze geben lassen. Sie wischte das Blut an ihren Jeans ab, drehte den Arm hin und her, um die Schnittwunde zu finden, konnte aber keine entdecken.

Vielleicht war die scharfe Kante, an der sie sich verletzt hatte, weder rostig noch schmutzig, so daß sie einfach heimfahren und ins Bett gehen konnte.

Esther zog sich wieder an der Seite des Containers hoch, griff hinein, schob den obersten Müllsack weg und sah darunter Chappys blutigen, vom Rumpf abgetrennten Schädel mit weiß hervorquellenden Augen und zu einem stummen, goldzahnbewehrten Schreckensschrei geöffnetem Mund.

»Oh!« sagte Esther laut. Ihr Magen verkrampfte sich, und sie spürte, daß ihr übel wurde. Eisiges Entsetzen packte ihren Körper wie eine Riesenhand aus Eis, die Hand eines Vergewaltigers, die sie hungrig betastete, mit Eisfingern in ihre Körperöffnungen eindrang, ihr die Kopfhaut abzog und ihr Haare und Haut mit schmutzigen, krallenartigen Fingernägeln vom Leib riß.

Esther konnte sich nicht länger halten und fiel rückwärts vom Müllcontainer. Ihre Beine waren wie Gummi. Sie trugen sie nicht mehr, so daß sie zusammenbrach und sich die Handflächen auf den Waschbetonplatten vor dem Container aufschürfte. In ihrem Kopf schlug irgend jemand eine Baßtrommel. Das war ihr Herzschlag. Und irgend jemand hatte seinen Fuß auf ihre Brust gesetzt und versuchte, ihr die Rippen einzudrücken. Sie bekam keine Luft mehr. Sie ächzte und keuchte nach Atem ringend.

Lauf weg! kreischte ihr vor Entsetzen fast gelähmter Verstand. Sieh zu, daß du wegkommst! *Sieh zu, daß du wegkommst!*

Sie richtete sich mühsam auf und blieb schwankend stehen.

Sieh zu, daß du wegkommst!

Ihr Gesichtsfeld veränderte sich, als verstelle jemand in ihrem Gehirn ein Zoomobjektiv. Eben noch schien der Müllcontainer hundert Meter entfernt zu verschwimmen; im nächsten Augenblick war er samt seinem grausigen Inhalt wieder dicht vor ihr.

Bloß weg von *hier!*

Die Mädchen! dachte sie plötzlich. Sie mußte die Girls dort rausholen! Sie drehte sich schwankend nach dem Hintereingang des Bürogebäudes um. Die weit offene Tür gähnte wie ein aufgesperrter Rachen. Esther konnte den gesamten Korridor bis zu dem hellen Rechteck der Eingangshalle überblicken. Er erschien ihr wie ein Tunnel ins Fegefeuer.

Sie merkte, daß sie wieder gehen konnte, bewegte sich zögernd die Rampe hinauf, blieb an der Tür stehen und starrte in den dunklen Gang. Ihr Puls hämmerte noch immer durch ihren Körper; ihre Atemzüge kamen pfeifend.

Esther wollte Lupes Namen kreischen, aber sie brachte nur ein heiseres Flüstern heraus, das auf ihren Lippen erstarb.

Dann rannte sie, so schnell sie konnte – nichts als weg von hier! – auf das Licht am Ende des Korridors zu. Sie mußte ihre Mädchen rausholen! Ihren Girls würde irgendwas Schreckliches zustoßen! Sie mußte sie rausholen! Sie hatte das helle Rechteck schon fast erreicht, als jemand ihr den Weg vertrat und alles Licht blockierte. Sie bemühte sich, auszuweichen und den Zusammenprall zu vermeiden, aber dann stolperte sie, streifte in der Dunkelheit den Körper eines Mannes und stürzte.

Esther rutschte über den Boden, krachte gegen die Wand, richtete sich sofort kniend auf und schlug im leeren Dunkel lautlos um sich.

Dann wurde ihr der starke Geruch bewußt: der abgestandene, modrige, animalische Geruch eines ungewaschenen, verschwitzten Mannes. Der Geruch, der sie an Spätnachmittage erinnerte, an denen sie als Mädchen in Atlanta mit dem Bus gefahren war – wenn die schwarzen Arbeiter einstiegen und die Weißen einander angesehen und die Köpfe geschüttelt hatten.

Aber dieser Geruch wurde von einem anderen überlagert – von dem kupferigen, beißenden Gestank frischen Blutes.

»*Lupe!*« kreischte sie. Dann krachte etwas gegen ihren Hinterkopf, und der bereits dunkle Gang wurde schwarz, schwärzer, am schwärzesten.

4.30 Uhr »Sonny Walker?« schnaubte Fat Henry erbittert und verzog die dunkelroten, wulstigen Lippen, zwischen denen sein Zigarrenhalter aus Plastik steckte. »*Dieser* verrückte Saukerl! Ich mach' Ihnen 'nen Vorschlag, Mr. Policeman: Sie sagen mir, wo der Spinner ist, und ich knöpf' mir diesen Hundesohn persönlich vor!«

Sie standen in dem staubigen Times-Zeitungslager am Pico Boulevard. Die beiden mexikanischen Kids hockten wie immer auf ihrer Bank. Sie beobachteten Gold und Zamora aufmerksam. Fat Henry stand hinter seinem verkratzten Schreibtisch. Er hatte einen großen Ventilator aufgestellt, dessen Luftstrahl das dünne T-Shirt über seinem gewaltigen Wanst straffte.

»Das Arschloch ist einfach verschwunden! Kein Anruf, keine Warnung, nichts! Seit dreiundzwanzig Jahren hab' ich diese Verteilerstelle, aber so was ist mir noch nie passiert. Mann, hier ist die Westside! Ich hab' Börsenmakler. Ich hab' Anwälte. Ich hab' Manager, Filmproduzenten, Fernsehstars. Diese Leute, die wollen ihre Zeitung vor der Haustür finden, wenn sie morgens aufstehn. Ist sie nicht da, werden sie stinksauer. Und dieses Arschloch Walker bleibt am Freitag einfach weg! Kein Anruf, nichts. Mann, der ist nicht mal so anständig, seine Abonnentenliste dazulassen. Ich hab' *raten* müssen, welche Häuser 'ne Zeitung kriegen. Ich hab' *noch immer* keine vollständige Liste.«

»Ich hab' seit drei Tagen keine Zeitung mehr gekriegt.«

»Scheiße!« Fat Henry setzte sich und griff nach einem Bleistift. »Ihre Adresse, Lieutenant?«

»Das hat Zeit bis später. Was wissen Sie über Walker? Wo finden wir ihn? Hat er Freunde unter seinen Kollegen? Arbeitet er noch woanders?« Fat Henry starrte Gold forschend an.

»Sie sind wegen seiner Pillen hier, stimmt's?«

»Pillen?«

»Speed.«

»Walker ist ein Speed-Freak? Er nimmt Amphetamine?«

Fat Henry hob abwehrend die Hände. »Hören Sie, ich will niemand reinreißen, aber wenn Sie den verrückten Hurensohn suchen, reden Sie mit dem Falschen. Sie sollten mit dem Weißen reden!«

»Mit dem Weißen?«

»Fazio. Tommy Fazio.«

4.52 Uhr Esthers Augen öffneten sich, und sie setzte sich ruckartig auf. Ihr Hinterkopf tat weh. Sie griff danach, ertastete mit den Fingerspitzen eine Beule und verzog das Gesicht.

Dieser neue Schmerz half ihr, wieder klar zu denken, und sie erinnerte sich an Chappys lautlos schreienden Schädel im Müllcontainer.

Bloßwegvonhier!

Die Mädchen! Die Mädchen! Sie mußte Lupe und Florencia finden.

Esther kam mühsam auf die Beine, blieb an die Wand gelehnt stehen und versuchte, sich zu orientieren. Der Korridor war nicht mehr so dunkel, sondern an beiden Enden hell. Das verwirrte sie, bis sie erkannte, daß der bläuliche Lichtschein rechts von ihr der heraufdämmernde Tag war, der wie ein leuchtendes Gas in das Gebäude sickerte. Sie bewegte sich langsam der Wand folgend nach links auf den Eingangsbereich zu.

Die Eingangshalle war menschenleer. Einer der Sessel war umgestürzt. An die Wand dahinter hatte jemand mit leuchtend rotem Blut wie mit Fingerfarben KILL THE JEWZ KILL THE JEWZ KILL THE JEWZ gemalt.

Esther starrte die Wörter an und fühlte ihr Herz hämmern.

Bloß raus hier!

Sie drückte sich gegen die Wand des Bürokorridors und arbeitete sich behutsam schleichend vorwärts. Schon nach wenigen Metern hörte sie ein Schluchzen, das aus einem der Büros kam. Die Tür stand einen Spalt weit offen. Esther stieß sie mit der Zehenspitze etwas weiter auf. Sie erkannte das mit Flohmarktantiquitäten eingerichtete Büro Abe Morrisons, in dem sie letzte Woche das Einstellungsgespräch geführt hatte. Dies war allerdings nicht die Tür, durch die sie aus Terris Büro zu ihm hineingegangen war, sondern eine direkt auf den Korridor hinausführende zweite Tür.

Esther stieß die Tür etwas weiter auf. Dann sah sie Lupe und Florencia, die – wie in einem Fernsehwestern – Rücken an Rücken mit einem Nylonseil aneinandergefesselt auf zwei Holzstühlen in imitiertem Early American Style saßen. Ihre Fußknöchel und Handgelenke wurden von silberglänzendem breitem Klebeband unbeweglich festgehalten. Beide Frauen hatten geschwollene Gesichter, blaue

Augen und blutige Nasen. Ihre T-Shirts waren ihnen vom Leib gefetzt worden, und ihre Brüste trugen blutige Fingerabdrücke. In dem zarten Fleisch zeichneten sich ovale Bißspuren ab. Lupe, die vor Esther saß, war der Mund mit Klebeband zugeklebt. Florencia, die ihr den Rücken zukehrte, wiederholte schluchzend immer wieder dasselbe Schuldbekenntnis.

»*Oh, mi Dios, yo estoy arrepentido de todos mis pecados, y prometo no volver a pecar, no volver a pecar, no volver a pecar...*«

Esther schlüpfte ins Büro und war mit wenigen Schritten bei Lupe. Die Mexikanerin riß ihre geschwollenen Augen auf, als sie Esther sah.

»Keine Angst!« keuchte Esther, während sie in verzweifelter Hast an den Nylonknoten zerrte. »Ich hol' euch raus! Ich hol' euch raus!«

»*Hmmpfmm!*« Lupe versuchte, durch das Klebeband hindurch zu sprechen.

»Pssst!« sagte Esther. Die gottverdammten Knoten wollten sich nicht lösen lassen.

»*Hmmqhhmh iiir!*«

»Lupe! Sei doch still!« forderte Esther sie auf.

»Hmpf! Hmpf! *Hmpf!*«

»*Was?*« Esther riß Lupe wütend das Klebeband vom Mund.

»*Er ist hinter dir!*« kreischte Lupe.

Esther sprang zur Seite, aber die Warnung war zu spät gekommen. Aus dem Augenwinkel heraus nahm sie eine schemenhafte Bewegung wahr; dann krachte eine Faust seitlich gegen ihren Unterkiefer und warf sie über Abe Morrisons Schreibtisch. Durch diesen Schlag hätte sie das Bewußtsein verlieren müssen, aber ihr Adrenalinspiegel war so hoch, daß sie sofort wieder auf die Beine kam. Ihr Unterkiefer fühlte sich taub an, als sei er gebrochen. Esthers Hände tasteten verzweifelt nach irgendwas, das sich als Waffe benutzen ließ. Sie fand einen kleinen auf einem Holzsockel montierten Dorn, auf dem sonst wohl Rechnungen aufgespießt wurden, und umklammerte ihn mit beiden Händen. Sie hielt ihn wie einen Dolch vor ihrem Körper, als sie sich jetzt nach dem Angreifer umdrehte.

Ihr stockte das Blut in den Adern.

Sonny Walker war mit angetrocknetem Wüstensand überstäubt und dick mit kupferig riechendem Blut bedeckt. Blut und Sand bildeten gemeinsam einen rötlichen Panzer, der den größten Teil seines Körpers überzog. Damit sah er wie ein Gespenst, wie ein Zombie aus einem Horrorfilm aus. Er trug nur abgeschnittene Jeans und Springerstiefel, und unter dem rötlichen Panzer glichen die Tätowierungen auf seinem Oberkörper schwachen Piktogrammen, Botschaften aus einer Totenwelt.

Am schlimmsten waren seine Augen: hellwach glitzernd und völlig durchgedreht.

»*Bleib weg von mir!*« kreischte Esther. »*Bleib bloß weg von mir!*«

Walker zog einen Revolver aus seinem Hosenbund und zielte damit auf sie. Er kam langsam näher.

»*Laß mich in Ruhe!*«

Walker kam noch immer näher.

»*Faß mich nicht an!*«

Esther wich vor ihm zurück, bis sie mit dem Rücken an einem Bücherregal stand. Walker kam unaufhaltsam näher. Dann berührte die Revolvermündung Esthers Ohr.

»Bitte nicht umbringen«, flüsterte Esther. Dabei fiel ihr der Metalldorn aus den Fingern. »Bitte nicht umbringen!«

Walker traf ihr Gesicht mit einer kurzen linken Geraden, und Esther sank benommen und mit blutender Nase auf die Knie. Walker packte sie an den Haaren und zerrte sie über den Teppichboden, bis sie mitten im Raum kniete. Er griff um sie herum und öffnete mit einem kräftigen Ruck den Reißverschluß ihrer Jeans.

»Neiiiin . . .«, jammerte Esther und versuchte, seine Hand wegzuschieben. Walkers Faust krachte gegen ihren Hinterkopf, daß sie nach vorn auf den Teppich fiel. Er riß ihr die Jeans und den knappen Slip herunter und starrte ihre nackten, braunen Hinterbacken an. Dann öffnete er den Reißverschluß seiner schmutzstarrenden, abgeschnittenen Jeans und streifte sie ab. Er kniete sich hinter Esther, packte sie wieder an den Haaren und riß ihren Kopf nach hinten, bis er sie auf allen vieren vor sich hatte. Sie stöhnte schmerzvoll auf, als er in sie eindrang.

Er stieß mit solcher Gewalt in sie hinein, daß sie das Gefühl hatte, von einem Messer aufgeschlitzt und verwundet zu werden. Esther verkrampfte sich unwillkürlich und versuchte, ihn hinauszudrängen, aber er drückte den Revolver an ihren Hinterkopf und knurrte: »Ich bring dich um, du Affenfotze!« Deshalb zwang sie sich dazu, nachzugeben und sich zu öffnen, damit es schneller vorbei war.

»Das gefällt dir, was, Affenfotze? Ich möcht' wetten, daß du noch nie 'nen Weißen gehabt hast.«

Süßer Jesus, betete sie. Süßes Jesuskind, mach, daß es bald vorbei ist. Mach, daß er sonst nichts will.

Dann erinnerte sie sich an Chappys Kopf im Müllcontainer und wußte, daß das nicht alles sein würde.

Er steigerte sein Tempo, stieß tiefer in sie hinein. Sie war jetzt nasser. Weil sie blutete? Sie wußte es nicht.

Er grunzte bei jedem Stoß.

Esther begegnete Lupes Blick. Die Mexikanerin weinte. Die beiden Frauen starrten sich dumpf, ohne Mitgefühl an. Einsam. Isoliert. Teilnahmslos. Wie Opfer überall auf der Welt. Wie Sklaven auf dem Marsch zum Schiff. Wie Juden auf dem Weg in die Gaskammern.

Jesus, süßer Jesus, rette mich. Rette mich!

»Wenn ich komme – *uh!*« ächzte Walker, »blas ich dir – *uh!* – dein Niggerhirn raus – *uh!*«

»Nein! Nein! Nein!« jammerte Esther und versuchte davonzukriechen, aber er packte sie noch fester an den Haaren und drückte ihren Kopf nach unten. Seine Stöße wurden schneller.

»Uh! – blas – uh! – dir – uh! – dein . . .«

»Nein! Neiiin!« Sie versuchte wieder, von ihm wegzukriechen. Ihre Fingernägel krallten sich katzengleich in den kurzflorigen Teppichboden. Sein Glied war ein beutegieriges, kleines Nagetier in ihr, das ihr Inneres zerbiß und zerfetzte.

»Jetzt kommt's!« rief Walker und drückte die Revolvermündung fest gegen ihren Hinterkopf.

»Neiiin!« kreischte sie und schlug hilflos, hoffnungslos um sich. *»Neiiiiin!«*

Ein Schauder durchlief ihn, als er in ihr kam. Dann spürte Esther, wie er abdrückte. Eine Mikrosekunde lang schien das Universum stillzustehen. Danach traf der Hammer mit einem *Klick!* eine leere Kammer.

Sein Glied zuckte, während er nochmals ejakulierte; dann folgte wieder ein *Klick!*, als er mit der ungeladenen Waffe zu schießen versuchte.

Klick! Klick! Klick! Klick!

Er bekam einen Wutanfall. Er schlug wutschäumend mit dem Revolvergriff auf sie ein und kreischte dabei mit sich überschlagender Stimme: *»Dieser blöde Nigger! Hat nicht mal seine Waffe geladen! hat nicht mal seine Waffe geladen!«*

Er hockte auf ihr und schlug sie. Er stand über ihr und bearbeitete sie wieder und wieder mit Tritten. Ins Gesäß, in die Rippen, an den Kopf.

Dann wurde ihr schwarz vor den Augen.

5.32 Uhr Unterdessen war es heller Tag. Auf dem eine halbe Meile entfernten Harbour Freeway herrschte schon dichter Verkehr, aber in diesem Wohnviertel war noch alles still. Grabesstill.

Auf dem mit Dachpappe gedeckten Bungalowdach bewegte Sean Zamora sich langsam und vorsichtig auf das große Oberlicht über dem Schlafzimmer zu. Dann hatte er endlich den hochgezogenen Fensterrahmen erreicht und konnte in den Raum hinuntersehen.

Direkt unter dem Oberlicht schlief ein junges Paar nackt auf einem übergroßen Wasserbett.

Vor Zamoras Füßen lag eine Rolle Dachpappe, die ein Dachdecker bei Ausbesserungsarbeiten dort oben vergessen haben mußte. Er griff nach der schweren Rolle, stemmte sie über den Kopf und wartete einsatzbereit am Oberlichtrahmen.

Zwanzig Sekunden später wurde unten gegen die Haustür gehämmert, und Gold rief laut: »Aufmachen! Polizei! Aufmachen!«

Die jungen Leute reagierten sofort. Sie sprangen vom Bett auf und rafften Sachen von ihren Nachttischen zusammen. Zamora schleuderte die Rolle Dachpappe mit aller Kraft durchs Oberlicht, das in einem Regen aus silberglänzenden Glasteilchen zersplitterte. Dann sprang er mit den Füßen voraus aufs Wasserbett, federte wie von einem Trampolin auf den Fußboden ab und richtete sich mit dem Revolver in der Hand auf.

»Fazio! *Fazio!*« brüllte Zamora und sah sich nach dem Bad um.

»Nicht erschießen! Nicht erschießen!« kreischte die nackte junge Frau, die abgemagert und ausgezehrt wirkte.

»Aufmachen!« befahl Zamora ihr und deutete dabei auf die Tür, die Gold aufzubrechen versuchte.

Dann hörte Zamora, daß eine Klosettspülung betätigt wurde, und rannte auf das Geräusch zu. Am Ende eines kurzen Ganges trat er eine Tür auf und ertappte einen jungen Mann mit Aknenarben und strähnigem Haar dabei, daß er regenbogenbunte Kapseln in eine bereits verstopfte Kloschüssel kippen wollte. Zamora warf sich gegen ihn, so daß Fazio polternd in die große ungeputzte Badewanne fiel.

»Nicht erschießen!« kreischte die junge Frau im Gang, als jetzt

auch Gold ins Bad stürmte. Er riß Fazio aus der Wanne, stellte ihn auf die Füße und knurrte: »Los, Mann. Ich hab' keine Zeit zu verlieren. Ich brauch' ein paar Auskünfte, und ich brauch' sie sofort!«

»Haben Sie 'nen Durchsuchungsbefehl?« wollte Fazio wissen.

Gold und Zamora packten ihn wortlos, hoben ihn hoch und steckten ihn mit dem Kopf voraus in die Kloschüssel.

»Nicht erschießen! Nicht erschießen!«

»Alles okay«, erklärte Zamora ihr grinsend. »Er mag Toiletten.«

Sie zogen ihn prustend und nach Atem ringend aus dem Wasser und tunkten ihn wieder hinein. Als sie ihn zum zweitenmal herauszogen, keuchte er: »Aufhören! Aufhören!«

Sie ließen ihn auf die Fliesen plumpsen, wo er Wasser und Pillen aushustete. Seine langen Haare klebten klatschnaß in seinem Gesicht.

»Sonny Walker«, sagte Gold.

»Was ... was ist mit ihm?«

»Erzähl mir alles, was du über ihn weißt.«

Schweigen.

»Sofort!«

Fazio sah zu ihnen auf. »Mann, ich hab' keine Ahnung ...«

Diesmal drückten sie ihn unter Wasser, bis er zu strampeln aufhörte; erst dann zogen sie ihn hustend und würgend heraus.

»Ich weiß nur ... Mann, ich weiß nur, daß er in 'ner Firma am Wilshire arbeitet. Techno-Cal. Stellt Halbleiter und so 'n Zeugs her. Ich hab' ihm mal 'n paar Uppers hingebracht. Er arbeitet im Lager – an der Laderampe. Mehr weiß ich nicht. Bei allen Heiligen, mehr weiß ich nicht!«

6.34 Uhr Sonny Walker war glücklich. Er kannte jetzt den Zweck seines Lebens. Wie viele Männer konnten das von sich behaupten?

Er saß hinter Abe Morrisons Schreibtisch und baute Schrotpatronen vor sich auf. Er hatte ungefähr vierzig Stück, die zwei ordentliche, genau ausgerichtete Reihen bildeten. Wie kleine Soldaten. Zu einem heiligen Krieg aufmarschiert.

Über Morrisons Schreibtisch hinweg starrte ihn aus einem antiken Silberrahmen ein Foto von Terri und Abe Morrison an, die an einem Tisch in einem verqualmten Nachtclub in die Kamera lächelten.

Walker war sich seiner Sache nicht ganz sicher, aber er glaubte, der Nachtklub sei irgendwo in Mexiko. Vielleicht in Acapulco. Oder in Puerto Vallarta.

Er war Terri nicht böse. Sie konnte nichts dafür. Sie war von diesem jüdischen Gauner getäuscht und reingelegt worden. Wie die ganze übrige Welt. Auf dem Foto trug Terri baumelnde Ohrringe. Sie lächelte und schob die Schultern etwas nach vorn, um ihr bereits sehr großzügiges Dekoletté zu betonen. Das tat sie immer, wenn sie fotografiert wurde. Diesen Trick hatte sie im *Esquire* gelesen.

Walker betrachtete Abe Morrisons Gesicht. Typisches Judengesicht. Große Nase. Rattenaugen. Schwaches Kinn. Er hatte Sonnys Terri ausgetrickst. *Hinters Licht geführt.* Das würde er bald genug büßen müssen. Gott mag nichts Häßliches. Das hatte seine Mutter immer gesagt. Gott mag nichts Häßliches. Deshalb mochte Gott sie nicht. Deshalb hatte er sie im Laufe der Geschichte mit soviel Scheiße überhäuft. Hitler und so. Gott mochte die Juden nicht. Mochte sie nicht, weil sie seinen Sohn gekreuzigt hatten. Deshalb hatten sie im Laufe der Geschichte immer wieder Gottes Strafen zu spüren bekommen. Weil sie seinen Sohn umgebracht hatten. Strafen wie Hitler. Gott hatte den Juden Hitler geschickt, um sie zu strafen.

Das wußten sie auch, die Juden. Wie wenn man 'nen frechen Nigger sieht, der sich aufführt, als wär' er so gut wie 'n Weißer. Sieht man so 'nen Nigger und starrt ihn durchdringend an, *starrt* diesen schwarzen Hundesohn einfach nur an, steht er bald auf und haut schleunigst ab, steht einfach auf und verdrückt sich, weil dieser Nigger weiß, daß man ihm auf die Schliche gekommen ist, daß man seinen Bluff durchschaut. Nun, bei den Juden war's ganz ähnlich. Sie *verstanden,* warum es einen Hitler hatte geben müssen. Warum Hitler Vollstrecker der in der Heiligen Schrift angedrohten ewigen Vergeltung an den Juden gewesen war. Vergeltung, weil sie sich geweigert hatten, dem Gottessohn zu dienen.

Und nun war Sonny Walker da. Als Vollstrecker dieser Vergeltung. Das war sein Lebenszweck. Er war hier, um dem Gottessohn zu dienen. Um das Blut und den Leib mit seinem Leben zu schützen.

Walker sah zu der unbeweglich daliegenden schwarzen Nutte hinüber, die er ausgelöscht hatte. Im Angesicht des Herrn waren Nigger ein Greuel und deshalb nicht würdig, dem Gottessohn zu dienen. Als nur halb menschliche Nachkommen von Juden, die sich in Afrika mit Affenweibchen gepaart hatten, waren sie im Angesicht des Herrn ein

Greuel, so daß jeder wahre Christ die Pflicht hatte, sie auszulöschen, wo immer er sie antraf – sie einfach wie einen Käfer oder eine Schabe zu zertreten.

Denn der Nigger war gefährlich. Er hatte die listige Verschlagenheit seines jüdischen Vaters und die rohe Kraft der Äffin geerbt, die ihn gesäugt hatte. Nicht so gefährlich wie die Wurzel allen Übels – der Jude –, aber auf andere Weise gefährlich. Auf vitale, tierische Weise gefährlich. Deshalb hatte er die Äffin gefickt. Wie die römischen Kaiser früher Tigerweibchen gefickt hatten. Um sich ihre Kraft, ihre Vitalität anzueignen. Und deshalb hatte er sie sofort umbringen müssen. Damit es keine weiteren halb menschlichen Nachkommen gab. Keine weiteren Greuel im Angesicht Gottes.

Er lehnte sich in Morrisons Drehstuhl aus der Zeit um die Jahrhundertwende zurück, und Florencia Santiago, die seit nunmehr zwei Stunden ununterbrochen betete, erhob Blick und Stimme zu ihrer Schutzpatronin.

»*Ave Maria, llena de gracia. El Señor ésta conpiqo. Ave Maria. Ave Maria. Ave Maria ...*«

Walker betrachtete die junge Frau und die andere, die bewußtlos geworden und nach vorn gesunken war, gehalten von dem Nylonseil, mit dem sie gefesselt war.

Die Sache war ganz einfach. Man war weiß – oder man war's nicht. Wer kein Weißer war, war ein Nigger. Deshalb waren alle Nichtweißen der Welt Nigger: Greuel im Angesicht des Herrn und nicht würdig, dem Gottessohn zu dienen. Sämtliche Japse und Mexikaner, Araber und Chinesen, Inder und Hawaiianer. Sie alle waren Greuel im ...

Jemand rüttelte an der versperrten Eingangstür.

Walker stand auf, raffte alle Zinnsoldaten-Schrotpatronen zusammen, warf sie in ihre rote Blechschachtel zurück und klappte den Deckel zu. Dann nahm er seine Magnum Kaliber 357 vom Schreibtisch. *Seine* Pistole, die ein volles Magazin hatte und nicht leer war wie der Revolver, den er diesem dämlichen Niggerwachmann abgenommen hatte, der jetzt ohne Kopf im Büro nebenan lag. Walker sah überrascht, daß er noch immer nackt war, steckte die Pistole in seinen rechten Kniestrumpf und griff nach der Zwölferschrotflinte. Er stieg über Esthers leblose Gestalt hinweg und verließ Morrisons Büro durch die auf den Korridor hinausführende Tür.

Am Rand der Eingangshalle kauerte er nieder und sah rasch um die

Ecke zu den getönten Scheiben des Haupteingangs hinüber. Draußen standen Menschen: verzerrte Schattengestalten, die neben ihren Augen gewölbte Hände an die Scheiben preßten, um so vielleicht etwas im dunklen Inneren des Gebäudes zu erkennen. Sie rüttelten an der Tür und klopften ungeduldig mit Schlüsseln ans Glas. Ihre aufgebrachten Stimmen drangen gedämpft an Walkers Ohr.

»Verdammt noch mal, wo steckt Chappy?«

»Wahrscheinlich wieder besoffen.«

»Chappy! Chappy! Aufwachen, Mann!«

»Ich *wette*, daß dieser Nigger wieder besoffen ist!«

»Vorsichtig, da kommt Ernie.«

»Ernie! Hey, Mann, dein Soulbruder ist besoffen wie ...«

»Verna, du hast 'nen Schlüssel. Sperr die gottverdammte Tür auf, damit wir zur Arbeit können.«

»Nicht mal das Licht hat er für uns angelassen!«

Walker hörte, wie der Schlüssel ins Schloß gesteckt wurde. Er lächelte vor sich hin und streichelte den glänzenden Rosenholzkolben seiner Schrotflinte. Er war glücklich und zufrieden. Er diente dem Gottessohn.

Vor den getönten Scheiben des Haupteingangs warteten etwa fünfzehn bis zwanzig Angestellte. Als Verna, eine grauhaarige Fünfzigerin aus der Vertriebsabteilung, die Tür aufstieß, drängten alle hindurch, um an ihre Schreibtische zu hasten. Sie waren jedoch erst wenige Meter weit gekommen, als die Vordersten stehenblieben, weil sie den umgestürzten Sessel, die blutigen Fußabdrücke und die gräßliche Fingermalerei sahen.

KILL THE JEWZ KILL THE JEWZ

»Großer Gott!« flüsterte Verna entsetzt.

»Was gibt's? Was ist los?« fragten die Leute hinter ihr. Sie drängten nach vorn, um besser zu sehen.

Walker stand auf und trat hinter der Ecke hervor. Seine nackte, mit Blut und Staub verkrustete Erscheinung löste einen allgemeinen Aufschrei aus. Die Männer und Frauen starrten seine Schrotflinte an.

»*Terri!*« kreischte Walker. »*Ich versteh' alles, Baby!*«

Die Angestellten drängten und stießen einander zur Seite, um wieder ins Freie zu gelangen. Einige der Hintersten wußten noch gar nicht, was vorn los war.

»Terri, ich versteh' alles! *Terri!*«

Walker eröffnete das Feuer. Er schickte eine Schrotladung nach der anderen in die Menge und schoß die Menschen nieder, wo sie standen. Einer jungen Sekretärin gelang es, nach draußen auf den Gehsteig zu flüchten, aber Walker stieg über die blutigen, sich windenden Körper der anderen hinweg, riß am Ausgang die Flinte hoch und erschoß auch sie. Hinter ihm sprangen zwei Männer in blutbefleckten Geschäftsanzügen auf und rannten den langen Mittelkorridor zum Hinterausgang hinunter, aber Walker drehte sich um und schoß sie rasch nieder.

Verna, die silberhaarige Fünfzigerin, hastete die Treppe in den ersten Stock hinauf, und Walker verfolgte sie. Oben war der Korridor menschenleer. Walker rannte von Büro zu Büro und suchte sie. In einem der Räume hörte er die Frau dann schluchzen, konnte sie aber nirgends sehen. Schließlich wurde ihm klar, woher die Geräusche kamen. Sie hatte sich in einem Wandschrank versteckt. Er hob seine Zwölferschrotflinte und schoß die Lamellentür aus ihren Angeln. Die Frau hockte zusammengekauert in der hintersten Schrankecke. Sie begann zu kreischen und hörte erst auf, als Walker ihr die Flinte an den Kopf setzte und abdrückte.

Unten im Eingangsbereich lagen Tote und Sterbende neben- und übereinander, so wie sie gefallen waren. Unter Leichen liegende Verletzte jammerten und schrien um Hilfe. Walker erledigte sie durch einzelne Schüsse mit seiner Magnum in ihre Hinterköpfe. So hatten es die Deutschen in der TV-Serie »The Holocaust« gemacht. Das war menschlich gehandelt. So erfüllte man seine Christenpflicht. Dann lud er beide Waffen nach und kauerte inmitten seiner Opfer nieder. Er fühlte sich bei ihnen wohl. Sie gehörten zu ihm. Er hatte sie ausgeschaltet, sie unschädlich gemacht. Das war sein Job. Das war sein Auftrag.

Er diente dem Gottessohn.

Walker kauerte mit seiner Schrotflinte in den Armen auf dem Boden und beobachtete durch die jetzt durch eine Leiche offengehaltene Eingangstür, wie draußen Leute durcheinanderliefen und schreiend auf das Techno-Cal-Gebäude zeigten. Ein Streifenwagen bremste mit quietschenden Reifen, und die Cops sprangen heraus und richteten ihre Waffen auf den Eingang, aber sie kamen nicht näher.

Die ganze Szene auf der Straße erschien ihm seltsam fern und unwirklich – wie ein Fernsehstück mit abgedrehtem Ton.

Walker stand auf, trat wieder in Abe Morrisons Büro, legte seine Waffen auf den Schreibtisch und öffnete die Verbindungstür zu Terris Vorzimmer. Dort war der Gestank nach frischem Blut fast umwerfend. Inzwischen summten bereits Fliegen durch den Raum mit den blutbespritzten Wänden. Hier hatte er Walter Chappell enthauptet. Die große Brandaxt steckte noch in der kopflosen Leiche. Walker setzte einen Fuß auf Chappys Brust und riß die Axt aus seinem Genick.

Er ging durch Morrisons Büro zurück, nahm im Vorbeigehen seine Waffen vom Schreibtisch und verließ den Raum durch die auf den Korridor hinausführende Tür.

Daß Esthers Leiche nicht mehr auf dem Boden lag, fiel ihm nicht auf.

Draußen in der Eingangshalle lehnte Walker seine Schrotflinte an die Wand, steckte die Magnum in seinen Kniestrumpf und hob die Axt hoch über den Kopf. Er ließ sie auf die nächste Leiche – eine junge Weiße – herabsausen und trennte ihr mit einem einzigen Schlag den Kopf vom Rumpf. Ihr Kopf rollte einen halben Meter weit. Walker warf die Axt weg, daß sie den Korridor entlangschepperte. Er hob den Kopf auf, tauchte zwei Finger in die Wunde und schrieb auf eine noch unbefleckte Wand:

KILL THE JEWZ KILL THE JEWZ
KILL THE JEWZ KILL THE JEWZ

Als sei er plötzlich wieder klar im Kopf, wurde er nach einiger Zeit auf Florencia Santiago aufmerksam, die in Morrisons Büro schluchzte und betete.

»Santa Maria? Madre de Dios Ruega por nosotros pecadores ahora y en la hora de nuestra muerte! Amen!«

Walker ließ den Schädel fallen, griff nach seiner Schrotflinte und trat an die in Morrisons Büro führende Tür. Die Mexikanerin hielt die Augen fest geschlossen. Ihre schweren Brüste bebten bei jedem Schluchzer.

Er beobachtete sie eine Zeitlang. Dann blickte er auf die klebrige, blutige Masse an den Fingern seiner rechten Hand herab. Dabei fiel ihm auf, daß sein Glied steif war.

Er fing an, sich zu reiben.

Das fühlte sich gut an.

6.33 Uhr Esther zwang sich dazu, aus ihrer Bewußtlosigkeit aufzutauchen, als Florencia hysterisch zu kreischen begann. Ihr Anfall war durch den ersten Schuß aus der Schrotflinte draußen in der Eingangshalle ausgelöst worden. Für Esther wäre es viel einfacher gewesen, im träumerischen Dunkel halber Ohnmacht zu verharren, wo sie keine Schmerzen hatte, wo Bobby wieder bei ihr war – lebendig, clean und bei klarem Verstand – und wo Little Bobby erwachsen und erfolgreich war und jeden Tag wie Clarke Johnson in einem Anzug mit Weste zur Arbeit fuhr. Es wäre viel einfacher gewesen, in diesem willkommenen Dunkel zu bleiben.

Aber sie zwang sich dazu, an die Oberfläche zurückzukehren. Sie wußte nicht, weshalb sie so sehr darum kämpfte, wieder zu Bewußtsein zu kommen; sie wußte nur, daß sie das überwältigende Bedürfnis hatte, den Mörder zu stoppen. *Sie mußte ihn stoppen!*

Noch bevor sie ganz an die Oberfläche kam und wieder die Augen aufschlug, spürte sie als erstes die Schmerzen. Brennende, pulsierende Schmerzen, die wie Stromstöße durch ihren Körper zuckten. Als nächstes wurde ihr bewußt, daß sie verletzt war, daß er sie tief in ihrem Innersten verwundet hatte. Sie fühlte den uralten animalischen Trieb, sich irgendwo zu verkriechen und ihre Wunden zu lecken.

Obwohl sie noch benommen und mit geschlossenen Augen dalag, hörte sie Florencia plötzlich auf Spanisch kreischen.

»*Matale el diabolo! Matale el diabolo!* Bringt den Teufel um!«

In der Eingangshalle krachte die Schrotflinte immer wieder wie ferner Donner. Menschen riefen und schrien durcheinander, und sie ahnte, daß dort draußen wahrhaft Schreckliches passierte.

Esther wollte aufstehen. *Bloß weg von hier!* Sie mußte aufstehen.

Sie dachte den Gedanken, aber ihr Körper reagierte nicht auf diesen Befehl. Sie versuchte zu kriechen und mußte feststellen, daß ihre linke Körperhälfte nicht funktionierte, daß sie gefühllos und unbeweglich war. Ohne deswegen Angst oder Entsetzen zu empfinden, zog sie sich einfach mit der rechten Hand vorwärts und schob mit dem rechten Fuß nach. Jeder Atemzug schmerzte, und sie fragte sich, ob sie auch Rippenbrüche hatte. So schlängelte sie sich mit bei jeder Bewegung schmerzverzerrtem Gesicht qualvoll langsam über den Teppichboden und in Terris Vorzimmer hinaus. Dort hing schwerer, süßlicher Todesgeruch in der Luft, und Esther merkte plötzlich, daß sie durch dickes, gerinnendes Blut kroch. Sie blickte auf und sah Chappys kopflosen Rumpf keine zwei Meter von sich entfernt in einer gräßlichen Blutlache liegen. Ihr von Schmerzen benebelter Verstand registrierte dieses Bild, aber sie empfand dabei weder Angst noch Entsetzen, sondern reagierte darauf, als habe sie nichts Grausigeres als einen Tierkadaver vor sich.

Die einzigen Gefühle, von denen Esther jetzt beherrscht wurde, waren ein starker Selbsterhaltungstrieb und das instinktive Wissen, daß sie *ihn stoppen* mußte! Als sie nun die Rechte ausstreckte, um sich weiter vorwärtszuziehen – wohin? –, berührte ihre Hand einen Gegenstand. Etwas Hartes und Tödliches. Chappys Revolver! Ihr Herz schlug heftig. Sie drückte die Waffe grimmig lächelnd an ihre Brust. Sie mußte *ihn stoppen!* Aber halt! Mit dieser Waffe stimmte irgendwas nicht. *Was* war damit gewesen? Esther bemühte sich um ein klares Bild, eine klare Vorstellung. Dann fiel ihr ein, daß der Revolver *ungeladen* war, und ihr Hochgefühl verwandelte sich in Angst. Die Waffe war nicht geladen. Er hatte sie ihr an den Kopf gehalten und sechsmal – *Klick!* – abgedrückt. Aber sie war ungeladen gewesen. Das hatte ihn wütend gemacht.

Dies war Chappys Revolver, der . . . *Chappys Waffe!* Esther kroch durch die grausig-klebrige Blutlache zu der Leiche hinüber, in deren Genick noch die Axt steckte, mit der sie enthauptet worden war. *Wo?* Wo bewahrte ein Mann Patronen auf? In einer Schachtel? In seiner Hosentasche? In . . . Dann sah sie eine ganze Patronenreihe an dem handgearbeiteten Revolvergürtel, den der Ermordete trug. Sie kroch halb über die Leiche und versuchte, den Gürtel abzuschnallen. Aber die Gürtelschnalle war so kompliziert, daß Esther mit ihrer einen Hand nicht damit zurechtkam.

Plötzlich zuckte sie zusammen, weil im Eingangsbereich wieder Schüsse fielen. Kein rasch aufeinanderfolgendes Krachen wie zuvor, sondern einzelne scharfe Schußknalle – wie einzeln abgebrannte Knallkörper am Unabhängigkeitstag. Esther riß an der Gürtelschnalle, die noch immer nicht aufgehen wollte. Ihre Finger glitten über die aufgereihten Patronen wie über die Perlenstickerei einer kostbaren Abendrobe. Als sie dabei eine von unten anstieß, glitt die Patrone aus ihrer kleinen Lederschlaufe, kollerte über die Leiche und blieb in der Blutlache liegen. Esther stieß eine weitere heraus und fing sie auf. Dann noch eine. Und noch eine.

Im nächsten Augenblick hörte sie seine raschen Schritte – *Er suchte sie!* – im Raum nebenan – *Herr im Himmel, er suchte sie!* Sie wälzte sich hastig von dem Toten, kroch durch sein Blut davon und rollte sich unter Terris Schreibtisch. Dort blieb sie so still wie möglich liegen, hielt unter starken Schmerzen den Atem an und sah, wie seine dickbesohlten, blutgetränkten Stiefel durch die Blutlache trampelten, sah ihn mit gespreizten Beinen vor dem Toten stehenbleiben und hörte, wie die Axt mit einem ekelerregenden Schmatzlaut aus Chappys Genick gerissen wurde. Danach machte er kehrt und marschierte wieder hinaus.

In fliegender Hast – *Ich muß ihn stoppen!* – legte Esther den Revolver Kaliber 44 auf ihren Schoß und untersuchte ihn. Wie lud man eine Schußwaffe, verdammt noch mal? Bobby hatte einmal eine auf dem Küchentisch liegengelassen, und sie hatte ihm Vorwürfe gemacht, weil das Baby sie hätte finden können. O Gott! Würde sie Little Bobby jemals wiedersehen? O süßer Jesus, wie lud man einen Revolver? Mußte man nicht eine Verriegelung lösen? Irgendeinen Knopf hineindrücken? Den hier – oder war das die Sicherung? Sie drückte auf die Entriegelung, sah die Trommel zur Seite schwenken, klemmte sich den Revolver unter ihre gefühllose Hand und begann, die Patronen hineinzustecken.

Ihre Hände, die Waffe und die drei Patronen waren mit einer dünnen glitschigen Blutschicht überzogen, so daß ihr die erste Patrone aus den Fingern glitt und über den Boden davonrollte. Mit der zweiten war Esther vorsichtiger: Sie schob sie in eine der Kammern, wo sie mit leisem Klicken einrastete, steckte die dritte in die Kammer daneben und klappte die Trommel wieder hoch. Und sie blieb tatsächlich geschlossen!

Esther kam unter dem Schreibtisch hervor, kroch über den blutgetränkten Teppich zur Verbindungstür und erreichte wieder Mr. Morrisons Büro. Lupe war inzwischen wieder halb bei Bewußtsein, aber ihre ausdruckslosen schwarzen Augen starrten mit der Teilnahmslosigkeit einer Wahnsinnigen auf Esther herab. Florencia murmelte noch immer ihre spanischen Gebete. Esther kroch auf eine Lücke an der Wand zwischen Morrisons auf Metallbeinen stehendem Wasserkühler aus dem 19. Jahrhundert und den antiken Karteischränken aus Walnußholz zu. Sie durfte nicht auf dem Fußboden bleiben; sie mußte *aufstehen,* wenn sie ihn stoppen wollte.

Der Revolver hing jetzt am Zeigefinger ihrer gefühllosen Hand.

Sie lehnte mit dem Rücken an der Wand, zog ihr rechtes Bein unter den Körper, griff mit der rechten Hand möglichst hoch hinauf, bekam mit den Fingerspitzen den Rand eines Karteischranks zu fassen, biß die Zähne fest zusammen und zog und stemmte sich hoch, bis sie stand. Die von ihren gebrochenen Rippen ausstrahlenden Schmerzen zuckten wie Stromstöße durch ihren übel zugerichteten Körper, und sie kniff mit gerunzelter Stirn die Augen zusammen, bis diese weißglühende Hitze zu einem dunkelroten Pochen abgeklungen war. Als sie die Augen wieder öffnete, erschien ihr das Büro sekundenlang verschwommen, bis sie wieder klar sehen konnte.

Wo war er? Wo war er?

Esther nahm die Waffe in die rechte Hand und stemmte sich zwischen Karteischrank und Wasserkühler ein. Sie legte ihren Arm auf den halbhohen Schrank und zielte mit dem Revolver auf die Seitentür zum Korridor. Würde er durch diese Tür hereinkommen – oder durch die zu Terri Walkers Vorzimmer? Als er die Axt geholt hatte, war er durch diese Tür hinausgegangen. Würde er durch sie zurückkommen? Er *mußte* auf diesem Weg zurückkommen, denn falls er durchs Vorzimmer kam, würde er sie sehen, bevor sie auf ihn zielen konnte, und . . .

Wie zielte man mit einem Revolver? Was hatten die Westernhelden ihrer Kindheit im Fernsehen gesagt? Was hatte Roy Rogers gesagt? Paladin? Marshal Dillon? Einfach nur abdrücken. Nicht verreißen. Einfach aufs Ziel richten, Druckpunkt nehmen und . . .

Er kam zurück! Sie konnte seine Schritte im Korridor hören. *Wo war er?* Dann wurde ihr klar, daß die Schritte haltgemacht hatten. Sie sah zur Verbindungstür zu Terris Büro hinüber – *wo war er?* –, konnte ihn dort nicht entdecken, zielte wieder auf die Korridortür, sah den durch die Tür hereinragenden Lauf der Schrotflinte – *er sucht mich! er sucht mich!* –, entdeckte im Türrahmen noch etwas anderes, etwas Weißes und Hartes und Blutiges, wußte dann, daß das sein Glied war, und begriff plötzlich, daß er jetzt ihren Mädchen antun würde, was er ihr angetan hatte. Und wenn er kam, würde er ihre Mädchen erschießen.

Sie mußte ihn stoppen!

Esther hatte keine Möglichkeit zu einem guten Schuß – *was war ein guter Schuß?* –, solange er draußen im Korridor stand. Wenn er nur etwas weiter reinkommen würde! *Aber dann würde er sie sehen!* Nur ein paar Schritte näher. Vielleicht nur einen Schritt. Sollte sie trotzdem versuchen, ihn zu treffen? *O Gott! Warum mußte er dort stehenbleiben? Warum* ... Er bewegte sich! Kam er ins Büro? Kam er? *Er kam!* Er beugte sich grunzend etwas nach vorn. Jetzt mußte sie's tun! Jetzt, jetzt, *jetzt, jetzt!*

Ganz langsam abdrücken ...

Klick.

Was war passiert, was war passiert, was hatte sie falsch gemacht, war die Waffe geladen? War sie etwa nicht geladen?

Klick!

Nein, die Waffe war nicht geladen, und jetzt würde er kommen und sie erschießen, kommen und sie erschießen, *kommen und sie erschießen!*

Klick!

Walker hörte das metallische Klicken und wußte genau, was es bedeutete, aber er konnte es sich nicht erklären. Aus dem Augenwinkel heraus nahm er eine schemenhafte Bewegung wahr und riß die Schrotflinte herum. Er trat in Abe Morrisons Büro, genau in die Schußbahn eines wie Feuer brennenden schweren Geschosses, als der Hammer des Revolvers Kaliber 44, der dem verstorbenen Walter »Chappy« Chappell gehört hatte, endlich auf eine Kammer mit einer Patrone herabfiel. Er taumelte rückwärts, und seine Schrotflinte krachte ohrenbetäubend laut und schickte einen Bleihagel durch den Raum, der den Glasbehälter des antiken Wasserkühlers neben Esther zersplittern ließ.

Florencia schrie gellend laut, und Esther wurde von einem Schwall aus Wasser und Glassplittern gegen den Karteischrank geworfen.

Wogen dunklen Schmerzes schlugen über ihr zusammen, und Florencias gellende Schreie verstummten, als sie sich in das Nichts sinken ließ.

Es war ein heißer Augustsonntag, und sie lebte jetzt bei ihrer Tante Rowena, einer Schwester ihrer Mutter, drunten zwischen den sanften Hügeln Südgeorgias, in dem kleinen grünen Haus hinter ihrem Gemüsestand. Tante Rowena war eine gute Seele. Männern gegenüber vielleicht ein bißchen zu großzügig, aber sie wurde nie schwanger, deshalb war's doch eigentlich scheißegal, wie sie immer sagte. Jedenfalls wußte Tante Rowena, wie man eine Achtjährige verwöhnt. Sie hatte eines ihrer alten, weißen Kleider für sie umgenäht und mit hübschen Spitzenärmeln und lavendelblauen Schleifchen ausstaffiert – und heute würden sie zum großen Kirchenpicknick gehen.

Esther konnte sich kaum von dem an der Kleiderschranktür festgeschraubten alten Spiegel mit den vielen Sprüngen losreißen. Sie spielte mit den Rattenschwänzchen, die Tante Rowena ihr geflochten hatte, und lächelte ihrem Spiegelbild immer wieder zu. Tante Rowena packte einen Picknickkorb mit panierten Schweinekoteletts, Maisbrot, Reis mit Zuckererbsen und einer Thermosflasche Eistee.

Dann gingen sie übers freie Feld zu der alten, ungestrichenen Kirche, und Tante Rowena schwatzte unterwegs ohne Pause. Es war heiß und schwül, und die Luft war mit dem Summen zahlloser Insekten angefüllt. An der Kirche zog Tante Rowena los, um ihre Freundinnen zu besuchen, und Esther blieb auf dem festgetrampelten Erdreich des Kirchhofs sich selbst überlassen. Die kleinen Jungen ignorierten sie natürlich. Die kleinen Mädchen starrten sie kichernd an und umringten dann die Neue. Ein großes, dunkles Mädchen mit vielen kleinen Zöpfchen trat vor.

»Wie heißt du, Mädchen?«

»Esther.«

Alle kicherten.

»Woher bist du?«

»'Lanta.«

»Okay, was tust du dann hier? Auf dem Land?«

»Ich bin hergeschickt worden, um bei meiner Tante Rowena zu leben.«

Wieder spöttisches Kichern.

»Die ist 'ne 'ure«, sagte Zöpfchen, und alle anderen lachten laut. Esther zuckte mit den Schultern. Sie wußte nicht, was eine 'ure war.

»Bist du auch 'ne 'ure?«

Esther gab keine Antwort, weil sie spürte, daß dieses Gespräch in eine falsche Richtung lief.

»Kannst du nicht antworten, Schlampe?« Zöpfchen trat dicht vor Esther hin. Esther wich einen Schritt zurück.

»Ich heiße Tanya«, sagte Zöpfchen stolz. »Das is'n schöner Name. Wie heißt du gleich wieder?«

»Es-Esther.«

»Esther? Das is'n Hexenname. Ich hab' mal 'ne Hexe gekannt, die so geheißen hat. Bist du das? Esther die Hexe.«

Allgemeines Gelächter.

»Esther die Hexe! Esther die Hexe!«

Danach aßen sie alle an langen Picknicktischen in dem grünen, parkartigen Gelände hinter der Kirche. Esther manschte nur in ihrem Essen herum. Sie hatte keinen Appetit mehr.

»Geht's dir gut, Baby?« fragte Tante Rowena mit von ihren Schweinekoteletts fettigen Lippen.

Nach dem Essen fanden sich alle – Kinder wie Erwachsene – wieder in Cliquen zusammen, deshalb sonderte Esther sich unauffällig ab. Sie lief zu dem Bach hinunter, der sich am Ende eines an der Kirche vorbeiführenden Weges zwischen Bäumen hindurchschlängelte. Hier war es kühler. Und dunkler. Esther spielte, sie sei ein Rehkitz wie Bambi, aber dann fiel ihr ein, daß Bambi auch keine Mutter mehr hatte, deshalb spielte sie lieber Robin Hood im Sherwood Forest.

Sie ging am Ufer in die Hocke und suchte das Wasser nach Käfern und Bachkrebsen ab. Als sie keine entdeckte, zog sie ihre Schuhe aus und ließ die Zehen ins Wasser hängen. Dann hörte sie einen Zweig knacken, hob den Kopf und sah einen kleinen, weißen Jungen auf dem anderen Bachufer spielen. Er war keine zehn Meter von ihr entfernt und trug ein vollständiges Cowboykostüm: Leggings und breite Manschetten aus Leder, doppelter Revolvergürtel, Hut und Weste. Er ging hier und dort hinter Bäumen in Deckung und machte dabei Schießgeräusche mit dem Mund. Esther kam er auf exotische Weise schön vor. Sein Haar und seine Augenbrauen waren hellblond, fast weiß. Seine Augen waren himmelblau. Seine Haut war hell wie Buttermilch.

Esther stand auf und hielt sich beide Hände über die Augen. »Hey, du!« rief sie. »Cowboy!«

Der weiße Junge starrte sie über den Bach hinweg an.

»Wie heißt du?« fragte Esther.

Der Junge gab keine Antwort.

»Hast du die Sprache verloren?«

Der Junge wirbelte seinen Colt an seinen Zeigefingern herum. »Orem.«

Esther lächelte ihm zu. »Das ist ein hübscher Name. Magst du 'n bißchen spielen?«

Er schüttelte den Kopf.

»Warum nicht?«

»Weil du 'n Nigger bist. Mein Daddy erlaubt nicht, daß ich mit Niggern spiel'.«

»Warum nicht?«

»Er tut's eben nicht, fertig.« Der kleine Junge blinzelte sie mit zusammengekniffenen Augen an.

»Ich komm' zu dir rüber«, sagte Esther und watete in den Bach hinaus. »Wir können Cowboys und Indianer spielen. Ich kann 'ne Indianerprinzessin sein.«

»Komm bloß nicht rüber!« rief der Junge ängstlich. »Mein Daddy will keine Nigger auf seinem Grund.«

Esther watete unbeirrt weiter.

»Komm bloß nicht rüber!« Der Kleine hüpfte vor Aufregung auf und ab. »Komm bloß nicht rüber!«

Er streckte ihr seine Spielzeugcolts entgegen: silberglänzende Sechsschüsser mit langen Läufen und rosa Knallkapselstreifen, die hinter den Hämmern herabhingen.

»Nigger, Nigger, Nigger, Nigger!«

Er drückte ab, und die Colts machten peng! peng! peng! peng!, *und alle Vögel hörten zu singen auf, und es stank nach Knallkapseln, und ...*

... und Florencia kreischte noch immer, aber das war keine menschliche Stimme mehr, sondern eine Sirene irgendwo außerhalb des Gebäudes, und ein Schmerz, der Esther durchzuckte, brachte sie ins Bewußtsein zurück. Sie spürte, daß sie von oben bis unten naß war, und dachte, wenn die Nässe Blut sei, müsse sie im Sterben liegen, aber dann fiel ihr ein, wie der Wasserkühler explodiert war, wie sich ein Wasserschwall über sie ergossen hatte, wie ...

Hatte sie ihn gestoppt?

Ihre Augen waren offen, und sie tastete hektisch den Boden ab, bis ihre Finger Chappys Revolver berührten, riß ihn an sich und richtete ihn auf die Tür.

Er war verschwunden.

Wo ist er?

»Du hast ihn erwischt! Du hast ihn erwischt!« plärrte Lupe sie an. Die Augen der Mexikanerin glitzerten wie im Wahn. »*Matale! Matale!* Kill ihn, Esther! Kill ihn!«

Wo ist er?

Esther zog und stemmte sich mit schmerzverzerrtem Gesicht wieder hoch. Sie hatte jetzt überall neue nadelstichartige Schmerzen von den winzigen Glassplittern, die in ihrem nackten Gesäß und den

Beinen steckten. Ihre untere Körperhälfte war blutig. Esther tastete sich hinkend die Wand entlang und zog ihr gefühlloses linkes Bein hinter sich her.

»Matale! Matale!«

Sie hielt den Revolver nach vorn gerichtet und stolperte halb fallend durch die Tür auf den Korridor hinaus. In Richtung Eingangshalle bot sich ihr ein Bild des Grauens. Dort lagen die blutigen Leichen der Niedergemetzelten kreuz und quer übereinander. Der Fußboden schwamm in Blut. In der anderen Richtung war eine einzelne breite Blutspur zu erkennen, die in einem anderen Büro verschwand.

»Matale, Esther! *Matale!* Kill ihn! *Kill ihn!«*

Sie hinkte der Blutspur folgend den Korridor entlang. Die Spur führte in einen Konferenzraum, dessen Flurwand wie der Eingangsbereich mit getönten Scheiben verglast war. Esther hielt den Revolver schußbereit, während sie die Tür mit ihrer Schulter aufdrückte. Hinter der Tür kam blitzschnell eine blutige Hand hervor und umklammerte mit dicken Fingern ihr Handgelenk.

»Neiiin!« schrie Esther auf. Im nächsten Augenblick wurde sie durch die Tür gezerrt und quer durch den Raum geschleudert. Der Revolver polterte irgendwo zu Boden, und sie krachte in eine Reihe ordentlich aufgestellter Metallklappstühle. Die Schmerzen der vielen Verwundungen durchfluteten Esthers Körper, aber sie wälzte sich sofort auf ihre heile Seite und tastete nach der Waffe.

»Nein!« rief Esther, während sie die Klappstühle durcheinanderstieß. *»Nein! Nein!«* Und dann fand sie den Revolver. Als sie sich so schnell wie möglich herumwarf, stand er mit hocherhobener blutiger Axt über ihr. Sie zielte hastig auf ihn und betätigte wieder und wieder den Abzug.

Klick! Klick!

Und dann fiel ein Schuß. Aus Walkers Unterleib spritzte ein neuer Blutstrahl, und er torkelte rückwärts gegen einen Tafelständer neben dem Rednerpult und ging zu Boden.

Esther, die mit bebenden Flanken und geblähten Nüstern wie ein gehetztes Stück Wild hechelte, beobachtete ihn.

Er zog sich langsam an der Wand hoch, indem er die Axt als Krücke benutzte.

»Nein!«

Er drehte sich nach ihr um. Blut strömte aus seinen Wunden in

Brust und Unterleib. Seine Augen waren trüb und glasig, aber sie fanden Esther sofort.

»Nein!«

Er packte die Axt, schwang sie über den Kopf und taumelte auf Esther zu.

Sie zielte mit ihrem Revolver auf ihn, obwohl sie wußte, daß die Waffe leergeschossen war.

Klick! Klick! Klick! Klick!

»Nein! Nein!«

Klick! Klick! Klick!

»Nein! Nein!«

6.42 Uhr Golds Ford holperte auf der Straßenseite gegenüber dem Techno-Cal-Gebäude über den Randstein und kam mit der Stoßstange in einem Blumenbeet zum Stehen. Den ganzen Block entlang parkten zahlreiche Streifenwagen.

»Verdammt noch mal, was machen Sie da?« rief ein Cop, als Gold und Zamora aus dem Ford sprangen. »Oh, Sie sind's, Lieutenant... Behalten Sie lieber den Arsch unten. Dieser Dreckskerl meint's ernst.«

»Wir kommen zu spät!« jammerte Zamora aufgeregt. »Scheiße, wir kommen zu spät!«

»Wie sieht's aus?« fragte Gold den uniformierten Cop gelassen.

»Keine Ahnung, Sir. Wir glauben, daß wir's nur mit einem Amokschützen zu tun haben. Eines der Opfer liegt hier draußen, aber drinnen gibt's wahrscheinlich ein, zwei Dutzend. Man sieht sie gleich hinter dem Eingang durcheinanderliegen. Die SWAT-Leute sind schon unterwegs. Müßten jeden Augenblick eintreffen. Bis dahin halten wir hier draußen die Stellung. Vielleicht gibt's dort drinnen noch lebende Geiseln. Wir wollen keine...«

Irgendwo im Inneren des Gebäudes fiel ein Schuß. Die Cops duckten sich alle tiefer hinter ihre Fahrzeuge.

»Der hat nicht uns gegolten«, stellte Gold fest. »Er ist jetzt dabei, einzelne Leute abzuknallen.

»An alle im Gebäude! Hier spricht die Polizei!« sagte ein Cop hinter dem übernächsten Streifenwagen durch seinen Handlautsprecher. »Legen Sie die Waffen nieder und kommen Sie mit erhobenen Händen raus! Sofort! Bevor noch mehr passiert!«

»Gibt's hier 'nen weiteren Eingang?«

Der Cop nickte. »Seitlich und rückwärts. Wir bewachen sie beide.«

»Los, komm«, forderte Gold Zamora auf.

»Lieutenant!« rief der Cop ihm nach. »Die SWAT-Leute sind unterwegs!«

Sie ignorierten ihn und rannten in geduckter Haltung die Fahrzeugschlange vor dem Gebäude entlang. Dann bogen sie um die Ecke und stießen auf zwei Cops, die aus einiger Entfernung den Seiteneingang bewachten. Gold machte ihnen ein Zeichen, ihm zu folgen. Am Eingang flüsterte er: »Ihr bleibt hier, verstanden? Falls wieder geschossen wird, kommt ihr rein und holt uns raus.«

Die beiden Uniformierten wechselten einen Blick und nickten dann.

»Wird gemacht, Lieutenant.«

Der Seiteneingang war aufgebrochen worden. Gold stieß die Tür mit dem Fuß auf, und Zamora huschte tief geduckt ins Gebäude. Gold folgte ihm mit schußbereitem Revolver. Der Korridor, in dem sie sich befanden, bog zweimal rechtwinklig ab. Sie arbeiteten sich langsam und vorsichtig ins Gebäudeinnere vor, ohne ein Wort zu sprechen. Seit dem letzten Schuß waren ungefähr fünf Minuten vergangen.

Hinter der dritten Ecke lag der Hauptkorridor. Dort hatten sie plötzlich von Schrot durchsiebte, verstümmelte Leichen vor sich, die aus unzähligen Wunden blutend übereinanderlagen. Zamora holte erschrocken tief Luft, lehnte sich an die Wand und übergab sich so geräuschlos wie möglich.

Dann hörten sie den Aufschrei einer Frau. *»Nein! Nein!«*

Sie hasteten über die Leichen hinweg weiter und rutschten in ihrem Blut aus.

Sie hörten einen weiteren Schuß, bevor die Frauenstimme wieder *»Nein! Nein! Nein!«* kreischte. Danach hatten sie ihn plötzlich vor sich: als Silhouette hinter getöntem Glas, die hoch über einer kreischenden schemenhaften Frau eine schemenhafte Axt schwang.

»Ist er's?« rief Zamora, während er Schießhaltung einnahm. *»Ist er's?«*

»Das ist er!« brüllte Gold, und sie schossen beide gleichzeitig auf den Schatten. Die Glaswand zersplitterte und gab den Blick in den Konferenzraum frei. Walker wurde rückwärts gegen die Wand geworfen. Während seine Augen brachen, sackte er langsam in sich zusammen. Dann kippte er nach vorn und war tot.

Gold und Zamora rannten in den Konferenzraum.

»Killt ihn!« kreischte Esther. Die beiden starrten auf sie herab. Sie war von der Taille abwärts nackt. Sie blutete aus zahlreichen Wunden, und ihr Körper wies deutliche Spuren von Mißhandlungen auf.

»Killt ihn!«

Gold kniete neben ihr nieder. »Er ist tot«, sagte er beruhigend.

»Nein! Nein, er ist nicht tot!« Esther hämmerte mit einer Faust auf den Boden. »Killt ihn! Killt ihn! *Killt ihn!*«

Gold griff nach ihrer Hand, aber sie riß sich sofort wieder los. *»Killt ihn!«* kreischte sie ihm direkt ins Gesicht. Esther kroch auf den toten Walker zu und wollte nach der Axt greifen.

»Okay«, sagte Gold. Er trat näher an die Leiche heran und zielte mit seinem Revolver darauf. Dann nickte er Zamora zu, der seinem Beispiel gefolgt war.

»Killt ihn!«

Sie schossen ihre Waffen auf die Leiche leer. Die beiden uniformierten Cops, die eben hereingestürmt kamen, betrachteten Esther, dann Gold und zuletzt einander. Aber sie sagten kein Wort.

»Jetzt ist er tot«, versicherte Gold ihr.

Esther starrte die Leiche an und sah dann zu Gold auf. Sie begann zu weinen.

»Ist er wirklich tot?« flüsterte sie ungläubig. Während sie zu Gold aufblickte, liefen ihr Tränenbäche übers Gesicht. Ihre Lippen verzogen sich zitternd.

»Ohhh. Ohhh*hhhhh...*«, jammerte sie klagend.

Gold riß sich sein Hemd vom Leib, kniete nieder und verhüllte damit ihre Nacktheit. Esther sank schluchzend an seine Brust. Er hielt sie leicht umarmt, während sie weinte.

Er sah zu den beiden Uniformierten auf.

»Holt die Sanitäter rein. Überprüft den Rest des Gebäudes.«

Die beiden Cops trabten los. Zamora ließ sich auf einen Metallklappstuhl fallen und fuhr sich mit den Fingern einer Hand durchs Haar.

»Jetzt ist alles wieder gut«, flüsterte Gold ihr ins Ohr.

Montag,
Heiliger
Abend

14.57 Uhr Es regnete. Es regnete schon seit einer Woche. Genau wie in der Woche, in der Angelique gestorben war. Der Pacific Coast Highway war gesperrt. Wenn der Regen einmal für kurze Zeit aufhörte, war die Luft unter den tiefen grauen Wolken überraschend klar. Vom Sunset Boulevard aus waren die verschneiten Berge zu sehen.

Dies war eines der Jahre, in dem Weihnachten und Chanukka aufs selbe Wochenende fielen. Die lichterglänzenden Straßen von Beverly Hills waren voller Kauflustiger. Die Geschäfte hatten ihre Schaufenster abwechselnd rot-grün und blau-weiß dekoriert.

Gold betrat das Restaurant, in dem er mit Wendy zu einem späten Mittagessen verabredet war. Es war eines der von Boston-Farnen und modernen Grafik überquellenden chicen Lokale am Beverly Drive. Die Haare des Obers waren schachbrettartig orangerot und schwarz gefärbt. Gold bestellte einen Scotch, worauf der Ober ihm hochnäsig erklärte, hier werde nur Bier oder Wein serviert. Gold verlangte ein Coors, und der Ober verdrehte die Augen, als wolle er »Natürlich!« sagen, und schwänzelte davon.

Gold streifte die Zellophanhülle von einer frischen Zigarre und zündete sie sich an. Er trank sein Bier mit kleinen Schlucken und beobachtete, wie der Regen in Bächen über das große Fenster neben dem Eingang floß.

Er sah Wendy in ihrem Volvo auf Parkplatzsuche vorbeifahren. Wenige Minuten später kam sie zu Fuß über die Straße. Sie wirkte schlanker, älter. Sie erkannte ihn und winkte ihm herzlich lächelnd zu. Gold atmete erleichtert auf.

»Hallo, Daddy«, sagte Wendy, während sie ihren Mantel von den Schultern gleiten ließ. »Ich hab' dein Bild in der Zeitung gesehen. Auf der Hochzeit der jungen Frau, die von diesem Nazi mißhandelt worden ist.« Sie glitt ihm gegenüber auf die zweite Bank der Sitznische. Sie sah wundervoll aus. Aber anders, ganz anders.

»Wie geht's dir?« fragte Gold sie.

Ihre Antwort bestand aus einer wegwerfenden Handbewegung.

»Ich find's sehr nett von ihr, daß sie dich zu ihrer Hochzeit eingeladen hat. Wen hat sie geheiratet – einen Polizeibeamten?«

»Einen Bewährungshelfer.« Gold musterte seine Tochter, als sehe er sie zum erstenmal. *So* anders sah sie aus.

»Auf den Fotos ist sie sehr hübsch gewesen. Hat sie sich wieder ganz erholt? Von den, äh, Mißhandlungen durch diesen Kerl?« Als Wendy das Wort *Mißhandlungen* aussprach, wich sie Golds Blick kurz aus. Dann sah sie ihm wieder bewußt in die Augen.

»Sie ist noch in therapeutischer Behandlung, glaub' ich. Aber sie macht gute Fortschritte. Sehr gute Fortschritte.«

»Ich find's sehr nett, daß sie dich eingeladen hat.«

Gold nickte zustimmend. »Sehr nett.«

»Und angebracht. Schließlich hast du ihr das Leben gerettet«, sagte Wendy mit sichtlichem Stolz auf ihren Vater.

Gold zuckte mit den Schultern. »Ich hätte früher dasein müssen. Ich hätte auch die anderen retten müssen.«

»Du hast getan, was unter diesen Umständen möglich gewesen ist. Mehr! Du hast ihr das Leben gerettet. Sei nicht so streng gegen dich, Daddy. Du bist immer viel zu streng gegen dich.«

Sie saßen sich eine Zeitlang schweigend gegenüber. Draußen auf der anderen Seite des Glases wurde der Regen stärker. Auf dem Gehsteig hasteten mit Päckchen beladene Einkaufende vorbei.

»Dieser andere Kriminalbeamte ist auch dort gewesen. Auf der Hochzeit, mein' ich. Der gutaussehende junge Mexikaner.«

»Halb Ire, halb Mexikaner. Aber er ist nicht mehr bei der Polizei.«

»Oh?«

»Nein, er ist jetzt Schauspieler. Gleich nach den Feiertagen dreht er drunten in Mexiko einen Film.«

»Das hab' ich nicht gewußt.«

»Unmittelbar nach dieser Sache hat er 'ne Menge Angebote gekriegt. Seither verdient er sich sein Geld als Schauspieler.«

Der Ober mit den schachbrettartig gefärbten Haaren kam zurück. Wendy bestellte den Spinatsalat und ein Glas Chablis. Gold klappte seine Speisekarte auf und studierte sie lange. Sie war voller Quiches und Pastasalaten, Gourmetpizzas und Vollkornmuffins mit Ananas. Der Ober trat von einem Fuß auf den anderen.

»Hamburger«, sagte Gold, und der Ober lächelte überlegen.

»Mit Avocado, Sir?«

Gold erwiderte sein Lächeln. »Nein, mit Zwiebeln. Und mit viel Mayonnaise.«

Nachdem der Ober verschwunden war, riß Gold ein Streichholz an und zündete seine ausgegangene Zigarre wieder an.

»Laß es brennen, Daddy.« Wendy wühlte in ihrer Umhängetasche herum und brachte eine Zigarette zum Vorschein.

»Wann hast du *damit* angefangen?« fragte Gold, während er ihr Feuer gab.

Wendy atmete Rauch aus. »Weißt du das nicht mehr? In der bewußten Nacht.«

Nach einer langen Pause sagte Gold vorwurfsvoll: »Trotzdem ist's nicht gut für dich, weißt du.«

Wendy lächelte nur und tätschelte seine Hand.

»Daddy, wie du weißt, hab' ich die Scheidung eingereicht.«

Gold nickte. »Das ist die beste Lösung, glaub' ich.« Dann blitzten seine Augen. »Hör zu, hast du mich deswegen eingeladen? Howie macht doch keine Schwierigkeiten, oder? Er besitzt nicht etwa die *Chutzpa,* dir das Sorgerecht für Joshua streitig zu machen?«

»Nein, nein. Nichts Dergleichen.«

»Sollte er's versuchen, brauchst du's mir nur zu sagen. Dann nehm' ich mir den kleinen *Putz* vor und ...«

»Daddy«, unterbrach sie ihn energisch, »genau das sollst du *nicht* tun! Ich möchte, daß du Howie in Ruhe läßt. Er hat schrecklich Angst vor dir, und ich will nicht, daß du ihn belästigst, wenn unsere Scheidung erst mal durch ist. Was passiert ist, ist passiert. Das läßt sich nicht rückgängig machen. Aber ich weiß, wie nachtragend du sein kannst. Deshalb mußt du mir versprechen, Howie in Ruhe zu lassen.«

Gold kaute auf seiner Zigarre herum.

»Außerdem«, fuhr Wendy fort, »hat er genug durchgemacht.« Gold lachte hämisch, aber sie fuhr unbeirrt fort: »Er hat seine Frau verloren. Er hat seinen Sohn verloren. Und wie ich gehört habe, ist er aufgefordert worden, aus der Firma auszuscheiden.«

»Hätte keinem netteren Kerl passieren können.«

»Das bringt ihn um, Daddy. Er ist bloß ein erbärmlicher kleiner Mann mit einem Drogenproblem. Das erkenne ich jetzt. Aber trotz deiner schlechten Meinung von ihm bleibt er Joshuas Vater. Und er bleibt der Vater deines Enkels, selbst wenn er nicht mehr mein Mann ist. Deshalb möchte ich, daß du mir versprichst, ihm nichts zu tun. Daß du nicht versuchen wirst, Rache an ihm zu nehmen. Versprich's mir!«

»Wendy, du glaubst doch nicht etwa, daß dein alter ...«

»Daddy, ich kenne dich nur zu gut! Versprich's mir!«

Gold betrachtete sie über seine Zigarre hinweg mit zusammengekniffenen Augen. »*Du* hättest Anwalt werden sollen.«

»Versprich's mir!«

Gold machte eine wegwerfende Handbewegung. »Ja, ja, schon gut. Ich red' nie wieder mit dem kleinen *Gonif*. Versprochen.«

»Und ich kann mich darauf verlassen?«

»Mit meiner Rechten zu Gott. Ich schwör's dir. *Emmes*. Beim Leben meines Enkels.«

Der Ober servierte Wendys Weißwein. Sie kostete ihn und betrachtete dann ihren Vater.

»Ich wollte noch aus einem anderen Grund mit dir zusammenkommen. Ich wollte was anderes mit dir besprechen.«

Gold trank einen großen Schluck Bier und rülpste leicht. »Schieß los, Baby.« Er grinste wie früher, als sie noch ein kleines Mädchen gewesen war. »So reden sie bei der Polizei. *Schieß los*, mein' ich.«

»Ich gehe nach Israel.«

Gold hielt seinen Bierkrug schräg und ließ das restliche Coors hineinlaufen. »Großartig, Baby! Ich wollte auch immer schon mal hin. Wann geht's los?«

»Heute abend. Wir nehmen das Nachtflugzeug nach New York und fliegen mit der El Al nach Tel Aviv weiter.«

»Wer ist *wir?* Wer fliegt alles mit?«

»Nur Joshua und ich.«

»Für 'nen so kleinen Jungen ist das ein verdammt langer Flug. Willst du ihm das wirklich zumuten?«

»Wäre er nicht ein so braves Baby, würd' ich mir Sorgen machen. Aber ich weiß, daß es keine Schwierigkeiten geben wird.«

Gold zuckte mit den Schultern und hob den Bierkrug an die Lippen.

»Wenn du meinst. Mutter weiß es bestimmt am besten. Wann kommt ihr zurück?«

Wendy zögerte einen Herzschlag lang, bevor sie sprach.

»Das ist's eben, Daddy. Wir kommen nicht zurück.«

Gold stellte seinen Bierkrug ab.

»Das versteh' ich nicht, Wendy.«

»Ich übersiedle nach Israel. Ich wandere aus. Ich nehme mein jüdisches Geburtsrecht auf israelische Staatsbürgerschaft wahr. Und Joshua tut's auch. Wir kehren heim.«

Gold war wie vor den Kopf geschlagen. Er wußte nicht, was er sagen sollte.

»Das ... das kannst du nicht tun!«

»Warum nicht?«

»Weil ... weil ... du Amerikanerin bist.«

»Golda Meir ist auch Amerikanerin gewesen.«

»Das ist was anderes.«

»Warum ist das was anderes?«

»Ist Golda Meir nicht im Ausland geboren? Natürlich ist sie das! Sie ist in Rußland zur Welt gekommen.«

»Alle nicht in Israel geborenen Juden sind im Ausland geboren, Daddy.«

»Was hat deine Mutter dazu zu sagen? Was hält Evelyn von deiner Idee?«

Wendy zündete sich eine weitere Zigarette an. »Sie ist hundert Prozent dagegen. Sämtliche Argumente, die du mir an den Kopf werfen wirst, hab' ich bereits von Mutter und Stanley gehört. Und ich werde mich durch nichts davon abbringen lassen.« Sie stieß eine Rauchfahne aus und starrte ihren Vater entschlossen an.

Als Gold weitersprach, verhaspelte er sich beinahe. Er konnte sich nicht daran erinnern, jemals so böse auf seine Tochter gewesen zu sein.

»Wendy, diese ganze *Megillah* ist doch verrückt! Zum Teufel, was willst du in Israel anfangen? Als alleinerziehende Mutter? Nimm's mir nicht übel, aber du bist 'ne verzogene Göre aus Beverly Hills. Wir haben dich alle verwöhnt, dich beschützt, weil wir dich immer so geliebt haben. Was willst du in Israel anfangen? In einen Kibbuz eintreten? Felder bestellen? Neuland urbar machen? Dabei brichst du dir die Fingernägel ab und kriegst Falten von der Sonne. Und willst du Joshua etwa von Fremden aufziehen lassen? Wie bei den Kommunisten?«

Sie schüttelte liebevoll lachend den Kopf.

»Daddy, Daddy, Daddy. Ich trete in keinen Kibbuz ein. Erinnerst du dich an Lori Frankel? Wir haben zusammen an der S.C. studiert. Nun, sie hat jetzt einen Andenkenladen in Jerusalem. Ihre Hauptkunden sind christliche Pilger. Sie macht in Bethlehem einen zweiten

Laden auf, und ich werde ihn für sie führen. Wenn alles gut klappt, beteilige ich mich an ihrer Firma, werde ihre Partnerin.«

»Ich erinnere mich an diese Lori Frankel«, sagte Gold mißtrauisch. »Ist sie nicht 'ne Lesbe gewesen?«

»Daddy! Sie ist mit einem Hauptmann der israelischen Luftwaffe verheiratet und hat zwei Kinder. Siehst du, auf Joshua warten dort drüben bereits Spielkameraden.«

Gold kaute auf dem feuchten Ende seiner Zigarre herum und starrte sie an.

»Das tust du wegen dem, was dir zugestoßen ist.«

Wendy wich dem Blick ihres Vaters aus. Sie drückte ihre kaum angerauchte Zigarette aus und trank einen Schluck Wein. Schließlich sah sie ihm ins Gesicht.

»Wahrscheinlich hat's viel damit zu tun...«

»Dieser Howie, dieser Scheißkerl!« rief Gold aus, was ihm empörte Blicke von den Nebentischen eintrug. »Du darfst dir dein ganzes Leben nicht von diesem kleinen *Shmuck* ruinieren lassen, Wen!«

»Laß mich bitte ausreden, Daddy«, verlangte sie und hob abwehrend die Hand.

»Für mich ist's schrecklich gewesen, was in dieser Nacht passiert ist. Es hat mich am Boden zerstört zurückgelassen. Es hat den ganzen hochgestochenen, beschützenden Scheiß, mit dem ihr alle mich mein Leben lang umgeben habt, schlagartig entwertet. Du sagst, daß ihr mich umsorgt, mich verwöhnt, mich verhätschelt habt. Nun, ich sage, daß ihr das allerdings getan habt; aber ihr habt keinen Grund, darauf stolz zu sein, denn ich glaube, daß du und Mutter und Stanley mir damit einen verdammt schlechten Dienst erwiesen habt!

Ich hab' mir nicht mal vorstellen können, daß solche Bestien existieren, und schon gar nicht, daß mein eigener Mann sie in mein Haus führen würde, daß sie mich schlagen und vergewaltigen und das Leben meines Babys bedrohen würden. Ich hab' immer geglaubt, die Sechsuhrnachrichten seien eine Fortsetzungsgeschichte wie ›Laverne und Shirley‹. Jetzt weiß ich's besser. Ich habe die Realität dieser Welt gesehen, und obwohl ich froh bin, nicht mehr in einem Märchen zu leben, hab' ich einen hohen Preis dafür zahlen müssen. Ich fühle mich nicht mehr *sicher*, Daddy. Nirgends mehr.«

»Dieses Ungeziefer wird dich nie wieder...«

»Davon will ich nichts hören, Daddy! Es würde mich mitschuldig machen, und ich weigere mich, das zuzulassen. Ich muß hier raus, verstehst du? Raus aus dieser Stadt. Raus aus diesem Land. Ich muß herauskriegen, was auf dieser Welt wirklich wertvoll und bewahrenswert ist. Ich sehe meine Mutter in der von Amerikas Reichtümern gestellten Falle gefangen. Sie muß Dinge kaufen, nur um sich selbst zu beweisen, daß sie lebt. Ihr Name steht auf 'ner American Express Gold Card, folglich muß sie existieren, muß jemand *sein*. Und dann habe ich mir den schlechtestmöglichen Ehemann ausgesucht. Einen bedauernswerten Mann, der seine Familie nicht einmal vor sich selbst und erst recht nicht vor der Welt schützen konnte.« Wendy tippte mit den Fingernägeln an ihr Weinglas – ein winziges Glockenspiel. »Und wie steht's mit mir? Was ist mit mir nicht in Ordnung, daß ich mich für solch einen Mann entschieden habe?«

Gold äußerte sich nicht dazu.

»Und mit meinem Vater?«

Er konnte ihr nicht in die Augen sehen.

»Der sanfteste Mann, den ich kenne«, flüsterte sie, »der einmal eine Frau so sehr geliebt hat, daß er – seitdem sie in seinen Armen gestorben ist – glaubt, seine Liebe nur beweisen zu können, indem er tötet.«

Gold begann zu weinen. Er schlug die Hände vors Gesicht, um seine Tränen zu verbergen.

»Tut mir leid, Daddy, aber ich muß diese Stadt verlassen. Sie ist ein Sündenbabel. Ich muß fort! Und nicht nur wegen der Dinge, die mir zugestoßen sind. Wie steht's mit dem, was dir passiert ist? Diese Sache mit dem Crosskiller hat mich zutiefst beunruhigt. All der Haß, der durch dieses Land pulsiert. Der kann nicht gesund sein. Man könnte glauben, die ganze Nation habe ein Fieber, das von Zeit zu Zeit als Ausschlag ausbricht.«

Sie seufzte und richtete geistesabwesend ihr Besteck aus.

»Vielleicht sind manche Leute nicht dazu bestimmt, in dem großen amerikanischen Schmelztiegel aufzugehen – oder in der Salatschüssel oder welchen Namen die Soziologen diese Woche dafür haben. Vielleicht sind manche Menschen nicht dazu bestimmt, sich zu assimilieren, in der Masse aufzugehen.«

Draußen auf der Straße goß es in Strömen.

Wendy schüttelte langsam den Kopf. »Und vielleicht liegt's nur an mir, Daddy. Ich weiß einfach nicht mehr, wer ich bin.« Sie lächelte ihm zu, »Ich gehe nach Israel, um mich selbst zu finden.«

Der Ober servierte ihr Essen. Er warf Gold einen neugierigen Blick zu und sah dann rasch wieder weg. Als er gegangen war, griff Wendy nach der Gabel und hielt sie über ihren Teller.

»Dies ist meine letzte nichtkoschere Mahlzeit. Sogar die Fluggesellschaft ist koscher.« Sie spießte etwas Spinatsalat auf und kaute ihn nachdenklich. »Glaub' mir, dieses Zeug wird mir echt nicht fehlen.«

Gold ließ die Hände sinken. Er wirkte benommen, sah plötzlich alt aus. Wendy griff über den Tisch und legte eine Hand auf seinen Arm.

»Komm mit mir, Daddy. Hier hält dich doch nichts. Nichts. Du könntest in den Ruhestand gehen und mit mir rüber nach Israel kommen. Dort könntest du einen Sicherheitsdienst oder so was aufziehen. Für einen Mann mit deiner Erfahrung gibt's dort drüben bestimmt was zu tun. Komm mit Joshua und mir. Wir könnten gemeinsam ein neues Leben beginnen.«

Gold dachte lange darüber nach, bevor er den Kopf schüttelte.

»Ich kann nicht, Wendy. Ich bin ein Cop aus L. A. Das bin ich mein Leben lang gewesen. Schon wenn ich nach Riverside fahre, werd' ich nervös, weil ich zu weit vom eigenen Revier entfernt bin. Und dort drüben würd' ich mich gar nicht auskennen, Baby.«

»Daddy, du kannst nicht ewig auf diesen Straßen für Ordnung sorgen.«

Gold lächelte schwach.

»Ich muß aber, Baby, ich muß aber.«

Sie sagten sich unter der triefenden Markise vor dem Restaurant Lebewohl. »Drück mir die Daumen, Daddy«, flüsterte sie, während sie ihn umarmte. Dann wandte sie sich ab und hastete durch den Nieselregen davon. Er sah ihr nach, bis sie um die Ecke bei der Eisdiele verschwand. Er hatte gehofft, sie werde ihm ein letztes Mal zuwinken, aber sie tat es nicht. Er schlug seinen Kragen gegen die träge südkalifornische Kühle hoch und ging einen halben Block weit zum nächsten Spirituosengeschäft. Er kaufte zwei Flaschen Johnnie Walker Black. Gleich neben dem Eingang hing ein Münztelefon. Er warf einen Quarter ein und wählte.

»Loveline«, gurrte eine Frauenstimme.

Nachdem Gold sich von seiner anfänglichen Verblüffung erholt hatte, fragte er: »Ist Cookie da?«

»Wir haben drei Cookies verfügbar«, sagte sie, und jede Silbe war ein Versprechen. »Cookie Johnson. Cookie N. Cream und Cookie Santos.«

»Cookie Santos.«

»Tut mir leid, die ist im Augenblick nicht verfügbar. Aber wenn Sie Ihre Nummer hinterlassen, sorge ich dafür, daß Sie schnellstens zurückruft. Oder vielleicht hätten Sie Lust, es mit einer unserer anderen Cookies zu versuchen?«

»Was soll der Scheiß? Sind Sie ein Antwortdienst für Nutten?«

Am anderen Ende trat eine ganz kurze Pause ein, bevor die Stimme ungerührt, gleichmütig und noch immer sexy antwortete: »Dies ist die Loveline, Sir. Möchten Sie Ihre Nummer hinterlassen?«

Gold hängte ein und verließ das Geschäft. Der inzwischen wieder stärker gewordene Regen trommelte auf den ölfleckigen Asphalt. Gold ging zu seinem um die Ecke in der zweiten Reihe geparkten Wagen, ohne sich sonderlich zu beeilen. Als er hinters Lenkrad glitt, war er naß bis auf die Haut. Seine Schuhe quatschten bei jedem Schritt. Er legte den Scotch neben sich auf den Beifahrersitz und wischte sich mit den Fingerspitzen die Nässe aus dem Gesicht. Dann ließ er den Motor des alten Fords an und fuhr durch den Regen nach Hause.